第三版

ホトトギス季寄せ

稲畑汀子 編

三省堂

第三版に寄せて

この度、『ホトトギス新歳時記』第三版を出版したことに並行して『ホトトギス季寄せ』第三版を出版するべく準備をしてきたが、この度ようやく実現の運びとなった。

この季寄せも『ホトトギス新歳時記』第三版と同じく選び且つ検討した新季題を三十追加するという画期的なものとなった。従って新季題の例句は『ホトトギス新歳時記』の中から稲畑汀子の責任において選択したものである。

『ホトトギス季寄せ』は『ホトトギス新歳時記』と違って、携帯するのに便利であり、身辺に何時でも開いて使うことが出来る参考書として利用することが出来る。例句の中には首題を使わないで傍題を使ったのがあるが、それは首題と同じように傍題の句も参考にして頂けたらという配慮がある。手軽に親しめる『ホトトギス季寄せ』の第三版も手軽に親しんで頂けたら嬉しい。

第三版は前の『ホトトギス季寄せ』よりも少し縦のサイズが大きくなった。また、栞紐は入れられなかった。これらは出版事情のためであり、ご了解頂きたい。

今、俳句に親しむ人口も画期的に増えているように思う。正しく花鳥諷詠の道をご自分のものにして頂くために『ホトトギス新歳時記』とともに身辺に『ホトトギス季寄せ』を繙いて頂きたいと願っている。

平成二十二年十二月吉日

稲畑汀子

序（初版）

ホトトギス一千号の記念として八年の歳月をかけ三省堂から出版した『ホトトギス新歳時記』が多くの俳人のみならず一般読者の方々にも幅広く愛読されていると聞き喜びにたえない。特に、季題が月別に分かれている点に人気が集まっているそうであるが、月別になっている歳時記は『虚子編新歳時記』とこの『ホトトギス新歳時記』だけであり、月別にして編むための苦労が大変なものであっただけに、多くの人々に喜んでいただけた事は何よりであった。

『虚子編新歳時記』についてはその『季寄せ』が少し遅れて出版され、出掛ける時の身近に携帯出来るコンパクトな作句の手引書として広く愛読されて来た。今度の『ホトトギス新歳時記』にも『季寄せ』が欲しいという希望が数多く寄せられたのも予想されたところであり、私自身『ホトトギス新歳時記』を編んでいる時から『虚子編新歳時記』に倣って『季寄せ』を出すことになるであろうと秘かに心づもりをして来た。

『季寄せ』はあくまでも実用的で、しかも作句の手引書としての最高の機能を具えた利用価値の高いものでなければならないというのが私の当初からの考えであった。この様な見地から『季寄せ』では『ホトトギス新歳時記』に収載の季題、傍題は全て網羅する一方、例句は約三分の一に減らし、解説文を必要最小限に省略することにした。また『ホトトギス新歳時記』では必要に応じて挿入されている挿絵を『季寄せ』では省くことにした。

また文字の大きさも読みやすくするために虚子編のそれよりも一段階大きくなっている。季節と月別表示を爪に大きく入れたので季題が探し易くなった筈である。巻末の五十音索引にも季節と月別表示と更に㊂表示も入れて読者の利用の便を考慮した。

栞の紐も二本入れてあるので便利に使っていただけると思う。

こうした数々の試みは『ホトトギス新歳時記』を出版して以来、読者から寄せられたたくさんの意見や、要望の強かったところを検討し採用したものである。

この『季寄せ』を出版する為に、『ホトトギス新歳時記』の出版の時にお力添え頂いた歳時記委員の中から特に今井千鶴子、深見けん二、藤松遊子、松尾緑富氏等に多大の御尽力をいただいた。

句作に際して要請される最大限の機能を具えながら、あくまでも手軽で実用的な『季寄せ』としていつも身近に親しんでいただけたらこれに勝る幸せは無い。

昭和六十二年七月十六日

稲畑汀子

凡例

一、本書を大きく春、夏、秋、冬の四季に分け、且つ、一月から始めて十二月で終わるように十二か月に細分した。結果として冬が巻頭と巻末に分かれた。各頁の端に四季と月別を表示する爪をつけた。

一、見出し季題の右側には「旧仮名」で、左側には「新仮名」で振り仮名を付した。

一、見出し季題の下に㊂の記号があるものは、その月に限らず、同季の三月《みつき》にわたることを示している。これは実際は二月《ふたつき》程度にしかわたらぬものを含んでいる。つまり、一月《ひとつき》とは限らぬという程度である。また、花などの中には、この他にも事実上は二月《ふたつき》以上にわたるものがあるであろう。

一、解説文は特に若い読者を考慮に入れて新仮名遣いを原則とした。ただし、季題、例句は当然のことながら旧仮名遣いで記した。

一、カタカナによる外来語表記に関しては、季題についても、現在普通に通用している表記法に従った。

一、解説文中や末尾に太文字（ゴシック体）で記したものは、季題の異称、季題の活用語、あるいは季題の傍題等である。これらと見出し季題のすべてを、巻末の五十音索引に収録した。

一、例句はおよその時代順に並べた。作者は姓および俳号で示したが、古句についてはその限りではない。

冬

一月

一　月

立春の前日すなわち二月三・四日までを収む

一月《いちぐわつ》《いちがつ》

一年の最初の月である。陰暦では一月を正月といっていたが、現在では正月といえば新年の意が濃い。

一月や去年の日記なほ机辺　高濱虚子
一月の旅に親しき筑紫の温泉　稲畑汀子

正月《しやうぐわつ》《しようがつ》

本来一月のことをいうが、いまでは三ケ日、または松の内を正月ということが多い。

正月や塵も落さぬ佗籠　宮部寸七翁
北国の正月を待つわらべ唄　今村青魚

去年今年《こぞことし》

年が明けると昨日はすでに去年《こぞ》であり、今日ははや今年《ことし》である。そのあわただしい時の流れの中で抱く感懐をいう。過ぎ去った年を回顧して旧年《きうねん》という。

去年今年貫く棒の如きもの　高濱虚子
平凡を大切に生き去年今年　稲畑汀子

新年《しんねん》

年《とし》の始《はじめ》をいう。**新玉《あらたま》の年《とし》。年改《としあらたま》る。年立《とした》つ。新歳《しんさい》。年頭《ねんとう》。初年《はつとし》。年迎《としむか》ふ。年明《としあ》く。初春《はつはる》。御代《みよ》の春《はる》。明《あけ》の春《はる》。今朝《けさ》の春《はる》。老《おい》の春《はる》。**

年あらたなり青空を塗り替へて　蔦三郎
風雅とは大きな言葉老の春　高濱虚子

元日《ぐわんじつ》《がんじつ》

一月一日をいう。陰暦ではだいたいこの日から春になった。

元日の事皆非なるはじめかな　高濱虚子
元日の机辺親しむ心あり　稲畑汀子

元旦《ぐわんたん》《がんたん》

元日の朝のことである。**元朝《ぐわんてう》**といい**歳旦《さいたん》**といっても同じことであるが、感じが多少違う。

元旦やいつもの道を母の家　星野立子
元朝の氷すてたり手水鉢　高濱虚子

初鶏《はつとり》
元日の暁に聞く鶏の声である。

初鶏の百羽の鶏の主かな　池内たけし
初鶏や動きそめたる山かづら　高濱虚子

初鴉《はつがらす》
元旦に聞き、あるいは見る鴉である。

三熊野の神の使の初鴉　滝川如人
初鴉はや氷上に奪ふもの　原田柿青

初雀《はつすずめ》
元旦の雀である。

初雀翅ひろげて降りにけり　村上鬼城

初明り《はつあかり》
元旦、東の空がほのぼのと明るくなるのをいい、また差し込んでくる明けがたの光をもいう。

波音の改りたり初明り　高濱年尾
光るもの波となり来し初明り　稲畑汀子

初日《はつひ》
元旦の日の出である。初日を拝む風習は古くから広く行なわれている。**初日《はつひ》の出《で》**。**初日影《はつひかげ》**。

草の戸の我に溢るゝ初日かな　五百木飄亭
大濤にをどり現れ初日の出　高濱虚子

初空《はつぞら》
元旦の大空をいう。**初東雲《はつしののめ》**は元旦の夜明けの空。**初御空《はつみそら》**。**初《はつ》茜《あかね》**。

初御空八咫の鴉は東へ　皿井旭川
初空にうかみし富士の美まし国　高濱虚子

初富士《はつふじ》
元日に望み見る富士山のこと。

初富士を隠さふべしや深庇　阿波野青畝
初富士は枯木林をぬきんでたり　高濱年尾

初凪《なぎ》
元日、風もなく海の凪ぎ渡ったことをいう。

初凪に空とけ込んでゆきにけり　荒川ともゑ
朝の間の初凪とこそ思はるゝ　高濱年尾

御降《おさがり》
元日に降る雨で、雪にもいう。また三ケ日の間に降る場合にも使う。
御降や灯りあひゐて神仏　宮崎草餅
お降に草の庵の朝寝かな　高濱虚子

若水《わかみづ》《わかみず》
元旦に汲《く》む水をいう。古くは立春の朝汲む水のことであった。若井《わかゐ》。
若水を大俎に流しけり　合田丁字路
若水や妹早くおきてもやひ井戸　高濱虚子

初手水《はつてうづ》《はつちようず》
元日の朝、新しく汲み上げた若水で手や顔を洗うことをいう。
大滝の末の流れの初手水　泉東江
暁闇に威儀上堂の初手水　松田空如

初景色《はつげしき》
元日、目に映る四方の景色をいう。見慣れた景もどことなく改まる。
オホツクの常なる時化も初景色　長尾岬月
街中が洗はれてをり初景色　相沢文子

淑気《しゆくき》
新年に満ちる厳かでめでたい気配のこと。
淑気満つ幾百万の祈りかな　小川筌力
見なれたる庭あらたまり淑気かな　稲畑汀子

乗初《のりぞめ》
新年になって初めて乗りものに乗ることをいう。**初電車**《はつでんしや》。**初**《はつ》**列車**《れつしや》。
乗初や豊旗雲を打仰ぎ　硯古亭
浪音の由比ケ浜より初電車　高濱虚子

白朮詣《をけらまゐり》《おけらまいり》
元日、京都祇園の八坂神社で行なわれる。**白朮祭**《をけらまつり》に大晦日の深夜から元日にかけてお詣りすることをいう。**削掛**《けづりかけ》。**白朮火**《をけらび》。**火縄売**《ひなはうり》。

婢をつれてをけら詣や宵の口　田畑三千女
万亭の塀に並びて火縄売　佐々木紅春

初詣《はつまうで》《はつもうで》

年が明けて神社仏閣に詣でることである。

拝殿の闇おごそかや初詣　上野青逸
土器に浸みゆく神酒や初詣　高濱年尾

破魔弓《はまゆみ》

破魔矢《はまや》。京都石清水八幡宮、鎌倉鶴岡八幡宮などで授与される破魔矢は、義家が石清水八幡宮の神宝の矢を受け、陣中の守り矢としたものに由来し、初詣の人々に厄除けのお守りとして授けられる。

たてかけてあたりものなき破魔矢かな　高濱虚子
破魔矢受けし第一番の男かな　高濱年尾

初諷経《はつふぎん》

新年初めての仏前での読経である。諷経は看経《かんきん》に対する言葉で、声を出して経文を読むことをいう。

初諷経はや参詣のありにけり　西澤さち女
娑婆の縁尽きかかりしに初諷経　宗像佛手柑

歳徳神《としとくじん》

年の初めに祀る神のこと。この神のいる方角を恵方という。**歳徳**《としとく》。**年神**《としがみ》。**恵方棚**《ゑはうだな》。**年棚**《としだな》。

歳徳や土かはらけの御灯明　西山泊雲

恵方詣《ゑはうまゐり》《えほうまいり》

新年、**恵方**《ゑはう》（その年の吉兆を示す方向）にあたる神社や仏閣に参詣すること。

大富士を恵方としたる道太し　加藤晴子
恵方とはこの路をたゞ進むこと　高濱虚子

七福神詣《しちふくじんまゐり》《しちふくじんまいり》

松の内、七福神の社寺を巡拝して、その年の開運を祈ること。**七福詣**《しちふくまゐり》。**福神詣**《ふくじんまゐり》。

七福神めぐり詣でて日暮れけり　藤松遊子
三囲を抜けて福神詣かな　高濱虚子

延寿祭《えんじゆさい》

一月一日、奈良県橿原神宮で行なわれた神事。皇室の弥栄《いやさか》と国民の延寿幸福を祈願した。

神の琴べろん〳〵と延寿祭　鳩十
並べ置く控への琴や延寿祭　中山万沙美

四方拝《しはうはい》《しほうはい》

元旦、天皇が神嘉殿にお出ましになり、天地四方を遥拝される儀式である。

四方拝禁裡の垣ぞ拝まるゝ　松瀬青々

朝賀《てうが》《ちょうが》

現在は新年祝賀の儀といい、一日は大臣、大使などに拝謁を賜り、二日は一般国民が二重橋を渡り参賀《さんが》することができる。

二重橋に暫し止りし参賀かな　衣沙桜

年賀《ねんが》

元日より三ケ日、親戚、知人、友人などを訪問して新年の挨拶を述べることをいう。**年始**《ねんし》。**年礼**《ねんれい》。**廻礼**《くわいれい》。

窯焚きの古袴して年賀かな　百田一渓
年始にも老の一徹見られけり　高濱虚子

御慶《ぎよけい》

新年になって交わす祝いの言葉である。

威儀の沙弥一文字に坐し御慶かな　獅子谷如是
大原女八瀬男に御慶申すべく　高濱虚子

礼者《れいじや》

新年、訪問して祝いの言葉を述べる賀客《がきやく》のこと。門口で祝詞を述べるのを**門礼**《かどれい》という。**門礼者**《かどれいじや》。

門礼や一社の禰宜の打ち揃ひ　富岡九江
慣ひなる第一番の賀客かな　高濱年尾

礼受《れいうけ》

年賀の客を玄関に迎えて、その祝詞を受けること。また受ける人をいう。

礼受や奥に華やぐ声のあり　小幡九龍
礼受といふぢつとゐるだけの役　堀前小木菟

名刺受《めいしうけ》

三ケ日、年賀客の名刺を受ける折敷《おしき》、三方などを玄関に置く。また古くは礼者の署名を求める**礼帳**《れいちやう》を置くこともあった。

大徳寺庫裏深々と名刺受　山口誓子

礼帳におどけたる句を書かれけり　高濱虚子

年玉《としだま》

年頭にあたっての贈りもの。**お年玉《としだま》**といえば子供らに与える金銭や品物をさすことが多い。**年贄《としだま》**。

お使ひの口上上手お年玉　星野立子

お年玉目当の子等と気附くまで　楓巌濤

賀状《がじやう》《がじよう》

年賀状《ねんがじやう》。

賀状見て新聞を見て小半日　長蘆葉愁

年賀状だけのえにしもいつか切れ　稲畑汀子

初便《はつだより》

新年初めての便りである。

老兄の候文の初便　渡利渡鳥

故郷の母と姉との初便　高濱虚子

初電話《はつでんわ》

新年、初めての電話のことである。

たらちねの声を聞かまく初電話　星野立子

無事帰任せし夫よりの初電話　本郷桂子

初暦《はつごよみ》

新年の暦である。

初暦掛けて俳諧書屋かな　高林蘇城

幸せの待ち居る如く初暦　稲畑汀子

初刷《はつずり》

新年になって初めての印刷物をいうが、その代表は元日の新聞であろう。

初刷や動き出したる輪転機　武石佐海

輪転機止みぬ初刷了りけむ　梶田福女

初竈《はつかまど》

新年、初めて雑煮の用意などにかまどに火を入れることをいう。**焚初《たきぞめ》**。

神の火をうつして焚きぬ初竈　池森葩蜂

初竈燃えて大土間波うてる　竹中草亭

大服《おほぶく》《おおぶく》

元日、若水をもって茶を点《た》て、梅干、山椒、結昆布などを入れ、一家揃って飲む。年賀客にも茶に代えてこれをもてなす。**大福**《おほぶく》。**福茶**《ふくちや》。

大服を心得顔に服したる　京極昭子

大服をたゞたぶ〳〵と召されしか　高濱虚子

屠蘇《とそ》

新年に、白朮《びやくじゆつ》、肉桂、防風、山椒、桔梗などを調合して入れた袋を酒または味醂に入れて酌《く》む。一家族が揃って屠蘇を酌《く》み新年を寿ぐ。また、年賀の客にお節料理などを出し、一献をすすめる。

屠蘇つげよ菊の御紋のうかむまで　本田あふひ

老朽ちし妻をあはれみ屠蘇を酌む　高濱虚子

年酒《ねんしゆ》

嫗出て年酒の相手仕る　坂井魯郎

乗務より帰り年酒を一人酌む　野崎夢放

雑煮《ざふに》《ぞうに》

魚介、鳥肉、野菜など、海山のものに餅を入れた汁で、三ケ日、一家揃って食べて新年を祝う。

長病の今年も参る雑煮かな　正岡子規

ゆるぎなき柱の下の雑煮かな　高濱虚子

太箸《ふとばし》

新年の食膳に用いる白木の太い箸である。折れることを忌み、多くは柳で作る。**柳箸**《やなぎばし》。**箸紙**《はしがみ》。

箸紙を書く墨を磨るしづ心　山田菜々尾

太箸のたゞ太々とありぬべし　高濱虚子

歯固《はがため》

歯固とは正月の三ケ日に硬いものを食べて歯の根を固め、齢を固めるの意である。

歯固めに杖のへるこそめでたけれ　北枝

歯固や年歯とも言ひ習はせり　高濱虚子

食積《くひつみ》《くいつみ》

食べ物を積んでおくという意味で、正月用として、あらかじめ作った料理を重詰《ぢゆうづめ》にしておくこと。

食積の片寄り減りて残るもの　春山他石

喰積にとき〴〵動く老の箸　高濱虚子

ごまめ

片口鰯の幼魚を素干しにしたものを焙烙《ほうろく》で炒り、からめ煮て仕上げる。**田作《たつくり》**。**小殿原《ことのばら》**。

病妻の箸を進めしごまめかな　松本巨草

数《かず》の子《こ》

鰊《にしん》の子を乾燥、または塩漬にしたもの。

数の子に鶯鳴きの銚子かな　行々子

歯ごたへも亦数の子の味とこそ　稲畑汀子

切山椒《きりざんせう》《きりざんしょう》

米の粉に粉山椒と砂糖をまぜて搗《つ》いた菓子餅で、細長く切ってある。

もゝ色の袋に入りて切山椒　下田實花

茶の間にて用済む仲や切山椒　大久保橙青

門《かど》松《まつ》

新年にあたり、長寿を祝って一対の門松を立てる。**松飾《まつかざり》**。**竹飾《たけかざり》**。

日本を離るゝ船や松飾　井本乞合

門松や我にうかりし人の門　高濱虚子

飾《かざり》

新年のいろいろの飾りである。**輪飾《わかざり》**。**お飾《かざり》**。**飾《かざり》海老《えび》**。

輪飾を掛けし其他はすべて略　松本たかし

輪飾の少しゆがみて目出度けれ　高濱虚子

注連飾《しめかざり》

新年にあたって飾る注連縄である。

客室を一戸と見立て注連飾る　合田丁字路

煙筒に注連飾して川蒸汽　高濱虚子

飾《かざり》臼《うす》

農家では臼は大切な用具であるので、新年には注連を張り、鏡餅を供えたりしてこれを飾る。**臼飾《うすかざ》る**。

鶏のとびあがりたる飾臼　五十嵐渡河

百姓のわれにて終る飾臼　牛尾緑雨

鏡《かがみ》餅《もち》

大小の丸餅を重ねたもので、正月の家の床の間に飾り、神仏に供える。**御鏡《おかがみ》**。

一中のお家がらなり鏡餅　中村吉右衛門
鏡餅本尊諸仏諸菩薩に　山口笙堂

蓬萊《ほうらい》
新年を祝う飾物。渤海の東方にある三神山の一つ、蓬萊山を象《かたど》ったものである。**掛蓬萊**《かけほうらい》。

蓑笠を蓬萊にして草の庵　正岡子規
蓬萊に徐福と申す鼠かな　高濱虚子

歯朶《しだ》
正月に餅に敷き、膳に敷き、飾りに結ばれる。**山草**《やまくさ》。**穂長**《ほなが》。**裏白**《うらじろ》。**諸向**《もろむき》。

神の灯に焦げたる歯朶の葉先かな　ながし
歯朶勝の三方置くや草の宿　高濱虚子

楪《ゆづりは》《ゆずりは》
新しい葉が生い整ってはじめて古い葉が落ちるので、譲葉または親子草と呼ばれ、新年の飾りに用いる。

楪の茎も紅さすあしたかな　園女
楪の赤き筋こそにじみたれ　高濱虚子

野老《ところ》
自然薯《やまのいも》の種類で山野に多く、零余子《ぬかご》を生じないものである。正月の飾りに用いる。**萆薢**《ところ》。

われともに三幅対や海老ところ　圃什
位して翁姿の野老哉　安玉

穂俵《ほだはら》《ほだわら》
褐色の海藻で、乾かすと鮮緑色となり、これを米俵のように束ねて正月の飾りに用いる。**なのりそ**。**ほんだはら**。

ほんだはら波の残してゆきしもの　水田千代子
ほんだはら引きずつて波静なり　岡村浩村

福寿草《ふくじゆさう》《ふくじゆそう》
野生のものは春に咲くが、その名の持つ縁起から新年の花とされ、元日草の名もある。

黄は日射し集むる色や福寿草　藤松遊子
福寿草日を一ぱいに含みたる　高濱年尾

福藁《ふくわら》
新年、門口や庭などに藁を敷くのをいう。不浄を除くためとも、年賀客の送迎のためともいわれる。

福藁や塵さへ今朝のうつくしき　千代尼

歌留多《かるた》　小倉百人一首の歌《うた》がるたが最も古く、一般的である。

封切れば溢れんとするかるたかな　松藤夏山

座を挙げて恋ほのめくや歌かるた　高濱虚子

双六《すごろく》　絵双六《ゑすごろく》。浄土双六《じやうどすごろく》。陞官双六《しようくわんすごろく》。道中双六《だうちゆうすごろく》。役者双六《やくしやすごろく》。

双六をしてゐるごとし世はたのし　国弘賢治

祖母の世の裏打ちしたる絵双六　高濱虚子

十六《じふろく》《じゆうろく》むさし　双六に類した正月の遊びの一つ。

幼きと遊ぶ十六むさしかな　高濱虚子

投扇興《とうせんきよう》　正月に行なわれる座敷遊戯の一つ。四角な箱の上に飾りを的として置き、これに扇を投じ、点を争う遊び。

投扇の扇かさねし膝の前　下村福

ひと組の投扇興を座の興に　高濱年尾

万歳《まんざい》　新年の家々を回り、節付面白く、賀詞をのべて、立舞をする。太夫と、才蔵《さいざう》とが組んで回る。

万才や左右にひらいて松の蔭　去来

万歳の鼓に袖のかぶさりて　高濱虚子

猿廻し《さるまはし》《さるまわし》　新年、猿を背負い家々を回り、太鼓に合わせて猿を舞わせ祝儀を乞うもの。猿曳《さるひき》。

猿廻し猿の耳打ち聞いてをり　小島春鳳

親猿の赤い頭巾や叱られし　高濱虚子

獅子舞《ししまひ》《ししまい》　新年、獅子頭《ししがしら》を戴き、笛、太鼓を打ち囃しながら家々を回って舞う門付芸。太神楽《だいかぐら》。

獅子舞の獅子は浅草者とかや　富岡九江

獅子舞の藪にかくれて現れぬ　高濱虚子

傀儡師《くわいらいし》《かいらいし》　古くからあった人形遣いで、新年の巷に現れ、首から吊った人形箱で、木偶《でく》人形を操って門付をして歩いた。くぐつ廻《まは》

春著《はるぎ》

新春に着る晴れ着。

春著きて十人並の娘かな　中村七三郎
春著著し母の外出に目ざとき子　稲畑汀子

手毬《てまり》

女の子の正月の遊び道具。手毬唄《てまりうた》。手毬《てまり》つき。

手毬つく門出るでなく入るでなく　千原草之
手毬唄かなしきことをうつくしく　高濱虚子

独楽《こま》

正月の男の子の玩具である。

勝独楽を掌に移しなほ余力あり　川村敏夫
たとふれば独楽のはじける如くなり　高濱虚子

追羽子《おひばね》《おいばね》

正月の女の子の遊びで、二人で羽子《はね》をつき合う。羽子《はね》つき。遣羽子《やりはね》。揚羽子《あげはね》。逸羽子《それはね》。懸羽子《かかりはね》。羽子は「はご」ともいう。つくばね。胡鬼《こぎ》の子《こ》。

今し方聞えてをりし羽子の音　池内たけし
東山静かに羽子の舞ひ落ちぬ　高濱虚子

羽子板《はごいた》

古くは胡鬼（つくばね）の木の実で作った羽子をついたので、胡鬼板《こぎいた》ともいった。飾羽子板《かざりはごいた》。

羽子板の重きが嬉し突かで立つ　長谷川かな女
羽子板を口にあてつゝ人を呼ぶ　高濱虚子

福引《ふくびき》

もともとは正月の餅を二人で引き合い、その取った餅の多少によってその年の禍福を占った。宝引《ほうびき》。

福引の当りを囃す大太鼓　羽根田ひろし
福引に一国を引当てんかな　高濱虚子

福笑《ふくわらひ》《ふくわらい》

目隠しをされた人が、お多福の輪郭を描いた紙の上に、眉、目、鼻、口を順に置いてゆく正月の遊び。

目隠しが透いて見えたる福笑　籾山梓月
福笑よりも笑ってをりにけり　稲畑汀子

し。でく廻《まは》し。夷廻《えびすまは》し。傀儡女《くぐつめ》。

傀儡の頭がくりと一休　阿波野青畝

人形まだ生きて動かず傀儡師　高濱虚子

懸想文《けさうぶみ》《けそうぶみ》

江戸時代、正月に売った艶書の体裁にした結び文のこと。梅の枝などに結んで売り歩いたという。

懸想文箪笥にしまひ置くことに　福井圭兒

もとよりも恋は曲《くせ》もの懸想文　高濱虚子

笑初《わらひぞめ》《わらいぞめ》

新年になって初めて笑うことである。初笑《はつわらひ》。

口あけて腹の底まで初笑　高濱虚子

みどり児の声とはならず笑初　稲畑汀子

泣初《なきぞめ》

新年に初めて泣くことである。初泣《はつなき》。

泣初や嬉し涙のせきあへず　麻田椎花

泣初の顔を鏡にうつしやる　中村芳子

嫁《よめ》が君《きみ》

正月三ケ日の鼠のことである。忌み言葉の一つ。

内陣を御馬駈けして嫁が君　小松月尚

三宝に登りて追はれ嫁が君　高濱虚子

二日《ふつか》

一月二日のこと。ただ二日といって正月二日を指すのは俳句の慣例である。

嫁になる娘が来てくれし二日かな　藤實艸宇

常のごと二日の客の裏戸より　高濱虚子

掃初《はきぞめ》

元日は掃くことをしないしきたりがあるので、二日になって初めて箒をとって掃除をする。初箒《はつばうき》。

掃初の塵もなかりし敷舞台　高橋すゝむ

掃ぞめの箒や土になれ初む　高濱虚子

書初《かきぞめ》

新年になって初めて詩句などを書くことをいう。昔は元日に行なわれたが、今では二日に行なうのがふつうである。試《し》筆《ひつ》。筆始《ふではじめ》。吉書《きつしよ》。

書初す長寿自祝の句短冊　常石芝青
書初はたゞ叮嚀に〳〵　高濱虚子

読初《よみぞめ》

新年初めて、好む書をとり、読み始めることをいう。

匂ひ立つものに紙の香読始　梅田実三郎
読初や机上白文唐詩選　高濱虚子

仕事始《しごとはじめ》

新年初めて、事務その他それぞれの仕事を始めること。事務《じむ》始《はじめ》。鞴始《ふいごはじめ》。斧始《をのはじめ》。

馴染みたる経師の刷毛や初仕事　佐藤静良
すぐ反古のたまる屑籠初仕事　稲畑汀子

山始《やまはじめ》

新年初めて山に入るときに行なわれる儀式で、供物を山の神に供えて、山仕事の順調を祈る。初山《はつやま》。

斧は子に酒壺は吾れ負ひ山始　新井不二郎
杣一人猿のごとくに山始　居附稲聲

鍬始《くははじめ》《くわはじめ》

幣束を立てるなどして浄めた田畑にひと鍬ふた鍬当てて使い始めることをいう。農始《のうはじめ》。鋤始《すきはじめ》。

アメリカの若き大地に鍬始　本田楓月
手の荒れて鳴らぬ拍手鍬始　杉崎句入道

漁始《れふはじめ》《りようはじめ》

新年初めて漁に出ること。実際には漁をせず、その真似をするだけの場合もある。初漁《はつれふ》。

よく乾きたる網下ろし漁始　串上青蓑
沖に出ぬこと初漁のしきたりに　中川秋太

織初《おりぞめ》

新年初めて機織りを始めること。機始《はたはじめ》。初機《はつはた》。

甲斐絹を世に絶やさじと機始　勝俣泰享
筬走る音重なりて織始　森信坤者

縫初《ぬひぞめ》《ぬいぞめ》

新年になって初めてものを縫うことである。そのとき使う針を初針《はつはり》という。

針箱に色糸満たし縫始　大橋鼠洞

絹糸をぴんと鳴らして縫始　河野扶美

売《うり》初《ぞめ》

新年初めて商店が、店を開き物を売ることである。初商《はつあきない》。初売《はつうり》。

売初やよゝと盛りたる枡の酒　西山泊雲

売初や町内一の古暖簾　高濱虚子

買《かひ》《かい》初《ぞめ》《ぞめ》

新年初めて買物をすることである。初買《はつがひ》。

買初と言はれ気がつくほどのもの　浅野右橘

買初の弾み心につかまりぬ　稲畑汀子

初《はつ》糶《ぜり》

魚市、青果市など新年初めて立つ糶市を初糶または初市《はついち》という。

百の鰤並べて市場始かな　成江洋

初競の振舞酒に浜活気　上田土筆坊

初《はつ》荷《に》

飾馬《かざりうま》。初荷馬《はつにうま》。初荷船《はつにぶね》。

桟橋は島の玄関初荷著く　佐藤清流子

はだかりし府中の町の初荷馬　高濱虚子

初《はつ》湯《ゆ》

新年初めて風呂に入ることである。銭湯では二日を初湯としている。初風呂《はつぶろ》。

初風呂に浸りてをりて寿　忽那文泉

から〳〵と初湯の桶をならしつゝ　高濱虚子

梳《す》き初《ぞめ》

新年初めて髪をくしけずることである。

梳きぞめや眦をつと引きゆがめ　高濱虚子

初《はつ》髪《かみ》

新年初めて髪を結うことを結《ゆ》ひ初《ぞめ》といい、その結い上げた髪を初髪という。初結《はつゆひ》。

初髪を結うて厨に居るばかり　浜井那美

初髪の毛筋乱れて風情あり　高濱年尾

初《はつ》鏡《かがみ》　新年になって、初めて鏡に向かうこと。またその鏡をいう。**初化粧《はつげしやう》**。

初鏡眉目よく生れこゝちよし　　池内友次郎

あらためて母に似しこと初鏡　　三村純也

稽古始《けいこはじめ》　新年初めて武道、音曲、生花などの稽古を始めること。**初稽古《はつげいこ》**。

先生に稽古始の一手合　　傘子

初稽古音色洩れくるめでたさよ　　稲畑汀子

謡《うたひ／うたい》初《ぞめ》　新年に初めて謡をうたうこと。

勝修羅のシテが当りし謡初　　近藤いぬゐ

老いてなほ稽古大事や謡初　　高濱虚子

能《のう》始《はじめ》　新年初めて能を舞うこと。注連《しめ》の張られた清々しい能舞台で、翁、高砂などが舞われることが多い。

能始著たる面は弥勒打　　松本たかし

素袍著て楽屋込みをり能始　　佐野丶石

弾《ひき》初《ぞめ》　新年に初めて琴、三味線、琵琶などを弾き始めること。洋楽器の場合もあろう。**初弾《はつびき》**。**琴始《ことはじめ》**。

弾初の吾は琵琶法師弱法師　　加藤蛙水子

弾初や妓はやめたれど変り無く　　高濱虚子

舞《まひ／まい》初《ぞめ》　新年、宮中では蘭陵王《らんりようおう》、納蘇利《なそり》などの舞楽が行なわれるという。一般には新年初めて門弟たちが師匠の家に集まって舞うことである。

舞初の路地の奥なる師匠かな　　坂東みの介

舞初の扇大きく見えしこと　　小田尚輝

初《はつ》釜《がま》　新年初めて催す茶の湯をいう。**初茶湯《はつちやのゆ》**。**釜始《かまはじめ》**。**点初《たてぞめ》**。**初点前《はつてまへ》**。

初釜や客としいふも夫ひとり　　白石千鶴子

飛石を人来る気配釜はじめ　　家田みの字

新年会《しんねんくわい》《しんねんかい》
新年を祝うために催す宴会。
酔蟹や新年会の残り酒　正岡子規

初句会《はつくくわい》《はつくかい》
新年、初めての句会。
初句会浮世話をするよりも　高濱虚子
初句会既に二十日も過ぎんとす　高濱年尾

初芝居《はつしばゐ》《はつしばい》
新年の芝居興行である。江戸時代は曾我狂言を出すのが慣例であった。
初芝居出を待つ清め塩撒かれ　片岡我當
初芝居我當一と役つゝましく　高濱年尾

初旅《はつたび》
新年になって初めての旅をいう。
雪国の雪見ん心初旅に　宮田帰郷
初旅の終る街の灯近づき来　梅田実三郎

宝船《たからぶね》
めでたい初夢を見れば幸運に恵まれるといい、昔は二日の夜、枕の下に宝船の絵を敷いて寝た。
波がしら皆一方へ宝舟　大橋杣男
吾妹子が敷いてくれたる宝舟　高濱虚子

初夢《はつゆめ》
二日の夜から三日の朝にかけて見る夢である。現在では元日の夜に見る夢をいう場合が多い。
初夢に故郷を見て涙かな　一茶
初夢を美しとせし嘘少し　嶋田一歩

三日《みつか》
一月三日。ただ三日といって正月三日を指す慣例である。
鶏小屋のことにかまけて三日かな　高濱虚子
お降の雪となりゐし三日かな　高濱年尾

松囃子《まつばやし》
江戸時代、正月三日の夜、諸侯を殿中に召して行なう謡初の儀式を松囃子と称した。

一斉に平伏したり松囃子　高橋すゝむ

福沸《ふくわかし》

神仏に供えた餅を小さく刻んで、沸かした湯に入れてかき回し、砂糖を入れて味をつけたもの。一月四日、七日または十五日に行なわれた行事。現在では一般に若水を沸かすことをいい、その鍋を福鍋という。

おない年めと相老い福沸　牛尾泥中

どこよりも茶の間が親し福沸　高橋真智子

三《さん》ケ日《にち》

正月一日、二日、三日の総称。二日正月、三日正月などともいう。

寝て過す田舎教師の三ケ日　山下しげ人

風邪の子につき合ひ過ぎし三ケ日　稲畑汀子

御用始《ごようはじめ》

一月四日各官庁では御用始を行なう。民間の銀行、会社などもこれにならうところが多い。

くろずめる朱肉に御用始かな　西川狐草

帳綴《ちやうとぢ》《ちようとじ》

商家では一般に一月四日、その年用いる新しい帳簿を綴じ、帳付けを始める。帳書《ちやうがき》。帳始《ちやうはじめ》。

伊賀紙の紙の白さよ御帳綴　観魚

父祖よりの船場商人帳始　中西子風

女礼者《をんなれいじや》《おんなれいじや》

女性は一般に家庭で年賀客を迎え忙しいので、回礼は三ケ日を過ぎてから行なわれるのが常である。

日暮れたる女賀客に灯しけり　池内たけし

よく笑ふ女礼者や草の庵　高濱虚子

騎初《のりぞめ》

古くは武家の年中行事として、新年はじめて乗馬すること、またはその儀式であった。騎馬始《きばはじめ》。馬場始《ばばはじめ》。初騎《はつのり》。

緊張の歩幅揃へる騎馬始　水見壽男

初乗や由井の渚を駒並めて　高濱虚子

弓始《ゆみはじめ》

新年、初めて弓を引くことをいう。弓矢始《ゆみやはじめ》。初弓《はつゆみ》。的始《まとはじめ》。射場始《いばはじめ》。射初《いぞめ》。

禰宜の矢のおほらかに逸れ弓始　平松措大

乱好む人誰々ぞ弓始　高濱虚子

出初《でぞめ》

一月初旬、各地で行なわれる消防初演習。これを出初という。出初式《でぞめしき》。

真向ひに桜島噴き出初式　鶴田白窓

丸ビルをうろ〳〵出初くづれかな　高濱虚子

寒《かん》の入《いり》

小寒から立春の前日までを寒といい、その寒に入るのをいう。一月五、六日ごろで、北陸地方では、小豆や大豆を入れた餅をつく寒固《かんがため》の風習があった。

いつ寒に入りしかと見る日ざしかな　星野立子

から〳〵と寒が入るなり竹の宿　高濱虚子

小寒《せうかん》《しようかん》

二十四節気の一つで冬至のあと十五日目、一月五、六日ごろにあたる。

小寒や鷗とび交ふ中華街　柴原保佳

小寒の雨に大気のゆるみけり　稲畑汀子

寒《かん》の内《うち》

寒の入から寒明までの約三十日間をいう。単に寒《かん》というのも主にこの寒の内のことである。

寒晴の叩けば響きさうな空　木村享史

寒厳しともすればすぐ涙出て　高濱年尾

寒の水《かんのみづ》《かんのみず》

寒の内の水をいう。寒中の水は薬になるともいい、寒の水に餅をつけると悪くならないなどという。

汲かへていとゞ白さや寒の水　浮流

寒の水溢れる音を聞いてをり　星野椿

寒《かん》造《づくり》

寒中の水で酒を醸造すること、またその酒をいう。風味がよく、長く貯蔵が利くといわれる。

二階より桶つりおろす寒造　西山小鼓子

蔵入りの杜氏は初心を失はず　中井余花朗

寒《かん》餅《もち》

寒中についた餅で、黴《かび》を生じにくく、保存が利くという。かき餅などにもして蓄える。

貸二階寒餅並べありにけり　蘭村

けふ寒の明けるといふに餅をつく　高濱虚子

寒《かん》紅《べに》

紅花を原料とする紅は、寒中に製造されたものを寒紅として珍重された。ことに寒中の丑の日に売り出す紅が最も良いものとされ、丑紅《うしべに》の名がある。現在は単に寒中に女性が用いる口紅を寒紅と呼んでいる。

寒紅の口を絞りて舞妓かな　皿井旭川

寒紅をさしていつもの富士額　後藤夜半

寒《かん》《かん》詣《まゐり》《まいり》

寒の約三十日の間、夜、神社や寺に参詣すること。寒参《かんまゐり》。裸参《はだかまゐり》。

一願のありて鞍馬へ寒詣　徳山聖杉

顔ふかく包みて誰そや寒参　高濱虚子

寒《かん》垢離《ごり》

寒中、水を浴び、また滝に打たれて神仏に祈願をこめることである。寒行《かんぎやう》。

寒行の袈裟大股にひるがへり　宗像佛手柑

寒行の白装束や闇を行く　高濱年尾

寒《かん》念《ね》仏《ぶつ》

寒中、僧俗をとわず、太鼓や鉦を叩きなどして、念仏や題目を唱えながら町中をねり歩き喜捨を乞うものをいう。寒行の一つである。

路地多き三国の町や寒念仏　清　准一郎

人住まぬ門並びけり寒念仏　高濱虚子

寒施行《かんせぎやう》《かんせぎよう》

寒中、狐や狸などの餌の乏しくなったころ、小豆飯、油揚げなどを、野道や田の畦などに置いて施すこと。狐狸の穴と思われる所に置くのを穴施行《あなせぎやう》という。野施行《のせぎやう》。

寒施行子供の声も聞えけり　阪之上典子

野施行やこゝらも秩父遍路道　荒川あつし

寒《かん》《かん》灸《きう》《きゆう》

寒中に灸を据えることである。古くから寒の灸はとくに効果があるといって、広く行なわれてきた。

寒灸にしみ〴〵とある命かな　川戸野登朗

お念仏申し耐へゐる寒灸　杉森千柿

寒稽古《かんげいこ》　武道を修める者が、寒中に道場へ行き、特別に稽古にはげむことをいう。芸事にもいう。

老いてなほ稽古の鬼や寒稽古　竹原梢梧
寒稽古病める師匠の厳しさよ　高濱虚子

寒復習《かんざらひ》《かんざらい》　寒中、音曲や声曲にいそしむものがとくに烈しく練習すること。**寒弾**《かんびき》。

身についてしまひし芸や寒ざらひ　下田實花
寒ざらひ声のつぶれる程ならず　高濱年尾

寒声《かんごゑ》《かんごえ》　声曲をたしなむ人が、寒中に烈しく声を出して練習すること。読経の練習をするのもまた寒声である。

寒声やうしろは暗き三輪の神　野島無量子
晩学の寒声嗄らし仏書読む　鈴木鈴風

寒見舞《かんみまひ》《かんみまい》　寒中、知人の安否を見舞う手紙を出し合ったり、電話をかけたり、訪ねて行ったりすることをいう。

珍重や菱喰雁の寒見舞　川島奇北

寒卵《かんたまご》　寒中に産んだ鶏の卵。

寒卵取りに出しのみ今日も暮　安積素顔
寒卵主婦健康な頬を持ち　千原草之

寒鯉《かんごひ》《かんごい》　寒中の鯉は動作が鈍くなり、池沼の底にじっと動かない。

寒鯉の一擲したる力かな　高濱虚子
寒鯉の光る水面をさざめかす　稲畑汀子

寒鮒《かんぶな》　寒中の鮒は深いところにひそんでいる。泥くささがなく美味なので、賞味される。**寒鮒釣**《かんぶなつり》。

尾を少し曲げて寒鮒釣られけり　松藤夏山
藪の池寒鮒釣のはやあらず　高濱虚子

寒釣《かんづり》　寒中の魚釣りである。寒鮒、寒鯉、寒鰡《かんぼら》、寒鯊《かんはぜ》などが主なものといえる。

寒釣の釣る丶気配のさらになし　上沢寛芳

嵐山の朝や寒釣居るばかり　粟津松彩子

七種《ななくさ》

正月七日、粥に七種の若菜を入れて食べる風習がある。ふつう芹《せり》、薺《なずな》、御形（母子草）、はこべら、仏の座、すずな、すずしろ、をいう。**春の七草《ななくさ》**。

母許や春七草の籠下げて　星野立子

七種に更に嫁菜を加へけり　高濱虚子

若菜《わかな》

春の七草の総称である。古典的な気分がある。**若菜摘《わかなつみ》**。

そのかみの禁野《しめの》はいづこ若菜摘む　高崎雨城

人並に若菜摘まんと野に出でし　高濱虚子

薺《なづな》《なずな》

七種《ななくさ》の一つ。闌《た》けてぺんぺん草となる。**薺摘《なづなつみ》**。

濡縁や薺こぼるゝ土ながら　嵐雪

金毘羅の神饌田小屋あと薺萌ゆ　水田千風

薺打つ《なづなうつ》《なずなうつ》

七日の朝は七種粥をつくる。薺を打ち刻みながら「ななくさなづな唐土の鳥が日本の土地に渡らぬ先に」と唱え囃す。**七《なな》種打《くさう》つ**。**七種《ななくさ》はやす**。

なづな打つ妻は醍醐の里育ち　鈴鹿野風呂

客二人七種はやす戸に来る　高濱虚子

人日《じんじつ》

五節句の一つで、陰暦正月七日。七種粥で祝う慣例がある。東方朔《とうぼうさく》の占書に「正月一日は鶏を占ひ、二日は狗《いぬ》を占ひ……七日は人を占ひ、八日は穀を占ふ」とある。

円山や人日の人ちらほらと　池尾ながし

何をもて人日の客もてなさん　高濱虚子

七種粥《ななくさがゆ》

七種の若菜を入れた正月七日の粥である。七種を俎で叩く音と囃し声が悪鳥を祓うという言い伝えがある。**薺粥《なづながゆ》**。

薺粥さらりと出来てめでたけれ　大橋杣男

薺粥吹きくぼめつゝ香ぐはしき　逢坂月央子

粥柱《かゆばしら》

粥の中に餅を入れたもの。七種粥や十五日の小豆粥などに用いる。

父のごと老夫いたはり粥柱　杉原竹女

薺の斑つけて大きな粥柱　千原草之

寝正月《ねしやうぐわつ》《ねしようがつ》

正月、家に籠って無精寝をすること。また病気でふしている場合も縁起をかついで寝正月という。

明日はよきあきうどたらん寝正月　小畑一天

みほとけのおん膝ちかく寝正月　高岡智照

鷽替《うそかへ》《うそかえ》

一月七日、福岡県太宰府の天満宮で行なわれる神事。東京の亀戸天神では二十四日、二十五日、大阪藤井寺の道明寺天満宮では二十五日に行なわれる。

茶屋に待つはゝそはに鷽替へて来し　竹末春野人

鷽替へて眉目おもしろき鷽にあふ　仁井一路

小松引《こまつびき》

一月最初の子《ね》の日に、野に出て小松を引き抜き、持ち帰って宴を張る王朝時代以来の行事があった。**子《ね》の日《ひ》の遊《あそび》**。**初子《はつね》の日《ひ》**。

根の土の奉書にこぼれ子日草　大谷句仏

野を帰る禰宜の一行小松引　加地北山

初寅《はつとら》

一月最初の寅の日に毘沙門天へ参詣して福を願う**初寅詣**《はつとらまゐり》のこと。京都の鞍馬寺が有名。**二《に》の寅《とら》**。**三《さん》の寅《とら》**。**福寅**《ふくとら》。**福搔**《ふくかき》。**福蜈蚣**《ふくむかで》。**畚下**《ふごおろ》**し**。

初寅や施行焚火に長憩ひ　田中王城

初寅や貴船へ下る小提灯　前田青雲

初卯《はつう》

一月最初の卯の日。**初卯詣**《はつうまゐり》といって東京の亀戸天神境内の御嶽神社、大阪の住吉大社、京都の上賀茂神社などに参詣する。**卯の札**《うのふだ》。**卯杖**《うづゑ》。**卯槌**《うづち》。

弟子つれて初卯詣の大工かな　村上鬼城

初薬師《はつやくし》

一月八日。一月初めての薬師の縁日である。

一山の雪の深さや初薬師　野津無字
願かけの母の手を曳き初薬師　新井桜邨

初金毘羅《はつこんぴら》

一月十日。讃岐琴平の金刀比羅宮、東京虎ノ門の金刀比羅宮が賑わう。初金刀比羅《はつことひら》。
ながし櫓初金毘羅にとゞきけり　森婆羅

十日戎《とをかえびす　とおかえびす》

一月十日の戎神社の祭りである。西宮市の西宮神社、大阪の今宮戎神社、京都の建仁寺門前の蛭子（恵比須）神社は参詣客が多い。九日を宵戎《よひえびす》、十一日を残り福《のこりふく》という。初恵美須《はつえびす》。福笹《ふくざさ》。戎笹《えびすざさ》。吉兆《きつてう》。
商人になる一念や初戎　速水真一郎
吉兆をはるぐ〵提げて上京す　高濱虚子

宝恵籠《ほゐかご　ほえかご》

一月十日、大阪今宮戎神社祭礼の十日戎《とおかえびす》に、南地《なんち》の芸妓が乗って、参詣する籠をいう。戎籠《えびすかご》。
宝恵籠の髷がつくりと下り立ちぬ　後藤夜半
宝恵駕の尚遅るゝとふれの来る　鹽見武弘

初場所《はつばしよ》

一月十日前後の日曜日から十五日間、東京の国技館で行なわれる大相撲。一月場所《いちぐわつばしよ》。正月場所《しやうぐわつばしよ》。
小角力や初番附を一抱へ　吉野左衛門
初場所の番附貼りし一旗亭　安陪青人

餅花《もちばな》

一月十四日、紅白の餅を小さく刻んで、柳などの枝に挿して、神前に供えたり床の間に飾る小正月の飾物の一つである。繭にかたどったものを繭玉《まゆだま》という。
繭玉のかげ濃く淡く壁にあり　高濱年尾
餅花を揺らせし影の鎮もりぬ　稲畑汀子

土竜打《もぐらうち》

一月十四日の夜、子供たちが藁苞《わらつと》や土竜の嫌うという海鼠《なまこ》をかたどったもので家々の土間や庭を打って歩く。年頭にあたって農作の害となるものを鎮めておくためである。
しきたりを捨てず城下のもぐら打　清水寛山
土竜打近づく門を灯しおく　鶴丸白路

綱曳《つなひき》

昔、大津の人々と三井寺門前の人々との間で大綱を引き合って、その年の吉凶を占ったことに由来する。現在、一部の地方にその風習が残っている。

綱曳や恵比寿大黒真中に　宮川史斗

二人して綱曳なんど試みよ　高濱虚子

松の内《まつのうち》

門松を立てておく間のことをいう。**注連《しめ》の内《うち》**。

鎌倉は古き都や注連の内　高濱虚子

旅すでに二度目となりぬ松の内　稲畑汀子

松納《まつをさめ》《まつおさめ》

門松を取り払うこと。**松取《まつと》る**。**門松取《かどまつと》る**。

而して稿を起さん松納　小原菁々子

薪割る音また響く松とれて　高濱虚子

飾納《かざりをさめ》《かざりおさめ》

新年の飾りいっさいを取り除くことである。それらをどんどで焚く。**飾取《かざりと》る**。**注連取《しめと》る**。

氏神へ飾納の老夫婦　杉山木川

注連貰《しめもらひ》《しめもらい》

門松を払い、注連飾を取りはずす日、子供たちはこの飾りを貰い集めてお宮や河原などのどんどの火に投げ込んで、餅など焼いたりして遊ぶのである。

注連貰ひ見知らぬ子供ばかりかな　よしこ

注連貰の中に我子を見出せし　高濱虚子

左義長《さぎちやう》《さぎちよう》

新年の飾りを取り払い、神社や広場に持ちよって焼くこと。**どんど**。**とんど**。**吉書揚《きつしよあげ》**。**飾焚《かざりた》く**。

神の火のいま左義長に移さるゝ　高木桂史

竹はぜしとんどの火の粉打ちかぶり　稲畑汀子

鳥総松《とぶさまつ》

門松を取り払うとき、その梢を折り取ってそのあとに挿しておくのをいう。

この凍の緩むことなし鳥総松　深川正一郎

こゝにまだ屯田の家鳥総松　大島早苗

松《まつ》過《すぎ》 松の内が終わった後のしばらくをいう。

松過のがらりと変る人通り　星野立子

松過のお稽古ごとに身を入れて　吉田小幸

なまはげ もと小正月、現在は十二月三十一日の夜、秋田県男鹿《おが》地方で行なわれる行事。

なまはげの躍り狂ひし座敷掃く　西澤信生

なまはげの子の泣声にたぢろぎし　竹中弘明

小正月《こしやうぐわつ》《こしようがつ》 元日を大正月というのに対し一月十五日を小正月と呼ぶ。**女《をんな》正月《しやうぐわつ》**。**女正月《めしやうぐわつ》**。

誰も来よ今日小正月よく晴れし　星野立子

女正月祝ひ引越はじまりぬ　稲畑汀子

小豆粥《あづきがゆ》《あずきがゆ》 一月十五日に小豆を入れて炊いた粥のことで、餅も入れる。これを食べれば、その年の邪気、疫病を祓うという。**十五日《じふごにち》粥《がゆ》**。

山の温泉に泊りなじみて小豆粥　森白象

明日死ぬる命めでたし小豆粥　高濱虚子

成人《せいじん》の日《ひ》 一月第二月曜日。昭和二十三年（一九四八）新しく国民の祝日として制定された。

成人のその日を以て改名す　星野立子

成人の日の華やぎに今日居らむ　竹腰八柏

奈良《なら》の山焼《やまやき》 成人の日の前日の日曜日に、奈良の若草山を焼く行事。**お山焼《やまやき》**。

山焼やほのかにたてる一ツ鹿　白雄

火を追うてのぼる高張お山焼　下村非文

藪《やぶ》入《いり》 一月十六日、奉公人が休みをもらって自由に外出して遊ぶ風習をいった。**養父入《やぶいり》**。**里下《さとさが》り**。**宿下《やどさが》り**。

藪入や思ひは同じ姉妹　正岡子規

藪入や母にいはねばならぬこと　高濱虚子

二十日正月《はつかしやうぐわつ》《はつかしょうがつ》　正月二十日のこと。この日で正月行事はだいたい終わりとなる。関西では骨《ほね》正月ともいう。

半四郎二十日正月しに来り　高濱虚子

凍る《こほる》《こおる》 〔三〕 実際に凍らなくても、気分の上で凍る感じにも使う。たとえば「凍月」など。**冱《い》つる**。**凍土**《いてつち》。

凍港や旧露の街はありとのみ　山口誓子

渤海の凍てし渚の忘れ汐　高濱年尾

冴《さ》ゆる 〔三〕 寒いとか冷えるなどの意味であるが、さらに凛とした寒さの感じ。**風冴**《かぜさ》**ゆる**、**鐘冴**《かねさ》**ゆる**、**月冴**《つきさ》**ゆる**など。

中天に月冴えんとしてかゝる雲　高濱虚子

月冴ゆるばかりに出でて仰ぎけり　高濱年尾

三寒四温《さんかんしをん》《さんかんしおん》 〔三〕 三日寒い日が続くと、あと四日暖かい日があるというように、数日の周期で寒暖の変化があること。

つゞきたる四温の果つる雨となる　大久保橙青

旅二日四温のうちに終へしこと　荻江寿友

悴《かじか》**む** 〔三〕 寒気のため手足が凍《こご》えて自由がきかなくなることをいう。

かじかめる手をもたらせる女房かな　山口青邨

悴みて短き一語とならず　山本紅園

皸《あかぎれ》 〔三〕 **あかがり**。**胼**《ひび》。**胼薬**《ひびぐすり》。

皸の手入れがすめば寝るばかり　児玉葭生

胼の手に祝賀の指輪贈らるゝ　鹽田育代

霜焼《しもやけ》 〔三〕 **霜腫**《しもばれ》。**凍傷**《とうしやう》。

凍傷者をれど一行無事と知る　小川里風

少し耳かゆし霜焼とも思はず　高濱年尾

霰《あられ》 〔三〕 大気中の水蒸気が急に冷えて氷結して降って来るのが霰である。**玉**《たま》**霰**《あられ》は霰の美称である。

吾も走り霰も走り橋長し　城谷文城
忽ちに小粒になりし霰かな　高濱虚子

風花《かざはな》 三

晴天にちらつく雪をいう。

風花のありしは朝のことなりし　高濱年尾
海見えて風花光るものとなる　稲畑汀子

雪起《ゆきおこ》し 三

北地で雪の降ろうとするとき、雷が鳴ることがある。これを雪起しという。

夜半の音雪起しとは知らざりし　西尾北鳴
荒海に一と火柱や雪起し　堀前小木菟

雪《ゆき》 三

雪の結晶は六角形なので六花《むつのはな》ともいう。**牡丹雪《ぼたんゆき》。小米雪《こごめゆき》。粉雪《こなゆき》。綿雪《わたゆき》。雪空《ゆきぞら》。ちらちら雪《ゆき》。小雪《こゆき》。大雪《おほゆき》。深雪《みゆき》。吹雪《ふぶき》。雪明《ゆきあか》り。しづり雪《ゆき》。雪煙《ゆきげむり》。朝《あさ》の雪《ゆき》。夜《よる》の雪《ゆき》。暮雪《ぼせつ》。**

いくたびも雪の深さを尋ねけり　正岡子規
雪明り夜明けの色の加はりし　奥田智久
雪やんで景色止って居りにけり　嶋田摩耶子
雪しづり吹きとび散れる微塵かな　高濱年尾

雪見《ゆきみ》 三

一夜に降り積もった雪を見に出掛けようと思うのも一つの風流心である。

雪国に嫁ぐ雪見に招かれて　長谷川回天
しづかにも漕ぎ上る見ゆ雪見舟　高濱虚子

雪搔《ゆきかき》 三

降り積もった雪をかき除けて道をつける。**排雪車《はいせつしや》。除雪車《ぢよせつしや》。ラッセル車《しや》。除雪夫《ぢよせつふ》。**

雪搔のとりつきのぼる大伽藍　伊藤柏翠
列車出しあとの雪搔き駅員等　高濱年尾

雪卸《ゆきおろし》 三

屋根に降り積もった雪を、かきおろすことをいう。

雪卸してはどうかと巡査来し　廣中白骨
銀行も郵便局も雪卸す　佐藤五秀

雪《ゆき》踏《ふみ》 〔三〕 大雪が降って、雪搔ができなくなると、樏《かんじき》や大きな雪沓で雪を踏みかため、道をつけることである。

雪踏も神に仕ふる男かな　高野素十

よそ者と今も言はれて雪を踏む　饒村楓石

雪《ゆき》まろげ 〔三〕 雪遊びの一つ。まず小さな雪の玉を作り、雪の上を転がしてだんだん大きなかたまりにする。

君火をたけよきもの見せむ雪まろげ　芭蕉

大小の雪まろげ行きちがひけり　中田みづほ

雪合戦《ゆきがっせん》 〔三〕 主に雪国の子供の遊びであるが、大雪のあった翌日などはふだん雪の降らない地方でも見かける。昔の合戦のように雪をぶつけ合って遊ぶ。**雪遊《ゆきあそび》**。

母織れる窓の下なる雪あそび　皆吉爽雨

雪合戦わざと転ぶも恋ならめ　高濱虚子

雪《ゆき》礫《つぶて》 〔三〕 ただ一つか二つふざけて投げるようなものこそ雪礫というのにふさわしい。

よき君の雪の礫に預らん　召波

新しき雪に沈みて雪礫　村上三良

雪達磨《ゆきだるま》 〔三〕 古くは丈六仏などを雪で作ったので達磨を含め**雪仏《ゆきぼとけ》**ともいった。**雪兎《ゆきうさぎ》**。

雪達磨ありし処に消え失せぬ　池内たけし

朝の日に濡れ始めたる雪達磨　稲畑汀子

竹《たけ》馬《うま》 〔三〕 二本の竹の棒にそれぞれ適当な高さの横木の足台をつけ、それに子供が乗り、歩いて遊ぶもの。

竹馬の鶏追うて走りけり　赤星水竹居

竹馬に乗りて男に負けてゐず　藤松遊子

スキー 〔三〕 雪の上を滑るスポーツで、スケートとともに冬季スポーツの代表的なものである。

スキー長し改札口をとほるとき　藤後左右

スキー靴脱ぎて自由な足となる　千原草之

橇《そり》 三 積雪のため車が通らなくなるところでは、運搬、交通に橇を使う。犬が引くものを犬橇《のそ》という。手橇《てそり》。雪舟《そり》。雪車《そり》。

空鞭のひびき夜空に橇を駆る　水見壽男

わが橇の馬が大きく町かくす　高濱年尾

雪沓《ゆきぐつ》 三 雪道を歩くとき、また雪を踏み固めて道を作るときなどに用いる。藁沓《わらぐつ》、深沓《ふかぐつ》、爪籠《つまご》などがある。

雪沓を借りて満座の寺を発つ　野島無量子

途中まで送る雪沓履きにけり　高瀬竟二

かんじき 三 雪に足を踏み込んだり、滑ったりするのを防ぐために、雪の深い地方で、靴や雪沓の下に重ねて履く道具。丸樏《まるかんじき》、輪樏などがある。樏《かんじき》。

履き捨てゝくれと樏作りくれ　水本祥壹

樏をはいて一歩や雪の上　高濱虚子

しまき 三 しまきは本来、風の烈しく吹きまくること、またその風をいうが、俳句では冬季のものとして雨をともなうものをいう。雪をともなうと雪《ゆき》しまきとなる。

しまきても晴れても北の海黝く　桑田青虎

一駅のながき停車に雪しまく　高木石子

凍死《とうし》 三 吹雪倒《ふぶきたふ》れ。

片膝をついて深雪や凍死人　紅　実

凍死人見てきしことを阿蘇の湯女　小坂螢泉

雪眼《ゆきめ》 三 雪の積もった晴天の日は、反射光線が眩しく、長時間外にいると眼が紫外線に冒され、炎症を起こす。これを雪眼という。予防には雪眼鏡《ゆきめがね》を用いる。

雪眼診て山の天気を聞いてをり　岩垣子鹿

雪眼鏡借りて見つゞけらるゝ景　稲畑汀子

雪焼《ゆきやけ》 三 雪に反射した日光により、皮膚が黒く焼けること。

検証の旅に雪焼して戻り　三谷蘭の秋
雪焼の顔を揃へて下山せし　宮中千秋

雪女郎《ゆきぢよらう》《ゆきじよろう》 三 幾日も降り続く雪の中で、雪女郎や**雪女**《ゆきをんな》が現れて道を迷わすという話が雪深い地方で伝わっている。

みちのくの雪深ければ雪女郎　山口青邨
雪女郎の眉をもらひし程の月　山田弘子

雪《ゆき》《ゆき》**折**《をれ》《おれ》 三 積もった雪の重さで、木や竹が折れることをいう。

雪折の竹かぶさりぬ滑川　高濱虚子
雪折の椿一枝に蕾あり　高濱年尾

雪《ゆき》**晴**《ばれ》 三 雪の降りやんだあとの晴天をいう。

雪晴の祇園の朝の音もなく　竹屋睦子
雪晴も雪に暗むも遠野かな　稲畑汀子

雪《ゆき》**祭**《まつり》 札幌や新潟県十日町市など、雪の多い地方で盛んに行なわれる。

雪像に積る雪掃き雪まつり　内田柳影
雪まつり雪への憂さを忘るゝも　浅利恵子

氷《こほり》《こおり》 三 **厚氷**《あつごほり》。**氷面鏡**《ひもかがみ》というのは氷の表面が鏡のように見えるのをいう。「氷紋」は窓硝子に凍りついた氷の紋様。

氷紋の又出来て来て今日暮るゝ　上野章子
星の数ふえつゝ暗き氷湖かな　濱井武之助

氷柱《つらら》 三 軒庇や崖などから水滴がたれ、それが凍ったもの。**垂氷**《たるひ》。

みちのくの町はいぶせき氷柱かな　山口青邨
遠き家の氷柱落ちたる光かな　高濱年尾

凍《いて》**滝**《だき》 冬の厳しい寒さに、水もしぶきも氷結した滝である。**滝凍**《たきこほ》る。

凍滝に耳を澄ませば水の音　山本素竹

凍滝のなき水音を聴いてをり　稲畑汀子

採氷《さいひょう》 ㊂ 川や湖などの天然氷を鋸で切り取ることをいう。

採氷や唯雪原の網走湖　唐笠何蝶

採氷や湖の蒼さを切つてをり　三浦敦子

砕氷船《さいひょうせん》 ㊂ 冬季氷結した港の出入り、その他、船の進路を容易にするために自らの重さで氷を割る特殊な船。

湾外へ砕氷船の一路かな　久米幸叢

砕氷船舳先いためて繋りをり　高木紫雲

氷下魚《こまい》 ㊂ 鱈《たら》に似た魚で、北海道で捕れる。凍った海に穴を開けて釣ったり、網を入れたりする。**氷下魚**《こまい》**釣**《つ》**る**。

氷下魚あはれ尾をはねしとき凍てにけり　大塚千々二

氷海を上る朝日に氷下魚釣　粟津松彩子

スケート ㊂ 俳句では用具としてのスケートより、スケーティングそのものを指す場合が多い。**氷滑**《こほりすべ》**り**。

スケートの心に脚の従はず　嶋田一歩

スケートの靴に乗りたる青春よ　稲畑汀子

ラグビー ㊂ ラガーも本来はラグビーの意であるが、俳句ではラグビー選手の意に用いられることが多い。

ラグビーの殺到しくる顔ゆがみ　下村福

眉の根に泥乾きゐるラガーかな　三村純也

避《ひ》**寒**《かん》 ㊂ 寒さを避けて気候の暖かい地方に赴くことをいう。**避寒宿**《ひかんやど》。

鵠沼の松ケ丘とや避寒宿　星野立子

船著いて郵便が来る避寒宿　宮田蕪春

寒《かん》**月**《げつ》 ㊂ 天地凍《い》てつく空にかかった見るからに寒々とした月をいう。

寒月の埠頭も船も寝しづまり　高林蘇城

寒月のいびつにうつる玻璃戸かな　高濱虚子

寒《かん》の雨《あめ》　寒中に降る雨のこと。

骨の母抱けば寒雨が袖濡らす　舘野翔鶴

誰々ぞ寒雨をついて来る人は　高濱虚子

寒《かん》灯《とう》 三　明るく灯ってもなお寒そうな冬の灯火である。寒燈《かんとう》。冬灯《ふゆともし》。

寒燈下面テもあげず沈金師　伊藤柏翠

若者の居る明るさの冬灯　稲畑汀子

水《みづ》《みず》餅《もち》《もち》　餅は日が経つと固くなり、また黴《かび》が生えたりするので、寒の水を張った水甕《みずがめ》に浸けておく。

水がめに重なり合ひて餅沈む　千原叡子

一つ減りまた水餅の深くなり　山内山彦

煮《に》凝《こごり》　魚などを煮た汁が寒気のため凝り固まったものである。凝《こごり》鮒《ぶな》は寒鮒の煮凝ったもの。

煮凝やかこつがほどに貧ならず　岩木躑躅

森閑と子なき夫婦や凝鮒　高木青巾

氷豆腐《こほりどうふ》《こおりどうふ》　寒夜、豆腐を凍らせ干したもの。寒豆腐《かんどうふ》。凍豆腐《しみどうふ》。高野豆腐《かうやどうふ》。

天井に吊したのしみしみ豆腐　星野立子

月に吊り日に外しけり凍豆腐　高濱虚子

氷蒟蒻《こほりごんにやく》《こおりごんにゃく》　煮えた蒟蒻を適当な大きさに切り、厳寒に晒《さら》したものである。古くからある保存食品の一つ。

峡の夜の星に蒟蒻凍りゆく　今井千鶴子

戻したる氷蒟蒻薄味に　稲畑汀子

寒天造《かんてんつく》る　寒天はところてんを屋外で凍らせ、干した食品である。ゼリーや羊羹などの原料にもなる。長野、大阪、三重が産地として知られる。

暁の星またゝく下に寒天干す　冨士原ひさ女

寒天の重さ失ふまでは干す　木村滄雨

寒曝《かんざらし》

穀類などを寒の水につけて、陰干にして晒すこと。ふつう、寒曝といえば白玉粉のことを指す。寒晒《かんざらし》。

寒晒日を失へる桶二つ　猪俣勝太郎
風の来てくぼめし水や寒晒　肝付素方

索麺干《さうめんほ》《そうめんほ》す 三

小麦粉をねり、麺状に長く伸ばしたものを並べ掛けて天日に晒す。奈良県の三輪、兵庫県の龍野、愛媛県の松山地方などが知られている。

索麺を干したる上の三輪の山　森田芳子

葛晒《くずさら》す

葛粉を採るため、葛の根から澱粉を、寒中の水を使って晒すこと。奈良県の吉野葛が有名。

葛晒す禁裡御用を誇とし　土山紫牛
葛晒すわざ秋月に残りたる　上崎暮潮

凍鶴《いてづる》 三

頸をまげて頭を翼深く隠し、一本足で立って身じろぎもしない寒中の鶴を凍鶴という。

凍鶴が羽ひろげたるめでたさよ　阿波野青畝
凍鶴の首を伸して丈高き　高濱虚子

寒鴉《かんがらす》

寒中の鴉をいう。

目の前へすとんと降りぬ寒鴉　杉崎句入道
寒鴉ひとつの声を啼きつゞけ　中口飛朗子

寒雀《かんすずめ》

寒中の雀をいう。

とび下りて弾みやまずよ寒雀　川端茅舎
兎見斯う見ついばむは何寒雀　高濱虚子

凍蝶《いててふ》《いてちょう》

死んでいるのかと思って触れてみるとほろほろと舞い上がってみたり、生きているとばかり思って触れてみると凍って死んでいたりするのを凍蝶という。

凍蝶の己が魂追うて飛ぶ　高濱虚子
凍蝶の果して翅の欠けゐたる　高濱年尾

初観音《はつくわんおん》《はつかんのん》

一月十八日、観世音菩薩のこの年最初の縁日である。

礎石見て初観音へこゝろざし　泉　刺花

初観音大提灯の下歩む　大脇芳子

千両《せんりやう》《せんりよう》

高さ六〇〜九〇センチで真冬に小さな紅い実をむすぶ。万両に似ているが、これは葉の上に実をつける。

千両の実をこぼしたる青畳　今井つる女

千両か万両か百両かも知れず　星野立子

万両《まんりやう》《まんりよう》

万両は千両よりも実が大きい。色も少し沈んだ深紅で葉かげに集まってつく。

万両のひそかに赤し大原陵　山口青邨

万両にかゝる落葉の払はるゝ　高濱年尾

藪柑子《やぶかうじ》《やぶこうじ》

山林、陰地などに自生し、冬、常緑の葉の間に小粒の美しい紅色の実をつける。正月の盆栽にされる。

山深く神の庭あり藪柑子　江原巨江

一つづつ離れたる実も藪柑子　増田手古奈

青木の実《あをきのみ》《あおきのみ》

棗《なつめ》に似た実で紅い。まれに白い実もある。

つやゝかにかたまりうれて青木の実　岡崎莉花女

寒牡丹《かんぼたん》

牡丹を厳冬に咲かせたものが寒牡丹である。藁囲いの中にやや小ぶりの花を見せる。**冬牡丹**《ふゆぼたん》。

拝観の人々寡黙寒牡丹　中川素心

苞割れば笑みこぼれたり寒牡丹　高濱虚子

葉牡丹《はぼたん》

甘藍の一種で観賞用のもの。正月用の生花、鉢植として使われる。

赤よりも白に華やぎ葉牡丹は　蔵本はるの女

積んで来し葉牡丹植ゑて車去る　稲畑汀子

寒菊《かんぎく》

秋の菊が盛りを過ぎたころから蕾をあげはじめて、冬、小輪の真黄、または濃紅の花を開く。**冬菊**《ふゆぎく》。

寒菊や世にうときゆゑ仕合せに　岩木躑躅

寒菊や祖師につかへて懈怠なく　上田正久日

冬薔薇《ふゆさうび・ふゆそうび》

㊂ 冬に咲く薔薇をいう。寒薔薇《かんばら》。冬《ふゆ》ばら。

鍵盤に落ちし一片冬薔薇　梅田実三郎

札所にも咲けば似合ひて冬薔薇　稲畑汀子

水仙《すゐせん・すいせん》

厳しい寒さの中に咲く水仙は気品があり、香気が漂う。「黄水仙」は遅れて春に咲く。

水仙や古鏡の如く花をかゝぐ　松本たかし

水仙を遠ざかるとき近づく香　稲畑汀子

冬《ふゆ》の草《くさ》

㊂ 元来は枯草を含めた冬草の総称であるが、冬もなお青々としている草という感じの方が強い。冬草《ふゆくさ》。

冬草の踏まれながらに青きかな　齋藤俳小星

鎌倉や冬草青く松緑　高濱虚子

竜《りゆう》の玉《たま》

㊂ 竜《りゆう》の髯《ひげ》の実《み》のことである。

我したること吾子もする竜の玉　上野章子

竜の玉深く蔵すといふことを　高濱虚子

冬《ふゆ》苺《いちご》

野生で、夏、白い花を咲かせ、冬、実をつける。温室栽培の冬の苺とは違う。

行滝へ降りる岩場の冬苺　松本巨草

麦《むぎ》の芽《め》

十一、十二月に蒔かれた麦は、間もなく土を割って春の草のように鮮やかに青い芽を上げる。

麦の芽に汽車の煙のさはり消ゆ　中村汀女

麦の芽の丘の起伏も美《う》まし国　高濱虚子

寒《かん》肥《ごえ》

寒中、農作物や庭の草木に肥料を施すことをいう。

寒肥の丹念なもの雑なもの　藤木呂九艸

御献木稚し寒肥してありし　松本秩陵

石蓴《あをさ》《あおさ》

浅海の岩礁につく鮮緑色の薄い葉状の海藻である。味噌汁や三杯酢にしたりする。**あをさ汁**《じる》。

積丹に住みて悔なし石蓴汁　水見悠々子

バスが行く漁村石蓴も少し干し　高濱虚子

初大師《はつだいし》

一月二十一日、新年最初の弘法大師のご縁日である。京都では**初弘法**《はつこうぼふ》といって東寺の縁日が賑わう。

高野槇買うて帰るも初大師　森白象

初大師連れだちながらはぐれけり　大野彰子

大寒《だいかん》

二十四節気の一つ。小寒から数えて十五日目、たいてい一月二十日ごろにあたる。

大寒の火の気を断ちし写経かな　藤岡あき

大寒の埃の如く人死ぬる　高濱虚子

厳寒《げんかん》

酷寒《こくかん》ともいい、冬の厳しい寒さである。**厳冬**《げんとう》は寒さの厳しい冬のこと。

厳寒や事と戦ふ身の力　池内たけし

厳といふ字寒といふ字を身にひたと　高濱虚子

初天神《はつてんじん》

一月二十五日は天満宮の初縁日で、**天神花**《てんじんばな》、**天神旗**《てんじんばた》などの縁起物を売る。亀戸ではこの日鷽替《うそかへ》（別項）の神事がある。

寒一と日初天神といふ日あり　後藤夜半

初不動《はつふどう》

一月二十八日、不動尊の最初の縁日である。

朝護摩供早や群参の初不動　松田空如

芸妓らの畏み詣る初不動　荒川ともゑ

日脚伸ぶ《ひあしのぶ》

冬至のころは、昼が最も短く、夜が最も長い。それから毎日少しずつ日脚が伸びてゆく。

選集にかゝりし沙汰や日脚のぶ　高濱虚子

入院の日を重ねつゝ日脚伸ぶ　高濱年尾

早梅《さうばい》《そうばい》

暖かな地方や南面の日溜りなどで、まだ春にならぬうちに咲き始めている梅をいう。

早梅の咲く庭いつも覗かるゝ　木村享史
街中の公園にして梅早し　高濱年尾

臘梅《らふばい》**臘梅**《ろうばい》

葉の出る前に小さな香りの高い黄色い花が数個ずつ集まって咲く。梅とは別種。**唐梅**《からうめ》ともいう。

臘梅の落す雫に香りあり　川上朴史
臘梅の香の一歩づつありそめし　稲畑汀子

寒梅《かんばい》

寒中に咲く梅をいう。また広く、冬に咲く梅を総称して**冬の梅**《ふゆのうめ》という。**寒紅梅**《かんこうばい》は多く八重である。

冬の梅きのふやちりぬ石の上　蕪村
寒梅の唯一輪の日向かな　高濱年尾

探梅《たんばい》

冬、早咲きの梅をたずねて山野に出かけることをいう。**探梅行**《たんばいかう》。

探梅やみさゝぎどころたもとほり　阿波野青畝
探梅の一行の列伸びながら　原田一郎

冬桜《ふゆざくら》 三

冬開く桜の一種。木は小さく花は白色の一重咲きで彼岸桜に似ている。**寒桜**《かんざくら》ともいう。

寒桜見に来て泊る八塩の湯　藤實艸宇
満開にして淋しさや寒桜　高濱虚子

寒椿《かんつばき》

早咲きの椿は寒中に咲くところからこれを寒椿という。特別の種類があるわけではない。**冬椿**《ふゆつばき》。

赤もまた冷たき色よ冬椿　久屋三秋
海の日に少し焦げたる冬椿　高濱虚子

侘助《わびすけ》

唐椿《とうつばき》の一種。一重の小輪で、花の数も乏しい。茶花として愛好される。

侘助や障子の内の話声　高濱虚子
侘助は一輪ざしに似合ふもの　高濱年尾

寒木瓜《かんぼけ》

寒咲きの木瓜をいう。

寒木瓜の咲きゐて莟ひしめける　三宅清三郎

寒木瓜の日和久々陶を干す　辻　未知多

室咲《むろざき》

温室やビニールハウスなどで咲かせた不時の草花など。**室《むろ》の花《はな》。室《むろ》の梅《うめ》。**

窓かけをしぼり日当る室の花　左右木韋城

水遣つて客間に運ぶ温室《むろ》の蘭　稲畑汀子

春待《はるま》つ

暗い寒い冬も終わり近くなって、ひたすら明るい春の来るのを待つ心持である。**待春《たいしゅん》。**

時ものを解決するや春を待つ　高濱虚子

来るといふ人見えずして春を待つ　高濱年尾

春隣《はるとなり》

春近《はるちか》し。

大仏の御ゝまなざしも春隣　大久保橙青

六甲の端山に遊び春隣　高濱年尾

碧梧桐忌《へきごとうき》

二月一日、河東碧梧桐の忌日。本名秉《へい》五郎。昭和十二年（一九三七）没。墓は松山の宝塔寺にある。

碧梧桐忌や墓碑銘も碧流に　吉村ひさ志

虚子あれば碧梧桐あり忌を修す　河野美奇

節分《せつぶん》

立春の前夜で、二月三、四日ごろにあたる。

節分の春日の巫女の花かざし　五十嵐播水

節分の雲の重たき日なりけり　稲畑汀子

柊挿《ひひらぎさ》《ひいらぎさ》す

古くは宮中の門に節分の夜、柊を挿し、なよしのかしらを挿した。今は鰯《いわし》の頭を豆殻に挿し悪魔払いとし、門に立てるならわしである。

父祖の家守りつゞけて柊挿す　高崎雨城

柊を挿す母によりそひにけり　高濱虚子

追儺《つゐな》《ついな》

立春の前夜、悪魔を追い払い福を呼ぶ行事である。**なやらひ。鬼《おに》やらひ。**

鬼やらひせりふもどきになりもする　中村吉右衛門

道ばたの雪の伏屋の鬼やらひ　高濱虚子

豆《まめ》撒《まき》

節分の夜、神社、仏閣で年男《としをとこ》によって追儺の豆撒が行なわれる。家庭でも「福は内、鬼は外」と唱えて豆をまく。**年《とし》の豆《まめ》**。

竈神在します闇へ年の豆　内貴白羊

吉田屋の畳にふみぬ年の豆　高濱虚子

厄《やく》落《おとし》

厄年にあたった人が、節分の夜に厄のがれのまじないをするのを厄落という。**ふぐりおとし**。

厄落す遠くに神の灯が一つ　田中王城

何物かつまづく辻や厄落し　高濱虚子

厄《やく》払《はらひ》

古くは節分の夜に乞食が手拭をかむり、張ぼての籠をかつぎ、扇子を持って厄年にあたる人の家で厄を払って回った。現在はすたれて見られなくなった。

声よきも頼もし気也厄払　太祇

八方を塞げる厄を払ひけり　末石休山

厄《やく》塚《づか》

京都吉田神社の斎場所、大元宮《だいげんぐう》の神殿前に、節分祭に際して厄塚が立てられる。

厄塚や水引かけし一《と》たばね　野村くに女

厄塚へ一寸拝んで捨つるもの　池内たけし

和《め》布《か》刈《り》神《しん》事《じ》

陰暦大晦日の夜半に始まり未明に終わる門司《もじ》和布刈神社の神事。**和《め》布《か》刈《り》禰《ね》宜《ぎ》**。**和《め》布《か》刈《り》桶《をけ》**。

落潮の早瀬にたちて和布刈禰宜　小池森閑

潮迅し和布刈神事のすゝみをり　高濱年尾

春

二・三・四月

二月 立春すなわち二月四・五日以後

春《はる》㊂ 立春から立夏の前日までであるが、月でいう場合は二月、三月、四月を春とする。**三春**《さんしゅん》は初春、仲春、晩春をいう。春九十日間を**九春**《きゅうしゅん》という。**春**《はる》**の旅**《たび》、**春**《はる》**の町**《まち》、**春**《はる》**の宮**《みや》、**春**《はる》**の寺**《てら》、**春**《はる》**の人**《ひと》、**春**《はる》**の園**《その》、**村**《むら》**の春**《はる》、**島**《しま》**の春**《はる》、**京**《きょう》**の春**《はる》など。

春の波引いて我影濡れてゐし　永野由美子
今日何も彼もなにもかも春らしく　稲畑汀子

立春《りっしゅん》 節分の翌日が立春で、二月四日または五日にあたる。暦の上ではこの日から春になる。**春立**《はるた》**つ**。

立春にはげまされたる心かな　国弘賢治
立春のかゞやき丘にあまねかり　高濱年尾

二月《にがつ》 月初めに立春がある。時候でいえば早春に相当する。陰暦を用いる地方ではこの月に正月を祝う。

歳時記の二月は薄し野に出づる　佐伯哲草
川添ひの片頬つめたき二月かな　高濱虚子

寒明《かんあけ》 立春の日をもって三十日間の寒が明ける。たいてい二月四、五日ごろにあたる。

立直す仕事寒明日処にして　松尾緑富
寒明の雪どつと来し山家かな　高濱虚子

早春《そうしゅん》 春未だ浅いころのことをいう。**しよしゅん**。

窓二つより早春の街の音　深見けん二
早春の光返して風の梢　稲畑汀子

春浅し《はるあさ》 春にはなったが、なお寒さが残り、春色のととのわないころのことをいう。**浅**《あさ》**き春**《はる》。

病牀の匂袋や浅き春　正岡子規
浅き春空のみどりもやゝ薄く　高濱虚子

睦月《むつき》

陰暦一月の異称である。

六日はや睦月は古りぬ雨と風　内藤鳴雪

留学の子の旅立ちて睦月尽　大野雑草子

旧正月《きうしやうぐわつ》《きゆうしようがつ》

陽暦に対し、陰暦の正月のことをいう。

旧正の客来て灯す仏の灯　信坂正三郎

旧正を今もまもりて浦人等　高濱年尾

二月礼者《にぐわつれいじや》《にがつれいじや》

新年、仕事の関係などで年始に回れなかった人たちが二月一日に回礼に歩く風習、またはその人。

やゝ地味に二月礼者の装へり　大久保橙青

大土佐の二月礼者に海眩し　浅井青陽子

二の替《にのかはり》《にのかわり》

歌舞伎では顔見世興行をし、十二月には一部分を替えて初の替、一月（陰暦）にはさらに一部分を替えて二の替、次を**三《さん》の替《かはり》**と称した。

さそはれし妻を遣りけり二の替　正岡子規

二の替古き外題の好もしき　高濱虚子

絵踏《ゑぶみ》《えぶみ》

徳川時代、キリスト教の信仰を禁じたとき、信者でない証《あかし》を立てさせるため、**踏絵《ふみゑ》**を人々に踏ませた。長崎奉行所などで正月四日～八日に行なった。歴史的な季題であるが、今も感慨をこめて詠まれている。

絵踏なき世の片隅に神恐れ　副島いみ子

絵踏して生きのこりたる女かな　高濱虚子

初午《はつうま》

稲荷神社の二月最初の午の日の縁日。第二、第三の午の日を**二《に》の午《うま》**、**三《さん》の午《うま》**という。**一《いち》の午《うま》**。**午祭《うままつり》**。

二の午や幟の外に何もなし　今井つる女

破れ太鼓そのまゝつかひ午祭　高濱年尾

針供養《はりくやう》《はりくよう》

二月八日、この一年の間に折れたり曲がったりした縫針を持って淡島神社に参詣し、それらを納め祀る行事である。**針《はり》**

祭《まつ》る。針納《はりをさめ》。

昼月の淡島さまや針供養　赤星水竹居

色さめし針山並ぶ供養かな　高濱虚子

建国記念の日《けんこくきねんのひ》

二月十一日。戦前は紀元節《きげんせつ》といった。国民の祝日。建《けん》国記念日《こくきねんび》。

門の雪切りひらきたる紀元節　遠藤梧逸

いと長き神の御名や紀元節　池上浩山人

国栖奏《くずさう》《くずそう》

奈良県吉野町南国栖の浄見原《きよみがはら》神社で、陰暦一月十四日に行なわれる神事。

国栖舞を見に来し我と他に二三　田畑比古

一管の笛国栖奏を司る　舘野翔鶴

バレンタインの日《ひ》

二月十四日はローマの司祭、聖バレンタインの殉教日である。欧米ではこの日から鳥が交わり始めるといわれる。

はゞからずバレンタインの贈りもの　中村芳子

ヴァレンタインデーの会話として聞けば　稲畑汀子

かまくら

秋田県の横手地方では、二月十五日にかまくらと呼ばれる雪洞を作り、子供の行事が行なわれる。古くは小正月（一月十五日）の晩の行事であった。

かまくらにありても母の膝が好き　桑田青虎

子供等にまだかまくらの空昏れず　川上玉秀

梵天《ぼんてん》

二月十六、十七日に秋田県横手市の旭岡山神社で行なわれるぼんてん祭りである。

梵天を競ふ彩り雪に映ゆ　高濱年尾

雪解《ゆきどけ》

本来は雪国の場合のことであるが、現在は一日、二日と積もった雪の解けるのにも使われる。雪解《ゆきげ》。雪解雫《ゆきげしづく》。雪解風《ゆきげかぜ》。雪解水《ゆきげみづ》。雪解川《ゆきげがは》。雪汁《ゆきじる》。

見えてきし畦の縦横雪解急　依田秋葭

まづ水の音もどりきし庭雪解　安原葉

雪《ゆき》しろ

野山に積もった雪が急に解けて、一時に海や川や野原に溢れ出るのをいう。**雪濁《ゆきにごり》**は雪しろのために川や海の濁ることである。

川口に小蒸汽入る丶雪濁り　矢田挿雲
町中を通ふ用水雪濁　窪田日草男

雪崩《なだれ》

山岳地帯に積もった雪が、春先の急な暖かさのために下層から解け始め、雪全体が山腹を崩れ落ちる現象である。**雪《ゆき》なだれ**。

炉辺の犬耳を立てたる雪崩かな　宮下翠舟
雪崩止もろとも海へなだれけり　水見悠々子

残雪《ざんせつ》

冬の間積もっていた雪が、だんだん解けながらも、なお消え残っているのをいう。**残《のこ》る雪《ゆき》**。**雪残《ゆきのこ》る**。

田一枚一枚づつに残る雪　高濱虚子
残雪の富士に残照引く裾野　稲畑汀子

雪間《ゆきま》

降り積んでいた雪が、ところどころ解け消えたその隙間をいうのである。**雪《ゆき》のひま**。

黒といふ色の明るき雪間土　高嶋遊々子
目に見えて広ごり育つ雪間草　鮫島交魚子

凍解《いてどけ》

凍っていた大地が、春になって解けゆるむのをいう。**凍《いて》ゆるむ**。**凍解《いてと》くる**。

凍解の径光りそむ行手かな　野村泊月
凍解の日の明るさの漲りぬ　稲畑汀子

氷解《こほりどけ》《こおりどけ》

解氷《かいひょう》。**氷解《こほりと》く**。**浮氷《うきごほり》**。

解氷の靄のわきたつ網走市　原一穂
風の湖解氷きしむ音止まず　木暮つとむ

薄氷《うすらひ》《うすらい》

春先、薄々と張る氷をいう。また解け残った薄い氷をもいうのである。**残《のこ》る氷《こほり》**。**春《はる》の氷《こほり》**。

泡のびて一動きしぬ薄氷　高野素十

薄氷の解けんとしつゝ日をはじく　高濱年尾

冱返《いてかへ》《いてかえ》る

暖かくなりかけたかと思うと急にまた寒くなり、一旦ゆるんだ地上の凍がふたたび元に戻ることをいう。**凍返《いてかへ》る**。

冱返る冱ゆるみたるまゝの土　村上正
昨日より今日の青空凍返る　山本晃裕

冴返《さえかへ》《さえかえ》る

少し暖かくなりかけたと思う間もなく、また寒さがぶり返して来ることをいう。

古里も亦住みうしや冴返る　竹末春野人
影よりも風の日向の冴返る　稲畑汀子

春寒《はるさむ》 [三]

春が立って後の寒さをいう。余寒というのと大体同じであるが、言葉から受ける感じが自ら違う。

春寒きことの行動範囲かな　田畑美穗女
春寒のよりそひ行けば人目ある　高濱虚子

余寒《よかん》

春になってからの寒さであるが、明けた寒《かん》の寒さがまだ尾を引いて残っている感じである。**残《のこ》る寒《さむ》さ**。

世を恋うて人を怖るゝ余寒かな　村上鬼城
鎌倉を驚かしたる余寒あり　高濱虚子

春《はる》の霜《しも》 [三]

春になってから降る霜のこと。お茶など農作物に思わぬ被害を与えたりする。

畑のもの光らせ春の霜消ゆる　志島宏遠
快晴は昨日のことよ春の霜　稲畑汀子

春《はる》の風邪《かぜ》 [三]

冬と違って軽く見られがちであるが案外治りにくい。

うるむ目も長き睫も春の風邪　梅田実三郎
鼻少しゆるみしばかり春の風邪　高濱年尾

春時雨《はるしぐれ》 [三]

時雨といえば冬のものであるが、秋にも、春にも降る。春時雨には明るさ、艶やかさが感じられる。

母の忌や其日の如く春時雨　富安風生
妹が宿春の驟雨に立ち出づる　高濱虚子

猫《ねこ》の恋《こひ》《こい》

早春、猫のさかるのをいう。恋猫《こひねこ》。うかれ猫《ねこ》。春《はる》の猫《ねこ》。猫《ねこ》の妻《つま》。孕猫《はらみねこ》。

恋猫の闇よりも濃く走りけり　藤松遊子
又こゝに猫の恋路ときゝながし　高濱虚子

白《しら》《しら》魚《うを》《うお》 ㊂

長さは六、七センチ、川や湖に多く棲む。体の色は透明で眼は黒点を置いたように鮮やかである。博多室見川の素魚《しろうお》は、ハゼ科の別種。白魚網《しらをあみ》。白魚舟《しらをぶね》。

白魚汲む水美しき萩城下　板場武郎
野菜くさ〴〵他に白魚も少しあり　高濱虚子

公魚《わかさぎ》 ㊂

稚魚は海で育つが、早春に産卵のため川をさかのぼる。結氷した湖面に穴をあけて釣ったりする。魚公《わかさぎ》。鰙《わかさぎ》。

公魚のあがる軽さに糸吹かれ　河野探風
時々はわかさぎ舟の舸子謡ふ　高濱虚子

鱵《さより》

鱚《きす》よりなお細く、体は青緑で銀色に光る。下あごが長くとがり、先端は紅みがかっている。

桟橋の灯にうちこゞみ鱵汲む　楠目橙黄子
さと過ぐる切戸の潮の鱵かな　高濱年尾

魞《えり》挿《さ》す

河川、湖沼の魞場と定めた水中に何本かの青竹を立て、そこに魞簀を突きさしつつ張りめぐらして囲いを作り、中に入った魚を網でとる。琵琶湖で盛んに行なわれている。

比叡山今日しまきをる魞を挿す　中井余花朗
両袖へ魞挿す舟の漕ぎわかれ　久米幸叢

猟《れふ》《りよう》名残《なごり》《なごり》

解禁の猟期は十一月十五日から翌年の二月十五日となっている（北海道では十月一日から一月末日まで）。猟期の終りごろになると名残を惜しむ気持が強い。

火の島に犬連れ渡り猟名残　吉田孤岳
狩の犬今日伴はず猟名残　水見壽男

野《の》焼《や》く

早春、野の枯草を焼くことである。野火《のび》。草焼《くさや》く。畦焼《あぜや》く。芝焼《しばや》く。

野を焼いて帰れば灯下母やさし　高濱虚子

野火移りゆくに遅速の萱の丈　稲畑汀子

焼野《やけの》

野焼をしたあとの野。黒々と広がり、半ば焦げた芒などが残っていたりもする。これを末黒野《すぐろの》という。

火は見えで黒く広がる焼野かな　高濱虚子

末黒野にすでに命のはじまれる　稲畑汀子

山焼《やまや》く

早春になると山を焼く。山の下草を焼くのである。山火《やまび》。

山焼の火種引きずり走りけり　梶尾黙魚

山焼の煙の上の根なし雲　高濱虚子

焼山《やけやま》

焼いている山、また焼き終わって黒くなった山、どちらも焼山という。

焼山や嵩其まゝに歯朶の容《かた》　西山泊雲

末黒《すぐろ》の芒《すすき》

草を焼いたあとの黒くなった野、いわゆる末黒野に萌え出た芒をいう。焼野《やけの》の芒《すすき》。

暁の雨やすぐろの薄はら　蕪村

グライダー基地も末黒の芒原　柴原保佳

麦《むぎ》踏《ふみ》

麦が芽を出し、少し伸びたところを足で踏んで株をしっかりさせること。麦《むぎ》を踏《ふ》む。

麦踏の去りたるあとのどつと暮れ　馬場新樹路

風の日の麦踏遂にをらずなりぬ　高濱虚子

木《こ》の実《み》植《う》う

さまざまの木の実は、二、三月のころ、苗床に植えたり、山に直植えしたりするのである。

我山に我れ木の実植う他を知らず　西山泊雲

植うるもの葉広柏の木の実かな　高濱虚子

金縷梅《まんさく》

日本固有の落葉樹。黄色くちぢれた花は、北国のみならず春の到来を告げる花として親しい。満作《まんさく》。淡黄色のものは銀縷《ぎんろ》梅《ばい》。

壺の口よりまんさくの黄となれる　岩垣子鹿

金縷梅や日をころがして峡の空　岩村惠子

猫《ねこ》柳《やなぎ》 ㊂ 主に水辺に自生する柳の一種。銀ねず色の長楕円形の花穂を交互につける。

山川のこゝ瀬をはやみ猫柳　古屋敷香葎

猫柳にはほゝけんとする心　稲畑汀子

クロッカス 葉は細く、早春、葉の間に白、黄、紫などの花をつける。**泊夫藍《さふらん》の花**。秋咲く泊夫藍は同属である。

土覚めてをりクロッカス花かゝぐ　髙橋笛美

クロッカス地に花置きし如くなり　高濱年尾

片栗《かたくり》の花《はな》 早春に地下茎から二枚の長楕円形の葉を出し、一〇～一五センチくらいの花柄の先に淡紅紫色の六弁花が、下を向いて開く。**かたかごの花《はな》**。

離村拒否してかたかごの咲く里に　藤浦昭代

片栗の花の紫うすかりき　高濱年尾

雛《ひな》菊《ぎく》 ㊂ 高さ七、八センチほどの草花で、花柄の頂に菊に似て小さな花を開く。**デージー**。

売れ残りゐし雛菊の鉢を買ふ　湯川雅

踏みて直ぐデージーの花起き上る　高濱虚子

春《しゅん》菊《ぎく》 **菊菜《きくな》**ともいい早春、若葉を採って食用にする。**茼蒿《しゅんぎく》**。**しんぎく**。

霜覆してある方は菊菜かな　夢茶子

ひとたきに菊菜のかをりいや強く　高濱年尾

菠薐草《はうれんさう》《ほうれんそう》 もっともふつうの野菜で、晩秋に蒔き、茎の立ち始める前の二、三月までに収穫する。

菠薐草買はずにすみしほどの出来　松谷良太

菠薐草一把も一人には過ぎて　石山佇牛

洲浜草《すはまさう》《すはまそう》 残雪の間から萌え出し、葉に先立って花を咲かせるので**雪割《ゆきわり》草《さう》**とも呼ばれる。花は白または淡い紅紫色で山野に自生する。葉の形が洲浜台に似ているのでこの名がある。**三角草《みすみさう》**もよく似ている。

花日記雪割草に始りし　秋葉美流子
雪を割る力は見えず雪割草　竹下陶子

蕗《ふき》《ふき》の薹《たう》《とう》　蕗は雪の残っている野辺や庭隅に、卵形で淡緑色の花芽を出す。これが蕗の薹である。

蕗の薹紫を解き緑解き　後藤夜半
持ち上げし土をまだ出ず蕗の薹　稲畑汀子

水《みづ》《みず》菜《な》《な》　白く細い葉脈に切れこみのある葉が株になっている。関東では**京菜《きやうな》**と呼ぶ。

大水菜貰うて来しがさてなにに　中林光子
さつくりと京菜裁ちたる刃かな　坊城としあつ

海《の》苔《り》　㊂　海苔の発生する浅海には海苔を養殖する**海苔粗朶《のりそだ》**（**海苔篊《ひび》**）が立ててある。**海苔舟《のりぶね》**。**海苔簀《のりす》**。**海苔掻《のりかき》**。**海苔採《のりとり》**。**海苔桶《のりをけ》**。**海苔干《のりほ》す**。**海苔干場《のりほしば》**。

海苔篊に潮さして来し音のあり　清崎敏郎
花のごと流るゝ海苔をすくひ網　高濱虚子

青海苔《あをのり》《あおのり》　㊂　内海や河口などに繁殖する海苔で、みどり鮮やかな色で香りがよい。

青海苔や石の窪みのわすれ汐　几董
青海苔をかぶらぬ岩はなかりけり　野村泊月

会《ゑ》《え》陽《やう》《よう》　陰暦一月十四日、岡山市の西大寺観音院で行なわれる修正《しゆしやう》会結願《けちがん》の行事で、最近では二月第三土曜日の夜行なっている。**裸押《はだかおし》**。

暮るゝより会陽の裸衆ゆきゝ　桑田青虎
庭炉焚きつぎて会陽の世話方衆　上田土筆坊

獺《をそ》《おそ》の祭《まつり》《まつり》　「礼記」月令篇に「孟春の月（陰暦正月）獺魚を祭る」とある。獺《かわうそ》は巧みに魚を捕る肉食の獣であるが、この時季にはすぐに食べないで魚を岸に並べておくという。これを**獺魚《かはをそうを》を祭《まつ》る**といい、略して獺の祭という。陽暦の二月二十日ごろにあたる。

獺の祭見て来よ瀬田のおく　芭蕉

言ひ伝へさま〴〵なりし獺祭　高濱年尾

鳴雪忌《めいせつき》　二月二十日、内藤鳴雪の忌日である。大正十五年（一九二六）没。**老梅忌《らうばいき》**。

なつかしき明治俳壇鳴雪忌　加藤梅晨

尼寺に小句会あり鳴雪忌　高濱虚子

義仲忌《よしなかき》　陰暦一月二十日は源義仲の忌日である。寿永三年（一一八四）近江粟津で討死した。

倶利伽羅の旧道に住み義仲忌　今村をやま

梅《うめ》　**野梅《やばい》**。**梅林《ばいりん》**。**梅《うめ》の花《はな》**。**白梅《はくばい》**。**臥竜梅《ぐわりゆうばい》**。**梅園《ばいゑん》**。

散りながら咲きながら梅日和かな　今井千鶴子

風とゞけくれる梅が香風が消す　稲畑汀子

梅見《うめみ》　春の花見のさきがけが観梅である。探梅といえば冬季になる。

梅見茶屋俄か仕立であることも　藤木呂九艸

早まりし梅見の案内悔まれて　浅井青陽子

盆梅《ぼんばい》　盆栽に仕立てた梅である。

盆梅に筆硯置かれありしのみ　中村芳子

盆梅の花の大きさ目に立ちて　高濱年尾

紅梅《こうばい》　花の色によって白梅と呼び分けられている。白梅より花期が少し遅く、咲く期間も長いようである。

紅梅や五線紙にかく音生れ　池内友次郎

紅梅の紅の通へる幹ならん　高濱虚子

黄梅《わうばい》《おうばい》　黄梅といっても梅ではなく、ジャスミンの仲間であるが芳香はない。**迎春花《げいしゆんくわ》**。

迎春花故郷恋しくありし日々　三木朱城

黄梅の盛りとてなく咲きつゞけ　開田華羽

鶯《うぐひす》《うぐいす》 ㊂

春告鳥《はるつげどり》の名があり、**初音《はつね》**といえばその年に初めて聞く鶯の初音のことになっている。**鶯《うぐひす》の谷渡《たにわたり》**。**鶯笛《うぐひすぶえ》**。**黄鳥《うぐひす》**。

鶯や島の夕日は海に落つ　宮田蕪春

鶯の来鳴く庵に住み古りし　高濱年尾

山茱萸《さんしゆゆ》の花《はな》

早春、葉が出る前に枝の先に黄色い四弁の小花が群れ咲いて、柔らかい黄色に煙って見える。

さきがけはいつも孤独の山茱萸黄　岩岡中正

山茱萸の蕾のはなれ〲なる　高濱年尾

下《した》萌《もえ》

冬枯の中に春が立ち、いつの間にか草の芽が萌えつつある。**草萌《くさもえ》**。**草青《くさあを》む**。

下萌ゆと思ひそめたる一日かな　松本たかし

下萌や境界石の十文字　星野椿

いぬふぐり

早春、野原や道ばたなど至るところに瑠璃色の可憐なこまかい花が、地に低く群がり咲く。

道とひてこゝろもとなや犬ふぐり　下田實花

ガリバーの足が来てをり犬ふぐり　蔦三郎

君子蘭《くんしらん》

剣状の逞しい葉の間から伸びた花茎に、橙黄色の花が総状に集まって咲く。

壁炉焚く診療室の君子蘭　佐々木あきら

朱の色に好き嫌ひあり君子蘭　稲畑汀子

菜種御供《なたねごく》

二月二十五日、菅原道真の忌日に行なわれる京都北野天満宮の祭りである。**梅花御供《ばいくわごく》**。**梅花祭《ばいくわさい》**。

菜種御供尼の身内のあつまりて　中村若沙

磯《いそ》竈《かまど》

三重県志摩の漁村の風習で、旧正月を過ぎたころから始まる若布刈の海女のあたる焚火の囲いのことで、磯焚火ともいう。

海女の来て直ぐに燃えたつ磯竈　石田ゆき緒

舟あぐる海女の総立磯かまど　菊池大修

若布《わかめ》 ㊂ **若布刈竿**《めかりざを》。**若布刈舟**《めかりぶね》。**若布拾**《わかめひろひ》。**若布干**《わかめほ》す。**干若布**《ほしわかめ》。**若布売**《わかめうり》。

みちのくの淋代の浜若布寄す　山口青邨
渦潮の辺に若布刈舟たゆたへり　高濱年尾

実朝忌《さねともき》 陰暦一月二十七日は鎌倉三代将軍源実朝の忌日である。墓は鎌倉扇ケ谷寿福寺にある。

実朝忌由井の浪音今も高し　高濱虚子
鎌倉に住みしことあり実朝忌　高濱年尾

春一番《はるいちばん》 春の到来を告げて最初に吹く強い南寄りの風。

みよしのを駆けるもののけ春一番　大久保白村
低気圧春一番を伴へる　稲畑汀子

三月

三月《さんぐわつ》《さんがつ》

仲春。寒さのうちにも、三月の声を聞くと、急にくつろいだ気分になる。

三月の雪の阿蘇とは知らで来し　岡崎多恵子

三月のかの地いかにと旅支度　稲畑汀子

如月《きさらぎ》

陰暦二月の異称である。この月はなお寒くて着物をさらに重ね着る意味から来ているという。

堂塔の檐如月の空にはね　県　越二郎

如月の駕に火を抱く山路かな　高濱虚子

二日灸《ふつかきう》《ふつかきゆう》

陰暦二月二日に灸を据えると効能が倍あるとか、厄除けになるとかいわれている。**ふつかやいと**。

山寺の日がな賑ひ二日灸　八木昌子

先人も惜しみし命二日灸　高濱虚子

雛市《ひないち》

雛祭の雛や道具類を売る市。**雛店《ひなみせ》**。

雛市の灯り雨の日本橋　谷川虚泉

雛市も通りすがりや小買物　高濱虚子

桃《もも》の節句《せつく》

五月五日の男の子の菖蒲の節句に対して、三月三日の女の子の節句をいう。**上巳《じやうし》**。**上巳《じやうみ》**。**桃《もも》の日《ひ》**。

箸置に桃の枝配す節句かな　柴原保佳

茶碗あり銘は上巳としるしたり　高濱虚子

雛《ひな》

雛祭《ひなまつり》。**初雛《はつびな》**。**紙雛《かみびな》**。**土雛《つちびな》**。**雛壇《ひなだん》**。**内裏雛《だいりびな》**。**古雛《ふるびな》**。**雛流《ひなが》し**。**ひひな**。**雛遊《ひなあそび》**。**雛飾《ひなかざ》る**。**雛箱《ひなばこ》**。**雛《ひな》の宴《えん》**。**雛《ひな》の客《きやく》**。**雛《ひな》の宿《やど》**。**雛納《ひなをさめ》**。

ことゞゝくまことをうつし雛調度　本田あふひ

雛飾りつゝふと命惜きかな　星野立子

白酒《しろざけ》

雛祭に雛に供える濃い白色の酒である。桃《もも》の花を浸した桃の酒《さけ》も、同じく雛祭に用いられた。

白酒を臈たしとしぬその酔も　後藤夜半
白酒の紐の如くにつがれけり　高濱虚子

菱《ひし》餅《もち》

雛壇に供える餅。紅、白、緑の三枚の餅を菱形に切り重ねて菱台に盛り飾る。

菱餅のその色さへも鄙びたり　池内たけし
菱餅を切る大小のをかしけれ　酒井小蔦

曲水《きよくすゐ》《きよくすい》

昔、三月三日の節句に、貴族や文人らが庭園内の曲折した流れに臨んで座り、上流から流す盃が自分の前へ来るまでに詩を作り、盃の酒を飲み、また次へ流す風流な公事《くじ》を**曲水《きよくすゐ》の宴《えん》**といった。**流觴《りうしやう》**。**盃流《さかづきなが》し**。**巴字盞《はじさん》**。

曲水の円座にどかと緋衣の僧　江口竹亭
曲水や草に置きたる小盃　高濱虚子

立子忌《たつこき》

三月三日は星野立子の忌日である。昭和五十九年（一九八四）八十一歳で病没。墓は虚子と同じ鎌倉寿福寺にある。

雛の日が忌日となりし佳人かな　稲岡達子
立子忌を悲しみとせぬ日は何時に　稲畑汀子

鶏合《とりあはせ》《とりあわせ》

牡鶏は春先になると闘志が昂じる。その牡鶏を闘わせ、勝負を争う。**勝鶏《かちどり》**。**負鶏《まけどり》**。**闘鶏《とうけい》**。

勝鶏の水呑みやまぬのんどかな　藤木紫風
闘鶏や川飛び越えて人来る　高濱虚子

闘牛《とうぎう》《とうぎゆう》

牛と牛に角突き合いをさせ、その勝負を見て楽しむ競技で、久慈、新潟、隠岐、宇和島、徳之島、沖縄などでは現在も行なわれている。

闘牛の優しき眼して街歩く　楠本半夜月
闘牛の終り血の砂かき均す　三木由美

春《はる》の雪《ゆき》 ㊂

春になって降る雪。少し暖かくなったと思っていると思いがけなく雪の降ることがある。**淡雪《あはゆき》**。**春雪《しゆんせつ》**。

東山晴れて又降る春の雪　武原はん女
春雪を潔く踏み楽屋入　荻江寿友

斑雪《はだれ》

春の雪がうっすらとまだらに降り積もったようす。また、解けてまだらになった残雪。**はだら**。**斑雪**《はだれゆき》。**はだら雪**《ゆき》。**はだれ野**《の》。

はだれ野に消えゆくものの息づかひ　今井肖子

はだれ野にはじまる深き轍かな　木暮陶句郎

初雷《はつらい》

立春後、初めて鳴る雷のことである。啓蟄《けいちつ》のころよく鳴るところから**虫出**《むしだし》ともいう。

初雷のごろ〳〵と二度鳴りしかな　河東碧梧桐

初雷や耳を蔽ふ文使　高濱虚子

春雷《しゅんらい》 ㊂

雷といえば夏に多いものであるが、それがまだ春のうちに鳴るのをいう。**春**《はる》**の雷**《らい》。

夢さめてやはり見えぬ目春の雷　平尾みさお

春雷の僅かに響くばかりかな　高濱年尾

啓蟄《けいちつ》

土中に冬眠していた虫が春暖の候になって穴を出て来ること。暦の上の啓蟄は三月五日ごろ。**地虫穴**《ぢむしあな》**を出**《い》**づ**。**地虫出**《ぢむしい》**づ**。**蟻穴**《ありあな》**を出**《い》**づ**。**地虫**《ぢむし》。

塊に地虫はまろぶことありて　高濱年尾

啓蟄の地の面濡らして雨一と日　稲畑汀子

蛇穴《へびあな》**を出**《い》**づ**〈へびあないず〉

冬の間、土の中に眠っていた蛇も春暖とともに穴を出て姿を現す。

穴を出し蛇のはや嫌はるゝ　蘆山一舟

蛇穴を出て見れば周の天下なり　高濱虚子

東風《こち》 ㊂

春になって東から吹く風。春吹く風ではあるがまだやや寒い感じがある。**強東風**《つよごち》。**朝東風**《あさごち》。**夕東風**《ゆふごち》。

緬羊も走れば迅し東風の牧　依田秋葭

夕東風やわれ野の家に帰るべし　深川正一郎

春《はる》**めく**

長い冬の間の寒さがゆるみ、もう春だなあ、という心地のするころのことである。

春めきし心は外に向いてをり　小川龍雄

春めきし水を渡りて向島　高濱虚子

伊勢参《いせまゐり》《いせまいり》 ㊂ 伊勢の両大神宮に参詣することで、伊勢講をつくって行なうところが多く、昔から時候のよい春が多かった。**おかげまゐり**。**脱参《ぬけまゐり》**。

伊勢参翁の伊賀も訪ひたくて　三溝沙美

三河よりおかげ参の船のつく　沖田酥舫

春《はる》の山《やま》 ㊂ 木々は芽を吹き草は萌え、花は咲き鳥はうたう。見るからに生気のあふれた明るい春の山をいう。

しぼりたる幕の下より春の山　野村泊月

春山に触れつゝ登りゆきにけり　塙告冬

山笑ふ《やまわらふ》《やまわらう》 ㊂ 春の山をいう。「臥遊録」の「春山淡冶《たんや》にして笑ふが如く、……」という一節からとった季題である。

太陽を必ず画く子山笑ふ　高田風人子

腹に在る家動かして山笑ふ　高濱虚子

水温む《みづぬる》《みずぬる》 寒さがゆるんだ水辺に佇《た》って眺めると、その水の色も何とはなしに温んできた感じがする。**温《ぬる》む水《みづ》**。

これよりは恋や事業や水温む　高濱虚子

機音のこゝまで響く水温む　高濱年尾

春《はる》《はる》の水《みづ》《みず》 ㊂ 冬涸れのあとの**春水《しゅんすい》**は、柔らかく豊かである。**水《みづ》の春《はる》**。

山寺の筧太らせ春の水　森定南樂

空のほか何も映らず春の水　高濱年尾

鵜《う》馴らし《な》 ㊂ 鵜飼の時期の来る前に鵜を馴らし調整することである。

錦帯橋映れる水に鵜を馴らす　上符秀翠

鵜馴らしやがて鵜川となる水に　高濱年尾

春椎茸《はるしひたけ》《はるしいたけ》 ㊂ 椎茸は多くは栽培されている。四季を通じて秋が最も多く、ついで春によく採れる。**春子《はるこ》**ともいう。

杉落葉嵩むがまゝの春茸榾　江口竹亭

蜷《にな》 ㊂ 川や池などに棲む長さ二、三センチの褐色を帯びた細長い巻貝である。**蜷の道**《になのみち》をつけながらゆっくり這う。**みな**。

その先に蜷一つづつ蜷の道　山本玉城

我杖の映りて曲る蜷の水　高濱虚子

田螺《たにし》 ㊂ 蝸牛《かたつむり》をやや長くしたような形で、古い池や田などに棲んでいる。**田螺取**《たにしとり》。**田螺和**《たにしあへ》。**田螺汁**《たにしじる》。**田螺鳴く**《たにしなく》。

なつかしき津守の里や田螺あへ　蕪村

ほろ苦さ口になじみて田螺和　稲畑汀子

蜆《しじみ》 ㊂ 内海、河川、湖沼などの泥の中に棲む黒褐色の小粒の貝。**蜆採**《しじみとり》。**蜆搔**《しじみかき》。**蜆舟**《しじみぶね》。**蜆売**《しじみうり》。**蜆汁**《しじみじる》。

すり鉢に薄紫の蜆かな　正岡子規

舷に洗ひ置きたる蜆笊　中井余花朗

烏貝《からすがひ》 ㊂ 湖や池などに棲む淡水産の二枚貝。日本の淡水産二枚貝のうちではいちばん大きい。

くはへゐる藁一とすぢや烏貝　黒米松青子

烏貝釣りあげられてうすにごり　相馬柳堤

大試験《だいしけん》 一般にはあまり使われぬ言葉ではあるが、春先の**入学試験**《にふがくしけん》、進級試験、卒業試験などのこと。**受験**《じゆけん》。

大試験はじまるベルに目つむれる　篠原樹風

大試験山の如くに控へたり　高濱虚子

蓴生ふ《ぬなはおふ》 蓴は蓴菜《じゆんさい》の古名。沼や池に自生し、他の水草よりも少し遅れて水面に小さな丸い葉がぽつぽつと浮かぶ。

蓴生ふる水の高さや山の池　高濱虚子

水草生ふ《みづくさおふ》 水草類が生い始め、水の中に緑がさしてくるのはたいがい三月ごろである。**みくさ生**《お》**ふ**。**萍**《うきくさ》**生**《お》**ふ**。

離宮よりつゞく流や水草生ふ　福井圭児

水草生ふ水面を雨の叩くなり　高濱年尾

春祭《はるまつり》 ㊂ 春季に行われる神社の祭礼をいう。単に祭といえば夏の祭である。

まだ何もなき田を行けり春祭　湖東紀子

春祭らしき界隈抜けて旅　稲畑汀子

春《はる》田《た》 ㊂ 秋、稲を刈った跡に麦や野菜を作らず、春までそのままにしてある田をいう。

みちのくの伊達の郡の春田かな　富安風生

足跡のそのまま乾き春田かな　稲畑汀子

春《はる》《はる》の川《かは》《かわ》 ㊂ 冬、水嵩が減ったり、涸れたり凍ったりしていた川も、春雨や雪解水などで豊かな春の川となる。**春江《しゅんかう》**。

牛曳きて春川に飲《みづか》ひにけり　高濱虚子

春の川豊かに沃土貫けり　稲畑汀子

諸《もろ》子《こ》 ㊂ 子供たちに親しまれている小さな淡水魚。形が柳の葉に似ているので「柳もろこ」ともいう。**初諸子《はつもろこ》**。

濯ぎ女と一つ歩板に諸子釣　粟津松彩子

諸子釣る一舟に日の傾きぬ　岡安仁義

柳《やなぎ》鮠《はえ》 ㊂ 学名ではなく、長さ七、八センチほどの鯎《うぐい》や追川《おいかわ》魚が柳の葉に似ているのでこの名がある。

見えてゐるよりも深しや柳鮠　鳥羽克己

舟棹に散りて影なし柳鮠　高濱虚子

子持《こもち》鯊《はぜ》 春は産卵期の魚が多い。鯊も冬を海底で過ごし、春になると川を上ってくる。

子持鯊よくかゝるとて誘はるゝ　村野蓼水

子持鯊見舞ごころにもたらせし　池田季陽

若《わか》鮎《あゆ》 三月ごろ川をさかのぼってくる六、七センチくらいの小鮎《こあゆ》である。**鮎《あゆ》の子《こ》**。

よく見れば小鮎走るや水の底　吟江

ひらめきて魚梯を遡る小鮎見し　長井伯樹

鮎《あゆ》汲《くみ》 若鮎汲である。群をなして川をさかのぼってくるところを杓で汲み捕るのである。現在は一般に禁じられている。

鮎汲の攩網の長柄のよくしなふ　木全篝火

蓑つけて主出かけぬ鮎汲みに　高濱虚子

上《のぼ》り簗《やな》 ㊂　春、川をさかのぼる習性をもつ魚を捕るための仕掛をいう。「魚簗《やな》」は夏季、「下り簗」は秋季である。

淀川や舟みちよけて上り簗　田中王城

お水送《みづおく》《みずおく》り　奈良東大寺のお水取に先だつ三月二日、若狭小浜の神宮寺ではお水送りの行事が行なわれる。

若狭なるお水送りの神事恋ふ　京極昭子

春日祭《かすがまつり》　三月十三日の奈良春日大社の大祭。古くは陰暦二月の上申の日を祭日としたので「申祭《さるまつり》」ともいわれる。

渡御先の鹿追うてゐる舎人かな　大久保橙青

御水取《おみづとり》《おみずとり》　三月十三日、奈良東大寺二月堂で行なわれる「修二会《しゆにゑ》」の中の行事。**水取《みづとり》**。

水取や格子の外の女人講　大橋櫻坡子

飛ぶ如き走りの行もお水取　粟津松彩子

御松明《おたいまつ》　三月十五日の夜、京都嵯峨の清凉寺（釈迦堂）で行なわれる涅槃会の行事。

お松明燃えて人垣あとすざり　田畑三千女

お松明燃えて星空なかりけり　開田華羽

西行忌《さいぎやうき》《さいぎょうき》　陰暦二月十五日は西行法師の忌日である。一般に釈尊入滅の十五日を忌日としている。

西行忌なりけり昼の酒すこし　京極杞陽

若き妓に歌心あり西行忌　大久保橙青

涅《ね》槃《はん》　陰暦二月十五日は釈迦入滅の日で、各寺院では**涅槃図《ねはんづ》**を掲げ、**涅槃会《ねはんゑ》**を営む。**寝釈迦《ねじやか》**。**涅槃の日《ねはんのひ》**。**常楽会《じやうらくゑ》**。

葛城の山懐に寝釈迦かな　阿波野青畝

僧あまた炉辺に眠れる涅槃通夜　森白象

涅槃西風《ねはんにし》　涅槃会の前後に吹く西風をいう。西方浄土から吹く風と信じられている。

自転車に括られ鶏や涅槃西風　清原枴童

叡山の小雪まじりの涅槃西風　西澤信生

春塵《しゅんぢん》《しゅんじん》 三

雪や霜が解けて地表が乾燥すると、春の強風に吹かれて埃《ほこり》が舞い上がる。とくにローム層の地方では幾日も空が濁って見えることがある。**春埃《はるぼこり》**。

春塵をやり過したる眉目かな　高濱虚子

春塵も置かず遺愛の杯並べ　稲畑汀子

霾《つちふる》 三

蒙古や中国北部の黄土地帯で舞い上がった大量の砂塵が、空を覆い太陽の光を隠す現象。**霾《ばい》**。**黄沙《くわうさ》**。**黄塵《くわうぢん》**。

霾れる曠野を居とし遊牧す　柳村苦子

霾れり黄河文明起りし地　鮫島春潮子

雪《ゆき》の果《はて》

おおよそ涅槃会の前後に降るといわれている春の終りの雪のこと。**名残《なごり》の雪《ゆき》**。**雪《ゆき》の別《わか》れ**。**忘《わす》れ雪《ゆき》**。

山廬いま名残の雪に埋もれし　村松紅花

春告ぐる名残の雪と思ひけり　稲畑汀子

鳥帰《とりかへ》《とりかえ》る

秋冬に渡ってきた候鳥類が、春になって北方に帰ること。小《こ》**鳥引《とりひ》く**。**鳥雲《とりくも》に入《い》る**。**鳥曇《とりぐもり》**。**帰《かへ》る鳥《とり》**。

吹《ふく》浦《うら》も鳥海山も鳥曇　佐藤漾人

野の果と空の果合ふ鳥雲に　稲畑汀子

引鶴《ひきづる》

晩秋、シベリア方面から渡って来た鶴は、越冬して三月ごろ北へ帰る。**帰《かへ》る鶴《つる》**。**鶴帰《つるかへ》る**。**残《のこ》る鶴《つる》**。

鶴みんな引きたり鶴の墓のこし　下村非文

田鶴の引く気配に敏く村人ら　村上杏史

引鴨《ひきがも》 三

沼や川や田や湖などに渡って来ていた鴨が、三月から五月にかけて、北へ帰って行く。春になっても帰らないで残るものを**残《のこ》る鴨《かも》**という。**鴨帰《かもかへ》る**。**帰《かへ》る鴨《かも》**。**行《ゆ》く鴨《かも》**。

よべどつと引いたる鴨のあるらしく　石井とし夫

引く鴨の名残の乱舞江津はいま　稲畑汀子

帰《かへ》《かえ》る雁《かり》《かり》

わが国で越冬した雁は、三月下旬ごろ、また北へ帰る。**帰《き》雁《がん》**。**雁帰《かりかへ》る**。**行《ゆ》く雁《かり》**。**雁《かり》の別《わか》れ**。**春《はる》の雁《かり》**。

美しき帰雁の空も束の間に　星野立子
仰ぎみし帰雁のつばさゆるやかに　高濱年尾

雁風呂《がんぶろ》

雁が北へ帰るころ、青森県の外ケ浜付近では、その辺りに落ち散った木片を拾い集めて雁の供養の心で風呂をたてたという。**雁供養《がんくやう》**。

みちのくに善知鳥姓あり雁供養　木村杢來
雁風呂や海荒るゝ日は焚かぬなり　高濱虚子

治聾酒《ぢろうしゆ》《じろうしゆ》

春分にいちばん近い戊《つちのえ》の日を春の社日、春社といい、この日に酒を飲むと、聾が治るという言い伝えがある。その酒を治聾酒と呼ぶ。特別の酒ではない。

治聾酒の酔ふほどもなくさめにけり　村上鬼城
治聾酒を忘れてゐたり一人のむ　内田烏亭

彼《ひ》岸《がん》

春分の日を「お中日《ちゆうにち》」とした前後三日ずつの七日間を彼岸という。祖先を祀り墓参をし、寺院に詣でる。

山寺の扉《と》に雲遊ぶ彼岸かな　飯田蛇笏

長谷寺に法鼓轟く彼岸かな　高濱虚子

春分《しゆんぶん》の日《ひ》

春分は二十四節気の一つ。三月二十一日前後で、昼夜の長さがほぼ同じになる。

正午さす春分の日の花時計　松岡ひでたか

彼岸詣《ひがんまゐり》《ひがんまいり》

彼岸七日の間のお寺詣り。寺では彼岸のおつとめ、説教などがある。**彼岸会《ひがんゑ》**。**彼岸団子《ひがんだんご》**。

手に持ちて線香売りぬ彼岸道　高濱虚子
うと〳〵と彼岸の法話ありがたや　河野静雲

彼岸桜《ひがんざくら》

桜の一種で、春彼岸のころ他の桜にさきがけて咲く。**枝垂《しだれ》桜《ざくら》**はこの変種で**糸桜《いとざくら》**ともいう。

糸桜風もつれして散りにけり　泊露
枝先はすなほに枝垂れざくらかな　高濱年尾

開《かい》《かい》帳《ちやう》《ちょう》

寺院で厨子を開いて秘仏を信徒に拝ませること。秘仏を他の地に移し、拝観させるのを**出開帳《でがいちやう》**という。

炎上をまぬがれたまひ出開帳　清原枴童

本尊へえにしの綱や御開帳　高濱年尾

大石忌《おほいしき》《おおいしき》

三月二十日、京都祇園の一力亭《いちりき》（万亭）で行なう大石良雄の法要である。

手をひかれ来たる老妓や大石忌　田畑比古

いつしかに老妓といはれ大石忌　佐々木紅春

貝寄風《かひよせ》《かいよせ》

大阪四天王寺の聖霊会（陰暦二月二十二日）の舞台に立てる筒花は、難波の浦辺に吹き寄せた貝殻で作るというところから、この前後に吹く西風を**貝寄**《かひよせ》という。

貝寄風に乗りて帰郷の船疾し　中村草田男

貝寄風の描きし浜の砂の紋　堤靭彦

暖か《あたた》　三　ぬくし。

笑みと云ふ無言の会釈暖かし　田中暖流

今日よりの暖かさとはなりにけり　高濱年尾

目貼《めばり》**剝**《は》**ぐ**

寒い地方で窓や戸の隙間に貼っておいた目貼を、春になって剝ぐことをいう。

よき紙の目貼は潔く剝がれ　宮城きよなみ

張合ひのありし暮しの目貼はぐ　高濱虚子

北窓開《きたまどひら》**く**

寒風の吹き入るのを防ぐため冬中閉めきっていた北側の窓を開けるのをいう。

北窓を開けなつかしき山そこに　渡辺やゑ

炉《ろ》**塞**《ふさぎ》

昔は三月晦日に塞ぐのを例とした。茶の湯では炉を閉じた後は風炉を用いる。**炉**《ろ》**の名残**《なごり》。**春**《はる》**の炉**《ろ》。

炉塞いで寄辺なげなる膝頭　岩木躑躅

炉塞ぐに非ず離るゝこと多し　高濱虚子

炬燵塞《こたつふさ》**ぐ**

切炬燵を塞いだあとは蓋をして畳を入れる。置炬燵をしまうのも同じように呼んでいる。

午過の火燵塞ぎぬ夫の留守　河東碧梧桐

春煖炉《はるだんろ》 ㊂ 春になってまだ使う暖炉、また使わなくても片付けずにある暖炉である。

みな庭に出てしまひたる春煖炉　五十嵐播水
春煖炉焚き陶房に二三人　稲畑汀子

春炬燵《はるごたつ》 ㊂ 春になっても使う炬燵をいう。

嫌はれてゐるとも知らず春炬燵　酒井小蔦
眼帯をかけてもの憂し春ごたつ　竹田小時

春火桶《はるひをけ》《はるひおけ》 ㊂ 冬の間使い続けてきた火桶は春が立ってもすぐには片付けない。**春火鉢**《はるひばち》。

春火鉢そなたは女将吾は比丘尼　高岡智照
人数には足らねど春の火桶あり　高濱年尾

春障子《はるしやうじ》《はるしようじ》 ㊂ 戸外が明るい春の光に満ちあふれる頃の障子のことである。**春の障子**《はるのしやうじ》。

枕辺の明るき目覚め春障子　丹羽ひろ子
片寄せて明るき日差し春障子　八城敬子

捨頭巾《すてづきん》《すてずきん》 春になって頭巾を用いなくなることをいう。頭巾は、昔は一般の風俗であった。

捨頭巾置かれしまゝに炉辺にあり　小幡幽荘子
蝦夷寒くまだ〳〵頭巾捨てられず　原岡杏堂

雉《きじ》 ㊂ 春になると、鋭く鳴いて雌を呼ぶ。この声のあわれさが、留鳥である雉をとくに春季のものとしたらしい。**雉笛**《きじぶえ》は雉の声に似せて相手を呼び寄せる笛。**雉子**《きじ》。**きぎす**。**雉打**《きじうち》。

山道や人去て雉あらはるゝ　正岡子規
拝観の御苑雉子啼きどよもせり　高濱虚子

鷽《うそ》 ㊂ 雀より大きく文鳥に似ている。口笛に似た良い声で囀る。

黒鷽の嫌はれつゝも飼はれをり　岡田耿陽
鷽のはみこぼす花芽と知らざりし　桑田青虎

雲《ひ》雀《ばり》 ㊂ **揚雲雀《あげひばり》。落雲雀《おちひばり》。夕雲雀《ゆふひばり》。雲雀野《ひばりの》。雲雀籠《ひばりかご》。雲雀笛《ひばりぶえ》**は雲雀を誘うためその鳴き声に似せて作った笛。

都府楼のどこかに何時も雲雀鳴き　古賀青霜子

雲雀野へ何時か伸ばしてゐる散歩　稲畑汀子

燕《つばめ》 ㊂ 民家の軒や土間の梁《はり》などに巣をかける。春の彼岸ごろに来て子を育て、秋の彼岸ごろに南方へ帰る。**乙鳥《つばめ》。つばくろ。つばくら。つばくらめ。燕来《つばめきた》る。**

火山灰はげし燕は低く／＼飛ぶ　小城古鐘

燕を見てをり旅に出て見たく　星野立子

春《はる》雨《さめ》 ㊂ いつまでも降り続く長雨を春霖《しゅんりん》という。**春《はる》の雨《あめ》。**

春雨の衣桁に重し恋衣　高濱虚子

東山低し春雨傘のうち　高濱年尾

春《しゅん》泥《でい》 ㊂ 春のぬかるみである。凍解、雪解などによって、そのぬかるみもことにはげしかったりする。**春《はる》の泥《どろ》。**

春泥に押しあひながら来る娘　高野素十

春泥に一歩をとられ立ちどまり　高濱年尾

ものの芽《め》 春になって萌え出るもろもろの芽をいう。何やらの芽という心持をこめている。

土塊を一つ動かし物芽出づ　高濱虚子

どの芽とも踏むまじくして踏まれをり　稲畑汀子

草《くさ》の芽《め》 春萌え出るいろいろの草の芽をいう。**名草《なぐさ》の芽《め》**といえば、とくに名のある草の芽のことである。

甘草の芽のとび／＼のひとならび　高野素十

たくましき萩の芽立ちの頼らるゝ　稲畑汀子

牡丹《ぼたん》の芽《め》 まだ枯木のような牡丹の枝に燃えるような、赤い芽が出てくる。

ゆるがせにあるとは見えぬ牡丹の芽　後藤夜半

黒牡丹ならんその芽のこむらさき　米谷孝

芍薬《しやくやく》の芽《め》
大地から紅い芽が群がり出て、ものの芽の中でもことに美しい。**芽芍薬《めしやくやく》**。
芍薬の芽のほぐれたる明るさよ　星野立子
くれなゐは土の信号芽芍薬　佐藤うた子

桔梗《ききやう》《ききよう》の芽《め》《め》
自生のものもあれば植えられたものもある。出るとすぐ葉づくりを始める。
桔梗と分別したる芽生かな　辰　生

菖蒲《しやうぶ》《しようぶ》の芽《め》《め》
水浅い菖蒲田に、菖蒲の芽が並びつらなって水面に出たりしている。
菖蒲の芽水藻ひきつゝ伸びにけり　小熊ときを
向ふなる汀の菖蒲水を出し　高濱虚子

蘆《あし》の角《つの》
蘆は細く鋭い芽を、つんと空に突き出す。角という呼び方も、俳句古来のもの。**蘆《あし》の芽《め》**。**角組《つのぐ》む蘆《あし》**。
蘆芽ぐむ水を叩いて家鴨追ふ　波多野弘秋
大方は泥をかぶりて蘆の角　高濱虚子

荻《をぎ》《おぎ》の角《つの》《つの》
水辺や原野に芽生える荻の芽が、角のように鋭いところから荻の角とか**角組《つのぐ》む荻《をぎ》**などという。**荻《をぎ》の芽《め》**。
水はねて突と角組む荻なりし　星野　椿
荻の角かたむき合うて一とところ　坊城としあつ

菰《こも》の芽《め》
真菰の芽で、**芽張《めば》るかつみ**ともいう。かつみは真菰の別名である。
枯真菰漂うてゐて芽吹きけり　岸　朗

春《はる》の土《つち》　㊂
春になると土の凍がゆるみ、草木をはぐくむ感じがするようになる。雪国では土の現れるのが待たれる。
萌え出づるものにやはらか春の土　高木青巾
園丁の指に従ふ春の土　高濱虚子

耕《たがやし》　㊂
土を鋤きかえしやわらかくすることで、田打や畑打などを含めた広い意味にいう。**耕人《かうじん》**。**耕馬《かうば》**。**耕牛《かうぎう》**。
山畑を耕す木ぐつ修道女　佐藤一村

樹海なほ果てざる国を耕せる　木村要一郎

田打《たうち》㊂ 春田の土を鋤き返し、打ちくだいてはほぐすことである。**田《た》を鋤《す》く。**

遠く居し田打の人も雨に消え　松岡悠風

田打女の腰かけてゐる田舟かな　齋藤雨意

畑打《はたうち》㊂ 畑を耕すことである。

天近く畑打つ人や奥吉野　山口青邨

畑打つて飛鳥文化のあととかや　高濱虚子

種物《たねもの》 軒先に吊したりして、冬の間保存しておいた蔬菜、草花類の種子。**種袋《たねぶくろ》。種物屋《たねものや》。種売《たねうり》。花種《はなだね》。物種《ものだね》。**

種物屋して古里にをると聞く　豊原月右

物種を入れたる瓢炉辺にあり　高濱虚子

苗床《なへどこ》《なえどこ》 植物の苗を仕立てる仮床であり、冷床と温床と二通りある。**種床《たねどこ》。**

苗障子一枚はづしあるところ　福井圭兒

苗床の守りの明け暮れはじまりし　宮城きよなみ

花種蒔く《はなだねま》 秋の草花の種を蒔くことで、春の彼岸前後に蒔くのがふつうである。**鶏頭蒔く《けいとうま》。**

天津日の下に花種蒔きにけり　塩谷渓石

好きなれば沢山蒔きぬ葉鶏頭　大島三平

夕顔蒔く《ゆふがほま》《ゆうがおま》 種を蒔くのは彼岸ごろからで、苗床に作る場合もあるが多くは直蒔である。

夕がほの種ううや誰古屋しき　暁台

糸瓜蒔く《へちまま》 糸瓜は八十八夜までに、地面へじかに蒔く。

厨辺のいづれかくるゝ糸瓜蒔く　三原山赤

胡瓜蒔く《きうりま》《きゆうりま》 温床に蒔いてのち畑に移植する場合と、直接畑に蒔く露地蒔の場合がある。

与太郎が来て居り胡瓜蒔きつらん　高濱虚子

南瓜蒔《かぼちやま》く

苗床に蒔いたり、畑に基肥《もと》をたくさん施して蒔いたりする。

産れ次ぐ仔豚丈夫に南瓜蒔く　今本南雀

同じ名の日雇二人南瓜蒔く　西方美代子

茄子蒔《なすま》く

床蒔と直蒔とがあるが、普通蒔いたのち六、七十日間苗床で育てる。「茄子苗」「茄子植う」は夏季である。**なすび蒔《ま》く**。**茄子床《なすどこ》**。

茄子の種紫ならず蒔きにけり　今井千鶴子

じよろの水浴びしばかりの茄子床　川口利夫

牛蒡蒔《ごばうま》く

牛蒡蒔《ごぼうま》く

牛蒡は畑にじかに蒔く。

山裾や一と隅請けて牛蒡蒔く　井上痴王

牛蒡蒔く畝の仕立てを高々と　世継志暁

麻蒔《あさま》く

麻の種は三、四月ごろ畝を切り、筋蒔とする。古くから栽培されている。

麻まくや湖へ傾く四五ケ村　永田青嵐

芋植《いもう》う

里芋、八つ頭、唐の芋、馬鈴薯などは、ふつう三、四月ごろ植付をする。

土地愛し子孫を愛し芋植うる　齋藤俳小星

芋植ゑて円かなる月を掛けにけり　高濱虚子

種芋《たねいも》

春植え付けるために、冬を越して貯蔵した芋である。**芋《いも》の芽《め》**。

開墾は懶けて居れず薯芽伸ぶ　品川渇雲洞

種芋のころ〳〵とある軒の下　高濱虚子

菊根分《きくねわけ》

分植するために、萌え出た菊の根を分けることである。**菊植《きくう》う**。**菊分《きくわか》つ**。

菊根分して教頭と校僕と　粟賀風因

ベランダに鉢を並べて菊根分　高濱年尾

菊《きく》《きく》の苗《なへ》《なえ》

菊は根分か挿芽で苗を作る。その苗をいう。菊作りにとって、よい苗作りがまず大切である。

菊植うる明日を思ひて寝つかれず　高田美恵女
菊芽挿し風に馴らすといふことも　内田准思

萩根分《はぎねわけ》

春になって萩の芽が出ると、古株を掘り起こして、根分けし、移植する。

御望の萩根分して参らする　高橋すゝむ
あち歩きこち歩きして萩根分　高濱虚子

菖蒲《しやうぶ》《しようぶ》根《ね》《ね》分《わけ》《わけ》

適当に芽の出た菖蒲を根分けして、池や菖蒲田などに植え付けることである。

古園や根分菖蒲に日高し　吉岡禅寺洞
惜みなく捨てゝ菖蒲の根分する　大石暁座

苗《なへ》《なえ》札《ふだ》《ふだ》

苗床、花壇、鉢などの土に挿しこまれた小さな木の札。

苗札に従ふ如く萌え出でぬ　門田蘇青子
苗札を夕のぞきして立てりけり　高濱虚子

木《こ》の芽《め》

春の木の芽の総称。**きのめ**。**芽立《めだ》ち**。**木《こ》の芽時《めどき》**。**木《こ》の芽吹《めふ》く**。そのころに吹く風を**木《こ》の芽風《めかぜ》**という。

木の芽だつけはひしづかにたかぶれる　長谷川素逝
山毛欅林芽吹く二の沢三の沢　松本圭二

芽《め》柳《やなぎ》

芽を付けた柳の糸のなびくさま、芽がしだいにほぐれてゆく変化も面白い。**芽《め》ばり柳《やなぎ》**。**柳《やなぎ》の芽《め》**。

柳の芽粒々と枝細々と　米谷孝
疎にありて風にもつれぬ柳の芽　稲畑汀子

接骨木《にはとこ》《にわとこ》の芽《め》《め》

春、他のものにさきがけて、みずみずしく柔らかい太い芽が出る。

接骨木の芽や逆まに大いなる　山口青邨

楓《かへで》《かえで》の芽《め》《め》

楓の芽は真紅で、柔らかく小さく、吹き出たように付く。

繋がれて鼻擦る牛や楓の芽　野村泊月
芽楓の明るさに歩を揃へけり　稲畑汀子

桑《くは／くわ》の芽《め》

桑解《くはと》くは、その芽が出る前に、冬の間くくっておいた桑の枝を解くこと。

桑の芽は太り田畑に人も殖え　齋藤俳小星
縄ぼこり立ちて消えつゝ桑ほどく　高濱虚子

薔薇《ばら》の芽《め》

原野に自生するのは茨である。茨《いばら》の芽《め》。

薔薇の芽のどんな色にもなれる赤　廣瀬ひろし
茨の芽のとげの間に一つづつ　高濱虚子

蔦《つた》の芽《め》

一般の芽よりやや遅れてみずみずしい赤や白の芽を吹き、しだいに青く葉を広げてくる。

枯れし幹をめぐりて蔦の芽生えかな　大橋櫻坡子
枯色に秘めて蔦の芽なりしかな　稲畑汀子

楤《たら》の芽《め》

楤は山野に自生し、茎にも葉にも鋭い棘が多い。春の若芽は摘んで食用にされる。多羅《たら》の芽《め》。

岨の道くづれて多羅の芽ふきけり　川端茅舎
富士見えぬ富士山中に楤芽掻く　堤俳一佳

山椒《さんせう／さんしよう》の芽《め》

料理で木の芽というと山椒の芽を指す。さんしようのめ。木《き》の芽和《めあへ》。

夕刊をとりて山椒の芽をとりて　高野富士子
病院の一菜にして木の芽和　高濱年尾

田《でん》楽《がく》

豆腐を長方形に切り、竹串にさし、木の芽を擂り込んだ味噌をつけて焼いたもの。木《き》の芽田楽《めでんがく》。

田楽の味噌選びから始めたる　稲畑廣太郎
田楽もかたき豆腐にかたき味噌　高濱虚子

青《あを／あお》饅《ぬた》

芥菜《からしな》や胡葱《あさつき》などを、茹でて酢味噌で和《あ》えたものである。

青ぬたや仏へ日供の一とつまみ　麻田椎花

草深く青ぬた食《め》すや中納言　高濱虚子

枸杞《くこ》

野原などに自生する低木で、棘がある。若葉を飯に炊きこんで**枸杞飯《くこめし》**とし、また枸杞茶にもする。**枸杞摘《くこつ》む**。

ひたすらに枸杞の芽を摘み去に支度　中里其昔

五加木《うこぎ》

山野に自生する低木。棘があるので生垣にもされる。若葉を摘んで食用にする。**五加木摘《うこぎつ》む**。**五加木飯《うこぎめし》**。

五加木摘む枝をつまんで離しては　島田紅帆

白粉をつければ湯女や五加木つむ　高濱虚子

菜飯《なめし》 ㊂

菜を細かく刻み、さっと熱湯を通し、塩を少し加えて炊きたての飯にまぜ合わせたもの。

古妻と云はるゝ所以菜飯炊く　根津しげ子

さみどりの菜飯が出来てかぐはしや　高濱虚子

目刺《めざし》 ㊂

鰯《いわし》などの小魚数匹を連ねて、竹串でその目を刺し通し、振塩をして干したもの。

かりそめの独り暮しや目刺焼く　藤松遊子

蒼海の色尚存す目刺かな　高濱虚子

白子干《しらすぼし》 ㊂

鰯などの稚魚で、体が無色透明なのがシラス、それを湯にくぐらせて干し上げたものが白子干である。

白子干す日射うすしと仰ぎけり　大石曉座

浜風のほどよき強さ白子干す　橋川かず子

干鱈《ひだら》 ㊂

鱈を開きうす塩にして干したもの。**棒鱈《ぼうだら》**は、頭、腸を除いたままで干しかためたもの。**ほしだら**。

信楽の茶うりが提げし干鱈かな　暁台

鰆《さはら》《さわら》 ㊂

形は細長く鰹《かつお》にやや似ているが平たい。銀ねず色に黒い斑点がある。漁獲の時期から鰆という字をあてる。

潮境右し左し鰆舟　水見悠々子

盛り上る鰆の潮に瀬戸明くる　河野美奇

鰊《にしん》 ㊂

産卵期の鰊が大群で来ることを**鰊群来《にしんくき》**という。**鰊曇《にしんぐもり》**は鰊のとれるころの曇り空のこと。**鯡《にしん》**。

どんよりと利尻の富士や鰊群来　山口誓子
鰊群来たちはだかれる浜びとら　高濱年尾

𩸽《ほつけ》 ㊂ あいなめの一種で、色は多く暗灰色で赤みがかった斑紋がある。産卵は秋であるが、春多く捕れる。

波くぼみ𩸽の渦と遠目にも　水見悠々子

鱒《ます》 ㊂ 鮭に似るがやや小さい。五、六月ごろ川をさかのぼり、八、九月ごろ急流の砂礫に産卵する。養殖もさかんである。

高原や水清ければ鱒を飼ふ　三ッ谷謡村
九頭竜の水も豊かに鱒の旬　小林孤舟

鮊子《いかなご》 銀白色の細長い魚で、三月ごろ多くとれ、佃煮または干して食べることも多い。**かますご**。

こぼれたる波止の鮊子掃き捨てる　桑田青虎
旗立て、鮊子舟は又沖へ　高濱年尾

飯蛸《いひだこ》《いいだこ》 ㊂ 足を加えても二〇〜二五センチほどの小形の蛸である。その卵が白色小粒で飯粒に似ている。

飯蛸を歯あらはにぞ召されける　清原枴童
飯蛸の墨にまみれて力なし　竹添魚林

椿《つばき》 ㊂ **山椿**《やまつばき》。**藪椿**《やぶつばき》。**白椿**《しろつばき》。**乙女椿**《をとめつばき》。**八重椿**《やへつばき》。**落椿**《おちつばき》。**玉椿**《たまつばき》は椿の美称。花が咲き連なっている状態を**つらく椿**《つばき》という。

仰向きに椿の下を通りけり　池内たけし
ゆらぎ見ゆ百の椿が三百に　高濱虚子
黒潮へ傾き椿林かな　高濱年尾

茎立《くくたち》 三、四月ごろ大根、蕪《かぶ》、菜類の花茎が高くぬきん出ることをいう。いわゆる「薹《とう》だち」をしたもの。

茎立つて疎まれてゐる鉢一つ　小田尚輝
茎立や命の果をたくましく　稲畑汀子

独活《うど》 独活の若芽は柔らかく、食用とされる。**芽独活**《めうど》。**山独活**《やまうど》。

山独活の土つくま、に逞しき　坊城としあつ

荒れし手と笑はれ老の独活作り　西野知変

アスパラガス

ヨーロッパ原産で主に北海道で栽培される。松葉独活《まつばうど》。

伽羅蕗もグリーンアスパラガスも好き　新谷氷照

羊蹄へ続く青アスパラの畝　廣中白骨

慈姑《くわゐ》《くわい》

多くは地下茎を食用にするために水田で栽培される。壬生《みぶ》慈姑《くわゐ》。慈姑掘《くわゐほ》る。花慈姑は「沢瀉」（夏季）の花の別名。

掘り出せる泥の塊なる慈姑　山地國夫

ほろにがき慈姑ほくほくほくと　川端紀美子

胡葱《あさつき》

山野に自生し、また野菜として栽培される。糸葱《いとねぎ》。千本分葱《せんぼんわけぎ》。

あさつきの葉を吹き鳴らし奉公す　高野素十

野蒜《のびる》

田の畦や小川のほとりの雑草の中に自生する。葉は細長い管状で地下茎は辣韮《らっきょう》に似て白く小さい。

野蒜の根深し〳〵と掘りつゞく　亮木滄浪

鍬切れの野蒜の匂ふ畠かな　田中たゞ志

韮《にら》

山野に自生するが、ふつう畑に栽培する。ふたもじ。

韮粥に夫婦別あり好き嫌ひ　齋藤俳小星

韮切るやともし火をとる窓の人　高濱虚子

蒜《にんにく》

蒜は葉が扁平で細長くねじれ曲がっている。地下の大きな鱗茎を調味用や薬用にする。葫《にんにく》。忍辱《にんにく》。大蒜《おほびる》。

病ひ抜けして蒜をつゞけをり　東出善次

剪定《せんてい》

春、芽吹く前に、林檎、梨、葡萄などの果樹の生育や結実を均等にするために、枝を刈り込むこと。

剪定の鋏の音に近づきぬ　深見けん二

壮年は樹にもありけり剪定す　依田秋葭

椄木《つぎき》

芽木の細枝を切って、同類異種の木の幹に椄ぎ合わせること。接合する幹を砧木《だいぎ》、枝を椄穂《つぎほ》という。

僧棲木つくもつかぬも弥陀まかせ　　高羽吐心
梨棚の中なる梨の棲木かな　　高濱虚子

取木《とりき》

木の枝に疵《きず》をつけ土で覆い、油紙、竹の皮、ビニールなどで包んだり、また枝を撓めて地に埋めたりして根を出させ、その枝を切り取る方法である。

取木して置きたるものを忘れゐし　　山本鱠二
ふと取木してあることに気がつきぬ　　山本杜城

挿木《さしき》

元の木の枝を切って、土または砂に挿して根付かせ、新しい木を育てること。挿す部分を挿穂《さしほ》という。

手の泥をはたき挿木の腰上ぐる　　小林雑艸
挿木せしばかりの影のありにけり　　逢坂月央子

苗木植う《なへぎう・なえぎう》

苗床で育った苗木を移し植えることで、植林《しよくりん》から、花木を植えるものまでいろいろある。

杉植うる加勢の苗を背負ひ来し　　梶本夜星
土の香の立つを親しと苗木植う　　稲畑汀子

苗木市《なへぎいち・なえぎいち》

春、苗木を植える好季節になると、神社の境内、公園、縁日などに苗木を売る市が立つ。

苗木市素通り母の風邪見舞　　本田豊子
一泊の旅の荷にして苗木買ふ　　稲畑汀子

桑植う《くはう・くわう》

桑の苗木を植えこむことで、深く畝《うね》を掘り下げて肥やしを施し、株間をおいて桑苗を移植する。

のばせどもちゞむ細根や桑植うる　　櫻井土音
売る畑ときまりてをりて桑を植う　　鈴木健一

流氷《りうひよう・りゆうひよう》

寒帯の海で凍った海氷が割れ、風や海流で漂流しているものをいう。

流氷の闇の動きてをりにけり　　白幡千草
流氷の起伏の果の利尻富士　　長尾岬月

木流し《きながし》

雪解水や雨のため谷川の水が増してきた時、冬の間伐りためておいた木を一定の場所まで流すこと。

笠一つ荷が一つ木を流しくる　山口青邨
山景気持ちなほしたる木流しす　山川喜八

厩出し《うまやだし》

雪深い地方では春、雪も解けて来たころ、牛や馬を厩から出して野に放つ。**まやだし。**

厩出しや馬柵にはだかる岩木富士　片岡奈王
厩出しの馬に水飼ふ童かな　岡和田天河水

垣繕ふ《かきつくろふ》《かきつくろう》

冬の間に風雪のためにこわれた垣根を、春になって修理することである。

行き来せし垣繕うて引越され　脇収子
野路行けば垣繕うてゐる小家　高濱虚子

屋根替《やねがへ》《やねがえ》

冬の間、積雪や風のためにいたんだ屋根を、春になって修繕したり、また新しく**葺替《ふきかへ》**をすること。

屋根替の萱つり上ぐる大伽藍　松本たかし
屋根替の埃日ねもす空へとぶ　高濱年尾

大掃除《おほさうぢ》《おおそうじ》

かつては市役所などが清掃日を決めて行なわせたが、現在はいっせいに行なうことは少なくなった。

夫婦して二日がかりの大掃除　河津巌華
女手に負へぬ数々大掃除　岩井小よし

卒業《そつげふ》《そつぎよう》

学校はおおむね三月に**卒業式《そつげふしき》**がある。**卒業生《そつげふせい》。落第《らくだい》。**

一を知って二を知らぬなり卒業す　高濱虚子
卒業の校歌に和せる老教授　高濱年尾

蓮如忌《れんによき》

浄土真宗中興の祖である蓮如上人の忌日。京都の東本願寺では三月二十四日から二十五日にかけて、西本願寺では五月十三日から十四日にかけて営む。

蓮如忌や海女に従ひ正信偈　市原聖城子
蓮如忌や癒えたる母と共にあり　村中聖火

比良八講《ひらはつかう》《ひらはっこう》

三月二十六日、比良の寺々で比叡山の僧によって行なわれていた法華経八巻の講義、討論。ちょうどこの時季は比良山からの季節風が吹き荒れ琵琶湖が波立つので、それを比良八講荒《あれ》という。比良八荒《ひらはつかう》。八荒《はつかう》。

ひたすらに漕ぐ舟のあり比良八荒　中井冨佐女

この寒さ比良八荒と聞くときに　稲畑汀子

春《はる》の野《の》 〔三〕

春郊《しゆんかう》。

吾も春の野に下り立てば紫に　星野立子

春の野や仕合せさうな人集ひ　坊城中子

霞《かすみ》 〔三〕

朝霞《あさがすみ》。昼霞《ひるがすみ》。夕霞《ゆふがすみ》。遠霞《とほがすみ》。薄霞《うすがすみ》。棚霞《たながすみ》。また鐘霞《かねかす》む、草霞《くさかす》むなどともいう。

米山の霞める今日も波荒し　堀前小木菟

行く程に霞む野人を遠くせり　高濱年尾

陽炎《かげろふ・かげろう》 〔三〕

春、暖かく晴れた日に、地上や屋根などからゆらゆらと空気中の水蒸気が立ち昇るのをいう。糸遊《いとゆふ》。

石に坐せば陽炎逃げて草にあり　皿井旭川

陽炎の中に二間《ふたま》の我が庵　高濱虚子

踏青《たふせい・とうせい》 〔三〕

野辺に出て青草を踏み、逍遥することは楽しいことである。「野遊」というより、やや古典的な響きがある。青《あを》きを踏《ふ》む。あをきふむ。

青き踏む大地に弾みある如く　千原草之

葛城の神襹《みそな》はせ青き踏む　高濱虚子

野《の》遊《あそび》 〔三〕

いわゆるピクニックである。

野に遊びこんなときにも家事のこと　浅利恵子

野遊の心たらへり雲とあり　高濱年尾

摘《つみ》草《くさ》 〔三〕

わが国では昔から貴賤都鄙を問わず野に出て摘草を楽しんだのである。草摘《くさつ》む。

摘草の人また立ちて歩きけり　高野素十

草摘みし今日の野いたみ夜雨来る　高濱虚子

嫁《よめ》菜《な》摘《つ》む　嫁菜は一般に野菊と呼んでいる草で、春、若葉を摘んで茹で、嫁菜飯や浸し物として食べる。

炊きあげてうすきみどりや嫁菜飯　杉田久女
蜘蛛ころげ去る摘んで来し嫁菜より　粟賀風因

蓬《よもぎ》　㊂　早春の若葉は香気があり、蓬餅（草餅）の材料とするので餅草《もちぐさ》ともいう。**蓬摘《よもぎつみ》。蓬摘《よもぎつ》む。**また艾《もぐさ》にもなる。**艾草《もぐさ》。**

もう少したらぬ蓬を摘みにゆく　田畑三千
籠あけて蓬にまじる塵を選る　高濱虚子

母子草《ははこぐさ》　春の七草の一つである御形《ごぎよう》が、この草の正月に用いられる名である。**はうこぐさ。**

名を知りてよりの親しき母子草　原田昭子
老いて尚なつかしき名の母子草　高濱虚子

土筆《つくし》　杉菜の胞子茎で、日当りのよい畦や土手、野原などに生えてくる。**つくづくし。つくし。つくし摘《つ》む。**

ほろにがき土筆の味よ人はろか　川口咲子
気がついて土筆いよ〳〵多かりし　高濱年尾

蕨《わらび》　葉らしいものがまだほぐれないうちの小さな握りこぶしのような時期に採って食用とする。**蕨狩《わらびがり》。早蕨《さわらび》。干蕨《ほしわらび》。**

みよしのゝ春あけぼのゝ蕨売　大橋宵火
こゝに見る由布の雄岳や蕨狩　高濱年尾

薇《ぜんまい》　薇は歯朶《しだ》の仲間で、春先、くるりと渦巻いた若葉をかざした葉柄が山野に二、三本、あるいは四、五本ずつ生える。

ぜんまいののの字ばかりの寂光土　川端茅舎
ぜんまいの筵日陰となりて留守　小川公巴

芹《せり》　㊂　春の七草の一つに数えられ、古くから食用として珍重されてきた。田や溝のような湿地に自生するが、栽培もされる。早春、ことに香りが良く柔らかい。**芹摘《せりつみ》。**

芹の水にごりしまゝに流れけり　星野立子
辿り来し畦はたとなし芹の水　田畑美穂女

三葉芹《みつばぜり》 ㊂ 野生もあるが、蔬菜として盛んに栽培される。いわゆる**みつば**のこと。

裏畦にみつば萌ゆれば摘みにけり　三木

防《ばう》《ぼう》風《ふう》《ふう》 ㊂ ここでいう防風は浜防風のことで、春さき海辺の砂地にわずかに生い出ている。**防風採《ばうふうとり》**。**防風掘《ばうふうほ》る**。

防風摘む声とゞかねば手を振って　松尾白汀

ふるさとに防風摘みにと来し吾ぞ　高濱虚子

菫《すみれ》 ㊂ 高さ一〇センチくらいの可憐な紫色の花であるが、その種類は極めて多い。**菫草《すみれぐさ》**。**花菫《はなすみれ》**。**菫野《すみれの》**。

摘み飽いてなほ菫野の紫に　河野美奇

突き放す水棹や岩のすみれ草　高濱年尾

蒲公英《たんぽぽ》 ㊂ 春の野原に、道ばたによく見かける親しみ深い野草である。**鼓草《つづみぐさ》**。

たんぽゝや長江にごるとこしなへ　山口青邨

遠景の野に失ひし鼓草　稲畑汀子

紫雲英《げんげ》 ㊂ 耕す前の田の面いっぱいに、紅紫色の花が揺れている。**五形花《げげばな》**。**げんげん**。**蓮華草《れんげさう》**。

紫雲英田の起されてゆく色変り　植地芳煌

秋篠はげんげの畦に仏かな　高濱虚子

苜蓿《うまごやし》 ㊂ 春、野原などに青い絨毯を敷いたようになる。**クローバ**（白詰草《しろつめくさ》）も、一般には苜蓿と呼んでいる。

クローバに寝ころべば子が馬乗りに　伊藤彩雪

少しの間クローバ見えてゐる離陸　稲畑汀子

蘩蔞《はこべ》 ㊂ 野原や道ばたなどに生え、地上を這っていくつも枝わかれする。**はこべら**。

カナリヤの餌に束ねたるはこべかな　正岡子規

はこべらの石を包みて盛り上る　高濱虚子

薺《なづな》《なずな》の花《はな》《はな》 野原、畦、路傍などいたるところに自生する雑草で、春の七草の一つ。**三味線草《さみせんぐさ》**。**ぺん〳〵草《ぐさ》**。

耳元に寄せてぺん〳〵草ならす　進藤千代子
奈良どこも遺跡薺の咲く田まで　辻口静夫

酸葉《すいば》

すかんぽのことである。**酸模**《すいば》。**あかぎしぎし**。

すかんぽの雨やシグナルがたと下り　河村東洋
すかんぽや千体仏の間より　星野立子

虎杖《いたどり》

山野に多く自生し、若い葉や茎は紅褐色で、摘んで食用にする。

虎杖や狩勝峠汽車徐行　星野立子
虎杖を噛みつゝ島の道遠し　山田不染

茅花《つばな》

茅萱《ちがや》の花のことである。やがてほおけて白々とそよぎ、また絮《わた》となって飛散するようになる。

茅花咲き落人村と聞けばなほ　山本紅園
母いでて我よぶ見ゆる茅花つむ　高濱虚子

春蘭《しゅんらん》

日本各地の山野に自生するが、観賞用として栽培もされる。**ほくり**、または「**ほくろ**」ともいう。

春蘭の花芽伸び来し鉢を置く　長井伯樹
春蘭の一鉢を先づ病床に　高濱年尾

黄水仙《きずゐせん》《きずいせん》

三月ごろ、黄色六弁花をつける。南ヨーロッパ原産で日本の水仙より大きく香りがある。「水仙」は冬。

わが蔵書貧しけれども黄水仙　澤井山帰來
黄水仙ひしめき咲いて花浮ぶ　高濱年尾

ミモザの花《はな》

常緑樹で、黄色の小花が穂状に群がり咲き、香りが高い。**花**《はな》**ミモザ**。**ミモザ**。

塀白く風のミモザの見ゆる家　千原草之
黙礼の聖女の行き来花ミモザ　乾一枝

磯開《いそびらき》

海藻や貝類などを採集する解禁の日。大方は三月から四月で、磯開、口開、浦明などという。

磯開ちかき明るさ海にあり　村元子潮

荒波に育つくさぐさ磯開　荒川ともゑ

利休忌《りきうき》《りきゆうき》

茶道中興、千家流の祖、千利休の忌日は陰暦二月二十八日である。

利休忌や織部の庭にをみならは　中村若沙

利休忌や作法の末は知らねども　吉井莫生

其角忌《きかくき》

陰暦二月三十日は榎本其角の忌日である。宝永四年（一七〇七）四十七歳で没した。

其角忌やあらむつかしの古俳諧　加藤霞村

四月　立夏の前日すなわち五月五日ごろまでを収む

四月《しぐわつ》《しがつ》　春酣《たけなわ》のころである。桜をはじめ、多くの花が満開となる。晩春の感じがただよう。

蚕豆の花紫の四月かな　三木かめ

メモしつゝ早や四月よとひとりごと　星野立子

弥生《やよひ》《やよい》　陰暦三月の異称。

弥生てふ艶めく暦めくりけり　高木桂史

雨多き週末弥生はや半ば　稲畑汀子

春《はる》**の日**《ひ》　㊂　春の太陽、また春の一日をもいう。**春日**《はるひ》。**春日**《しゅんじつ》。**春日影**《はるひかげ》。**春**《はる》**の朝日**《あさひ》。**春**《はる》**の夕日**《ゆふひ》。**春**《はる》**の入日**《いりひ》。

島の門を大きく落つる春日かな　野村泊月

竹林に黄なる春日を仰ぎけり　高濱虚子

日《ひ》**永**《なが》　㊂　昼の長いのは夏至の前後であるが、日の短い冬の後の春に日永という感じが深い。**永**《なが》**き日**《ひ》。**遅日**《ちじつ》。**暮遅し**《くれおそし》。**暮**《くれ》**かぬる**。

濃娘等の疲れ欠伸や絵座日永　岸川鼓蟲子

独り句の推敲をして遅き日を　高濱虚子

春《はる》**の空**《そら》　㊂　どことなく白い色を含んだ暖かい感じのするのが春の空の特徴である。

此処からも大仏見ゆる春の空　星野立子

雨晴れておほどかなるや春の空　高濱虚子

春《はる》**の雲**《くも》　㊂　柔らかくやさしい感じがする。

ふるさとは遠くに浮む春の雲　今井つる女

春の雲結びて解けて風のまゝ　今橋眞理子

麗《うらら》**か**　㊂　春の光がうるわしくゆきわたり、すべてのものが明るく朗らかに見えるありさまをいう。**うらら**。

園丁もうら、かなれば愛想よし　池内たけし

再会の言葉探して駅うらら　湯川雅

長閑《のどか》 ㊂ 心がのびのびしてくるような春らしい日和をいう。**のどけし**。

山寺の古文書も無く長閑なり　高濱虚子

朝の間の予定なき旅のどけしや　稲畑汀子

四月馬鹿《しぐわつばか／しがつばか》 ヨーロッパでは、四月一日を**万愚節**《ばんぐせつ》（オール・フールズ・デー）といい、この日に限り罪のない嘘で人をかつぐことが許される。**エープリルフール**。

すでにして目が笑ひをり四月馬鹿　杉本零

エープリルフールに非ず入院す　荒川あつし

初桜《はつざくら》 桜の咲き始めたのをいう。待ちに待った桜なので、それを初めて目にしたときの感動は大きい。**初花**《はつはな》。

初花の頃にだけ来る茶屋の客　井尾望東

徐ろに眼を移しつゝ初桜　高濱虚子

入学《にふがく／にゆうがく》 小学校から大学まで、四月に**入学式**《にふがくしき》が行なわれる。**新入生**《しんにふせい》。

入学の子の顔頓に大人びし　高濱虚子

入学の長身の吾子ふとまぶし　畠中じゆん

出代《でがはり／でがわり》 奉公人が、雇用期間を終えて交代することで、京阪地方の旧習を守る商家では、いまも四月に行なっているところがあるともいう。**御目見得**《おめみえ》。**新参**《しんざん》。

出代りて店の空気の変りをり　白石峰子

新参の明るき性を愛さるゝ　田代杉雨堂

山葵《わさび》 山中の渓間に自生もするが、きれいな水の流れる小石の多い田などに栽培されることが多い。香辛料として重用される。**山葵漬**《わさびづけ》。

山葵田の流れはいつも音立てゝ　土屋仙之

ほろ〳〵と泣き合ふ尼や山葵漬　高濱虚子

芥菜《からしな》

葉は油菜に似て鋸歯が細かく、皺が多い。辛味が強いが煮れば甘味もあり香りもよい。塩漬にもする。種子を粉末にしたものが香辛料の「からし」となる。

三月菜《さんぐわつな》《さんがつな》

早春に蒔いて四月ごろ食用にする菜類の総称である。陰暦では三月ごろにあたるのでこの名がある。

辛菜も淋しき花の咲きにけり　一茶

よし野出て又珍しや三月菜　蕪村

檀家より届きし布施の三月菜　岡安迷子

春大根《はるだいこん》

秋に蒔いて四月ごろ収穫する大根。陰暦では三月ごろにあたるので**三月大根**《さんぐわつだいこん》ともいう。**野大根**《のだいこん》。

神饌に春大根の一把かな　永井壽子

草餅《くさもち》 ㊂ **蓬餅**《よもぎもち》。蓬の代わりに母子草を用いる場合もある。**母子餅**《ははこもち》。

搗くうちに草餅色となつて来し　宇川紫鳥

草餅の色の濃ゆきは鄙めきて　高濱年尾

蕨餅《わらびもち》 ㊂ 蕨の根の澱粉に、もち米の粉を加えて作った餅である。黄粉をつけて食べ、鄙びた味のものである。

青かつし貴船の茶屋の蕨餅　佐藤漾人

みよしのゝほのあたゝかきわらび餅　粟津松彩子

鶯餅《うぐひすもち》《うぐいすもち》 ㊂ 青黄粉《あおきなこ》のかけてある鶯色の餡入りの餅菓子である。左右が尖った形も鶯に似ている。

手にはたくうぐひす餅のみどりの粉　高濱年尾

懐紙白鶯餅の色残る　稲畑汀子

桜餅《さくらもち》 ㊂ 塩漬の桜の葉で包んだ餡入りの餅。花時にさきがけて菓舗に並ぶ。江戸時代から向島長命寺が有名。

まだ封を切らぬ手紙とさくら餅　山田弘子

三つ食へば葉三片や桜餅　高濱虚子

椿餅《つばきもち》 ㊂ 道明寺糒《ほしい》で作った皮で餡を包み、椿の葉二枚ではさむ。濃緑に厚みのある葉がつややかである。

京はまだしばらく寒く椿餅　青木紅酔
葉一枚のせて即ち椿餅　亮木滄浪

都踊《みやこをどり》《みやこおどり》

毎年四月一日から三十日まで京都の祇園甲部《こうぶ》歌舞練場で行なわれる。

都踊はヨーイヤサほいまし　京極杞陽
出を待てる都踊の妓がのぞく　長谷川素逝

蘆辺踊《あしべをどり》《あしべおどり》

大阪南地、五花街の芸妓が総出演した春の踊であった。

かんばせに蘆辺踊のはねの雨　後藤夜半
誘ひたる蘆辺踊に誘はるゝ　高濱虚子

浪花踊《なにはをどり》《なにわおどり》

大阪北新地、新町両花街の春の踊であった。

舞の手や浪花踊は前へ出る　藤後左右

東踊《あづまをどり》《あずまおどり》

新橋芸妓が、新橋演舞場で演ずる春の踊。現在は五月末の四日間ほど行なわれる。

灯《あかり》つく東踊のみちしるべ　中村秀好
遅き妓は東をどりの出番とや　高濱虚子

義士祭《ぎしさい》

義士とは赤穂義士のこと。陰暦二月四日、赤穂四十七士が切腹した命日の祭り。東京高輪の泉岳寺では四月一日から七日まで祭事が行なわれる。

義士祀る中に若きは右衛門七　高濱年尾
いにしへを今につなぎて義士祀る　稲畑汀子

種痘《しゅとう》

天然痘の予防のため、種痘は法令によって義務づけられていた。今は行なわれていない。**植疱瘡**《うゑばうさう》。

種痘する机の角がそこにある　波多野爽波
種痘する村のいつもの老医かな　高濱虚子

湯治舟《たうぢぶね》《とうじぶね》

別府温泉では一家族あるいは数家族が、持舟を波止場に繋いで湯治に通う習いがあり、これを湯治舟という。

舂の婆とんとおろされ湯治舟　岩田柊青

留守なるは歩板外して湯治舟　橋本対楠

桃《もも》の花《はな》

雛祭には欠かせない花である。**白桃《しろもも》。緋桃《ひもも》。源平桃《げんぺいもも》。桃畑《ももばたけ》。桃林《とうりん》。桃園《とうえん》。桃《もも》の村《むら》。**

海女とても陸こそよけれ桃の花　高濱虚子
緋桃咲き極まりて葉をまじへたり　高濱年尾

梨《なし》の花《はな》

新緑の葉に五弁の淡泊な花が浮いて風情があり、五日間くらいで散る。

梨棚の盛りの花の真平ら　鳥居多霞子
両岸の梨花にラインの渡し舟　高濱虚子

杏《あんず》の花《はな》

淡紅色の五弁花で梅の花に似ているがやや大きく、梅よりも遅れて咲く。

羽の国の日は眠りがち花杏　大橋一郎
峡の村ふところ深く花杏　瀬在苹果

李《すもも》の花《はな》

桃より遅れて咲く。梅に似た白い五弁花で花柄が長く、ふつう二、三輪ずつ集まって咲く。

山買うて泊りし宿の花李　平松竈馬
咲きすてし片山里の李かな　高濱虚子

林檎《りんご》の花《はな》

林檎は東北、長野、北海道など寒い土地によく育つ。淡い紅色をぼかした五弁の白い花である。

遠く来しおもひ林檎の花に居て　山添つとむ
面つゝむ津軽をとめや花林檎　高濱虚子

郁李《にはうめ》《にわうめ》の花《はな》《はな》

中国原産の落葉低木で、葉に先だって深紅色または白色の小さな花をぎっしりつける。八重咲きは「にわざくら」という。**庭梅《にはうめ》の花《はな》。**

にはうめの咲いてあたりの風甘し　大島早苗
先住の愛でし郁李今も咲く　手塚基子

山桜桃《ゆすら》の花《はな》

葉は桜に似て小さく、新葉の出る頃、白い梅に似た花を開く。**梅桃《ゆすらうめ》の花《はな》。**

ゆすら梅まばらに咲いてやさしけれ　国松松葉女

山野に自生する落葉高木。雄花は暗褐色の細長い円筒状で小枝の先に垂れ、雌花は紅紫色の小楕円形で同じ小枝の下部につく。榛《はん》の花《はな》。はりの木《き》の花《はな》。

はんの木のそれでも花のつもりかな　一茶

はんの木の花咲く窓や明日は発つ　高野素十

三椏《みつまた》の花《はな》

葉に先立って黄色っぽい筒状の花が球状に集まって咲く。すべての枝が三叉に分かれているのでこの名がある。樹皮は和紙の原料となる。

近よりてみて三椏の花仕度　五十嵐播水

三椏の花三三が九三三が九　稲畑汀子

沈丁花《ぢんちやうげ・じんちょうげ》

冬のころから蕾が群がって生ずるが開花は三、四月ごろ。香りが高い。丁字《ちやうじ》。沈丁《ぢんちやう》。

沈丁の香は路地ぬけること知らず　山本いさ夫

一片を解き沈丁の香となりぬ　稲畑汀子

辛夷《こぶし》

高さ五～一〇メートルで、葉にさきがけて白色の花を開く。形は木蓮に似て少し小さい。

町中の辛夷の見ゆる二階かな　鈴木花蓑

風出でて辛夷の花の散る日なり　藤松遊子

木蓮《もくれん》

葉に先だって紫または白色の大きな六弁の花をつける。紫木蓮《しもくれん》。白木蓮《はくもくれん》。白木蓮《はくれん》。木蘭《もくれん》。白蓮《びやくれん》は蓮《はす》のことである。

木蓮の咲く枝先の枝先に　綿谷吉男

木蓮と判りしほどに莟みたり　高濱年尾

連翹《れんげう・れんぎょう》

枝は長く伸びて撓み垂れる。葉の出る前に、明るい黄色の四弁の花が群がり咲く。

連翹も葉がちとなりぬ風の中　佐藤漾人

蓮翹の黄は近づいてみたき色　稲畑汀子

樝子《しどみ》の花《はな》

木瓜《ぼけ》の一種であるが丈が低く、草の中にうずもれて咲くので草木瓜《くさぼけ》ともいう。花は赤色の五弁。

手をついて振り向き話す花しどみ　星野立子

木瓜《ぼけ》の花《はな》

あやまつてしどみの花を踏むまじく　高濱虚子

高さ一、二メートル、枝には棘がある。花は一重と八重があり華麗である。更紗木瓜《さらさぼけ》、蜀木瓜《しょくぼけ》、広東木瓜《かんとんぼけ》、緋木瓜《ひぼけ》、白木瓜《しろぼけ》など種類が多い。

口ごたへすまじと思ふ木瓜の花　星野立子

枝ぶりといふもの見せて木瓜を活け　粟津松彩子

紫荊《はなずはう》《はなずおう》

枝の節々に小さい紅みがかった紫色の花が群がるようにつく。その色が蘇枋染の色に似ている。

藁垣に凭れて女花蘇枋　高濱虚子

紫荊花の重さを見せざりし　稲畑汀子

黄楊《つげ》の花《はな》

三月から四月にかけて咲き雌花雄花が同じ株につく。淡黄色の小さい花であまり目立たない。

大虻に蹴られてちりぬ黄楊の花　小野蕪子

閑かさにひとりこぼれぬ黄楊の花　阿波野青畝

枸橘《からたち》の花《はな》

葉に先だって長細い五弁純白の花を開き、甘い香りがする。枝には長い棘がある。

からたちのつぼみひそかにほぐれそむ　手島清風郎

山椒《さんせう》《さんしょう》の花《はな》《はな》

四月ごろ黄緑色の粟粒のような小花が群がって咲き、秋に実を結ぶが雌雄株を異にする。花山椒《はなざんせう》。

朝粥の膳に一ト箸花山椒　高岡智照

接骨木《にはとこ》《にわとこ》の花《はな》《はな》

高さ三〜五メートルの落葉低木。枝先に、緑がかった白い小さな花を集めて咲く。枝は柔らかく皮にコルク質が発達している。

接骨木はもう葉になって気忙しや　富安風生

接骨木の早や整へし花の数　井上波二

杉《すぎ》の花《はな》

杉は一株に雌雄の花をつける。雄花は米粒大で枝先に群がってつき黄褐色、雌花は小さい球形で一個ずつつき緑色で松子《ちちり》に似ている。

花杉や斧鉞知らざる峰続く　山地曙子

千年の神杉降らす花粉浴び　稲畑汀子

春《しゅん》暁《げう》《しゅんぎょう》 [三]　春の明け方のこと。**春《はる》の曙《あけぼの》**。**春《はる》あかつき**。**春《はる》の暁《あかつき》**。**春《はる》の朝《あさ》**は夜が明けきってからのこと。

命あり春曙となりにけり　加藤母宵
調理場に春暁といふ修羅場あり　堀恭子

春《しゅん》昼《ちう》《しゅんちゅう》 [三]　春の昼間は明るく、のどかで、眠たくなるような心地がする。

琴に身を倒して弾くも春の昼　野見山朱鳥
かくれ部屋あり春昼の顔なほす　稲畑汀子

春《はる》の暮《くれ》 [三]　春の日暮をいう。「暮の春」「暮春」といえば晩春のことである。**春《はる》の夕《ゆふべ》**。**春夕《はるゆふべ》**。

石手寺へまはれば春の日暮れたり　正岡子規
こゝに又住まばやと思ふ春の暮　高濱虚子

春《はる》の宵《よひ》《よい》 [三]　春の日が暮れて間もないころをいう。**宵《よひ》の春《はる》**。**春宵《しゅんせう》**。

春宵やいま別れ来し人に文　村上杏史
抱けば吾子眠る早さの春の宵　深見けん二

春《はる》の夜《よ》 [三]　春の宵が更けると春の夜である。**夜半《よは》の春《はる》**はいっそう更けた感じである。**春夜《しゅんや》**。

春の夜や岡惚帳をふところに　竹田小時
先生の星と語りし春の夜　菅原裕子

春《しゅん》灯《とう》 [三]　春の灯火はどことなく華やいで見える。**春《はる》の灯《ひ》**。**春燈《しゅんとう》**。

春燈のまどゐに居れど一人ぼち　下田實花
嫁ぐ娘に嫁がす母に春灯　能美優子

春《はる》の星《ほし》 [三]　春の夜空にまたたく星である。鋭くきらめく冬の星と違い、どことなくうるんで見える。

またゝけばまたゝき返す春の星　中村芳子
生きてゐるわれらに遠く春の星　稲畑汀子

春《はる》の月《つき》 ㊂ 春になると月もおぼろにうるむが、朧月と限定はしない。**春《しゆん》月《げつ》**。

別れたくなき故無口春の月　遠藤忠昭
我宿は巴里外れの春の月　高濱虚子

朧《おぼろ》月《づき》 ㊂ おぼろな春の月をいう。ぼんやりとかすんだ月はまことに春らしい。**月朧《つきおぼろ》**。

くもりたる古鏡の如し朧月　高濱虚子
温泉の町や海に上りし朧月　高濱年尾

朧《おぼろ》 ㊂ 春の夜の、ものみな朦朧《もうろう》とした感じである。**朧夜《おぼろよ》**は**朧月夜《おぼろづきよ》**のことを略していう。**草朧《くさおぼろ》**、**鐘朧《かねおぼろ》**、**朧影《おぼろかげ》**などは、物の形や音の茫とした感じに用いるのである。

聖堂は夜のミサ終り庭朧　奥田智久
朧夜の水より覚めて来たる町　稲畑汀子

春《はる》の闇《やみ》 ㊂ 春の夜の暗さ。屋外にも屋内にも使われる。

春の闇ヘッドライトに道生れ　嶋田摩耶子
灯をともす指の間の春の闇　高濱虚子

亀《かめ》鳴《な》く 「夫木集《ふぼくしゆう》」にある藤原為家の「川越のをちの田中の夕闇に何ぞときけば亀の鳴くなる」という歌が典拠とされている。空想の春の季題。

亀鳴くと夕べ象牙の塔を鎖す　佐伯哲草
亀鳴くや古りて朽ちゆく亀城館　成瀬正俊

蝌《くわ》《か》蚪《と》《と》 **お玉杓子《たまじやくし》**のこと。**蛙《かへる》の子《こ》**。

川底に蝌蚪の大国ありにけり　村上鬼城
この池の生々流転蝌蚪の紐　高濱虚子

柳《やなぎ》 多く水のほとりに細い枝を垂れ、あたりを春らしく淡い緑にけぶらせる。枝垂れない種類もあるが、一般に枝垂柳をさすことが多い。**糸柳《いとやなぎ》**。**青柳《あをやぎ》**。**遠柳《とほやなぎ》**。**門柳《かどやなぎ》**。**川柳《かはやなぎ》**。

糸柳まだ遠景を透しをり　高濱年尾
風ぐせのとれぬ柳となりにけり　稲畑汀子

花《はな》

俳句で花といえば桜の花。花《はな》の雲《くも》。花吹雪《はなふぶき》。落花《らくくわ》。花屑《はなくづ》。花埃《はなぼこり》。花《はな》の塵《ちり》。花《はな》の雨《あめ》。花冷《はなびえ》。花《はな》の山《やま》。花便《はなだより》。花守《はなもり》。

うか／＼と来て花冷の山なりし　副島いみ子
散る花のなほ薄墨になりきれず　坊城俊樹
咲き満ちてこぼるゝ花もなかりけり　高濱虚子
行き逢ふは杣よ吉野の花も奥　高濱年尾
ふり返り見て花の道花の中　稲畑汀子

桜《さくら》

朝桜《あさざくら》。夕桜《ゆふざくら》。夜桜《よざくら》。山桜《やまざくら》。八重桜《やへざくら》。遅桜《おそざくら》。

夜桜のかなたに暗き伽藍かな　伊藤柏翠
いそがしきあとのさびしさ夕桜　吉屋信子
楽屋入までの散歩や朝桜　片岡我當
薄墨の桜まぼろしならず散る　田畑美穂女
夕桜江の島の灯の見え初めぬ　星野椿

花見《はなみ》

観桜《くわんあう》。花巡《はなめぐ》り。花《はな》の宴《えん》。花《はな》の茶屋《ちやや》。花《はな》の宿《やど》。花《はな》の幕《まく》。花《はな》筵《むしろ》。花人《はなびと》。花衣《はなごろも》。花疲《はなづかれ》。桜狩《さくらがり》は山野に桜を尋ねて清遊することで、古風な感じを伴う。桜人《さくらびと》。

人かげのうつりふくるゝ花の幕　小原菁々子
猫が来てちよつと座りぬ花筵　川口咲子

花篝《はなかがり》

夜桜に風趣を添えるために焚く篝火である。京都祇園の花篝はことに名高い。花雪洞《はなぼんぼり》。

これを見に来しぞ祇園の花篝　大橋櫻坡子
花篝衰へつゝも人出かな　高濱虚子

花曇《はなぐもり》

桜の花の咲くころはとかく天候がすぐれず、どんよりと曇りがちなのをいう。

花曇黒潮曇いづれとも　伊藤柏翠
講義する吾も眠たし花曇　岡安仁義

春《しゅん》陰《いん》 ㊂ 春の曇りがちな天候をいい、花時に限らず用いられる。

春陰や象《きさ》の小川にふときは　河野美奇
消え残る富士春陰の中にあり　須藤常央

桜《さくら》漬《づけ》 八重桜の半開きを塩漬にしたもの。熱湯を注ぐと馥郁とした香気が立って花が開く。**花漬《はなづけ》**。**桜湯《さくらゆ》**。

塩じみてはなはだ赤し桜漬　岡田耿陽

花見虱《はなみじらみ》 かつては、お花見のころ虱が盛んに出たので花見虱といったが、いまではほとんど見られない。

ほのかにも色ある花見蝨かな　森川暁水

桜鯎《さくらうぐひ》《さくらうぐい》 鯎は産卵のころ、腹が美しい鮮紅色になる。折から桜どきでもあることから桜鯎と呼ぶ。

禁漁の桜うぐひに灯をつゝみ　辻静穂
簗番の桜うぐひを獲て昼餉　山田建水

桜《さくら》《さくら》鯛《だひ》《だい》 真鯛は陽春、産卵のため内海に群をなして来る。鱗は鮮やかな紅みを帯び、桜鯛とか**花見鯛《はなみだひ》**とかいう。

小鳴門に泊り重ねて桜鯛　奥山梅村
砂の上曳ずり行くや桜鯛　高濱虚子

花烏賊《はないか》 花見時になると産卵のため群れて沿岸に近づく真烏賊《まいか》のことをいう。学名の花烏賊とは違う。**桜烏賊《さくらいか》**。

花烏賊の背色かはりし生きてゐし　大塚文春
俎にすべりとゞまる桜烏賊　高濱虚子

蛍烏賊《ほたるいか》 小形の烏賊で、晩春から初夏にかけての産卵期に、夜の海上一面に浮上して、豆電球をちりばめたように明滅する。富山湾でよく捕れる。**まついか**。

そのかみの荒磯の海や蛍烏賊　深井きよし
灯を慕ひきては汲まるゝ蛍烏賊　堺井浮堂

春《はる》の海《うみ》 ㊂ 白波立った暗い冬の海も、春になれば藍色に凪ぎわたり、長閑さが感じられる海となる。

機の下は春の海とも奈落とも　保田白帆子
家持の妻恋舟か春の海　高濱虚子

春潮《しゅんてう／しゅんちょう》 ㊂
春になると潮の色がしだいに淡い藍色に変わり明るい感じになってくる。**春の潮**《はるのしほ》は干満の差が著しい。

春潮を引きよせ山は峙てり　池内友次郎
春潮に乗りてすぐ著く平戸かな　稲畑汀子

観潮《くわんてう／かんちょう》 ㊂
瀬戸内海の鳴門海峡では平常でも渦を巻くが、四月ごろの大潮のときには海峡一帯に大渦潮ができて見物客が多い。

行き悩みゐるにはあらず観潮船　水野草青
観潮の透きとほる大渦柱　中村若沙

磯遊《いそあそび》
春の大潮の時分に、遠く潮の退いた岩などの多い磯辺へ出て遊ぶことをいう。**磯菜摘**《いそなつみ》。

自転車を一家乗り捨て磯遊　上野泰
磯遊び二つの島のつゞきをり　高濱虚子

汐干《しほひ／しおひ》
陰暦三月三日ごろの大潮は、一年中で干満の差が最も大きく、はるかに潮の退いた干潟《ひがた》ができる。汐干はまた**汐干狩**《しほひがり》の意にも用いられている。**汐干潟**《しほひがた》。

飛び走る小犬も家族汐干狩　鈴木御風
見え渡る干潟天草城址あり　高濱年尾

蛤《はまぐり》 ㊂
浅い海の砂の中に棲む。殻の表面は滑らかで、形も美しい。風味よく、**焼蛤**《やきはまぐり》、はまなべなどにする。

蛤を掻く手にどゞと雄波かな　高濱虚子

浅蜊《あさり》 ㊂
湾内や内海に多い二枚貝で、殻の表面はざらざらしており、淡蒼色に白色および淡黒色の斑点がある。

潮先に掘りし浅蜊を洗ひては　藤木呂九艸
蛤に劣る浅蜊や笊の中　高濱虚子

馬刀《まて》 ㊂
浅い海の砂に深くもぐって棲む筒状の二枚貝。指くらいの大きさで直立して潜んでいるのを針金で作った**馬刀突**《まてつき》で突いて捕る。**馬刀掘**《まてほり》。

馬刀貝を掘るに干底といへる刻　桑田青虎

馬刀貝のさそひの塩にをどり出づ　筒井白梅

桜貝《さくらがひ》《さくらがい》 〔三〕 浅い海に産する、桜の花びらに似て薄桃色に透きとおった貝殻。貝細工に用いられる。

二三枚重ねてうすし桜貝　松本たかし

さくら貝怒濤に耐へてきしとおもふ　国弘賢治

栄螺《さざえ》 〔三〕 暗青色、拳状の巻貝。舟から箱眼鏡で覗いて銛で突いたり、海女が潜ったりして捕る。

栄螺焼く匂ひに着きし島渡船　小林一行

海中に見れば大きな栄螺かな　小川龍雄

壺焼《つぼやき》 〔三〕 栄螺《さざえ》を貝のまま焼いたものを壺焼という。**焼栄螺**《やきさざえ》。

壺焼屋にも寄るそんな旅なりし　川田長邦

壺焼を運び来、島の名を教ゆ　高濱虚子

鮑《あはび》《あわび》 〔三〕 潮の流れのある沿岸の岩に吸いついている。海女が潜って捕る場合が多い。**鮑取**《あはびとり》。

泡一つより生れきし鮑海女　小原菁々子

海女の子が海女となる日の鮑桶　高田道女

常節《とこぶし》 〔三〕 色も形も鮑に似ているが、ずっと小さくて平たい。食用として軟らかく味がいい。

波の来てとこぶし採の面上ぐ　加賀谷凡秋

細螺《きさご》 〔三〕 蝸牛《かたつむり》に似た円錐状の巻貝で、昔はこの貝を女の子のおはじきに用いていた。**きしやご**。

海の香のかすかに残り細螺貝　河野美奇

細螺にもある器量よし拾はれて　千原叡子

寄居虫《やどかり》 〔三〕 頭は蝦《えび》に似て蟹《かに》のような大きな螯《はさみ》をもち、巻貝の殻を借りて棲む。**がうな**。

岩の間を這ひつくばひてがうな捕　天津春子

やどかりの足が用心深くして　山下しげ人

汐《しほ》《しお》まねき ㊂ 蟹の一種で、一方の螯《はさみ》が著しく大きい。潮が退くと砂の上に出て、大きな螯を上下に動かしつつ走るさまが汐を招くように見えるのでこの名がある。

人去れば又現れて汐まねき　林　大馬
招かれてゐる楽しさよ汐まねき　西村　数

いそぎんちやく ㊂ 体は円筒形でやわらかく、口の周りにさまざまな色をした触手を持ち、花のように波にゆれているさまは、美しくもあり、不気味でもある。

忘れ汐いそぎんちやくの花咲かせ　小坂螢泉
口締めし磯ぎんちやくのいま緑　田中憲二郎

海《う》胆《に》 ㊂ 海底の岩間や砂地に棲み、殻の外側は栗の毬《いが》に似た黒い棘でおおわれた毬状の動物である。**雲丹《うに》**。

海胆突にをり〳〵礁かくす潮　浅田桃生
海胆焼けて棘ほろ〳〵とこぼれけり　水見悠々子

搗《か》《かち》布《め》《じめ》 ㊂ 海水もようやく温かくなるころ、礁《いくり》に生える海藻。褐色で乾くと黒く変色する。**搗布刈《かぢめかり》**。**搗布焚《かぢめた》く**。

搗布焚く海女が竈は石固め　信太和風
波の上の桶にあふれて搗布かな　請井花谷

角《つの》叉《また》 ㊂ 波の荒い海岸の岩につく海藻で、色は紫褐色や緑色もある。漁村の庭や砂丘などに干されている。

もぐりたる角叉採は又もぐる　太田正三郎

鹿《ひ》尾《じ》菜《き》 ㊂ 海中の岩礁に付く海藻。初めは黄褐色であるが、しだいに黒みを帯びる。四月ごろ刈り採って干す。

鹿尾菜籠抱へよろめき礁渡る　小山耕一路
牟婁の娘は波を恐れず鹿尾菜刈る　田中香樹緒

海《も》《も》雲《づく》《ずく》 ㊂ 暗褐色の海藻。細い線状で、ぬるぬるとして軟らかい。三杯酢などで食べる。**水雲《もづく》**。**海蘊《もづく》**。

波の色変りてなびく海雲かな　山科晨雨
潮泡を離すまじとす海雲かな　阿波野青畝

海髪《うご》 ㊂ 文字どおり乱髪に似た三、四〇センチくらいの海藻。春の海辺の岩場で採れる。**おご**。

海髪干して島の生活のほそ〳〵と　泊　喜雨

退き汐や採りためし海髪岩窪に　岩原玖々

松露《しようろ》 海岸の松林の砂中に生える。暗褐色で零余子《ぬかご》に似た丸い菌《きのこ》である。多く汁の実とされる。**松露掻《しようろかき》**。

大波のどんと打つなり松露掻　藤後左右

松露掻見かけし三保の松原に　池内たけし

一人静《ひとりしづか》《ひとりしずか》 山林の日陰地に生ずる。茎は紫で真直ぐに伸び、頂に四枚の葉が対生し、まん中から一本の軸が出て三センチほどの白い穂状の花をつける。

見つけたり一人静と云へる花　森脇襄治

一人静吉野静の名のありし　浜田秋夫

金鳳華《きんぽうげ》 茎の高さは五、六〇センチ、花は五弁黄色で、春の日を弾き返す明るい花である。**うまのあしがた**。

黄を金といふ一例や金鳳華　京極杞陽

園児等に野外の時間金鳳華　黒田充女

桜草《さくらさう》《さくらそう》 河畔や原野に自生し、庭園にも植えられる。桜に似た形の淡紅色の小さな花をつける。

仕合せは小さくともよし桜草　久保しん一

桜草の小鉢に二階住ひかな　野村照子

芝桜《しばざくら》《しばざくら》 地を這って伸びはびこる草で、毛氈を敷いたように可憐な五弁の花をつける。色はピンク、白、紫など。

芝桜なりの花影ありしこと　岡本麻子

旅の荷を置きて地図見る芝桜　稲畑汀子

チューリップ 春の花壇を代表する花。色は紅、紫、黄、白、絞り、斑入り、とりどりである。**鬱金香《うつこんかう》**。

欠席の詫チューリップ十二本　後藤比奈夫

一片の先づ散りそめしチューリップ　高濱年尾

ヒヤシンス　紫花が多く、白、黄、紅、桃色などもある。花壇や鉢に植えるが、水栽培もできる。**風信子**《ふうしんし》。

ヒヤシンス妻亡きあとは地におろす　田村萱山

いたづらに葉を結びありヒヤシンス　高濱虚子

シクラメン㊂　ハート形の銀葉がむらがる中から、花柄を伸ばして白、赤、淡紅や絞りなどの花を開く。

市に来て何時もある花シクラメン　小橋やうゐ

アトリエに赤は目立たずシクラメン　脇　収子

スイートピー　葉も茎も豌豆に似ている。花の形は蝶の飛び立つ姿を思わせる。紅、紫、白、黄、ピンクなど。

郵便夫去りて蝶湧くスイトピー　左右木韋城

からまりてスイートピーの剪りにくし　角　靄子

シネラリヤ　花弁はビロード状で、形は野菊に似、紫、赤、白や蛇の目咲きなどに咲く。**サイネリヤ**。

円卓にサイネリヤ置き客を待つ　小島小汀

パンジー　紫、黄、白の三色に彩られているので**三色菫**《さんしきすみれ》とも呼ばれる。花の形から**胡蝶花**《こてふくわ》の名もある。

パンジーの紫ばかり金の蕊　平野桑陰

アネモネ　葉はにんじんに似て、花は紅、白、紫など罌粟《けし》に似て一重または八重に咲く。芯は黒い。

アネモネはしほれ鞄は打重ね　高濱虚子

ストック　切花として栽培される。花は匂いがよく四弁で十字形、色は白、紅紫、紫など。**あらせいとう**。

ストックの香より花舗の荷解きゆけり　河野美奇

包まれしストックの香と色ほどく　稲畑汀子

フリージア　漏斗状の花で先は六つに裂け、色は白、黄、淡紅の斑のあるものなど。香りが高い。

フリージアの淡き香にある縫ひづかれ　文箭もと女

フリージアの香を嗅ぎ分けて病よし　大間知山子

灌仏《くわんぶつ》《かんぶつ》

四月八日、釈迦の誕生を祝って行なう法会。灌仏会、浴仏会などとも呼ぶ。**仏生会**《ぶつしやうゑ》。

沙弥の声吾に似て来し灌仏偈　空月庵三雨

山寺の障子締めあり仏生会　高濱虚子

花御堂《はなみだう》《はなみどう》

灌仏の日に寺院では小さな御堂を作り、春の花々でその屋根を葺く。中には誕生仏が安置される。

四方より杓にぎはしや花御堂　川田十雨

山寺や人も詣らぬ花御堂　高濱虚子

甘茶《あまちや》

木甘茶の葉と甘草の根を、お茶のように煮出したもの。花御堂に安置してある誕生仏に灌《そそ》ぎかける。

数珠揉んで甘茶の杓を取りにけり　北垣宵一

合掌の片手は甘茶かけ申し　大森保子

花祭《はなまつり》

四月八日、灌仏会の日に釈迦の降誕を祝福して行なわれる行事。

花祭稚児出てくるはでてくるは　阿部杉風

寺町や背中合せに花祭　三溝沙美

虚子忌《きよしき》

四月八日、高浜虚子（本名清）の忌日である。昭和三十四年（一九五九）、八十五歳で病没。墓は鎌倉扇ケ谷の寿福寺にある。虚子庵高吟椿壽居士。**椿寿忌**《ちんじゆき》。

老いて尚妓として侍る虚子忌かな　下田實花

又花の雨の虚子忌となりしかな　高濱年尾

復活祭《ふくくわつさい》《ふつかつさい》

磔になったイエス・キリストが三日後に甦ったといわれる日。春分後、最初の満月の後の日曜日。**イースター**。

復活祭心にあかり灯さるる　吉田たま

川原にも復活祭の人こぼれ　稲畑汀子

釈奠《せきてん》

陰暦二月および八月の初めの丁《ひのと》の日に行なう孔子の祭りである。**おきまつり**。

多久邑の氏子のほこり釈奠　百崎刀郎

釈奠や笙もてあそぶ老博士　小田島艸于

安良居祭《やすらゐまつり》《やすらいまつり》
　四月第二日曜日（もとは陰暦三月十日）、京都紫野の今宮神社で行なわれる神事である。

安良居やあぶり餅屋の朝掃除　　中村七三郎

百千鳥《ももちどり》 ㊂
　春の野山や森で、いろいろの小鳥が群がり囀り百千の鳥が合奏しているように聞こえるのをいう。

御僧等別れ惜しやな百千鳥　　星野立子
会者定離帰坊の僧に百千鳥　　森定南樂

囀《さへづり》《さえずり》 ㊂
　春の到来を喜ぶように、さまざまな小鳥が野山や庭で声を続けて鳴くことをいう。

囀や絶えず二三羽こぼれ飛び　　高濱虚子
囀をこぼし日射をこぼさざる　　稲畑汀子

鳥交る《とりさかる》 ㊂
　鳥はおおむね年に一回春に発情する。囀ったり、毛色が変わったりするのは皆異性を誘うためである。

鳥交る母が襁褓は干しなびき　　松本たかし
宮大工ひとりをるのみ鳥交る　　中島寿銭

鳥《とり》**の巣**《す》 ㊂
　鳥は多くは樹の上、大きな樹の空洞、藪、叢、畑、人家などに巣を作る。巣籠《すごもり》。巣鳥《すどり》。「浮巣」は夏季。

大木や鳥の巣のせて藤かゝる　　高濱虚子
鳥の巣のあらはなることあはれなり　　高濱年尾

古《ふる》**巣**《す》
　多くの野鳥は毎年新しく巣を作るので、前年の要らなくなった巣を古巣という。

隣なる古巣はかへり見られずに　　谷口和子
古巣あるてふ庭木には手を入れず　　松尾緑富

鷲《わし》**の巣**《す》
　鷲は高山に棲み、その巣も多くは絶壁などに作る。

鷲の巣の樟の枯枝に日は入ぬ　　凡兆
鷲の巣のそれかあらぬか絶壁に　　湯淺桃邑

鷹《たか》**の巣**《す》
　鷹はもともと山の奥深いところに巣を作る。大木の梢とか、深山の絶壁などである。

鷹の巣や大虚に澄める日一つ　橋本鶏二
鷹の巣の崖を背らに一札所　荒川あつし

鶴《つる》の巣《す》

釧路では、丹頂が湿原の人目につかない場所に夫婦共同で葭を集めて巣を作る。**鶴《つる》の巣籠《すごもり》**。

巣籠の鶴のほとりを掃いてをり　神吉五十槻

鷺《さぎ》の巣《す》

白鷺および五位鷺は大木の梢に、枯枝を寄せ集めただけの粗い巣を作る。

五位の子の巣に居て人に動かざる　藤田耕雪

雉《きじ》の巣《す》

野道や雑木林のこんなところと思うような場所に、草を寄せ集めた名ばかりの雉の巣がある。

雉子の巣を見届け置きて楽しめり　朝雪

烏《からす》の巣《す》

烏は樅や杉などの大木の頂や岩山の上などに皿状の巣を作る。

尾を引いて地に落つ雨や鴉の巣　長谷川零余子
引越して来し巣鴉に妻不興　山田不染

鵲《かささぎ》の巣《す》

鵲は樹上に枯枝を組み合わせて巣を作る。電柱の上に巣をかけることもある。

鵲の巣の一樹一巣ならびたる　都馬北村
案外に人目について鵲の巣よ　稲畑汀子

鳩《はと》の巣《す》

樹上に小枝を組み合わせたひどく粗雑な巣で、下から仰ぐと、落ちそうに卵が透いて見えるものさえある。

よく来啼く野鳩はたして巣かけをり　高原二峰
榧咲いていつか山鳩巣籠りし　眞鍋蟻十

燕《つばめ》の巣《す》

燕は、人家の軒先や梁《はり》などに、泥土、藁、枯草、羽毛などを混ぜて巣を作る。**巣燕《すつばめ》**。

大土間は今もでこぼこ燕の巣　大森積翠
巣燕にわりなき柱時計かな　高濱虚子

千鳥《ちどり》の巣《す》

河原や海辺の砂礫《されき》を掻いた浅いくぼみ、又はそれに草や小枝を集めた名ばかりのものである。

闇の夜や巣をまどはして鳴く千鳥　芭蕉
岩窪の千鳥の巣とは知らざりし　太田育子

雲雀《ひばり》の巣《す》

畑、草原、河原など日当りのよい所に、枯草で皿状の巣を作り、卵を三〜五個産む。

雲雀巣に育つを見つゝ通学す　小山白楢

雀《すずめ》の巣《す》

雀は庇裏、屋根瓦の隙間とか石垣の穴などに巣を作る。藁などを輪にした程度のものである。

軒瓦ゆるみしところ雀の巣　渡邊志げ子
藁さがるけふは二筋雀の巣　高濱虚子

孕雀《はらみすずめ》

雀は三月ごろからが繁殖期で、孕んで巣に籠る。子持雀《こもちすずめ》。

古庭をあるいて孕雀かな　村上鬼城
旅疲れ孕雀を草に見る　高濱虚子

孕鹿《はらみじか》 三

秋に交尾した鹿は、四月から六月にかけて子を産む。二、三月ごろになると孕んでいるのが目につく。

孕鹿馬酔木は花を了へんとす　皿井旭川
孕鹿とぼ〳〵雨にぬれて行く　高濱虚子

仔馬《こうま》 三

肢の長さの目立つ仔馬が、親馬にくっついて春の野を歩く姿はほほえましい。孕馬《はらみうま》。

草を食みをりし仔馬の乳を呑む　新田充穂
馬の子に牧夫は父のごとをりし　高橋笛美

春《はる》の草《くさ》 三

名のある草も雑草も萌え出た緑はみずみずしく、匂うばかりである。春草《しゅんそう》。芳草《ほうそう》。草芳《くさかぐは》し。

春草やたづなゆるめば駒は食む　長谷川素逝
毛氈に草芳しき野点かな　森田洋子

若《わか》草《くさ》

春の草ではあるが、萌え出た若々しい柔らかな感じである。嫩草《わかくさ》。新草《にひくさ》。

若草や子供はすぐに転ぶもの　荒金竹迷子
若草や八瀬の山家は小雨降る　高濱虚子

古《ふる》草《くさ》

若草に混じって枯れずに残っている去年からの草をいう。

古草もまたひと雨によみがへり　高濱年尾
古草の吹かるる高さありにけり　稲畑汀子

若《わか》芝《しば》

冬の間枯れていた芝も、春になると若芽が萌え出てうす緑のビロードを敷きつめたようになる。

若芝を流るゝほどの雨となる　高濱年尾
水といふ動春芝といふ静に　稲畑汀子

蘖《ひこばえ》

樹木の伐り株や根元から群がり伸びる若芽のことをいう。その萌える様子を動詞に働かせて使うこともある。

蘖えし中へ打込み休め斧　佐藤念腹
大木の蘖したるうつろかな　高濱虚子

竹《たけ》の秋《あき》

一般の草や木の葉が秋に黄ばむのに対し、竹の古葉は春に黄ばむ。これを竹の秋という。

竹秋やかたみに病める僧主従　上野青逸
沓脱に古りし草履や竹の秋　獅子谷如是

嵯《さ》峨《が》念《ねん》仏《ぶつ》

京都嵯峨の清凉寺（釈迦堂）で四月中旬に行なわれる大念仏法会であるが、本堂左手の狂言堂において同時に行なわれる大念仏狂言が有名である。

見てゐるは里人ばかり嵯峨念仏　五十嵐播水
松の塵しきり降り来ぬ嵯峨念仏　平松葱籠

十三詣《じふさんまゐり》《じゆうさんまいり》

四月十三日、京都嵐山の法輪寺へ、十三歳の男女が着飾って参詣し、知恵を貰い福徳を祈る。智恵貰《ちゑもらひ》。智恵詣《ちゑまうで》。

詣る子に智慧の泉といふが湧く　舘野翔鶴
花人に押され十三詣かな　高濱虚子

山王祭《さんわうまつり》《さんのうまつり》

山王さんと呼ばれる全国の日吉《ひえ》神社の総本山、滋賀県大津市坂本の日吉大社の祭礼である。四月十二日から十五日まで行なわれる。

里坊も灯り山王祭の夜　宇野素夕

梅若忌《うめわかき》

謡曲「隅田川」にある哀れな物語の主、梅若丸の忌日である。四月十五日に梅若塚のある隅田川畔の木母寺で修される。**木母寺大念仏《もくぼじだいねんぶつ》**。

墨堤にある今昔梅若忌　松本浮木

語り伝へ謡ひ伝へて梅若忌　高濱虚子

羊《ひつじ》の毛剪《けき》る

現在、織物の材料とする目的で羊を飼育することは北海道、東北地方に限られ少なくなったが、暖かい日を選んで剪毛する。

刈られゆく羊の腹の波うてり　正立教子

毛刈せし羊身軽に跳ねて去る　佐藤牧翠

春光《しゆんくわう》《しゅんこう》 ㊂

春の風光、春景色の意であったが、輝かしい春の陽光の意に用いられるようになった。**春の色《はるのいろ》**。**春色《しゅんしょく》**。

春光のあまねきときぞ吾も仏　星野立子

春光を砕きては波かゞやかに　稲畑汀子

風光《かぜひか》る ㊂

四方の景色もうららかな春は、吹きわたる風さえも光っているように感じられる。

風光る観音詣繰り返し　高濱年尾

風光るとき海遥かかすか　稲畑汀子

青麦《あを》《あお》《むぎ》《むぎ》 ㊂

麦が葉をすくすくと伸ばし、やがて青い穂を出す、その間の青々とした春の麦をいう。**麦青む《むぎあを》**。

青麦はつん〳〵としてよそ〳〵し　蒲池蓮葉

風早は風強き地よ麦青む　稲畑汀子

麦鶉《むぎ》《むぎ》《うづら》《うずら》

青々とした麦畑の中で子を育てる鶉である。情のある鳴き声を立てる。

用達の母を追ふ子や麦うづら　藤實艸宇

菜の花《なのはな》

本来は菜種油を採るために栽培されていたが、近年は切花用、食用にもする。**菜種の花《なたねのはな》**。**花菜《はなな》**。

駆ける子ら菜の花明り満面に　浅井青陽子

菜の花の明るさ湖をふちどりて　高濱年尾

花菜漬《はななづけ》　まだ蕾が少し黄ばんだ程度の菜の花を塩漬にしたもの。京都の名産である。

上ミ京の花菜漬屋に嫁入りし　高濱虚子
多い日に御飯を炊いて花菜漬　稲畑汀子

菜種河豚《なたねふぐ》　菜の花の咲くころの河豚をいう。産卵期にあたり、毒がもっとも強くて中毒しやすい。

糶杖にはじき出されし菜種河豚　山崎美白
菜種河豚ひとつころがり市終る　今村青魚

菜種梅雨《なたねづゆ》　菜の花の咲くころ降る長雨。どこか明るい感じがする。

大降りも小降りもなくて菜種梅雨　小川龍雄
ぬり絵にもそろそろ倦きて菜種梅雨　山﨑貴子

大根《だいこん》**の花**《はな》　四月ごろ、白または淡い紫色の花弁を十字形に開く。種を採るために畑に残したものが、越年して花を開く。「諸葛《しよかつ》菜《さい》」は別種。**花大根**《はなだいこん》。**種大根**《たねだいこん》。

長雨や紫さめし花大根　楠目橙黄子
大根の花紫野大徳寺　高濱虚子

諸葛菜《しよかつさい》　花は形も大きさも大根の花に似て淡紫色。「花だいこん」と呼ばれているが、「大根の花」とは別種である。本名、おおあらせいとう。

雨に濡れ花のやさしき諸葛菜　矢崎春星
むらさきの風となるとき諸葛菜　稲畑汀子

豆《まめ》**の花**《はな》　豆類の花を総称していう。**蚕豆**《そらまめ》**の花**《はな》。**豌豆**《えんどう》**の花**《はな》。

このあたり畑も砂地や豆の花　星野立子
貧しくも楽しさ少し豆の花　松岡ひでたか

蝶《てふ》《ちよう》 ㊂　蝶は四季を通じて見かけるが、単に蝶といえば春である。**紋白蝶**《もんしろてふ》。**紋黄蝶**《もんきてふ》。**胡蝶**《こてふ》。**蝶々**《てふてふ》。**初蝶**《はつてふ》。

初蝶は影をだいじにして舞へり　高木晴子

添寝せしはずの吾児ゐず蝶の昼　豊田陽子
山国の蝶を荒しと思はずや　高濱虚子
初蝶を追ふまなざしに加はりぬ　稲畑汀子

春風《はるかぜ》 三

春は気象の変化が激しく強い風も吹くが、春風といえば穏やかに吹く風のことである。**春《はる》の風《かぜ》**。

やはらかき吾子の匂ひや春の風　山﨑貴子
春風や闘志いだきて丘に立つ　高濱虚子

凧《たこ》 三

本来、凧は春風に揚げるもので、四月の**長崎《ながさき》の凧揚《はたあげ》**はことに有名である。**紙鳶《たこ》**。**鳳巾《たこ》**。**いかのぼり**。**いか**。**はた**。**奴凧《やつこだこ》**。

凧高く揚げたる父を誇りとす　下村　福
蜑の子の凧が怒濤の上にまで　伊藤柏翠

風車《かざぐるま》 三

風を受けて回る仕掛けの小さな玩具で、縁日や人の出盛る所で風に回るままに売っている。**風車売《かざぐるまうり》**。

風車色を飛ばして廻り初め　上野　泰
廻らぬは魂ぬけし風車　高濱虚子

風船《ふうせん》 三

色とりどりのうすいゴムにガスを入れてふくらませ糸をつけて遊ぶ玩具。**風船売《ふうせんうり》**。

風船の中の風船売の顔　杉本　零
風船の子の手離れて松の上　高濱虚子

石鹼玉《しやぼんだま》 三

石鹼水、または無患子《むくろじ》の実の皮を水に溶いて、それを麦藁などの先につけて吹くと生まれる水玉。

しやぼん玉上手に吹いて売れてゆく　島田みつ子
石鹼玉音あるさまに割れにけり　中西　蘖

鞦《しゅう》韆《せん》 三

ぶらんこのことである。春季のものとして扱われている。**秋《しう》千《せん》**。**ふらここ**。**半仙戯《はんせんぎ》**。

一人占めせしふらここに独りぼち　河野美奇
ふらここに一人飽きればみんな飽き　藤松遊子

ボートレース

多く春に行なわれる。**競漕《きやうさう》**。

櫂飛沫上げ競漕の遠ざかる　川田朴子
夕日影競漕赤の勝とかや　高濱虚子

遠足《ゑんそく》《えんそく》 ㊂ 遠く郊外にまたは野山に出て一日の行楽をすることをいうのである。秋にも多いが俳句では春季。

遠足の埃くさゝに乗り合はす　上西左兌子
遠足の列とゞまりてかたまりて　高濱虚子

遍路《へんろ》 ㊂ 弘法大師があまねく巡錫されたという、四国にある札所八十八箇寺の霊場を巡拝する人々をいうのである。**遍路宿**《へんろやど》。

荷をおろし仏へ立ちし遍路かな　深川正一郎
道のべに阿波の遍路の墓あはれ　高濱虚子
お遍路の美しければあはれなり　高濱年尾

春日傘《はるひがさ》 夏の日傘ほどの実用性はないが婦人が外出に用いる。**春**《はる》**の日**《ひ》**傘**《がさ》。

春日傘たゝみしよりの貴船道　井上兎徑子
南国の旅へ用意の春日傘　稲畑汀子

朝寝《あさね》 ㊂ 春は寝心地のよいものである。朝掃除の物音を聞きながら、うつらうつらするのも心地よい。

もの音の我家とまがふ旅朝寝　翁長恭子
フィアンセが来るてふ朝寝してをれず　藤丹青

春眠《しゅんみん》 ㊂ 「春眠暁を覚えず」などと詩句にあるように眠り心地の最もよい季節である。

春眠の底の底より電話鳴る　三村純也
金の輪の春の眠りにはひりけり　高濱虚子

春愁《しゅんしゅう》《しゆんしう》 ㊂ 春になると、うきうきと華やいだ気分になる反面、何となくもの憂い感じにもなるのをいう。

春愁に筆を重しとおきにけり　大久保橙青
ふとよぎる春愁のかげ見逃さず　稲畑汀子

蠅生る《はへうまる》《はえうまる》 春になると、しばらく忘れていた蠅がふたたび発生する。

蠅生れ蠅虎の早も現れ　原　菊翁

春《はる》《はる》の蠅《はへ》《はえ》

鏡台に生れし蠅の居りにけり　高濱虚子

ぽかぽか暖かくなると、どこからとなく飛んで来る蠅である。

春の蠅飛んでのらくら男かな　佐藤漾人

冴返り又居ずなりぬ春の蠅　高濱虚子

春《はる》の蚊《か》

春出る蚊である。春の宵など、思いがけず出て来る蚊は、翅音も細く姿も弱々しい。**春蚊《はるか》**。

金泥の菩薩刺さんと春の蚊が　古川水魚

春の蚊のゐておぞましや亭を去る　高濱虚子

虻《あぶ》 ㊂

全体として蠅に似ているが、蠅より大きく色も明るい。唸り澄む羽音には春昼の感が深い。

虻澄みてつゝと移りて又澄みぬ　高濱虚子

虻宙にとどまるときの羽音かな　稲畑汀子

蜂《はち》 ㊂

花に集まる蜂、唸りを立てて近づく蜂、そこに新鮮さが感じられる。**蜜蜂《みつばち》**。**熊蜂《くまばち》**。**足長蜂《あしながばち》**。**穴蜂《あなばち》**。**土蜂《つちばち》**。

蜂の尻ふは〳〵と針をさめけり　川端茅舎

泥蜂の一つづつ穴出ては飛ぶ　市原あつし

蜂《はち》の巣《す》

蜂の種類は非常に多く、木の枝、洞《うろ》、軒端、土中、岩のくぼみなどに、それぞれ特有の巣を作る。

雨戸繰るたび蜂の巣の揺るゝかな　志賀道子

巣の中に蜂のかぶとの動き見ゆ　高濱虚子

巣《す》立《だち》

鳥の子が成育して、巣から飛び去ることをいうのである。**巣《す》立鳥《だちどり》**。

巣立鵜の並び止れる高枝かな　岡安迷子

あとかたもなき静けさに巣立ちたる　谷口和子

雀《すずめ》の子《こ》

雀のひなは孵《かえ》って半月ほどで巣立つ。**親雀《おやすずめ》**と遊んでいる**子**《こ》**雀《すずめ》**は小さくかわいい。

子雀の吹き落されし車椅子　森　土秋

玻璃内の眼を感じつゝ親雀　高濱虚子

子猫《こねこ》

猫は四季に孕むが、ことに春がいちばん多い。発情後約二か月で子を産む。**親猫《おやねこ》**。**猫の子《ねこのこ》**。

見るだけのつもりが子猫貰ひ来し　今橋眞理子

寵愛の子猫の鈴の鳴り通し　高濱虚子

落し角《おとしづの》

鹿の角は四月ごろになると根もとから自然に落ちる。初夏になるとまた新しい角が生えてくる。

山裾や草の中なる落し角　高濱虚子

人丸忌《ひとまるき》

陰暦三月十八日、柿本人麻呂の忌である。明石市の柿本神社（人丸神社）では、四月第二日曜日に人丸祭を行なっている。**人麻呂忌《ひとまろき》**。

人丸忌俳書の中の歌書一つ　高田つや女

山辺《やまのべ》の赤人が好き人丸忌　高濱虚子

花供養《はなくやう》《はなくよう》

鞍馬の花供養。京都の鞍馬寺で四月六日から二十日まで行なわれる花供懺法会《はなぐせんぼうえ》である。

花供養雨やどりして待ちにけり　野村泊月

花供養瓦寄進を吾もせん　中田余瓶

御身拭《おみぬぐひ》《おみぬぐい》

四月十九日、京都嵯峨の清涼寺（釈迦堂）で行なわれる行事で、本尊の栴檀瑞像釈迦如来の御扉を開き、寺僧が白布をもって仏身を拭き奉る儀式である。

御身拭すみて明るきお蠟燭　村田橙重

御臍に梯子参らせお身拭　藤村うらら

御忌《ぎょき》

浄土宗の宗祖法然上人の忌日法要である。総本山の京都東山知恩院で毎年四月十八日から二十五日まで行なわれる。**法然忌《ほふねんき》**。**御忌詣《ぎょきまうで》**。**御忌の鐘《ぎょきのかね》**。

勅使門開けて本山御忌に入る　野島無量子

貧乏の寺を支へて法然忌　水口秋声

御影供《みえいく》

弘法大師の正忌を営むのをいう。京都の東寺では四月二十一日、高野山では三月二十一日を正御影供としている。**御影《みえ》**

供。空海忌《くうかいき》。

還俗の弟子も来てゐる御影供かな　森　白象

妻伴れて亡き子に遭はん空海忌　小畑一天

壬生念仏《みぶねんぶつ》

四月二十一日から二十九日まで、京都の壬生寺で行なわれる大念仏法要である。無言の壬生狂言が境内の狂言堂で演じられる。壬生狂言《みぶきやうげん》。壬生踊《みぶをどり》。

壬生念仏幕引くでなく終りとや　吉田大江

舞台暫し空しくありぬ壬生念仏　高濱虚子

島原太夫道中《しまばらたいふのだうちゆう》

しまばらたゆうのどうちゆう

四月二十一日に行なわれていた京都島原遊廓の行事で、廓内を練り歩いた。

傘影の外れて太夫の眉目かな　中山碧城

我も亦太夫待つなる人のかげ　高濱虚子

靖国祭《やすくにまつり》

四月二十一日より三日間、東京九段の靖国神社で行なわれる春の例大祭をいう。招魂祭《せうこんさい》。

事古りし招魂祭の曲馬団　松本たかし

蜃気楼《しんきろう》

雪解水などで海面の温度が低く、しかも天気の良い日中風がなかったりすると、海上にふつうは見えない水平線下の船や対岸の景が光の屈折により変形して見えること。富山県魚津が有名。海市《かいし》。喜見城《きけんじやう》。

たゞ沙漠なりし眺めに蜃気楼　桑田青虎

鉄塔の見えしが始め蜃気楼　小林草吾

鮒膾《ふななます》

琵琶湖の源五郎鮒は春の産卵期に多く捕れ、味もよいので、これを膾にする。山吹膾《やまぶきなます》。

鮒膾湖港に近き小料理屋　川崎栖虎

船人の近江言葉よ鮒膾　高濱虚子

山吹《やまぶき》

わが国固有の花で、黄色で鮮やかだが、白いものもある。一重咲きと八重とがある。葉山吹《はやまぶき》。濃山吹《こやまぶき》。

山吹の一重の花の重なりぬ　高野素十

遠くより見てゐし雨の濃山吹　稲畑汀子

海《かい》棠《だう／どう》

長い花柄に薄紅色の花を総状に垂れる風情は艶である。鎌倉光則寺の海棠は大木で有名。

海棠の長き盛りを留守勝ちに　五十嵐哲也
散り際も海棠らしさ失はず　岩垣子鹿

山査子《さんざし》の花《はな》

棘のある落葉低木。梅に似て丸みのある白い五弁の花が群がって咲き、果実は薬用となる。

山査子の幹の武骨に花つけし　吉村ひさ志
山査子の咲きて洋館古りにけり　手塚基子

馬酔木《あせび》の花《はな》

枝先から長い花穂を垂らし、多数の鈴蘭に似た小花をつける。**あしびの花《はな》。あせぼの花《はな》。**

参籠の一夜は明けぬ花馬酔木　森定南樂
花馬酔木ばかり目につく島に著く　稲畑汀子

ライラック

白や薄紫の細かい花が総状に咲く。香りが強く香水の原料になる。**リラの花《はな》。**

騎士の鞭ふれてこぼるゝライラック　スコット沼蘋女
別々に旅つゞけ来てリラに会ふ　小島梅雨

雪《ゆき》柳《やなぎ》

新葉が出ると同時に、米粒ほどの真白な五弁の花がむらがり咲く。**小米花《こごめばな》。小米桜《こごめざくら》。**

朝より夕が白し雪柳　五十嵐播水
小米花とめし雨粒より小さし　小畑一天

小粉団《こでまり》の花《はな》

白い梅の花形のこまかい花が毬状に集まって枝の元から先まで咲く。**こでまり。**

小でまりや裏戸より訪ふことに馴れ　高濱年尾

楓《かへで／かえで》の花《はな／はな》

楓は、若葉の少し開きかかった葉陰に暗紅色の小さい花をつける。この花はすぐ羽のような実になる。

けふ島を去るにつけても花楓　深川正一郎
花楓一と枝そへて祝のもの　坊城としあつ

松《まつ》の花《はな》

松の新芽はその頂に二、三個の雌花をつけ、その下の方に米粒のような黄色、あるいは薄緑色のたくさんの雄花をつけ、やがて花粉を散らす。

幾度か松の花粉の縁を拭く　高濱虚子
又松の花粉の頃に病める子よ　稲畑汀子

珈琲《コーヒー》の花《はな》

㊂ アフリカ原産の常緑高木。花は白色で香気があり、花期は長い。

買物の女も駄馬や花珈琲　目黒はるえ
鄙びつゝわが娘育つや花珈琲　佐藤念腹

柃《ひさかき》の花《はな》

常緑低木で、葉のつけ根に二つ三つずつ、白くて丸みのある小花を下向きにつける。

あしらひて柃の花や適ふべき　富安風生

樒《しきみ》の花《はな》

樒は仏前、墓などに供える常緑小高木。黄白色の花がねじれたようにかたまって咲く。

こぼるゝやゆふべ明りに花樒　無　錫
うすみどり樒の花と教へられ　岡田静女

木苺《きいちご》の花《はな》

山野や路傍などに自生する高さ一、二メートルの落葉低木。葉、茎とも棘が多い。白色五弁の花。

木苺の大きな花のとび〳〵に　加藤霞村
木苺の花をあはれと眺めゐる　高濱虚子

苺《いちご》の花《はな》

山苺、野苺、畑に栽培される苺など、すべての苺類の花をいう。白い五弁の花。

花苺ひとこと妻と立話　池内友次郎
敷藁のま新しさよ花いちご　星野立子

通草《あけび》の花《はな》

蔓性の落葉低木で、山野に自生し、また垣根などを這いまわる。三弁の淡い紫色の花を咲かせる。

花あけびうち仰ぎゐて湯ざめかな　宮野小提灯
花通草崖はそこより谿に落つ　五十嵐播水

郁子《むべ》の花《はな》

蔓性で、常緑の葉のわきから花序を出し、外側は白く内側は淡紫色の花がいくつか咲く。

相からみどれがどの花郁子通草　佐田あはみ

ふる里の山河変らず郁子の花　田中祥子

宗因忌《そういんき》

陰暦三月二十八日は談林派俳諧の祖西山宗因の忌日。大阪市北区兎我野町の西福寺に墓がある。

いまだ見ぬ天満百句や宗因忌　太田正三郎

昭和《せうわ》《しょうわ》の日《ひ》《ひ》

四月二十九日、国民の祝日。昭和天皇御生誕の日である。天皇誕生日、みどりの日、の名称を経て、平成十九年（二〇〇七）昭和の日となった。

古き庭風新しき昭和の日　古賀しぐれ

いくたびも呼び名かはりて昭和の日　田治紫

葱坊主《ねぎばうず》《ねぎぼうず》

晩春、葱の葉の間から一本のまっすぐな花茎が立ち、頂に細かく白い花を球状につける。これを葱坊主という。**葱《ねぎ》の花《はな》**。**葱《ねぎ》の擬宝《ぎぼ》**。

おのづからある大小や葱坊主　増田手古奈

信号の長き停車や葱坊主　稲畑汀子

萵苣《ちさ》

キク科の越年野菜で、下葉から欠きとって食用にする。ちょっと苦味がありそれが好まれる。**ちさ欠《か》く**。

萵苣欠ぎて夕餉の支度とゝのひし　平野一鬼

捥いで来し萵苣の手籠を土間に置く　山下豊水

みづ菜《な》

渓谷など陰湿地に群生し、若い葉は柔らかく、浸し物にする。**うはばみさう**。関東で京菜と呼ぶ株野菜の「水菜」とは別のものである。

でゆの主《ぬし》みづといふ菜を土産《つと》にくれし　高濱虚子

鶯菜《うぐひすな》《うぐいすな》

小松菜の若菜で、葉の二、三枚出たばかりの一〇センチくらいのつまみ菜をいう。

鶯菜放ちひとりのお味噌汁　副島いみ子

客ありて摘む菜園の鶯菜　深見けん二

茗荷竹《めうがたけ》《みょうがたけ》

晩春芽生えてくる茗荷の若芽のこと。香りが高く、吸い物や刺身のつまなどに用いられる。

茗荷竹普請も今や音こまか　中村汀女

一面に出かゝつてゐて茗荷竹　高橋春灯

熊谷草《くまがいさう》《くまがいそう》
春、二枚の扇形の葉の間から花柄を出し、五、六センチの花をうつむきに開く。袋形の唇弁が目立つ。

お茶花は熊谷草の花一つ　由利妙子
熊谷草を見せよと仰せありしとか　高濱虚子

杉菜《すぎな》
どこにでも生える雑草で、土筆《つくし》はその花にあたる。細くて柔らかい緑の茎は節《ふし》が多い。

小川二つ並び流るゝ杉菜かな　高濱虚子
日に立ちしときは杉菜でありにけり　稲畑汀子

東菊《あづまぎく》《あずまぎく》
四、五月ごろ、茎の頂に一輪、菊に似た淡紅紫色の花をつける。吾妻菊《あづまぎく》。

湯がへりを東菊買うて行く妓かな　長谷川かな女

花韮《はなにら》
韮に似た細葉の間から茎を出し、頂にわずかに紫を帯びた白色の六弁花を上向きにつける。「韮の花」は秋季である。

花韮に紫の影ひそみけり　稲岡達子
花韮を摘み来し指のなほ匂ふ　稲畑汀子

華鬘草《けまんさう》《けまんそう》
晩春、淡紅色の花が茎を傾けて総状に咲く。花の形が仏前の飾りの華鬘に似ているのでこの名がある。

吉野路ゆ句帖に栞るけまん草　柴原保佳
持ち帰りゐしは吉野の華鬘草　稲畑廣太郎

都忘れ《みやこわすれ》
茎は三〇センチくらいに伸び、紫または白色の菊に似た花をつける。「東菊《あずまぎく》」は別種である。

祇王寺の都忘れに籠る尼　竹内万紗子
雑草園都忘れは淡き色　高濱年尾

金盞花《きんせんくわ》《きんせんか》
濃い橙色から薄黄色まで濃淡があり、八重咲きもある。切花用として多く栽培されている。

潮風や島に育てし金盞花　松島正子

二人静《ふたりしづか》《ふたりしずか》
茎の頂に一対ずつ四枚の楕円形の葉をつけ、その葉の間から二本の小さい白い花を穂状につける。

静かなる二人静を見て一人　京極高忠
夫の忌や二人静は摘までおく　丸山綱女

十二単《じふにひとへ》《じゆうにひとえ》

茎の先端に唇形、薄紫色の小花を穂状につける。重なり咲くさまを王朝の女官の十二単に見立てた。

裳裾曳く十二単と言ふからに　柴崎博子
汝にやる十二単衣といふ草を　高濱虚子

勿忘草《わすれなぐさ》

ヨーロッパ原産。晩春から初夏にかけて、瑠璃色の可憐な花をつける。

船室の勿忘草のなえにけり　佐藤眉峰
ふるさとを忘れな草の咲く頃に　成嶋瓢雨

種俵《たねだはら》《たねだわら》

種籾《たねもみ》を入れて種井、種池、種田などに浸《つ》ける俵をいう。

種俵沈めあるらし泡立てり　山崎一角
種俵揚げ来し雫土間濡らす　木全一枝

種井《たねゐ》《たねい》

籾を蒔く前、発芽をうながすために、籾を俵のまま池や川、または田の片隅に作った井戸などに浸しておく。この井戸を種井、**種池**《たねいけ》という。**種浸**《たねひた》**し**。

雨水の濁りさしこむ種井かな　淺野白山
雨水を甕にたゝへて種浸す　松岡伊佐緒

種選《たねえらみ》

種籾を塩水などに浸し、浮くような悪い種を除くこと。大豆など一般の種物を選り分けることにもいう。**種選**《たねよ》**る**。

浮籾の意外に多し種選　松本一青
種を選る土のぬくさをこゝろ待つ　戸澤寒子房

種蒔《たねまき》

種籾を苗代に蒔くのをいうが、野菜や草花の種を蒔くのにもいう。**籾蒔**《もみま》**く**。**種**《たね》**おろし**。**物種蒔**《ものだねま》**く**。

種を蒔く人のうしろの地平線　美馬風史
利根の風をさまる頃や種おろし　荒川ともゑ

苗代《なはしろ》《なわしろ》

稲の苗を仕立てる田である。**苗田**《なへた》。**苗代田**《なはしろだ》。**苗代時**《なはしろどき》。

落人の畚か苗代作りして　高濱年尾
苗代寒さそへる雨となりにけり　稲畑汀子

水口祭《みなくちまつり》

苗代に種をおろしたとき、水が豊かで苗の育ちがいいように と、その田の水口に土を盛って御幣を挿し、季節の花や御神酒、焼米を供えて田の神を祀る。

忌串立て水口祭終りけり　榊原市兵衛
源五郎游ぐ水口祭りけり　林大馬

種案山子《たねかがし》

多く苗代に蒔いた種籾を鳥から守るために用いられる。

種案山子赤き帽子を戴かせ　松藤夏山
種案山子袖の水漬かんばかりなり　鈴木奈つ

苗代茱萸《なはしろぐみ》《なわしろぐみ》

苗代を作るころ熟れて紅くなる茱萸である。俵のように長楕円形なので俵《たはら》ぐみともいう。はるぐみ。

吾にあらばふるさとはこゝ苗代茱萸　稲畑汀子

朝顔蒔く《あさがほまく》《あさがおまく》

四月上旬から五月にかけて蒔くが、八十八夜前後が最もよいとされている。

朝顔を蒔きたる土に日欄干　山口青邨
生えずともよき朝顔を蒔きにけり　高濱虚子

藍植う《あゐう》《あいう》

種を蒔いて育てた藍の苗を、本畑に移植することである。

塵取にはこびて藍を植ゑにけり　岡安迷子
百年の老舗を守り藍植うる　稲畑汀子

蒟蒻植う《こんにやくう》

前年霜の降りる前に掘り出し、囲っておいた種蒟蒻玉を晩春、よく消毒した畑に植え込むのである。

値下りと聞きし蒟蒻植ゑ渋り　眞鍋蟻十

蓮植う《はすう》

蓮根を一節くらいに切り、泥田をかき混ぜて縦に二〇センチほどの深さに植える。

現れて乾く根もあり蓮植うる　福井圭兒
蓮植うる手元大雑把と見たる　松尾緑富

八十八夜《はちじふはちや》《はちじゅうはちや》

立春から数えて八十八日目、五月二、三日ごろにあたり、茶摘も盛り、農家は野良仕事に忙しい。

北国の春も八十八夜過ぐ　橋本春霞
病室に八十八夜冷ありし　松本圭二

別《わか》れ霜《じも》

春に降りる最後の霜をいう。俗に「八十八夜の別れ霜」という言葉がある。霜《しも》の名残《なごり》。忘《わす》れ霜《じも》。

別れ霜ありと見込んで農手入　大塚賀志恵
越後路のふたゝびみたび別れ霜　南雲つよし

霜《しも》くすべ

桑などが芽ぐむころになっても、なお霜が降りて新芽を傷めることがある。その霜害《そうがい》を防ぐため、霜の降りそうな夜、籾殻などを焚きくすべて冷えるのを防ぐ。

霜害や起伏かなしき珈琲園　佐藤念腹
藁負うて妻もしたがふ霜くすべ　谷牡鹿野

茶《ちゃ》摘《つみ》

八十八夜前後が最も盛んである。最初の十五日間を一番茶とし、それから二番茶、三番茶、四番茶と順次摘んでいく。茶《ちゃ》摘女《つみめ》。茶摘唄《ちゃつみうた》。茶摘笠《ちゃつみがさ》。茶山《ちゃやま》。茶園《ちゃえん》。

玉露摘むこゝら茶籠の小さゝよ　川上朴史
祖谷の険寸土に植ゑし茶を摘める　稲畑汀子

製《せい》茶《ちゃ》

摘んで来た茶の葉は蒸して焙炉《ほいろ》にかけ、焙りながら手で揉み上げる。最近は機械による製茶が多い。

仏壇の中も茶ぼこり焙炉どき　大森積翠
家毎に焙炉の匂ふ狭山かな　高濱虚子

鯛《たひ》《たい》網《あみ》《あみ》

鯛が外海から内海の陸近くに産卵のため寄ってくるのを網で捕るのである。

吾が舟も鯛網舟も波高し　宇川紫鳥
鯛網を曳く刻限の潮と見ゆ　竹下陶子

魚《うを》《うお》島《じま》《じま》

八十八夜前後、外海にいた鯛などが産卵のために内海に入りこんで豊漁期となる。その時期をいったり、その場所をいったり、またそのころ鯛、鰤《ぶり》、海豚《いるか》などが群がり水面が盛りあがって見えるさまをいったりする。

魚島に挑む一本釣の竿　前内木耳

魚島の糶果て海の白み来し　村上青史

鯥五郎《むつごらう》 むつごろう

有明海と八代海北部にだけいる鯊《はぜ》の一種。目の位置が高く飛び出し、背は青褐色で白色の斑点がある。胸鰭で海底や砂泥を這い、水中では敏捷に泳ぐ。むつ。

潮先におのおの匐へる鯥五郎　城後眉下

鯥顔を出しくる泥の膨れけり　森文桜

蚕《かひこ》 かいこ

蚕といえば春蚕《はるご》をいうので、夏、秋の蚕はとくに「夏蚕《なつご》」「秋蚕《あきご》」と呼ぶ。蚕卵紙《さんらんし》。蚕飼《こがひ》。蚕飼《かひこか》ふ。種紙《たねがみ》。掃立《はきたて》。飼屋《かひや》。蚕棚《こだな》。蚕室《こしつ》。捨蚕《すてご》。蚕時《かひこどき》。

蚕時雨の食ひ足りてきし音となる　村山一棹

蚕の匂ひ桑の匂ひと入り交り　高濱年尾

山繭《やままゆ》

家で飼われる蚕に対して、これは野生のもので、黄緑色を帯びている。

日静かに繭を営む山がひこ　呂仙

山繭の営み透けてゐる日射　稲畑汀子

桑摘《くはつみ》 くわつみ

蚕に若葉を与えるために桑を摘む。蚕が成長するにしたがって大きな葉を与える。桑籠《くはかご》。桑車《くはぐるま》。

朝早しみな桑負うて行き会へる　及川仙石

嫗とも思へぬ力桑しごく　山田不染

桑《くは》 くわ

養蚕用の桑畑の桑は低く仕立てるが、山野に自生する桑は丈が高い。どちらも春、若葉を出す。

岐れゆく日光線や桑の中　伊藤柏翠

岐れ道いくつもありて桑の道　高濱虚子

桑の花《くはのはな》 くわのはな

桑は若葉とともにうす緑の小さな花を穂のようにつける。雌花と雄花はふつう別の株につく。

桑の花奥に大きな藁屋あり　石井とし夫

近道を迷はず抜けて桑の花　稲畑汀子

畦《あぜ》塗《ぬり》

打ち終わった田の畦から水が漏れるのを防ぐために、鍬を使って畦土の表面を塗り固めること。塗畦《ぬりあぜ》。

不機嫌に昨日の畦をぬりかへし　田島耕人

畦を塗る鍬の光をかへしつゝ　高濱虚子

蔦若葉《つたわかば》

赤い芽を出し、続いて掌のように青く葉を広げる。いかにも艶やかに輝かしい。

換空機吐き出す風に蔦若葉　山口牧村

蔦若葉風の去来の新しく　稲畑汀子

萩若葉《はぎわかば》

萩の若葉は他の木々の若葉より柔らかであって、萌え始めたころは葉が二つに折れている。

睡るとはやさしきしぐさ萩若葉　後藤夜半

茂るとはさらさら見えず萩若葉　千原草之

草若葉《くさわかば》

春光に萌え出た草が、晩春になって若々しく伸びたさまを草若葉という。木々の若葉は初夏である。

尾の切れし蜥蜴かくるゝ草若葉　北　浪

葎若葉《むぐらわかば》

昔は葎といえば、金葎《かなむぐら》（クワ科）のみを指したといわれるが、今は八重葎を含めていう。その若葉。

山崩れ跡消ゆ葎若葉かな　河野美奇

蔓のばし葎若葉の色のぼる　嶋田一歩

罌粟若葉《けしわかば》

三〇～六〇センチくらいの茎がまっすぐ伸び、葉は卵形、長楕円形、線状などさまざま。芥子若葉《けしわかば》。

城内は薬草園や罌粟若葉　今井千鶴子

雨の中淡きみどりや罌粟若葉　川口咲子

菊若葉《きくわかば》

菊は一般に挿芽で殖やすが、土に馴染んで根が生え葉を出すと一本でも晴れやかで若葉の感じがする。

陶榻の高さとなりし菊若葉　粟津松彩子

若《わか》蘆《あし》

蘆の角はやがてみずみずしい若葉となる。それを若蘆という。蘆若葉《あしわかば》。

若蘆の葉に潮満ちて戦ぎかな　相島虚吼

若蘆の両岸となり水平ら　高濱年尾

荻若葉《をぎわかば》《おぎわかば》　荻は川岸や池辺などの湿地に多く、春になると芽ばえて茎の中央から青々と若葉を伸ばし水に映る。

ばせを植てまづにくむ荻の二ば哉　芭蕉

若菰《わかごも》　古い根から芽生えた真菰の新芽が、しだいに生長して風にいくらかなびこうとするころをいう。

若菰を倒して舟の著きにけり　杏城子

髢草《かもじぐさ》　畦や道ばたなどによく見かける草。女の子がこの葉を集めて、髪結遊びをする。

母の櫛折りし記憶やかもじ草　越路雪子

髢草鬘よ髢よと結ひしこと　大橋とも江

水芭蕉《みづばせう》《みずばしょう》　ふつう水芭蕉の花と見られるのは花穂を抱いた白色の大きな苞である。尾瀬沼の群落は有名。

水芭蕉見てはるばると返す旅　豊原月右

水芭蕉せゝらぐ雪解水に咲く　高濱年尾

残花《ざんくわ》《ざんか》　散り残った桜の花をいう。「余花」といえば夏季となる。

一片の残んの花の散るを見る　高濱虚子

残花なほ散り敷く雨の磴登る　高濱年尾

桜蘂降る《さくらしべふる》　花が散り果てた桜の木の下に、残った蘂が降り、散り敷くことをいう。

桜蘂降る東京は坂だらけ　今井肖子

千年の樹形に桜蘂降りぬ　譽田文香

春深し《はるふかし》　木々は緑の装いを急ぎ、春も盛りを過ぎたころをいう。春闌《たけなは》。春闌《はるた》く。

幕ひきの立ゐねむりや春ふかし　中村辰之丞

美しき布刺す娘らに春闌ける　佐土井智津子

夏近し《なつちか》　春闌《た》けてくると、日ざしや風の動きにも夏の間近いことが感じられる。夏隣《なつとな》る。

夏近し短めに切る吾子の髪　村中千穂子
海近く住み潮の香に夏近し　稲畑汀子

蛙《かはづ》《かわず》

田圃などで鳴く蛙の声は、晩春の田園風景の中でなつかしいものである。**初蛙**《はつかはづ》。**かへる**。**鳴蛙**《なくかはづ》。**遠蛙**《とほかはづ》。**昼蛙**《ひるかはづ》。

浮いてをる水すれ〱の蛙の目　山田凡二
泊まることなき母許の夕蛙　南禮子

躑躅《つつじ》

高山に多く自生し、また庭園にも栽培される。**やまつつじ**。**きりしま**。

庭先の山がかりたるつゝじかな　高濱年尾
山荘のつゝじの頃を訪ふは稀　稲畑汀子

満天星《どうだん》**の花**《はな》

新葉とともに柄の長い壺形の白い小花を多くつけるさまは満天に星を散らしたようである。**どうだんつつじ**。

触れてみしどうだんの花かたきかな　星野立子
満天星の花には止りづらき虻　木暮つとむ

石南花《しやくなげ》

葉はなめらかな革質、長楕円形で緑色、その枝先に紅紫色の花がいくつか集まって咲く。**石楠花**《しやくなげ》。

石楠花を風呂にも活けて山の宿　本井英
お中道は石楠花林なすところ　高濱年尾

柳《りう》《りゆう》**絮**《じよ》《じょ》

柳は春、早いうちに目立たぬ花穂をつけ、晩春、実が熟して綿のような種子となって飛ぶ。それをいう。

去りがたき心にいよゝ柳絮とぶ　坊城中子
とらへたる柳絮を風に戻しけり　稲畑汀子

若《わか》**緑**《みどり》

松の新芽のこと。晩春枝の先につんと緑の新芽が立つ。**松**《まつ》**の緑**《みどり》。**緑立**《みどりた》**つ**。**若松**《わかまつ》。**松**《まつ》**の蘂**《ずい》。**松**《まつ》**の芯**《しん》。**緑摘**《みどりつ》**む**。

緑摘む今日も総出の修道士　景山筍吉
こぞり立つ松の緑の二十本　稲畑汀子

松毟鳥《まつむしり》

「菊戴《きくいただき》」の古名。この時季に松の葉をよくむしるのでこの名がある。雀より小さい。**まつくぐり**。

ぶらさがりぶらさがりつゝ松毟鳥　川上麦城

ねぢあやめ《ねじあやめ》　渓蓀《あやめ》の一種で葉は堅く細長く剣状でねじれている。淡紫色の香りある花を開く。花は小ぶり。

ねぢあやめありそめてよりつゞきけり　　三木朱城

満洲の野に咲く花のねぢあやめ　　高濱虚子

苧環《をだまき》《おだまき》　白色をおびた掌状の複葉の間から伸びた花茎に青紫色または白色の花が下向きに咲く。花の形が糸巻の一種の苧環に似ているのでこの名がある。**糸繰草**《いとくりさう》。

苧環や歌そらんずる御墓守　　福田蓼汀

をだまき草咲いてゐる筈なほも行く　　稲畑汀子

薊の花《あざみ》《はな》　春咲く薊は野薊で山野に自生する。花は紅紫色で種類が多い。**花薊**《はなあざみ》。**薊**《あざみ》。

水かへて薊やいのち長かりし　　久保より江

あざみ濃し芭蕉もゆきしこの道を　　星野立子

山帰来の花《さんきらい》《はな》　棘が多く蔓性で節ごとに曲がり、節々に丸い若葉を出し、黄緑色の目立たない小さな花を小粉団《こでまり》のようにつける。**菝葜の花**《さるとりいばら》《はな》。**さるとりの花**《はな》。

ひと葉づつ花をつけたり山帰来　　加賀谷凡秋

さるとりのまことやさしき花もてる　　中田みづほ

藤《ふぢ》《ふじ》　豊かに垂れる花房は、明るい紫色で白色もある。**藤の花**《ふぢ》《はな》。**山藤**《やまふぢ》。**白藤**《しら》《ふぢ》。**藤浪**《ふぢなみ》。**藤棚**《ふぢだな》。

藤棚に凌げぬ雨となりにけり　　平木谷水

揺れ合うて藤の夕闇誘ひをり　　介弘紀子

一つ長き夜の藤房をまのあたり　　高濱年尾

行春《ゆく》《はる》　春まさに尽きんとするとき。「暮の春」「暮春」などと同意である。**春行く**《はるゆ》。

行春の一つの旅を忘れ得ず　　星野椿

ゆく春の書に対すれば古人あり　　高濱虚子

暮の春《くれ》《はる》　**暮春**《ぼしゆん》のことである。「春の暮」というと、春の日の夕暮になる。

紫に箱根連山暮の春　河野美奇

旅せんと思ひし春もくれにけり　高濱虚子

春惜《はるをし》《はるおし》む

過ぎ行く春を惜しむ。華やかな行楽の日々を惜しむ心には一種の物淋しさが漂う。**惜春**《せきしゅん》。

惜春の人ら夕の水亭に　浅井青陽子

君とわれ惜春の情なしとせず　高濱虚子

春惜む心うたげの半ばにも　高濱年尾

メーデー

五月一日、万国労働者の記念日。

メーデーの列しんがりの明るかり　木村滄雨

メーデーの列とはなつてをらざりし　稲畑汀子

先帝祭《せんていさい》

下関赤間神宮の五月二日から四日までの祭礼。寿永四年（一一八五）平家滅亡のとき、壇ノ浦に入水された安徳天皇をとむらう。

舟岸に添うて先帝祭を見に　赤迫雨渓

藤活けて先帝祭の巫女溜　山田緑子

どんたく

「どんたく」は日曜祭日を意味するオランダ語ゾンタークの訛ったもので、五月三日、四日の両日、福岡全市をあげて行なわれる行事。

志賀の海女舟漕ぎ博多どんたくに　田代月哉

どんたくの帰路の人出を避ける道　稲畑汀子

憲法記念日《けんぱふきねんび》《けんぽうきねんび》

五月三日、国民の祝日である。

法学徒たりて憲法記念の日　坂井建

東京に滞在憲法記念の日　稲畑汀子

みどりの日《ひ》

五月四日、国民の祝日。それまで四月二十九日であった「みどりの日」を、平成十九年（二〇〇七）より五月四日とした。

みどりの日風もみどりでありにけり　小林草吾

鐘供養《かねくやう》《かねくよう》

晩春のころ、寺々で梵鐘の供養が行なわれる。東京品川の品《ほん》川《せん》寺（五月五日）や、和歌山県道成寺（四月二十七、二十八日）の鐘供養が有名。

鐘供養繰り返さるゝ物語　高木晴子

品川の宿に古る寺鐘供養　今井つる女

夏

五・六・七月

五月

立夏すなわち五月五・六日以後

夏《なつ》㊂

立夏（五月六日ごろ）から立秋（八月八日ごろ）の前日まで。三夏《さんか》は、初夏、仲夏、晩夏のこと。九夏《きうか》は夏九十日間をいう。島《しま》の夏《なつ》、夏《なつ》の寺《てら》、夏《なつ》の宮《みや》など。

点の人点々の人砂丘夏　石本登也

加はりし猿蓑夏の輪講に　高濱虚子

立《りつ》夏《か》

たいてい五月六日ごろにあたる。木々は緑に、夏の歩みが始まる。夏《なつ》に入《い》る。夏来《なつきた》る。

働いて遊ぶたのしさ夏来る　吉田小幸

原色にだん〳〵近く夏に入る　稲畑汀子

五《ご》月《ぐわつ》《がつ》

新緑のすがすがしい初夏である。

わけもなく隅田川好き五月好き　成瀬正とし

森いつも何かこぼしてゐる五月　岩岡中正

初《しよ》夏《か》

入梅の前の、からりとした季節である。野や山も緑の色を増す。初夏《はつなつ》。

小諸はや塗りつぶされし初夏の景　星野立子

中分なき日和得て初夏の旅　高濱年尾

卯《う》月《づき》

陰暦四月の異名。卯の花月の略称である。

横川まで卯月曇の尾根づたひ　中井余花朗

島近し卯月ぐもりの日は殊に　稲畑汀子

卯《う》浪《なみ》

陰暦四月（卯月）のころ、波頭白く海面に立つ浪をいう。

岬より折れ曲り来る卯浪かな　高濱虚子

卯浪寄す礁だたみの外れかな　高濱年尾

卯浪寄す浜見えしより髪吹かれ　稲畑汀子

牡丹《ぼたん》

牡丹の名所としては奈良県の長谷寺や当麻寺《たいま》、福島県須賀川市の牡丹園、島根県松江市の大根島《だいこんじま》などが名高い。ぼうたん。**白牡丹《はくぼたん》**。**緋牡丹《ひぼたん》**。**牡丹園《ぼたんえん》**。

牡丹散てうちかさなりぬ二三片　蕪村
牡丹をこよなく愛し荒法師　小畑一天
白牡丹といふといへども紅《こう》ほのか　高濱虚子
牡丹の花一つづつ匂ひけり　高濱年尾

更衣《ころもがへ》《ころもがえ》

冬から春にかけて着用した厚手の衣類を薄手の物に着更えることをいう。昔は四月朔日《ついたち》と十月朔日を更衣として、着物、調度を取りかえるのを例とした。

生涯の一転機なり更衣　深川正一郎
百官の衣更へにし奈良の朝《てう》　高濱虚子
すと立ちて眉目美しや更衣　高濱年尾

袷《あはせ》《あわせ》

袷は裏地のついた着物で、単衣《ひとえ》、綿入に対していう。襦袢なしで素肌に着るのが**素袷《すあはせ》**。**初袷《はつあはせ》**。**古袷《ふるあはせ》**。**絹袷《きぬあはせ》**。**袷時《あはせどき》**。

芸ごとに身のほそりたる袷かな　下田實花
亡き母の袷の似合ふ歳となり　川口咲子

白重《しらがさね》

卯月朔日《うづきついたち》の更衣に、下小袖を卯の花のように白いものにかえる。この小袖を白重という。

祝ぎごころさりげなけれど白重　清水忠彦
お小姓にほれたはれたや白重　高濱虚子

鴨川踊《かもがはをどり》《かもがわおどり》

五月一日から二十四日まで、京都先斗町《ぽんとちょう》歌舞練場で催される先斗町の芸妓による踊である。

磧にも鴨川踊待つ人等　橋本青楊
橋越えてこゝは鴨川踊の灯　田中紅朗

筑摩祭《つくままつり》

滋賀県米原市の筑摩神社の祭りで、昔は陰暦四月八日、現在は五月三日である。**鍋被《なべかぶり》**。**鍋祭《なべまつり》**。**鍋乙女《なべをとめ》**。

履き替ふる木沓によろけ鍋乙女　高木たけを
紅さして口一文字鍋乙女　中西冬紅

舟芝居《ふなしばゐ ふなしばい》

陰暦四月五〜七日、柳川市沖端《おきのはた》の水天宮はご神幸で終日賑わい、舟芝居はお旅所と定められた所に舟舞台をとめて歌舞伎狂言などを演じた。今は五月三〜五日に行なわれる。

旅にして船芝居とは心惹く　梶尾黙魚

歩板馴れしてゐる子役船芝居　大曲鬼郎

余花《よくわ よか》

山深い所などに、夏に入ってなお咲き残っている桜をいう。「残花」といえば春季である。

余花に逢ふ再び逢ひし人のごと　高濱虚子

われ等のみ眉山の余花に遊びけり　高濱年尾

富士桜《ふじざくら》

本州中部の山地に見られ、富士山麓に多い。花は四月下旬ごろから咲き、白または薄紅色で、やや小さく下向きに開く。

貸馬の静かに通る富士桜　今井千鶴子

山荘の富士ざくらこそ見まほしく　高濱年尾

葉桜《はざくら》

桜の花が散って若葉になるころは、訪れる人は少ないがみずみずしい美しさがある。

葉桜に全くひまな茶店かな　近藤いぬゐ

葉桜やいつか川辺に人憩ふ　稲畑汀子

菖蒲葺く《しやうぶふ しょうぶふ》

端午の節句の前夜、菖蒲に蓬を添えて軒に葺く。邪気を祓い火災を免れるといわれる。**あやめ葺く**《ふ》。**菖蒲引く**《しやうぶひ》。**菖蒲刈る**《しやうぶか》。**軒菖蒲**《のきしやうぶ》。**蓬葺く**《よもぎふ》。**楝葺く**《あふちふ》。**かつみ葺く**《ふ》。

牛込に古き弓師や軒しやうぶ　中村吉右衛門

健康のほかは願はず菖蒲葺く　平尾みさお

端午《たんご》

五節句の一つで、五月五日の節句をいう。**重五**《ちようご》。**菖蒲の節句**《しやうぶせつく》。**菖蒲の日**《しやうぶひ》。男子が生まれて、初めての節句を**初節句**《はつぜつく》という。

藻汐草葺きて離島の端午かな　水本祥壹

父となる日の待たるるも端午かな　稲畑汀子

子供の日《こどもひ》

五月五日。昭和二十三年（一九四八）に制定された国民の祝日。

旅に出て今日子供の日絵本買ふ　古賀青霜子

雨降れば雨にドライブ子供の日　稲畑汀子

菖蒲《しやうぶ》《しようぶ》

水辺に自生する多年草で、その葉に芳香があり邪気を祓うと言い伝えられ、端午の節句には軒に葺く。花菖蒲や渓蓀《あやめ》とは異種である。**あやめぐさ**。

夫を待つきのふとなりし菖蒲剪る　長谷川ふみ子

矢に切つて明治なつかし菖蒲髪　武原はん女

武者人形《むしやにんぎやう》《むしやにんぎよう》

端午の節句に、男児のある家では人形、武具などを飾る。**五月人形《ごぐわつにんぎやう》。冑人形《かぶとにんぎやう》。飾冑《かざりかぶと》。武具飾《ぶぐかざ》る。馬具飾《ばぐかざ》る。**

禅寺に武具を飾りしひと間あり　佐藤一村

武者人形飾りし床の大きさよ　稲畑汀子

幟《のぼり》

端午の節句には数日前から幟を立てる。**外幟《そとのぼり》。内幟《うちのぼり》。座敷幟《ざしきのぼり》。初幟《はつのぼり》。五月幟《ごぐわつのぼり》。紙幟《かみのぼり》。幟竿《のぼりざを》。幟杭《のぼりぐひ》。**

矢車に朝風強き幟かな　内藤鳴雪

雨に濡れ日に乾きたる幟かな　高濱虚子

吹流《ふきなが》し

幟竿の先端に鯉幟とともに揚げる幟の一種で、紅白または五色の細長い数条の布を輪形に付けたもの。

吹流し一旒見ゆる樹海かな　鈴木花蓑

就中御吹流し見事なり　高濱虚子

鯉幟《こひのぼり》《こいのぼり》

鯉をかたどった幟で、最近では外幟にもっとも多く用いられている。**五月鯉《さつきごひ》。**

産衣干す家の大きな鯉幟　嶋田摩耶子

風吹けば来るや隣の鯉幟　高濱虚子

矢車《やぐるま》

矢羽根を放射状に並べて車輪のようにしたもので幟竿の先端につける。

矢車の飛ばしてをりし日のかけら　津村典見

矢車の廻り初めしが音立つる　高濱年尾

粽《ちまき》

端午の節句につくる団子の一種である。**茅巻《ちまき》。笹粽《ささちまき》。菰粽《こもちまき》。葦《よし》粽《ちまき》。菅粽《すげちまき》。飴粽《あめちまき》。飾粽《かざりちまき》。粽結《ちまきゆ》ふ。**

結び目のほぐれて粽蒸し上る　豊田いし子
ふるさとの心解く如ちまき解く　伊藤とほる

柏《かしは》餅《もち》　柏《かしわ》餅《もち》

粳《うるち》の粉をこねて作った餅に、餡や味噌を入れ、柏の葉に包んで蒸した餅菓子で、端午の節句の供え物。

屯田に興りし家系柏餅　依田秋葭
残りたる葉の堆し柏餅　稲畑汀子

菖蒲湯《しやうぶゆ》　菖蒲湯《しようぶゆ》

端午の日に菖蒲の葉を入れてたてる風呂。邪気を祓い、心身を清めると言い伝えられた。菖蒲風呂《しやうぶぶろ》。

廊下まで匂ふ楽屋の菖蒲風呂　片岡我當
菖蒲湯の形ばかりの葉を浮かべ　高濱年尾

薬《くすり》の日《ひ》

昔は五月五日を薬の日として、山野で薬草を採ることが行なわれた。薬草摘《やくさうつみ》。百草摘《ひやくさうつみ》。薬狩《くすりがり》。薬採《くすりとり》。

手折るもの根ごと引くもの薬狩　椋砂東
薬の日法の力に湧き出でて　高濱虚子

薬《くす》玉《だま》

端午の節句に、種々の香料の玉に菖蒲や蓬などを飾り、五色の糸を垂らしたものを柱や床に掛けて、邪気を祓い魔除とした。長命縷《ちやうめいる》。

暮し向変ることなく長命縷　中村若沙
薬玉の人うち映えてゆきゝかな　高濱虚子

新《しん》茶《ちや》

茶の新芽を摘んで、その年最初に作られた茶のこと。走り茶《ちや》。

よろこべば新茶淹れかへ淹れかへて　小畑一天
方丈に今とどきたる新茶かな　高濱虚子

古《こ》茶《ちや》

新茶に対して前年の茶をいう。香気、風味の新鮮さには欠けるが、こくがあると好む向きもある。

敢て古茶好み文才豊かなり　中村若沙
古茶淹るゝ妻は妻の座五十年　篠塚しげる

風《ふ》炉《ろ》 ㊂

茶の湯の席で湯を沸かす鉄または土製の炉。炉塞《ろふさぎ》の後、陰暦四月一日から用いる。風炉手前《ふろてまへ》。風炉点前《ふろてまへ》。

おのづから主客慇懃風炉手前　杉山木川
招かれて風炉の名残に侍りけり　田中蛇々子

上蔟《じやうぞく》《じようぞく》

蚕が四眠の後に体が半透明になり、繭を作ろうとするようになったのをいう。**上蔟**《あがり》。**上蔟団子**《あがりだんご》。

摘みし桑残り蚕は上蔟す　鈴木つや子
手の空きし時が食事や上蔟す　目黒一榮

繭《まゆ》 ㊂

俳句で繭といえば、春蚕、夏蚕の作ったものをいい、「秋繭」という季題は別にある。**繭掻**《まゆか》**く**。**新繭**《しんまゆ》。**白繭**《しろまゆ》。**黄繭**《きまゆ》。**屑繭**《くずまゆ》。**玉繭**《たままゆ》。**繭**《まゆ》**籠**《かご》。**繭買**《まゆかひ》。**繭売**《まゆう》**る**。**繭干**《まゆほ》**す**。

寺の繭抱へて沙弥の売りに来し　大迫洋角
いと薄き繭をいとなむあはれさよ　高濱虚子

糸取《いととり》

繭を煮て生糸を取ること。**糸引**《いとひき》ともいう。**糸取女**《いととりめ》。**糸引女**《いとひきめ》。**糸取鍋**《いととりなべ》。**繭煮**《まゆに》**る**。**糸取唄**《いととりうた》。

糸引の眼よりも聡き指もてる　廣瀬ひろし
生涯に絹も着ざりし糸取女　恩地れい子

蚕蛾《さんが》

繭に籠って蛹《さなぎ》となった蚕は、約二十日ほどで蛾となり繭を破って出てくる。**蚕**《かひこ》**の蝶**《てふ》。

ほそ〳〵と眉をふるふや繭出し蛾　櫻井土音

袋角《ふくろづの》

鹿の角は晩春から初夏に根元から落ちて生え変わる。新しい角は袋角といい、ビロードのような皮に覆われ、触れると軟らかく温かい。「落し角」は春、「角切」は秋季。

飛火野の日のやはらかに袋角　篠塚しげる
袋角定かにそれとあはれなり　高濱年尾

松蟬《まつぜみ》

他の蟬にさきがけて鳴き始めるので**春蟬**《はるぜみ》ともいうが季題としては夏である。

松蟬や史蹟たづねてもとの茶屋　間浦葭郎
珊々と春蟬の声揃ひたる　高濱虚子

夏《なつ》**めく**

春の花が終わると、草木は緑一色になり、万物すべて夏の装いを始める。その心持を夏めくという。

書肆の灯や夏めく街の灯の中に　五十嵐播水
夏めくや少女は長き脚を組む　岩垣子鹿

薄暑《はくしょ》

初夏、五月ごろの暑さをいう。歩いているとうっすらと汗ばんできてちょっと暑いなと思う。軽暖《けいだん》。

パン屋の娘頰に粉つけ街薄暑　高田風人子
軽暖の日かげよし且つ日向よし　高濱虚子

夏霞《なつがすみ》 ㊂

夏期にも遠景や沖合が霞んで見えることがある。これをとくに夏霞という。

二タ岬色を重ねて夏霞　佐川雨人
朝の間の富士すでになし夏霞　稲畑汀子

セル

セルは薄手の毛織物、それで仕立てた単衣《ひとえ》をいう。若葉のころ、その軽い肌触りが快い。

セルを著て世を知らざりし若かりし　杉原竹女
セルを著て家居たのしむ心かな　高濱年尾

ネル

紡毛糸《ぼうもうし》で粗く織った柔らかい織物をフランネルといい、省略してネルという。

ネルを縫ふ針又折つてしまひけり　湯川雅
ネルを着て一人娘でありにけり　今井千鶴子

カーネーション

撫子《なでしこ》の一種で和蘭石竹《おらんだせきちく》ともいい、初夏に花を開く。「母の日」の花として使われる。

花売女カーネーションを抱き歌ふ　山口青邨
カーネーション届いてをりし旅帰り　稲畑汀子

母《はは》の日《ひ》

五月の第二日曜日。母への感謝の日として一九〇八年アメリカに始まった。

祝はるゝことには慣れず母の日を　宮田節子
母の日もやさしい母になりきれず　谷口まち子

夏場所《なつばしょ》

五月中の十五日間、東京両国の国技館で行なわれる大相撲本場所。五月場所《ごぐわつばしょ》と呼ぶのが正式である。

夏場所や大川端に出て戻る　亀山草人

夏場所へ予定もされてをられしと　稲畑汀子

芭蕉巻葉《ばせうまきば》《ばしようまきば》

初夏、新しい葉が茎の中央から堅く巻いたままで伸びてくるのを芭蕉巻葉という。玉巻《たまま》く芭蕉《ばせう》。

玉解いて即ち高き芭蕉かな　高野素十
日当りて玉巻く芭蕉直立す　高濱年尾

玉巻《たまま》く葛《くず》

葛の新葉が玉のように巻葉しているのをいう。

十一が鳴いて玉巻く谿の葛　波多野爽波

苗売《なへうり》《なえうり》

以前は初夏のころになると、茄子《なす》、胡瓜《きゆうり》、朝顔、糸瓜《へちま》などの苗の荷を担いで売りに来たものである。

苗売のよきおしめりと申しける　林田採花
信じてもよき苗売のよごれし手　前内木耳

瓜苗《うりなへ》《うりなえ》

胡瓜、甜瓜《まくわうり》、越瓜《しろうり》などの苗の総称である。

瓜苗にもれなく杓をかたむくる　岩木躑躅
瓜苗を買つてくれろと庭に来る　多田香也子

胡瓜苗《きうりなへ》《きゆうりなえ》

蒔かれた胡瓜は楕円形の分厚くみずみずしい双葉を開き、やがて皺の多い本葉をのぞかせる。

匍初めし穂麦の中の胡瓜苗　篠原温亭
胡瓜植ゑ山の暮しの変化日々　今井千鶴子

瓢苗《ひさごなへ》《ひさごなえ》

夕顔、瓢簞《ひようたん》、瓠《ふくべ》などの苗を総称していう。朝顔の苗などと一緒に店先で売られていたりする。

ひさご苗露をためたるやは毛かな　山家海扇
夜市あり瓢簞苗を買はんとて　田中菊坡

糸瓜苗《へちまなへ》《へちまなえ》

糸瓜の苗は葉の先がとがり、白っぽいので他の瓜苗と区別しやすい。

ぐつたりと植りてどれもへちま苗　青夜

茄子苗《なすなへ》《なすなえ》

茄子の苗は初夏、苗床から畑に移し植える。ずいぶん大きくなったのを売っているのも見かける。

茄子苗の茎むらさきを帯びて来し　後藤田白愁
茄子苗に今日は日蔽ひを工夫せり　高濱虚子

茄子植う《なすう》　苗床に生長した約三〇センチくらいの茄子の苗を畑に移し植えること。

茄子植ゑて夕餉遅るゝ厨ごと　永井壽子
老農は茄子の心も知りて植ゆ　高濱虚子

根切虫《ねきりむし》 ㊂　甲虫類の幼虫で、畑や庭などの土中四、五センチのところにひそみ、体長三センチくらいで白くやわらかく、首が少し赤い。夜、活動する。

ひと目みて根切虫の仕業なる　高田美恵女
根切虫あたらしきことしてくれし　高濱虚子

薪能《たきぎのう》　奈良興福寺南大門《なんだいもん》の「般若の芝」で、観世、宝生、金春、金剛の四流によって演じられる野外能。今は五月十一、十二日に行なわれる。

人垣のうしろの闇や薪能　菊山九園
夜風出て火の粉舞ひ立つ薪能　稲畑汀子

練供養《ねりくやう》《ねりくよう》　五月十四日（陰暦四月十四日）、奈良二上山《ふたかみ》麓の当麻寺《たいま》で修される中将姫の忌日法会である。**来迎会**《らいがうゑ》。**迎接会**《げいせつゑ》。

姫餅をつまみよばれぬ練供養　早船白洗
練供養中将姫は駕籠に乗り　池田默々子

葵祭《あふひまつり》《あおいまつり》　五月十五日、京都上賀茂の賀茂別雷《わけいかずち》神社と下鴨の賀茂御祖《みおや》神社の大祭である。**賀茂祭**《かもまつり》。**北祭**《きたまつり》。**葵鬘**《あふひかづら》。**諸鬘**《もろかづら》。

花傘の過ぎてしまひや北祭　田中王城
御所の門出てくる葵祭かな　村田橙重

祭《まつり》 ㊂　夏の祭りを総称していい、春祭、秋祭と区別する。**陰祭**《かげまつり》。**夜宮**《よみや》。**宵宮**《よひみや》。**宵祭**《よひまつり》。**神輿**《みこし》。**山車**《だし》。**地車**《だんじり》。**樽神輿**《たるみこし》。**祭礼**《さいれい》。**渡御**《とぎよ》。**御旅所**《おたびしよ》。**御輿昇**《みこしかき》。**舟渡御**《ふなとぎよ》。**祭舟**《まつりぶね》。**祭前**《まつりまへ》。**祭あと**《まつり》。**祭笛**《まつりぶえ》。**祭太鼓**《まつりだいこ》。**祭獅子**《まつりじし》。**祭囃子**《まつりばやし》。**祭提灯**《まつりぢやうちん》。**祭笠**《まつりがさ》。**祭客**《まつりきやく》。**祭見**《まつりみ》。**祭髪**《まつりがみ》。**祭衣**《まつりごろも》。**祭宿**《まつりやど》。**祭町**《まつりまち》。「里祭」は秋季。

祭髪結うてひねもす厨事　転馬嘉子
浦の子のこんなにゐしや夏祭　上﨑暮潮
獅子頭連ねかざして祭かな　高濱年尾

神田祭《かんだまつり》　五月十五日は東京千代田区の神田神社、通称神田明神の祭礼である。

路地ごとに神田祭の子供かな　野村久雄
心意気神田祭はすたれずに　稲畑汀子

三社祭《さんじやまつり》　東京浅草、浅草神社の祭礼。古く三社権現と称したので三社祭という。**浅草祭**《あさくさまつり》。

ただでさへ人出浅草祭なる　松尾緑富
雑踏の三社祭が動きゐし　稲畑汀子

安居《あんご》　㊂　陰暦四月十六日から七月十五日まで、**一夏**《いちげ》九旬の間、僧侶が一室に籠り、また集会して経論を講じ、あるいは行法を修することで、**夏籠**《げごもり》とも**夏行**《げぎやう》ともいう。**前安居**《ぜんあんご》。**中安居**《ちゆうあんご》。**後安居**《ごあんご》。**結夏**《けつげ》。**結制**《けつせい》。**夏断**《げだち》。**夏勤**《げづとめ》。**夏入**《げいり》。**雨安居**《うあんご》。安居を解くことが「解夏《げげ》」（秋季）である。

百礼の行にはじまる安居かな　森白象
海底のごとく静かや安居寺　辻本青塔
安居寺木洩日一つ揺れざりし　稲畑汀子

夏花《げばな》　㊂　仏家が安居《あんご》を行なうとき、俗家でもまた、花（樒《しきみ》）を供えて、祖先や有縁無縁の諸仏を供養する。**夏花摘**《げばなつみ》。

かりそめに手折りしものを夏花とす　大森積翠
或時は谷深く折る夏花かな　高濱虚子

夏書《げがき》　㊂　安居の間、俗家でもまた経文を書き写し、あるいは読誦する。これを夏書または**夏経**《げぎやう》という。

青墨の香の芳しき夏書かな　井桁敏子
吐く息もおろそかならず夏書かな　谷口和子

西祭《にしまつり》　五月第三日曜に行なわれる京都嵯峨の車折《くるまざき》神社の祭礼である。**三船祭**《みふねまつり》ともいう。

俳諧の船にわれあり西祭　松尾いはほ

西祭すみし大堰のうす濁り　西川竹風

蟬丸忌《せみまるき》

五月二十四日は蟬丸の忌日で、滋賀県大津市の関蟬丸《せきのせみまる》神社において祭礼が行なわれる。**蟬丸祭**《せみまるまつり》。

きよらかに芸に身は瘦せ蟬丸忌　多田渉石

逢坂の夜の暗さや蟬丸忌　中島曾城

若楓《わかかへで》《わかかえで》

若葉した楓である。初夏の風にさゆらぐさまは、まことに明るく、柔らかな緑である。

明るさの空にひろがり若楓　綿谷吉男

広きかげ水面に拡げ若楓　高濱年尾

新樹《しんじゆ》

初夏、みずみずしい緑におおわれた木々。

落慶の大塔聳ゆ新樹晴　田伏幸一

大いなる新樹のどこか騒ぎをり　高濱虚子

新緑《しんりよく》

初夏の木々の緑をいう。色彩的に艶やかな美しさが感じられる。

新緑やこつてり絵具つけて画く　高田風人子

塔仰ぐとき新緑に染まりつゝ　稲畑汀子

若葉《わかば》

初夏の木々の初々しい葉の総称で、常緑樹にも落葉樹にも使われる。**谷若葉**《たにわかば》。**里若葉**《さとわかば》。**若葉風**《わかばかぜ》。**若葉雨**《わかばあめ》。

遠きほど水面も若葉明りかな　稲岡長

若葉風吹き落ちて来る緑にあり　高濱年尾

柿若葉《かきわかば》

柿の若葉は小さく丸く萌え始め、だんだん茂ると柔らかく鮮やかな萌黄色となって目をひく。

温泉の小屋を出でし裸や柿若葉　田中王城

富める家の光る瓦や柿若葉　高濱虚子

樫若葉《かしわかば》

樫の若葉は紅色の勝ったのと緑色のとあるが、紅いのも長ずるにしたがってだんだん色が褪める。

大風や吹きしぼられて樫若葉　高木撫山

椎若葉《しひわかば》《しいわかば》

椎の古葉は濃緑で、黒く汚れたように見える。淡緑色の滑らかな若葉は、古葉と対照的に明るい。

浜離宮とは昔名よ椎若葉　藤村藤羽

樟若葉《くすわかば》

樟は初夏、頂からむくむくと緑の若葉が湧くように生じる。若葉の中でも独特な美しさがある。

色里に神鎮りまし楠若葉　富安風生

若葉して千年と言ふ楠大樹　柴原碧水

常磐木落葉《ときはぎおちば》《ときわぎおちば》 ㊂

松、杉、樫、椎、樟などの常緑樹は新葉の整うのを見届けていたかのように古葉を落とす。

ひざの上に常磐木落葉してありぬ　本田あふひ

樫落葉《かしおちば》

新葉の出揃うころ、古葉がしきりに落ちる。大木のある寺院など、作務僧が掃き寄せていたりする。

常磐木の落葉踏みうき別かな　高濱虚子

ひら〳〵と樫の落葉や藪表　西山泊雲

掃き寄せしものゝ大方樫落葉　松木しづ女

椎落葉《しひおちば》《しいおちば》

椎も若葉し始めると、古葉がはらはらと落ちる。深緑色の表、灰褐色の裏と思い思いに散る。

神さびや椎の落葉をふらしつゝ　池内たけし

樟落葉《くすおちば》

樟の落葉は光沢があって堅い感じがする。

一日の樟の落葉の恐しき　平田寒月

樟の葉の散り初め風と雨の今日　矢野樟坡

松落葉《まつおちば》

松も新しい葉を出した後に落葉する。**散松葉**《ちりまつば》。「敷松葉」は冬季。

松落葉懐し子規が養痾の地　岩木躑躅

天幕張るはや松落葉降りかゝり　高濱年尾

杉落葉《すぎおちば》

杉も若葉が出ると古い葉は一連ずつ房のようになって落ちる。

礎に杉の落葉や平泉寺　池内たけし

杉落葉して境内の広さかな　高濱虚子

蕨は春のものであるが、春の遅い高原や山間では、初夏のころ蕨を採る。

夏《なつ》蕨《わらび》

山荘の庭に長けけり夏蕨　高濱虚子

踏み迷ふことも楽しや夏蕨　稲畑汀子

初夏、竹の地下茎から出る新芽のこと。とくに孟宗竹のは雄大で、いかにも筍というにふさわしく、味も佳い。**たかうな**。**たかんな**。**笋**。**竹《たけ》の子《こ》**。

筍《たけのこ》

筍を掘りたる穴へ土返す　藤松遊子

一様に筍さげし土産かな　高濱虚子

篠竹の筍で細長く食用にもなる。篠竹は「すず」ともいい、垣根などにも用いられる。**笹《ささ》の子《こ》**。

篠《すず》の子《こ》

母炊きし篠の子飯の柔かし　牛木たけを

篠の子を抜きし力の余りけり　大塚はぎの

筍《たけのこ》を細かく刻んで炊き込んだ飯である。初夏の味覚として喜ばれる。

筍飯《たけのこめし》

泊めくれて筍飯の二尊院　岸本韮村

ほどきし荷筍飯と決めてゐし　浅利恵子

野山から庭先まで、どこにでも生える。初夏、茂った葉の葉柄を食べる。ほろ苦く、香りの高さが好まれる。**蕗《ふき》の葉《は》**。

蕗《ふき》

伽羅蕗の滅法辛き御寺かな　川端茅舎

離農者のふゆる奥蝦夷蕗茂る　小島梅雨

アカザ科の一年草で、初夏に若葉を採って食べる。やはり夏、黄緑色の細かい花が穂をなして咲く。**藜《あかざ》の杖《つゑ》**。

藜《あかざ》 三

隠栖に露いつぱいの藜かな　阿波野青畝

鎌とげば藜悲しむけしきかな　高濱虚子

莢《さや》が空に向かうので「そらまめ」という。豆類ではいちばん早く食べられる。**蚕豆引《そらまめひき》**。

蚕《そら》豆《まめ》

そら豆のさやぽんぽんとよくむけて　高岡智照

そら豆の大方莢の嵩なりし　稲畑汀子

豌豆《ゑんどう》《えんどう》

七、八センチほどの莢《さや》の中に四、五粒の豆を持つ、いわゆるグリーンピースである。**豌豆引**《ゑんどうひき》。**莢豌豆**《さやゑんどう》。

朝もぎの莢豌豆にある重さ　山口昌子

豌豆を摘むは手当り次第かな　小川修平

豆飯《まめめし》

豌豆（グリーンピース）や蚕豆《そらまめ》などを炊き込み、薄い塩味をつけた飯である。

豆飯や法話とならず談笑す　高濱きみ子

豆飯の匂ひみなぎり来て炊くる　稲畑汀子

浜豌豆《はまゑんどう》《はまえんどう》

海浜の砂地に自生する豌豆のような草。葉先に巻鬚《まきひげ》を付け、蝶形の可愛い紅紫色の花を開く。

手提置く浜豌豆の花かげに　三輪一壺

はら〳〵と浜豌豆に雨来る　高濱虚子

芍薬《しやくやく》

牡丹より少し遅れて咲き、花はやや似るが、牡丹は木、芍薬は草で、古く薬草として渡来した。

一と雨が来さう芍薬剪ることに　横田直子

芍薬の花の大輪らしからず　高濱年尾

都草《みやこぐさ》

茎は二、三〇センチ、葉は三枚の小葉と一対のそえ葉からなるため、五枚に見える。五月ごろ茎の頂に一対の蝶形の黄金色の花をつける。

夕かげをひきとめてゐし都草　手塚基子

宇陀の野に都草とはなつかしや　高濱虚子

踊子草《をどりこさう》《おどりこそう》

山野や路傍の日陰に生え、茎は角ばっており、葉は紫蘇に似て対生する。初夏、葉のつけ根に淡紅色あるいは白色の唇形の花が輪になっていくつもつく。**踊草**《をどりさう》。**踊花**《をどりばな》。

きりもなくふえて踊子草となる　後藤比奈夫

摘みし手に踊子草をどらせて　稲畑汀子

海芋《かいう》

三角形の大きな葉の間から伸びた茎の頂に、白色の漏斗状の花をつける。カラー。

海芋咲き日射し俄かに濃き日なり　藤松遊子
新しき白を選びて海芋剪る　石井とし夫

文字摺草《もじずりさう》《もじずりそう》

芝地、田の畦《あぜ》などに自生し、初夏、茎の頂にほっそりした穂をなして、淡紅色の小花をつづる。花穂が捩れているので捩花《ねぢばな》ともいう。**もじずり。**

花見ればねぢり花とは聞かずとも　中田はな
風に縒かけて文字摺草の咲く　鈴木玉斗

羊蹄《ぎしぎし》の花《はな》

路傍の湿地や水辺などに多い。初夏、上方の花軸の節ごとに十余りずつ輪になって小さな淡緑白色の花をつける。羊蹄は根の形から、また「ぎしぎし」は実のついた枝の鳴る音から名付けられた。

羊蹄に雨至らざる埃かな　青夷

擬宝珠《ぎばうし》《ぎぼうし》

山野に生えるが庭にも植えられる。花は小形、うす紫または白の筒状で花軸の下から咲きのぼる。**花擬宝珠《はなぎばうし》。ぎぼし。**

雨だれにこちたくゆるゝ擬宝珠かな　野村泊月
這入りたる虻にふくるゝ花擬宝珠　高濱虚子

げんのしようこ

山野に自生する多年草で、夏、五弁で梅の花に似た白や紅紫の花を開く。薬草として知られている。**みこしぐさ。**

火山灰汚れげんのしようこの花にさへ　西村数
うちかゞみげんのしようこの花を見る　高濱虚子

車前草《おほばこ》《おおばこ》の花《はな》《はな》

葉の間に二〇センチくらいの茎が出て緑がかった白の細い小さい花を穂状につける。

草のなか車前草鞭をあげにけり　伊藤無門
車前草のつん〳〵のびて畦昼餉　高田瑠璃子

姫女菀《ひめぢよをん》《ひめじよおん》

道ばた、畑、荒地などに生える。菊に似てごく細い花弁の白または淡紫の小花をつける。

姫女菀とはこの花か名に負けて　平尾圭太
計画は密なるがよし姫女菀　稲畑汀子

マーガレット

初夏、七、八〇センチの茎の先に、除虫菊に似た形の、白い清楚な花をつける。

ファウストのマーガレットに又会ひし　星野早子

マーガレット何処にも咲いて蝦夷も奥　高濱年尾

ラベンダー

シソ科の常緑小低木。淡紫色の小花を穂状につけ、花や茎に芳香成分を含み、香料や薬用としても用いられる。

憩ひたき心にさせてラベンダー　山田桂梧

雨止みしあとの風の香ラベンダー　嶋田一歩

罌粟《けし》の花《はな》

茎はしっかり直立し、薄い四片の花びらは優美で散りやすい。**芥子《けし》の花《はな》**。**白罌粟《しろげし》**。**罌粟畑《けしばたけ》**。

罌粟咲けばまぬがれがたく病みにけり　松本たかし

そよぐ髪吾子も少女や芥子の花　稲岡長

我心或時軽し芥子の花　高濱虚子

雛罌粟《ひなげし》

観賞用に庭に植えられる。茎の先に美しい四弁の花を開く。色は深紅色が多い。**虞美人草《ぐびじんさう》**。**ポピー**。

羊守ポピーの雨に濡れそぼち　保田白帆子

野に咲けば雛芥子は野に似合ふ色　稲畑汀子

罌粟坊主《けしばうず》《けしぼうず》

罌粟の花の散ったあと球形の実がなる。初め青く、のち黄熟する。

花散りてうなづく芥子の坊主かな　高濱虚子

今日咲いて今日散る芥子の坊主かな　稲畑汀子

鉄線花《てつせんくわ》《てつせんか》

初夏のころ、蔓に咲く。一茎に一花をひらき、六弁で中心に紫色の蘂《しべ》が群がる。白、紫、あるいは紅紫色の鮮やかな花である。

すつきりと紫張りて鉄線花　池田やす子

鉄線の花の平らに空広し　高濱年尾

忍冬《すひかづら》《すいかずら》の花《はな》《はな》

山野に自生する蔓性の小低木で、初夏、葉のつけ根に二つずつ並んで細い筒形の香りのよい花を開く。**にんどうの花《はな》**。

すひかづら今来し蝶も垂れ下り　東中式子
白と見し黄と見し花の忍冬　前内木耳

野蒜《のびる》の花《はな》

葱《ねぎ》のにおいをもった管状の細長い葉の間に伸びた茎の頂に、淡紫色の小さい花が集まって咲く。

花らしくなくて野蒜の花とかや　石井とし夫
野蒜咲く殆んど中途半端にて　高田風人子

棕櫚《しゅろ》の花《はな》

棕櫚は五月ごろ葉の間から、黄白色粒状の小さい花を無数につづった花穂を垂れる。

日当りて金色垂るゝ棕櫚の花　五十嵐播水
聖堂の木として仰ぐ棕櫚の花　高木壺天

桐《きり》の花《はな》

五月ごろ、枝先に穂をなして筒形の花をやや下向きに開く。淡紫色、ときに白、芳香がある。**花桐《はなぎり》**。

花明りてふものゝなく桐咲きぬ　田畑美穂女
目について必ず遠し桐の花　高木石子

朴《ほほ》の花《はな》

朴は山地に自生し、初夏、特徴のある六、七枚の大きな葉を台座のようにひろげた中央に白く大きな花弁の厚い花を開く。とくに香気が高い。**厚朴《ほほ》の花《はな》**。

朴咲くと聞けば高野に帰りたく　森郁子
山峡の二里の往診朴の花　松尾白汀

泰山木《たいざんぼく》の花《はな》

北アメリカ原産とは思われぬ東洋的な花である。初夏、白木蓮に似た大輪の白花が高みに上向きに開き、香りが高い。

昂然と泰山木の花に立つ　高濱虚子
街路樹に泰山木を咲かす国　稲畑汀子

橡《とち》の花《はな》

落葉高木で、公園や街路樹にも植えられ、初夏、高さ二〇センチくらいの花茎に白い小さい花が円錐状に群がって咲く。**栃《とち》の花《はな》**。

二ヶ棟の屋根に散り敷き栃の花　中田みづほ
栃の花またもこぼれ来去りがたく　横井迦南

花水木《はなみづき》《はなみずき》

北アメリカ原産。葉より先に花弁のような四片の白または淡紅の苞を四、五月ごろ開く。別に山野に自生する日本古来の「水木の花」は五、六月ごろ咲く。

花水木紅ゆゑに人目ひく　野村久雄
花水木散りこむ池やゴルフ場　左右木韋城

山法師《やまぼふし》《やまぼうし》の花《はな》《はな》

山野に自生する落葉樹で枝先に四片の大きな白い苞を開くので、花びらのように見える。**山法師《やまぼふし》**。**山帽子《やまぼうし》**。

羽の旅の白に印象山法師　佐久間庭蔦
豁然と岨道ひらけ山法師　澤村芳翠

大山蓮華《おほやまれんげ》《おおやまれんげ》

深山に自生する落葉低木で庭にも植える。初夏、枝の先に香りのある白い花をやや下向きに開く。**天女花《おほやまれんげ》**。

夏館大山蓮華活けてあり　片岡奈王

繡毬花《てまりばな》

庭木として観賞される。初め青く、のち白い小さな五弁の花を球状に開く。「おおでまり」ともいう。

大でまり小でまり佐渡は美しき　高濱虚子

アカシヤの花《はな》

わが国でアカシヤというのは、多くは**はりゑんじゆ**、別名「ニセアカシヤ」のことである。初夏に白い蝶形の花を総状に咲き垂れる。

降るほどの花アカシヤの馬車に乗る　砂田美津子
アカシヤの花の盛りがさそふ旅　稲畑汀子

金雀枝《えにしだ》

五月ごろになると、葉のつけ根に短い柄のある黄色の蝶形の小花を一、二個咲かせる。これが枝全体に群がって咲きしだれる。

金雀枝の咲きあふれ色あふれけり　藤松遊子
金雀枝の黄もやうやくにうつろひぬ　長尾修

薔《ば》薇《ら》

薔薇には種類が多く、白、紅、黄と色もとりどり、花も大輪、小輪、さまざまである。**さうび**。

薔薇の香に伏してたよりを書く夜かな　池内友次郎
彼のことを聞いてみたくて目を薔薇に　今井千鶴子

薔薇を抱き込み上げて来るものを抱き　蔦三郎

茨《いばら》の花《はな》

山野に自生し、鋭い棘がある。初夏、香りのある白い五弁の花をつける。**野茨《のいばら》の花《はな》。茨《ばら》の花《はな》。花茨《はないばら》。**

せゝらぎの音いさぎよし花茨　左右木韋城

寂として残る土階や花茨　高濱虚子

卯《う》の花《はな》

初夏、五弁の白い小花を、しだれた小枝に群がりつけ、ひそかに咲いている。**花卯木《はなうつぎ》。山《やま》うつぎ。卯《う》の花垣《はながき》。**

卯の花のいぶせき門と答へけり　高濱虚子

紅卯木見つゝ辿りぬ蔵王の温泉　高濱年尾

卯《う》の花腐《はなくだ》し

卯の花の咲く陰暦四月（卯の花月）のころ長く降り続く雨である。

書を読むに卯の花腐しよろしけれ　河合正子

降りくらむときの卯の花腐しかな　高濱年尾

茅花流《つばなnext》し ㊂

茅萱《ちがや》の穂が白い絮《わた》をつける頃吹く南風のこと。

夕暮や茅花流しの地平線　小川みゆき

アクセルをゆるゆる茅花流しかな　稲畑汀子

袋《ふくろ》掛《かけ》 ㊂

果樹に実がつくと、害虫を防ぐために一つ一つに紙袋をかぶせる。

袋掛さなかの丘に札所あり　美馬風史

太陽の包み込まれし袋掛　桑田青虎

海酸漿《うみほほづき》 ㊂

天狗螺《てんぐにし》、長螺《ながにし》、赤螺《あかにし》などの貝類の卵嚢である。女の子などが口にふくんで鳴らして遊ぶ。

一聯の泡酸漿の林より　長谷川素逝

妹が口海酸漿の赤きかな　高濱虚子

初《はつ》鰹《がつを》

江戸時代、ことに江戸ではその夏初めての鰹を初鰹といって珍重した。食べ物の季感が薄れた現代もなお、初鰹という感覚は残っている。**初松魚《はつがつを》。**

初鰹料りし気魄盛られある　高橋笛美

関東にまた移り住み初鰹　松尾緑富

蝦蛄《しゃこ》［三］　蝦《えび》に似ているが、形は平べったく、頭も尾も同じくらいの太さである。茹でて殻をむき鮓《すし》種などにする。

蝦蛄の尾のするどき扇ひらきけり　見学御舟

蝦蛄跳ねる手応へしかと手籠提げ　奥園克己

穴子《あなご》［三］　波の静かな内海の砂泥の中にいて、鰻《うなぎ》や鱧《はも》と似ているが、小さく、色も淡い。**海鰻**《あなご》。

夕河岸を穴子釣舟出るところ　瀧本除夜子

帰り来る舟に出てゆくあなご舟　五十嵐播水

鱚《きす》［三］　黄を帯びて青光する二〇センチほどの細長い魚である。海岸からの投げ釣りもできるが、舟釣りも多い。**鱚釣**《きすつり》。

島のバス通ふが見ゆれ鱚を釣る　山田桂梧

引き強き鱚の力をよく知れり　高濱年尾

鯖《さば》［三］　もっとも一般に親しまれ食用となる青魚の一つ。初夏が産卵期で群をなして近海に集まってくるのを捕る。**鯖釣**《さばつり》。

黒潮の闇に灯れる鯖火かな　楓巌濤

鯖の旬《しゅん》即ちこれを食ひにけり　高濱虚子

飛魚《とびうを》《とびうお》［三］　体長約三〇センチ、蒼白の魚。胸鰭が大きく、海面から飛び上がって飛翔する。**とびを**。**つばめ魚**《うを》。

飛魚の片翅きらめき飛びにけり　清崎敏郎

飛魚の翼の光り波を切る　高濱年尾

烏賊《いか》［三］　烏賊の漁期は地方によってさまざまであるが、夏期の地方が多い。集魚灯を使い漁獲する。**烏賊釣**《いかつり》。

啄木の泣きたる浜に烏賊を干す　廣中白骨

部屋の灯を消して烏賊火へつづく闇　千原叡子

海亀《うみがめ》［三］　海に棲む亀を総称して海亀という。徳島県日和佐の大浜海岸には、海亀が多い年には百匹以上産卵に来ることもあり、天然記念物とされている。

海亀の消えしあたりの波やさし　美馬風史

海亀の波盛り上げて現はれし　稲畑廣太郎

山女《やまめ》 ㊂

鱒の一種であるが海へ下らないで山間の渓流に棲む。体側に黒斑が十個ほど一列にある。**やまべ**。

己が影水に落さず山女釣る　山田庄蜂
奥蝦夷へ山女釣りにと行く漢　高濱年尾

虹鱒《にじます》 ㊂

淡水に棲む鱒の一種で、二、三〇センチ以上にもなり、体側に赤の線や黄、黒の斑紋がある。

虹鱒とわかる反転ありにけり　岡安仁義
虹鱒や釣れし湖見てレストラン　稲畑汀子

棉蒔《わたまき》

棉の種子は麦刈のころまでに蒔きおえる。種子は水に浸け、煤などを塗り畝を浅く立てて蒔く。**棉蒔《わたま》く**。

棉蒔くや方一哩に耕地切り　保田白帆子
開墾の鍬のあとより棉蒔きぬ　高濱虚子

菜種刈《なたねがり》

初夏、実となった油菜を刈ること。**菜種刈《なたねか》る**。**菜種干《なたねほ》す**。**菜《な》種打《たねう》つ**。**菜種殻《なたねがら》**。**菜殻焼《ながらやき》**。**菜殻火《ながらび》**。**菜種《なたね》**。

菜殻火に堂塔夜の影正し　本郷昭雄
菜殻燃え天拝山は闇にあり　小坂螢泉

麦《むぎ》

秋蒔いた麦は、青々と育ち、初夏に穂を出し、やがて黄褐色に成熟し刈り取られる。**大麦《おほむぎ》**。**小麦《こむぎ》**。**麦《むぎ》の穂《ほ》**。**穂麦《ほむぎ》**。

麦熟るる島へ診療船来る　山﨑一角
教会の双塔麦に立ち上る　稲畑汀子

黒穂《くろほ》

黄熟した麦畑の中にまれにまっ黒な穂の出ていることがある。**黒《くろ》ん坊《ばう》**、**麦《むぎ》の黒《くろ》んぼ**という病穂である。

黒穂抜く火山灰のいたみもさりながら　泊喜雨
黒穂出て村八分とは悲しけれ　星野椿

麦笛《むぎぶえ》

麦の茎で作った笛である。

麦笛やかく開拓の子も育ち　米谷孝
麦笛を鳴らして見せて渡しけり　岡本樹子

草笛《くさぶえ》 三 草の葉をとって笛のように鳴らすことをいう。

殿も草笛をもて答へけり　上西左兌子

草笛の子が近づいて遠くにも　稲畑汀子

麦の秋《むぎのあき》 他の穀物が秋に黄熟するのに対し、麦は初夏黄色に熟するのでこの季節を**麦秋**《むぎあき》と呼ぶ。**麦秋**《ばくしう》。

十億の民餓うるなし麦の秋　若林南山

雨二滴日は照りかへす麦の秋　高濱虚子

麦刈《むぎかり》 熟した麦を刈ること。昔の人は麦は立春から百二十日目前後に刈るものと教えた。

麦刈のあるとて昼の不入かな　中村芝鶴

麦刈の鎌の切れ味心地よし　高濱年尾

麦扱《むぎこき》 刈り取った麦を扱いて、その穂を落とすのである。昔は素朴な**麦扱機**《むぎこきき》を使った。

麦こく手止めず箕売にあしらへる　齋藤俳小星

松の風麦扱器械よくまはり　高濱虚子

麦打《むぎうち》 扱き落とした麦の穂を打って、実を落とす作業である。以前は竿や杵で打ち、**麦埃**《むぎぼこり》が盛んに立った。

麦打の音に近づきゆきにけり　星野立子

麦打つや老いの唐竿低けれど　緒方句狂

麦藁《むぎわら》 麦を扱き落としたあとの茎である。

麦藁の上に憩ひて故郷かな　池内たけし

麦藁の散らばる道のあそこゝ　高濱虚子

麦藁籠《むぎわらかご》 麦藁で小さく編んで作った籠。

姉妹《おとどい》や麦藁籠にゆすらうめ　高濱虚子

麦飯《むぎめし》 麦を米と混ぜて炊いた飯。季節を問わないが、その年とれた麦を炊くところに季感がある。

麦めしに一国者と言はれても　松尾緑富

麦飯もよし稗飯も辞退せず　高濱虚子

穀《こく》《こく》象《ざう》《ぞう》 三　穀類につく二、三ミリくらいの害虫。黒褐色で米にいちばんつきやすく、形が象に似ている。

穀象の浮きながれゆく米を磨ぐ　渡部余令子

篩はれて穀象あてどなく歩く　山田千恵女

業平忌《なりひらき》　五月二十八日、在原業平の忌日。墓は京都西山の十輪寺にある。

われもまた三河をみなや業平忌　伊藤萩絵

山寺のはなやぐ一と日業平忌　田畑美穂女

六月

六月《ろくぐわつ》《ろくがつ》　野山は緑におおわれ、風物はことごとく夏の姿となる。早苗が植えられ、梅雨が来る。

六月の霜を怖る丶こと蝦夷は　小林沙丘子
枝払ひして六月を迎ふ庭　千原草之

皐月《さつき》　陰暦五月の異称である。

町中の山やさつきの上り雲　丈草
庭土に皐月の蠅の親しさよ　芥川龍之介

杜鵑花《さつき》　枝は密生し花は紅紫色で、多くは庭園に栽培する。花期が長い。時鳥《ほととぎす》が鳴くころ咲くので「杜鵑花」と書き、また陰暦「五月《さつき》」に咲くのでこう呼ばれる。

襖除り杜鵑花あかりに圧されけり　阿波野青畝
明暗のここにはなくてさつき咲く　稲畑汀子

花菖蒲《はなしやうぶ》《はなしようぶ》　六月ごろ、紫、白、絞りなど色とりどりの花を咲かせる。剣状の葉の中央を走るはっきりした筋によって、渓蓀《あやめ》、杜若《かきつばた》などと区別される。**菖蒲園**《しやうぶゑん》。**菖蒲池**《しやうぶいけ》。

四阿に人混む雨の菖蒲園　安原葉
紫は水に映らず花菖蒲　高濱年尾

アイリス　渓蓀《あやめ》に似た西洋種の球根花で、渓蓀などと比べると花弁がやや狭い。色は白、紫などさまざま。

アイリスの朝市に出す蕾かな　川口しげ子

グラジオラス　剣状の葉の間から花茎が伸びて漏斗形の花が穂状に、下からだんだん咲きのぼって行く。色は紅、淡紅、白、黄などさまざま。**唐菖蒲**《たうしやうぶ》。

いけかへてグラヂオラスの真赤かな　松葉女
お見舞のグラジオラスもうつろひし　鳴澤富女

六月ごろ花菖蒲に似た美しい紫または白色の花を咲かせる。花《はな》あやめ。

渓蓀《あやめ》

あやめ咲く細江にありし舟溜　中井冨佐女
なつかしきあやめの水の行方かな　高濱虚子

アヤメ科の多年草で、水辺に群生し、紫色の花を開く。まれに白や紫斑のある花もある。**燕子花《かきつばた》**。

杜若《かきつばた》

業平はいかなる人ぞ杜若　京極杞陽
杜若絵巻の如く咲き揃ひ　京極昭子

山野の日陰に群生するアヤメ科の常緑多年草。剣状の葉は濃い緑色で、花は白色に紫の暈《ぼかし》があり、中央に黄色の斑点がある。

著莪《しやが》

著莪畳には陰日向はつきりと　上﨑暮潮
著莪叢のとゞく木洩日濡れてをり　稲畑汀子

杜若《かきつばた》に似た紫やまれに白い花を開く。葉は幅広い剣状で淡緑色、冬には枯れる。**鳶尾草《いちはつ》**。

一八《いちはつ》

一八や庭先に茶をもてなされ　遠入土詩子
一八の花に明るき茅舎庵　川端紀美子

夏の夜の短い感じをいう。夏至は最も短い。**明易《あけやす》し**。**夏《なつ》の朝《あさ》**。

短夜《みじかよ》〔三〕

日本に戻る日近し明易し　坊城中子
明易や花鳥諷詠南無阿弥陀　高濱虚子

平安時代以降の神事で、五月五日、京都上賀茂神社々前の馬場で行なわれている。**賀茂競馬《かもけいば》**。**競馬《けいば》**。**勝馬《かちうま》**。**負馬《まけうま》**。これに先立ち五月一日には**足揃《あしぞろ》へ**が行なわれる。別に、五月に行なわれる**ダービー**はヨーロッパ風競馬レースである。

競馬《くらべうま》

鞍壺に昔男や競べ馬　内貫白羊
矢来して神の座のあり競べ馬　大野甲二

ふつう**ペーロン**と呼んで、長崎で江戸時代から行なわれてきた行事である。三十六人乗の舟に幟を立て、銅鑼《どら》や太鼓で囃

競渡《けいと》

しながら競漕する。現在では七月から八月にかけて、市や県主催で行なわれている。

ペーロンの果てし入江の潮匂ふ　徳沢南風子

花橘《はなたちばな》

橘は六月ごろ枝先に白色五弁の花を開き、芳しい香りを放つ。橘《たちばな》の花《はな》。柑子《かうじ》の花《はな》。

酒蔵や花橘の一在処　里紅

橘の花や従ふ葉三枚　星野立子

蜜柑《みかん》の花《はな》

濃緑の光った葉の間に白い五弁の小花がこまかく咲きあふれ、むせるような甘い香りに包まれる。

花蜜柑匂へば月の戸をさゝず　飛彈桃十

むせびつゝ夜の道戻る花蜜柑　中山梟月

朱欒《ざぼん》の花《はな》

朱欒は南国に多く、大きな葉の間に香りの強い白い五弁の花を開く。

風かをり朱欒咲く戸を訪ふは誰そ　杉田久女

花ざぼん匂ふ夜風を窓に入れ　田代八重子

橙《だいだい》の花《はな》

ヒマラヤ地方原産。蜜柑の花に似て白色五弁、香りが高い。オレンジの花《はな》。

オレンジの花の沈める芝生かな　保田白帆子

オリーブの花《はな》

オリーブの葉は厚く細長く濃い緑色。梅雨のころ木犀に似た淡緑色か白色の四弁の花を総状にたくさんつける。香りもよい。

オリーブの花に潮の香とゞきもす　堀本婦美

オリーブの花屑移す風生れ　米倉明司

柚《ゆ》の花《はな》

庭園などに栽培される柚子《ゆず》の花《はな》である。棘のある枝に、香りのよい白色五弁の小さな花を開く。

箒目に蕊をこぼす柚の樹かな　杉田久女

花柚子の一本の香の旦より　中村若沙

柿《かき》の花《はな》

梅雨のころ、淡黄色を帯びて白く小さく咲く。四弁の壺形で、雌雄別々の花である。

大柿の斯くぞあるべき落花かな　相島虚吼
柿の花こぼれて久し石の上　高濱虚子

石榴《ざくろ》の花《はな》

緑の艶やかな葉をこまかく茂らせ、六月ごろ朱の六弁花をつける。八重咲きもある。**花石榴《はなざくろ》**。

花柘榴燃ゆるラスコリニコフの瞳　京極杞陽
軒下の破れ櫃《ひつ》に散る柘榴かな　高濱虚子

栗《くり》の花《はな》

栗は六月ごろ、黄白色の長さ一〇〜二〇センチほどの穂状の小花をつけ、独特の臭気を放つ。

栗の花こゝだ散り敷きわが住める　片岡奈王
風のあるところ香のあり栗の花　稲畑汀子

椎《しい》の花《はな》

六月ごろ、淡黄色の細かい花を穂状につける。雄花は強い香りを放つ。

砂に敷き椎の落花は砂の色　吉年虹二
椎の香の般若の芝を覆ひけり　稲畑汀子

楝《あふち》の花《はな》

葉は南天の葉に似て羽状複葉。六月ごろ、淡紫色の小さい五弁花が群がり咲く。**樗《あふち》の花《はな》**。**栴檀《せんだん》の花《はな》**。

日当りていよ〳〵淡し花樗　中川秋太
吉備の空淡し楝の咲きてより　河野美奇

えごの花《はな》

葉は卵形で尖り、五、六月ごろ白色五弁の小さい花が下向きにひしめき咲く。**山苣《やまぢさ》の花《はな》**。

えご落花流るゝ水に絶え間なく　大渕青柴
峡深く岐るゝ流れえごの花　森　土秋

山梔子《くちなし》の花《はな》

香気ある純白の六弁、あるいは八重の花が咲く。蕾のころは花弁を螺旋状に巻いている。

今朝咲きし山梔子の又白きこと　星野立子
山梔子の花青ざめて葉籠れる　木村滄雨

南天《なんてん》の花《はな》

観賞用として栽培され、白色五弁の小さい花を円錐状にたくさんつける。

花南天包を二つさげてくる　千葉冨士子

南天の花のひそかに盛りなり　藤松遊子

繍線菊《しもつけ》　落葉低木で、葉は長卵形。淡紅色または白の小花が群がり咲いて美しい。

しもつけを地に並べけり植木売　松瀬青々

しもつけの花の汚れも見えそめし　新谷根雪

榊《さかき》の花《はな》　榊は葉のつけ根のところに五弁の白い花をつける。**花榊《はなさかき》**。

立ちよりし結《ゆひ》の社や花榊　松尾いはほ

未央柳《びやうやなぎ》《びようやなぎ》　葉は対生し、葉柄はない。枝先につく五弁の鮮黄色の花は、たくさんの雄蘂もまた黄色で、金糸のように花弁の外に伸び広がり、美しい。**美容柳《びようやなぎ》**。

又きかれ未央柳とまた答へ　星野立子

癒えし眼に未央柳の蕊の金ゝ　佐藤一村

紫陽花《あぢさゐ》《あじさい》　梅雨のころ小花が多数集まった毬のような花をつける。**七変《しちへん》化《げ》**。**四葩《よひら》**。

七変化はじまる白は毬なさず　吉年虹二

あぢさゐの色にはじまる子の日誌　稲畑汀子

額《がく》の花《はな》　紫陽花の一種であるが、花は毬状にならず、ほぼ平らである。

籠居にほどよき暗さ額咲いて　高岡智照

きらめきは風の木洩日額の花　稲畑汀子

甘茶《あまちや》の花《はな》　甘茶は落葉低木で紫陽花の変種である。鋸歯の対生した葉をもち、枝先に淡青色または白色の花をつける。

草庵の甘茶の花を誰か知る　尾崎政治

蔓《つる》手毬《でまり》　㊂　蔓性で木の幹や岩を這いあがり、六、七月ごろ、白い三、四片のかざり花の中に小花が丸く群がって咲いているさまは、額の花に似ている。

蔓手毬白し霧濃きその朝も　柴田黒猿

なつかしやこゝに縁のつるでまり　稲畑汀子

葵《あふひ》《あおい》

ふつう葵といえば立葵《たちあふひ》のことである。六月ごろ、葉のつけ根に紅、淡紅、白、紫色などの五弁の花をつけ、順に咲きのぼる。花葵《はなあふひ》。銭葵《ぜにあふひ》。

花終る高さとなりし立葵　古川能二
正面を四方にもちて立葵　藤　丹青

ゼラニューム

葉は円く、花は五片、長い花柄にかたまって咲き、色も赤、白、ピンクなど。天竺葵《てんぢくあふひ》。

気のつけばまだ咲いてをりゼラニューム　山田閏子
ゼラニューム鉢次々に増えてゐし　坂井　建

岩菲《がんぴ》

節高の緑色の茎が直立し、全体に無毛。花は茎の頂や葉腋に咲き、朱色の五弁で撫子《なでしこ》に似る。かにひ。

雨太き老柳荘の花岩菲　加藤晴子
花岩菲色に濃淡なかりけり　高濱年尾

鋸草《のこぎりさう》《のこぎりそう》

互生する葉は鋸の歯のように深く切込みが入っている。六、七月ごろ、茎の上方に淡紅または白色の小さい花を傘のようにたくさんつける。はごろもさう。

国境に鋸草などあはれなり　山口青邨
鋸草なれば歪んで欲しくなし　小林一鳥

蠅捕草《はへとりぐさ》《はえとりぐさ》

湿った崖や岩上などに生え、楕円形の葉に腺毛が密生し粘液を出して小虫を捕らえる「むしとりすみれ」などの食虫植物のことで、蠅捕草という名の植物があるのではない。

干草に蠅捕草のまだ枯れず　齋藤俳小星

矢車菊《やぐるまぎく》

茎や細長い葉に、白い綿毛が生えている。藍紫色、また桃色、白色などの頭状花をつける。矢車草《やぐるまさう》。

北欧は矢車咲くや麦の中　山口青邨

茴香《うゐきやう》《ういきよう》の花《はな》《はな》

庭園や畑に栽培される草で芳香がある。葉は糸状に細かく裂け、六月ごろ、黄色い小さな花が群がり咲く。

茴香のありとしもなく咲きにけり　増田手古奈
茴香の花がくれゆく警備艦　小島静居

紅《べに》の花《はな》

紅黄色の薊《あざみ》に似た花を咲かせる「べにばな」の花のこと。夏の朝、露の乾かぬうちに小花を摘んで紅をつくる。**末摘花《すゑつむはな》**。**紅藍《べに》の花《はな》**。**紅粉《べに》の花《はな》**。

紅摘みに露の干ぬ間といふ時間　田畑美穂女

信楽のまこと窯変紅の花　大野雑草子

十《じふ》《じゆう》薬《やく》《やく》

どくだみの名で知られる。下闇に咲く白い十字花が印象的である。一種の臭気を放つ。

十薬やまつることなき庭祠　広川楽水

どくだみを可憐と詠みし人思ふ　浅井青陽子

鬼灯《ほほづき》《ほおずき》の花《はな》《はな》

葉のつけ根に一つずつ花を開く。黄色みをおびた白色の、五裂の小さな花である。**酸漿《ほほづき》の花《はな》**。

鬼灯の一つの花のこぼれたる　富安風生

萱草《くわんざう》《かんぞう》の花《はな》《はな》

鬼百合に似てやや小さく、六弁の黄赤色の花を開くのは「のかんぞう」、庭などで見かける八重咲き、赤褐色の花は「やぶかんぞう」である。**忘草《わすれぐさ》**。**忘憂草《わすれぐさ》**。

萱草や昨日の花の枯れ添へる　松本たかし

湯煙に人現る、時萱草も　高濱虚子

紫《し》蘭《らん》

葉は互生して幅広く、縦に皺が多い。六月ごろ花軸をあげ、紅紫色の花を下から総状に開く。花が白いのもある。

君知るや薬草園に紫蘭あり　高濱虚子

鈴《すず》蘭《らん》

二、三枚の葉の間から短い花茎を出して、その上部に総状に白い小さな風鈴のような花を垂れ、清らかな芳香を放つ。花期は五、六月ごろ。

鈴蘭の森を迷はずさまよへる　依田秋葭

来し甲斐を鈴蘭の野に踏入りし　塙告冬

蚊帳吊草《かやつりぐさ》

細い茎の頂に三、四の細い葉を出し、その中央に黄褐色の花火線香のような形の淋しい花をつける。

かたくなに一人遊ぶ子蚊帳釣草　富安風生

向脛《むかはぎ》に蚊帳吊草の花の露　高濱虚子

瓜《うり》の花《はな》　瓜類の花の総称であるが、一般には甜瓜《まくわうり》を指すことが多い。大方は白か黄色の単純な花である。

雷に小屋は焼れて瓜の花　蕪村
小さき蠅我へ移りぬ瓜の花　岩木躑躅

南瓜《かぼちや》の花《はな》　黄色い五弁の大形の花で、花の柄の長いのが雄花、短いのが雌花である。**花南瓜《はなかぼちや》**。

落窪になだれはびこる花南瓜　楠目橙黄子
売りし馬遁げ戻りきぬ花南瓜　横井迦南

西瓜《すゐくわ》《すいか》の花《はな》　花は五裂合弁で、雌花も雄花も同じ蔓に咲く。花の色は淡黄色であるが、雌花には丸い子房がついているのですぐ区別がつく。

道にまで西瓜の花のさかりかな　瀧本除夜子

胡瓜《きうり》《きゆうり》の花《はな》　黄色い五弁の小花で花弁に皺がある。雄花と雌花があるが、雌花のまだ咲いているうちに、はや、いとけない実が育ち始めているのをよく見かける。

積石に沈みし蛇や花胡瓜　中村若沙

溝浚《みぞさら》へ《え》　農村では田植の前に用水の流れをよくするために、水路を掃除しまた補修する。

邪魔となるほどの人数溝浚へ　吉永匙人
溝浚へ加勢の雨となりにけり　稲畑汀子

螻《け》蛄《ら》　㊂　蟋蟀《こおろぎ》に似た黒褐色の三センチくらいの虫で、湿った土中に棲む。夜になると空中を飛び、灯火に来る。「螻蛄鳴く」は秋季である。

ゆき渡る田水に螻蛄の泳ぎ出づ　五藤俳子
虫螻蛄と侮られつゝ生を享く　高濱虚子

入《にふ》《にゆう》梅《ばい》　暦の上で梅雨期の始まる日で、およそ六月十二日前後である。**梅雨《つゆ》に入《い》る**。**ついり**。

梅雨入りなほ島のくらしに水足りず　今村青魚
空よりも風に梅雨入の兆しをり　廣瀬ひろし

梅雨《つゆ》　入梅の日からおよそ一か月の雨期をいう。**梅雨**《ばいう》。**黴雨**《ばいう》。**梅**《ばい》**天**《てん》。**梅雨曇**《つゆぐもり》。**梅雨空**《つゆぞら》。**梅雨寒**《つゆさむ》。

わらうてはをられずなりぬ梅雨の漏　森川暁水

梅雨に倦き机に倦きて部屋歩く　吉屋信子

五月雨《さみだれ》　梅雨期の霖雨である。陰暦五月に降るのでこの名がある。**五月雨**《さつきあめ》。**さみだるる**。

五月雨をあつめて早し最上川　芭蕉

舟著くや五月雨傘を宿の者　星野立子

さみだれや大河は音をたてずゆく　須藤常央

出水《でみづ》《でみず》　五月雨がはげしく降り続き、各地の河川や池沼があふれて氾濫する。これが出水である。

庭先に現れし出水の助け舟　安原葉

シグナルは常の如くに街出水　左右木韋城

水見舞《みづみまひ》《みずみまい》　出水の難にあった親戚や知人をたずねて見舞に行くこと。

水見舞とて水一荷とゞけくれ　近藤竹雨

怖しさ聞くも見舞や水害地　安原葉

空梅雨《からつゆ》　天候が不順で、梅雨のうちにほとんど雨が降らないのをいう。

空梅雨の夕日真赤に落ちにけり　小林一行

空梅雨や傘立に傘なかりけり　山田閏子

五月闇《さつきやみ》　五月雨の降るころの暗さをいう。昼間の暗いのもいう。

人声をともなひ来る灯五月闇　田上斗潮

消灯の茶屋吸込みし五月闇　古野四方白

黒南風《くろはえ》　梅雨に入るころ吹く南風は空が暗くなるので黒南風という。また、梅雨が明けるころは南風が吹いて空が明るくなるので**白南風**《しらはえ》という。

黒南風の裏磐梯は荒々し　猿渡青雨

白南風の雲の切れゆく迅さ見し　稲畑汀子

梅雨茸《つゆだけ》

梅雨のころは湿っているのでいろいろの茸《きのこ》類が生える。これを総称して梅雨茸という。

梅雨菌足蹴にかけて天気かな　池内たけし
梅雨茸を掃いて奥宮仕へかな　片桐孝明

木耳《きくらげ》

梅雨のころ、桑、接骨木《にわとこ》などの朽木に生える人の耳たぶに似た茸である。

木耳や平湯の宿に二三日　杉浦出盧
木耳や果して庫裡の軒下に　山川喜八

黴《かび》

梅雨どきの湿気はとくに黴を生じやすい。**黴《かび》の香《か》**。**黴《かび》の宿《やど》**。**黴《かび》げむり**。

黴にむせ半日蔵の探しもの　白岩世子
磨崖仏どこか黴びたるところかな　高濱年尾
黴の香にやうやく慣れし坊泊り　稲畑汀子

蒼朮《さうじゆつ》《そうじゆつ》を焼《や》く

蒼朮は多年草のおけらの根を乾燥したもの。梅雨のころ、これを室内で焚くと湿気を取るといわれている。**をけらやく**。

蒼朮を焚きて籠れる老尼かな　水谷鍬吉
家風守るとは蒼朮を焚くことも　廣瀬ひろし

優曇華《うどんげ》

草蜉蝣《くさかげろう》の卵で、草木の枝葉のほか、電灯の笠、天井の隅、壁、障子などにも産みつける。二センチほどの白い糸状の柄の先に楕円形の卵のついたのがゆらゆらとかたまっていて、黴の花のように見える。

優曇華や狐色なる障子紙　齋藤俳小星
優曇華や使はぬまゝにある鏽　藤木紫風

苔《こけ》の花《はな》

苔は梅雨のころ、その緑を増し、淡い紫や白色の胞子を入れた子嚢《しのう》をあげる。これを俗に苔の花といっている。**花苔《はなごけ》**。

祇王寺は竹の奥なる苔の花　武原はん女
水打てば沈むが如し苔の花　高濱虚子

魚《や》簗《な》 ㊂ 川の瀬などで魚を捕る仕掛けの一つで、単に「簗」とも書く。簗打《やなうち》。簗番《やなばん》。簗守《やなもり》。

流木のかゝりしまゝに早簗　土山紫牛

簗守の解禁を待つ生活あり　稲畑汀子

鰻《うなぎ》 ㊂ 日本へ来る鰻は赤道直下の深海で生まれ、細いしらすとなって日本近海へ来、川をさかのぼるといわれている。天然鰻の漁獲期は夏であり、一般の養殖ものも夏がおいしい。

カンテラを灯し出て行く鰻舟　市川久子

鰻筌を揚ぐる加減のありにけり　大木葉末

鯰《なまづ》《なまず》 ㊂ 体長五〇センチくらいで、いわゆるなまずひげがある。日本中の河川、湖沼に棲んでいて、梅雨のころ産卵のため小川や池溝の浅いところに来る。梅雨鯰《つゆなまづ》。ごみ鯰《なまづ》。

鯰捕芋銭旧居の人なりし　黒米松青子

ごみ鯰ばかりが釣れて水匂ふ　三谷蘭の秋

鮴《ごり》 ㊂ 金沢の鮴料理はことに有名。鮴汁《ごりじる》。鮔《ごり》。

高きより生簀に筧鮔の宿　大森積翠

濁《にご》り鮒《ぶな》 梅雨のころ、川や田の水が濁っている時期の鮒で、ちょうど産卵期でもある。

色をふと消しゝは濁り鮒らしや　小路島橙生

一匹は必ず網に濁り鮒　高濱虚子

亀《かめ》の子《こ》 石亀の子である。形が銭に似ているので銭亀《ぜにがめ》ともいう。

水盤に慣れて銭亀重なれり　饗庭野草

つい買ひし亀の子をやゝもてあます　遠藤梧逸

蠑螈《ゐもり》《いもり》 ㊂ 守宮《やもり》や蜥蜴《とかげ》に似た動物で、池や沼、井にも棲むので井守といわれる。赤腹《あかはら》。

たゆたへる蠑螈も聖高野山　松本巨草

浮み出て底に影あるゐもりかな　高濱虚子

山椒魚《さんせううを・さんしょううお》 ㊂ 蠑螈《いもり》に似て、多くは二〇センチ以下であるが、一メートル以上に達するものもいる。**はんざき**と呼ばれ**山椒魚**《はじかみうを》。**油魚**《あぶらめ》。

はんざきの石と化すまで水の底　内藤呈念

止め板を蹴つてのたりと山椒魚　桜眞由美

蟹《かに》 ㊂ ここでいう蟹は磯や山や川にいる小蟹のことである。**磯蟹**。**山蟹**《やまがに》。**川蟹**《かはがに》。**沢蟹**《さはがに》。

蟹が肩怒らす方の鋏大　田畑比古

蟹もぐる砂の動きを波が消す　堤剣城

蝸牛《かたつぶり》 ㊂ **でんでんむし**と呼ばれ親しまれている。湿気を好み、梅雨のころ紫陽花《あじさい》の葉などで見かける。**かたつむり**。**ででむし**。

かたつむり殻の固さに生きてをり　小林草吾

主客閑話で、むし竹を上るなり　高濱虚子

蛞蝓《なめくぢ・なめくじ》 ㊂ 梅雨のあがったときなどに、木の幹、葉の裏、台所の流しなどに出没する。**なめくぢり**。**なめくぢら**。

蛞蝓を踏みたる廊の灯をともす　阿比留苔の秋

なめくぢの引きずつてゐる所在かな　稲畑汀子

蚯蚓《みみず》 ㊂ 土中に棲み、湿気を好む。梅雨のころよく這い出してくるのを見かける。

土篩ふ蚯蚓に闇は無かりけり　眞鍋蟻十

子供地をしかと指しをり蚯蚓這ひ　高濱虚子

蟇《ひきがへる・ひきがえる》 ㊂ 大形の蛙で暗褐色の背中にたくさんの疣《いぼ》があり醜く、有益な動物でありながら人にきらわれる。**蝦蟇**《がま》。**蟾**《ひき》。

灯れば蝦蟇おもむろに後しざり　久保田斗水

又同じ場所に来てゐる蟇　稲畑汀子

雨蛙《あまがへる・あまがえる》 ㊂ 夏、木の枝や葉の表に留まっている体長四センチくらいの小さな緑色の蛙である。**枝蛙**《えだかはづ》。**青蛙**《あをがへる》。

青蛙おのれもペンキぬりたてか　芥川我鬼

野の草の色にまもられ青蛙　工藤いはほ

河鹿《かじか》 三 清流に棲む蛙の一種。蛙より小さく暗褐色で、姿は美しくないが、鳴く声が澄んでいて愛賞される。**河鹿笛**《かじかぶえ》は河鹿を捕るときに吹く笛。

村ぢゅうが河鹿の闇となつて来し　豊原月右
瀬の音と全く離れ河鹿更け　高濱年尾

竹植《たけう》**う** 昔から、陰暦五月十三日を竹植うる日とも、竹酔日《ちくすいじつ》ともいい、この日に竹を植えればかならず根づくと言い伝えられている。

月によし風によしとて竹を植う　上野青逸
ものゝふの箭竹と聞けり移し植う　藤岡玉骨

豆植《まめう》**う** 豆によって、蒔く時期も蒔き方も多少違っている。**菽植**《まめう》**う**。**豆蒔**《まめま》**く**。

畦豆を植うる女に畦長し　小方比呂志
豆植ゑて豆植ゑて島貧しかり　美馬風史

甘藷植《かんしょう》**う** 麦刈ころの畑の中や麦を刈ったあとなどによく植える。**甘**《い》**藷**《も》**植**《う》**う**。**藷挿**《いもさ》**す**。

藷植うるみんな跣足の修道女　早田鳴風
藷を挿す外はなかりし島畑　花村あつし

粟《あは》《あわ》**蒔**《まき》《まき》 粟はわが国の五穀の一つであり、六月ごろに種を蒔いて、九、十月ごろ刈り取る。**粟蒔**《あはま》**く**。

藪添に雀が粟も蒔きにけり　一茶

桑《くは》《くわ》**の実**《み》《み》 木苺に似た実で、熟すると赤色から紫がかった黒になり、甘酸っぱい。

桑の実の落ちてにじみぬ石の上　佐藤漾人
桑の実や父を従へ村娘　高濱虚子

さくらんぼ 一重の桜はどの種類も小さいながら実を結ぶ。**桜**《さくら》**の実**《み》。しかし一般に「さくらんぼ」といえば西洋種のチェリー、**桜桃**《あうたう》で、食用として栽培され、六月ごろ、赤い実が柄の先で熟し垂れる。

柄をつんと唇に遊ばせさくらんぼ　千原叡子
茎右往左往菓子器のさくらんぼ　高濱虚子

ゆすらうめ

山桜桃《ゆすらうめ》とも梅桃《ゆすらうめ》とも書くのは、その実や花がどこか桜桃や梅などに似ているからであろう。

厨ごとする娘となりぬゆすらうめ　高根沢丘子
朝に来て夕に来る子ゆすらうめ　中野樹沙丘

李《すもも》

中国から渡来し、わが国で広く栽培される果実。桃に似た形で、小さく固い。梅雨のころ紫がかった赤または黄色の実をつける。酸《す》桃《もも》。巴旦杏《はたんきやう》。牡丹杏《ぼたんきやう》。

隠栖の土に落ちたるすもゝかな　鈴鹿野風呂

杏子《あんず》

花も実も梅に似て梅よりやや大きい。梅雨のころ熟し、甘酸っぱい。杏《あんず》。からもも。

見上げたる目でかぞへ行く杏の実　武原はん女

実梅《みうめ》

梅の実は青くふとったころに落として取る。青梅《あをうめ》といっても同じである。小梅《こうめ》。豊後梅《ぶんごうめ》。

実梅もぎ神事といふはすぐ済みし　井尾望東
青梅の一つ落ちたるうひ〳〵し　高濱虚子

紫蘇《しそ》

庭、畑など、どこにでも生え、栽培もされる。青紫蘇《あをじそ》。紫蘇《しそ》の葉《は》。

一枚で足る紫蘇の葉を摘みに出る　安生かなめ
青紫蘇を刻めば夕餉整ひし　星野椿

辣韮《らつきやう》 ㊂

薤《らつきやう》は六、七月ごろ掘る。匂いが強く特有の臭気と辛味が目にしみる。らつきよ。薤《らつきよ》掘《ほ》る。薤《らつきよつけ》漬る。

うちつゞく砂丘辣韮畑かな　細田乃里子
辣韮も置きある納屋の這入口　高濱虚子

玉葱《たまねぎ》 ㊂

多く夏採取され、鱗茎を食用とする。料理一般に用途の広い野菜である。

玉葱を一とまづをさむ小屋と聞く　鳥井春子
玉葱を吊るだけにある小屋傾ぎ　多田羅初美

夏葱《なつねぎ》 ㊂ 葱は元来冬の季のものであるが、夏季に繁殖する種類もある。**刈葱《かりぎ》**。**わけ葱《ぎ》**。

老厨夫夏葱さげて帰船かな　図羅

夏大根《なつだいこん》 ㊂ 春、種を蒔き、夏、収穫するものを夏大根という。やや細く小さく味も辛い。**なつだいこ**。

木曾は今桜もさきぬ夏大根　支考

夏大根ぴりゝと親し一夜漬　菊地トメ子

枇杷《びは》《びわ》 枇杷は暖地を好む。姿もよく果肉が厚く甘くて、剝くと果汁がしたたり美味である。

枇杷積んで桜島より通ひ舟　伊藤柏翠

闘病の細き指もて枇杷すする　中村芳子

楊梅《やまもも》 温暖な地に多い。実は丸く粒々があり、初めは淡緑色で熟してくると暗紅紫色になり、はなはだ甘い。

石段を楊梅採りに汚されし　三宅黄沙

楊梅の落ち放題や磴染めて　有本春潮

青柚《あをゆ》《あおゆ》 柚子の実のまだ熟さないで青いもの。六月ごろ花をおえると間もなく、葉陰に濃緑の丸い実が見える。

葉ごもりて円かに鬱らき青柚かな　中田みづほ

存問の尼が手にある青柚かな　河村宰秀

夏茱萸《なつぐみ》 茱萸のなかでも夏に赤く熟する一種。庭木にもされるが山野に多い。**たうぐみ**。

夏ぐみの甘酢つぱさに記憶あり　佐藤千須

木天蓼《またたび》 山地に自生し、梅雨どき、枝先の卵形の葉が白くなり遠くからでも目につく。**天蓼《またたび》の花《はな》**。

杣師らに木天蓼酒といへるもの　村元子潮

木天蓼とわかる近さを遠ざかる　稲畑汀子

黐《もち》の花《はな》 黐の木は山野に自生もするが、庭木として植えられることも多い。黄緑色の小さな花を群がりつける。

はら〳〵と黐の花散り弾みけり　空茶

錦木《にしきぎ》の花《はな》

錦木には六月ごろ淡黄緑色の四弁花が二、三個ずつ集まって咲くが、花は地味である。枝に縦四列のコルク質の翼が出るのが特徴。

錦木の花のさかりは人知らず　五十嵐播水
錦木の花や籬にもたれ見る　高濱虚子

燕《つばめ》の子《こ》

燕は五、六月ごろ雛を育てる。子燕《こつばめ》。親燕《おやつばめ》。

子燕のさゞめき誰も聞き流し　中村汀女
子燕の巣立つ勇気といふを見し　津村典見

烏《からす》の子《こ》

夏、烏は子を育てる。子烏《こがらす》。

とん〳〵と歩く子鴉名はヤコブ　高野素十
子烏を飼へる茶店や松の下　高濱虚子

御田植《おたうゑ》《おたうえ》

伊勢《いせ》の御田植《おたうゑ》。古くは陰暦五月二十八日、今は五月上旬、伊勢市楠部町にある伊勢神宮の御神田で行なわれる田植初《たうゑはじめ》の神事である。御田扇《おたあふぎ》。山田《やまだ》の御田植《おたうゑ》。お御田祭《みたまつり》。住吉《すみよし》の御田植《おたうゑ》。六月十四日（もとは陰暦五月二十八日）大阪市住吉区の住吉大社で行なわれる御田植の神事である。御田《おんだ》。神植《かみうゑ》。八乙女《やをとめ》の田舞《たまひ》。棒打合戦《ぼううちがつせん》。

この二つのほか、全国の他の神社でも行なわれる。

神官の細脛白し御田植　高久田瑞子
八乙女の遠くの一人より会釈　小畑一天

早苗《さなへ》《さなえ》

苗代から田に移し植えるころの稲の苗をいう。早苗籠《さなへかご》。早苗《さなへ》束《たば》。早苗舟《さなへぶね》。玉苗《たまなへ》。早苗取《さなへとり》。余り苗《あまなへ》。捨苗《すてなへ》。苗運《なへはこび》。苗配《なへくばり》。苗籠《なへかご》。

参道を行つたり来り苗運ぶ　桐田春暁
早苗取る手許いよいよ昏れにけり　三井紀四楼

代掻《しろか》く

田植の準備として、鋤き起こした田に水を張り、土の塊を砕いて田をならす仕事をいう。田掻《たか》く。田の代掻《しろか》く。田掻牛《たがきうし》。

代田《しろた》

田搔馬《たがきうま》。

代搔くや水につまづくまで疲れ　成嶋瓢雨

代馬は大きく津軽富士小さし　高濱虚子

水を張って田植ができるばかりになっている田である。濁っていて、蛙が鳴いたりしている。

畦暮れて代田の水の四角かな　大島早苗

一枚の代田の上の男山　福井圭兒

田植《たうゑ》《たうえ》

代を搔き水を張った田に早苗を植えつけることである。早苗《さなへ》開《びらき》。田植始《たうゑはじめ》。田植唄《たうゑうた》。田唄《たうた》。田植笠《たうゑがさ》。

径ぬれてをり今植ゑしばかりの田　片岡片々子

農継ぐといはず田植を手伝ひし　岩瀬良子

早乙女《さをとめ》《さおとめ》

田植をする女。紺絣の着物に紺の手甲脚絆、菅笠に赤襷のいでたちであったが今はほとんど見ることがない。

早乙女のよろめき入る深田かな　十萬政子

早乙女を雇ふに上手下手言はず　川崎克

植田《うゑた》《うえた》

田植の終ったばかりの田。苗が揺れないように水をいっぱいに張ってある。

植田はや正しき波を刻みつゝ　若林いち子

植田まだ空を映してゐるばかり　高濱年尾

早苗饗《さなぶり》

田植の終ったあとの一日、仕事を休み、小豆飯などを炊いて祝うことをいう。

さなぶりや跣足のまゝの風呂支度　斎藤九万三

早苗饗も済みしばかりに地震騒ぎ　清水保生

誘蛾灯《いうがとう》《ゆうがとう》

苗代、植田、果樹園などの害虫を明かりで誘って殺す装置。庭園でも見かけることがある。

山昏れてよりの親しき誘蛾灯　鶴原暮春

誘蛾灯つゞき夜道は遠きもの　今村青魚

虫篝《むしかがり》

草木や田畑の作物に害虫が繁殖するので、この虫を誘い寄せるために焚く篝火である。

虫篝さかんに燃えて終りけり　高野素十
虫焦げし火花美し虫篝　高濱虚子

火取虫《ひとりむし》 ㊂ 夏の夜、灯火に集まってくる蛾の類をいう。**灯蛾《とうが》。火蛾《くわが》。燭蛾《しよくが》。灯虫《ひむし》。夏虫《なつむし》。**

明日予定たたずも楽し火蛾の宿　星野椿
よべの火蛾よごせし稿を書き上げし　稲畑汀子

藍刈《あゐかり》《あいかり》　藍は六月ごろ開花に先だって刈り取り、藍染の原料とする。**藍玉《あゐだま》。藍搗《あゐつき》。**

阿波の国藍園村は藍を刈る　美馬風史
藍と言ふ静かな色を干しにけり　後藤立夫

除虫菊《ぢよちゆうぎく》《じよちゆうぎく》　茎の高さは三〇～六〇センチ。夏、白色または紅色の直径三センチくらいの一重の菊に似た花をつける。この花を除虫剤の原料にする。

真つ白に雨がふるなり除虫菊　楠部九二緒
除虫菊とは思はずに見つつ来し　稲畑汀子

金魚草《きんぎよさう》《きんぎよそう》　夏、茎の頂に筒形の花を総状につける。花弁は唇の形をして、色は紅、白、黄、紫など多い。

日もすのつがひの蝶や金魚草　岬人

アマリリス　南アメリカ原産の園芸品種。葉は光沢があり細長く、太い花茎の頂に百合に似た花をつける。

愁なき夫婦の生活アマリリス　力富山葉

ジギタリス　直立した茎に、鐘の形をした紅紫色の花が斜め下向きに総状につき、下から咲きのぼる。

事務の娘の朝の水やりジギタリス　副島いみ子
ジギタリス吾子の背丈に咲きのぼる　稲畑廣太郎

ベゴニア ㊂ 南アメリカ原産の秋海棠に似た園芸品種であるが、葉が違う。花は白、赤、ピンクなど。

ベコニヤの葉も見事なる賜りし　鈴木貞
ベゴニヤの鉢の彩り揃へけり　稲畑汀子

蛍《ほたる》 ㊂ **源氏蛍《げんじぼたる》。平家蛍《へいけぼたる》。初蛍《はつぼたる》。蛍火《ほたるび》。飛《と》ぶ蛍《ほたる》。蛍合戦《ほたるがつせん》。蛍売《ほたるうり》。**

蛍火や僻地住ひの教師我　田中静龍

灯《ともしび》と星の間《はざま》に蛍かな　坊城俊樹

蛍に暮れねばならぬ空のあり　稲畑汀子

蛍《ほたる》狩《がり》 ㊂ 夏の夜の水辺で蛍を追ったり眺めたりすること。**蛍見《ほたるみ》。蛍《ほたる》舟《ぶね》。**

蛍狩真つ黒き山かぶさり来　上野泰

いつのまに来て大ぜいや蛍狩　田中駝門子

蛍《ほたる》籠《かご》 ㊂ 竹や木の枠を用いた箱形や曲物《まげもの》、ビニール製の太鼓形などに、細かい金網を張り、蛍を入れて眺める。

蛍籠よべ吊り今宵芝に置く　清水忠彦

旅の土産丹波野草と蛍籠　稲畑汀子

水鳥《みづとり》《みずとり》の巣《す》《す》 広く水鳥類の巣をいう。多くは梅雨前後、菅、蘆などの茂みにかける。**鴨《かも》の巣《す》。鷭《ばん》の巣《す》。水鶏《くひな》の巣《す》。**

月青し鷭巣籠りのころならん　藤永霞哉

沼の家灯れば鷭の雛も巣へ　石井とし夫

浮《うき》巣《す》 鳰《にお》などが湖沼の水の上に浮いている水草や蘆、蒲などの間に懸けた巣のこと。**鳰《にほ》の浮巣《うきす》。鳰《にほ》の巣《す》。**

増水におぼつかなくも浮巣かな　水本祥壹

水に浮くものうたかたと浮巣かな　稲畑汀子

鳰《にほ》《にお》の子《こ》《こ》 六月ごろに、浮巣で孵った鳰の子が、親について泳いだり、潜ったりしているのは、いかにも可愛い。

鳰の子のかくもをりしよ鯎の内　竹内留村

鳰の子の水尾うす〳〵と拡がらず　岡安仁義

通《とほ》《とお》し鴨《がも》《がも》 ㊂ 北方へ帰らずに沼や湖に残り、雛を育てる鴨をいう。**夏鴨《なつがも》**というのは留鳥の軽鴨《かるがも》のこと。**軽《かる》鴨。**

千代田区をとぶは皇居の通し鴨　小野草葉子

通し鴨道灌濠に見つけたり　高濱年尾

軽鳧《かる》の子《こ》　軽鴨の子である。孵ってしばらくたつと親鳥のあとについて歩き、泳ぐ。鴨《かも》の子《こ》。

軽鳧の子の怖るゝことをまだ知らず　野仲美須女
鴨の子を水面に追うてゐる歩み　稲畑汀子

田亀《たがめ》　〔三〕　松虫の大きくなったような泥色の虫で、幼魚の生血を吸う害虫。高野聖《かうやひじり》。どんがめ。河童虫《かつぱむし》。

田亀いま尻打ち立てゝ獲物を得　福島秀峰
泥の中高野聖は裏返り　廣瀬盆城

蛭《ひる》　〔三〕　田植や田草取で肌が出ていると、いつの間にか蛭に吸いつかれ、血を吸われていることがある。馬蛭《うまびる》。山蛭《やまびる》。

もゝひきを脱げばころりと蛭落ちる　豊田一兆
杖の尖洗へば泳ぐ蛭二匹　高濱虚子

源五郎《げんごらう》《げんごろう》　〔三〕　楕円形、黒褐色の光沢ある三センチくらいの虫である。夏の池、沼、水田などにはたいがいいる。

およぎくる水あさくなるげんごらう　山岡三重史
水口に遊べるものは源五郎　深川正一郎

まひ／＼《まいまい》　〔三〕　一センチにも満たない黒い丸みのある虫で、夏の池や川の水面を輪を描きながら忙しく舞っている。水澄《みづすまし》ともいう。鼓虫《まひまひ》。

まひ／＼や雨後の円光とりもどし　川端茅舎
描きゐる自分の迷路みづすまし　曺星国

あめんぼう　〔三〕　六本の細く長い脚で水面をすいすいと走る虫。地方によって水馬《みづすまし》ともいい、「まひまひ（水澄《みずすまし》）」と混同されやすい。水黽《かはぐも》ともいう。

あめんぼをはじくばかりの水の張り　国弘賢治
水馬雲が映れば雲に乗り　家中波雲児

目高《めだか》　〔三〕　体は小さく透き通るようであるが、眼は大きく飛び出している。緋目高《ひめだか》。

ぢつとしてゐぬ緋目高の数読めず　松尾静子

水動き日高は止りをりにけり　稲畑汀子

蓮《はす》の浮葉《うきは》

蓮の新しい葉は、しばらく水面について浮いている。その円く小さいものを形から銭荷《せんか》という。単に「浮葉」ともいう。

降り出せる雨の叩ける浮葉かな　田村おさむ
たゝみ来る浮葉の波のたえまなく　高濱虚子

萍《うきくさ》 三

池沼や水田に浮いている水草で、盛夏のころ目だたぬ花をつける。**あをうきくさ。ひんじも。浮草《うきくさ》。根無草《ねなしぐさ》。萍《うきくさ》の花《はな》。**

池遠見萍の座の光り見ゆ　高濱年尾
波消ゆる岸辺に寄りて根無草　稲畑汀子

蓴《ぬなは》《ぬなわ》 三

湖沼に自生する多年生の水草で、水面に新鮮な薄緑の葉を浮かべる。その若芽、若葉のぬめりが日本料理に珍重され、これを採るために**蓴舟《ぬなはぶね》**を出す。**蓴菜《じゆんさい》。蓴採《ぬなはと》る。**

ぬめることもてあらがへる蓴摘む　桑田青虎
蓴舟かたむくまゝに双手漕ぎ　川上玉秀

蛭蓆《ひるむしろ》 三

池、沼、田溝などによく繁茂する水草で、山の池など一面にこの草で覆われていることもある。**蛭藻《ひるも》。**

水の面の小暗きところ蛭蓆　尾高青蹊子
隠沼に花あげてゐし蛭蓆　一宮十鳩

水草《みづくさ》《みずくさ》の花《はな》 三

水草は一般に夏、花を開く。沢瀉《おもだか》、河骨、水葵などのほか、名もない水草も含めてこう呼ぶ。

鷺脚を垂れて水草の花に飛ぶ　衣沙桜

河骨《かうほね》《こうほね》

池沼や小川の浅いところに生える水草。花は黄色く五弁で、水の上にぬきんでて咲く。**かはほね。**

河骨の咲けば明るき雨となる　川口咲子
河骨の葉の抽んでて乾きをり　高濱年尾

沢瀉《おもだか》

水田や湿地に自生するが、水盤にも活けられ、白色三弁の小さな花をつける。**花慈姑《はなくわゐ》。**

沢瀉や舟は裏戸をはなれたり　松尾いはほ

沢潟の濁りに映る十二橋　新荘桜涯

莕菜《あさざ》

夏、水面に黄色い五弁花を咲かせる。**花蓴菜《はなじゅんさい》**。**浅沙の花《あさざのはな》**は浅い流れに咲く花という意であるという。

舞ひ落つる蝶ありあさゞかしげ咲き　星野立子

菱の花《ひしのはな》

鋸歯のある菱形の葉の間に、夏、一センチくらいの白色四弁の花を開く。「菱の実」は秋季。

杜深くかくれ湖あり菱の花　渡邊満峰
髪洗ふ沼の乙女や菱の花　片岡奈王

藻の花《ものはな》

湖沼や小川などに生えるさまざまな藻の花の総称である。一般に小さく、目立たない。**花藻《はなも》**。

藻の花や水棹は泥にとられ勝ち　堺井浮堂
藻の花に入江は静かなるところ　高濱年尾

藻刈《もかり》 ㊂

はびこり茂った藻を小舟を漕ぎ入れて、棹でからめとったり、柄の長い鎌で刈り取ったりする。**藻を刈《か》る**。**藻刈棹《もかりざを》**。**藻《も》刈舟《かりぶね》**。**刈藻《かりも》**。**刈藻屑《かりもくづ》**。

藻刈舟らしくも見えてつなぎあり　高濱年尾
夕影は流るゝ藻にも濃かりけり　高濱虚子

手長蝦《てながえび》 ㊂

川や湖沼に棲む川蝦の一種で、体長一〇センチくらい。前の両脚は体よりも長く、雄に螯《はさみ》がある。**川蝦《かはえび》**。

手長蝦はね出でたるが買はれけり　高崎一誠
しろがねの砂さゝめかし手長蝦　森夢筆

田草取《たぐさとり》

田植後生じた田の雑草を取ることで、稲作農家が最も苦労した。**一番草《いちばんぐさ》**。**二番草《にばんぐさ》**。**三番草《さんばんぐさ》**。**田《た》の草取《くさとり》**。

わがたてゝゐる水音や田草取　依田秋葭
田草引く棘ある草を憎みつゝ　五十嵐哲也

草取《くさとり》 ㊂

夏は草が茂りやすいので畑や庭、道路、公園などの雑草は繰り返し取っては捨てる。**草取女《くさとりめ》**。**草引《くさひき》**。

余すなく引きても草は残るもの　林直入
草を引く日課のすでに始まれり　小竹由岐子

火串《ほぐし》 ㊂ 古い時代、夏山の鹿狩は、鹿の通り道に篝火を焚き、射殺した。それを狙狩《ねらいがり》または照射《ともし》といい、照射の松明《たいまつ》は串に挟んで地上に立てたので、火串と呼んだ。

此程の長雨《ながめ》うち晴れ火串かな　高濱虚子

夏《なつ》《なつ》の川《かは》《かわ》 ㊂ **夏川《なつかは》。夏河原《なつかはら》。五月川《さつきがは》。**

吊橋の板の間の夏の川　上崎暮潮
夏川に架かれる橋に木戸ありぬ　高濱虚子

鮎《あゆ》 ㊂ 姿といい気品といい、また味といい、川魚の王。鮎漁の解禁は六月一日のところが多く、釣人がいっせいに川に押し寄せる。養殖も盛んである。**鮎釣《あゆつり》。鮎狩《あゆがり》。鮎掛《あゆかけ》。鮎《あゆ》の宿《やど》。**

鮎の瀬の水音ばかり暮れてをり　津村典見
囮より小さき鮎のかゝりけり　坊城としあつ

鵜《う》《う》飼《かひ》《かい》 ㊂ 鵜を遣って主に鮎を捕るのをいう。**鵜舟《うぶね》。鵜飼火《うかひび》。鵜篝《うかがり》。鵜匠《うしやう》。荒鵜《あらう》。疲鵜《つかれう》。鵜遣《うづかひ》。鵜籠《うかご》。鵜縄《うなは》。鵜松明《うたいまつ》。鵜川《うがは》。**

たぐらるゝ荒鵜は右往左往かな　埜村成行
疲れ鵜のまたふなべりを踏みはづし　杉原史耕

川《かは》《かわ》狩《がり》《がり》 ㊂ 夏、川で魚を一度に大量に捕ること。**川干《かはぼ》し。毒流《どくなが》し。網打《あみうち》。**

川狩に加はりもして長湯治　竹内余花
川狩の謡もうたふ仲間かな　高濱虚子

夜《よ》振《ぶり》 ㊂ 夏の夜、河川や水田、池などで火を点《とも》し、その火を慕って集まってくる魚を捕ることである。**夜振火《よぶりび》。**

密漁の夜振火を追ふ灯をけして　松岡ひでたか
橋の上夜振の獲物分ちけり　高濱虚子

夜《よ》釣《づり》 ㊂ 夜、河川、池沼、海辺で魚を釣るのをいう。夏は涼みがてらの釣人が多い。

人見えて仕種の見えず夜釣舟　小島梅雨
夜釣人出ておにぎり屋店じまひ　今井千鶴子

夜《よ》焚《たき》〔三〕 夜、舟の上で火を焚き、その明りに集まった魚を釣ったり、網ですくったりすることをいう。

渦潮に火屑こぼるゝ夜焚かな　日野芝生
往診のわが舟照らす夜焚舟　山本砂風樓

釣《つり》堀《ぼり》〔三〕 池や沼、近ごろでは水槽などに魚を放し飼いして、料金を取って釣りを楽しませる場所。季節感から夏季。

釣堀の水くたびれて人多し　岩下吟千
釣堀の日蔽の下の潮青し　高濱虚子

夕河岸《ゆふがし》《ゆうがし》〔三〕 夏期東京の魚河岸で、夕方に魚市が立つのを夕河岸といったが、今はなくなった。関西では**昼網《ひるあみ》**。

夕河岸や散歩がてらの泊り客　信太和風

鱭《えつ》〔三〕 鰯《いわし》の一種で銀色の斑点があり、日本では有明海にのみ棲み、六月ごろ産卵のため筑後川をさかのぼる。

濁流にひらひらとあり網の鱭　寺田映峰
待つといふこと鱭網を流しては　稲畑汀子

鰺《あぢ》《あじ》〔三〕 最も一般的な真鰺は体側に一条の菱形鱗がある。かつては夏の夕方、捕れたばかりの鰺を売りに来た。**夕鰺《ゆふあぢ》**。**鰺売《あぢうり》**。

黒海のかもめに釣れし鰺投げる　坊城中子
そのかみの和蘭陀埠頭鰺を干す　高濱年尾

いさき〔三〕 本州中部以南の海に棲み、体長は四〇センチにおよぶ夜行性の魚で、背に茶色の縞がある。**いさき釣《つり》**。

磯の香を放ちていさき焼き上がる　坊城としあつ
フランスのシェフ気に入りしいさきとや　稲畑廣太郎

べら〔三〕 一五、六センチくらいの小形の魚で、尾と首がやや広い。種類が多く、六、七月が旬。**べら釣《つり》**。

今日も凪妻に漕がせてべら釣に　有田平凡
べら釣れずなり舟酔を感じをり　松下鉄人

虎魚《をこぜ》《おこぜ》〔三〕 関東以南の沿岸に棲み、体長約二〇センチで鱗がない。頭部は醜い形にゆがみ、背鰭の棘に毒がある。

中学の教師の渾名虎魚釣る　藤松遊子

釣られたる虎魚の怒り全身に　今井千鶴子

鯒《こち》㊂ 近海の泥砂地に棲み、体長三〇センチ以上にもなる。淡褐色で頭が大きく上下に平たい。夏が旬《しゅん》。

砂げむり上げたる鯒が突かれけり　野村五松

砂に伏す鯒もさだかに潮澄める　久保もり躬

黒鯛《くろだひ》《くろだい》㊂ 大きさは四〇センチくらいで、黒みがかった銀色をしている。関西では茅海《ちぬ》という。**黒鯛**《ちぬ》。**ちぬ釣**《つり》。

黒鯛釣ると聞けば少々遠くとも　小川龍雄

水揚げのちぬ跳ね秤定まらず　宇山久志

鰹《かつを》《かつお》㊂ 南方から黒潮に乗って回游し、東海方面では初夏初めてその姿を現す。漁獲の最盛期は真夏のころ。**鰹船**《かつをぶね》。**鰹釣**《かつをつり》。

糶はじむまでに鰹のあげきれず　宮城きよなみ

黒潮の色香染み込みたる鰹　岩城鹿水

生節《なまりぶし》㊂ 鰹の肉を三枚におろし、蒸して生干にしたもの。堅くない生の鰹節である。**なまり**。**生節**《なまぶし》。

土佐市に衝動買ひの生節　山下松仙

赤鱝《あかえひ》《あかえい》㊂ 海底の砂に菱形の平たい体を広げて伏せている。大きいものは体長一メートルを超える。**鱝**《えひ》。

赤鱝の広鰭裏の黄を翻《かへ》す　山口誓子

雑魚と置く赤鱝の眼の憤り　皿井旭川

城下鰈《しろしたがれひ》《しろしたがれい》㊂ 大分県日出《ひじ》町の海岸で捕れる真子鰈《まこがれい》のことである。五月から七月が旬で、珍重される。

漕ぎ出しは城下鰈釣る舟か　林周平

虚子賞でし城下鰈いまが旬　佐藤裸人

藺《ゐ》《い》㊂ 原野の湿地に自生もするが、畳表にするために多くは水田に栽培する。**藺草**《ゐぐさ》。**灯心草**《とうしんぐさ》。

糸とんぼつるみとまれる細藺かな　鈴鹿野風呂

水際まで蜘はひ下る細藺かな　高濱虚子

太《ふと》《ふと》藺《ゐ》《い》 ㊂ ふつうの畳表にする藺草とは種類が異なり、円い茎の下部に褐色の鱗片葉があるだけで他に葉はない。

太藺折れ水の景色の倒れけり　粟津松彩子

放牧の馬あり沢に太藺あり　高濱虚子

藺《ゐ》《い》の花《はな》《はな》 まっすぐな緑色の茎の上部に、淡褐色の細かい花がかたまって咲く。

舟べりに藺の花抜いてかけにけり　星野立子

藺の花や吹きとんで居る蜘の糸　高濱虚子

青《あを》《あお》蘆《あし》《あし》 ㊂ 水辺の蘆が生長して青々と茂っているのをいう。**蘆茂《あししげ》る**。**青《あを》葭《よし》**。

青蘆の中に径あり簗を沈む　山田碧水

青葭にかくれ家見えずなりにけり　高濱虚子

青《あを》《あお》芒《すすき》《すすき》 ㊂ まだ穂の出ない青々とした芒をいう。萱とは茅《ちが》萱、芒、菅などの総称である。**芒茂《すすきしげ》る**。**青萱《あをがや》**。**萱茂《かやしげ》る**。

海よりの風這ひのぼる青すすき　草地勉

まだ風の棲まぬ静けさ青芒　稲畑汀子

真《ま》菰《こも》 ㊂ 夏、沼や川などの水中に群れ茂る。丈高く、葉は青々と一・五メートルくらいにもなる。蘆よりもやわらかい感じである。**真菰刈《まこもがり》**。

刈真菰水に浮かせて括りをり　神田夢城

舟に乗る人や真菰に隠れ去る　高濱虚子

葭《よし》切《きり》 ㊂ 南方から渡来する夏鳥で、平地で見かけるのは大葭切である。**行々子《ぎやうぎやうし》**。**葭雀《よしすずめ》**。**葭原雀《よしはらすずめ》**。

行々子月に鳴きやむこと忘れ　石井とし夫

淀川もここらは狭し葭雀　稲畑汀子

翡《か》《か》翠《はせみ》《わせみ》 ㊂ 背は鮮明なコバルト色をしていて美しい小鳥。魚を取るときの飛翔は素早い。**ひするゐ**。

はつきりと翡翠色にとびにけり　中村草田男

翡翠の水の暗さに影落し　種田恵月

雪《せっ》加《か》 ㊂ 蘆原や水田などの湿地に棲む漂鳥で雀より小さい。背中は黒褐色、ヒッヒッと高く鳴いては飛び上がり、ジャジャと低く鳴いては降りて来る。

はたとやむ雪加の声に沼虚ろ　石井とし夫

雪加啼く声とも聞きて江津に在り　高濱年尾

糸蜻蛉《いととんぼ》 ㊂ 体が糸のように細いのでこの名がある。大きさも三センチくらいで暗紫色、弱々しい。**灯心蜻蛉《とうしんとんぼ》**。

糸蜻蛉止りし軽さ草にあり　北川一深

青曳いて水にまぎれず糸蜻蛉　稲岡長

川蜻蛉《かはとんぼ》《かわとんぼ》 ㊂ 体長五、六センチで糸蜻蛉よりやや大きいが、やはり細身で弱々しい。**黒い鉄漿蜻蛉《おはぐろとんぼ》**もこの一種。

萍に添うて下るや川蜻蛉　天笑

川とんぼ見しより風の身近なる　近江小枝子

蜻蛉生る《とんぼうまる》 蜻蛉の幼虫は水蠆《やご》、太鼓虫などと呼ばれるきたない虫で、やがて蜻蛉となる。

悪童の集まつてをり蜻蛉生る　湯川雅

とんぼうも沼の光も生まれたて　河野美奇

蟷螂生る《たうらううまる》《とうろううまる》 **蟷螂《かまきり》の子《こ》**。**蟷螂《たうらう》の子《こ》**。**子《こ》蟷螂《かまきり》**。

蟷螂の斧をねぶりぬ生れてすぐ　山口誓子

斧あげて蟷螂の子に虎豹の気　濱中柑兒

蠅《はへ》《はえ》 ㊂ 蠅にはいろいろな種類があり数も多いが、食物にとまったり、黴菌《ばいきん》を運び不衛生なので、人に嫌われる。**蠅《はへ》を打《う》つ**。

一戒を破り即ち蠅叩く　堀前小木菟

蠅の来て我見て彼岸へと戻る　坊城俊樹

蠅除《はへよけ》《はえよけ》 ㊂ 蠅を防ぐために、食卓の食物を覆う用具。**蠅帳《はへちやう》**は食品を入れておく厨子形の容器。

蠅帳に妻の伝言はさみあり　足立修平

蠅帳のもの探す妻灯ともさず　高濱虚子

蠅叩《はへたたき》《はえたたき》 ㊂ 蠅を打つための柄のついた道具である。**蠅打**《はへうち》。

蠅叩畳を打ちて出来あがり　山崎一角
先きのやゝよれたる棕櫚の蠅叩　高濱年尾

蠅捕器《はへとりき》《はえとりき》 ㊂ **蠅捕紙**《はへとりし》。**蠅捕**《はへとり》**リボン**。

営々と蠅を捕りをり蠅捕器　高濱虚子

蠅虎《はへとりぐも》《はえとりぐも》 ㊂ 蠅くらいの大きさで、戸障子や壁などを敏捷に走り歩いている蜘蛛である。蠅ばかりではなく、いろいろな小虫を捕って食べる。**蠅捕蜘蛛**《はへとりぐも》。

壁の点うごき蠅虎となる　須藤常央
事務室の蠅虎の太りゐし　湯川雅

蜘蛛《くも》 ㊂ 種類は多くどれもが糸を出すが、巣を張るとは限らず、また張る巣もそれぞれ形が違う。

風にとぶ軽さを持ちて蜘蛛生れし　井上哲王
若蜘蛛の脚飴色に透きとほり　坂井建

蜘蛛の囲《くものゐ》《い》 ㊂ 糸を張りめぐらした**蜘蛛**《くも》**の巣**《す》のことで、これに昆虫など獲物のかかるのを待つのである。

空に蜘蛛はりつきて囲の紛れけり　谷野黄沙
蜘蛛に生れ網をかけねばならぬかな　高濱虚子

袋蜘蛛《ふくろぐも》 蜘蛛の雌は自分の産んだ卵を卵嚢に入れ、尻のところにつけている。その袋を**蜘蛛**《くも》**の太鼓**《たいこ》、または蜘蛛の袋といい、袋を持っている蜘蛛を袋蜘蛛という。

雨垂れに打たれ渡るや太鼓蜘蛛　池田義朗
蜘掃けば太鼓落して悲しけれ　高濱虚子

蜘蛛の子《くものこ》 蜘蛛の袋が破れると、無数のこまかい子が四方に散って行く。

蜘蛛の子の皆足持ちて散りにけり　富安風生
蜘蛛の子の生れしばかり散り始む　樋口千里

蚰蜒《げぢげぢ》《げじげじ》 ㊂ 百足虫《むかで》に似た二センチくらいの虫。小虫を捕食する益虫であるが、姿といい名前といい、人に嫌われる。

げぢ〳〵の足をこぼして逃げにけり　本田あふひ

蚰蜒を打てば屑々になりにけり　高濱虚子

油虫《あぶらむし》 ㊂ 一般にごきぶりと呼ばれ種類は多いが、三センチほどの褐色のちゃばねごきぶりがよく目につく。

ごきぶりも同じ驚きなりしこと　下田實花

ごきぶりの棲み古る家に吾も住み　田中暖流

守宮《やもり》 ㊂ 蜥蜴《とかげ》に似ているが、もう少し平たく灰黒色で蜥蜴のように背に緑の縦線をもっていない。夜行性である。

門灯にいつもの守宮門閉むる　平田寒月

夜毎鳴く守宮見なれて憎からず　安達夏子

蟻《あり》 ㊂ ふつう見かけるのは多く働き蟻だけで、女王蟻や雄蟻は巣の中にいて人の眼に触れない。**蟻**《あり》**の道**《みち》。**蟻**《あり》**の塔**《たふ》。

蟻の道まことしやかに曲りたる　阿波野青畝

手を抜きし家事を知られて蟻の道　水田むつみ

羽蟻《はあり》 ㊂ 蟻は夏の交尾期になると羽化して飛び立つ。夜、灯に群れ飛んだりする。**飛蟻**《はあり》。

いためたる羽根立て、這ふ羽蟻かな　高濱虚子

読み返す便り羽蟻の夜なりけり　稲畑汀子

蟻地獄《ありぢごく》《ありじごく》 ㊂ 「うすばかげろう」の幼虫。縁の下や海辺の乾いた砂に、擂鉢形の穴を作って中にひそみ、すべり落ちた蟻や蜘蛛などを素早く捕らえて食べる。**あとずざり**。

高野にもある殺生や蟻地獄　乾一枝

蟻地獄見つけし吾子の知恵走り　稲畑汀子

蠛蠓《まくなぎ》 ㊂ 糠《ぬか》のような小さい虫で、うるさく目の前につきまとい悩まされることがある。**蠓**《まくなぎ》。**めまとひ**。**糠蚊**《ぬかが》。

目まとひの締め出されたる躙口　浅井青陽子

まくなぎを手に持つもので払ひけり　高濱虚子

蚋《ぶと》 ㊂ 黒い二、三ミリほどの蠅に似た小虫で、雌が人を螫《さ》す。**ぶゆ**。**ぶよ**。**蟆子**《ぶと》。

蚋ふせぐことに心を切りかへて　松本巨草
旅もどり旬日癒えぬ蚋の傷　大橋敦子

蛆《うじ》 ㊂ 蠅の幼虫で、腐ったものに湧きうごめいているさまはいかにもきたならしい。

蛆虫のちむまくと急ぐかな　松藤夏山

孑孑《ぼうふら》 ㊂ **ぼうふり**。蚊の幼虫である。夏の池、溝、水槽などの澱んだ水に湧く。

孑孑のすでに目玉の光りゐし　日夏緑影
我思ふまゝに孑孑うき沈み　高濱虚子

蚊《か》 ㊂ 小さな蚊ではあるが、これを防ぐのに蚊帳を張り、蚊遣火を焚いたりした。**蚊の声**《こえ》。**蚊柱**《かばしら》。**鳴**《な》**く蚊**《か》。**蚊**《か》**を焼**《や》**く**。

藪蚊吐き古墳の暗さよどみをり　山田弘子
昨夜執しをりし蚊ならむ骸あり　稲岡長
摩周湖の神秘なる蚊に喰はれけり　稲畑汀子

蚤《のみ》 ㊂ 動物に寄生する種類も加えると、何百種もあるといわれる。**蚤取**《のみとり》**粉**《こ》。**蚤**《のみ》**の跡**《あと》。

老犬の死してのこりし蚤取粉　後藤比奈夫
憂かりける蚤の一夜の宿なりし　高濱虚子

蚊帳《かや》 ㊂ 夜寝るとき蚊を防ぐため部屋に吊るもの。**古蚊帳**《ふるがや》。**幮**《かや》。**枕**《まくら》**蚊帳**《がや》、**母衣蚊帳**《ほろがや》は幼児用のものである。

ふるさとの蚊帳の広さを喜びて　小野たゞし
蚊の入りし声一筋や蚊帳の中　高濱虚子

蚊遣火《かやりび》 ㊂ 杉の青葉や蓬《よもぎ》などを焚き燻《いぶ》す火のことで、その煙で蚊を追い払う。**蚊遣**《かやり》または**蚊火**《かび》ともいう。**蚊取線香**《かとりせんかう》。**蚊遣香**《かやりかう》。**蚊火**《かび》**の宿**《やど》。**蚊遣木**《かやりぎ》。**蚊遣草**《かやりぐさ》。

叱りたる吾子の宵寝に焚く蚊遣　永野由美子
高千穂の闇深かりし蚊火の宿　鮫島春潮子

蚊遣火や闇に下り行く蚊一つ　高濱年尾

ががんぼ ㊂ 形は蚊に似て大きさ三センチくらい。六本の足は細く長く、すぐに捥《も》げる。**蚊蜻蛉《かとんぼ》。蚊姥《かのうば》。**

がゝんぼの意志の脚まで伝はらず　後藤比奈夫
ががんぼの出たがる窓を開けてやる　刀根双矢

蝙蝠《かうもり》《こうもり》 ㊂ 顔かたちは鼠に似て全身黒灰色、四肢の中の前肢二本は長く、その指の間に広い羽のような膜があり、黄昏どきに飛ぶ。**蚊食鳥《かくひどり》。かはほり。**

汽車著いて蝙蝠とべる暗き町　富田巨鹿
蝙蝠はかは誰どきの道化者　高濱年尾

青桐《あをぎり》《あおぎり》 ㊂ 漢名は梧桐《ごとう》。落葉高木で、「桐の花」の桐とは別種。幹は直立して一五メートルにも達する。**梧桐《あをぎり》。**

青桐の向ふの家の煙出し　高野素十
青桐や雨降ることも潔し　高田一大

葉柳《はやなぎ》 ㊂ 幹を覆うばかりに青々と茂り垂れた夏の柳をいう。**夏柳《なつやなぎ》。**単に「柳」といえば春季、「柳散る」は秋季。

葉柳に舟おさへ乗る女達　阿部みどり女
夏柳こゝに佃の渡し跡　伊藤萩絵

南風《みなみ》 ㊂ 夏吹く風は、南から吹くことが多い。風は四季によってほぼ方向が定まっている。「北風」は冬季、「東風《こち》」は春季、**南風《なんぷう》**は夏季。**大南風《おほみなみ》。南吹《みなみふ》く。はえ。**

南風波のつまづき止まず珊瑚礁　湯浅桃邑
南風吹く砂丘は生きてをりにけり　井桁蒼水

青嵐《あをあらし》《あおあらし》 ㊂ 青葉のころ、森や草原などを吹き渡るやや強い風をいう。

ブロンズの裸婦佇てる森青嵐　梅田実三郎
青嵐より抜きん出し天守かな　草地勉

風薫る《かぜかをる》《かぜかおる》 ㊂ 南風が緑の草木を渡って、すがすがしく匂うように吹いて来るのを讃えた言葉で、**薫風《くんぷう》**ともいう。

薫風や馬柵にもたれて髪吹かれ　今井千鶴子
薫風も夕べさみしくなりにけり　西村数

やませ 三

オホーツク海高気圧が発達して三陸沖へ広がり、日本海沿岸にまで吹き渡る東寄りの風。北国に冷夏や冷害をもたらす。**山瀬風**《やませ》。**山背風**《やませ》。

やませ吹くく峠越ゆれば海見ゆる　稲畑汀子
やませ吹き心配事の多くなり　浅利清香

鞍馬《くらま》の竹伐《たけきり》

六月二十日、京都洛北鞍馬寺で蓮華会《れんげえ》を行なうときの竹伐の行事である。**竹伐**《たけきり》。**鞍馬蓮華会**《くらまのれんげえ》。

竹伐や錦につゝむ山刀　鈴鹿野風呂
竹伐の法師や稚児に従ひて　田中王城

父《ちち》の日《ひ》

父親に感謝を捧げる日。六月の第三日曜日をあてる。

父の日の父に二人の娘あり　今井千鶴子
父の日や父の背丈を越えしのみ　松田吉弘

白《はく》夜《や》

北極、南極に近い地域で、夏に、日没後も長く薄明が続き、真っ暗にならず夜が明ける。

蒼空に星かげの無き白夜かな　三宅蕉村
幾度も覚めて白夜の空にあり　太田梨三

夏《げ》至《し》

六月二十一日ごろにあたり、この日、北半球では太陽がもっとも高く、日中の時間がいちばん長い。

天日を仰ぐことなく夏至も過ぐ　稲岡長
夏至夕べもう一仕事出来さうな　河野美奇

鮎《あゆ》鷹《たか》 三

小鰺刺《こあじさし》のことである。空中から狙いすまして降下し鮎その他の魚を捕る。**鮎刺**《あゆさし》。

鮎鷹に黛ひく、多摩の山　上林白草居
鮎刺や五月は沼の禁漁期　荒川あつし

岩《いは》燕《つばめ》 三

岩《いわ》燕《つばめ》よりやや小さく、短い尾は角ばって、翼の切れ込みは浅い。脚は指先まで白い。ふつう山地の渓流や海岸の絶壁、洞窟などに巣を作る。秋に南へ帰る。

岩燕沼の夜明けを知つてをり　山田弘子
岩燕明日なきごとく翔ぶ山湖　谷口和子

老鶯《おいうぐひす》《おいうぐいす》 ㊂ 夏の鶯を老鶯《らうあう》という。**夏鶯**《なつうぐひす》。**乱鶯**《らんあう》。**残鶯**《ざんあう》。**鶯老**《うぐひすおい》**を鳴**《な》**く**。

老鶯を足元に聞く風の尾根　竹屋睦子
乱鶯と瀬音に峡の温泉の夜明け　高濱年尾

時鳥《ほととぎす》 ㊂ 古来、夏を代表する風物の鳥。**子規**《ほととぎす》。**杜鵑**《ほととぎす》。**蜀魂**《ほととぎす》。**杜宇**《ほととぎす》。**不如帰**《ほととぎす》。**山時鳥**《やまほととぎす》。

別荘に表札打てばほとゝぎす　深見けん二
山襞に貼りつく四五戸ほとゝぎす　工藤吾亦紅

閑古鳥《かんこどり》 ㊂ いまいう**郭公**《くわくこう》のことである。色や形は時鳥に似ているがやや大きく、鳴き声が独特。**かつこどり**。

遠く啼く郭公もまた牧のうち　山本晃裕
郭公を遠くに聞いて飛ぶも見る　稲畑汀子

仏法僧《ぶつぽふそう》《ぶつぽうそう》 ㊂ 南方から渡って来る夏鳥で、古来三宝鳥《さんぽうちょう》とも呼ばれ、深山幽谷に棲む霊鳥として有名。それがブッポーソーと鳴くと信じられていたのは誤りで、声の仏法僧は木葉木菟《このはずく》である。また古く一鳥二名といわれた**慈悲心鳥**《じひしんてう》も別種で、その鳴き声から「十一《じゆういち》」と呼ばれる夏鳥である。

湯宿ひま仏法僧の鳴く頃は　荒川あつし
鳴き澄める仏法僧に更くるのみ　五十嵐播水

筒鳥《つつどり》 ㊂ 時鳥や郭公《かつこう》に色も形も似て、習性も同じである。森の中などで筒竹を打つようにポンポンと鳴いている。

筒鳥の雨止むしじま縫うて鳴く　大間知山子
筒鳥や廃坑あとの山容ち　高濱年尾

駒鳥《こまどり》 ㊂ 山地の森に棲み、高く澄んだ声でヒンカラカラと囀る。**こま**。**知更鳥**《こまどり》。

駒鳥の声ころびけり岩の上　園女

駒鳥の鳴くジャングルの昼暗く　田村萱山

瑠璃鳥《るり》 ㊂

大瑠璃と小瑠璃とをくるめて瑠璃鳥といっているが種類は異なる。どちらも春わが国に来て夏繁殖する。鳴き声は違うが、どちらも透明な美しい声である。

瑠璃鳥《るりてう》の居らずなりたるさるをがせ　不泥

青葉木菟《あをばづく あおばずく》 ㊂

青葉のころ渡って来て秋南方に帰る鳩くらいの大きさの木菟で、夜間ホーホーと二声ずつ鳴く。

青葉木菟鳴く峡の温泉の更けやすし　波多野弘秋

青葉木菟ゐる枝を知れり禰宜の妻　田中由子

夏木《なつき》 ㊂

夏木といえば葉は濃緑に、幹も黒々と立った、ただ一本の木の姿が思われる。

傷もまたかく育ちつ、大夏木　上野泰

大夏木日を遮りて余りある　高濱虚子

夏木立《なつこだち》 ㊂

暑い夏の日ざしを遮って立ち並んでいる夏の木立のことである。夏木蔭《なつきかげ》。

我犬の聞き耳や何夏木立　高濱虚子

朴の幹うちまじりをる夏木立　山﨑一角

茂《しげり》 ㊂

夏の樹木の繁茂したさまをいう。樹木の名を冠して「樫茂る」「樟《くす》茂る」などともいう。「草茂る」は別にある。

明日香路や何かいはれのある茂　島田紅帆

ただ茂るほかなき庭に雨つづく　稲畑汀子

万緑《ばんりよく》 ㊂

「万緑叢中紅一点」という王安石の詩句から出た語で、見渡す限りの緑をいう。緑《みどり》。

恐ろしき緑の中に入りて染まらん　星野立子

万緑に抱かれしより光る沼　稲畑汀子

緑蔭《りよくいん》 ㊂

夏の緑したたる木蔭である。日ざしが土におとす緑のかげは、明るく生気溢れる中に静けさがある。

緑蔭にひろげし地図をかこみけり　柏井古村

緑蔭の広さは人の散る広さ　稲畑汀子

木下闇《こしたやみ》 ㊂ 木々の茂りのため、日光がさえぎられた樹下のほの暗いさまをいう。昼なお暗い。**下闇**《したやみ》。

楓林のつくる下闇暗からず　片岡片々子
木々の根の左右より迫る木下闇　高濱虚子

青葉《あをば》《あおば》 ㊂ 新緑の若葉に対して、やや生い茂り、色も濃くなり、生々の気の漲るさかんな感じのものをいう。

城といふ姿勢を支へゐる青葉　蔦三郎
漸に墨を交へし青葉かな　高濱虚子

鹿の子《かのこ》 ㊂ 鹿《しか》の子は五、六月ごろ生まれる。「孕み鹿」は春季、「鹿の子」は夏、そして「鹿」だけでは秋季。**子鹿**《こじか》。**親鹿**《おやじか》。

子鹿まだ人を信じる瞳をもたず　桑田青虎
鹿の子に必ず親の目のありぬ　村木記代

夏蚕《なつご》 夏飼う蚕《かいこ》を夏蚕、または二番蚕《にばんご》という。「春蚕」に比べ質量ともに劣るようである。「蚕」は春季。

今年より夏蚕も飼つて僧多忙　佐藤仲葉
吾妻村孀恋村も夏蚕飼ふ　岩男微笑

夏桑《なつぐは》《なつぐわ》 ㊂ 夏蚕に食べさせるための桑である。桑畑は青黒いまでに茂る。単に「桑」といえば春季である。

夏桑の中の灯明や御山口　長船

尺蠖《しやくとり》 ㊂ 五センチくらいの細長い虫で、這うとき頭と尾で屈伸するさまが、指で尺をとるのに似ている。寸取虫ともいう。

尺蠖の行方をきめる頭上げ　栗林眞知子
動く葉は尺蠖の居りにけり　高濱虚子

夏の蝶《なつのてふ》《なつのちよう》 ㊂ 夏飛んでいる蝶のことである。**揚羽蝶**《あげはてふ》の類が多い。単に「蝶」といえば春季である。

杉の間を音ある如く夏の蝶　星野立子
風こぼすものより夏の蝶となる　稲畑汀子

夏野《なつの》 ㊂ 夏の野原をいう。

絶えず人いこふ夏野の石一つ　正岡子規
仔羊の跳ねて夏野にあふれでる　坊城としあつ

夏草《なつくさ》 ㊂

野山に路傍に生い茂る夏の草である。青々と野を覆って茂る夏草には壮快な生命感に溢れた趣がある。

夏草にサーカス小屋の杭を打つ　小西魚水
夏草に延びてからまる牛の舌　高濱虚子

草矢《くさや》 ㊂

青々した茅萱《ちがや》や芒、蘆などの葉を矢の形に割いて、指に挟み空中に飛ばす遊びである。

一斉に草矢放てば草匂ふ　塙告冬
大空に草矢はなちて恋もなし　高濱虚子

草茂る《くさしげる》 ㊂

種類を問わず所を問わず、夏の草が生い茂っているさまをいう。

続々と離農してゆき草茂る　村中千穂子
藷の葉も老い交りたり草茂る　高濱虚子

夏蓬《なつよもぎ》 ㊂

白い葉裏を見せて伸び闌《た》けた夏の蓬のことである。

己れ包むに唾吐く虫や夏蓬　田村木國

夏薊《なつあざみ》 ㊂

「薊」というと春季のものであるが、薊は種類も多く夏咲いている薊のことを夏薊という。

これよりはスコットランド夏薊　岩岡中正
野の雨は音なく至る夏薊　稲畑汀子

草刈《くさかり》 ㊂

牛馬などの飼料や肥料とするため、野や畦の雑草を刈ること。**朝草刈《あさくさがり》**。**草刈る《くさかる》**。**草刈女《くさかりめ》**。**草刈籠《くさかりかご》**。

笠置いてありしところへ草刈女　深川正一郎
研ぎ減りし草刈鎌のよく切るゝ　公文東梨

干草《ほしくさ》 ㊂

家畜の餌とするために刈草を干すこと、あるいは干した草のことである。**草干す《くさほす》**。

干草が匂うて夜の通り雨　夏目麦周
干草の上に刈り干す今日の草　深川正一郎

昼顔《ひるがほ》《ひるがお》　野原や道ばたなどに自生する蔓性の草で、葎《むぐら》や垣にからみついて咲く朝顔に似たうす紅色の小さな花。

昼顔の小さなる輪や広野中　松本たかし
昼顔の花もとび散る籬を刈る　高濱虚子

浜昼顔《はまひるがほ》《はまひるがお》　海辺の砂地に自生する蔓草で、茎は砂上を這い、葉は丸みを帯びて厚く光沢がある。昼顔の一種。

力なき浜昼顔に砂灼けし　三ツ谷謡村
海荒るゝ浜昼顔に吹く風も　藤松遊子

酢漿草《かたばみ》　㊂　庭園、路傍、草地のどこにでも見かける雑草で、五弁の黄色い小さな花をつける。**酢漿《かたばみ》の花《はな》**。

かたばみの花の宿にもなりにけり　乙二

小判草《こばんさう》《こばんそう》　茎は三〇センチくらいで、葉は麦に似て細長く、茎の上の方に小判形の小さな穂を垂れる。

咲きのぼりつゝ小判ふえ小判草　桑田詠子
貧しげな草にして名は小判草　井上哲王

山牛蒡《やまごばう》《やまごぼう》の花《はな》《はな》　夏、枝の上に一五センチくらいの花茎を伸ばして、無弁の白い小花を房のように咲かせる。

山ごばう花をかゝげて谷深し　平賀よしを

人参《にんじん》の花《はな》　食用の胡蘿蔔《にんじん》は白色の小花が傘のようにひろがって咲く。薬用は人参と書き別種だが、今ではどちらも「人参」の文字が常用される。**胡蘿蔔《にんじん》の花《はな》**。

人参のうつくしからず花ざかり　廣瀬盆城

蕃椒《たうがらし》《とうがらし》の花《はな》《はな》　茎に、先のとがった楕円形の葉をたくさんつけ、その葉腋に白い五裂の小さな花を咲かせる。

愛づほどの花にあらねど蕃椒　河野美奇
葉陰なる花蕃椒なき如く　稲畑汀子

茄子《なす》の花《はな》　㊂　茎も葉も濃紫の葉腋に淡紫の合弁花を下向きにつける。**なすびの花《はな》**。**花茄子《はななすび》**。

葉の紺に染りて薄し茄子の花　高濱虚子

白あるいは淡紫色に畑一面に咲くと、ひなびた美しさがある。**じやがたらの花**《はな》。**馬鈴薯**《ばれいしょ》**の花**《はな》。

馬鈴薯の花の大地へ伸びし雲　小林一行
じやがいもの花の起伏の地平線　稲畑汀子
馬鈴薯《じやがいも》**の花**《はな》

木《き》**苺**《いちご》
一メートルくらいの低木で、透き通るような黄金色の熟れた果実をつける。

灯台の子に木苺の熟れにけり　大久保橙青
木苺は車塵にまみれゐて赤し　坊城中子

苺《いちご》
野生のものもあるが、いまでは栽培された洋種のものが一般的である。**覆盆子**《いちご》。**草苺**《くさいちご》。**苗代苺**《なはしろいちご》。

朝苺一つふふみて畑に買ふ　田中祥子
汝先づ覆盆子を食ひてすゝめけり　高濱虚子

蛇《へび》**苺**《いちご》
野原や高原の道ばたにはびこり、花は鮮黄色、やがて赤い実をつけ目を引く。

草刈りしあとにこぼれて蛇苺　村野蓼水
この径の変つてをらず蛇苺　小島ミサヲ

蛇《へび》 三
夏おおいに活動し、秋は穴に入り、そして冬眠し、春に穴を出る。青大将、赤棟蛇《やまかがし》、縞蛇などのほか、毒蛇として蝮蛇《まむし》、飯匙倩《はぶ》などがいる。**ながむし**。**くちなは**。

ぶらさげて青大将の長さ見す　成瀬正とし
蛇逃げて我を見し眼の草に残る　高濱虚子

蛇《へび》**の衣**《きぬ》
六、七月ごろ、草間や垣根などに見かける**蛇**《へび》**の脱殻**《ぬけがら》である。**蛇衣**《へびきぬ》**を脱**《ぬ》**ぐ**。**蛇**《へび》**の殻**《から》。

叢に入りきらざる蛇の衣　橋田憲明
蛇の衣なほその上の枝にもあり　高濱年尾

蝮《ま》**蛇**《むし》 三
毒蛇である。頭が三角で平たく、首は細く、尾も急に細くなっている。焼酎につけ蝮酒《まむしざけ》とする。

水番の下げて戻りし蝮かな　居附稲聲
杣暮し語る蝮の傷みせて　宮中千秋

飯匙倩《はぶ》 ㊂ 猛毒をもった蛇で、長さは一・五メートルにもおよぶ。沖縄や鹿児島県奄美群島に分布する。

風葬の島にハブ捕る生活あり　梶尾黙魚

飯匙倩を捕る火が島の闇深くする　田原けんじ

蜥蜴《とかげ》 ㊂ 爬虫類の一種である。全長二〇センチくらい、その約半分が尾で短い四脚をもつ。

貼りつきし蜥蜴の息の見えてをり　佐野喜代子

濃き日蔭ひいて遊べる蜥蜴かな　高濱虚子

百足虫《むかで》 ㊂ 体長三〜二〇センチくらいのものまである。対の無数の脚をオールのように動かして徘徊する。**蜈蚣**《むかで》。

大百足虫打つてそれより眠られず　善家正明

ふと覚めし仮眠畳に百足虫這ふ　田﨑令人

朝顔苗《あさがほなへ》《あさがおなえ》 光沢のある揚巻貝を開いたような独特の形をした双葉の間から、うぶ毛のある蔓と、三つに切れ込みのある本葉が伸び始める。

朝顔の双葉のどこか濡れゐたる　高野素十

朝顔の二葉より又はじまりし　高濱虚子

青芝《あをしば》《あおしば》 ㊂ 夏になって青々と伸び育ってきた芝のことをいう。手入のために繰り返し**芝刈**《しばかり》を行なう。

青芝にわが寝そべれば犬もまた　左右木韋城

芝刈機押す要領のわかるまで　千原叡子

青蔦《あをつた》《あおつた》 ㊂ 夏の日ざしに葉面《はづら》を輝かせて青々と這い茂る蔦。**蔦茂る**《つたしげる》。

青づたや露台支へて丸柱　杉田久女

青蔦にほの〳〵赤き杉の幹　高濱虚子

木斛の花《もくこくのはな》《もっこくのはな》 葉は滑らかな光沢をもち、細かな白い五弁の花を下向きに開く。香りでそれと知ることもある。

木斛の花に降る雨にくからず　高岡智照

木斛の花の咲きしを気付かずに　小畑一天

葉は蒲公英《たんぽぽ》に似て、四、五〇センチの花茎の先に、真紅、朱、黄、白色の菊に似た花を開く。

陶房に挿すガーベラを下絵にし　沖津をさむ

ガーベラ

高さ五〇センチ～一メートル、頂に唇形の花が一五センチほどの総状につぎつぎ咲く。

サルビア

サルビアの燃え立つに蝶素通りす　桔梗田田鶴子

サルビヤの花には倦むといふ言葉　稲畑汀子

虎尾草《とらのを》《とらのお》

六〇～九〇センチくらいの茎の先に五裂の白く細かい花を一五センチほど総状につける。**虎の尾**《とらのを》。

虎の尾を踏みゐしことに気づきけり　大久保橙青

白揺れて少し虎尾草らしくなる　山田庄蜂

孔雀草《くじやくさう》《くじやくそう》

高さ六〇センチくらいの細い茎をコスモスのように多数わかち、花芯の周囲を濃い赤褐色で縁どった鮮黄色の三センチほどの目のさめるような美しい花を開く。

日盛の風ありと見し孔雀草　柏崎夢香

蕊の朱が花弁にしみて孔雀草　高濱虚子

釣鐘草《つりがねさう》《つりがねそう》

六月ごろ淡い紅紫色または白色に近い花を、数多く釣鐘状に下向きにつける。**蛍袋**《ほたるぶくろ》。カンパニュラ。

山気凝りほたる袋のうなだれし　稲岡長

朝の影ほたる袋を置きそめし　稲畑汀子

石竹《せきちく》

葉も花も撫子《なでしこ》に似た三〇センチくらいの草である。花の色は白や紅などいろいろある。**唐撫子**《からなでしこ》。

石竹にいつも見なれし蝶一つ　森婆羅

常夏《とこなつ》 ㊂

石竹の変種で、花はふつう濃い紅、葉は細く白っぽい緑色である。

俊成《しゆんぜい》の仮名文字のとこなつの花　高野素十

雪の下《ゆきのした》

葉は濃緑に白い葉脈が浮き、裏は赤紫色、細い茎の上に白色五弁の小さい花をつける。**鴨足草**《ゆきのした》。きじんさう。

こぼる丶日使ひはじめし雪の下　藤崎久を

雪の下高野淋しき町ならず　吉年虹二

蓼《たで》 三 ここでいうのは食用の柳蓼で、本蓼、真蓼などといい、その葉は夏摘んで香辛料とする。**蓼**《たで》**の葉**《は》。**ほそばたで**。

踏切を越えふるさとの蓼の道　有働木母寺

塩蓼の壺中に減るや自ら　高濱虚子

莧《ひゆ》 三 「ひょうな」ともいい、葉を食用とする蔬菜である。葉は、長い柄をもった丸みのある菱形。

茹干しの莧一ト筵坊の縁　伊藤凰樓

若《わか》**竹**《たけ》

筍は生長し、若々しい竹となる。葉も浅みどりに広がり透きとおるように明るい。**今年竹**《ことしだけ》。

親竹がそよげばそよぎ今年竹　下村真砂

見るかぎり今年竹なる起伏かな　千原叡子

竹《たけ》《たけ》**の皮**《かは》《かわ》**脱**《ぬ》《ぬ》**ぐ**

筍は生長するにつれて、その皮を一枚ずつ落としていく。**竹**《たけ》**の皮**《かは》**散**《ち》**る**。

竹の子の細きは小さき皮を脱ぐ　坂　五十雄

竹の皮日蔭日向と落ちにけり　高濱虚子

竹落葉《たけおちば》 竹は新しい葉を生ずると、古い葉を落とす。ひらひらとかすかな音を立てて落ちるのである。

山寺の樋よく詰まる竹落葉　河野美奇

中途よりついとそれたる竹落葉　高濱虚子

雹《へう》《ひょう》 三 夏、主として雷雨にともなって降る霰《あられ》の大きなもの。**氷雨**《ひさめ》は雹の古語。冬の「霙《みぞれ》」を一般にひさめと呼ぶことがあるが、本来は正しい言い方ではない。

村黙す二日続きの雹害に　吉村ひさ志

芝居果て雹ひとしきり奥羽路に　片岡我當

羽脱鳥《はぬけどり》 鳥類の羽の抜けかわるのは六月ごろで、このころの鳥を**羽抜**《はぬけ》**鳥**《どり》という。**羽抜鶏**《はぬけどり》。

大いなる門の開かれ羽抜鶏　中村若沙

羽抜鳥鳴きて声佳きことかなし　稲畑汀子

水鶏《くひな》《くいな》 ㊂ いくつかの種類があるが、夏の夜、カタカタと聞こえるのは**緋水鶏**《ひくひな》である。水鶏を誘うためその鳴き声に似せて作った**水鶏笛**《くひなぶえ》がある。

帰り来しこゝがふるさと水鶏鳴く　深川正一郎
送られて水鶏月夜を戻りけり　長井伯樹

鷭《ばん》 ㊂ 「水鶏《くいな》」と同属であるが、やや大きく鳩くらいの大きさで、全国の水辺に繁殖している。嘴と目の上が紅い。**大鷭**《おほばん》。

子をつれて鷭のあるける菱畳　吉川葵山
鷭の子のもう親離れして漁る　松本圭二

青鷺《あをさぎ》《あおさぎ》 ㊂ 鷺の中で最も大形のもので水辺に棲む。夏来て繁殖し、冬、大陸に去るというが、留鳥、漂鳥でもある。青田や水辺に立つ青い容姿の涼しさから夏季。

青鷺のきらりと杭に向き変へし　石井とし夫
夕嵐青鷺吹き去って高楼に灯　高濱虚子

五月晴《さつきばれ》 「五月雨《さみだれ》」に対する「五月晴」、すなわち梅雨の晴間をいう。最近、天気予報などで、陽暦五月の快晴を五月晴といっているのは本来の意味からは誤用である。**梅雨晴**《つゆばれ》。

梅雨晴や三日分ほど働く気　小原壽女
五月晴とはやうやくに今日のこと　稲畑汀子

暑さ《あつさ》 ㊂ 秋は冷ややかに冬は寒く、春は暖かに夏は暑い。梅雨の晴間や梅雨明けからはことに暑熱の感が強い。

熱き茶をふくみつゝ暑に堪へてをり　高濱虚子
本当の暑さの待ってゐる暑さ　稲畑汀子

夏衣《なつごろも》 ㊂ 夏に用いる涼しい着物の総称。木綿、絹、麻などいろいろある。**夏衣**《なつぎぬ》。**夏著**《なつぎ》。

庵に在りて風飄々の夏衣　河東碧梧桐
姿とは母に似るもの夏衣　成安刀美子

単衣《ひとへ》《ひとえ》 裏地をつけない着物。木綿、絹、麻などの織物で作られ、セルから羅に至るまで夏はみな**単物**《ひとへもの》である。

忘れものせし如軽し単衣著て　八木春

干し衣は紺の単衣のよく乾き　高濱虚子

夏服《なつふく》 ㊂ 夏用の洋服で、麻、木綿など軽い薄手の織物で作られている。**白服《しろふく》**はその一つで見た目も涼しい。

夏服を吊れば疲れてゐる形　広川康子

古びたる夏服を著て慇懃に　高濱虚子

夏羽織《なつばおり》 ㊂ 夏期専用の単《ひとえ》羽織をいう。その布地によって**麻羽織《あさばおり》**、**絽羽《ろば》織《おり》**、**紗羽織《しゃばおり》**などの名もある。

夏羽織われをはなれて飛ばんとす　正岡子規

世話方といふいでたちの夏羽織　廣瀬ひろし

夏帽子《なつぼうし》《なつぼうし》 ㊂ **夏帽《なつぼう》**。**パナマ帽《ぼう》**。**麦稈帽《むぎわらぼう》**。**経木帽子《きやうぎぼうし》**。

お隣へ遊びに行くも夏帽子　岩田公次

麦稈帽鍔広にして牧婦なり　高濱年尾

夏襟《なつえり》 ㊂ 織目が薄く、色合の涼しげな絽、紗などで作った夏向きの掛け襟である。

夏襟の無地好もしく思ひけり　卜蔵一美

夏襟の色も好みに師にまみゆ　島田みつ子

夏帯《なつおび》 ㊂ 夏期専用の帯をいう。生地も薄くて軽く、幅の狭いものが好まれる。一重なのを**単帯《ひとへおび》**、**一重帯《ひとへおび》**という。

旅なれば軽きを選ぶ単帯　小原うめ女

恋すてふこと古りにけり単帯　高濱年尾

夏袴《なつばかま》 ㊂ 夏に用いる袴。麻や絽など薄地のもので作られるが、今は絽が多い。**絽袴《ろばかま》**。**麻袴《あさばかま》**。**単袴《ひとへばかま》**。

禰宜づとめ身についてきし夏袴　國方きいち

仕舞ふ手の静かに高く夏袴　高濱年尾

夏手袋《なつてぶくろ》 ㊂ 夏専用の手袋をいう。もともとは礼装の場合に多く用いられたが、近ごろは平常でもおしゃれ用に使われる。

船を訪ふ夏手袋の女かな　山本暁鐘

彼の女夏手袋の大ボタン　高濱虚子

夏足袋《なつたび》 ㊂

夏期用の足袋のこと。絹、麻、木綿、キャラコなど薄地のものを用いる。一重なのを単足袋《ひとへたび》という。

夏足袋の小はぜくひ入る足白し　武原はん女
夏足袋に職人気質のぞかせて　松尾緑富

夏座布団《なつざぶとん》 ㊂

夏に用いる座布団の総称で、麻や藺で織ったものなど、見た目も涼しい。麻座布団《あさざぶとん》。藺座布団《ゐざぶとん》。

落ちかゝる夏座布団や縁の端　松本たかし
俳小屋に夏座布団の散らかりて　高濱虚子

革布団《かはぶとん》《かわぶとん》 ㊂

革製の夏座布団。座ったときひいやりとして心地のよいものである。革座布団《かはざぶとん》。

ごろ〳〵としたるいつもの革布団　高濱虚子

夏蒲団《なつぶとん》 ㊂

夏用に綿を薄くし、絹、麻、絽などを用い、色柄も涼しげに作った布団。夏衾《なつぶすま》。麻蒲団《あさぶとん》。近ごろは夏掛《なつがけ》といってタオル製や薄手の毛布なども多い。

足元にたゝみて病めり夏蒲団　松葉星幼
長男の足ひつ込まぬ夏蒲団　稲畑汀子

青簾《あをすだれ》《あおすだれ》 ㊂

夏期用いる簾の総称である。葭簾《よしすだれ》。伊予簾《いよすだれ》。絵簾《ゑすだれ》。玉簾《たますだれ》。簾売《すだれうり》。簾《すだれ》。古簾《ふるすだれ》。

世の中を美しと見し簾かな　上野泰
一枚のすだれに籠る女人堂　松田空如

葭簀《よしず》 ㊂

夏の強い日ざしを避けるための「日除」の一種。葭を太糸などで編んで作ったもの。葭簀茶屋《よしずぢやや》。

葭簀茶屋かたまるところ峠口　荒川あつし
客稀に葭簀繕ふ茶屋主　高濱虚子

葭戸《よしど》 ㊂

葭の細い茎を編み枠をつけて作った戸で、風通しがよい。簀《す》戸《ど》。葭屏風《よしびやうぶ》。葭障子《よししやうじ》。

起き臥しのすこし恙や葭屏風　大橋杣男
簀戸いれて父母亡き座敷ただ広く　篠塚しげる

網戸《あみど》 ㊂ 風を通しながら、蚊、蠅、蛾などが室内に入るのを防ぐため、戸に金網、サランなどを張ったもの。

網戸より変はらぬ山河見てゐたり　星野高士
網戸より夕風心地よき時間　稲畑汀子

籐椅子《とういす》 ㊂ 籐を編んで作った椅子で、見た目も涼しく、肌ざわりもよい。**籐寝椅子《とうねいす》**。

籐椅子の位置を正して客を待つ　北川草魚
古籐椅子引きずり場所を替へもする　高濱年尾

襖《ふすま》はづす《ふすまはずす》 夏季、室内の風通しをよくし、しのぎやすくするため、襖、障子をはずす。**障子《しやうじ》はづす**。

襖みなはづして鴨居縦横に　高濱虚子
はづしたる襖の見ゆる置きどころ　稲畑汀子

夏暖簾《なつのれん》 ㊂ 夏用の暖簾である。麻で作られた**麻暖簾《あさのれん》**が多く用いられる。

くる度にこの家親し麻のれん　近藤いぬゐ
舞終へて楽屋へかへる夏のれん　武原はん女

虎ケ雨《とらがあめ》 陰暦五月二十八日の雨。虎というのは虎御前で、曾我十郎祐成と深く契った女である。祐成の討たれた日が五月二十八日なので、その悲涙であろうとの意。

虎が雨降る大磯の夜の静か　高安永柏
藻汐草焼けば降るなり虎が雨　高濱虚子

富士《ふじ》の雪解《ゆきげ》 富士山の雪は夏になって解け始める。その間にいろいろ残雪の姿が変わる。

雪解富士見え山荘の道となる　池内たけし
まいあさの富士の雪解目に見えて　北川良子

皐月富士《さつきふじ》 もう大分雪も消えて夏山としての風格を整えた陰暦五月ごろの富士山の姿をいうのである。

正面に五月富士ある庭に立つ　鈴木芦洲
皐月富士見えしうつつも秩父路に　稲畑汀子

御《み》祓《そぎ》

陰暦六月晦日《みそか》に、諸社で行なわれる神事。**名越《なごし》の祓《はらへ》**。**夏越《なごし》の祓《はらへ》**。**六月《みなづき》の祓《はらへ》**。**荒和《あらにこ》の祓《はらへ》**。**夏祓《なつばらへ》**。**夕祓《ゆふばらへ》**。また形代を作り、水辺に斎串《いぐし》を立てて行なうのを川祓《かはばらへ》、その川を御祓川《みそぎがは》という。**七瀬《ななせ》の御祓《みそぎ》**。今は陽暦の六月晦日が多く、月遅れの七月晦日のところもある。

橋殿に朗詠おこる御祓かな　下村非文

夏祓古き円座のあるばかり　高木石子

形《かた》代《しろ》

御祓《みそぎ》のとき、白紙を人の形に切ったものに自らの名を記し、身体に触れたり、息を吹きかけなどする。神官がそれらを集めて川などに流す。**贖物《あがもの》**。

形代に走り書して女去る　福井圭兒

形代に記す家族の年を聞き　荻江寿友

茅《ち》の輪《わ》

茅萱《ちがや》または藁を束ねて作った大きな輪で、御祓《みそぎ》のとき、鳥居や大前《おおまえ》に掛け、人々は病気、厄除けの祓として、これをくぐる。**菅貫《すがぬき》**。**菅抜《すがぬき》**。

茅の輪あり往診鞄提げくぐる　原田一郎

夜詣や茅の輪にさせる社務所の灯　高濱虚子

七月

立秋の前日すなわち八月七日ごろまでを収む

梅雨が去ると本格的な夏の暑さが来る。学校の夏休も始まり、登山や海水浴も盛んである。

七月《しちぐわつ》《しちがつ》

七月の青嶺まぢかく熔鉱炉　山口誓子

七月の蝌蚪が居りけり山の池　高濱虚子

水無月《みなづき》

陰暦六月の異称である。

水無月の小さな旅も姉妹　川端紀美子

水無月のはや巡り来し一周忌　稲畑汀子

山開《やまびらき》

夏は、信仰のため、スポーツのための登山が多い。その夏山の登山開始日を山開という。山によってその日は違う。富士山は七月一日。**富士《ふじ》の山開《やまびらき》**。

町中が弾んでをりぬ山開　野崎加栄

山開とて歩かねばならぬ道　稲畑汀子

海開《うみびらき》

海水浴場開きである。海水浴客のための設備が整えられ、一夏の海の安全を祈っての行事も行なわれる。

売店はペンキ塗りたて海開　前川千花

まだ水の四肢に重たく海開　豊田淳応

半夏生《はんげしやう》《はんげしよう》

夏至から十一日目、七月二日ごろにあたる。七十二候の一つとしてこの日から五日間をも半夏生と呼ぶ。半夏《はんげ》(からすびしゃく)の生える頃なのでついた名であるといわれる。別に**半夏生《はんげしやう》**という草もある。**形代草《かたしろぐさ》**。

長雨に諸草伸びし半夏生　辻蒼壺

半夏生白あざやかに出そめたる　福井圭兒

夏菊《なつぎく》

切花用に栽培して夏咲かせる菊をいう。紅や黄などの小輪のものが多く、濃緑の葉の美しさは捨て難い。

夏菊の淡き匂ひもなかりけり　堀岡冬木

夏菊の咲いて雨降りばかりかな　副島いみ子

蝦夷菊《えぞぎく》　夏、枝わかれした頂に彩り美しい菊に似た花を咲かせ、アスターの名で親しまれる。**翠菊**《えぞぎく》。

蝦夷菊に日向ながらの雨涼し　内藤鳴雪

夕菅《ゆふすげ》《ゆうすげ》　㊂　ユリ科の多年草で、午後から夕方にかけて開花するのでこの名がある。**黄菅**《きすげ》。

黄菅野の星の綺羅なる夜なるべし　桑田青虎

瞑りてさへ夕菅の黄に染まる　工藤乃里子

百合《ゆり》　**山百合**《やまゆり》。**姫百合**《ひめゆり》。**鬼百合**《おにゆり》。**白百合**《しらゆり》。**鹿の子百合**《かのこゆり》。**鉄砲百合**《てっぽうゆり》。**黒百合**《くろゆり》。**車百合**《くるまゆり》。**早百合**《さゆり》。**百合の花**《ゆりのはな》。

山百合の匂ひに噎せて君とゐし　小幡九龍

百合の香のはげしく襲ひ来る椅子に　稲畑汀子

月見草《つきみさう》《つきみそう》　夕方咲いて朝方しぼむのでこの名がある。**待宵草**《まつよひぐさ》。

よりそへばほころびそめぬ月見草　池内友次郎

夕べ着き朝発つ宿の月見草　安沢阿彌

月見草開かんとして力あり　高濱年尾

含羞草《おじぎさう》《おじぎそう》　葉に触れると、うなずくように垂れる。淡い紅色の小さな花が、毬のように集まって咲く。**ねむりぐさ**。

ねむり草叩きて山雨急　七木田北思

含羞草ねむらせ眠りたくない子　河野美奇

合歓の花《ねむのはな》　羽状の葉が夕方には合掌して眠るように閉じるのでこの名がある。梢の先に細い糸状の半分白く半分淡紅色のほのぼのとした花をつける。**ねぶの花**《はな》。

堰の水豊かに落つる合歓の花　皿井旭川

眠る葉も眠らぬ花も合歓夕べ　稲畑汀子

海桐の花《とべらのはな》　㊂　常緑低木で、葉は厚く長楕円形で光沢があり、枝先に香りのよい白い小花が群がり咲く。

この浜の続くかぎりの花とべら　山下晶石

潮の香と別に海桐の花匂ふ　栗間耿史

夾竹桃《けふちくたう》《きようちくとう》

常緑低木で生長が早く、葉は細長く厚い。根元からわかれた枝の先に淡紅や白色の花が集まって開く。

爆心地こゝと夾竹桃燃ゆる　浅見春苑

白は日に涼し夾竹桃さへも　稲畑汀子

漆《うるし》掻《かき》

漆の木から漆液を採取するのは七月ごろが最も盛んである。採取した漆液の水分を除いたものが黒目漆。

縄帯の漆よごれや漆かき　笹谷羊多楼

篦挟む指胝も古り漆掻　畠山若水

梅雨《つゆ》明《あけ》

うっとうしい梅雨が一か月くらいも続くと、やがて雷が鳴って梅雨明となり、急に暑くなる。

梅雨明の気色なるべし海の色　笹谷羊多楼

梅雨明の近き山雨に叩かれて　稲畑汀子

青田《あをた》《あおた》

田植をした苗が伸びて、一面青々となった田である。

津軽より色のあがりし羽の青田　三浦文朗

青田見て佇つ百姓の心はも　高濱年尾

雲《くも》の峰《みね》 〔三〕

夏空の果てに山のごとく入道のごとく、白く濃くむくむくと湧きのぼる雲。入道雲《にふだうぐも》。

雲の峰四方に涯なき印度洋　山本暁鐘

ぐん〳〵と伸び行く雲の峰のあり　高濱虚子

雷《かみなり》 〔三〕

雷《らい》。神鳴《かみなり》。いかづち。はたたがみ。雷鳴《らいめい》。雷神《らいじん》。遠雷《ゑんらい》。落雷《らくらい》。雷《らい》雨《う》。日雷《ひがみなり》。

遠雷にはや雨足の追うてくる　佐土井智津子

ふたたびは聞く心もてはたたがみ　稲畑汀子

夕立《ゆふだち》《ゆうだち》 〔三〕

ゆだち。白雨《ゆふだち》。夕立雲《ゆふだちぐも》。夕立風《ゆふだちかぜ》。夕立晴《ゆふだちばれ》。

富士川に夕立ありし濁りかな　上田孤峰

大夕立来るらし由布のかき曇り　高濱虚子

スコール ㊂ 熱帯地方特有の激しい驟雨である。わが国では沖縄、小笠原、八丈島などで見られる。

スコールや逃げおくれたるまぐさ馬車　木村要一郎

スコールの波窪まして進み来る　高濱虚子

虹《にじ》 ㊂ 虹はふつう夕立の後などに現れることが多い。**朝虹**《あさにじ》。**夕虹**《ゆふにじ》。

虹立ちぬ空に匂ひのあるごとく　井桁蒼水

虹立ちて忽ち君の在る如し　高濱虚子

夏《なつ》**霧**《ぎり》 ㊂ 単に「霧」というと秋季であるが、高山や高原、海浜などでは夏に発生することが多い。オホーツク海に面した北海道に夏発生する濃い海霧を方言でじりという。**夏**《なつ》**の霧**《きり》。

オホツクの海鳴斯くも海霧冷す　桑田青虎

海霧とざす沼波岸に寄するのみ　高濱年尾

夏《なつ》**館**《やかた》 ㊂ すべてに夏らしく装った邸宅をいう。庭が広く緑につつまれた涼しげな家を連想する。

一ト谷の森を庭とし夏館　斎藤信山

地《な》震《ゐ》《ふ》りて額の動ける夏館　高濱虚子

夏《なつ》**座**《ざ》**敷**《しき》 ㊂ 障子や襖《ふすま》を取り外し、風通しをよくし、室内装飾も取りかえ、見るからに夏らしくなった座敷をいう。

すぐ庭に下りてもみたく夏座敷　梅田実三郎

物置かぬことに徹して夏座敷　稲畑汀子

夏《なつ》**炉**《ろ》 ㊂ 夏も塞《ふさ》がずにおき、必要に応じて焚《た》く炉のこと。開いたまま焚かずにあってもよい。

ひとり焚き客あれば焚き夏炉守る　太田育子

大夏炉銀鱗荘の主たり　高濱年尾

扇《あふぎ》《おうぎ》 ㊂ **扇子**《せんす》ともいう。白地のものは**白扇**《はくせん》、絵の描いてあるものは**絵**《ゑ》**扇**《あふぎ》、使い古した去年のものは**古扇**《ふるあふぎ》という。

扇持つ異国に住めど日本人　左右木韋城

手にとりて心軽しや初扇　高濱年尾

団扇《うちは》《うちわ》 [三] **絵団扇《ゑうちは》。絹団扇《きぬうちは》。水団扇《みづうちは》。渋団扇《しぶうちは》。古団扇《ふるうちは》。団扇掛《うちはかけ》。**

もの言はず団扇の風を送るのみ　千原叡子

客揃ひ団扇二本の余りけり　高田風人子

蒲筵《がまむしろ》 [三] 蒲の茎で編んだ筵。蔺より太いので編み上がりも粗いが、踏み心地は軟らかく、縁側などに敷く。

蒲筵一枚敷いてあるばかり　高濱年尾

花茣蓙《はなござ》 [三] 花模様をいろいろの色に織り出した茣蓙。「花筵《はなむしろ》」は花見のとき敷きのべる筵のことで別。**絵筵《ゑむしろ》。**

花ござに稽古戻りの帯どかと　幸喜美

新しき花茣蓙匂ひ立つ夜なり　河野美奇

著茣蓙《きござ》 [三] 夏季、登山者などが日光を避け、また雨をしのぐためにまとう茣蓙をいう。

案内者の著茣蓙を走る急雨かな　川原檳榔子

著茣蓙など買うて行かれし旅の人　三浦俊

寝茣蓙《ねござ》 [三] 蔺などで織った茣蓙で、暑い夜、布団の上に敷いて寝る。昼寝のときにも敷いて使う。**寝筵《ねむしろ》。**

よこたへて老の身かろき寝茣蓙かな　野間紅蓼

寝茣蓙干すことが日課に加はりぬ　磯村美鶴

ハンモック [三] 緑蔭の立木や屋内の柱の間に張りわたす目の粗い網の吊り寝床である。**吊床《つりどこ》。**

吊床に子を眠らせてわが時間　村松ひで

ハンモック父と娘の英会話　白岩岳王

日除《ひよけ》 [三] ベランダ、窓、店頭などに取り付け、夏の日ざしを遮るもの。**日覆《ひおほひ》。**

不似合といつてはをれぬ日除帽　山内山彦

大空に突き上げゆがむ日蔽かな　高濱虚子

日傘《ひがさ》 [三] 夏の暑い日ざしを遮るために用いる傘である。**ひからかさ。パラソル。絵日傘《ゑひがさ》。砂日傘《すなひがさ》。**

追ひついて日傘たゝめば人違ふ　丸橋静子
日傘さす音のパチンと空へ逃ぐ　高濱年尾

サングラス ㊂ 夏の強い紫外線から目を守るための色のついた眼鏡である。アクセサリーとしても用いる。

口だけが喋つてをりぬサングラス　清水保生
見られゐることを見てゐるサングラス　稲畑汀子

編笠《あみがさ》 ㊂ 夏、日光の直射を避けるためにかぶるもので、菅、藺、檜皮《ひわだ》、竹の皮などを編んで作る。台笠《だいがさ》。藺笠《ゐがさ》。箨笠《たけのかはがさ》。檜笠《ひのきがさ》。市女笠《いちめがさ》。熊谷笠《くまがやがさ》。饅頭笠《まんぢゆうがさ》。網代笠《あじろがさ》。

檜笠用ひぬ日とてなき暮し　宮城きよなみ
丈高き深編笠や人の中　高濱虚子

道をしへ《みちみちおしえ》 ㊂ 二センチくらいの甲虫で、光沢のある碧緑に黄、赤、紫、黒などの斑点があり触角も足も長い。人の気配にさっと飛び立ち、振り返って人の方を見るようなしぐさをする。斑猫《はんめう》。

道をしへ止るや青く又赤く　阿波野青畝
此方へと法《のり》の御山のみちをしへ　高濱虚子

天道虫《てんたうむしてんとうむし》 ㊂ 半球形でつやのある背中に斑点のついた五ミリくらいの可愛らしい昆虫で、種類が多い。てんとむし。

天道虫ふるれば飛ばず落ちにけり　五十嵐播水
羽出すと思へば飛びぬ天道虫　高濱虚子

玉虫《たまむし》 ㊂ 金緑色に輝く三センチくらいの流線型の美しい昆虫である。

玉虫の光を引きて飛びにけり　高濱虚子
玉虫のむくろの彩をうしなはず　五十嵐八重子

金亀子《こがねむし》 ㊂ 三センチくらいで、ふつうは金緑色をしているが、種類が多い。金亀虫《こがねむし》。かなぶん。ぶんぶん。ぶん虫《むし》。

通夜の灯に来てはぶつかり金亀子　粟賀風因
金亀子擲つ闇の深さかな　高濱虚子

髪切虫《かみきりむし》 三 ふつう見かけるのは体が円筒形でかたく、節のある触角は体長よりも長い。成虫の大顎は鋭く、また髪の毛のような細いものでも見事にかみ切る。**天牛**《かみきりむし》。

押へたる髪切虫に力あり　高田櫻亭
かちとぶ髪切虫や茂り中　高濱虚子

兜虫《かぶとむし》 三 雄は兜の前立《まえだて》のような、ものものしい角《つの》を生やしている。**さいかちむし**。

勉強の机に兜虫這はせ　芹澤江村
子は知つてゐるくぬぎ樹のかぶと虫　稲畑汀子

毛虫《けむし》 三 蝶や蛾の幼虫で全身毛で覆われている。植物の葉を食い荒らす害虫で、竿の先に火を燃やし、焼き払ったりする。**毛虫焼**《けむしや》く。

薄々と繭を営む毛虫かな　高濱虚子
毛虫這ふピンポン台に負けてをり　稲畑汀子

青山椒《あをざんせう》《あおざんしょう》 秋に色づく山椒の実の、まだ未熟で青く小さい粒のうちをいう。香り高くぴりりと辛いのは変わりない。

夏に籠る僧に届きし青山椒　岡安迷子
青山椒つませて貰ふ女客　藤崎美枝子

青葡萄《あをぶだう》《あおぶどう》 青くてまだ硬い未熟の葡萄のことである。

綾なして洩れる日のあり青葡萄　矢崎春星

青唐辛《あをたうがらし》《あおとうがらし》 秋、赤く熟する唐辛の実が、まだ未熟で若々しく緑色のものをいう。**青蕃椒**《あをたうがらし》。

青蕃椒二つ並んで皿の中　加賀谷凡秋
添へ干して青唐辛子ありにけり　高濱虚子

青鬼灯《あをほほづき》《あおほおずき》 まだ色づかない夏の鬼灯である。青い葉のかげに垂れて目立たないが、しずかなあわれがある。**青酸漿**《あをほほづき》。

青鬼灯形づくりてひそかなる　大橋越央子
うかゞへば青鬼灯の太りかな　高濱虚子

朝顔市《あさがほいち》《あさがおいち》

七月六日、七日、八日の三日間、東京入谷の鬼子母神の縁日に、早朝から朝顔市が立つ。

買はでもの朝顔市も欠かされず　篠塚しげる
朝顔の模様の法被市の者　高濱年尾

鬼灯市《ほほづきいち》《ほおずきいち》

七月九日、十日、東京浅草観音の境内に青鬼灯を商う市が立つ。この日にお参りすると一日で**四万六千日**《しまんろくせんにち》分の御利益があるといい、参詣人で賑わう。

鬼灯市俄か信心賑はへる　高濱朋子
夫婦らし酸漿市の戻りらし　高濱虚子

夏《なつ》**の山**《やま》 ㊂ **夏山家**《なつやまが》。

夏山に富士かくるまで振返る　直原玉青
木曾川を曲げて大きな夏の山　柴原保佳

富士詣《ふじまうで》《ふじもうで》

七月一日が富士山の「山開」で、この日から山頂の富士山本宮浅間神社の奥の院に参詣するために登る。昔はひたすら信仰の富士詣であった。**富士講**《ふじかう》。**富士道者**《ふじだうじや》。**富士行者**《ふじぎやうじや》。**篠小屋**《しのごや》。**富士禅定**《ふじぜんぢやう》。**お頂上**《ちやうじやう》。**お鉢廻り**《はちまはり》。**富士の御判**《ごはん》。**影富士**《かげふじ》。

兵なりし脚は老いずと富士詣　柏木久枝
富士詣一度せしといふ事の安堵かな　高濱虚子

峰《みね》**入**《いり》 ㊂

奈良県大峰山《おおみねさん》（標高一、七一九メートル）に信心のために登ることを峰入という。

峰入の古里衆に合流す　粟賀風因
峰入の霧に冷えきし雨合羽　飯田京畔

登《と》**山**《ざん》

山登《やまのぼり》。**登山宿**《とざんやど》。**登山小屋**《とざんごや》。**登山杖**《とざんづゑ》。**登山笠**《とざんがさ》。**登山口**《とざんぐち》。

よな汚れせる人に混み登山茶屋　宇川紫鳥
水渉りゆかねばならぬ登山口　稲畑汀子

キャンプ

キャンプ。キャンピング。**天幕村**《てんとむら》。

キャンプ出て暁の尾根ともし行く　田中静龍
森と言ふ森を独占してキャンプ　佐藤冨士夫

バンガロー

屋根の色もとりどりに、林間、湖畔、海浜などに点在して、夏だけ開く簡易な小屋のこと。

バンガロー絵莫蓙一枚敷けるのみ　桑田詠子
バンガロー粗末な鍵を渡さるる　荒川ともゑ

岩魚《いはな》《いわな》 三

山間の渓流に棲む鱒《ます》の類の魚。鱒よりも小形で背は青黒く腹は灰白色に淡黄の斑点がある。

何もなきもてなしにとて岩魚焼く　福田杜仙
頼みおきし岩魚も膳に山の宿　目黒寿子

雷鳥《らいてう》《らいちょう》

日本アルプスなどの高山に棲む。夏期は褐色に黒の斑点、冬期は白、春秋はその中間と、保護色に変わるので有名。

雷鳥やよくぞ穂高に登りたる　野村久雄
ザイル置く岩を雷鳥走りけり　小林樹巴

お花畠《はなばたけ》

高山植物は雪の解けるのを待って、いっせいに花をつける。その花が美しく咲き乱れた一帯をお花畠という。「お」がつかないと季題にはならない。

ちらばりてお花畑を行きにけり　野村泊月
湖ひとつ奈落にひかりお花畠　岩松草泊

雪渓《せつけい》

高山の渓《たに》を埋めた雪は、夏も解けずに残っている。これが雪渓である。

人里に迫る雪渓モンブラン　田中由子
雪渓の下にたぎれる黒部川　高濱虚子

雲海《うんかい》

夏、高山に登ったときなど、脚下に広々と果てしない白雲の連なりが見られる。これが雲海である。

雲海や阿蘇の噴煙高からず　松本圭二
雲海の今水色を置く夕べ　稲畑汀子

円虹《まるにじ》

高山の頂上でごくまれに見ることのできる虹の現象で、全円形のもの。

円虹に立ちひたる巌かな　野村泊月
円虹の中登り来る列のあり　勝俣泰亨
早朝、高山の頂上に立つと、日の出と反対の西側に流れている雲や霧の上に自分の姿が大きく映り、それに光線の関係で後光がさし荘厳な景色となることがまれにある。それを仏の姿と見て御来迎と名付けた。
莫蓙を著てすつくと立てり御来迎　田中蛇々子
御来迎消え現身に戻りけり　毛笠静風

御来迎《ごらいがう》《ごらいごう》 夏の暁方、朝日に照らし出されて山肌が赤く染まって見える富士山をいう。北斎の版画にもなっている。
赤富士に滴る軒の露雫　深見けん二

赤富士《あかふじ》

滝《たき》 三 高い岩壁から一気に落ちる滝、ゆるやかに連なり落ちる滝など、大小いろいろの滝の景がある。**瀑布**《ばくふ》。
滝行者即ち比叡の阿闍梨なる　中井余花朗
神にませばまこと美はし那智の滝　高濱虚子

泉《いづみ》《いずみ》 三 地下から自然に湧き出てくる水である。清水とほとんど同義であるが、泉には量的に湛えられた水の感じがある。
刻々と天日くらき泉かな　川端茅舎
湧き止まぬ泉なりけり橡のもと　高濱年尾

清水《しみづ》《しみず》 三 地下や岩間から湧き出てくる清冽な水。**山清水**《やましみづ》。**岩清水**《いはしみづ》。**苔清水**《こけしみづ》。**草清水**《くさしみづ》。
五合目の富士の清水を掬ひのむ　星野椿
淋しさの故に清水に名をもつけ　高濱虚子

滴り《したた》 三 崖や岩のあいだから自然ににじみ出る水が、苔などを伝ったりして滴り落ちる点滴で、清涼の感が深い。
滴りの洞の仏に詣でけり　高濱虚子
わく如き滴りにして苔の面　高濱年尾

巌松《いはまつ》《いわまつ》 三 高山の湿り気をもった岩などに生える歯朶の一種で、枝葉が檜に似ているので**巌檜葉**《いはひば》ともいう。**巌苔**《いはごけ》。

巌松や屋敷構へて沼住ひ　深見けん二

巌檜葉の最も水を欲しげなり　藤松遊子

一ツ葉《ひとつば》 ㊂ 山間の岩の上、木蔭などに生える歯朶の一種。茶褐色の根茎が這い、これに長い柄をもった細長い葉をつける。

一ツ葉の巌にはびこる瑞泉寺　山口笙堂

木洩日の揺れ一つ葉の波打てる　稲畑汀子

涼《すず》し ㊂ 暑い夏であるからこそ涼しさを感じることもまたひとしおである。**朝涼《あさすず》**。**夕涼《ゆふすず》**。**晩涼《ばんりやう》**。**夜涼《やりやう》**。**涼風《りやうふう》**。

闇涼し富士の気配をぬりつぶし　成瀬正とし

構はれぬことが涼しき浦の宿　上﨑暮潮

水音のかすかにありて涼しさよ　稲畑汀子

露涼《つゆすず》し ㊂ 露は秋季に多いのであるが、夏でも朝晩しとどの露を見ることがある。つまり**夏《なつ》の露《つゆ》**のこと。

露涼し寝墓に彫りし聖十字　景山筍吉

朝の間の露を涼しと芝歩く　稲畑汀子

帷子《かたびら》 木綿、麻、苧《からむし》などで粗く涼しく織られた布で作った単衣《ひとえ》である。**白帷子《しろかたびら》**。**黄帷子《きびら》**。**染帷子《そめかたびら》**。

著なれたる黄帷子最も身に即す　岩木躑躅

帷子は父の形見や著馴れたる　高濱年尾

上布《じやうふ》《じようふ》 麻織物の一種で、苧《からむし》、麻の細糸で織った高級な布。**越後上布《ゑちごじやうふ》**、**薩摩上布《さつまじやうふ》**が名高い。

芸に身をたて通したる上布かな　杵屋栄美次郎

上布著てこの身世に古る思ひかな　松尾静子

芭蕉布《ばせうふ》《ばしようふ》 芭蕉の茎の皮からとった繊維で織った布地をいう。沖縄や奄美の特産で、昔から織られていた。

芭蕉布のぴん〳〵したる身軽さよ　井関夏堂

芭蕉布を織つて少なき賃稼ぐ　原田澄子

羅《うすもの》 盛夏に用いる絹、紗などの薄絹を用いて作った単衣《ひとえ》をいう。男も用いるが、婦人が外出に着る場合が多い。

著痩とはかなしき言葉うすごろも　篠塚しげる
羅にちらりと肌の動きたる　伊藤柏翠

浴衣《ゆかた》 三 昔、入浴の際に用いた主として木綿の単衣《ひとえ》、すなわち湯帷子《ゆかたびら》の略である。いまは浴衣掛で外出もするようになった。**染浴衣**《そめゆかた》。**貸浴衣**《かしゆかた》。**古浴衣**《ふるゆかた》。

宿浴衣みんなが同じ顔となる　塙告冬
わが浴衣われの如くに乾きをり　高濱虚子

白絣《しろがすり》 三 木綿または麻の白地《しろぢ》に黒や紺で絣模様を配したもので、夏に着て涼しげである。

稽古場の役者一様白絣　片岡我當

晒布《さらし》 三 麻や木綿の布地を灰汁《あく》に浸け、または煮て、これを川で流し洗いし、日光に晒して白くした布である。**晒**《さらし》。**晒時**《さらしどき》。**晒川**《さらしがは》。**奈良晒**《ならざらし》。

川風に水打ながす晒かな　太祇

甚平《じんべい》 男性用の袖なし羽織のような単衣《ひとえ》をいうが、短い袖をつけたものもある。**じんべ**。**甚兵衛**《じんべゑ》。

甚平著て脛の笑つてゐるやうな　小田三千代
恋はもの、男甚平女紺しぼり　高濱虚子

汗《あせ》 三 日本の夏は気温も湿度も高いのでじっとしていても汗が流れる。**汗**《あせ》**の玉**《たま》。**玉**《たま》**の汗**《あせ》。**汗**《あせ》**みどろ**。**汗**《あせ》**の香**《か》。**汗水**《あせみづ》。**汗**《あせ》**ばむ**。

汗のもの山と洗うて看取妻　山田不染
隣席の汗の男をうとみみる　坊城としあつ

汗衫《あせとり》 上衣に汗のつくのを防ぐための肌着で、ガーゼ襦袢や網襦袢《あみじゆばん》などがある。古くは紙捻襦袢《こよりじゆばん》もあった。

舞ひ終へし娘の汗衫の重きかな　川口咲子
汗衫を取りて我家に勝るなし　河野美奇

汗手貫《あせてぬき》 籐または馬の毛、鯨のひげ、生糸の撚糸《よりいと》などで粗く編んだ筒状のもの。汗のため袖口の汚れるのを防ぐ。

汗手貫僧は威容を崩さざる　高見冬花

たくましき僧の腕や汗手貫　高濱年尾

ハンカチーフ ㊂ 四季を通じて用いられるが俳句では夏の季題とする。**ハンカチ**。**汗巾**《あせふき》。**汗拭**《あせぬぐひ》。

ハンカチの汚る丶ためにある白さ　岩岡中正

ポケットのあれば出てくるハンカチよ　稲畑汀子

白靴《しろぐつ》 ㊂ 夏用の白い靴である。以前はリネンなどのものがふつうだったが、近年はほとんど革製である。

白靴をはいて刑事と思はれず　松岡ひでたか

よく遊びたる白靴を仕舞ひけり　白根純子

腹当《はらあて》 ㊂ 寝冷えを防ぐために用いる腹掛をいう。**寝**《ね》**冷**《びえ》**知**《し》**らず**ともいう。

腹当の児やよく泣いてよく太り　沢野藤子

腹当をとりて何やら頼りなく　萩原大鑑

衣紋竹《えもんだけ》 ㊂ 夏、汗になった衣類を掛けて乾かすために多く用いられるものである。**衣紋竿**《えもんざを》。

衣紋竿夕べの著物かけにけり　酒井小蔦

抜衣紋して衣か丶る衣紋竹　高濱虚子

簟《たかむしろ》 ㊂ 竹を細く割って筵のように編んだものをいう。籐で編んで作ったのが**籐筵**《とうむしろ》である。

京の宿置行灯に簟　西山泰弘

危座兀座賓主いづれや簟　高濱虚子

油団《ゆとん》 ㊂ 和紙を広く貼り合わせ、表に油または漆、渋を引いたもの。夏の敷物に用いられる。

この家と共に古りたる油団かな　伊藤柏翠

忌籠の油団をのべし一間あり　高木石子

円座《ゑんざ》《えんざ》 ㊂ 藁、蒲、菅、藺などで渦のように円く平たく編んだ敷物。夏、座布団に替えて用いる。

一枚の円座に托す老後かな　竹末春野人

積まれたる円座一つをとりて敷く　森信坤者

籠枕《かごまくら》 ㊂ 竹または籐で箱形や筒状に編んだ枕である。風通しがよく、涼しいので昼寝などに用いられる。**籐枕**《とうまくら》。

籠枕もちて気軽に入院す　梶尾黙魚

籠枕新しすぎて逃げ易く　北川喜多子

竹夫人《ちくふじん》 竹または籐で編んだ細長い筒形の籠。夏寝るとき、抱いたり足をもたせたりして涼をとる。**竹奴**《ちくど》。**添寝籠**《そひねかご》。

潮騒やリオのホテルの竹夫人　坂倉けん六

ジャワの夜のスマトラの夜の竹夫人　清水忠彦

竹牀几《たけしやうぎ》《たけしようぎ》 ㊂ 竹で作った簡単な腰掛。庭先、門辺などに置いて納涼に用いる。

木場堀の夕風に置き竹床几　浅賀魚木

竹牀几出しあるまゝ掛けるまゝ　高濱虚子

造り滝《つくりだき》 ㊂ 涼を呼ぶために人工的に水を岩の上から落として滝のように見せるしかけ。**庭滝**《にはだき》。**作り滝**《つくりだき》。

庭滝の涼しき音を夜もすがら　菊池さつき

造り滝とまるあはれを見てをりぬ　野村久雄

噴水《ふんすゐ》《ふんすい》 ㊂ 庭園または公園などの池の中に、水をいろいろの形に噴き上げるようにしてあるしかけ。**吹上げ**《ふきあげ》。

噴水を遠巻に夜の来りけり　合田丁字路

噴水の向ふにもあるベンチかな　高濱年尾

噴井《ふけゐ》《ふけい》 ㊂ 水の絶えず噴き出ている井戸をいう。山近いあたりの井戸や掘抜井戸などによく見られる。**噴井**《ふきゐ》。

一城を支へし噴井今も噴く　高槻青柚子

月浴びて玉崩れをる噴井かな　高濱虚子

滝殿《たきどの》 ㊂ 納涼のための滝のほとりの簡単な建物をいう。

泉殿《いづみどの》《いずみどの》 ㊂ 涼をとるために、泉水のほとりまたはその上に突き出して建てた離れ家である。

滝殿や運び来る灯に風見えて　田中王城

御簾垂れて人ありやなし泉殿　柳澤白川

水亭の細き柱の立ち並び　高濱虚子

露台《ろだい》 ㊂ 洋式建物の屋上に設けられたり、外側に張り出してつくられた台で、夏の暑さをしのぐため涼みに用いられるので俳句では夏季。**バルコニー**。**ベランダ**。

星に魅せられし吾子またバルコニー　青島麗子

露台よりことづてありし二三こと　稲畑汀子

川床《ゆか》 納涼のため、川の流れに張り出して設けた床をいう。京都では鴨川、洛北貴船川の川床が有名で、茶屋、料亭が流れの上に川床を組む。**床涼**《ゆかすず》**み**。**川床**《かはどこ》。

酔かくすほどの暗さの川床の灯に　清水忠彦

おのづから木蔭が川床を蔽ひたる　高濱年尾

納涼《すずみ》 **涼**《すず》**む**。**橋涼**《はしすず》**み**。**土手涼**《どてすず》**み**。**磯涼**《いそすず》**み**。**縁涼**《えんすず》**み**。**門涼**《かどすず》**み**。**夕涼**《ゆふすず》**み**。**宵涼**《よひすず》**み**。**夜涼**《よすず》**み**。**涼**《すず》**み台**《だい》。**納涼舟**《すずみぶね》。

空ばかりみてゐる子抱き夕涼み　今井つる女

今日のことすつかり忘れ夕涼み　河野扶美

端居《はしゐ》《はしい》 ㊂ 夏、室内の暑さから逃れるために縁先へ出て外気に触れ、庭の風景を楽しんだりすること。

端居して憂きこと忘れゐるをふと　上野章子

端居してをりて夫婦の距離にゐる　兜木總一

打水《うちみづ》《うちみず》 ㊂ 暑い夏の真昼や夕べ、埃を鎮め涼風を呼ぶために、庭や路地、店先などに**水**《みづ》**を打**《う》**つ**。見た目も涼しく、草木から滴り落ちる雫もすがすがしい。**水撒**《みづま》**き**。

水打つて雲水の吾子迎へけり　辻美彌子

火の入りし窯場打水絶やすなく　岸川鼓蟲子

撒水車《さつすゐしや》《さつすいしや》 ㊂ 街路や公園などに水を撒きながらゆっくり走る自動車である。ふつう「さんすいしゃ」と呼ばれている。

夕凪や行つたり来たり撒水車　田中田士英

撒水車道広ければ又通る　稲畑汀子

行《ぎやう》《ぎょう》水《ずゐ》《ずい》

一日の汗を流すのに、盥《たらい》などに湯をとり、または日向水《ひなたみず》を使っての簡単な湯浴み。

静かなる音して妻の行水す　久保一秀

行水の女にほれる烏かな　高濱虚子

髪洗《かみあら》《かみあら》ふ《う》　［三］

夏は髪が汗と埃で汚れやすく、また臭いやすくなるので、女性は毎日のように髪を洗う。長い洗い髪を梳《くしけず》る姿は艶である。**洗《あら》ひ髪《がみ》**。

病床の黒髪断ちて髪洗ふ　庄野禧恵

明日といふ言葉は楽し髪洗ふ　鷲巣ふじ子

牛冷《うしひや》す

真夏の太陽の下で働いて汗埃《あせぼこり》にまみれた牛を、川や沼の水で洗い、疲れを癒やしてやる。**牛洗《うしあら》ふ**。

冷し牛巌のごとく昏るゝなり　山本孕江

自らも胸まで浸り牛冷す　中村豊

馬冷《うまひや》す

炎暑の中を喘ぎながら働いた馬を、仕事のあと川や沼などで汗を流し蹄を冷やしてやる。**馬洗《うまあら》ふ**。

冷し馬耳だけ動きをりにけり　河野美奇

馬冷すための流れでありしとか　川口咲子

夏《なつ》《なつ》の夕《ゆふ》《ゆう》　［三］

夏の日の暮れ方である。**夏夕《なつゆふべ》**。

夏夕蝮を売つて通りけり　村上鬼城

夏の夕菅笠の旅を木曾に入る　高濱虚子

夏《なつ》の夜《よ》　［三］

夏の夜というと「短夜」という感じよりも、涼を求めて夜を更かしてしまう思いがある。**夜半《よは》の夏《なつ》**。

ガソリンと街に描く灯や夜半の夏　中村汀女

日は北に北極圏の夏の夜　三宅蕉村

夜《よ》店《みせ》　［三］

夏の夕方から夜にかけて、道ばたに屋台をはり、裸電球を吊し、さまざまな品物を売っている店。

はめて見て夜店の指環買ふ女　嶋田摩耶子

引いて来し夜店車をまだ解かず　高濱虚子

箱釣《はこづり》 ㊂ 浅い水槽に鯉や金魚や目高などを入れて、紙の杓子や切れやすい鉤《かぎ》で釣らせる遊び。

街の子に金魚掬ひの灯の点きし　舘野翔鶴
箱釣や頭の上の電気灯　高濱虚子

起し絵《おこしゑ》《おこしえ》 ㊂ 芝居絵や風景画から人物や樹木などを切り抜いて、厚紙で裏うちし、芝居の舞台のような枠組の中に立て、灯火を点ずるしくみにしたもの。**組上**《くみあげ》。**立版古**《たてばんこ》。

さし覗く舞子の顔や立版古　後藤夜半
表情の生れ起し絵立ち上る　稲畑汀子

夏芝居《なつしばゐ》《なつしばい》 ㊂ 夏季に興行するいろいろな演劇をいう。たいがい涼しげな出しものである。**土用芝居**《どようしばゐ》。

薄き幕引きて終りぬ夏芝居　小林春水
客席にジーパン姿夏芝居　片岡我當

水狂言《みづきやうげん》《みずきょうげん》 ㊂ 夏に興行する芝居はよく水を使い涼味を誘う趣向をこらす。たいてい怪談ものが多い。

灯跳る水狂言の水の先　松藤夏山

袴能《はかまのう》 盛夏のころ、面も装束も着けず、袴姿で演ずる能である。

家元の気品さすがに袴能　湯浅英史
袴能老師からりと控へられ　篠塚しげる

涼み浄瑠璃《すずみじやうるり》《すずみじょうるり》 夏は出演者の裃《かみしも》も客席も涼しげに装い、納涼を兼ねて催されたが、現在はすたれてしまった。

浦人の涼み浄瑠璃ありとかや　五平

ナイター ㊂ 夜間に行われるスポーツ、主に野球の試合をいう和製英語。

ナイターの点りて空の消えゆける　山田佳乃
ナイターの余韻ひきずる車両かな　涌羅由美

ながし ㊂ 夏の夜、多く花街などを流して歩く**新内**《しんない》**ながし**をいう。東京隅田川を花街沿いに行灯をともした舟でながして行くこともあった。

放浪の身につまされてながし聴く　毛利提河
川水に銭の落ちたる流しかな　高濱虚子

灯涼《ひすず》し　㊂

一日の暑さが終わって点《とも》る**夏の灯《なつのひ》**をいう。

出船の灯涼しく向をかへにけり　五十嵐播水
赤志野の炎えるが如し夏の灯に　武原はん女

夜《よ》濯《すすぎ》　㊂

盛夏、昼間は暑いので、夜、涼しくなってから、その日の汗になった衣類を洗うことが多い。

夜濯をしてゐるうちに気が変り　神田敏子
夜濯や今日振り返ることもなく　堀恭子

夏《なつ》の月《つき》　㊂

夏の月は秋の月ほど澄んでいない。**月涼《つきすず》し**。

夏の月機翼を照らしまだ発たず　深川正一郎
椰子の実の流れ著く浜月涼し　千本木溟子

外《そと》寝《ね》

暑さで寝苦しい夜、戸外に寝ること。日本では余り見かけなくなった。

外寝せるアラブ女の足のうら　松尾いはほ
外寝して開拓の夜を語るべし　木村要一郎

夏蜜柑《なつみかん》　㊂

秋に熟し黄色く色づくが甘くならず、そのまま翌年の夏まで木にならしてから食べる。**夏橙《なつだいだい》**。

夏蜜柑むきをる顔のすつぱさよ　唐笠何蝶
温泉疲れや老の分けあふ夏蜜柑　合田丁字路

早《さ》桃《もも》

明治以降輸入され、改良栽培された早生種の桃のこと。ただ単に「桃」といえば秋季である。**水蜜桃《すゐみつたう》**。

よくしやべり水蜜桃のごと若く　河野扶美

パイナップル

熱帯果実で、日本でも沖縄、小笠原諸島などに広く栽培される。**鳳梨《あななす》**。

日章《ひのまる》旗や鳳梨熟す小学校　高崎雨城

「甘蕉《みばしょう》」のことである。熱帯地方で栽培され、日本に輸入されてくる。

川を見るバナナの皮は手より落ち　高濱虚子

バナナむく器用不器用なかりけり　稲畑汀子

マンゴー

代表的な熱帯果実の一つ。高さ一〇メートルくらいの常緑高木で、夏、球形または楕円形の黄緑色や黄色の実を結ぶ。

マンゴー売るペットの鸚鵡肩に止め　服部郁史

女王を囲みてマンゴ食べる宵　岩垣子鹿

メロン

瓜の一品種で、マスクメロンの上品な香りと柔らかく甘味を含んだ舌ざわりは、果物の女王といえる。

縁談の話の客へメロン切る　小田尚輝

メロンにも銀のスプーン主婦好み　高濱虚子

瓜《うり》

瓜といえば瓜類の総称。甜瓜《まくわうり》は芳香があり甘い。その他**越瓜**《しろうり》（**白**《しろ》**瓜**《うり》、**浅瓜**《あさうり》ともいう）、青瓜というのもある。**瓜畑**《うりばたけ》。

わが命見つめて今日の瓜きざむ　河合正子

あだ花の瓜の蔓の手あまたあり　高濱虚子

瓜番《うりばん》

とかく行きずりなどに盗まれやすい西瓜《すいか》や甜瓜《まくわうり》の見張りに、夜中畑の番をする者。**瓜小屋**《うりごや》。

瓜番にゆく貸本をふところに　平松荻雨

瓜番といへど寝に行くだけのこと　渡辺芋城

甜瓜《まくはうり》《まくわうり》

単に瓜といえば甜瓜を指すことが多い。**真瓜**《まくは》とも呼ぶ。長径一五センチくらいの楕円形。**冷し瓜**《ひやしうり》。

もいで来し手籠のまゝに瓜冷やす　稲垣弓桑

胡瓜《きうり》《きゅうり》

他の瓜は地に這わせて栽培するが、胡瓜は主に棚づくりにする。近年は一年中出回るようになったが、元来は夏のものである。

胡瓜採り終へし軍手を草に置く　今井千鶴子

胡瓜又シルクロードを伝播す　稲畑汀子

胡瓜《きうり》もみ《きゆうり》　胡瓜を薄く刻んで、軽く塩でもみ、酢にしたもの。他の瓜類の場合は**瓜《うり》もみ**という。**揉瓜《もみうり》**。

職離れ変るくらしや胡瓜もみ　藤村藤羽
胡瓜もみ世話女房といふ言葉　高濱虚子

瓜《うり》漬《づけ》　瓜にはいろいろの種類があるが、主に胡瓜、越瓜《しろうり》、青瓜などを塩漬や糠《ぬか》漬にする。**胡瓜漬《きうりづけ》**。

瓜漬もつましく食ぶるべかりけり　行方南魚
平凡を願ふくらしや胡瓜漬　三澤久子

乾《ほし》瓜《うり》　越瓜《しろうり》を縦割りにするなどして種を取り除いたものに塩をふりかけて乾したもの。

干瓜の忘れてありぬ庭の石　すゞえ

冷索麺《ひやさうめん》《ひやそうめん》　㊂　索麺を茹でて、水や氷で冷やしたもの。夏、食欲のはかばかしくない折にも、結構おいしく食べられる。

ざぶ〳〵と索麺さます小桶かな　村上鬼城

冷《ひや》麦《むぎ》　㊂　小麦粉をうどんよりも細く作り、茹でてから冷水または氷で冷やしたもの。

冷麦の箸をすべりてとゞまらず　篠原温亭
冷麦や狷介にして齢重ね　景山筍吉

冷《ひや》し珈琲《コーヒー》　㊂　**アイスコーヒー**ともいう。紅茶の場合は**冷《ひや》し紅茶《こうちや》**、**アイスティー**。

まだ冷しコーヒー所望したきかな　稲畑汀子

振舞水《ふるまひみづ》《ふるまいみず》　かつて市中では夏の暑い日に、道ばたや木蔭で、樽や手桶などに飲用水を満たし、柄杓や茶碗を添えて通行人に自由に飲ませた。**水振舞《みづふるまひ》**。**水接待《みづせつたい》**。

坑口に水接待のテントかな　梅崎魁陽
昼過や振舞水に日のあたる　高濱虚子

麦《むぎ》茶《ちや》　㊂　大麦を殻つきのまま炒って煎じた飲料で、**麦湯《むぎゆ》**ともいう。冷蔵庫などで冷やして用いることが多い。

けふよりは冷し麦茶に事務を執る　山本紅園

どちらかと云へば麦茶の有難く　稲畑汀子

葛《くず》水《みづ》《くずみず》 三 葛湯をさまし冷水でのばしたものである。「葛湯」は冬季である。

葛水や顔《かんばせ》青き賀茂の人　渡辺水巴

葛水に松風塵を落すなり　高濱虚子

砂糖水《さたうみづ》《さとうみず》 三 砂糖に冷水を注いで、匙でコップをかき混ぜて、けぶらせながら飲むのが砂糖水である。

山の井を汲み来りけり砂糖水　青木月斗

もてなしの砂糖水とはなつかしき　小林貞一朗

飴《あめ》湯《ゆ》 三 水飴を湯にとかし、少量の肉桂を加えた飲みもので、腹の薬に、また暑気払いによいとされた。昔は**飴湯売《あめゆうり》**が来たり、夜店に出ていた。

坑出でて並びいたゞく飴湯かな　小川よしを

老いたりな飴湯つくれと夫の云ふ　新川智恵子

氷《こほり》水《みづ》《こおりみず》 三 **かき氷《ごほり》**ともいう。**夏氷《なつごほり》**。**氷苺《こほりいちご》**。**氷《こほり》レモン**。**氷小豆《こほりあづき》**。**氷店《こほりみせ》**。**氷売《こほりうり》**。

氷店出て来るところ見られけり　下村梅子

禅寺の前に一軒氷店　高濱虚子

アイスクリーム 三 **氷菓子《こほりぐわし》**。**氷菓《ひようくわ》**。

楽はいまセロの主奏や氷菓子　松尾いはほ

きれいに手洗ひし子より氷菓やる　谷口まち子

ラムネ 三 炭酸、酒石酸を水に溶かして作った清涼飲料水。明治、大正のころから流行した。**冷《ひや》しラムネ**。

はゞからずラムネの玉を鳴らし飲む　石川星水女

巡査つと来てラムネ瓶さかしまに　高濱虚子

ソーダ水《すゐ》《すい》 三 炭酸ソーダを原料とし、これに種々の果物のシロップや香料などを混ぜたもの。

吾のほかは学生ばかりソーダ水　田畑美穂女

ソーダ水話とぎれし瞳が合ひて　三村純也

サイダー　㊂　炭酸水に果物の液汁や甘味などを加えた清涼飲料水である。**冷《ひや》しサイダー**。

サイダーや萱山颯と吹き白み　董糸

麦酒《ビール》　㊂　夏期、もっとも大衆的なアルコール飲料である。**生《なま》ビール**。**ビヤガーデン**。

乾杯に遅れ静かにビール酌む　須藤常央

軽くのどうるほすビール欲しきとき　稲畑汀子

甘酒《あまざけ》　㊂　一夜のうちに熟すので一夜酒《ひとよざけ》とも呼ぶ。暑いときに熱い甘酒をふうふう吹きながら飲むのはかえって暑さを忘れさせるとして親しまれた。**醴**《あまざけ》。**甘酒売**《あまざけうり》。

腰かけし牀几斜めであま酒屋　星野立子

焼酎《せうちう》《しょうちゅう》　㊂　主に米、麦、甘藷、玉蜀黍《とうもろこし》、蕎麦、粟などから造られる蒸溜酒で、暑気払いとして用いられる。**甘藷焼酎**《いもせうちう》。**黍焼酎**《きびせうちう》。**泡盛**《あわもり》は沖縄特産の焼酎である。

焼酎に慣れし左遷の島教師　夏井やすを

市場者らし焼酎の飲みつぷり　上野白南風

冷酒《ひやざけ》　㊂　夏の暑い時期には酒を冷やして飲むことが多い。**冷酒**《れいしゅ》。

冷酒に澄む二三字や猪口の底　日野草城

潮風に酌みて冷酒は甘かりき　中村芳子

水羊羹《みづやうかん》《みずようかん》　㊂　ふつうの羊羹よりは軟らかくみずみずしく仕上げ、青々とした桜の葉で包んだ夏向きの菓子。

水羊羹舌にくづる、甘さあり　藤松遊子

心太《ところてん》　㊂　煮て晒した天草《てんぐさ》を固めて作る透きとおった涼しげな食べもので、心太突で突き出して、酢醤油に辛子や海苔を添えたり、また蜜をかけたりして食べる。

心太売り切れし水道へ撒く　鈴木半風子

筧水打ちどほしなり心太　高濱年尾

葛餅《くずもち》〔三〕 葛粉を練って煮、流し箱に冷やして固めたもの。三角に切り、蜜をかけ黄粉にまぶして食べる。

葛餅や水入らずとはこんなとき　長内ふみを

冷えすぎて葛餅らしくなくなりし　稲畑汀子

葛饅頭《くずまんぢゆう》《くずまんじゆう》〔三〕 葛粉で皮をつくり、中に餡を入れ桜の青葉で包んだ生菓子である。**葛桜**《くずざくら》ともいう。

パーラーに小座敷ありて葛ざくら　吉井莫生

たゝみ置く葉に楊枝のせくずざくら　下田實花

白玉《しらたま》〔三〕 糯米《もちごめ》の粉を水でねり、小さく丸めて茹《ゆ》でたもの。冷やして砂糖をかけて食べる。

白玉の紅一すぢが走りをり　杵屋栄美次郎

白玉にとけのこりたる砂糖かな　高濱虚子

蜜豆《みつまめ》〔三〕 茹豌豆に、賽の目に切った寒天や求肥《ぎゆうひ》などを混ぜて蜜をかけた食べ物。上に餡をのせた餡蜜もある。

みつ豆や笑ひ盛りの娘等ばかり　堤すみ女

蜜豆をたべるでもなくよく話す　高濱虚子

茹小豆《ゆであづき》《ゆであずき》〔三〕 小豆を煮て砂糖を入れたもの。**煮小豆**《にあづき》ともいい、冷やしても食べる。

出稼の夫に戸棚の茹小豆　山口忘我

麨《はつたい》〔三〕 大麦を炒って粉にしたもの。そのまま砂糖を混ぜて食べると香ばしい。**むぎこがし**。**麦炒粉**《むぎいりこ》。**麦香煎**《むぎかうせん》。

麨を口に何やら聞きとれず　清水海夕

鉢の底見えて残れる麦こがし　高濱虚子

冷奴《ひややつこ》〔三〕 豆腐を賽の目に切って冷水または氷で冷やしたもの。**冷豆腐**《ひやどうふ》。

参拝の信徒に一施冷豆腐　上田正久日

ギヤマンにくづれやすきよ冷奴　武原はん

冷汁《ひやじる》〔三〕 夏、汁物を器ごと冷蔵庫などに入れ、冷やして食べる。**冷**《ひや》**し汁**《じる》または**煮冷**《にびや》**し**ともいう。

冷汁の筵引ずる木蔭かな　一茶

冷汁によみがへりたる髪膚かな　清原枴童

氷餅《こほりもち》《こおりもち》 〔三〕 凍らした切餅を乾燥し蓄えておき、夏焼いたりして食べるもの。寒気の厳しい地方で造られる。

氷餅反らざる四角なかりけり　柴原保佳

アルプスの風の晒しし氷餅　手塚基子

干飯《ほしいひ》《ほしいい》 〔三〕 長く蓄えるため天日に干して乾燥させた飯で、水に浸して食べる。昔は旅中の食糧ともなった。

干飯や勿体ないは老の癖　藤田つや子

水飯《すゐはん》《すいはん》 盛夏のころに、炊いた飯を冷水に冷やして食べるものをいう。**洗飯**《あらひめし》、**水漬**《みづづけ》ともいう。

水飯のごろ〳〵あたる箸の先　星野立子

水飯に味噌を落して曇りけり　高濱虚子

飯饐る《めしすゑる》 〔三〕 飯が腐敗する寸前、汗をかき、一種の臭気を放つ状態を饐えるという。

飯饐ゆと婢が嗅ぎ妻が嗅ぎ　宮崎了乙

飯饐るほど炊くことの無くなりし　西内千代

飯笊《めしざる》 〔三〕 暑さで飯の饐《す》えるのを防ぐために用いる蓋付きの笊で、細く割って磨いた竹で美しく編んである。

窓に釣る飯籠に来る山の蝶　渡邊一魯

鮓《すし》 〔三〕 **圧鮓**《おしずし》。**握鮓**《にぎりずし》。**早圧鮓**《はやおしずし》。**早鮓**《はやずし》。**一夜鮓**《ひとよずし》。**鮓圧**《すしお》す。**鮓漬**《すしつく》る。**鮓熟**《すしな》る。**鮓**《すし》の**石**《いし》。**鮓桶**《すしをけ》。**鮨**《すし》。**鮎鮓**《あゆずし》。**鯖鮓**《さばずし》。**鮒鮓**《ふなずし》。**五目鮓**《ごもくずし》。**ちらしずし**。**鮓**《すし》の**宿**《やど》。

鮒鮓をねかす月日の波の音　高見岳子

赤なしの柿右衛門なる鮓の皿　高濱虚子

鱧《はも》 〔三〕 鰻《うなぎ》に似た黒く長い魚で、大きいものは一メートル以上にもなる。夏の関西料理には欠かせない。**水鱧**《みづはも》は出始めの小さなもの。**鱧**《はも》の**皮**《かは》。**干鱧**《ひはも》。**五寸切**《ごんぎり》。**小鱧**《こはも》。

骨切りの年季の入りし鱧料理　倉田白沙

食欲のや丶戻りたる鱧料理　千原叡子

あらひ《あらい》 ㊂ 魚の生身を薄くそぎ、冷水で洗って肉を締め縮ませた刺身。**洗鯉**《あらひごひ》。**洗鯛**《あらひだひ》。**洗鱸**《あらひすずき》。**洗膾**《あらひ》。

滝水で百人前の鯉洗ふ　中川飛梅

今あげし鯉が洗ひとなりて来し　稲畑汀子

夏料理《なつれうり》《なつりようり》 ㊂ 見た目にも涼しげな、味の軽い夏向きの料理をいう。

ギヤマンの箸置おいて夏料理　森信坤者

隅田川越えて落着く夏料理　京極高忠

船料理《ふなれうり》《ふなりようり》 ㊂ 大阪の川筋によく見受けられる船中で料理される夏料理のこと。**船生洲**《ふないけす》。**生簀船**《いけすぶね》。

立ち上る一人に揺れて船料理　高濱年尾

船揺れて景色が揺れて船料理　稲畑汀子

水貝《みづがひ》《みずがい》 ㊂ 生の鮑《あわび》を塩洗いして身を締め、賽の目に切って冷水や氷に浸し、山葵《わさび》醤油などで食べる。

水貝の器朝より冷やし置く　星野椿

水貝や安房の一夜の波の音　深見けん二

背越《せごし》 ㊂ 生きのよい小魚の鱗、腸、鰭、尾などを除き、骨ぐるみ背から腹にかけてななめに薄く切り、頭なども二つに割って庖丁で叩いて添えられるのがふつう。

歯ごたへも賞でて背越の鮎に酌む　手塚基子

薄切の背越をはがす竹の箸　柴原保佳

沖膾《おきなます》 ㊂ 沖釣り、船遊の船上、釣れたばかりの鯵、鰯《いわし》、鱵《さより》の類を、形かまわず切り刻んで食べる料理。

舟板の返し俎沖膾　井川泊水

胴の間に膝寄せ合うて沖膾　山川喜八

泥鰌鍋《どぢやうなべ》《どじようなべ》 ㊂ 割き泥鰌または丸泥鰌を、ささがき牛蒡の上にのせて煮、卵でとじた料理。**柳川鍋**《やながはなべ》、**泥鰌汁**《どぢやうじる》ともいう。

泥鰌鍋どぜうの顔は見ぬことに　今井千鶴子

わが食はずぎらひのものに泥鰌鍋　高濱年尾

醤油造《しやうゆつく／しょうゆつく》る　**醤造《ひしほつく／ひしおつく》る**

ふつう醤油を仕込むのは、発酵作用の盛んな夏である。大豆および小麦を原料として醤油麹を造り、これを塩水に入れて発酵させたのち圧搾する。

松風に醤油つくる山家かな　高濱虚子

小麦と大豆を炒って蒸し、これに塩水と麹を加えて造る。瓜、茄子、生姜など漬けたりもする。

事務所にも醤造りの香り満つ　横井ただし

扇風機《せんぷうき》　㊂

電力で翼を回転させ風を送る器具。現在の翼はプラスチックの涼しい色合のものが多く使われている。

扇風機まはり澄みをり音もなく　横江几絵子

睡りたる子に止めて置く扇風機　稲畑汀子

冷房《れいばう／れいぼう》　㊂

暑い日に冷房の利いたところに入ると、ほっと生き返った思いがする。クーラー。

冷房の利く間に仕事すませんと　松尾緑富

冷房が嫌ひと言ひしこと忘れ　浅利恵子

風鈴《ふうりん》　㊂

金属またはガラス製などがあり、南部鉄の風鈴は有名である。風鈴売《ふうりんうり》。

稿擱けば風鈴話しかけて来し　佐伯哲草

いち早く風鈴の知る山雨かな　南禮子

釣忍《つりしのぶ》　㊂

葉のついた忍草の根茎を、井桁《いげた》や舟形に仕立てたもので、軒や出窓に吊し、水を滴らせなどして夏の涼を呼ぶものである。風鈴をつけたものもある。釣葱《つりしのぶ》。簷葱《のきしのぶ》。

すぐ前に塀がふさがる釣葱　松本たかし

釣葱僅かながらも葉の生ひて　高濱年尾

金魚《きんぎょ》　㊂

観賞用の魚で人工的に交配していろいろな品種が作り出された。色も大きさもさまざまで、金魚鉢や庭の池で飼われ愛される。

触れ合ひて互に金魚紅ちらし　真下ますじ

末の子の今の悲しみ金魚の死　上野　泰

金魚売《きんぎようり》 三 天秤棒に金魚の桶を担って町の中を歩く金魚売の姿は、ひと昔前までの夏の風物詩であった。

金魚売買へずに囲む子に優し　吉屋信子

一と声もなく街角に金魚売る　石山佇牛

金魚玉《きんぎよだま》 三 ガラスの円い器に水を満たし、藻を入れて金魚を飼う。これをいう。**金魚鉢**《きんぎよばち》。

金魚玉あるとき割れんばかり赤　加藤華都

一杯に赤くなりつゝ金魚玉　高濱虚子

金魚藻《きんぎよも》 三 一名「ほざきのふさも」といい、池や沼に自生し、細長い茎の節ごとに細い葉をつけた藻。金魚鉢などに入れるのでこの名がある。**松藻**《まつも》をも金魚藻と呼ぶ。

金魚藻に金魚孵りしさまも見し　江口竹亭

金魚藻に逆立ちもして遊ぶ魚　高濱年尾

水盤《すゐばん》《すいばん》 三 床の間などの置物にする陶磁器の浅くて底の広い平な鉢で、水を湛え、蘆などを配し涼趣を誘うもの。

水盤に木賊涼しく乱れなく　小谷松碧

水盤に浮びし塵のいつまでも　高濱年尾

絹糸草《きぬいとさう》《きぬいとそう》 三 「おおあわがえり」の種を水盤の脱脂綿上に蒔くと、いっせいに鮮緑色の糸のような苗が萌え出てくる。この苗を絹糸草と名づけ、涼を求める観賞用とする。

四時前に夜が明けきるや絹糸草　中田みづほ

絹糸草影の生るゝことのなし　小田尚輝

風知草《ふうちさう》《ふうちそう》 三 線形の葉の表側は白みをおび、裏側は緑色で、いつも裏の緑色を見せている。「裏葉草《うらはぐさ》」ともいう。

風知草そこより生る風ならめ　榊原花子

部屋の風風知草置くところより　稲畑汀子

稗《ひえ》**蒔**《まき》 三 絹糸草のように、観賞用として水盤などに野稗の種を蒔き、その若芽の出揃った緑で田園風景と見立てて涼をとる。田畑に稗を蒔くことをもいう。稗蒔《ひえま》く。

ひえ蒔に眼をなぐさむる読書かな　高橋淡路女

石《せき》《せき》菖《しやう》《しよう》 三 水辺の石の間などに自生する常緑の多年草で、葉は剣状で細く叢生し、葉の間から花茎を出し、円柱状の黄色の小花をつける。盆栽としても観賞される。

石菖やせゝらぐ水のほとばしり　田中王城

石菖や手をさし入れて開く木戸　高須孝子

箱《はこ》《はこ》庭《には》《にわ》 三 箱または焼き物の鉢に土を盛り、これに小さな植木、石などを配し、山水を模して観賞するもの。

箱庭になにかゞ足らぬ夕景色　高木石子

箱庭に降らしてやりぬ如露の雨　公文東梨

松《まつ》葉《ば》牡《ぼ》丹《たん》 高さ一〇センチくらいの草花で、細く多肉質の葉が松葉に似、花は小さいが牡丹に似ている。

玄関へ松葉牡丹の石畳　星野椿

つと入り来松葉牡丹に八九人　高濱虚子

松《まつ》葉《ば》菊《ぎく》 葉は松葉牡丹に似て、長い柄の頂に紅紫色で菊に似た花をつける。日中は開き夜はしぼむ。

漁家毎に松葉菊咲き城ケ島　江川一句

水《みづ》《みず》遊《あそび》《あそび》 三 夏の子供たちの水遊びをいう。水試合《みづしあひ》、水戦《みづいくさ》は水を掛け合って争うこと。水掛合《みづかけあひ》。

賀茂の子らみそぎの川に水遊　牧野美津穂

子の世界母を遠ざけ水遊　稲畑汀子

水《みづ》《みず》鉄《で》《で》砲《つぱう》《つぽう》 三 子供の玩具で、水を吸い上げてこれを突くと筒の先の小さな穴から水が飛び出す仕掛けのもの。

外遊び嫌ひな吾子や水鉄砲　宮脇乃里子

水鉄砲撃たれてやれば機嫌よし　松元桃村

水《みづ》《みず》からくり 三 仕掛け玩具の一種で、高い所に水を入れた容器を置き、細いビニールやゴムの管で水を落とし、管の先につけた水車や玉などを動かす。

水さして水からくりの太鼓急　成瀬虚林

水からくり水の機嫌に逆はず　大久保橙青

浮人形《うきにんぎやう》《うきにんぎよう》 三 子供たちが、水に浮かべて遊ぶ玩具。**浮**《う》**いて来**《こ》**い**も浮人形の一種である。

螺子巻いて水を得たるや浮人形　窪田日草男

右肩を聳かしつゝ浮いて来る　高濱虚子

水中花《すゐちゆうくわ》《すいちゆうか》 三 水中に落とすとややあって人物、花などの形に開く玩具である。

入れ直しみても傾く水中花　朝鍋住江女

病人に一人の時間水中花　稲畑汀子

花《はな》《はな》**氷**《ごほり》《ごおり》 三 夏期、室内を涼しくするために立てる氷で、花や金魚の類を封じこめてある。**氷柱**《こほりばしら》。

花氷立てゝ花嫁控への間　小川純子

花氷時間とけつつありにけり　塙告冬

冷蔵庫《れいざうこ》《れいぞうこ》 三 四季を通して使われるがいちばん活用されるのはやはり夏である。以前は木製で中に氷を入れて使用した。

妻留守の客に開け見る冷蔵庫　河合いづみ

冷蔵庫開けにゆく子の持つ期待　福井圭児

氷《ひ》**室**《むろ》 三 冬取った天然氷を貯蔵しておく所を氷室といい、夏期の皇室用として貯えたもので、その番人を**氷室守**《ひむろもり》といった。今は夏まで氷を貯蔵するところをいう。

世の移り氷室守る家減ってゆく　白山人一

丹波の国桑田の郡氷室山　高濱虚子

晒《さらし》《さらし》**井**《ゐ》《い》 三 夏、井戸水を汲みほして底に沈んだ砂や塵芥を取り除くこと。**井戸替**《ゐどがへ》。**井戸浚**《ゐどさらへ》。

井戸替の綱庭を抜け表まで　松葉登女

晒井や二タ杓三杓迎へ水　大森積翠

閻魔詣《えんままゐり》《えんままいり》 七月十六日は閻魔王の賽日《さいにち》である。昔は商家など使用人に骨休めの日として休暇を与えた。**閻王**《えんわう》。

閻王の広き肩巾膝の巾　　小畑一天
閻王の眉は発止と逆立てり　　高濱虚子

祇園祭《ぎをんまつり》《ぎおんまつり》

京都八坂神社の祭礼。葵祭と共に京都二大祭礼として有名である。七月一日から二十九日まで諸行事がある。**祇園会《ぎをんゑ》。二階囃《かいばやし》。祇園囃《ぎをんばやし》。山鬮《やまくじ》。神輿洗《みこしあらひ》。鉾立《ほこたて》。山鉾《やまほこ》。宵山《よひやま》。宵飾《よひかざり》。鉾町《ほこまち》。宵宮詣《よひみやまうで》。鉾《ほこ》の稚児《ちご》。弦召《つるめそ》。無言詣《むごんまうで》。**

東山回して鉾を回しけり　　後藤比奈夫
すゝみ来る遠くは鉾の重なりて　　西村乙清

博多山笠《はかたやまがさ》

七月一日から十五日まで行なわれる福岡市櫛田神社の例祭で、博多の祇園祭として知られている。**山笠《やまがさ》。飾山笠《かざりやま》。舁山笠《かきやま》。追山笠《おひやま》。**

追山笠や父なつかしき肩車　　小島隆保
追山笠の人出は夜を徹しをり　　稲畑汀子

盛夏《せいか》

夏の暑さの真盛りの時期をいう。**炎帝《えんてい》**は夏をつかさどる神、またその神としての太陽をいう。

ホッケーの球の音叫び声炎帝　　星野立子
炎帝のをさまる夕べ待つことに　　稲畑汀子

朝曇《あさぐもり》

「旱《ひでり》の朝曇り」という諺があるように、炎暑がとくにきびしくなる日の朝は曇っていることが多い。

前向ける雀は白し朝ぐもり　　中村草田男
今日といふ日が動き出す朝ぐもり　　刀根双矢

日盛《ひざかり》

一日のうちでもっとも暑い盛りの正午から三時ごろまで。**日《ひ》の盛《さか》り。**

日盛の風は頼りにならざりし　　新田記之子
日盛りは今ぞと思ふ書に対す　　高濱虚子

炎天《えんてん》

酷熱の日中の空をいう。またじりじりと照りつけ、蒸し暑いのを**油照《あぶらでり》**という。

炎天が校庭広くしてをりぬ　　前内木耳
炎天を来し人に何もてなさん　　稲畑汀子

昼寝《ひるね》 ㊂ 午睡。昼寝起。昼寝覚。昼寝人。三尺寝は職人などが狭苦しい場所で午睡をすることとも、日の陰が三尺動く間だけ昼寝を許されたからだともいう。

富士山に足を向けたる昼寝かな　藤松遊子
ただ昼寝してゐる如く病んでをり　川口咲子
魂を宙にとどめし昼寝かな　成瀬正俊

日向水《ひなたみづ》《ひなたみず》 炎天下に水桶や盥《たらい》を出して日光の熱で温めた水のことで、洗濯や行水に用いる。

日向水かぶりてその日暮しかな　森川暁水
忘れられあるが如くに日向水　高濱虚子

片陰《かたかげ》 真上から照りつけていた夏の日も少しずつ日陰をつくりはじめる。この片陰を人々はひろって歩く。

片陰を行く母日向行く子供　粟津福子
道曲り片陰逃げてしまひたる　小川龍雄

西日《にしび》 真夏の太陽は西に傾いてもなお烈しい。ことにまともに西日の差し込む部屋は堪えがたい暑さとなる。

退勤や西日の中へ身を放ち　中口飛朗子
我が事務所難は西日の強きこと　松﨑亭村

夕焼《ゆふやけ》《ゆうやけ》 夕空が茜色に染まる現象をいう。四季にわたってあるが、夏の夕焼はもっとも華やかで壮快である。

雨晴れし空の果まで夕焼くる　能美丹詠
夕焼の雲の中にも仏陀あり　高濱虚子

夕凪《ゆふなぎ》《ゆうなぎ》 昼の海風から夜の陸風に吹き変わる時刻に起こる現象で、風がまったく止まってしまうのをいう。**朝凪《あさなぎ》**。

夕凪や仏勤めも真つ裸　宮部寸七翁
夕凪や船客すべて甲板に　五十嵐播水

極暑《ごくしょ》 夏のもっとも暑い日々のこと。暦の上の**大暑《たいしょ》**は七月の二十三、四日にあたる。**三伏《さんぷく》**というのは「夏至」のあと、第三の庚《かのえ》の日を初伏、第四の庚の日を仲伏、立秋後の第一の庚の日を末伏といい、これらの総称。

蓋あけし如く極暑の来りけり　星野立子
自らを恃みて耐ふる大暑かな　景山筍吉

旱《ひでり》　長い間雨が降らず日が照りつづけることをいう。夏に多い。**旱天**《かんてん》。**旱魃**《かんばつ》。

桟橋を足して旱の続く湖　伊藤凉志
大海のうしほはあれど旱かな　高濱虚子

草《くさ》**いきれ**　夏の日盛に野や山路などを行くと、烈日に灼かれた草の熱気でむせかえるようである。

肺熱きまで草いきれしてゐたり　岩岡中正
草いきれまでは刈られずありにけり　稲畑汀子

田水沸《たみづわ》《たみずわ》**く**　炎天下の田の水が、湯のように熱くなることをいう。

草を取るたゞ一念や田水わく　丹治蕪人
田水沸き米どころとは昔より　橋本博

水《みづ》《みず》**番**《ばん》《ばん》　夏、田の用水が盗まれるのを防ぐために見張りをすること。**夜水番**《よみづばん》。**水番小屋**《みづばんごや》。**水守**《みつも》**る**。**水盗**《みづぬす》**む**。

盗まれし水の行衛を確めに　子野日俊一郎
何事もなく水番の夜が白む　池田風比古

水喧嘩《みづげんくわ》《みずげんか》　旱魃の折、農夫たちが田の用水について争うことで、**水論**《すゐろん》、**水争**《みづあらそひ》ともいう。

婆とても負けてゐぬなり水喧嘩　永見一柴
争ひし水もほとほと無くなりし　山﨑一角

日焼田《ひやけだ》　旱が続いて水がなくなり、すっかり乾いてしまった田。**旱**《ひでり》**田**《だ》。

旱田に星空の闇広がりし　伊藤凉志
日焼田をあはれと見るも日毎かな　高濱虚子

雨《あま》《あま》**乞**《ごひ》《ごい》　旱魃になると農村では神や仏に祈って雨を呼ぶ。**雨**《あめ》**の祈**《いのり》ともいわれ、**祈雨経**《きうきやう》はそのときに誦する経。

雨乞の踊に笑ひとりもどす　宮中千秋

よひ〳〵の雨乞の火も減りにけり　高濱虚子

喜雨《きう》　旱魃が続いたとき、待ちかねた雨が降るのを喜雨という。

喜雨の虹ふるさと人と打ち仰ぎ　飯田京畔

慈雨到る絶えて久しき戸樋奏で　高濱虚子

夏の雨《なつのあめ》　㊂　梅雨や夕立といった特別のものとは違うふつうの雨で、どことなく明るくそれなりの趣がある。

音立て丶朴の広葉に夏の雨　田村三重子

夏の雨海ナ面ラ穿ち始めたる　新谷根雪

蟬《せみ》　㊂　木立の中の降るような蟬の声を**蟬時雨**《せみしぐれ》という。**油蟬**《あぶらぜみ》。**みんみん**。**唖蟬**《おしぜみ》。**初蟬**《はつぜみ》。「蜩《ひぐらし》」と「法師蟬」は秋季。

生れたる蟬にみどりの橡世界　田畑美穂女

森抜けしこと蟬時雨抜けてをり　稲畑汀子

空蟬《うつせみ》　㊂　**蟬**《せみ》**の脱殻**《ぬけがら》のこと。色は透明な褐色で、いつまでも樹木にしがみついている。**蟬**《せみ》**の殻**《から》。

草のぼりつめ空蟬となりゐたり　藤崎久を

手に置けば空蟬風にとびにけり　高濱虚子

跣足《はだし》　㊂　庭をいじったり水を撒いたりするときなど、夏は素足になる機会が多い。**跣**《はだし》。**徒跣**《はだし》。**素跣**《すあし》。

鎌持ちて女跣足でこちへ来る　高濱虚子

どうしても跣足になってしまふ児よ　稲畑汀子

裸《はだか》　炎暑の折には裸となって寛ぐことが多い。**赤裸**《あかはだか》。**素裸**《すはだか》。**丸裸**《まるはだか》。**真**《まっ》**裸**《ぱだか》。**裸人**《はだかびと》。**裸子**《はだかご》。

裸の子顔一杯に笑ひをり　上野章子

裸子をひつさげ歩く温泉の廊下　高濱虚子

肌脱《はだぬぎ》　暑いさかりには着物などの上半身を脱いで涼をとったり、汗を拭いたりする。**片肌脱**《かたはだぬぎ》。

人現れて急ぎ片肌入れらるゝ　小畑一天

這ひよれる子に肌脱ぎの乳房あり　高濱虚子

日《ひ》焼《やけ》

[三] 夏の強い日差しのため肌が黒く焼けること。

日焼して海の匂ひのする人等　野崎加栄

俳諧の旅に日焼けし汝かな　高濱虚子

赤《あか》潮《しほ》

赤《あか》潮《しお》

珪藻類や水中のプランクトンが異常発生して、水の色が赤褐色に変わることである。苦潮《にがしほ》。

赤潮の帯の礁にかゝりそむ　湯淺桃邑

赤潮の迫れる真珠筏かな　山田不染

夏《なつ》の海《うみ》

[三] 夏は海のもっとも親しい季節である。

夏の海若者のみのものならず　中西利一

壱岐の島途切れて見ゆる夏の海　高濱虚子

夏《なつ》潮《しほ》

夏《なつ》潮《しお》

[三] よく晴れた日差しに力強く輝く五月の潮、梅雨空を映して暗い六月の潮、真白な波しぶきをあげて紺碧に透きとおる七月の潮、いずれも夏《なつ》の潮《しほ》である。

国《くな》後《しり》は見えず夏潮隔てたり　高濱年尾

夏潮に道ある如く出漁す　稲畑汀子

船《ふな》遊《あそび》

[三] 夏、納涼のため海や川、湖沼などに船を出して遊ぶことをいう。遊船《いうせん》はその船のこと。

遊船を下りて船酔らしきもの　小林沙丘子

行き合ひて遊船に大小のあり　稲畑汀子

ボート

[三] 夏になると、人々は川、池、沼、湖、海などにボートを浮かべて漕ぐ。たいてい貸ボート屋がある。

夜の湖の静けさに漕ぐボートあり　藤松遊子

岸草にボート鼻突き休みをり　高濱虚子

ヨット

[三] 海や湖の風に、大きな白い三角帆をはらませ、船体を傾けて走るヨットは、見た目にも爽快である。

並走の同じ傾きヨットの帆　公文東梨

たゞ一つ湖心となりしヨットかな　高濱年尾

プール　水泳用のプールで、学校や公営の設備として、また都会では遊園地やホテルなどにもある。

影といふものなきプールサイドかな　大場洋

教室と別の貌持ちプールの子　田中由子

泳《およ》ぎ　暑くなると海や川やプールで泳ぐ。**水練《すゐれん》**。**競泳《きやうえい》**。**遠泳《あんえい》**。**泳《およ》ぎ船《ぶね》**。**水泳《すゐえい》**。**遊泳《いうえい》**。**浮袋《うきぶくろ》**。**浮輪《うきわ》**。

泳ぎより上りし母の子を抱く　粟津松彩子

長男と競ひ泳ぎて負けまじく　稲畑汀子

海水浴《かいすゐよく》《かいすいよく》　**潮浴《しほあび》**のことである。夏の暑さをしのぎ、また健康のため盛んに行なわれる。

潮浴びて他国を知らぬ子供等よ　星野立子

潮浴の貧しき一家屯せる　上野泰

海水著《かいすゐぎ》《かいすいぎ》　泳ぐために着る**水著《みづぎ》**。女性向けはファッション性が強く、色、デザインもとりどりである。**海水帽《かいすゐばう》**。

水著の娘いつまで沖を見てをるや　藤松遊子

泳げても泳げなくても水著著て　稲畑汀子

海月《くらげ》　㊂　寒天質でぶよぶよしており、傘を開閉するような格好で泳ぐ。**水母《くらげ》**。

出航に暫し間のあり海月みる　平尾圭太

潮に来る海月の縞の焦茶色　高濱年尾

夜光虫《やくわうちゆう》《やこうちゆう》　㊂　夜、海面近くに浮遊して、無数の青白い光を発する原生動物で晩夏に多い。

釣り落すものに湧き立つ夜光虫　勝尾艸央

手にふれて波さざめかす夜光虫　稲畑汀子

船虫《ふなむし》　㊂　草鞋《わらぢ》のような形で暗褐色、三〜五センチくらいの虫。岸壁や岩礁、ひき上げた舟の下などを這う。

教室に船虫這へる授業かな　真砂松韻

船虫の波に洗はれあとも無し　高濱虚子

海女《あま》 ㊂ 海にもぐって鮑《あわび》などの貝や海藻類を採る女性で、春から秋にかけて仕事をするが、夏が最盛期である。

時化あとの海が暗しと海女嘆き　中村聖鳥
桶抱いて浮いてばかりの稽古海女　土屋仙之

天草取《てんぐさとり》 ㊂ 天草は各地の比較的浅い海底の岩礁に生え、これをもぐって採る。**石花菜取《てんぐさと》る。**

いとけなく天草採りの海女といふ　清崎敏郎
客のなき宿は天草干してあり　國方きいち

荒布《あらめ》 ㊂ 海底の岩礁に叢生する若布よりは粗大な海藻。海中にあるときは褐色であるが、干すと黒く変わる。**黒菜《くろめ》。荒布舟《あらめぶね》。荒布《あらめ》刈《か》る。黒菜刈《くろめか》る。荒布干《あらめほ》す。**

荒布焚く日覆の下の大竈　森本嘯天
荒布干す岩は地の果えりも岬　岩田汀霞

昆布《こんぶ》 ㊂ 褐色の大きな海藻。舟を出し鎌で刈るなどして、これを砂浜に干し、食料とする。**昆布刈《こんぶかり》。昆布干《こんぶほ》す。**

サロマ湖と海との境昆布舟　唐笠何蝶
運ぶとは曳きずることや昆布干す　川上巨人

海蘿《ふのり》 ㊂ 糊になる飴色の海藻で岩礁に生える。天日で干し、漂白して紙のようにする。これを煮て糊をつくる。**布海苔《ふのり》。海蘿搔《ふのりかき》。海蘿干《ふのりほ》す。**

断崖の下いと小さくふのり搔　東中瓊花
海蘿搔声かけあうて巌移り　大橋宵火

海松《みる》 ㊂ 浅い海の岩礁に多い海藻である。濃緑色で根元から太い紐状に扇形にわかれ、頭は切ったように同じ高さに揃っている。**水松《みる》。みるふさ。**

海松生ひて鏡魚など住めりけり　鏡川

浜木綿《はまゆう》（はまゆふ） 関東以南の暖かい海岸の砂地に自生する。盛夏、万年青《おもと》に似た大形の広い葉の間から太い花茎が直立して頂に十数個の香りのよい白い花を傘形につける。**はまおもと。**

浜木綿のたゞ咲くばかり無人島　平林春子

釣舟の寄るだけの島はまおもと　山田皓人

避暑《ひしょ》

都会の暑さをのがれて、涼しい海岸や高原などに出かけること。**避暑《ひしょ》の旅《たび》**。**避暑客《ひしょきゃく》**。**避暑地《ひしょち》**。**避暑《ひしょ》の宿《やど》**。**銷夏《せうか》**。

ポストある茶店で書いて避暑便り　千原草之

避暑の娘に馬よボートよピンポンよ　稲畑汀子

海の日《うみのひ》

国民の祝日。平成十五年（二〇〇三）、ハッピーマンデー制度により七月第三月曜日と定められた。

山国に海の日といふ旗日来る　鈴木南子

海の日のシャンパンに空近かりし　阪西敦子

夏休《なつやすみ》

学校ではふつう七月から八月にかけて**暑中休暇《しょちゅうきゅうか》**がある。**暑中休《しょちゅうやすみ》**。

用頼むときに吾子居り夏休　依田秋葭

図書館は学生の城夏休　冨士谷清也

帰省《きせい》

勉学や仕事のために家を離れている学生や公務員、会社員などが、夏休などに帰郷すること。**帰省子《きせいし》**。

ドア開いて何時も突然帰省の子　髙橋笛美

帰省子の去にて再び妻無口　角南旦山

林間学校《りんかんがくかう》《りんかんがっこう》

小、中学校の夏休を利用して、学年単位、クラス単位で、何日か高原などで集団生活を行なうこと。

雷雨中駈けて林間学舎の子　中原一樹

日陰蝶追うて林間学校へ　高濱虚子

土用《どよう》

中国の五行説では四季の各終わりの十八、九日間を土の支配する土用とした。が、今は土用といえば夏の土用のみをいうようになった。**土用入《どよういり》**。**土用明《どようあけ》**。

土用の日浅間ヶ嶽に落ちこんだり　村上鬼城

底潮の今日は荒しと土用海女　八木耿二

暑中見舞《しよちゆうみまひ》《しょちゅうみまい》

暑さの厳しいころ、親しい人々が物を贈り合ったり、手紙で安否を尋ね合ったりすること。特に土用の場合は**土用見《どようみ》**

舞《まひ》という。

不幸なる人より暑中見舞かな　森白象

杜氏の云ふ土用見舞は酒のこと　猪野翠女

虫《むし》干《ぼし》

土用の晴天を見はからって、衣類や書籍、書画、調度品の類を陰干しにし、風を通して黴や虫害を防ぐ。書画の虫干はとくに曝書《ばくしょ》という。**虫払《むしはらひ》**。**土用干《どようぼし》**。

虫干に故人の愛でし衣裳あり　片岡我當

虫干や部屋縦横に紐わたし　高濱年尾

紙《し》魚《み》

衣類や書籍、紙類などの糊気のあるものを蝕《むしば》む害虫である。衣類には染《し》みを残す。**衣魚《しみ》**。**蠹《しみ》**。**雲母虫《きららむし》**。

紙魚食うてこゝろもとなき和綴本　片岡片々子

窯元に伝はる紙魚の図柄帖　岸川鼓蟲子

梅《うめ》干《ぼし》

梅を干すのは天気の定まった土用中がいちばん適当である。**梅漬《うめづけ》**。**梅筵《うめむしろ》**。**梅干《うめほ》す**。**干梅《ほしうめ》**。

暮し向きさして変らず梅漬ける　松尾緑富

庇影這ひゆく方に梅蓆　高濱虚子

土用浪《どようなみ》

南方の熱帯性低気圧の影響で起こる土用ごろの高浪で、おもに太平洋に面した海岸に見られる現象である。

朝市のうしろ輪島の土用浪　舘野翔鶴

土用浪玄界灘に壱岐沈む　高崎小雨城

土用芽《どようめ》

夏、土用のころ出る新芽をいう。

まろ〳〵と刈り土用芽を待つ茶山　新田千鶴子

どうだんの刈込み土用芽浮べたり　高濱年尾

土用鰻《どよううなぎ》

夏、土用の丑の日に鰻を食べると暑気負けをしないといわれ、その習慣がある。この日を**鰻《うなぎ》の日《ひ》**という。

病室へ土用鰻の御用聞　開田華羽

土用蜆《どようしじみ》

土用中の蜆をいう。夏が産卵期のようで味は落ちるが腹の薬になるともいう。「蜆」は春季。

朝の湖濁して土用蜆搔く　玉木春の泥

土用灸《どようきう》《どようきゅう》

夏の土用に灸をすえると、とくに効くといわれる。日蓮宗の寺院では土用丑の日に炮烙灸《はうろくきう》を行なう所がある。頭痛に効くという。

老夫婦うながしあひて土用灸　池田良子
梵妻の世事に習ひて土用灸　衣巻梵太郎

定斎売《ぢやうさいうり》《じようさいうり》 ㊂

暑気払いに効くという散薬の定斎を商う行商人をいう。現在ではまったく見かけない。**定斎屋《ぢやうさいや》**。

定斎屋紺の手甲で煙草吸ふ　田中秋琴女
定斎屋刻み歩みの月日かな　高濱虚子

毒消売《どくけしうり》 ㊂

食中毒、暑気あたりなどに効く解毒剤の行商人。現在はほとんど見かけない。

島町になじみ毒消売が来る　芹沢百合子

暑気払ひ《しよきはらひ》《しよきはらい》

薬を服用して暑気を払うこと、またその薬のこと。梅酒や焼酎を飲むこともある。**暑気下し《しよきくだし》**。

果しなき雲飽きみるや暑気くだし　中村若沙
もてなしの梅酒に暑気を払ふべし　櫛橋梅子

梅酒《うめしゆ》

青梅の実を焼酎につけ、氷砂糖を加えて密封貯蔵して造った酒で、**梅焼酎《うめせうちう》**ともいう。**梅酒《ばいしゆ》**。

古梅酒をたふとみ嘗むる主かな　松本たかし
医師吾に妻がつくりし梅酒あり　川田長邦

香薷散《かうじゆさん》《こうじゆさん》

香薷、厚朴《こうぼく》、陳皮《ちんぴ》、茯苓《ぶくりよう》、甘草《かんぞう》を調剤した漢方の散薬で、暑気払いに用いる。

黄塵を来し帯といて香薷散　清原枴童
何くれと母が思や香薷散　高濱虚子

枇杷葉湯《びはえふたう》《びわようとう》

暑気払いの薬として、枇杷の葉の干したものを煎じて飲む。これを枇杷葉湯という。

路地を出て路地に入りたる枇杷葉湯　若林いち子
枇杷葉湯四条横丁灯が流れ　桂星水

香水《かうすゐ》《こうすい》 ㊂　夏は汗などのにおいが強くなるので身だしなみとして使うことが多い。

香水ののこり香ほのと袖だたみ　高林三代女
香水をつけねば唯の女かな　小田尚輝

掛香《かけかう》《かけこう》 ㊂　夏期、室内の臭気を防ぎ、邪気を払うため袋に入れた香を柱などに掛けるもの、また人の身につけるものをいう。**匂ひ袋《にほひぶくろ》**は香料を入れた袋。

掛香の書院に座しぬ風去来　大森保子
母がせし掛香とかやなつかしき　高濱虚子

天瓜粉《てんくわふん》《てんかふん》 ㊂　夏、湯上がりの子供の首筋や顔から体にまで、叩いてつける白い粉で、汗疹《あせも》に効くという。

聴診器あて、輪のつく天瓜粉　大槻右城
天花粉つけて赤ん坊できあがる　坊城俊樹

桃葉湯《たうえふたう》《とうようとう》　桃の葉を入れた風呂に入ると、暑気を払い、汗疹《あせも》に効くという。一般でもまれにたてる家がある。

桃葉湯丁稚つれたる御寮人　高濱虚子

汗疹《あせも》 ㊂　汗のためにできる発疹で、赤くなり痒い。額、頸、胸などにできやすく乳幼児に多い。**あせぼ**。**汗疣《あせも》**。

休まずに働くゆゑの汗疹とも　田﨑令人
なく声の大いなるかな汗疹の児　高濱虚子

水虫《みづむし》《みずむし》 ㊂　夏、手足の指の股や足裏に生ずる伝染性の皮膚病で、非常に痒く容易に治らない。

水虫の異人に草履よろこばれ　阪東春歩

脚気《かくけ》《かっけ》 ㊂　偏食などによるビタミンB1の不足で起こる病気とされている。夏に多いので夏季とする。

橋姫へはだし詣の脚気かな　木村このゑ
脚気病んで国に帰るといとまごひ　高濱虚子

暑気中り《しよきあたり》　暑さが続くと、ちょっとしたことで下痢をしたりする。その状態をいう。**暑《あつ》さあたり**。**中暑《ちゆうしよ》**。

休診もならず医師の暑気中り　本多美勝
暑気中りしてただ寝てる徒にあらず　小澤清汀

水中り《みづあた》《みずあた》 ㊂ 夏、生水を飲んで胃腸を損なうことをいう。

もとよりも淋しき命水中り　清原枴童
へこみたる腹に臍あり水中り　高濱虚子

夏《なつ》痩《やせ》 ㊂ 夏の暑さのために食欲もなくなり、睡眠不足にもなりやすく、身心ともに疲れて痩せてくること。**夏負《なつまけ》**。

夏痩とのみ病名に誰も触れず　中森皎月
気にしても気にしなくても夏痩せて　稲畑汀子

寝《ね》冷《びえ》 ㊂ 暑いのでうっかり窓を開けたまま薄着で寝ていると、夜の冷気のために体調をそこねる。**寝冷子《ねびえご》**。

吾妹子の寝冷などとはうべなへず　深川正一郎
紅さして寝冷の顔をつくろひぬ　高濱虚子

夏風邪《なつかぜ》 ㊂ 夏にひく風邪のことである。なかなか治りにくい。

夏の風邪薬餌によらず治りけり　丸山綱女
夏風邪はなか〳〵老に重かりき　高濱虚子

コレラ ㊂ 感染症の一つで嘔吐、下痢を起こし高い死亡率を示す。最近はほとんどない。**コレラ船《ぶね》**。

コレラ船デッキに人はなかりけり　山下一行
コレラ船いつ迄沖にかゝり居る　高濱虚子

赤《せき》痢《り》 ㊂ 赤痢菌、赤痢アメーバによって起こる感染症である。近年は治療薬の進歩により多くは数日で治る。

赤痢出て野崎詣も絶えにけり　森川暁水
無医地区へ赤痢対策本部置く　平野塘青

瘧《ぎやく》 ㊂ マラリアのこと。悪寒、戦慄、特有な熱発作を繰り返しおこす感染症である。**おこり**。**わらはやみ**。

妻も子も婢もマラリヤやいかにせん　田所高峰

両の肩抱きかゝへて瘧出づ　後藤夜半

霍乱《くわくらん》《かくらん》 三

コレラに似て激しく吐いたり下痢したりする重症の急性胃腸カタル。霍乱は江戸時代に用いた病名。

霍乱にかゝらんかと思ひつゝ歩く　高濱虚子

日射病《につしやびやう》《につしやびょう》

日光の直射を受けたために起こす病気で、戸外で労働をするものに多い。幼児や老人もかかりやすい。

一行の一人が欠くる日射病　坊城としあつ

川開《かはびらき》《かわびらき》

東京隅田川で、七月下旬の土曜日に大花火を打ちあげる行事をいう。**両国の花火**《りやうごくのはなび》。その他各地の大きな川でも同様の催しがある。

ふなべりを女ゆききや川開　三宅清三郎

いさぎよき今日の暑さに川開　幸喜美

野馬追祭《のまおひまつり》《のまおいまつり》

福島県相馬市の中村神社、南相馬市原町の太田神社、南相馬市小高の小高神社の三社合同の祭りで、七月二十三日から二十五日まで行なわれる。**野馬追**《のまおひ》。

野馬追の武者に野展け山聳え　島田紅帆

野馬追をわれ雑草となりて見ん　山内山彦

天神祭《てんじんまつり》

七月二十五日、菅原道真を祀る大阪天満宮の祭礼。**天満祭**《てんままつり》または**船祭**《ふなまつり》ともいう。前日の宵宮には鉾流《ほこながし》橋から童子によって**鉾流しの神事**《ほこながしのしんじ》がある。

川すぢも川も天神祭の灯　河合正子

橋裏に響きどんどこ舟くゞる　板東福舎

堺の夜市《さかひのよいち》《さかいのよいち》

七月三十一日夜からおそくまで、堺の大浜公園で行なわれる魚夜市。

浜篝目あてに漕ぎ来夜市舟　田中秋琴女

暁け果てゝ沖に去りたる夜市船　辻本斐山

青柿《あをがき》《あおがき》

まだ熟さない青い柿である。渋くて食べられないが、葉の間にだんだん大きくなっていく。

青柿の落ちしより早かびそめし　高濱虚子

青柿のまだ小さければしきり落つ　高濱年尾

青林檎《あをりんご》《あおりんご》　早生種の林檎で夏のうちに出荷されるものをいう。剝くと変色が早いが、新鮮な酸味は捨て難い。

青林檎旅情慰むべくもなく　深見けん二

朝夕の青林檎すりみとり妻　梶尾黙魚

青胡桃《あをくるみ》《あおくるみ》　胡桃が実になったばかりで、まだ青く三、四個ずつかたまって生《な》っているのをいう。

青胡桃垂るゝ窓辺に又泊つる　山口青邨

胡麻《ごま》**の花**《はな》　花は筒状で白く、紫紅色の暈があり、一メートルほどの茎の上部の葉腋ごとに咲く。

胡麻の花を破りて蜂の臀《ゐしき》かな　西山泊雲

棉《わた》**の花**《はな》　棉の花は、葵、芙蓉などに似てかなり大きく、淡黄白色で元の方は赤い。一日花である。

山一つ見えぬテキサス棉の花　河合いづみ

休みぐせつきし日雇棉の花　目黒はるえ

苧《からむし》 三　高さ約一、二メートルの野生の草で、栽培もされる。葉は卵形で、夏、葉腋に穂状の淡緑色の小さな花をつける。茎の皮から強靱な繊維を採る。**真苧**《まを》。

苧の露白々と結びけり　奥園操子

滑莧《すべりひゆ》 三　多肉質の草で、表面がつるつるした紫赤色の葉をつけ地を這い、炎天下に黄色い五弁花を開く。**馬歯莧**《すべりひゆ》。

淋しさや花さへ上ぐる滑莧　前田普羅

瓢《ひさご》**の花**《はな》　瓢（ふくべ）は夕顔の変種で、花は白く五裂、夕顔とそっくりである。

ともしびを瓢の花に向けにけり　千　止

たのもしく瓢は花を終へにけり　川久保雨村

夕《ゆふ》《ゆう》**顔**《がほ》《がお》　平たく五裂した白い花で、瓢箪と同属である。夕方から開き一晩で萎む。観賞用草花の夜顔《よるがお》を俗に夕顔と呼ぶので混同されやすい。

夕顔のうしろの闇の深さかな　池田草衣
夕顔のまだ咲くゆゑに棚解かず　佐藤裸人

糸瓜《へちま》の花《はな》

晩夏から秋にわたって咲く、黄色い鮮やかな鐘状五裂の花である。

縁下のこぼれ糸瓜も花つけし　坂本見山

烏瓜《からすうり》の花《はな》

夕方、藪や梢にからまった蔓に白い五裂の花を開く。花弁の縁や先がさらに細く伸び、もつれ合う。

縷を吐きひらきはじめし烏瓜　河野静雲
烏瓜よごとの花に灯をかざし　星野立子

蒲《がま》 ㊂

夏、小川や池沼の泥地に群生する。葉は厚くなめらか。一メートル以上に伸び、菖蒲に似て柔らかい。

たち直るいとまもなけれ風の蒲　島田光子
雨の輪も古きけしきや蒲の池　高濱虚子

蒲の穂《がまのほ》 ㊂

蒲は直立する茎を出し、その頂上近くにビロードのような円筒形で黄褐色の花穂をつける。

蒲の穂を蜻蛉離れて船著きぬ　岡安迷子

布袋草《ほていそう》

葉柄の下部が膨らんで布袋の腹のように見える水草で、夏、淡紫色の美しい花をつける。布袋葵《ほていあふひ》。

柳川の水の明るき布袋草　目野六丘子
布袋草咲き流さるゝ風少し　鈴木半風子

水葵《みづあふひ》

水田や池沼に生え、七、八月ごろ六弁で紫または白い布袋草に似た花をつける。古名はなぎ（水葱）。

夜が明けて釣人のゐし水葱の花　志賀青研
水葱畳払はれ江津の景戻る　梶尾黙魚

睡蓮《すゐれん》

庭の池や水鉢に栽培するが、沼などに自生もする。花は蓮に似て、白、紅、黄などすがすがしいほど美しい。夕刻に花をたたみ、昼また開くので睡蓮という。未草《ひつじぐさ》。

風すぎて睡蓮の葉は又水に　水田千代子
山の池底なしと聞く未草　稲畑汀子

蓮《はす》

観賞用に池、沼に植え、また蓮根を作るために水田で栽培する。宗教上、極楽浄土の象徴の花として**蓮華**《れんげ》という。**はちす**。**蓮**《はす》**の花**《はな》。**白**《びゃく》**蓮**《れん》。**紅蓮**《べにはす》。**蓮見**《はすみ》。**蓮見舟**《はすみぶね》。**蓮池**《はすいけ》。

僧俗の膝つき合はせ蓮見舟　嵯峨柚子
前の人誰ともわかず蓮の闇　高濱虚子

茗荷《めうが》《みようが》の子《こ》《こ》

茗荷は、夏、根元に小さな花茎を出し、頂に花をつけるが、その前に取って食べる。これを茗荷の子という。**茗荷**《めうが》**汁**《じる》。「茗荷の花」は秋季。

愚にかへれと庵主の食ふや茗荷の子　村上鬼城
健啖の和尚好みの茗荷汁　江里蘆穂

新《しん》藷《いも》

夏の終りごろから出始めるさつまいも。出はじめは、指ほどに細く皮は薄く紅くて美しい。**走**《はし》**り藷**《いも》。

新藷の金時色の好もしく　大林杣平
人の世の初々しさよ走り藷　後藤比奈夫

若牛蒡《わかごばう》《わかごぼう》

夏の**新牛蒡**《しんごばう》である。牛蒡は元来晩秋のころ掘るのがふつうであるが、夏のものは細くて柔らかい。

老の歯にふれてよろしも新牛蒡　白井麦生

干瓢乾《かんぺうほ》《かんぴょうほ》す

夕顔の実を細長く紐状に剝き、竹竿などに干し連ねて干瓢をつくる。**夕顔剝**《ゆふがほむ》**く**。**新干瓢**《しんかんぺう》。

干瓢を乾すに風なき照りつゞき　桑田詠子
吹抜ける風あり土間に干瓢剝く　山﨑一角

トマト

丈は一・五メートルくらいで、葉には不規則な切れ込みがあり、実は夏から初秋にかけて熟す。**蕃茄**《あかなす》。

ころげたるトマト踏まるゝ市場かな　爲成菖蒲園
起きし子と朝の挨拶トマト切る　髙橋笛美

茄《な》子《すび》

もっとも一般的な夏野菜で、つややかな紫紺色をしている。花も夏季。**なす**。**初茄子**《はつなすび》。

もぎたての茄子の紺や籠に満てり　星野立子
茄子汁主人好めば今日も今日も　高濱虚子

鴫焼《しぎやき》
材料に油を塗って焼く料理法で茄子が代表的である。茄子《なす》の鴫焼《しぎやき》。

鴫焼に心ばかりの仏事かな　岡崎莉花女
鴫焼に貧しき瓶の味噌を叱す　高濱虚子

茄子漬《なすづけ》
茄子は塩漬、糠漬、粕漬、味噌漬など、どのように漬けてもおいしい。

妻二世なれど素直よ茄子漬くる　菊池純二
芥子漬に塩漬に茄子生るは〳〵　高濱虚子

蘇鉄の花《そてつのはな》
夏も終りのころ、葉の頂に穂が出て淡黄色の花をつける。雌雄異株。

白鳥は芝生に眠り蘇鉄咲く　佐藤念腹
塀の無き島の獄舎や花蘇鉄　目黒白水

仙人掌《さぼてん》
観賞用に栽培される熱帯植物で、多くは棘を持っている。夏、色鮮やかな花をひらく。覇王樹《さぼてん》。

掘り当てしインカの土器や野仙人掌　羽瀬記代
曖昧のなき仙人掌の花の色　小林草吾

月下美人《げつかびじん》
メキシコ原産の「くじゃくさぼてん」の一種。夏の夜、二〇センチくらいの大きく白い花を徐々にひらく。美しく香りも高い。女王花《ぢよわうくわ》。

花開く力に月下美人揺れ　藤本三楽
咲くための吐息香となる女王花　稲畑汀子

ユッカ
公園、花壇などによく植えられている。堅く鋭い剣状の葉叢から花茎を出し、鐘状で純白、淡黄、紫などの花をつける。君が代蘭はその一種である。

開拓を待ちゐる沙漠花ユッカ　吉良比呂武
ユッカ咲き沙漠の日暮れ怪しけれ　平田縫子

ダリア
メキシコ原産で日本へは天保年間に渡来したといわれる。品種が多い。ダアリア。天竺牡丹《てんぢくぼたん》。

緋ダリヤに今日も椅子並め老夫婦　左右木韋城

礫像にダリヤの花圃の中のみち　倉田青雞

向日葵《ひまはり》《ひまわり》

二メートルにも達する逞しい茎の頂に、黄色い炎のような弁にかこまれた花をつける。日車草《ひぐるまそう》。日輪草《にちりんそう》。

近づいてゆけば向日葵高くなる　石井とし夫

向日葵を描きお日様を描く子かな　藤松遊子

紅蜀葵《こうしよくき》《こうしよつき》

晩夏のころ、雄蘂の長い鮮紅色で五片の大きな一日花を横向きに開く。もみぢあふひ。

夜降って朝上がる雨紅蜀葵　河合正子

汝が為に鋏むや庭の紅蜀葵　高濱虚子

黄蜀葵《わうしよくき》《おうしよつき》

茎の高さは一メートル以上、掌状に深く裂けた葉が互生し、黄色い大輪の一日花を横向きに開く。とろろあふひ。

昼と夜とまじり合ふとき黄蜀葵　千原草之

こてふ蘭《らん》《こちようらん》

山の湿っぽい岩などにつく一〇センチほどの草。羽蝶蘭《うちようらん》、岩蘭《いわらん》とも呼ぶ。七月ごろ、薄い紅紫色の小さな花が咲く。洋蘭のファレノプシスとは違う。

胡蝶蘭花を沈めて活けらるゝ　高濱年尾

風《ふう》蘭《らん》

山中の老木に着生する。七月ごろ、蘭に似た白い五弁の花を開き、微かな香気を放つ。

風蘭に見えたる風の身ほとりに　橋田憲明

風蘭の匂ふ夜風となりにけり　土井糸子

石斛《せきこく》《せつこく》の花《はな》

ラン科の花で苔の生えた岩の上とか老木の股などに着生する。茎は節があり、夏、茎の先に白または淡紅白色の美しい花を二つずつつける。

石斛の花を宿してみな古木　古沢京

石斛に庭の歳月たゞならず　秋吉方子

縷紅草《るこうさう》《るこうそう》

蔓性で垣根や木にからみながら伸び、朝顔を小形に細長くしたような紅い花を可憐に開く。るこう。

咲き変る花の数置き縷紅草　湯川雅

縷紅草その名も知らず咲かせ住む　今井千鶴子

蔓性の落葉木で、垣根や庭木にからみながら這い上る。花は黄色みを帯びた朱色の大輪。**のうぜんかづら**。

のうぜんの幾度となく花ざかり　今井つる女
凌霄の蟻を落して風過ぎぬ　稲畑汀子

日日草《にちにちさう》《にちにちそう》

朝咲いて夕べには散るところからこの名がある。紅紫色のおしろい花に似た五弁の花が、晩夏のころから仲秋に至るまで日々咲きつづく。

花の名の日日草の凋みけり　後藤夜半

百日草《ひやくにちさう》《ひやくにちそう》

七月ごろから秋まで咲きつづけるのでこの名がある。花は菊に似ていて、多彩、一重と八重とがある。

これよりの百日草の花一つ　松本たかし
もの古りし百日草の花となり　大石暁座

千日紅《せんにちこう》

百日草よりも長く咲きつづけるところからこの名がある。花は球状の紅色、紫、白もある。**千日草**《せんにちさう》。

蕾かと見れば千日紅の花　星野椿
紅に倦むことなき淡さ千日草　稲畑汀子

玫瑰《はまなす》

落葉低木。棘のある茎には羽状複葉の葉が互生し、紅色で香りのよい五弁の茨に似た花をつける。海岸の砂地に群生し、白い花を咲かせるものもある。

玫瑰や砂丘がくれの大番屋　鈴木洋々子
玫瑰や海に逝きたる墓多し　逢坂月央子

破れ傘《やぶれがさ》

山野の樹下などに自生する。葉は掌状に深く裂け、破れ傘をひろげたように見える。

破れ傘花といふものありにけり　大久保橙青
花了へてまことその名も破れ傘　田上一蕉子

野牡丹《のぼたん》

夏から秋にかけ、枝の先に紫色の五弁の大きな花をつけてはすぐ散ってしまう。素朴で可憐な花。

野牡丹の夕べの風にはや散華　廣瀬美津穂
野牡丹の色まぎれつゝ暮れてをり　高濱年尾

竹煮草《たけにぐさ》

荒れ地や野山のどこにでも生える大形の草で葉裏も茎も白っぽい。花は茎の頂にこまかくつく。果実が風に音をたてるので、「ささやきぐさ」ともいう。

雲を出し富士の紺青竹煮草　遠藤梧逸

麒麟草《きりんさう》《きりんそう》

山地に自生する多年草。全体的に白っぽい緑色で葉は厚い。茎の先に黄色い五弁花を群がり咲かせる。

けふよりの袷病衣やきりん草　深川正一郎

虎杖《いたどり》の花《はな》

夏、穂を出し小さな白い花をたくさんつける。赤いのもある。山野のどこにでも自生している。

明月草とは虎杖の花のこと　瀧澤鶯衣

虎杖の火山灰には強き花として　中村稲雲

花魁草《おいらんさう》《おいらんそう》

直立した茎の頂に、紅紫色五弁の筒状花が群がり咲く。「くさきょうちくとう」が正名である。

揚羽蝶おいらん草にぶら下る　高野素十

黒揚羽花魁草にかけり来る　高濱虚子

鷺《さぎ》《さぎ》草《さう》《そう》

日当たりのよい山野の湿地に生えるが、観賞用にも栽培される。純白の花の形が白鷺の舞う姿に似る。

鷺草の羽ばたきしげき雨の中　小野内泉雨

鷺草の咲いて生れし風なるや　柳谷静子

えぞにう《えぞにゆう》

東北、北海道の山地に自生する。高さ二、三メートルにもなり、太い茎は直立し、七月ごろ上部に白い小さな五弁の花が傘のように群がって咲く。

えぞにうの花咲き沼は名をもたず　山口青邨

えぞにうの花のバックは海がよし　星野立子

岩煙草《いはたばこ》《いわたばこ》

山野の、日の当たらない湿った岩壁に生える。葉は煙草の葉に似ている。夏、花茎の頂に紫色の小さな花を十くらいつける。白色もある。岩菜《いはな》。岩萵苣《いはぢしや》。

はりつける岩萵苣採の命綱　杉田久女

日の洩れのほとんどなしや岩たばこ　濱田波川

岩鏡《いはかがみ》《いわかがみ》

山の岩場や高山に生える常緑多年草である。なめらかで光沢のある葉からこの名がついた。淡紅色の筒状五弁の可憐な花を総状につける。

右左岩間々々の岩かゞみ　岸　麦水
旅心ひろげてくれし岩かがみ　井尾望東

高山の礫地に自生する。七月から八月にかけて、高雅な淡紅色の花を五、六個、下向きにつける。高山の花の女王といわれる。

駒草《こまくさ》

駒草を見てまた遠き山を見る　服部圭佑
スコリアに深く根ざしてこまくさよ　山形　理

梅鉢草《うめばちさう》《うめばちそう》

山地や高原の日当たりのよいところに自生する草で、茎の頂に、梅の花に似た白い花をつける。**うめばち**。

梅鉢草とけばこぼるゝ阿蘇の土　井手藤枝
梅鉢草掘る手を火山灰に汚しもし　水上美代子

独活の花《うどのはな》

独活は山野に自生するウコギ科の多年草。花は淡緑色で小さく、球形に集まってひそやかに咲く。

山淋し萱を抽んづ独活の花　島村はじめ

灸花《やいとばな》

山野で木や竹にまつわったり、人家の生垣を這ったりする蔓性の多年草。鐘状の小さい花が集まって咲く。花の外側は灰白色、内側は紅紫色。**へくそ葛《かづら》**。

花つけてへくそかづらと謂ふ醜名　片岡亜土
名をへくそかづらとぞいふ花盛り　高濱虚子

射干《ひあふぎ》《ひおうぎ》

剣状の葉が檜扇を開いたように生い並ぶのでこの名があり、茎に、黄赤色に赤い斑点のある平たい六弁の花を次々つける。「ひめひおうぎ」は別種。

射干に娘浴衣の雫かな　松藤夏山

芭蕉の花《ばせうのはな》《ばしようのはな》

晩夏、葉の芯から花軸を横ざまに出し、次第に湾曲して大きな花穂を垂れる。**花芭蕉《はなばせう》**。

島庁や訴人もなくて花芭蕉　日野草城

南洋の雨は大粒花芭蕉　　河合いづみ

玉蜀黍《たうもろこし》《とうもろこし》の花《はな》　晩夏、二メートルにもおよぶ茎の頂につく、芒の穂に似た大きな雄花をいう。**なんばんの花《はな》**。

もろこしの雄花に広葉打ちかぶり　　高濱虚子

菅刈《すげかり》　七月ごろ、生育した菅を刈りとる。河畔や湖畔など湿地に自生するものが多い。**菅刈《すげか》る**。**菅干《すげほ》す**。

笠売れぬこと考へて菅刈れる　　稲畑廣太郎

菅刈の菅笠といふものありぬ　　小林草吾

藺刈《ゐかり》《いかり》　藺は七月中〜下旬ごろ刈る。刈りとった藺はよく干して、畳表、莫蓙に用いる。製品としての備後表は有名である。**藺刈《ゐか》る**。**藺干《ゐほ》す**。

藺刈賃もらひ土産の莫蓙もらひ　　三木朱城

一握りづつふりかぶり藺草刈る　　岡田一峰

麻《あさ》　㊂　晩夏刈りとり、皮を剝いで繊維とする。**大麻《おほあさ》**。**麻《あさ》の葉《は》**。**麻《あさ》の花《はな》**。**麻《あさ》畑《ばたけ》**。**麻刈《あさかり》**。

戸隠の社家の軒にも麻の束　　三宅まさる

麻の中雨すい〳〵と見ゆるかな　　高濱虚子

帚木《ははきぎ》　㊂　農家の庭先や畑の隅に植えられる。枝は多くに分かれ淡紅色の細かい花をつける。**ははきぐさ**。**帚草《はうきぐさ》**。

そのかたちすでに整ひ帚草　　佐藤冨士夫

陶房に働く夫婦帚草　　高濱年尾

夏萩《なつはぎ》　夏のうちに花をつける萩をいう。五月雨のころに咲く「さみだれ萩」という種類もある。

夏萩の花ある枝の長きかな　　星野立子

夏萩の余り風ある水亭に　　浅井青陽子

駒繋《こまつなぎ》　山野に自生する小低木で、高さ六〇〜九〇センチくらい。草のように見え、萩によく似た花をつける。根が地中によく張り、茎とともにはなはだ強い。

金剛の駒繋草よぢのぼる　　本田一杉

沙羅《しやら》の花《はな》

一日花。**夏椿《なつつばき》の花《はな》**である。木肌の滑らかな高木で、椿に似た白い花は小さい。「ひめしゃら」は木肌が紅みを帯び、花は小さい。ともにインドの沙羅双樹とは別種。

律院の沙羅散り敷くにまかせあり　佐藤慈童

一日の花とし沙羅の散る夕べ　大間知山子

百日紅《さるすべり》

樹皮がつるつるしていて猿も滑りそうに見えるのでこの名がある。紅色の小花が盛夏のころから秋半ばまで咲くので**百《ひやく》日紅《じつこう》**ともいわれる。白花は「百日白《ひやくじつはく》」と呼ぶ。

武家屋敷めきて宿屋や百日紅　高濱虚子

宝前の百日白に人憩ふ　高濱年尾

さびたの花《はな》

糊《のり》うつぎの花《はな》のことであるが、北海道でサビタの花と呼んでいる。夏、額《がく》の花に似た白い小さな花を円錐状に群がり咲かせる。

みづうみも熊もサビタの花も神　大石暁座

湿原の水まだ暮れず花さびた　水見悠々子

海紅豆《かいこうづ》《かいこうず》

インド原産、高さ一〇メートル以上にもなる落葉高木。幹は太くこぶがあって灰白色、枝には棘があり、枝先に真紅の大形の花房をつける。**デイゴの花《はな》**。

暑に向ふ勢ひを秘めし海紅豆　林加寸美

海紅豆咲いて南極近き国　内藤芳子

茉莉花《まつりくわ》《まつりか》 ㊂

インド原産の常緑小低木。夏、枝の先端に白く芳香のある五弁の小花を群がり咲かせる。**素馨《そけい》**などとともに総称してジャスミンとも呼ばれる。

素馨とは白き香りの白き花　後藤夜半

ジャスミンのレイを掛けられ入国す　山地曙子

ハイビスカス

二、三メートルくらいの常緑小低木で、沖縄や九州南部では庭木として栽培される。蘂のつき出た華麗な花で赤が多い。**仏桑花《ぶつさうげ》**。

夕日さす仏の国の仏桑花　松本茎日

タヒチの絵かけてハイビスカス咲かせ　内藤芳子

ブーゲンビレア

南アメリカ原産の熱帯植物。蔓状に長く伸びた茎の先に、卵形の三枚の苞が紅や紫色になり花のように美しい。**筏《いかだ》かづら**。

住みつきて筏かづらを門とせり　上ノ畑楠窓
夜も暑くブーゲンビリア咲き乱れ　山本暁鐘

病《わくら》葉《ば》 ㊂

夏、青葉の中に、黄色にあるいは白っぽくなっている葉を病葉という。土に散り落ちてもいる。

疲れたる空病葉を降らせけり　岩岡中正
病葉を振り落しつゝ椎大樹　高濱虚子

落《おと》し文《ぶみ》

栗や桜などの葉が、筒状に巻き込まれていたり、またそれらが落ちていることがある。これは「おとしぶみ」という昆虫が卵を産みつけているのである。

落し文拾ひて渡る思川　松尾ふみを
落し文開く一人をうち囲み　京極昭子

秋近《あきちか》し

まだ衰えない暑さの中にも、ふと秋の足音を聞いたと思うことがある。**秋《あき》を待《ま》つ**。

椅子の向くまゝに湖見て秋近し　大久保橙青
佳き話聞くより秋の待たれたる　桑田詠子

夜《よる》の秋《あき》

夏も終わりのころになると、夜はどことなく秋めいた感じを覚えるようになる、それをいう。

黒々と山動きけり夜の秋　星野椿
帰り来しわが家の暗し夜の秋　山田閏子

晩《ばん》夏《か》

夏の終わりのころをいう。吹く風、雲のたたずまい、草木の茂りにも、盛夏のころの勢いはない。**夏深《なつふか》し**。

庭のものみな丈高く晩夏かな　五十嵐八重子
三行の旅信届けば卓晩夏　山田弘子

佃祭《つくだまつり》

八月六、七日、東京佃島の住吉神社（海の守護神）の祭礼である。

お祭の佃は古き家並なる　浅賀魚木

子の神輿なれど佃の意地みせて　品田秀風

原爆忌《げんばくき》

昭和二十年八月六日広島、九日長崎に投下された原子爆弾によって、多くの人々の命が失われた忌日。

三日目も燃えゐし記憶原爆忌　宇川紫鳥

持ち古りし被爆者手帳原爆忌　竹下陶子

秋

八・九・十月

八月

立秋すなわち八月七・八日以後

秋《あき》 ㊂

三暑が過ぎると秋が来る。立秋（八月七、八日）から立冬（十一月七、八日）の前日まで三か月。三秋《さんしゅう》とは初秋、仲秋、晩秋をいい、秋九十日間を九秋《きゅうしゅう》と称する。ホ句《く》の秋《あき》、島《しま》の秋《あき》、野路《のぢ》の秋《あき》、窓《まど》の秋《あき》、秋《あき》の宿《やど》、秋《あき》の人《ひと》など。

秋の航一大紺円盤の中　中村草田男

よその子にかこまれて秋何話そ　高田風人子

降る火山灰に馴れねばならぬ人の秋　藤崎久を

選集を選みしよりの山の秋　高濱虚子

立秋《りっしゅう》《りつしゅう》

おおむね八月八日にあたる。**秋立**《あきた》**つ**。**秋来**《あきく》**る**。**今朝**《けさ》**の秋**《あき》。**今日**《けふ》**の秋**《あき》。

秋立ちしこと病人の力得し　松尾緑富

立秋の夜気好もしく出かけけり　高濱年尾

八月《はちがつ》《はちぐわつ》

学校の夏休もおおかた八月いっぱいは続き、残暑も厳しい。しかし暑さの中にも秋が感じられる。

八月の出演役者冥利とも　片岡我當

八月や命をかけし日を憶ふ　大塚千々二

文月《ふみづき》

陰暦七月の異称。陽暦では八月上旬立秋からのほぼ一か月。略して「ふづき」ともいう。

文月や六日も常の夜には似ず　芭蕉

文月や夫には夫のつもりごと　石村ハナ女

初秋《はつあき》

秋の初めころをいう。夏の暑さもようやく衰える気配が野山に海に見え始める。**新秋**《しんしう》。

初秋や軽き病に買ひ薬　高濱虚子

初秋や富士の見ゆるも朝のうち　稲畑汀子

桐一葉《きりひとは》

初秋、大きな桐の葉が風もなくばさりと音を立てて落ちるのをいう。「一葉《いちよう》落ちて天下の秋を知る」という「淮南子《えなんじ》」の語による。一葉《ひとは》。一葉《ひとは》の秋《あき》。

消息のつたはりしごと一葉落つ　後藤夜半
桐一葉日当りながら落ちにけり　高濱虚子

星月夜《ほしづきよ》

㊂ 月のない秋の夜、澄んだ大気をとおして、満天に輝く星の光が、月夜のように明るい。**ほしづくよ。**

ローマよりアテネは古し星月夜　五十嵐哲也
夜風ふと匂ふ潮の香星月夜　稲畑汀子

ねぶた

もとは津軽地方で「眠流し」と呼ぶ七夕の行事であった。これは暑さから来る睡魔払いの習俗に、お盆の精霊送りが加わったものといわれる。**侫武多《ねぶた》。**

ねぶた観るこの夜この刻ふるさとに　佐藤一村
この町の子供ばかりの侫武多かな　増田手古奈

竿灯祭《かんとうまつり》

青森市のねぶた、仙台市の七夕と共に東北三大祭の一つ。八月三日から六日まで秋田市で行なわれる。

竿灯の竿の撓ひて立つ高さ　田上一蕉子
竿灯や四肢逞しき若者ら　佐々木ちてき

硯洗《すずりあらひ》《すずりあらい》

七夕の前日に、文筆に携わる人や児童、生徒が硯や机を洗い、文字や文筆の上達を願う。

洗ひたる硯に侍る思ひあり　篠塚しげる
洗ひあげて端渓と知る硯かな　柴原碧水

七夕《たなばた》

五節句の一つ。現在、都会地では多く陽暦七月に行なわれる。**七夕祭《たなばたまつり》。七夕踊《たなばたをどり》。七夕竹《たなばただけ》。七夕色紙《たなばたしきし》。七夕紙《たなばたがみ》。願《ねがひ》の糸《いと》。七夕流《たなばたなが》す。**

七夕の竹をくゞりて廻診す　松岡巨籟
七夕の願の糸の長からず　稲畑汀子

星祭《ほしまつり》

七夕の夜、牽牛《けんぎう》、織女《しよくぢよ》の二星を祀る行事である。**星迎《ほしむかへ》、星合《あひ》、二《ふた》つ星《ぼし》、夫婦星《めをとぼし》、彦星《ひこぼし》、織姫《おりひめ》、星《ほし》の契《ちぎり》、星《ほし》の別《わかれ》、星今《ほしこ》宵《よひ》、星《ほし》の夜《よ》、星《ほし》の手向《たむけ》、鵲《かささぎ》の橋《はし》など。**

嫁がずに織子づとめや星まつる　前田虚洞

星祭る沼のほとりの別墅かな　高濱虚子

鵲《かささぎ》 ㊂

九州北部に棲む鳥で、肩羽や腹部が白い他は黒く、形は尾長に似ている。**かちがらす**。

鵲の半分は尾の長さかな　湯川雅

鵲鳴いてふるさとに会ふ友や亡し　藤松遊子

天の川《あまのがは》《あまのがわ》 ㊂

澄みわたった秋の夜空を仰ぎ見ると、雲のように伸び横たわった天の川が眺められる。**銀河**《ぎんが》。**銀漢**《ぎんかん》。

天の川頭上に重し祈るのみ　長谷川ふみ子

島に住むことも定めや天の川　古藤一杏子

梶の葉《かぢのは》《かじのは》

古来、七夕には七枚の梶の葉に、星に手向けの歌を書いて供える習わしがあった。

筆とりてしばらく梶の葉に対し　田畑美穂女

手をとつてかゝする梶の広葉かな　高濱虚子

梶鞠《かぢまり》《かじまり》

古く七夕の日、京都の飛鳥井、難波両家において蹴鞠の会があり、梶の枝に鞠をかけ、高弟がこれを坪の内に持参して二星に手向ける儀があった。**梶の鞠**《かぢのまり》。**七夕の鞠**《たなばたのまり》。

梶鞠や弥《いや》白妙に替の鞠　山口誓子

勅使門開けはなたれて梶の鞠　伏見一九甫

中元《ちゆうげん》

盆が近づくと、日ごろ世話になっている人々に物を贈る。**盆礼**《ぼんれい》。

母在さば遠しと言はず盆礼に　中森皎月

紙伸ばし水引なほしお中元　高濱虚子

生身魂《いきみたま》

盆は先祖の霊を祀る行事だが、生きている霊にも仕えるという考えから盆の間に父母、目上の人などの長命を祈ってその生御霊をもてなし、祝い物を贈った。**生盆**《いきぼん》。**蓮の飯**《はすのいひ》。

今年また祝はれてゐる生身魂　岡安仁義

三人の娘かしづく生身魂　稲畑汀子

迎鐘《むかへがね》《むかえがね》

八月七日から十日まで（もとは陰暦七月九日、十日）、京都東山の六道珍皇寺《ろくどうちんこうじ》で行なわれる盆の精霊迎え。**六道詣**《ろくだうまゐり》。

父のため母のため撞く迎鐘　野島無量子
逆縁の仏に迎鐘を撞く　矢倉矢行

草市《くさいち》

陰暦七月十二日の夜から十三日の朝にかけて（現在は陽暦のところもある）、魂祭に使う蓮の葉、真菰筵、苧殻《おがら》などを売る市で**盆《ぼん》の市《いち》**ともいう。

草市の終りし路地の濡れてをり　井尾望東
雑沓の中に草市立つらしき　高濱虚子

苧殻《をがら》《おがら》

皮を剝いだあとの麻の茎を干したもので、盆の供え物の箸に使い、また門火にはこれを焚く。

苧殻箸子に供ふるは短うす　伊藤糸織
人散りて売れ残りたる苧殻かな　高濱虚子

真菰の馬《まこものうま》

菰を束ねて作った馬で、精霊の乗り物としてお盆の霊棚に供える。**瓜《うり》の馬《うま》**。

傾ける真菰の馬に触るゝまじ　長田芳子
前脚ののめりがちにも瓜の馬　鹽見武弘

溝萩《みぞはぎ》

水辺に生える一メートル内外の草で、紅紫の花が穂になって咲く。仏花の意で禊萩《みそぎはぎ》が転じたものといわれる。**千屈菜**《みそはぎ》。

祖母の頃よりの溝萩田の隅に　家田小刀子
溝萩に今年の秋は迅きかな　村上三良

門火《かどび》

迎火、送火、どちらも門辺でこれを焚くので総称して門火という。

門火消え取り残されし思ひかな　副島いみ子
掃かれあるところ門火を焚きし跡　稲畑汀子

迎火《むかへび》《むかえび》

先祖の霊を迎えるために焚く火である。盆の十三日の夕方、苧殻《おがら》などを門辺で燃やす。**霊迎**《たまむかへ》。

迎火の門をたましひほどに開け　坊城俊樹
風が吹く仏来給ふけはひあり　高濱虚子

盂蘭盆《うらぼん》

七月十三日の夕方、迎火を焚いて祖先の霊を迎え、十六日の夕方送火を焚いて霊送するまでの仏事。**盆**《ぼん》。**盂蘭盆会**《うらぼんゑ》。**盆**《ぼん》

会《ゑ》。盆祭《ぼんまつり》。新盆《にひぼん》。初盆《はつぼん》。

盆僧に吠立つ犬を叱りけり　小畑一天

旧盆の島への臨時寄航かな　高濱年尾

魂祭《たままつり》

お盆の期間、霊棚を設け、祖先の霊を祀るのをいう。**精霊祭**《しやうりやうまつり》。**霊祭**《たままつり》。

草の家のうすべり敷いて霊祭　佐藤漾人

魂祭る灯の見えてをり舟世帯　細川葉風

霊棚《たまだな》

魂祭に精霊を迎え供物を供える祭壇のこと。**魂棚**《たまだな》。**菰筵**《こもむしろ》。

魂棚に母のみ知れる位牌あり　菅原獨去

霊棚に灯台光が回り来る　三星山彦

棚経《たなぎやう》

魂祭にしつらえた霊棚に向かって、僧が読経することをいう。

棚経や有髪ながらも寺を守り　森白象

棚経やくらしかたむく大檀那　川名句一歩

施餓鬼《せがき》

盂蘭盆会またはその前後の日に、諸寺院で無縁の霊を弔い供養をすることをいう。**施餓鬼棚**《せがきだな》。**施餓鬼幡**《せがきばた》。**施餓鬼寺**《せがきでら》。**川施餓鬼**《かはせがき》。**船施餓鬼**《ふなせがき》。**施餓鬼船**《せがきぶね》。

川施餓鬼夜空焦がして終りたる　吉村ひさ志

卒塔婆の白きが増えぬ施餓鬼寺　坂井建

墓参《はかまゐり》

盂蘭盆に先祖の墓に参ることをいう。**掃苔**《さうたい》。**墓掃除**《はかさうぢ》。**墓洗ふ**《はかあらふ》。**展墓**《てんぼ》。**墓参**《ぼさん》。

掃苔や十三代は盲なる　安積素顔

遺言の小さき墓に参りけり　篠塚しげる

姉と呼び通せし母の墓洗ふ　田畑美穂女

この枝も伐らんと思ふ墓掃除　星野椿

灯籠《とうろう》

盆灯籠《ぼんどうろう》をいう。**盆提灯**《ぼんぢやうちん》。**高灯籠**《たかどうろう》。**揚提灯**《あげぢやうちん》。**切子灯籠**《きりこどうろう》。**切子**《きりこ》。**切籠**《きりこ》。**折掛灯籠**《をりかけどうろう》。**花灯籠**《はなどうろう》。**絵灯籠**《ゑどうろう》。**軒灯籠**《のきどうろう》。**墓灯籠**《はかどうろう》。**灯籠店**《とうろうみせ》。

定紋の盆提灯も古りにけり　藤岡玉骨

宿坊の明け方さむき切籠かな　小川玉泉

岐阜提灯《ぎふぢやうちん》《ぎふぢようちん》 盆灯籠の一種。岐阜地方の名産で、秋草などが描いてあり、紅や紫の房を垂らした提灯である。

やうやくに岐阜提灯の明るけれ　増田手古奈

灯を入るゝ岐阜提灯や夕楽し　高濱虚子

走馬灯《そうまとう》 火を灯すと人や鳥獣などを切り抜いた厚紙の円筒が回り、薄紙や絹布を貼った外枠にその黒い影が走るように見える灯籠。**廻**《まは》**り灯籠**《どうろう》。**走馬灯**《そうばとう》。

灯を入れてより走馬灯売れ始め　浅賀魚木

買つて来てすぐつるされし走馬灯　稲畑汀子

終戦《しゆうせん》**の日**《ひ》 **八月十五日**《はちぐわつじふごにち》。昭和二十年（一九四五）、日本がポツダム宣言を受け入れ第二次世界大戦の終了した日。世界が戦争を繰り返さぬよう心に誓う日である。

位牌しかなくて終戦の日　橋本くに彦

皆違ふ重さ八月十五日　玉手のり子

盆《ぼん》**の月**《つき》 本来盂蘭盆会にあたる陰暦七月十五日の満月をいう。本来盆踊も、こうした盆の月のもとで行なわれた。

盆の月横川の僧と拝みけり　芝原無菴

此月の満れば盆の月夜かな　高濱虚子

盆狂言《ぼんきやうげん》《ぼんきようげん》 江戸時代、陰暦七月十五日を初日とする盆の芝居狂言をいった。

漁夫たちの人気をかしや盆狂言　楠目橙黄子

踊《をどり》《おどり》 **盆**《ぼん》**踊**《をどり》をいう。**踊場**《をどりば》。**踊**《をどり》**の輪**《わ》。**音頭取**《おんどとり》。**踊子**《をどりこ》。**踊手**《をどりて》。**踊笠**《をどりがさ》。**踊浴衣**《をどりゆかた》。**踊唄**《をどりうた》。**踊太鼓**《をどりだいこ》。**踊見**《をどりみ》。

暗きより出でて踊に加はりぬ　今井千鶴子

若者の帰つてきたる踊かな　須藤常央

踊れよと呼びかけられて旅の我　高濱年尾

阿波踊らしく踊れてをらずとも　稲畑汀子

精霊舟《しやうりやうぶね しようりようぶね》 盆の十六日に、盂蘭盆の供え物や飾り物などを海や川に流す。その舟をいう。**精霊流し**《しやうりやうながし》。

精霊舟前を通りぬ合掌す　田原那智雨

精霊舟発たせて星の満つる空　植田のぼる

流灯《りうとう りゆうとう》 盆の十六日に灯籠に火をつけて川や海へ流すのをいうのである。**灯籠流し**《とうろうながし》。

幸うすき流灯と見ゆ燃えにけり　石橋雄月

水に置けば浪たゞみ来る灯籠かな　高濱虚子

送火《おくりび》 盆の十六日の夜、精霊を送るため門辺で苧殻《おがら》などを焚くこと。**霊送**《たまおくり》。

送火のしぶしぶ燃ゆるあはれなり　小畑一天

送火や母が心に幾仏　高濱虚子

大文字《だいもんじ》 八月十六日の夜、京都東山如意ケ岳の山腹に、薪に火を点じて描く「大」の字形の送火。**大文字**《だいもじ》**の火**《ひ》。

近すぎて妙法の火の字とならず　清水忠彦

火の入りし順には消えず大文字　稲畑汀子

解夏《げげ》 陰暦七月十六日、一夏九旬の安居《あんご》を解くことで、**夏明**《げあき》ともいう。**夏書納**《げがきをさめ》。**送行**《そうあん》。「安居」（夏）参照。

一山を揺るがし解夏の法鼓鳴る　吉富無韻

送行の笠の紐の緒かたく結ふ　辻本青塔

摂待《せったい》 供養のため、仏家で門前に湯茶の用意をし、寺めぐりの人および往来の人に振る舞うこと。**門茶**《かどちや》。

摂待をいたゞく杖を腋ばさみ　三島牟礼矢

摂待の寺賑はしや松の奥　高濱虚子

相撲《すまふ すもう》 ㊂ わが国の国技といわれ、俳句で秋季となったのは宮中の相撲《すまいの》節会《せちえ》の行事にもとづく。**宮相撲**《みやずまふ》。**草相撲**《くさずまふ》。**角力**《すまふ》。**すまひ**。**相撲取**《すまふとり》。**辻相撲**《つじずまふ》。**江戸相撲**《えどずまふ》。**上方相撲**《かみがたずまふ》。**相撲場**《すまふば》。

兄弟の勝ち残りたる草相撲　松田きみ子

貧にして孝なる相撲負けにけり　高濱虚子

花火《はなび》　俳句では、江戸時代から秋の季題となっている。揚花火《あげはなび》。仕《し》掛花火《かけはなび》。昼花火《ひるはなび》。煙火《はなび》。遠花火《とほはなび》。花火舟《はなびぶね》。花火見《はなびみ》。花火番附《はなびばんづけ》。

空に伸ぶ花火の途の曲りつゝ　高濱虚子

山の湖の花火に更けてゆくばかり　高濱年尾

花火線香《はなびせんかう》《はなびせんこう》　発光剤を紙撚《こより》に巻き込んだもので、種類が多い。線香花火《せんかうはなび》。手花火《てはなび》。鼠花火《ねずみはなび》。

手花火の二つの闇のつながれる　中川秋太

子が花火せし後始末見て廻る　稲畑汀子

蜩《ひぐらし》　㊂　暁方や夕暮によく鳴く。夏の真昼に鳴きしきる蟬と違って、あわれもある。日暮《ひぐら》し。かなかな。

一日の雨蜩に霽れんとす　高濱年尾

蜩の最後の声の遠ざかる　稲畑汀子

法師蟬《ほふしぜみ》《ほうしぜみ》　㊂　秋風とともに鳴き始める。名は鳴き声からきている。つくつくぼふし。つくづくぼふし。

法師蟬啼きやみしかば夕勤め　能美丹詠

一声のよくつゞくなり法師蟬　高濱年尾

秋《あき》の蟬《せみ》　㊂　単に蟬といえば夏の季題であるから、秋になってから鳴く蟬をとくに秋の蟬と呼ぶのである。

秋蟬に渦潮迅し壇の浦　赤堀五百里

木洩日に鳴きつまづきて秋の蟬　稲畑汀子

残《ざん》暑《しよ》　秋になってからの暑さをいう。残暑は凌ぎ難いものであるが、いつとはなく秋風が立つ。秋暑《あきあつ》し。

戻らねばならぬ大阪秋暑し　保田晃

山の宿残暑といふも少しの間　高濱虚子

秋《あき》めく　山や川などのたたずまいがどことなく秋らしくなっていくのをいう。

日射し落ちそめて秋めく潮かな　田坂紫苑

翻りやすきものより秋めける　竹中弘明

初嵐《はつあらし》 秋の初め、野分の前ぶれのように吹く強い風をいう。

萩叢の一ゆれしたり初嵐　　大橋越央子
何となく人に親しや初嵐　　高濱虚子

新涼《しんりやう》《しんりよう》 秋はじめて催す涼しさをいう。よみがえるような新鮮な感触がある。**秋涼**《あきすず》**し**。**秋涼**《しうりやう》。

新涼の風とは俄なりしもの　　小川龍雄
折返すより新涼の馬車となる　　稲畑汀子

稲妻《いなづま》《いなずま》 〔三〕 秋の夜、遠い空に音もなく走る**稲光**《いなびかり》をいう。稲妻に対して**稲**《いね》**の殿**《との》ともいう。

地震ありし海のしきりに稲妻す　　原田杉花
稲妻の中稲妻の走りけり　　稲畑汀子

流星《りうせい》《りゅうせい》 〔三〕 秋の澄んだ夜空には流星が多く見られる。**ながれぼし**。**夜這**《よばひ》**星**《ぼし》。**星飛**《ほしと》**ぶ**。

大空のどこかゞ欠けし流れ星　　藤崎久を
さそり座を憶えし吾子に星流れ　　稲畑汀子

芙蓉《ふよう》 中国原産の二メートル前後の落葉低木で淡紅、白色のかなり大きな花を開くが一日で凋む。**花芙蓉**《はなふよう》。

白芙蓉松の雫を受けよごれ　　高濱虚子
いち早く蝕みし葉の芙蓉かな　　高濱年尾

木槿《むくげ》 朝開き、夕方には凋んでしまう。淡紫色、淡紅色、白色などあり、花片のつけ根に紅のさした**底紅**《そこべに》もある。**きはちす**。**花**《はな》**木槿**《むくげ》。**木槿垣**《むくげがき》。

底紅の咲く隣にもまなむすめ　　後藤夜半
今日の花たたみ木槿の夕べかな　　稲畑汀子

臭木《くさぎ》**の花**《はな》 山野に自生し、大きなものは三メートル以上になる。花は五弁で白い。「常山木」と書くこともあるが、これは「小くさぎ」のことで葉も花も違う。

花のなき頃の貴船の花臭木　　松尾いはほ

熔岩の花とし咲ける臭木かな　倉田青雞

鳳仙花《ほうせんくわ》《ほうせんか》

高さ五、六〇センチの茎に細長い葉が互生し、白、紅、紫などの花が秋の中ごろまで咲く。**つまくれなゐ。つまべに。**

そば通るだけではじけて鳳仙花　川口咲子
今もなほ借家暮しの鳳仙花　小林一行

白粉《おしろい》の花《はな》

よく庭先などに植えられる。高さ七、八〇センチ。節のある緑の茎をもち、茂った葉の間に香りのよいラッパ状の小花をたくさんつける。**おしろい。**

白粉の花の匂ひとたしかめぬ　今井つる女
白粉の花落ち横に縦にかな　高濱虚子

朝《あさ》《あさ》顔《がほ》《がお》

その名のとおり朝開く。赤、白、紺、絞りなど色も品種もさまざま。**漢名は牽牛花《けんぎうくわ》。**

朝顔のしづかにひらく折目かな　片岡片々子
朝顔に旅の疲れをもちこさず　豊田いし子

弁慶草《べんけいさう》《べんけいそう》

多くは観賞用、葉は多肉質で緑白色、白色で紅暈のある小花を頂に群がり咲かせる。**つきくさ。血止草《ちどめぐさ》。**

弁慶草倒れぐせつき花ざかり　安田蚃水
こはき葉の弁慶草の色やさし　辻蒼壺

大文字草《だいもんじさう》《だいもんじそう》

山地のやや湿り気のある岩に生えている雪の下の種類で、初秋、白い五弁の清楚な小花を咲かせる。

大文字草書きそこねたる一花あり　森林王
鐘釣の大文字草を忘れめや　高濱虚子

みせばや

弁慶草の一種。少し紅みを帯びた厚い葉を三枚ずつ付けた茎が垂れ下がる特性があり、淡紅色の小さい花が、茎の頂に球状に集まって開く。**たまのを。**

みせばやの葉に注ぎたる水は銀　今井千鶴子
たまのをの咲いてしみじみ島暮し　星野椿

めはじき

シソ科の二年草。夏から秋にかけて淡紅紫色の唇形花を数個ずつ葉腋につける。**益母草《やくもさう》。**

ままごとに手折りきたれる益母草　坊城としあつ
めはじきをしごけば花のこぼれけり　坊城中子

西《すゐ》《すい》瓜《くわ》《か》

わが国には江戸初期に伝えられたという。昔から七夕などに供えられ、俳句では初秋。西瓜番《すゐくわばん》。

西瓜とはたゞ蹴ころがし売れるもの　福田草一
見られゐて種出しにくき西瓜かな　稲畑汀子

西瓜提灯《すゐくわぢやうちん》《すいかぢようちん》

西瓜を刳《く》りぬいて中に蠟燭《らうそく》をともす子供の遊びである。瓜《うり》提灯《ぢやうちん》。茄子《なす》提灯《ぢやうちん》。

大きめの口あかあかと瓜提灯　高濱朋子
人顔の西瓜提灯ともし行く　高濱虚子

南《かぼ》瓜《ちや》

古くはポルトガル語に由来するぼうぶらが正しい名称であったようだ。唐茄《たうなす》ともいわれる。

おこし見るおかめ南瓜の面かな　赤星水竹居
南瓜煮てこれも仏に供へけり　高濱虚子

隠元豆《いんげんまめ》

隠元禅師が中国からもたらしたというのでその名がある。莢《さや》隠元《いんげん》。いんげん。

摘み〳〵て隠元いまは竹の先　杉田久女

藤《ふぢ》《ふじ》豆《まめ》《まめ》

蔓性で、葉は葛《くず》と似るが無毛。花は長い花柄の先にたくさん咲き、紅紫または白色。若いうちに莢ごと煮て食べる。「藤の実」とは違う。千石豆《せんごくまめ》。八升豆《はちしようまめ》。

藤豆の咲きのぼりゆく煙出し　高野素十

刀《なた》豆《まめ》

長さ三〇センチ、幅六センチもある真青な、鉈《なた》に似た莢を垂れ、中に紅や白の扁平な大きな種がある。

刀豆の鋭きそりに澄む日かな　川端茅舎
干しためし刀豆咳に効くとこそ　稲畑汀子

豇《ささ》豆《げ》

細く長い莢を結ぶ豆で、葉も実も小豆に似て小豆よりやや大きい。十六豇豆《じふろくささげ》。十八豇豆《じふはちささげ》。

大雨の土はねあげし豇豆もぐ　曾根原泉
地について曲りたわめる長豇豆　高濱虚子

小豆《あづき》《あずき》

大豆とともに昔から栽培され、莢は細長く、六、七粒の赤い豆が入っている。

躊躇へば踏み入れと云ふ干小豆　牧野素山

葛城の神々の村小豆干す　松下風草子

大豆《だいづ》《だいず》

八月ごろ取れるものと十月ごろ取れるものとがある。**大豆引《だいづひ》く**。

もういちど打つ豆殻に膝ついて　後藤夜半

不作田の畦豆もまた実らざる　村上三良

新豆腐《しんどうふ》

新大豆でつくった豆腐である。甘い風味があり、おいしい。

新豆腐それも木綿を喜ばれ　小汐大里

掌で掬ふ角の正しき新豆腐　高倉麦秋

大根《だいこん》蒔《ま》く

大根は種類により多少のずれはあるが、だいたい二百十日前後に蒔く。

一山を賄ふだけの大根蒔く　加藤窟外

大根蒔く母が死ぬまで打ちし畑　広瀬九十九

六斎念仏《ろくさいねんぶつ》

六斎踊念仏のことである。六斎とは六斎日のことで、月の八、十四、十五、二十三、二十九、三十日の六日をいい、悪鬼が現れて人命をおびやかす不吉な日として、精進潔斎して身を慎んだといわれる。

六斎の序の四つ太鼓をどり打ち　藤井秀生

地蔵盆《ぢざうぼん》《じぞうぼん》

地蔵菩薩は子供の守護仏として信仰されている。八月二十三、二十四日、四つ辻や道ばたに建てられている地蔵に、菓子、花、野菜などを供えて祭る。**地蔵祭《ぢざうまつり》**。**地蔵会《ぢざうゑ》**。**地蔵参《ぢざうまゐり》**。**六地蔵詣《ろくぢざうまゐり》**。

地蔵会をのぞきながらや通りけり　千原草之

地蔵会や線香燃ゆる草の中　高濱虚子

吉田《よしだ》の火祭《ひまつり》

八月二十六、二十七日、山梨県富士吉田市で行なわれる富士浅間《せんげん》神社の火祭りで、火伏せまつりともいい、富士山の山じまいの祭りである。

火祭の吉田に応へ富士の火も　勝俣泰亨
雨を呼ぶ慣ひは富士の火祭に　稲畑汀子

渋《しぶ》取《とり》 三

まだ青い渋柿から渋を搾り採る。**渋搗《しぶつき》**。**新渋《しんしぶ》**。**古渋《ふるしぶ》**。**しねしぶ**。

渋搗いて汚れし母をねぎらはん　斎藤双風
渋取を生活としたる島の家　高濱年尾

韮《にら》の花《はな》

秋風の立ち始めるころ、花茎の頂に白い小花が球状につく。ただ「韮」といえば春季。「花韮」（春）は別種。

暮れかぬる小面テをあげ韮の花　篠塚しげる
庭隅の韮の花とて抜き難く　星野椿

茗荷《めうが》の花《はな》

茗荷《みようが》の花《はな》

茗荷の子をそのままにしておくと、その伸びた頂に淡黄色の花をつける。

花茗荷隠るゝ土の匂ひけり　西内のり子
茗荷より咲きて茗荷の花なりし　稲畑汀子

鬱金《うこん》の花《はな》

わが国でも暖地では栽培されている。長さ五〇センチくらいの細長い葉をつけていて、その間から淡黄色の花が咲き出る。

朝露や鬱金島の秋の風　凡兆

赤《あか》のまんま

犬蓼《いぬたで》の花《はな》のことである。**赤《あか》のまま**。

山寺の咲くだけふえて赤のまま　高濱きみ子
主なき書屋に赤のまま活けて　川口咲子

蓼《たで》の花《はな》

蓼は路傍や水辺、原野などに生える一年生の野草で種類が多い。**桜蓼《さくらたで》**。**蓼《たで》の穂《ほ》**。**穂蓼《ほたで》**。

蓼の花小諸の径を斯く行かな　高濱虚子
大蓼の花手折られて挿されたる　高濱年尾

溝蕎麦《みぞそば》

多く水辺に自生し、淡紅色、淡緑色、または白色の細かな花をつける。

みぞそばの中流れ行く小川かな　増田手古奈
沢なして溝そば乱れ咲くところ　高濱年尾

水引《みづひき》《みずひき》の花《はな》《はな》

山野にも庭先にも見られる。鞭のような細長い花軸に、紅い小花をつづる。**金糸草《きんしそう》**。

水引をしごいて通る野道かな　赤星水竹居
水引の白も漸く目立ち来し　江口竹亭

煙草《たばこ》の花《はな》

煙草の茎は二メートルにも達して逞しく、その頂に淡紅色の漏斗状の花をたくさんつける。花を観賞する種類の**花《はな》煙草《たばこ》**もある。

見えて来し開拓村や花たばこ　室生礪川
乾きたる道の続くや花煙草　副島いみ子

懸煙草《かけたばこ》　㊂

煙草の葉を一枚一枚縄に挿して庭先などに懸け連ね、干すのである。**煙草刈《たばこか》る**。**若煙草《わかたばこ》**。**新煙草《しんたばこ》**。

表より裏の匂へる若煙草　後藤立夫
故人住みて煙草懸けたる小家かな　高濱虚子

カンナ

初秋、赤い花が大きな葉を抽き出て咲いているのなど、ことに美しい。

広芝の風の行方にカンナの緋　中口飛朗子
カンナ咲きつゞき家居のつゞかざる　稲畑汀子

芭《ば》《ば》蕉《せう》《しよう》　㊂

バナナに似ているが、実は生らない。長大な青い葉が特徴で、破れやすい。**芭蕉葉《ばせうば》**。**芭蕉林《ばせうりん》**。

芭蕉葉の吹かれくつがへらんとせし　清崎敏郎
月出でていよ〳〵暗し芭蕉林　大久保橙青

稲《いね》の花《はな》

稲の穂をよく見ると穎《えい》からこぼれるように白い糸のようなものが垂れている。それが花である。

一枚に見ゆる百枚稲の花　石井とし夫
まづ山に日のかたむきて稲の花　坊城としあつ

宗祇忌《そうぎき》

室町時代の連歌師飯尾宗祇の忌で陰暦七月三十日。文亀二年（一五〇二）没。享年八十二歳。

宗祇忌や大絵襖に居ながれて　齋藤香村

宗祇忌を今に修することゆかし　高濱虚子

不知火《しらぬひ》《しらぬい》

陰暦七月晦日の深夜、有明湾と八代《やつしろ》の沖に無数の灯火が現れ、一面に広がるという。俳句の上では詩趣ある不思議の火として扱っている。

わだつみの神戯るゝ不知火か　阿部小壺

不知火はわだつみ遠く燃ゆるもの　森　土秋

九月

九月《くぐわつ》《くがつ》

九月の声を聞くと、大気が澄み爽やかな秋の感じがようやく深くなる。

水音も風の音にも九月かな　副島いみ子

上著ある暮しに戻り九月かな　奥田智久

葉月《はづき》

陰暦八月の異称である。

呉服屋の葉月の誘ひ多すぎし　高橋玲子

仲秋《ちゅうしう》《ちゅうしゅう》

三秋の中の月、陰暦八月のことであるが、いまでは秋なかばのころと解してよい。

仲秋の一人偲ばむ夜のありて　梅田実三郎

仲秋や大陸に又遊ぶべく　高濱虚子

八朔《はつさく》

陰暦八月朔日《ついたち》のことである。新暦では九月上旬にあたり、いまでも農家では八朔の節句といって団子などをこしらえて祝う地方もある。**八朔《はっさく》の祝《いはひ》**。

八朔や浅黄小紋の新らしき　野坡

八朔や白かたびらのうるし紋　坂東みの介

震災忌《しんさいき》

九月一日。大正十二年（一九二三）にあった関東大地震の死者の追悼の日である。

江東に又帰り住み震災忌　大橋越央子

死と隣る過去いくたびぞ震災忌　小幡九龍

風の盆《かぜのぼん》

富山県の八尾《やつお》で九月一日から三日まで行なわれる行事。この間、人々は夜を徹して踊りとおす。

風の盆己が胡弓に目つむりて　橋内五畝

この小さき町へ町へと風の盆　稲畑汀子

二百十日《にひやくとをか》《にひやくとおか》

立春から二百十日目にあたる九月一、二日の前後、また十日後の二百二十日《にひやくはつか》は気候の変わり目で、いずれも暴風雨の襲来することが多い。厄日《やくび》。

無事に過ぐ二百十日もわが旅も　浜井那美

降り出して厄日の雨の荒れやうに　稲畑汀子

颱風《たいふう》　太平洋の南西に発生した熱帯低気圧の発達したもので、八月から九月にかけて毎年日本を襲う。

台風の来ぬ間の早き夕支度　岡安仁義

颱風の波まのあたり室戸岬　高濱年尾

野分《のわき》　秋の疾風のことで、颱風やその余波の風ともいえる。野わけ。野分後《のわきあと》。

群れ翔ちて野分の鷺の紙のごと　廣瀬河太郎

隠家も現はになりし野分かな　高濱虚子

秋出水《あきでみづ》《あきでみず》　颱風季の豪雨によって、秋も出水が多い。単に「出水」といえば夏季、五月雨《さみだれ》ごろの出水を指す。

刻なしに寺の鐘鳴る秋出水　成嶋瓢雨

鏡板に秋の出水のあとありぬ　高濱虚子

初月《はつづき》　陰暦八月初めの月をいう。仲秋の名月を待つ心から、この月に限って初めての月をめでていうのである。

竹縁の青き匂ひや初月夜　如竹

山国の瀬音は高し初月夜　江口竹亭

二日月《ふつかづき》　陰暦八月二日の月をいう。

月見月なる二日月とぞ思ふ　高林蘇城

ひんがしに金星抱いて二日月　武原はん女

三日月《みかづき》　陰暦八月三日の月である。夕暮、西の空にごくほそくかかる。新月《しんげつ》。

新月の山湖に育ちつつありし　田村おさむ

三日月のにほやかにして情あり　高濱虚子

夕月夜《ゆふづきよ》《ゆうづきよ》　㊂　新月からしばらく宵方だけ月のある夜をいう。宵月《よひづき》。夕月《ゆふづき》。

雑沓の名残り猶あり夕月夜　中口飛朗子

夕月の光とならず沈みけり　稲畑汀子

秋《あき》の夜《よ》 ㊂ 日が暮れて夜のまだ浅い間は**秋《あき》の宵《よひ》**という。

秋の夜や隠岐の地酒をすゝめらる　山内二三子

秋の夜のこころが紙に文字となる　綿谷吉男

夜《よ》長《なが》 ㊂ 実際、時間的に夜の長い冬よりも秋に夜長を感じるのは日本人独特の季節感である。**長《なが》き夜《よ》**。

子の椅子の二階に軋む夜長かな　内藤信子

長き夜の苦しみを解き給ひしや　稲畑汀子

秋《あき》の灯《ひ》 ㊂ 「灯火親しむべし」といわれる秋の夜のともしびである。**秋《しう》灯《とう》**。**秋燈《しうとう》**。**灯火親し《とうくわした》**。**灯下親し《とうかした》**。

贅沢な一人の時間灯下親し　塙　告冬

秋灯や夫婦互に無き如く　高濱虚子

夜《や》学《がく》 ㊂ 秋は学生、生徒のみならず、学問に志す者すべてが灯火の下で学ぶに適した季節である。したがって一年中ある夜学校の場合でもとくに秋季とする。**夜学子《やがくし》**。

年上の教へ子もゐる夜学かな　村中千穂子

笑はせて収拾つかぬ夜学かな　中島不識洞

夜業《やげふ》《やぎよう》 ㊂ ビルや工場で、夜まで明るく灯をともして仕事をするのを夜業という。とくに秋の夜にその趣がある。

寮母きて夜業織娘にパン配る　鈴木　学

みな灯し一人の夜業淋しからず　中川秋太

夜《よ》なべ ㊂ 秋は日が短くなるので、夜の仕事が多くなり、おそくまで精を出す。**夜仕事《よしごと》**。

つぶやいてみてもひとりや夜なべおく　藤松遊子

物落ちし音に夜なべの顔あげぬ　丸山茨月

俵《たはら》《たわら》編《あみ》《あみ》 ㊂ 農家で、新籾、新米を入れる俵を編むことである。最近、米俵が他の包装に代わり、見られなくなった。

話すうち一枚出来ぬ俵編　齋藤俳小星
大あぐらかきて俵を編み始む　朝日祐生

夜食《やしよく》 ㊂

夜なべのあとなどに農家や職場などでとる軽い食事。また夜更けまで勉強をしている学生などもとる。

どんぶりに顔を落して夜食かな　唐笠何蝶
夜食には夜食の贅のありにけり　高濱朋子

白露《はくろ》

二十四節気の一つ。陰暦八月の節で、陽暦の九月八日、九日ごろにあたる。露もしげくなるのである。

一会また神に給ひし白露の日　河野扶美
みちのくへ白露過ぎたる旅支度　星野椿

守武忌《もりたけき》

陰暦八月八日は俳諧の先駆者荒木田守武の忌日である。

お姿の二位の衣冠や守武忌　植松冬嶺星
祖《おや》を守り俳諧を守り守武忌　高濱虚子

太祇忌《たいぎき》

陰暦八月九日は天明俳諧を代表する作家、不夜庵《ふやあん》、炭太祇《たんたいぎ》の忌日である。

太祇忌やたゞ島原と聞く許り　松瀬青々

西鶴忌《さいかくき》

陰暦八月十日は井原西鶴の忌日である。近松、芭蕉とともに、元禄文学の最高峰を形づくった。

好きものの心われにも西鶴忌　矢野蓬矢
曾根崎の女将も侍り西鶴忌　中村芳子

生姜市《しやうがいち》《しようがいち》

芝大門（東京都港区）の芝大神宮で、毎年九月十一日から二十一日まで催される祭礼。土生姜を売る市が立つ。俗に「だらだら祭《まつり》」ともいう。

待ち合すともなく出会ひ生姜市　藤松遊子
陰祭とはいへだら〳〵祭かな　高濱年尾

花野《はなの》 ㊂

秋草の色とりどりに咲き乱れた野をいう。高原や北海道などを歩くと、ことにこの感が深い。

踏み入りて道はあるもの花野ゆく　板場武郎

皆花野来しとまなざし語りをり　稲畑汀子

秋草《あきくさ》 ㊂ 秋の庭園や野原を彩るいろいろな**秋の草**《あきのくさ》をいう。**色草**《いろくさ》。**千草**《ちぐさ》。

風そよぐとき秋草となりにけり　西村数

秋草の野にある心活けられし　稲畑汀子

七草《ななくさ》 ㊂ 萩、尾花、葛の花、撫子、女郎花、藤袴、朝顔の花が古来の**秋の七草**《あきのななくさ》で、今は朝顔の代わりに桔梗を入れる。

子の摘める秋七草の茎短か　星野立子

何添へむ七草揃へまださみし　上西左兌子

芒《すすき》 ㊂ **薄**《すすき》。**尾花**《をばな》。**糸芒**《いとすすき》。**一叢芒**《ひとむらすすき》。**花芒**《はなすすき》。**芒野**《すすきの》。**芒原**《すすきはら》。**鬼芒**《おにすすき》。**ますほの芒**《すすき》。**一本芒**《ひともとすすき》。**穂芒**《ほすすき》。**芒散**《すすきち》**る**。**尾花散**《をばなち》**る**。

日陰れば芒は銀を燻しけり　米岡津屋

分け入りて芒に溺れゆくごとし　山田弘子

光る時光は波に花芒　稲畑汀子

刈萱《かるかや》 ㊂ 一名**めがるかや**ともいい、高さは二メートルにもおよび芒に似ているが、花穂が小さい。

刈萱の少なき絮を浚ふ風　山崎一角

撫子《なでしこ》 ㊂ 秋の七草の中でももっとも可憐な花。茎の高さ三〇センチくらい、葉は線状で枝を分かち、その先に五弁淡紅色の優美な花をつける。**河原撫子**《かはらなでしこ》。**やまとなでしこ**。

撫子や堤ともなく草の原　高濱虚子

桔梗《ききやう》《ききよう》 ㊂ 茎の高さは八〇センチくらい。花は広がった鐘状、五裂、青紫色の美しい花である。**きちかう**。

一弁に紫を刷け白桔梗　大橋つる子

桔梗のしまひの花を剪りて挿す　高濱虚子

女郎花《をみなへし》《おみなえし》 ㊂ **をみなめし**ともいう。高さは一メートルくらいで、小さな黄色い花が傘のようにかたまって咲く。

淡けれど黄は遠くより女郎花　大久保橙青

黄色とは野にありてこそ女郎花　池田一歩

男郎花《をとこへし/おとこえし》

女郎花によく似ているが、やや丈が高く、茎も太く花は白い。咲いた感じもいくらか豊かである。

女郎花少しはなれて男郎花　星野立子
相逢うて相別るゝも男郎花　高濱虚子

藤袴《ふぢばかま/ふじばかま》

高さ一メートルばかり、下部の葉は深く三つに裂けている。茎の頂に近づくにつれ多くの枝が分かれ、藤色の小花を群がってつける。**蘭草**《らんさう》。

藤袴何色と言ひ難かりし　粟津松彩子
すがれゆく色を色とし藤袴　稲畑汀子

葛《くず》 三

蔓は樹木をよじ、地を這って、いくらでも伸び広がる。葉の裏が白いので、風が渡って、いっせいにひるがえる風情は捨てがたい。**葛**《くず》**の葉**《は》。**真葛**《まくず》。**葛**《くず》**かづら**。**真葛原**《まくずはら》。

葛たるゝ山川こゝに瀬を早み　掛木爽風
風あれば風に縋りて葛の原　稲岡長

葛の花《くずのはな》

豆の花に似た紫紅色の花が一五〜二〇センチの穂になって咲くが、大きな葉の陰に隠されがちである。

仰ぎみて葛の落花でありしこと　大橋一郎
虚子行きし旧道は荒れ葛咲けり　堤俳一佳

萩《はぎ》

古来、秋の七草の第一に置かれているが、厳密には草でなく低木である。**萩散**《はぎち》**る**。**こぼれ萩**《はぎ》。**萩**《はぎ》**の戸**《と》。**萩**《はぎ》**の宿**《やど》。**萩**《はぎ》**の主**《あるじ》。**萩見**《はぎみ》。**乱**《みだ》**れ萩**《はぎ》。**山萩**《やまはぎ》。**野萩**《のはぎ》。**萩原**《はぎはら》。**白萩**《しらはぎ》。**真萩**《まはぎ》。**小萩**《こはぎ》。

萩の野は集つてゆき山となる　藤後左右
雨幾夜風幾日萩盛り過ぎ　稲畑汀子

露《つゆ》 三

露は秋にもっとも多いので、単に露といえば秋季となっている。**露**《つゆ》**の袖**《そで》、**露**《つゆ》**の世**《よ》、**露**《つゆ》**の身**《み》などというのは、露を涙や人生のはかなさにたとえたものである。**白露**《しらつゆ》。**朝露**《あさつゆ》。**夕露**《ゆふつゆ》。**夜露**《よつゆ》。**初露**《はつつゆ》。**露**《つゆ》**の玉**《たま》。**露**《つゆ》**けし**。**露**《つゆ》**しぐれ**。**露葎**《つゆむぐら》。**露**《つゆ》**の秋**《あき》。

金剛の露ひとつぶや石の上　川端茅舎
吾も石か露の羅漢にとりまかれ　田畑美穂女

露しげき嵯峨に住み侘ぶ一比丘尼　高岡智照
露けしや星より暗き山家の灯　川田長邦
此松の下に佇めば露の我　高濱虚子

虫《むし》 ㊂ 秋鳴く虫の総称である。種類が多い。**虫《むし》の声《こゑ》**。**虫《むし》の音《ね》**。**虫時雨《むししぐれ》**。**虫《むし》の秋《あき》**。**昼《ひる》の虫《むし》**。**虫籠《むしかご》**。**虫《むし》の宿《やど》**。**虫合せ《むしあはせ》**は虫の鳴き声を相競わしめること。

虫の宿色ある声をきゝとめて　荻江寿友
湖畔宿虫鳴く夜々となりにけり　高濱年尾

虫売《むしうり》 ㊂ 鳴く音のいい松虫や鈴虫などを虫籠に入れて夜店や道ばた、デパートなどで売っている。

虫売の老いたる顔をうつむけて　成瀬正とし
虫売の荷を下ろすとき喧しき　高濱虚子

松虫《まつむし》 ㊂ いわゆる「チンチロリン」で、鈴虫よりもちょっと大きく舟形である。

松虫の鳴き加はりて暮色濃し　築山能波
松虫に恋しき人の書斎かな　高濱虚子

鈴虫《すずむし》 ㊂ リーンリーンと、鈴を振るようにつづけて鳴く虫。

鈴虫の逃げしと思ふ鳴きゐたり　高濱年尾
鈴虫の鳴き継ぐ夜を書き継げる　稲畑汀子

馬追《うまおひ》《うまおい》 ㊂ うす緑色でかなり大きな虫である。**すいっちょ**ともいい、ジースイッチョンとも聞こえる。

馬追が機の縦糸切るといふ　有本銘仙
スイッチヨと鳴くはたしかに蓮の中　高濱虚子

蟋蟀《こほろぎ》《こおろぎ》 ㊂ たいへん種類が多いが大形と小形とがあり、体は黒茶色で艶がある。昔は「きりぎりす」と混同されていた。**ちちろ虫《むし》**。**つづれさせ**。

こほろぎの疲れもみせず明けにけり　梅山香子
夜の雨の音をさまりしつづれさせ　荒川ともゑ

竈馬《いとど》 三　黄褐色で蝦《えび》のように曲がり、長い触角を持ち、長大な後肢でよく跳躍する。翅がないので鳴かない。

海士の屋は小海老にまじるいとどかな　芭蕉
糸屑を引いて機場の夜のいとど　村松かず枝

草雲雀《くさひばり》 三　体は小さく八ミリくらいだが、声は長く透きとおってフィリリ、フィリリと聞こえる。

草ひばり月にかざして買ひにけり　中村秀好
姿あるものとも覚えず草ひばり　仙石隆子

蟋蟀《きりぎりす》 三　色は緑色か褐色、体長三・五センチくらい。鳴き声はギーと一声、しばらく置いてチョンと結び、これを繰り返す。**蛬**《きりぎりす》。**はたおり**は別種。

捕る子なき島の畑のきり〴〵す　高尾千草
機織虫の鳴き響きつゝ飛びにけり　高濱虚子

轡虫《くつわむし》 三　蟋蟀《きりぎりす》に似ているが、形は大きくガチャガチャと大きな声で鳴く。緑色と褐色とがある。**がちや〳〵**。

轡虫昂ぶるばかり津和野の夜　高木石子
ひと眠りしてがちやがちやに覚めてゐし　山崎一角

鉦叩《かねたたき》 三　チンチンと鉦を叩くように鳴く。秋も深くなってくるとまぎれこむのか家の中でも鳴くようになる。

目を病めば今宵も早寝鉦叩　小坂螢泉
鉦叩昼を淋しくすることも　稲畑汀子

邯鄲《かんたん》 三　体長一・五センチくらい、淡い黄緑色で、長い触角を持ち、ル、ル、ル、ルと美しい声で鳴く。

邯鄲を遠き音色と思ひ聴く　工藤いはほ
邯鄲の遠きは風に消えにけり　井上波二

茶立虫《ちやたてむし》 三　障子のところなどでサッサッサッと茶を点てるのに似た音をだすのでこの名がある。**あづきあらひ**。

宿帳にしるしてをれば茶立虫　中村秀好
古寺の大き障子や茶立虫　小出南總子

蚯蚓鳴《みみずな》く 三 夜間あるいは雨の日などに、ジーッと細く長く切れ目なく鳴くのを昔から蚯蚓が鳴くといった。

蚯蚓鳴く六波羅密寺しんのやみ　川端茅舎

三味線をひくも淋しや蚯蚓なく　高濱虚子

螻蛄鳴《けらな》く 三 三センチくらい、蟋蟀《こおろぎ》に似て形悪く泥色の虫で、湿った土中に棲み、雄がジーッと単調に鳴く。

盲人に空耳はなく螻蛄鳴けり　三島牟礼矢

地虫鳴《ぢむしな》く《じむしな》 三 ジージーッと地中の虫が鳴くように聞こえるのは、実際には螻蛄の鳴く声であろうか。

地虫鳴く高千穂野ゆく夕月に　白川朝帆

地虫鳴ききのふの如くおもはるゝ　平松小いとゞ

蓑《みの》 虫《むし》 三 木の細枝や葉を綴り合わせて灰褐色の蓑のような巣を作り、その中に棲んでいる蓑蛾の幼虫である。よく枝からぶら下がって揺れている。蓑虫鳴《みのむしな》くとして季題にしたが、実際には鳴かない。

蓑虫の父よと鳴きて母もなし　高濱虚子

みの虫の糸の光れる時のあり　高濱年尾

蟷《たう》《とう》 螂《らう》《ろう》 三 かまきりのこと。いぼむしり。

とぶ力見せ蟷螂の枯れてゐず　松尾白汀

案外に飛距離のありしいぼむしり　湯川雅

芋《いも》 虫《むし》 三 蛾の幼虫で、芋の葉にいる丸々と太った虫。たいがい青いが、黒、褐色のもいる。

芋虫も悲鳴も大きかりしかな　河野美奇

命かけて芋虫憎む女かな　高濱虚子

放屁虫《へひりむし》 三 二センチくらいの黄色みを帯びた虫で、危険を感ずると悪臭の強いガスを出す。

世に忘れられて気まゝや放屁虫　石田雨圃子

うくわつにもふれてしまひし放屁虫　濱口星火

秋蚕《あきご》

秋に飼う蚕である。「春蚕」「夏蚕」に対していう。上蔟《あがり》までの日数が短いので手数はかからない。

貰ひ桑あてての秋蚕を少し飼ふ　鈴木秋翠

横山を下りれば秋蚕飼へる家　高濱虚子

秋繭《あきまゆ》

秋にできあがる繭である。糸の性質は春蚕のものよりいくらか劣る。単に「繭」といえば夏季となる。

秋繭に煮えたちし湯や高はじき　飯田蛇笏

放生会《はうじやうゑ》《ほうじょうえ》

捕らえた魚や鳥を放ち供養する行事。古く陰暦八月十五日、各地の八幡宮で例祭のときに行なわれた。**八幡放生会**《やはたはうじやうゑ》。**八幡祭**《はたまつり》。京都の石清水《いわしみず》八幡宮では**中秋祭**《ちゅうしゅうさい》、**男山祭**《をとこやままつり》、**南祭**《みなみまつり》ともいい、現在は**石清水祭**《いはしみづまつり》と呼ぶ。

店はなの吊りすつぽんや放生会　河野静雲

男山そびらに舞楽放生会　谷口八星

御遷宮《ごせんぐう》

伊勢皇大神宮は、二十年ごとに正殿および御垣内の殿舎を隣にある古殿地に新造し、神座を遷すことが行なわれてきた。これを御遷宮という。**伊勢御遷宮**《いせごせんぐう》。

尊さに皆押あひぬ御遷宮　芭蕉

御遷宮たゞ〳〵青き深空かな　鳳朗

敬老の日《けいらうのひ》《けいろうのひ》

九月第三月曜日。昭和四十一年（一九六六）に国民の祝日として制定された。

敬老の日とて灸を据ゑ呉るゝ　小畑一天

としよりの日をわがこととして迎ふ　前内木耳

初潮《はつしほ》《はつしお》

陰暦八月十五日の大潮のことで、陰暦二月の春潮《しゅんちょう》とともに潮の干満の差がもっとも激しい。**葉月潮**《はづきじほ》。

家船といふ風俗や葉月潮　森信坤者

初潮に沈みて深き四ッ手かな　高濱虚子

秋の潮《あきのしほ》《あきのしお》 ㊂

秋の海の潮である。潮の色も夏の明るさから、紺碧の深い色に変わっていく。干満の差が激しい。

天草の見ゆる秋潮くみ連れて　坊城菫子

ゆるやかに帆船はひりぬ秋の汐　高濱虚子

月《つき》 ㈢　「月」といえば**秋《あき》の月《つき》**をいい、古来詩歌にも多く詠まれてきた。**月《つき》白《しろ》**は月が出ようとして空が明るくなるのをいう。**月《つき》の出《で》**。**月明《げつめい》**。**月《つき》の道《みち》**。**遅月《おそづき》**。**弓張月《ゆみはりづき》**。**宿《やど》の月《つき》**。**庵《いほ》の月《つき》**。**閨《ねや》の月《つき》**。**月《つき》の秋《あき》**。**月夜《つきよ》**。**月《つき》夜《よ》**。**夜《よ》の月《つき》**。

父が附けし吾名立子や月を仰ぐ　星野立子
月すでに海ひきはなしつゝありぬ　田畑美穂女
山裾に庵りしゆゑに月遅く　斎藤双風
清閑にあれば月出づおのづから　高濱虚子
月の波消え月の波生れつゝ　稲畑汀子

待宵《まつよひ》《まつよい》　陰暦八月十四日の夜をいう。明日の名月を待つ宵の意味である。またその夜の月をもいう。**小望月《こもちづき》**。

待宵の月がこぼせる雨少し　古賀昭浩
待宵の心に添はぬ雨なりし　稲畑汀子

名月《めいげつ》　陰暦八月十五日、仲秋の月をいう。**明月《めいげつ》**。**望月《もちづき》**。**満月《まんげつ》**。**十五《じふご》夜《や》**。**今日《けふ》の月《つき》**。**月今宵《つきこよひ》**。**芋名月《いもめいげつ》**。

みちのくの濤音荒し望の夜も　成瀬正俊
十五夜の高まりゆきて力ぬけ　松本たかし

月見《つきみ》　秋の月を観賞することであるが、名月と十三夜の月見をいう場合が多い。**月《つき》の友《とも》**は月見をする連れ。**観月《くわんげつ》**。**月見船《つきみぶね》**。**月《つき》の宴《えん》**。**月《つき》の客《きやく》**。

月の友三人を追ふ一人かな　高濱虚子
姨捨の山家の搗ける月見餅　荒川あつし

良夜《りやうや》《りようや》　秋の月がくまなく照らす夜のこと。いまではもっぱら名月の夜をいうようになった。

かゝはりもなくて良夜を蚤早寝　松本巨草
死を告げて患家出づれば良夜なる　原田一郎

無月《むげつ》　陰暦八月十五日の夜、雲が出たりして仲秋の名月を見ることができない場合をいう。「雨月」をも含んだ広い意味に用いられる。

町の灯に無月の空のあるばかり　水谷千家
酔ふほどに無月の情の濃かりけり　國井月皎

雨月《うげつ》

名月が雨で見えないことをいう。

早々と書斎に籠る雨月かな　片桐孝明
寝るまでは明るかりしが月の雨　高濱虚子

枝豆《えだまめ》

熟さない青い大豆を、莢《さや》ごと塩茹《ゆ》でにしたもの。**月見豆**《つきみまめ》。

朝市の走り枝豆すぐ売れて　柿島貫之
枝豆を喰へば雨月の情あり　高濱虚子

芋《いも》 ㊂

古来、芋といえば里芋《さといも》のこと。**八頭**《やつがしら》。**親芋**《おやいも》。**子芋**《こいも》。**芋の秋**《いものあき》。**芋の露**《つゆ》。**芋畑**《いもばたけ》。**芋掘**《いもほ》**る**。

芋の露連山影を正しうす　飯田蛇笏
芋畑に鍬をかついで現れし　高濱虚子

芋水車《いもずゐしや》《いもずいしや》 ㊂

渓流の多い農山村で里芋を洗うための生活用具である。一般には「芋洗い」という。

芋水車廻れるさまも去年のごと　笹原耕春
水痩せてしぶ〳〵廻る芋水車　穴井子龍

衣被《きぬかつぎ》 ㊂

里芋の子を皮のまま茹《ゆ》でたもの。塩をつけて温かいうちに食べる。名月には欠かせない供物の一つ。

衣被剝くにつけても不器用な　島田みつ子
初ものと言ふは不揃ひ衣被　藤浦昭代

芋茎《ずいき》《ずゐき》 ㊂

里芋の茎のことで、生でも汁などに入れるが、多くはこれを干して保存する。**芋幹**《いもがら》。**ずゐき汁**《じる》。

谷戸深くどこの家にも芋茎干し　辻萍花
手にとりてまこと軽しや干芋茎　宮本寒山

十六夜《いざよひ》《いさよい》

陰暦八月十六日の夜、またはその夜の月である。**十六夜**《いざよひ》。**既望**《きばう》。

十六夜の月のゆらりと上りたる　後藤比奈夫

此行やいざよふ月を見て終る　高濱虚子

立待月《たちまちづき》

陰暦八月十七日の夜の月である。だんだん月の出が遅れ、立って待っているうちに出る月という意。

立待や森の穂を出づ星一つ　佐藤念腹

雨つづく立待月もあきらめて　稲畑汀子

居待月《ゐまちづき》《いまちづき》

陰暦八月十八日の夜の月である。立待月より少し遅れ、家の中でゆっくり座って待っている心持。

来るなとは来よといふこと居待月　小坂田規子

妻も酒少したしなみ居待月　川田長邦

臥待月《ふしまちづき》

陰暦八月十九日の夜の月である。一日一日遅くなる月の出を、臥床《ふしど》の中で待つ心持である。**寝待月《ねまちづき》**。

黒雲のまゆずみの下寝待月　平松措大

雨に飽き臥待月を見せし雲　吉村ひさ志

更待月《ふけまちづき》

陰暦八月二十日の夜の月である。臥待よりなお遅れるのを待つ心持がある。

機終ふ更待月の出る頃と　勝俣のぼる

更待の月を帰国にともなへり　稲畑汀子

二十三夜《にじふさんや》《にじゆうさんや》

陰暦八月二十三夜の月をいう。夜更けて上る下弦の月である。**二十三夜待《にじふさんやまち》**。

釣人に二十三夜の月暗く　矢野秋色

宵闇《よひやみ》《よいやみ》 三

陰暦二十日以後になると、月は十時過ぎにならないと出ない。それまでの闇を宵闇という。

宵闇や思はぬ雨の降り出でし　星野立子

宵闇の裏門を出る使かな　高濱虚子

子規忌《しきき》

九月十九日、正岡子規の忌日。明治三十五年に三十六歳で没し、墓は田端の大龍寺。**糸瓜忌《へちまき》**。**獺祭忌《だつさいき》**。

話し置くこと我にあり獺祭忌　深川正一郎

老いて尚君を宗とす子規忌かな　高濱虚子

子規忌修す寺とし古りて馴染みけり　高濱年尾

霧《きり》 三 霞も霧も現象的には同じであるが、いつからか霞は春季、霧は秋季と定まった。**朝霧《あさぎり》**。**夕霧《ゆふぎり》**。**夜霧《よぎり》**。**川霧《かはぎり》**。**海霧《がす》**。**濃霧《のうむ》**。**さ霧《ぎり》**。**霧雨《きりさめ》**。**霧《きり》の海《うみ》**は一面の霧。

山荘の夜霧の深さ消灯す　松本博之
灯台は低く霧笛は峙てり　高濱虚子
襲ひ来しはじめの霧の匂ひけり　高濱年尾
山荘の霧深き夜は音なき夜　稲畑汀子

蜉蝣《かげろふ》《かげろう》 三 一〜一・五センチくらいの細い体に、形は蜻蛉《とんぼ》に似て薄くて透明な淡黄色の翅をもつ昆虫である。

かげろふのおのれみどりのすきとほり　下村福
蜉蝣の夕べ群れとぶ古戦場　吉年虹二

うすばかげろふ《うすばかげろう》 三 蟻地獄の成虫で、蜉蝣《かげろう》の一種。体は暗褐色で、翅はすきとおり、広げると八センチくらい。頼りなげに飛ぶ。

稿汚す灯下にうすばかげろふも　稲畑汀子
とぶときのうすばかげろふ翅見えず　五十嵐播水

草蜉蝣《くさかげろふ》《くさかげろう》 三 形は蜻蛉に似ているが小さく、緑色をしていて、翅は透明で美しい。この虫の卵が「優曇華《うどんげ》」(夏季)。

月に飛び月の色なり草かげろふ　中村草田男

蜻蛉《とんぼ》 三 **とんぼう**。**あきつ**。**赤蜻蛉《あかとんぼ》**。**精霊蜻蛉《しやうりやうとんぼ》**。**やんま**。**とんぼつり**。

とゞまればあたりにふゆる蜻蛉かな　中村汀女
公園の砂場に吾子と赤とんぼ　米倉ミチル
よるべなき草をよるべとして蜻蛉　稲畑汀子

秋《あき》の蝶《てふ》《ちよう》 三 秋に飛んでいる蝶のことをいう。

秋蝶のもつれてとけてよそよそし　高槻青柚子
秋蝶を見しより風の美しく　岩垣子鹿

秋《あき》《あき》の蠅《はへ》《はえ》 ㊂ 夏はうるさい蠅も、秋になるとだんだん気力が衰え、動きも鈍くなる。

夜の客に翅ひゞかせて秋の蠅　飯田蛇笏
秋の蠅生れしばかりの牛の子に　粟津松彩子

秋《あき》の蚊《か》 ㊂ 秋なお残って人を刺す蚊は執念深く憎くもあるが、どこか哀れでもある。

秋の蚊のよろめきながら止りけり　坂井建
秋の蚊の灯より下り来し軽さかな　高濱年尾

秋《あき》の蚊帳《かや》 ㊂ 秋に入ってもしばらくは吊ったり、しまわないで手近に出しておく蚊帳のこと。**秋《あき》の幮《かや》**。**九月蚊帳《くぐわつがや》**。

秋蚊帳の白きところは白き継　村尾梅風
秋の蚊帳半分吊ってわづらへる　林克己

蚊帳《かや》の別《わか》れ ひと夏、親しんできた蚊帳の匂いと感触に別れる感じをいう。**蚊帳《かや》の果《はて》**。**蚊帳《かや》の名残《なごり》**。

おとゞいの語りあかしや名残蚊帳　矢野蓬矢
ねんごろに妻とたゝみぬ別れ蚊帳　池田紫酔

秋《あき》簾《すだれ》 ㊂ 秋に入ってもなお掛け続けている簾である。すでに色あせ、疲れた感じに垂れ下がっている。

やゝ暗きことに落ちつき秋簾　今井つる女
妻もまた世事にはうとく秋簾　松岡ひでたか

秋《あき》《あき》扇《あふぎ》《おうぎ》 ㊂ 秋になっても使われている扇か、もしくは不用になってもしばらくは手近なところにある扇をいう。**扇置《あふぎお》く**。**捨扇《すてあふぎ》**。**忘《わす》れ扇《あふぎ》**。

芸に身をたてる気はなし秋扇　吉田小幸
秋扇を遣ひつゝ僧上堂す　高濱年尾

秋団扇《あきうちは》《あきうちわ》 ㊂ 秋になって、ときおりは使われるが大方はかえりみられぬまま身のまわりにある団扇のこと。**捨団扇《すてうちは》**。

看とり女の疲れてをりし秋団扇　石川星水女
まだ置いてある秋団扇あれば手に　稲畑汀子

秋日傘《あきひがさ》 三 秋になっても暑い日は多い。婦人たちは耐えがたい秋の日差しを避けるために日傘をさして外出する。

前を行く一つまぶしき秋日傘　千原草之

秋日傘汚れしほどに持ち馴れし　稲畑汀子

秋袷《あきあはせ》 秋になって着る袷である。単に「袷」といえば初夏の季題である。**秋の袷《あきのあはせ》**。**後の袷《のちのあはせ》**。

ひとり身に似てこの頃の秋袷　田畑美穂女

襟合すとき背を正し秋袷　原田一郎

富士の初雪《ふじのはつゆき》 富士に初雪の降るのは九月下旬ごろである。

帰りには初雪の富士車窓にす　森口住子

秋彼岸《あきひがん》 秋分を中日として前後合わせての七日間。**後の彼岸《のちのひがん》**。**秋彼岸会《あきひがんゑ》**。単に「彼岸」といえば春の彼岸を指す。

病む妻にふるさと遠き秋彼岸　川口利夫

秋彼岸にも忌日にも遅れしが　高濱虚子

秋分の日《しうぶんのひ》 九月二十三日ごろで国民の祝日。秋分は二十四節気の一つで、昼夜の長さが等しくなる。

わが旅の秋分の日は晴る丶筈　日元淑美

秋遍路《あきへんろ》 三 「遍路」は春の季題となっているが、秋にもまたよく見かける。

堂守を頼りに病める秋遍路　細川憲也

予の国の大入日かな秋遍路　浅井青陽子

蛇穴に入る《へびあなにいる》 蛇は寒くなると穴に籠って冬眠する。その穴に入るのは秋の彼岸とされている。**秋の蛇《あきのへび》**。

己が身をひきずり逃げぬ秋の蛇　今村晩果

穴まどひ《あなまどい》 蛇は秋の彼岸に穴に入るといわれるが、彼岸を過ぎても入らない蛇を穴まどいという。

穴惑ふあたりの草の深さかな　山岡三重史

穴惑よけて通りし足使ひ　高濱年尾

雁《かり》 ㊂ 雁は秋、北方から渡って来て、各地の湖沼で冬を越し、春また北へ帰って行く。古来、詩歌には因縁の深い鳥である。**がん**。**かりがね**。**初雁**《はつかり》。**雁渡る**《かりわた》。**雁来る**《かりきた》。**来**《く》**る雁**《かり》。**落雁**《らくがん》。**雁鳴**《かりな》**く**。

かりがねの低ければ沼近からん　堀前小木菟

町人は雁渡ること知らざりし　高濱年尾

雁瘡《がんがさ》 ㊂ 発疹性皮膚病の一種で、痒く頑固な病である。雁が渡って来るころ発生し、帰るころに治るといわれる。

雁がさを病む小説の主人公　坊城としあつ

雁瘡やむらさき色の塗り薬　柴原保佳

燕帰《つばめかへ》《つばめかえ》**る**

燕は秋、南方へ帰る。**帰**《かへ》**る燕**《つばめ》。**去**《い》**ぬ燕**《つばめ》。**帰燕**《きえん》。**秋燕**《あきつばめ》。

牡丹《ぼたん》**の根分**《ねわけ》

牡丹は秋彼岸前後に根分けをするが、近年はつぎ木によって殖やすのがふつうのようである。

アマゾンへ発つ日帰燕に会ひしこと　山田桂梧

秋燕の富士の高さを越えにけり　稲畑汀子

山谷や牡丹根分の只一寺　池田義朗

ぼうたんの根分教師の日曜日　増淵一穂

曼珠沙華《まんじゆさげ》

秋の彼岸ごろに花茎だけを三、四〇センチくらいに伸ばし、頂に蘂の長い真赤な花を輪状に咲かせる。畦や堤などにむらがり生える。**彼岸花**《ひがんばな》。**曼珠沙華**《まんじゆしやげ》。

だしぬけに咲かねばならぬ曼珠沙華　後藤夜半

唐突に月日知らせし曼珠沙華　谷口和子

鶏頭《けいとう》 ㊂ 花の色や形が鶏のとさかに似ているのでこの名がある。**鶏頭**《けいとう》**花**《くわ》。

鶏頭のうしろまでよく掃かれあり　高濱虚子

鶏頭のなくてはならぬ今日の供華　稲畑汀子

葉鶏頭《はげいとう》 ㊂ 葉の形が鶏頭に似ているがもっと大きく美しく、その葉を観賞する。**雁来紅**《がんらいこう》。**かまつか**。

干してある数の貸傘葉鶏頭　麻田椎花

今日の日もかまつかも燃えつくしたる　深見けん二

早稲《わせ》

早く実る種類の稲のことである。**早稲田《わせだ》**。**早稲刈《わせか》る**。

葛飾や水漬きながらも早稲の秋　水原秋桜子

父の忌の早稲の刈りある家郷かな　鈴木穀雨

菜種蒔《なたねま》く

菜種菜は油菜のことである。九月から十月にかけて種蒔きをする。

つや〳〵と黒き菜種を蒔きにけり　美津女

秋《あき》の海《うみ》 ㊂

秋天の下に広がる秋の海には、海水浴などで賑わった夏の海の明るさはない。**秋《あき》の浪《なみ》**。**秋《あき》の浜《はま》**。

引揚ぐる船をひうつ秋の浪　高濱虚子

海女のその物語いま秋の海　稲畑汀子

秋《あき》鯖《さば》 ㊂

秋になって脂がのってくる鯖は本鯖という種類で、「秋鯖は嫁に食わすな」といわれるくらいうまい。

秋鯖がうまし〳〵と朝市女　山下静居

太刀魚《たちうを》《たちうお》 ㊂

体長五〇センチから一・五メートルにもおよび、太刀の形に見えるので太刀魚という。

水俣の岬一と刻の太刀魚の潮　毛利提河

秋刀魚《さんま》 ㊂

秋刀魚の群れは秋風とともに北海道あたりから南下し、秋の深まるにつれて季節の魚として食卓に上る。

平凡な妻と言はれて秋刀魚焼く　上原鬼灯

秋刀魚焼く匂ひ我が家でありにけり　井上虹意知

鰯《いわし》 ㊂

だいたい秋に漁獲が多く、旬にあたる。**裂鱠《さきなます》**、たたきなどにするとうまい。**鰛《いわし》**。**真鰯《まいわし》**。**秋鰯《あきいわし》**。**鰯売《いわしうり》**。

見えて来る鰯の群れに村総出　石田ゆき緒

戻りくる波より低き鰯舟　堀本婦美

鰯《いわし》引《ひき》 ㊂

網を引いて鰯を捕ることをいうので、地方によってその時期や方法も違う。**鰯網《いわしあみ》**。**鰯船《いわしぶね》**。

よそ者とうとまれながら鰯引く　足立堂村

佐渡見ゆる日は能登も見え鰯汲む　小林樹巴

鰯雲《いわしぐも》 ㊂ 真青に澄んだ空に、小さな白い雲のかたまりが鱗のように群れ広がっているのをいう。

駅を出て旅の終りし鰯雲　岩田公次

鰯雲日和いよ〱定まりぬ　高濱虚子

鮭《さけ》 ㊂ 秋の産卵期になると、大群をなして川をさかのぼってくる。これを捕るのである。鮞《はららご》は一般に魚の卵のことであるが、俳句では鮭の卵として詠まれている。**初鮭**《はつざけ》。**鮭小屋**《さけごや》。

鮭のぼる河口と見れば啻ならず　後藤一秋

オホーツクを引きしぼり鮭網あぐる　広川康子

鱸《すずき》 ㊂ 沿岸の浅海に産し川にもさかのぼる。体は銀青色で口が大きい。**すずき釣**《つり》。**すずき網**《あみ》。**すずき鱠**《なます》。

舟板に撲たれ横たふ鱸かな　楠目橙黄子

鱸釣る一ト潮の刻のがすまじ　石毛昇風

鯊《はぜ》 ㊂ 体長二〇センチくらいになる魚で、口が大きくてちょっと愛嬌がある。**鯊日和**《はぜびより》。**鯊**《はぜ》**の潮**《しほ》。**鯊**《はぜ》**の秋**《あき》。**ふるせ**。

鯊の潮さゞめき来り沖は雨　石田ゆき緒

荷船にも釣る人ありて鯊の潮　高濱虚子

鯊《はぜ》**釣**《つり》 ㊂ 鯊は河口や浅海に多く、八月ごろから釣れるが秋の彼岸ごろがもっともよく釣れる。**鯊舟**《はぜぶね》。

鯊の竿粗末な方が釣れにけり　小島延介

一日を鯊釣ることに過しけり　高濱年尾

根《ね》**釣**《づり》 ㊂ 根というのは海底の岩礁のこと。秋、岸の根に寄って来る魚を岩頭に立って釣るのである。**岸釣**《きしづり》。

どこをどう下りてゆきしか根釣人　西山波木

不機嫌の魚籠覗かれし根釣人　大沢詩雨平

鰍《かじか》 ㊂ 淡水魚の、石伏《いしぶし》とか川おこぜとかいわれているものを指す。鯊に似て頭が大きく、背は灰色で黒い縞がある。

あやまりてきゝうおさゆる鰍《かじか》かな　嵐蘭

菱《ひし》の実《み》　菱は秋になると角のある実をつけ、だんだん黒くなる。**菱採《ひしと》る**。**茹菱《ゆでびし》**。

盥舟移れば閉づる菱だたみ　　角　青果
菱採りし池の乱れのあからさま　　織田澡石

竹《たけ》の実《み》　竹が実を結ぶのに不思議はないが、花が咲くのに数十年を要するので滅多に見られない。

曾祖父の植ゑし竹林実を結ぶ　　稲畑廣太郎
竹の実を結びしこともひそかにて　　稲畑汀子

竹《たけ》の春《はる》 ㊂　竹は春「筍」を育てているので親竹は黄葉して落ちる葉もあり、竹の質も悪くなるが、秋には親竹も若竹も緑の色を濃くする。これを竹の春という。

一むらの竹の春ある山家かな　　高濱虚子
峡抜けてゆく明るさの竹の春　　稲畑汀子

竹伐《たけき》る ㊂　「木六、竹八」といって、竹の性《しょう》のよいのは陰暦八月ごろで、そのころ伐るのがよいとされている。

竹伐れる音倒れゆく音つゞき　　蘭　添水
竹伐りて道に出し居る行手かな　　高濱虚子

草《くさ》の花《はな》 ㊂　昔から木の花は春で、草花《くさばな》は秋とされている。**千草《ちぐさ》の花《はな》**。**草花売《くさばなうり》**。

この辺で待つ約束や草の花　　今井つる女
もう用のなき車椅子草の花　　稲畑汀子

秋海棠《しゅうかいどう》《しうかいだう》　高さ五〇センチくらい、日陰を好む。葉はゆがんだ卵形で先が尖り、淡紅色の小さい花を咲かせる。

母の忌に帰れず秋海棠を切る　　大久保橙青
陰気なる秋海棠の小庭かな　　高濱虚子

紫《し》苑《おん》《しをん》　キク科で、色は淡い紫、単弁の花で二メートルくらいにまで伸びた枝の先にこまかく高々と咲く。

虻一つ紫苑離れし高さかな　　清崎敏郎
人々に更に紫苑に名残あり　　高濱虚子

蘭《らん》

蘭には種類が多く、春から夏にかけて咲くものもあるが、古来秋のものとされる。**蘭《らん》の秋《あき》**。**秋蘭《しゅうらん》**。**蘭《らん》の花《はな》**。**蘭《らん》の香《か》**。

五年物十年物や蘭の鉢　保田白帆子
シャンデリアともして蘭の影散らす　稲畑汀子

釣舟草《つりふねさう》《つりふねそう》

仲秋のころちょうど小舟に似た二、三センチくらいの漏斗状の花が茎からぶらさがる。

吊橋のあと朽ち釣舟草咲けり　岩永三女

松虫草《まつむしさう》《まつむしそう》

山野に生え、六〇～九〇センチくらいの茎の頂に、青紫色の矢車菊に似た美しい花をつける。

空の色松虫草の花にあり　新村寒花
摘まず置く松虫草は野の花よ　稲畑汀子

竜胆《りんだう》《りんどう》

秋の山野に咲く鐘状、五裂、紫色の花である。

牧閉づる阿蘇竜胆の野に咲けば　志賀青研
野の色に紫加へ濃りんだう　稲畑汀子

烏頭《とりかぶと》

秋、梢の先に紫色の多数の花を咲かせる。花は横向きで、その形が烏帽子に似て美しい。茎、葉、根に毒がある。**烏冠《とりかぶと》**。**烏兜《とりかぶと》**。

烏兜日高アイヌは点在す　嶋田一歩
気力負けせざる紫烏甲　依田秋葭

富士薊《ふじあざみ》

富士山麓に多く自生するのでこの名がある。棘のある硬い葉を広げた座の中から、茎を伸ばし、薊に似た大きな紫色の花を横向きにつける。

八丈に富士山ありて富士薊　湯浅桃邑
富士に在る花と思へば薊かな　高濱虚子

コスモス

葉も細く茎もひょろひょろと高く育ち、花は紅、紫、白、黄など濃淡いろいろである。**秋桜《あきざくら》**。

透きとほる日ざしの中の秋ざくら　木村享史
コスモスの色の分れ目通れさう　稲畑汀子

山野に多く、草の中からついついと茎を差し交わしつつ抽き出る。秋半ばごろ、枝の先端にはまことに小さな花が指先ほどにかたまって咲く。吾木香《われもかう》。

吾亦紅《われもかう》《われもこう》

吾亦紅だらけといふもひそかなり　依田秋葭
ゆれ止みて風ゆれ止みて吾亦紅　稲畑汀子

真菰《まこも》の花《はな》

花は淡紫色、稲の花のように穂を垂れ、風が吹けばちらちらする。「真菰」は夏季。

漕ぎ入れてみれば真菰の花咲ける　森田峠
柳川は水匂ふ町真菰咲く　久木原みよこ

時鳥草《ほととぎすさう》《ほととぎすそう》

百合に似た葉のつけ根から蕾が伸び、白く内側に紫色の斑点のある漏斗状の花を開く。杜鵑草《ほととぎす》。油点草《ゆてんさう》。

油点草紫出過ぎても居らず　中谷楓子
幾度も雨に倒れし油点草　稲畑汀子

狗尾草《ゑのころぐさ》《えのころぐさ》 ㊂

ねこじやらしの名で親しまれる雑草で、道ばた、空地など、どこにでも生えている。ゑのこ草《ぐさ》。

らしく枯れらしく乱れてゑのこ草　工藤乃里子
ゑのころの川原は風の棲むところ　稲畑汀子

露草《つゆくさ》

畑や湿地、路傍、小川の縁など、どこにでも群生する。仲秋、緑色の蛤状の苞葉の外に二弁の目立つ鮮やかな藍色の花をつける。月草《つきぐさ》。ほたる草《ぐさ》。ばうし花《ばな》。

露草や結願の磴すぐそこに　堀恭子
露草の群生がわが目を奪ふ　高濱年尾

蕎麦《そば》の花《はな》

蕎麦は真紅の根茎、緑の葉の上に小さい白い花をつけ、匂いも強い。

みちのくの山傾けて蕎麦の花　工藤吾亦紅
そばの花咲いて山国らしくなる　小竹由岐子

糸瓜《へちま》 ㊂

日除けがわりの縁先の棚に、深緑の長い実がいくつもぶら下がっているのなど面白い眺めである。糸瓜棚《へちまだな》。

糸瓜水取りて分け合ふ人のあり　室町ひろ子

取りもせぬ糸瓜垂らして書屋かな　高濱虚子

瓢《ふくべ》 ㊂ 瓢簞《ひようたん》の実のことである。夕顔にも同じような実がなって混同されやすい。**青瓢《あをふくべ》**。**ひさご**。**瓢簞《へうたん》**。

坐りよきことのをかしき青瓢　大橋敦子

瓢簞の窓や人住まざるが如し　高濱虚子

鬼灯《ほほづき》《ほおずき》 ㊂ 青い五角の苞のふくろが色づいてくると中の丸い実も赤くなる。**酸漿《ほほづき》**。**虫鬼灯《むしほほづき》**。

鬼灯の最後の種に破れけり　高濱朋子

家中の人に鬼灯鳴らし見せ　河野美奇

唐辛《たうがらし》《とうがらし》 ㊂ 種類が多く色も形もさまざまで、赤く色づくと辛味が強くなる。摘んで日に干し、香辛料とする。**蕃椒《たうがらし》**。**唐辛子《たうがらし》**。**天井守《てんじやうまもり》**。**天竺守《てんぢくまもり》**。

むき〳〵に赤とみどりの唐辛子　芥川我鬼

藁屋根に干されて真つ赤唐辛子　山地曙子

秋茄子《あきなす》 ㊂ 秋になってまだ生る茄子である。**秋茄子《あきなすび》**。

味うすき京の朝餉の秋茄子　今井つる女

秋茄子の日に籠にあふれみつるかな　高濱虚子

紫蘇の実《しそのみ》 紫蘇は葉も花も実も、紫色か緑色で香りがよい。実はごく小さく、茎の先、葉腋に穂状に生ずる。

紫蘇の実を鋏の鈴の鳴りて摘む　高濱虚子

生姜《しやうが》《しようが》 ㊂ 地下茎は横に伸び、秋、指をねじまげたような形の新根を数個つける。**新生姜《しんしやうが》**。**古生姜《ふるしやうが》**。**薑《はじかみ》**。

あそび田も皆生姜植ゑ生姜村　平松竈馬

置所変る厨の生姜かな　高濱虚子

貝割菜《かひわりな》《かいわりな》 大根や蕪などの種を蒔くと、やがていっせいに萌え出して、双葉を開く。**二葉菜《ふたばな》**。

大根の風味やすでに貝割菜　加藤しんじゅ

一と笊の軽しと思ふ貝割菜　高濱年尾

間引菜《まびきな》　大根、蕪、白菜などは初め厚く蒔いて、生えてから密生したところを間引く。間引菜はその摘み取られた小さな菜のこと。**抜菜《ぬきな》**。**摘菜《つみな》**。**小菜《こな》**。**小菜汁《こなじる》**。

菜を間引くこんなに厚く蒔きしとは　松本弘孝
何事もたやすからずよ菜間引くも　高濱虚子

菜虫《なむし》　㊂　大根、蕪、白菜などが葉を広げ始めると、虫がつき、菜を食い荒らす。総称して菜虫という。**菜虫《なむし》とる**。

菜虫とる子のはや飽きて居なくなる　太田花魚
菜虫とることにも嫁の座にも馴れ　大森積翠

胡麻《ごま》　九月ごろ、葉腋の実が熟して、黒や白、茶の種子がとび出す。これが胡麻粒で、まだ青く、はじけないうちに刈り採る。**胡麻刈《ごまか》る**。**胡麻干《ごまほ》す**。**胡麻叩《ごまたた》く**。

姨捨の麓の四五戸胡麻を干す　大久保橙青
胡麻刈って今は立てかけおく日和　高濱年尾

玉蜀黍《たうもろこし》《とうもろこし》　二メートルくらいに伸びた茎の葉腋に、苞をかむった実が茶褐色の毛髪のようなものを出している。焼いたりふかしたりして食べる。**唐黍《たうきび》**。**もろこし**。花は夏季。

玉蜀黍をもぎをり馬車を乗り入れて　村上杏史
もろこしにかくれ了せし隣かな　高濱虚子

高黍《たかきび》　黍に似ていてもっと逞しく大きい。実は赤褐色で、粉にして餅や団子の材料にする。**高粱《かうりやん》**。

高粱を刈るや垂れ葉を打かぶり　江川三昧

甘蔗《さたうきび》《さとうきび》　インド原産で三、四メートルにもなる。茎を搾って糖汁として砂糖をとる。**砂糖黍《さたうきび》**。

砂糖黍か丶へアラブの大男　田中憲二郎

黍《きび》　茎、葉ともに粟に似ているが実は粟より大きく赤茶色と淡黄白色がある。**黍《きび》の穂《ほ》**。**黍畑《きびばたけ》**。**黍引《きびひ》く**。

黍畑に風の荒きを見て急ぎ　古屋敷香葎
稔りては乱れそめにし黍畑　高濱虚子

稗《ひえ》 イネ科の一年草で、高さ一、二メートル、粟や黍に似ている。花期は初秋で九月ごろ穂を垂れる。**稗引**《ひえひ》**く**。

離宮みち稗抜き捨て、ありにけり　清水忠彦
ぬきんでて伸びしは稗に紛れなし　榊　東行

粟《あは》《あわ》 神話時代から粟は食用として重要であった。五穀の一つで、葉は玉蜀黍《とうもろこし》に似、茎の先に無数の小花が穂となり、黄色い実を結ぶ。**粟**《あは》**の穂**《ほ》。**粟畑**《あはばたけ》。**粟引**《あはひ》**く**。**粟刈**《あはか》**る**。**粟飯**《あはめし》。

粟を搗く笠をかぶれる女かな　京極杞陽
粟干して津軽乙女は仕事好き　長内万吟子

桃《もも》 三 日本在来種の地桃は小粒で酸味が強い。**毛桃**《けもも》。それよりやや早く店頭に出る「白桃」は、大形、白く甘く柔らかい。

桃ひとつ甘き匂ひを放ちたる　今井千鶴子
苦桃に恋せじものと思ひける　高濱虚子

梨《なし》 三 在来の梨は黄褐色であるが、改良されて黄緑色の甘いものが多くなった。**青梨**《あをなし》。**梨子**《なし》。**ありのみ**。**梨売**《なしうり》。

此辺り多摩の横山梨をもぐ　大橋一郎
新高といふ梨の大頒ち食ふ　高濱年尾

葡萄《ぶだう》《ぶどう》 三 甲州葡萄は古くから有名であるが、今はいろいろの改良品種や温室の栽培がある。**葡萄園**《ぶだうえん》。**葡萄棚**《ぶだうだな》。

葡萄の種吐き出して事を決しけり　高濱虚子
葡萄棚出て風と合ふ空と会ふ　稲畑汀子

木犀《もくせい》 仲秋、葉腋に小花を叢生し、独特の芳香を放つ。花は橙黄色がふつうで**金木犀**《きんもくせい》という。**銀木犀**《ぎんもくせい》。

木犀の匂ふひと日を妻とあり　山本紅園
木犀の香りの継目ありし風　岸　善志

爽《さわ》**やか** 三 日本の四季の中では、秋がもっとも清澄な感じがし、身も心も爽快な季節である。**さやけし**。

聖書読む母さわやかにらふたけく　ミュラー初子
しづけさにありて爽やかなりしかな　稲畑汀子

冷《ひや》やか

秋になってなんとなく感ずる冷気をいう。石などに腰をおろしたりしたとき、ふと感ずる。**秋冷**《しうれい》。

影といふ影秋冷を置きそめし　山内山彦

秋冷やわが手乍らもしびれをり　高濱年尾

秋《あき》《あき》の水《みづ》《みず》 ㊂

秋の冷やかに澄んでいる水である。「三尺の秋水」といって、古人は名刀の感じにたとえた。**秋水**《しうすゐ》。

雲流れ運河は秋の水湛へ　池内友次郎

走り来る秋水そこに沢の家　高濱虚子

水《みづ》《みず》澄《す》《す》む ㊂

秋はことに水が澄んでいる。川の流れでも、湖でも、清く澄んだ水を眺めるのは快いものである。

水澄みて〳〵人新たなり　星野立子

高き池低き池あり水澄めり　高濱年尾

十月　立冬の前日すなわち十一月六・七日までを収む

十月《じふぐわつ》《じゆうがつ》　暦の上では晩秋にはいるが、実際には、もっとも秋らしい月である。

十月の桜咲く国上陸す　狩野刀川

十月や日程表に余白なし　今橋浩一

長《なが》**月**《つき》　陰暦九月の異称。秋もようやく深まり、夜もいよいよ長くなってくる。**菊月**《きくづき》ともいう。

菊月の雅用俗用慌し　篠塚しげる

長月や明日鎌入るゝ小田の出来　酒井默禪

赤《あか》**い羽根**《はね》　十月一日から十二月三十一日まで、社会福祉運動として街頭で募金し、応じた人に赤い羽根をつけてくれる。

赤い羽根袈裟につけたるお僧かな　獅子谷如是

うらぶれし日も赤い羽根かく附けし　三星山彦

秋《あき》**の日**《ひ》　[三]　あわただしく暮れる秋の一日をいい、また秋の太陽、秋の日ざしをもいう。**秋**《あき》**の入日**《いりひ》。

秋の日の落つる陽明門は鎖さず　山口青邨

橋くゞる一瞬秋の日のかげり　稲畑汀子

秋《あき》**晴**《ばれ》　[三]　秋の快晴の日は空気が澄んでまことに気持がよい。**秋日和**《あきびより》。

影といふものにもありし秋日和　廣瀬ひろし

出かけねばならぬかに秋晴れてをり　浅利恵子

秋高《あきたか》**し**　[三]　秋は空気も澄み、ことに晴れ渡った空は高く感じられる。これを秋高しといい、**天高**《てんたか》**し**とも用いられる。

高原の秋高しとも深しとも　品川光子

天高しシャガールの絵の青よりも　稲畑汀子

馬肥《うまこ》**ゆる**　[三]　いわゆる高天肥馬の季節といい、秋になると馬もよく肥える。

牧の果太平洋や馬肥ゆる　嶋田一歩
汗血馬絶えし沃土に馬肥ゆる　稲畑汀子

秋《あき》の空《そら》 ㊂

青く澄みきった秋の空は、一年中でもっとも美しく感じられる。**秋空《あきぞら》**。**秋天《しゅうてん》**。

口笛を吹く顔来り秋天下　奥田智久
秋天の下に浪あり墳墓あり　高濱虚子

秋《あき》の雲《くも》 ㊂

澄みきった秋空に湧いては消える雲である。縞模様となったり、流れたり、変化に富む。

灰色をふくみ大塊秋の雲　上野泰
とどまるもとどまらざるも秋の雲　稲畑汀子

秋《あき》の山《やま》 ㊂

紅葉のころ、その彩りで山々が自らを粧うという感じになるのを山粧《やまよそ》ふという。**秋山《あきやま》**。**秋の峰《あきのみね》**。

馬放つ牧の中にも秋の山　左右木韋城
山粧ふ日毎峰より袈裟がけに　井口天心

秋《あき》の野《の》 ㊂

秋草が咲き乱れ、虫の音が聞こえ、秋風の吹く野原である。**秋郊《しゅうこう》**。

嵯峨こゝに来て秋郊と云へる景　中川信子
赤道を越えて帰りて秋の野に　堀口俊一

秋《あき》風《かぜ》 ㊂

東風が春、南風が夏の風であるように、秋は西、西南の風が多い。**秋の風《あきのかぜ》**。**金風《きんぷう》**。

人は門訪ひ秋風は草を訪ふ　蔦三郎
秋風や眼中のもの皆俳句　高濱虚子
秋風や竹林一幹より動く　高濱年尾

秋《あき》の声《こゑ・こえ》 ㊂

耳に聞こえるというのではない。心に感ずる音、すなわち秋の気配といったものである。**秋声《しゅうせい》**。

静寂や果してありし秋の声　高濱年尾
松籟を秋声と聞きとめて住む　稲畑汀子

秋《しう・しゅう》思《し》 ㊂

秋に感ずるしみじみとした情趣と、もの寂しさをいう。**秋淋《あきさび》し**。

横顔の子規の秋思を思ひけり　安原葉

空仰ぎ秋思の星を数へけり　稲畑汀子

秋《あき》の暮《くれ》 ㊂ 秋の夕暮のことで、詩歌に多く詠まれてきた。**秋《あき》の夕《ゆふべ》**。

独りとはつくづく秋の暮るゝかな　竹腰八柏

駅弁を食ひたくなりぬ秋の暮　高濱年尾

秋《あき》の雨《あめ》 ㊂ **秋雨《あきさめ》**は蕭条《しょうじょう》と降る。長く続くと**秋霖《しうりん》**、**秋黴雨《あきついり》**などと呼ばれる。

秋雨や駅にはいつも別れあり　山田弘子

港の灯ともり秋霖けぶらしぬ　稲畑汀子

初紅葉《はつもみぢ》《はつもみじ》 楓が紅葉しているのを初めて尋ねあて、つくづく見やった感じである。

初紅葉遮るものにつゞりけり　阿波野青畝

まだ青の領域にして初紅葉　藤崎久を

薄紅葉《うすもみぢ》《うすもみじ》 紅葉し始めてなお薄いのをいう。薄く色づいた紅葉にもそれなりの風情がある。

一景のこゝにはじまる薄紅葉　澤村芳翠

薄紅葉して静かなる大樹かな　高濱虚子

桜紅葉《さくらもみぢ》《さくらもみじ》 桜は早く紅葉し、他の木々の紅葉のころはすでに散っている。

紅葉してそれも散行く桜かな　蕪村

盛岡は桜紅葉もよかつつろ　浅井啼魚

菌《きのこ》 大小美醜、いろいろ種類が多く有毒のものもある。**茸《きのこ》**。**たけ**。**羊肚菜《いくち》**。**毒茸《どくだけ》**。**茸山《たけやま》**。**茸番《きのこばん》**。**茸飯《きのこめし》**。

縄を張る程にもあらず茸不作　五島沖三郎

毒茸にあたりし腹に力なく　伊藤とほる

初《はつ》茸《だけ》 他の菌《きのこ》にさきがけて主に松林や雑木林などの芝地に生える。傘はうす茶色で中央がややへこみ、傷つくと青っぽい緑に変わる。

初茸の石附しかと抱くもの　前田六霞
初茸や人には告げぬ一ところ　眞鍋蟻十

湿地《しめじ》　**しめじ**　菌《きのこ》の一種。形は松茸に似て小さく、群生する。傘はうす鼠色で茎は白色。

師を偲びその弟子偲びしめぢ飯　北垣宵一
魚籠を負ひしめぢの籠をくゝり下げ　高濱虚子

松茸《まつたけ》　赤松の林の落葉の多い松の根の周囲に生じる。日本の代表的菌《きのこ》である。**松茸飯《まつたけめし》**。

茸匂ふ松茸山と聴きてより　西澤破風
取敢へず松茸飯を焚くとせん　高濱虚子

椎茸《しひたけ》　**しいたけ**　椎、栗などの幹に生える。現在では原木に種菌を植えつけての栽培が盛んである。

玖珠の温泉の朝餉椎茸焙りしを　松岡伊佐緒
庫裡裏の椎茸榾の五六本　村上杏史

茸狩《たけがり》　山林にいろいろの菌《きのこ》を探して採る秋の行楽の一つである。**茸《たけ》とり**。**茸《きのこ》とり**。

探されて居るを知らずに菌狩　松月市樓
人の籠ばかり気になる茸狩　小竹由岐子

新米《しんまい》　その年に収穫した米のことで、早稲《わせ》は早い時期から出回り始める。水気が多く風味が良い。**今年米《ことしまい》**。

新米を炊ぎて祝ふ鍬仕舞　片山季山
新米の其一粒の光かな　高濱虚子

焼米《やきごめ》　籾《もみ》つきの新米を炒り、臼で搗《つ》いて籾殻を除いたもの。実が軟らかいので、やや平たくなる。

焼米を持つて祭の挨拶に　河野扶美

新酒《しんしゆ》　その年の新米がとれるとすぐに造った酒をいう。**新走《あらばしり》**。**今年酒《ことしざけ》**。

迸る音の確や新走　富田のぼる
二三子の携へ来る新酒かな　高濱虚子

古《こ》酒《しゅ》 新酒が出ても、まだ残っている去年の酒のことを古酒という。

古酒の壺筵にとんと置き据ゑぬ　佐藤念腹

牛曳いて四山の秋や古酒の酔　飯田蛇笏

濁《にごり》酒《ざけ》 発酵したままの酒なので、白くよどんでいる。清酒より素朴で味わい深い。どびろく。醪《もろみ》酒。

杣小屋に隠し醸せる濁酒　目黒一榮

ここにして李白も飲みし濁酒　西山小鼓子

酢《す》造《つく》る ㊂ 秋、農家では新米で米酢を造る。軒下に壺など置いて、秋の強い日差しで醸す。発酵すれば布で漉し、さらに沈殿させて上澄みをとる。

酢造りや後は月日に任せおく　小林草吾

峡にまだしきたり多し酢を造る　石井とし夫

きりたんぽ 秋田の郷土料理。炊きたての新米を餅のようにつぶし、秋田杉の串に円筒形につけ、炉端などで焼いて作る。

羽の国のきりたんぽ可し地酒亦　大橋一郎

食欲の秋に珍重きりたんぽ　菊池さつき

秋《あき》の田《た》 秋の黄金色に稔った稲田をいう。

千枚の秋の田山に張り付きし　須藤常央

島裏にしていくばくの秋の田も　本井英

稲《いね》 ㊂ **初穂《はつほ》**。**稲穂《いなほ》**。**稲《いね》の秋《あき》**。**稲田《いなだ》**。松永貞徳の俳諧式目「御傘《ごさん》」によれば、**稲筵《いなむしろ》**とは稲田の遠く連なっているさまをいう。

道問ひし少年稲の香をもてり　町田美知子

風禍とは稲のみならず杉山も　吉持鶴城

陸《をか》《おか》稲《ぼ》《ぼ》 ㊂ 畑に栽培する稲で、水稲より茎や葉が粗大で、粘りが少なく味も落ちる。

慈雨到る君の陸稲に及びしや　川端龍子

夕べはや露の上りし陸稲かな　白石天留翁

中稲《なかて》　中稲は「早稲《わせ》」と「晩稲《おくて》」の中間に稔るもので、大部分の品種はこれである。

中稲にはつきもの刈り難し　山川喜八

浮塵子《うんか》 〔三〕 大きいものでも五ミリに満たない小虫であるが、稲、麦の大害虫である。**ぬかばへ**。

浮塵子出て一枚の田を早刈す　粟賀風因

一日の猶予もならず浮塵子駆除　城　萍花

蝗《いなご》 〔三〕 ばったより小さい稲の害虫で、黄緑色のものと、褐色のものとある。**螽**《いなご》。**蝗捕**《いなごと》**り**。**蝗串**《いなごぐし》。

蓋を蹴る音をさまりぬ蝗炒る　村山一棹

ふみ外づす蝗の顔の見ゆるかな　高濱虚子

ばつた 〔三〕 蝗《いなご》を除いたバッタ科に属する昆虫の総称で、一般に緑色、灰褐色など。**きちきちばつた**。**蟿螽**《はたはた》。

駈けて来し子のはた〳〵にふとかまへ　星野立子

窓開いてゐればばつたも教室へ　稲畑汀子

稲雀《いなすずめ》 〔三〕 豊かに稔った稲田に群がる雀。この時期の雀は、一日に自分の身体大の稲をついばむ害鳥となる。

稲雀にも親しみて一人旅　中川秋太

稲雀追ふ人もなく喧しき　高濱虚子

案山子《かがし》 〔三〕 竹や古帽子などで人の形を作り、穂の出始めた秋の田圃に立てて雀などを威すものである。**案山子**《かかし》。

目鼻なき案山子なれども情あり　内田柳影

すぐ風に寝たがる案山子杖持たす　辻口八重子

鳴子《なるこ》 〔三〕 鳥威のための引板。遠くから綱を引くとカラカラと音を立てる仕掛けになっている。**引板**《ひた》。**ひきいた**。

鳴子引く誰の役目といふでなく　市村不先

引く人もなくて山田の鳴子かな　高濱虚子

鳥威《とりおどし》 〔三〕 稔った穀物をついばむ鳥を威し払うための仕掛けをいう。**威銃**《おどしじゅう》を発砲することもある。**威銃**《おどしづつ》。

威銃空の何処かを撃ち抜きし　竹本素六
弓少し張りすぎてあり鳥威　高濱虚子

添《そふ》《そう》水《づ》《ず》 ㊂

田畑を鳥獣が荒らすのを防ぐために、竹を用い、水の力で、音を立てる仕掛けにした威し道具。今は庭園にしつらえて情趣を楽しむようになった。**僧都**《そうづ》。

山水の尽くることなき添水かな　山崎一之助
僧都鳴り鯉はみな水深くをり　竹内留村

鹿垣《ししがき》 ㊂

鹿や猪が田畑を荒らしに来るのを防ぐ垣で、木柵や石垣などがある。**猪垣**《ししがき》。

鹿垣と言ふは徹底して続く　後藤立夫
猪垣は粗にして低く長きもの　米谷孝

鹿火屋《かびや》 ㊂

猪や鹿などが、田圃を荒らすのを防ぐために火を焚く仮小屋である。

淋しさに又銅鑼打つや鹿火屋守　原石鼎
峡深くまたゝかざるは鹿火屋の灯　由木みのる

虫送《むしおくり》

稲田に害虫のつくのを防ぐための古くからの行事。いろいろの風習があるが、夜、鉦や太鼓を叩き、松明を連ねて畦道を通り、虫を追い立てる呪《まじな》いである。

松明にしりぞく闇や虫送　津田柿冷
虫送る仏の慈悲の火をかざし　中川化生

豊年《ほうねん》

五穀の豊かに稔った年をいうのであるが、とくに稲のよく出来た秋に使われる。**出来秋**《できあき》。**豊の秋**《とよのあき》。

もちの穂の黒く目出度し豊の秋　高濱虚子
出来秋の酒に酔ひたる妻なりし　戸村五童

毛見《けみ》

江戸時代、その年の年貢高を定めるため、役人が稲田の出来を、立毛《たちげ》(まだ刈り取らぬ前の稲)によって検分して回った。これを毛見または**検見**《けんみ》といった。**毛見の衆**《けみのしゅう》。

豊年の毛見とて歩くだけのこと　馬場新樹路
揉めてゐる毛見の評定つゝ抜けに　森林王

落《おと》《おと》し水《みづ》《みず》　稲が黄熟すると、水田の水は要らなくなるので、稲刈をする前に水を落とし、田を乾かす。

落し水忽ち音をたてにけり　楠瀬薑村

一と鍬に畦を欠きたり落し水　高濱年尾

秋《あき》《あき》の川《かは》《かわ》 三　水澄むころの川の風情はよい。山村の川、町中の川、河原に立てば、行く水は快い音を立てる。

秋の川堰き止められしまゝ涸れて　田子鴨汀

物浸けて即ち水尾や秋の川　高濱虚子

下《くだ》り簗《やな》 三　秋、川を下る落鮎などを落としこむ仕掛けを下り簗という。「上り簗」は春、「魚簗《やな》」は夏。

平らなる水曳き絞り下り簗　三井紀四楼

山川の斯かるところに下り簗　高濱虚子

落《おち》鮎《あゆ》 三　産卵のため鮎は流されるように川を下る。「下り簗」などで捕る。**下《くだ》り鮎《あゆ》**。**秋《あき》の鮎《あゆ》**。**錆鮎《さびあゆ》**。**渋鮎《しぶあゆ》**。

錆鮎の蓼酢のみどり濃かりけり　粟津松彩子

噂ほど大きな鮎も落ちて来ず　近藤竹窓

落《おち》鰻《うなぎ》 三　産卵のため川を下る鰻を落鰻とか下り鰻とかいい、鰻簗を仕掛けて捕る。

一と夜さに落ちし鰻と思はれず　梶原轉石

簗を越すほどの水出て落鰻　服部圭佑

渡《わた》り鳥《どり》 三　秋に冬鳥が北国からわが国に飛んで来る。また夏鳥は日本で繁殖して秋に南の暖かい国へ、いずれも群をなして渡る。これを渡り鳥という。**鳥渡《とりわた》る**。

帰郷する日はいつのこと鳥渡る　松尾緑富

見なれたる山並にして鳥渡る　高濱年尾

鷹渡《たかわた》る　夏鳥として日本へ渡来して繁殖する**刺羽《さしば》**（小隼《こはやぶさ》ともいい中形の鷹）が、晩秋にかけて南方へ渡ることをいう場合が多い。大鷹は留鳥。**鷹柱《たかばしら》**。

一旦は鷹柱にもなり渡る　黒川悦子

鷹渡るとき大空を独占す　村上桃代

色鳥《いろどり》 ㊂ 古くから、翼の色の美しい小鳥を賛美する意も込めて詠まれて来ている。

主留守色鳥遊びやがて去る　高濱虚子

色鳥の山荘人の稀に来る　高濱年尾

小鳥《ことり》 ㊂ 秋になると、いろいろな種類の小鳥が渡ってくる。**小鳥来**《ことりく》**る**。

庭先の風と来て去る小鳥かな　小澤清汀

あきらかに小鳥来てゐる庭木かな　高濱年尾

鵯《ひよどり》 ㊂ 留鳥で年中いるが、とくに秋になると人里に現れて、南天など、庭の木の実を片っ端から食べる。**ひよ**。

鵯の声松籟松を離れ澄む　川端茅舎

鵯心易げに来ては庭荒す　千原叡子

鵙《もず》 ㊂ 梢でキ、キ、キ、あるいはキーキーなどと鋭い声で鳴く。虫や小動物を捕って食べる。**百舌鳥**《もず》。**鵙**《もず》**の声**《こゑ》。**鵙**《もず》**の贄**《にへ》。

一声を残せる鵙の見えざりし　坊城中子

さだかにも庭木に鵙の好き嫌ひ　篠塚しげる

鶉《うづら》《うずら》 ㊂ 枯草色のころころした中形の鳥で、グワックルルと大きな声で鳴く。

桐の木に鶉鳴なる塀の内　芭蕉

つちくれを踏まへて逃ぐる鶉かな　高濱虚子

鴫《しぎ》 ㊂ 鴫の種類は数十種にのぼり、雀より小さいものから、鶴のような脚をもった大きいものまである。日本で越冬する冬の候鳥である。

鴫遠く鍬すゝぐ水のうねりかな　蕪村

立つ鴫をほういと追ふや小百姓　高濱虚子

懸巣《かけす》 ㊂ 山中に棲む鳩よりやや小さな鳥。鳴き声はジャージャーとやかましい。**かし鳥**《どり》。

湯の山の斧鉞許さず懸巣鳴く　福田草一

懸巣啼く今日は鳶の真似をして　新谷根雪

椋鳥《むくどり》 ㊂ 体の色は黒灰色の地味な小鳥であるが、嘴と脚は黄色く、顔は白い。群をなしてやかましく鳴きたてる。**むく**。**白頭翁**《はくとうをう》。

椋鳥の椋をはなる丶ときの数　武田鮎香
投げられし風呂敷の如椋鳥空へ　高濱年尾

鶫《つぐみ》 ㊂ 秋、北方より大群をなして渡って来る。鵙《もず》よりちょっと大きく、二〇センチくらい。黒褐色の斑のある胸をしている。**鶫網**《つぐみあみ》。

鶫網かけある英彦の麓かな　前田まさを
つぐみ哀れおくれかゝりし一羽あり　高濱年尾

頬白《ほほじろ／ほおじろ》 ㊂ 雀に似てやや大きい。透きとおったような細い美しい鳴き声である。目の上と下にある白線が特徴。

頬白やそら解けしたる桑の枝　村上鬼城
頬白の庭の一劃手を入れず　稲畑汀子

蒿雀《あをじ／あおじ》 ㊂ 頬白くらいの大きさで、秋に群をなして山から里へ移る。背は濃い緑褐色で黒褐色の斑があり、胸は黄色である。**鵐**《しとど》。

山冷に嚔飛ばせば蒿雀たつ　田村萱山
青鵐来て頬白去るや庭の面　高濱虚子

鶸《ひは／ひわ》 ㊂ 雀よりやや小さく、黄緑色で、頭の上と尾の先は黒い。きれいな声でよく鳴き、人にも馴れやすい。**金雀**《きんじやく》。**まひは**。

羽ばたきの間遠に悲し網の鶸　星野立子

眼白《めじろ》 ㊂ 鶯色をした小鳥で、つぶらな眼の周りにはっきりと白い輪があって可愛い。**眼白押**《めじろおし》。**眼白**《めじろ》**とり**。

菜畑の日和をわたる眼白かな　原石鼎
一寸留守眼白落しに行かれけん　高濱虚子

山雀《やまがら》 ㊂ 利口な鳥で人に馴れやすく、縁日などでおみくじ引きの芸をしてみせるのはこの鳥である。**山雀芝居**《やまがらしばゐ》。

山雀が垣根を越えて渓に去る　小沢晴堂
山雀のをぢさんが読む古雑誌　高濱虚子

四十雀《しじふから／しじゅうから》 ㊂ 雀くらいの大きさで、頭と喉が黒、頬と胸、腹は白、翼と尾は青黒い。小さい声で可愛らしく鳴く。

来はじめて雨の日も来る四十雀　佐久間潟々
手をあげし人にこぼるゝ四十雀　高濱虚子

四十雀に似て、それよりも小さい。頭の上から頸のうしろまで黒いので見分けがつく。**こがらめ。**

小《こ》雀《がら》 ㊂

小雀鳴きつゞけ木うつり法の庭　高濱年尾

日《ひ》雀《がら》 ㊂ 習性や鳴き声は四十雀に似ているが、小さい。頭と頸は紺色、後ろ頸、胸から腹にかけては白、背は青灰色、頭の後ろの羽毛が少し伸びて冠のように見える。

柿の葉の落つるが如く日雀かな　麻田椎花

連《れん》雀《じやく》 ㊂ 秋、北方から渡来し、春北方へ帰る。雀と鵙《もず》の間くらいの大きさで、よく肥えている。頭の羽冠が目立つ。全体は灰紅色、嘴や尾は黒い。**緋連雀《ひれんじやく》。黄連雀《きれんじやく》。**

緋連雀一斉に立つてもれもなし　阿波野青畝

菊戴《きくいただき》 ㊂ 繊細な感じの小鳥で体も小さいし、嘴はことに小さい。頭に黄色い羽毛があり、ちょうど菊の花をのせているようである。「松毟鳥《まつむしり》」（春季）はこの鳥の古名。

この高木菊いたゞきも来るとかや　高濱虚子

鶺《せき》鴒《れい》 ㊂ 絶えず長い尾を上下に動かしながら、水辺、谷川などの石から石へと軽快に飛び渡る。**石《いし》たたき。庭《には》たたき。**

鶺鴒のつつと去る岩来たる岩　亮木滄浪
鶺鴒のとゞまり難く走りけり　高濱虚子

啄木鳥《きつつき》 ㊂ 啄木鳥は種類が多い。よく見かける「小げら」は濃い褐色の縞模様があり、ギーギーと鳴きながら木をつついて餌をとる。その他、「赤げら」「青げら」など。

啄木鳥や下山急かるゝ横川寺　森定南樂
啄木鳥のまのあたりなる幹太き　高濱年尾

木《こ》の実《み》 ㊂ たいがいの木の実は秋に成熟する。それらを総称したものである。**木《き》の実《み》。**「木の実落つ」は別項。

持ち寄りし木の実忽ち独楽となる　荒川ともゑ

木の実地に命はじまる沃土あり　稲畑汀子

林檎《りんご》

夏食べられる青林檎もあるが、一般には晩秋に紅く熟するので林檎といえばまず赤い色が目に浮かぶ。

林檎掌にとはにほろびぬものを信ず　国弘賢治
停電のあとの明るさ林檎むく　神田敏子

石榴《ざくろ》

秋、硬い皮が熟して裂けると、淡紅色のつややかな肉のついた種子がぎっしりつまっている。**みざくろ**。

実石榴や妻とは別の昔あり　池内友次郎
石榴の実噛めば思ひ出遥かなり　高濱年尾

榠樝《くわりん かりん》

庭園などに植える落葉果樹。実は大きくいびつな楕円形、晩秋黄熟し優雅な香りを放つが果肉はかたい。砂糖漬や果実酒にする。**唐梨《からなし》**。**海棠木瓜《かいどうぼけ》**。**きぼけ**。

榠樝とは思へぬ数に生つてゐし　小島延介
榠樝の実らしそのあたりなる香り　稲畑汀子

柿《かき》

山村を彩る鈴なりの柿は晩秋の風景である。**柿の秋《かきのあき》**。**渋柿《しぶがき》**。**甘柿《あまがき》**。**豆柿《まめがき》**。**熟柿《じゆくし》**。**柿店《かきみせ》**。

柿食うて移民に遠き故郷あり　目黒白水
お札所へ柿の秋なる村を過ぎ　高濱年尾

吊し柿《つるしがき》

渋柿の皮を剝いて吊しておくとだんだん色が変わって黒っぽく甘くなる。**干柿《ほしがき》**。**串柿《くしがき》**。**甘干《あまぼし》**。**柿《かき》むき**。

干柿の影を障子に数へをり　藤岡万里
渋に掌のつゝぱつてくる柿をむく　倉田ひろ子

無花果《いちじく》

実の外側は赤みを帯び、やがて暗紫色に変わって甘く熟れる。葉は掌状で薬用になる。

舟の上に立ちて無花果もいでをり　長谷川素逝
いちじくをもぐ手に伝ふ雨雫　高濱虚子

枸杞《くこ》の実《み》

落葉小低木で、秋、真赤な実が人目を惹く。

枸杞垣の赤き実に住む小家かな　村上鬼城

枸杞の実の透ける赤さに熟れにけり　荒蒔秀子

茱《ぐ》萸《み》

小さく丸い実が、白いぽつぽつの点をふいて紅く熟す。甘酸っぱくてやや渋い。あきぐみ。

茱萸噛めば仄かに渋し開山忌　川端茅舎

茱萸熟るる峡の径は人知れず　稲畑汀子

榎《え》の実《み》

大木の榎《えのき》にして、実は小さく小豆粒くらい。秋になると色づいて黄赤色になる。

榎実熟すもう鵯の来る時分　赤星水竹居

椋《むく》の実《み》

大豆くらいの紫黒色の実で、はなはだ甘い。よく椋鳥などがやって来てついばむ。

椋拾ふ子等に枝を張り椋大樹　渡邊一魯

椋拾ふ子に落葉掃く嫗かな　高濱虚子

山葡萄《やまぶだう》《やまぶどう》

山地に自生する蔓性落葉低木。実は豌豆粒くらいで房になって下がり、熟れれば黒く、食べられる。果実酒、ジャムにもなる。紅葉も美しい。

山葡萄熟れてこぼるゝばかりなり　大瀬雁来紅

蘡《えび》薁《づる》

山野に自生し巻鬚で他の樹木にからみつく。秋、葡萄状の実が黒く熟し、食べられる。紅葉も美しい。

どの蔓となく蘡薁でありしかな　須藤常央

蘡薁と確かめてみる葉裏かな　稲畑汀子

通《あ》草《けび》

実は一〇センチ近い楕円形で、数個が固まってつく。熟れると黒褐色になって厚い皮が縦に割れ、中に白い果肉が見え、真黒な種子が一杯つまっている。

山荘に通草成る頃閉ざす頃　星野椿

通草実のはじけてゐるに日当れり　高濱年尾

郁《む》子《べ》

通草《あけび》よりも少し小さくて赤みがかっている。よく似ているが、これは熟しても割れない。うべ。

郁子さげてどの子の髪も火山灰汚れ　鶴川田郷

塗盆に茶屋の女房の郁子をのせ　高濱虚子

荔枝《れいし》

蔓荔枝《つるれいし》のこと。楕円形で果皮はいぼいぼがあり、緑色からだんだん黄色くなり、熟すと裂ける。紅いゼリー状の果肉は甘い。錦荔枝《きんれいし》。苦瓜《にがうり》。

苦瓜といふ苦さうな固さうな　品田秀風
躊躇はず荔枝を食うべ山育ち　藤原涼下

冬《とう》瓜《ぐわ》《とうが》

淡い緑色の果皮は、熟すにつれて、白い粉をふく。果肉を吸い物の実、あんかけなどにして食べる。かもうり。とうぐわん。

冬瓜の白粉も濃くなりにけり　宮川白夢
冬瓜の腸刳り檻の猪　山田皓人

桐《きり》の実《み》

卵形の堅い実で、熟して割れると中は二つに分かれていて、翼のある多数の種子がはいっている。

桐の実の落ち散らばりて藁屋かな　生田露子

椿《つばき》の実《み》

皮がつやつやとした丸い実で、熟れて裂けると黒茶色の種子が三つ四つこぼれる。種子から椿油をとる。

裂けそめし種の力や椿の実　季発
はじまりし月日かぐはし椿実に　稲畑汀子

五倍子《ふし》

白膠木《ぬるで》の葉にできる瘤で、赤褐色になる。昔はおはぐろの染料にした。五倍子《ごばいし》。ふし干《ほ》す。

五倍子干して失はれ行く色かなし　三好茱萸子
五倍子買女来るを蓆に干して待つ　馬場太一郎

瓢《ひょん》の実《み》

「いすのき」の葉には、大小さまざまの虫瘤ができ、その中の虫が飛び出すと中空になる。それを吹き鳴らして遊ぶ。柞《いす》の実《み》。蚊母樹《いすのき》の実《み》。猿瓢《さるへう》。瓢《ひょん》の笛《ふえ》。

作務僧の石に腰して瓢鳴らす　松本弘孝
ひよんの笛吹けば波音風の音　稲畑汀子

山梔子《くちなし》

長さ三センチくらい、細長く稜のある尖った実で、黄赤色に熟す。染料、薬用に用いられる。

山梔子を乾かしありぬ一筵　夕芽

新松子《しんちぢり》　今年できた青い松かさのこと。松葉の中の堅い球果はすがすがしい感じがする。**青松**《あをまつ》**かさ**。

リス走りゆれる小枝や新松子　常原公子

杉《すぎ》**の実**《み》　鱗のある小さな丸い実で、葉と同じ色をしていて目立たない。のちには焦茶色になる。

杉の実に峡は暮れゆく音にあり　坊城としあつ

樹から樹へ杉の実採は空渡る　三星山彦

山椒《さんせう》《さんしょう》**の実**《み》　小さな丸い実で熟すると赤くなり、裂けて黒い種子を出す。香辛料として用いられる。

刺恐れをりては摘めず実山椒　東出善次

山椒の実成り放題の坊暮し　千代田景石

紫式部《むらさきしきぶ》**の実**《み》　葉のつけ根の花の一つ一つが、秋、光沢ある紫色の小さな丸い実に熟す。**紫式部**《むらさきしきぶ》。**実**《み》**むらさき**。**式部**《しきぶ》**の実**。白い実を結ぶ**白式部**《しろしきぶ》もある。

白もまた仕上りし色式部の実　中野孤城

落葉中紫式部実をこぼす　高濱年尾

臭木《くさぎ》**の実**《み》　紺碧色の豌豆ぐらいの丸い実で、一粒一粒の下に紅紫色の萼《がく》が星形についていて人目を惹く。

紫の苞そりかへり常山木《くさぎ》の実　拓水

藤《ふぢ》《ふじ》**の実**《み》《み》　実は豆と同じ莢《さや》状で、中に扁平で碁石のような種子がある。枯れると種子は勢いよくはじけ出る。

藤の実の飛びたるあとの莢ねぢれ　岩原玖々

藤の実の垂れしところに雨宿る　五十嵐八重子

皂角子《さいかち》　落葉高木で、幹や枝に棘があり、秋、ねじれ曲がった平たい莢を垂らす。中に平たく赤黒い種が入っている。

大風に皂角子の実のふつとべる　太田正三郎

皂角子の実の鳴るほどに枯れてゐず　剣持不知火

烏瓜《からすうり》　蔓性で、垣根や樹々、藪などにからまり、秋、卵よりやや小さい真赤な実をいくつもぶらさげる。

騒がしく引かれて烏瓜の蔓　後藤夜半
蔓切れてはね上りたる烏瓜　高濱虚子

朝顔《あさがほ》《あさがお》の実《み》《み》

花の終わった蔓にうす茶色の実が育ち、やがて薄皮がはじけて黒褐色の小粒の種子がこぼれる。

構はれずなりし鉢朝顔が実に　藤松遊子

数珠玉《じゆずだま》

葉は玉蜀黍《とうもろこし》の葉に似てやや小さく、黒や灰白色の堅くつややかな丸い実をつける。実の芯を抜き、糸を通すと数珠になる。子供は首飾にして遊ぶ。**ずずだま。**

数珠玉をつなぐ心は持ち合はす　後藤比奈夫
数珠玉や子の事故現場弔へる　山田建水

松手入《まつていれ》

十月ごろ新葉が生長してから古葉などを整理して姿を整え、風通しをよくするのである。

料亭の松の手入へ昼の客　山本岳南
忘れゐし空の明るさ松手入　稲畑汀子

秋祭《あきまつり》 ㊂

秋季に行なわれる神社の祭礼をいう。**里祭《さとまつり》、浦祭《うらまつり》、村祭《むらまつり》、在祭《ざいまつり》**などとも呼ばれる。

奥能登は七浦かけて秋祭　升谷一灯
老人と子供と多し秋祭　高濱虚子

重陽《ちやうやう》《ちょうよう》

陰暦九月九日。**菊《きく》の節句《せつく》**ともいう。**重九《ちようく》。後《のち》の雛《ひな》。菊の宴《えん》。重陽《ちようやう》の宴《えん》。菊《きく》の酒《さけ》。今日《けふ》の菊《きく》。高《たか》きに登《のぼ》る。**

重陽の朝封切りし庫の酒　西山小鼓子
菊の杯酌み重ねつゝ健康に　高濱年尾

菊《きく》

大菊《おほぎく》。小菊《こぎく》。百菊《ひやくぎく》。初菊《はつぎく》。白菊《しらぎく》。黄菊《きぎく》。一重菊《ひとへぎく》。八重菊《やへぎく》。菊日和《きくびより》。菊畑《きくばたけ》。菊《きく》の宿《やど》。作《つく》り菊《ぎく》。菊作《きくつく》り。

菊のことばかり話して診てくれず　渋田卜洞庵
薬師寺へ仏納めに菊日和　深田三玉

菊供養《きくくやう》《きくくよう》

陰暦九月九日重陽の日に、東京の浅草観音で大僧正以下、菊花の供養をする。現在は十月十八日。

くらがりに供養の菊を売りにけり　高野素十

菊人形《きくにんぎやう》《きくにんぎょう》　菊の花や葉を細工して衣装を作った人形で、昔の物語や当たり狂言の舞台場面を作って見せるもの。

人形に仕立おろしの如き菊　後藤比奈夫

菊衣替へ菊の香も著せ替ふる　恩地れい子

菊膾《きくなます》　菊の花を茹で、三杯酢で和えた膾である。

菊膾掌でうけて見る味加減　神田九思男

手ばしこく菊の膾をでかされし　高濱虚子

野菊《のぎく》　野生の菊の総称。**紺菊**《こんぎく》（野紺菊）は紫色、**油菊**《あぶらぎく》は黄色。うす紫の**嫁菜**《よめな》**の花**《はな》も含まれる。**野路菊**《のぢぎく》。

降りて来し蝶遊びをる野菊叢　高濱年尾

野菊にも父が曾遊の地なるべし　稲畑汀子

菊枕《きくまくら》　菊の花を干して、それを中身にして作った枕をいう。香り高く邪気を払うと言い伝えられている。

寝返れば醒めれば匂ふ菊枕　土居牛欣

明日よりは病忘れて菊枕　高濱虚子

温め酒《あたためざけ》　㊂　陰暦九月九日から酒を温めて用いれば病なしという言い伝えがあった。**温め酒**《ぬくめざけ》。

能登衆と一夜の酒を温めむ　桑田青虎

些事といふ勿れ自祝の温め酒　川田長邦

海蠃廻し《ばいまはし》《ばいまわし》　昔は重陽の日の遊びものであった。海蠃は海産の巻貝で、田螺より長く厚く、この殻を半分くらいから切って、中に蠟や鉛を詰めて**ばい独楽**《ごま》を作り、これで遊ぶのである。**海**《ば》**蠃打**《いうち》。

海蠃を打つ子に蜑舟の帰る頃　中井余花朗

負け海蠃に魂入れても一うち　高濱虚子

体育の日《たいいくのひ》　十月第二月曜日。東京オリンピックの開催を記念して制定された国民の祝日である。

体育の日も祝日よ国旗立て　木代ほろし

運動会《うんどうくわい／うんどうかい》 ㊂ 九月、十月の爽やかな時候になると学校をはじめ、会社、各団体で盛んに運動会が行なわれる。

吾子が駈け我が心駈け運動会　秋沢稔

運動会少年少女脚長く　副島いみ子

去来忌《きよらいき》 陰暦九月十日は向井去来の忌日。宝永元年（一七〇四）に五十四歳で没。墓は嵯峨落柿舎の裏にある。

去来忌の小さき墓に供華あふれ　江戸おさむ

去来忌やその為人拝みけり　高濱虚子

角切《つのきり》 奈良公園に放し飼いにされている春日大社の鹿の角を切り落とすことをいう。**鹿の角切《しかのつのきり》**。**鹿寄《しかよせ》**。

角切の勢子の法被のおろし立て　武藤舟村

勢子の息鹿より荒し角を切る　福井鳳水

牛祭《うしまつり》 十月十二日（現在は十日）の夜、京都嵯峨太秦《うずまさ》の広隆寺で行なわれる摩吒羅神を祀る奇祭。**太秦牛祭《うずまさうしまつり》**。

膝に面ゝおいて牛待つ摩吒羅神　加藤華都

軒並の煤け行灯牛祭　内貫白羊

御命講《おめいかう／おめいこう》 十月十三日は日蓮の示寂した日である。日蓮終焉の地、東京池上本門寺の御命講は**万灯《まんどう》**という造花で飾り立てた行灯を押し立て、団扇太鼓を叩き、南無妙法蓮華経を唱えながら参詣する。**お会式《えしき》**。**日蓮忌《にちれんき》**。

万灯の花ふるへつゝ山門へ　山口青邨

旅鞄いだき会式の青比丘尼　江口竹亭

西の虚子忌《にしのきよしき》 十月十四日、比叡山横川の虚子之塔で行なわれる虚子の法要である。

京あとに大津をあとに西虚子忌　坂井建

西へ往くすなはち西の虚子忌かな　坊城俊樹

後の月《のちのつき》 陰暦九月十三日夜の月、八月十五夜の月に対して後の月という。**栗名月《くりめいげつ》**。**豆名月《まめめいげつ》**。**十三夜《じふさんや》**。

母が居に泊りを重ね十三夜　中口飛朗子

峡深し後の月とていづくより　稲畑汀子

砧《きぬた》㊂　昔は麻、楮《こうぞ》、葛などの繊維で織った着物は洗濯するとこわばるので、木の台に打って柔らげたという。砧とは、その衣を打つ木、あるいは打つこと。**藁砧**《わらぎぬた》とは藁を打つ砧。**衣打**《ころもう》**つ**。**擣衣**《たうい》。**夕砧**《ゆふぎぬた》。**小**《さ》**夜砧**《よぎぬた》。**遠砧**《とほぎぬた》。**砧盤**《きぬたばん》。**しで打**《う》**つ**。

みづうみの夜毎の月や藁砧　中井余花朗

砧打つ人の替りし音変り　鹽田月史

初猟《はつれふ》《はつりよう》　北海道では十月一日が、その他は十一月十五日が鳥獣の銃猟解禁日である。狩人たちはこの日を待ちかねて猟に出かける。これを初猟という。

初猟のすでに踏まれて水際あり　依田秋葭

初猟の犬まだ馴れぬ山歩き　黒米松青子

小鳥網《ことりあみ》　秋、大群で渡って来る小鳥を捕るために設ける網で、**霞網**《かすみあみ》ともいう。**鳥屋師**《とやし》は小屋に番をしていて小鳥を捕る人。現在は法律で禁止されている。**小鳥狩**《ことりがり》。

里の灯の暁けてきたりし小鳥網　清崎敏郎

簡単なかすみ網かけ荘の番　城谷文城

高擌《たかはご》　小鳥を捕る仕掛けである。鳥の留まりそうな高い木の枝に囮籠を据え、その近くに黐《もち》を塗った枝を仕掛けておき、囮の声に誘われてくる小鳥を待つ。

高擌を落して逃げし何鳥ぞ　富士憲郎

高擌の獲物かなしき目をもてる　石川新樹

囮《をとり》《おとり》　霞網や高擌《たかはご》で小鳥を捕るとき、誘い寄せるために利用する籠の鳥のことである。**囮守**《をとりもり》。

口笛に口笛応へ囮守　辺田東苑

さりげなく囮籠提げ出てゆけり　川崎克

やや寒《さむ》　秋になって感じ始める寒さである。少し寒いというほどの秋の寒さである。**秋寒**《あきさむ》。

やゝ寒し灯の澄み渡る時　深川正一郎

やゝ寒や日のあるうちに帰るべし　高濱虚子

うそ寒《さむ》

やや寒、そぞろ寒などと同じ程度の寒さであるが、その寒さを感じる心持に違いがある。うそは薄《うす》の訛りで、うすら寒く心の落ちつかない感じである。

庭下駄になじめぬ日なりうそ寒し　田中祥子

心地よき夜風のやがてうそ寒し　稲畑汀子

肌《はだ》寒《さむ》

秋深くなって、大気を肌にひやりと寒く感じることである。

肌寒し旅に疲れてゐることも　佐藤冨士夫

肌寒き朝ややうやく旅ごころ　稲畑汀子

朝《あさ》寒《さむ》

露霜など置くころとなり、朝の間だけ寒さを覚えることをいう。

朝寒の旅果つ鍵をフロントへ　山田弘子

朝寒に起きねばならぬ力あり　稲畑汀子

夜《よ》寒《さむ》

秋、とくに晩秋、夜分になって寒さを感じることをいう。

稿成らず夜寒の膝を抱へけり　岩下吟千

みな降りて終着駅となる夜寒　長尾虚風

冷《すさ》まじ

秋の冷気のやや強いもの。冬の寒さとまではいかないが体に強く響く感じである。

冷まじや関趾匆来の浪頭　伊藤風樓

すさまじや地震に詣でし恐山　松本圭二

そぞろ寒《さむ》

なんとなくそぞろに寒さを覚えることをいう。気持の上で感じる晩秋の寒さである。

日当りにゐてどことなきそぞろ寒　岡安仁義

雨に昏れいまだ出先のそぞろ寒　稲畑汀子

身《み》に入《し》む

秋もようやく深くなり、秋冷の気が身にしみとおるように感じられるのをいう。

身に入みぬ罪には情なけれども　長谷川回天

身に入むや踏み落す石の谷の音　高濱虚子

露《つゆ》寒《さむ》

晩秋、目にする露がたちまち霜となるかと思われるほどの寒さを覚えるのをいうのである。

露寒の土間の炉たいて渡舟守　林　蓼雨

露寒をはげましとして鞭として　稲畑汀子

神嘗祭《かんなめさい》

天皇がその年の新穀を伊勢の皇大神宮に奉納される祭儀で、十月十七日に行なわれる。**じんじやうさい**。

神嘗祭勅使の纓の揺れて行き　坂井　建

べつたら市《いち》

十月十九、二十日、日本橋の宝田神社を中心に小伝馬町一帯で開かれる浅漬沢庵市である。**浅漬市《あさづけいち》**。

横町もべつたら市でありにけり　谷口和子

街路樹にくくりべつたら市の幡　今井千鶴子

誓文払《せいもんばらひ》《せいもんばらい》

陰暦十月二十日「夷講」の日、商人はこの日を安売りの日とした。今日では陽暦で行ない、デパートなどでもその前後一週間ほど安売りをする。**夷布《えびすぎれ》**。

子を抱いて妻に従ふ夷布　南　秋草子

誓文は商ひの華なりしかな　辻本斐山

夷《えびす》《えびす》講《かう》《こう》

十月二十日（もとは陰暦）商家で商売繁盛を祈って行なうえびす神の祭りである。

そのかみは武より出でたる恵比須講　眞下喜太郎

夷講に大福餅もまゐりけり　高濱虚子

牛蒡《ごばう》《ごぼう》引《ひ》《ひ》く ㊂

牛蒡は春に蒔いて秋収穫するものが多い。**牛蒡《ごばう》**。**牛蒡掘《ごばうほ》**。「若牛蒡」は夏季である。

なか〳〵の根気と思ふ牛蒡引く　内田准思

出し瓦何時の世のもの牛蒡掘る　中森皎月

落花生《らくくわせい》《らつかせい》

他の豆類と違い、地中で実を結ぶ。炒って食べる。**南京豆《なんきんまめ》**。

猿害と思へる畑の落花生　小林逸象

落花生喰ひつゝ読むや罪と罰　高濱虚子

馬鈴薯《じやがいも》 ㊂ 地下茎に馬鈴のようにつくので、この名があるという。**ばれいしよ**。**じやがたらいも**。

馬鈴薯を掘りて積みゆく二頭馬車　鈴木洋々子

馬鈴薯の白さを秘めし土のまま　稲畑汀子

甘藷《かんしよ》 ㊂ 中国、琉球を経て、種子島から鹿児島へ伝わってきたのでさつまいも、りうきういも、からいもなどとも呼ばれる。

甘藷掘に神父手を貸す島畑　松原直庵

藷掘の楽しみ畝に探り当て　高濱年尾

自然薯《やまのいも》 ㊂ 里芋に対して、山野に自生するので自然薯の名がある。**やまいも**。**じねんじよ**。**つくねいも**。

自然薯を掘りたる深さ覗きけり　大矢よしみ

掘り尽す先の先まで自然薯　稲畑汀子

薯蕷《ながいも》 ㊂ 自然薯《やまのいも》の栽培種。色や形は自然薯とほとんど変わらないが、根茎は自然薯よりも太く軟らかい。**長薯**《ながいも》。

長薯を掘るや鋤鍬使ひ分け　永松西瓜

何首烏芋《かしゆういも》 ㊂ 畑に栽培する自然薯《やまのいも》の一種である。根は球形で、全面から鬚のような細い根が出る。**黄独**《けいも》。

蔓育ち過ぎて黄独の不作かな　湯川雅

一農夫なれど博学何首烏芋　柴原保佳

零余子《ぬかご》 ㊂ 自然薯類《やまのいも》の肉芽で、蔓の葉腋にできる。ふつう指先ぐらいの大きさ。**むかご**。**むかご飯**《めし》。**零余子飯**《ぬかごめし》。

炊き上る匂ひのしかと零余子飯　豊川湘風

零余子蔓流るゝ如くかゝりをり　高濱虚子

薬掘る《くすりほ》 ㊂ 茜など野生の薬草の根を掘り採ることである。**薬草採**《やくそうとり》。

阿蘇をわが庭と歩きて薬掘る　阿部小壺

薬掘る人に声かけ道険し　浅井青陽子

茜掘る《あかねほ》 ㊂ 山野の茜の根を掘ることで、根は茜染の原料となり、または薬用に用いられる。

前掛を染める茜といひて掘る　前内木耳

千振《せんぶり》引《ひ》く 三 山野に自生する薬草で、根もろともに引き抜く。煎じて飲むと苦く、胃腸薬として愛用されてきた。**当薬《たうやく》引《ひ》く**。

千振を干しては人にくれるかな　喜多三子

千振を引く杣童犬を連れ　小玉芋露

葛《くず》掘《ほ》る 三 葛の根を掘って干し葛粉を採るのである。九月から二月ごろまで掘る。吉野葛は有名である。

葛掘に吉野古道ほそりつゝ　山下豊水

野老《ところ》掘《ほ》る 三 山野に自生し、葉は自然薯《やまのいも》に似て、長柄でやや大きい。夏、淡緑色の小花を長く並べてつける。

いでたちは杣にもあらず葛根掘　津川芸無子

此山のかなしさ告よ野老掘　芭蕉

野老掘千振引と岐れゆく　合田丁字路

草《わ》棉《た》 棉の実は成熟すると裂けて白い綿毛の繊維を吐く。形が桃に似ているので**桃《もも》吹《ふ》く**ともいう。**木綿《きわた》**。

飛行機も農具の一つ棉の秋　吉良比呂武

棉吹いて心の軽き日なりけり　後藤立夫

綿《わた》取《とり》 綿の実がはじけて白い毛状繊維を吐く、これを採るのである。**綿摘《わたつみ》**。**新綿《しんわた》**。**今年綿《ことしわた》**。**古綿《ふるわた》**。

何やかや干し新綿も一とむしろ　榊原秋耳

山あれば富士と名づけて棉を摘む　木村要一郎

蕎《そ》麦《ば》 花のあとの実った蕎麦をいう。「蕎麦刈」は冬季である。**蕎《そ》麦《ば》の秋《あき》**。

落日の潜りて染る蕎麦の茎　蕪村

高原や粟の不作に蕎麦の出来　高濱虚子

新《しん》蕎《そ》麦《ば》 早刈の蕎麦粉で打った蕎麦をいう。九月、十月ごろになるともう蕎麦の走りが出る。**走《はし》り蕎《そ》麦《ば》**。

御僧に母が手打の走りそば　猪子水仙

新蕎麦を打ちて見舞に上京す　勝俣泰亨

秋《しう》《しゅう》耕《かう》《こう》 三 冬あるいは早春に収穫するものを蒔くため、秋の収穫後の畑を耕すことを秋耕という。

秋耕の一人に瀬音いつもあり　深見けん二
秋耕や醜草土にくつがへる　高濱年尾

紫雲英《げんげ》蒔《ま》く 田の肥料となる紫雲英の種子を蒔くことをいう。

紫雲英蒔くときの花咲爺めく　覚正たけし

蘆《あし》 三 蘆は各地の池や沼、川辺に群がって生える。姿は芒に似て二メートルにもなり、茎は中空で秋に花穂をつける。葉や花穂が風になびきさわぐのは、秋の一点景である。春に「蘆の角」、夏に「青蘆」、秋に「蘆の花」、冬に「枯蘆」とあるが、単に「蘆」というと秋季になる。**蘆原《あしはら》。よし。**

蘆いきれ水いきれ釣倦みて来し　田上波浪
沼舟の棹高々と蘆がくれ　高濱虚子

蘆《あし》の花《はな》 水辺の蘆は紫がかった大きな花穂をつける。芒に似ているが、もっと逞しい。**葭《よし》の花《はな》。蘆《あし》の穂《ほ》。**

夕日今芦の花より低きかな　高田風人子
芦の花ここにも沼の暮しあり　深見けん二

蘆《あし》の穂絮《ほわた》 晩秋、蘆の花穂が熟して紫褐色の実となり、やがて白い穂絮が風に誘われて遠く飛び散る。

蘆の穂や水にふれんとして飛べる　大森積翠
蘆の絮風の速さに吹かれ来し　成嶋瓢雨

蒲《がま》の穂絮《ほわた》 秋になると蒲の穂は熟して、淡黄色の絮が風にのって飛ぶ。「蒲」「蒲の穂」は夏季である。

大いなる蒲の穂わたの通るなり　高野素十
蒲の絮湧き立つさまに風やまず　桑田青虎

蘆《あし》刈《かり》 蘆は晩秋から冬にかけて刈り取る。**刈蘆《かりあし》。**

上げ潮の見え来し蘆を刈りはげむ　黒沢北江

丁寧に刈らねば蘆の折れ易く　高橋野火

蘆火《あしび》　蘆の焚火である。多くは、蘆を刈る人が蘆で焚火をして、濡れた手足を乾かしたり暖をとったりする。

蘆火中淀の一水光りけり　井桁蒼水

菅の火は蘆の火よりも尚弱し　高濱虚子

荻《をぎ／おぎ》 ㊂　水辺や湿地に多い。葉も花穂も芒に似ているが、もっと白々と見え、大きく豊かである。**荻**《をぎ》**の風**《かぜ》。**荻**《をぎ》**の声**《こゑ》。**荻原**《をぎはら》。

荻吹くや葉山通ひの仕舞馬車　高濱虚子

萱《かや》 ㊂　芒、萱、茅萱《ちがや》などの多年草をひっくるめていう俗称である。晩秋のころ刈り取った萱は干して屋根を葺くのに用いる。

萱の穂のあちこち向いて日和かな　皿井旭川

屋根替の用意の萱と聞きし嵩　田邊夕陽斜

萱刈る《かやかる》　晩秋になって萱を刈ることをいう。刈った萱はよく乾かして屋根を葺くのに使われた。**萱塚**《かやづか》。

刈りし萱束ねては地でとんと突く　石井とし夫

萱を刈るとき全身を沈めけり　稲畑汀子

木賊刈る《とくさかる》　枝も葉もなく節の目立つ、青々と細い中空の茎が直立して伸びる。湿地などに自生し、庭園などにも植えられる。秋にこれを刈り取る。**砥草**《とくさ》**刈る**。

木賊刈ることとせずなりぬ故園荒れ　東野悠象

谷水を踏まへて刈りし木賊かな　高濱虚子

萩刈《はぎかり》　晩秋、花が終わってから、根を強めるために萩を刈ることである。

萩寺と呼ばれ萩刈ることも作務　藤木呂九艸

萩刈つてしまへば寺を訪ふ人も　高濱年尾

破芭蕉《やればせう／やればしよう》　芭蕉の葉は長大であるだけに、雨に破れ風に裂けたさまのあわれは深い。

破れそめて芭蕉や凪にあらがはず　山本杜城

横にやれ終には縦に破れ芭蕉　高濱虚子

敗荷《やれはす》　秋も深くなってくると、蓮の葉も破れ始めて無惨な姿となる。**破《や》れ蓮《はちす》。敗荷《はいか》。**

佇ちて見る人とてはなし破れ蓮　福島閑子
敗荷の水も力を失へり　蘭添水

蓮《はす》の実《み》飛《と》ぶ　花のあとに、蜂の巣に似た円錐形の花托ができ、やがて黒く熟し切った実は、音でも立てそうな感じで跳ね落ちる。**蓮《はす》の実《み》。**

蓮の実の飛ぶを支へて茎はあり　藤松遊子
蓮の実のよくとぶ日和ここ暫し　井桁蒼水

時代祭《じだいまつり》　十月二十二日、京都平安神宮で行われる神幸祭。京都三大祭の一つ。**平安祭《へいあんまつり》。**

時代祭九百年を戻したる　谷口和子
戦の世時代祭に重ね見る　稲畑汀子

火祭《ひまつり》　十月二十二日、京都鞍馬由岐《ゆき》神社の祭礼である。全山、篝火と大小の松明に埋められる。**鞍馬火祭《くらまのひまつり》。**

火祭の一と夜の人出鞍馬村　大橋敦子
火祭や焔の中に鉾進む　高濱虚子

年尾忌《としをき》《としおき》　十月二十六日、高浜年尾の忌日である。昭和五十四年（一九七九）十月二十六日病没。墓は虚子と同じく鎌倉市の寿福寺にある。

大切な看護日誌や年尾の忌　坊城中子
野分会十とせ経しこと年尾の忌　稲畑汀子

木《こ》の実《み》落《お》つ　**木《こ》の実降《みふ》る。木《こ》の実雨《みあめ》。木《こ》の実時雨《みしぐれ》。木《こ》の実拾《みひろ》ふ。**「木の実」は別項。

裏山の遍路径てふ木の実降る　馬場志づ代
何処よりの木の実礫と知らざりし　高濱年尾

猿酒《さるざけ》　猿が木の実を集めて木の洞や岩の窪みに蓄えて置いたものが、雨露によって自然に発酵して酒となったものという。

猿酒の底に芽割る、木の実かな　永田青嵐

猿酒と伝へ封切ることも無し　荒川あつし

樫《かし》の実《み》

樫は常緑高木で種類が多い。実は椎の実よりも大きくて、渋い。

樫の実の落ちて駈け寄る鶏三羽　村上鬼城

椎《しひ》《しい》の実《み》《み》

食べられるころになると黒っぽくなる。炒ると香ばしく、ほのかに甘い。**落椎《おちしひ》。椎《しひ》の秋《あき》。椎拾《しひろ》ふ。**

つれだつてきてちらばりぬ椎拾ひ　田中王城

膝ついて椎の実拾ふ子守かな　高濱虚子

まてばしひ《まてばしい》

秋、椎の実に似た二センチくらいのやや赤みを帯びた長楕円形の実がなる。**まてがし。**

まてがしの独楽の廻らず倒れけり　副島いみ子

まてがしの木かも知れぬと実を探す　稲畑汀子

栗《くり》

丹波栗《たんばぐり》。山栗《やまぐり》。柴栗《しばぐり》。ささ栗《ぐり》。毬栗《いがぐり》。落栗《おちぐり》。栗拾《くりひろひ》。焼栗《やきぐり》。栗山《くりやま》。栗林《くりばやし》。栗飯《くりめし》。

嫁が炊く栗多すぎし栗御飯　川瀬向子

栗剝げと出されし庖丁大きけれ　高濱虚子

団《どん》栗《ぐり》

櫟、楢、柏など落葉樹の実の総称で、とくに**櫟《くぬぎ》の実《み》**をいうことが多い。

拾ふ気になれば団栗いくらでも　柳本津也子

団栗を踏みつけてゆく反抗期　小国要

橡《とち》の実《み》

秋、黄褐色になった厚い皮が三裂して、赤褐色でほぼ球形の栗に似た実が現れる。多量の澱粉がふくまれているので、橡餅、橡団子などにする。

橡の実は落ちてはじけるものと知る　宮崎房子

夜のうちに降りし橡の実とぞ思ふ　桑田青虎

胡《く》桃《るみ》

ふつう鬼胡桃をいう。夏季、青々とした実をつけ、秋の深まりとともに黄色くなる。

胡桃割つて文書く文字のぎこちなく　大橋敦子

胡桃割り呉る、女に幸あれと　高濱虚子

榧《かや》の実《み》

棗《なつめ》の実に似て長さ二、三センチくらいの楕円形で、初め緑色をしており、熟すと紫褐色となる。

峯寺の茶受けは榧の実でありし　大槻牛歩

実をつけし榧の大樹が御神木　田丸三樽

銀《ぎん》杏《なん》

いちょうの葉が黄ばむころ、雌の株に黄色に熟す丸い実である。落ちて強い臭気を放つ。中に白くて堅い稜のある種子がある。**銀杏《いてふ》の実《み》**。

銀杏の落ちて汚せし石畳　小川凡水

銀杏のあるとき水に落つる音　高濱年尾

棗《なつめ》

楕円形で親指大くらいの実が熟れて暗紅色になる。食用、薬用となる。**棗《なつめ》の実《み》**。

棗の実落つる日向に陶乾く　五十嵐播水

虚子旧廬立ち去りがたく棗熟れ　大森積翠

無《む》患《く》子《ろじ》

親指の頭くらいの真黒な堅い実である。木になっているときは、黄色い皮をかぶっている。**むくろ**。

無患子と知つてゐる子と仲良しに　大井千代子

無患子の早や隠れなき色に熟れ　橋本一水

菩《ぼ》提《だい》子《し》

菩提樹《ぼだいじゆ》の実《み》である。莢《さや》形の苞に淡《うす》黒く丸い実を垂らす。表面に細かい毛がある。数珠にしたりする。

菩提子を拾ひ煩悩置き行かな　近江小枝子

菩提樹の実を拾ひをる女人かな　高濱虚子

柾《まさき》の実《み》

常緑低木の柾は、晩秋に熟して三、四裂し、赤色の種子をみせて美しい。

花よりも派手に弾けて柾の実　湯川雅

実をつけて手入届かぬ柾垣　藤松遊子

檀《まゆみ》の実《み》

平たくやや四角の実で、熟すと淡紅色になり、四片に深く裂け、真赤な種子が現れる。**真弓《まゆみ》の実《み》**。

近づきて花にはあらで真弓の実　五十嵐八重子

戻りてもあたゝかき色真弓の実　斎藤紫暁

衝羽根《つくばね》　羽子の木といって低山に自生している。実には四片の苞が羽子つきに使う羽子そっくりの形についている。

衝羽根といひて載せくれたなごころ　深見けん二
衝羽根のまこと羽子てふ姿かな　稲畑汀子

一位の実《いちゐのみ》《いちいのみ》　別名「あららぎ」ともいう。実は紅熟して甘く、日に透きとおって美しい。北国に多い。

山去るにつけて一位の実ぞ赤き　木村蕪城
一位の実含みて旅の汝と我　矢津羨魚

草の実《くさのみ》　㊂　秋になると、さまざまの草がそれぞれに実をつける。**草**《くさ》**の穂**《ほ》。**草**《くさ》**の絮**《わた》。

風急ぐほどは急がず草の絮　木村享史

実をつけてかなしき程の小草かな　高濱虚子

ゐのこづち《いのこずち》　秋になると棘状になった花苞が花茎に逆にならんでついていて、衣服などにくっつく。**駒**《こま》**の爪**《つめ》。

ひそかにも人に狎れそめゐのこづち　田畑美穂女
ゐのこづち払ひ終へたる手を払ふ　稲畑汀子

藪虱《やぶじらみ》　山野、道ばたなど至るところに生える人参に似た葉をした雑草である。秋に熟す実は麦粒ぐらいで、人の衣服や、動物にもよくつく。**草**《くさ》**じらみ**。

帽子まで草虱つけをりしかな　松崎亭村
草虱したゝかにつけ気がつかず　高濱年尾

稲刈《いねかり》　**田刈**《たかり》。**収穫**《とりいれ》。**刈稲**《かりいね》。**稲車**《いねぐるま》。**稲舟**《いなぶね》。**稲馬**《いねうま》。

子を乗せてこれがしまひの稲車　飯田楽童
稲刈りて地に擲つが如く置き　高濱虚子

刈田《かりた》　稲を刈りとったあとの田である。急に広々となり、切株ばかりが並んでいる。**刈田道**《かりたみち》。

月山の間近にみゆる刈田かな　山形理
山路を下りて刈田を横ぎりぬ　高濱虚子

落穂《おちぼ》

稲の穂の落ちたものである。一本の落穂でも農家の人々は丹念に拾い大事にする。**落穂拾《おちぼひろひ》**。

村人の鶴にのこせし落穂とも　亀井糸游
落穂をも踏みかためつゝ道となる　高濱虚子

稲架《はざ》

刈った稲を掛け干すもの。丸太や竹を組み上げたり、立木に横木を渡したりする。**稲掛《いねかけ》**。**掛稲《かけいね》**。**稲塚《いねづか》**。

かけ易き妻の高さに稲架を組む　谷口かなみ
冷害の稲穂の軽さ架けられし　稲畑汀子

稲扱《いねこき》

刈って乾かした稲を扱いて籾にする、すなわち脱穀である。

風向きを見て稲扱機据ゑにけり　古野四方白
から〳〵と鳴りをる小夜の稲扱機　高濱虚子

籾《もみ》

稲を扱き落としてまだ殻のついたままの米が籾である。**籾干《もみほし》**。**籾筵《もみむしろ》**。

籾干して谷戸一番の大藁屋　高木晴子
籾筵のべし日だまり土手を背に　高濱年尾

籾磨《もみすり》

籾の殻（種皮）を剝がしとることである。**籾摺《もみすり》**。**籾摺臼《もみすりうす》**。**磨臼《すりうす》**。**籾臼《もみうす》**。**籾摺唄《もみすりうた》**。**籾殻焼《もみがらやき》**。

籾摺やわが裏山の薄紅葉　柏崎夢香
籾摺や俵かぞへて妻幾度　細川路青

新藁《しんわら》

その年に収穫した稲の新しい藁で、まだ青みが残っており、すがすがしい匂いがする。**今年藁《ことしわら》**。

今年藁仔牛にしかと敷いてやる　佐藤冨士夫
肥桶を荷ひ新藁一抱へ　高濱虚子

藁塚《わらづか》

稲扱の済んだあとの藁束は、刈田の空地などに積み上げる。積み方は地方によりさまざまである。**藁塚《にほ》**。

藁塚や志賀に二つの都阯　中山碧城
月に影もらひて藁塚ら寝静まる　石山佇牛
藁塚立ちてしかと遠近生れたる　廣瀬ひろし

晩稲《おくて》　晩秋成熟する稲である。霜の降りる前、あたりの景色も物寂しくなってから取り入れる。

こゝよりや備中にして晩稲刈る　青戸晩天
蝗飛んで日に〳〵稔る晩稲かな　高濱虚子

秋時雨《あきしぐれ》　冬近く、しかしまだ秋のうちに降る時雨である。

待つ間にも秋の時雨の二度三度　佐土井智津子
日矢こぼしゆける迅さに秋時雨　稲畑汀子

露霜《つゆじも》　晩秋の露が凝ってうすい霜のようになったものをいう。水《みづ》霜《しも》。

水霜の芝生にあそぶ小リスかな　左右木韋城
露霜の道を掃きをる寺男　望月梨花

秋《あき》**の霜**《しも》　霜はふつう冬に降りるのであるが、晩秋に霜を見ることがある。

冬瓜のいたゞき初むる秋の霜　李由

冬支度《ふゆじたく》　冬の近づくにつれて、いろいろ寒さに対する準備に取りかかるのである。

遺品手にしてはつまづき冬支度　新田記之子
押せ〳〵にどうにもならず冬支度　高濱年尾

障子洗ふ《しやうじあらふ》《しようじあらう》 ㊂　古い障子を貼り替えるために洗うのである。一昔前までは川とか沼、池などに浸けてあったりした。

浸しある筏つなぎの障子かな　山田九茂茅
洗ひ終へ重たく障子運び去る　稲畑汀子

障子貼る《しやうじはる》《しようじはる》 ㊂　冬の用意に障子を洗って新しい障子紙を貼ることである。

転任の噂はあれど障子貼る　村山一棹
手伝ひの吾子が邪魔なり障子貼る　白根純子

七竈の実《ななかまどのみ》　五ミリくらいの赤い実が枝先に群れ、燃えるような葉とともに林に色を点じている。ななかまど。

なゝかまど赤し山人やすを手に　田村木國
宝永山そこ七かまど実を垂らし　堤　俳一佳

栴檀《せんだん》の実《み》

栴檀は指の頭ぐらいの黄色い実をたくさんつける。**あふちの実《み》**。**金鈴子《きんれいし》**。

栴檀の実を十程も拾ひしか　中田はな
まだ葉色より抜け出せぬ楝の実　稲畑汀子

櫨《はぜ》の実《み》

大豆くらいの大きさの乳白色の実があつまって総状に垂れる。別に自生のものがあり、その実は初めは緑色で、のち黄色となる。**はじの実《み》**。

獐《のろ》の子を厩に飼ひぬ櫨の宿　夏井

櫨《はぜ》ちぎり

櫨の実は蠟燭《ろうそく》の原料や、つや出しなどに用いる。櫨採りは木に登って実をちぎるのである。**櫨買《はぜかひ》**。

櫨取に真白き雲のひかりとぶ　毛利明流星
櫨ちぎり車窓に近き鳥栖も過ぎ　江口竹亭

南天《なんてん》の実《み》

丸く小さな赤い実がかたまってついている。まれに白い実の白南天もある。**実南天《みなんてん》**。

見逃しは鵯にもありし実南天　田畑美穂女
南天の一粒づつに碧き空　稲岡　長

梅《うめ》　擬《もどき》

山地に自生する落葉低木であるが、赤い実が美しいので庭木にも用いられる。**梅嫌《うめもどき》**。**落霜紅《うめもどき》**。

梅嫌植ゑたる土にこぼれたる　西山泊雲
兄のこと話せば泣くや梅嫌　高濱虚子

蔓梅擬《つるうめもどき》

大豆くらいの実が晩秋黄色くなり、やがて皮が裂けて中から黄赤色の種子が二つ三つ現れる。**つるもどき**。

蔓として生れたるつるうめもどき　後藤夜半
蔓もどき情はもつれ易きかな　高濱虚子

茨《いばら》の実《み》

野茨は秋に小粒の赤い実をつける。落葉したのちも、枝にたくさん残って人々の目を楽しませる。

歩き見る国分寺址茨の実　粟賀風因

落日の華やぎ少し茨の実　藤松遊子

玫瑰《はまなす》の実《み》

玫瑰の実は秋に熟し、約二・五センチくらいの黄赤色で、食べると甘酸っぱい。「玫瑰」は夏季。

放ち飼ふ馬に玫瑰実となりぬ　永倉しな

訪はざれば遠ざかる岬実玫瑰　大島早苗

美男蔓《びなんかづら》《びなんかずら》

常緑蔓性の植物で、小さな丸い実が集まって三センチほどの球状になり紅熟する。**南五味子《さねかづら》。真葛《さねかづら》。**

島めぐり美男かづらを提げ帰る　三井紀四楼

葉がくれに現れし実のさねかづら　高濱虚子

橘《たちばな》

橘の実で、蜜柑に比べて小さく、群がって実を結ぶので美しいが、酸味が強くて、そのままでは食べられない。

仰ぎみる橘の実の二つ三つ　草兵衛

柑子《かうじ》《こうじ》

俗に「こうじみかん」という。橘の栽培種で、蜜柑より小さくまん丸で、熟れると濃い黄色となる。

仏壇の柑子を落す鼠かな　正岡子規

蜜柑《みかん》

静岡、和歌山、愛媛など暖地に多く産し、晩秋に色づく。**青《あを》蜜柑《みかん》。蜜柑山《みかんやま》。**

湯上りのかろき動悸や蜜柑むく　粟津松彩子

全山のみかんに色の来つゝあり　深川正一郎

檸檬《れもん》

インド原産の柑橘類で、初夏に白い五弁の花が咲き、楕円形の実が秋に黄熟する。**レモン。**

瀬戸内の風に檸檬の育つ丘　深野まり子

まだ少し青さの残る檸檬かな　岸田祐子

橙《だいだい》

形は球形のものと扁球形のものとがあり、熟して橙色になる。橙酢にしたり風邪薬にもなる。

橙をうけとめてをる虚空かな　上野泰

橙のみのり数へて百といふ　村田橙重

朱欒《ざぼん》

柑橘類の中でもっとも大きく、果皮は厚く、果肉は黄白色。**うちむらさき。文旦漬《ぶんたんづけ》。**

捥ぎたての朱欒の匂ひ日の匂ひ　田代八重子
増築のざぼん剪らねばならぬ破目　倉田ひろ子

仏手柑《ぶしゆかん》

全体が細長くちょうど指のように先が分かれた実をつける。

仏手柑の名もそのものも珍しや　二宮小鈴
仏手柑といふ一顆置き眺めとす　高濱年尾

九年母《くねんぼ》

橙の一種で実は柚子くらいの大きさである。非常に香り高く甘酸っぱくて美味。皮も食べられる。

九年母の黄に好もしき見越かな　芹水

金柑《きんかん》

球形または楕円形の小さな果実を、金色に光らせて熟す。果肉は酸っぱいが、果皮は甘く、香りがよい。

一本の塀のきんかん数しらず　阿波野青畝
家々に金柑実り島日和　杞未行

酢橘《すだち》

果実は柚子に似て小形である。果肉は淡黄色で酸味が強く多汁。香りが高く、各種の料理に珍重される。酸橘《すだち》。

贈り来しすだちに鳴門潮偲ぶ　野村くに女
名物の一つに酢橘阿波土産　宇山白雨

柚子《ゆず》

皮に凹凸のあるやや扁円の実で晩秋黄色に熟す。香りが高く、調味料に用いられる。

柚子をもぎつくせし枝の暗くなる　和気祐孝
雨の柚子とるとて妻の姉かぶり　高濱虚子

柚味噌《ゆみそ》

熟した柚子の中身をえぐり出した殻に、味噌と柚子の汁、皮のすりおろしを混ぜて練ったものを入れ、そのまま火に掛けて焼いたもの。ゆずみそ。柚釜《ゆがま》。

柚味噌して膳賑はしや草の庵　村上鬼城
柚味噌にさら〳〵まゐる茶漬かな　高濱虚子

万年青の実《おもとのみ》

葉に囲まれた短い花茎の先にかたまって生る。実が真赤に色づいて珊瑚玉のように美しい。

真上よりのぞけばありぬ万年青の実　真城蘭郷

種瓢《たねふくべ》

瓢簞の種子を採るために、形のよいものを選び、完熟させたのち、軒下に吊して乾燥させたりする。

捨てらるゝさだめを茶器に種ふくべ　森川芳明

誰彼にくれる印や種瓢　高濱虚子

種茄子《たねなす》

種を採るために捥がずに残してある茄子をいう。畑の隅などに黄色く熟れて残っている。

藁結んで印《しるし》たしかや種茄子　本田一杉

種胡瓜相憐むや種茄子　高濱虚子

種採《たねとり》

晩秋に実を結ぶ花の種を採り、よく乾かして春蒔のために蓄えるのである。

手のくぼに受けて僅の種を採る　大橋こと枝

種採つて用なき花圃となりにけり　高林蘇城

宗鑑忌《そうかんき》

陰暦十月二日、俳諧の祖、山崎宗鑑の忌日である。天文二十二年（一五五三）没。享年八十九歳。

一夜庵讃岐に残り宗鑑忌　河野美奇

草津にはゆかりの寺の宗鑑忌　稲畑汀子

秋深し《あきふかし》

秋もまことに深まって山川草木ことごとく静けさを湛えた感じをいうのである。**秋さぶ《あき》**。**深秋《しんしう》**。**秋闌《あきたけなは》**。

深秋の師の忌へ参ず一人旅　安原葉

思川まで歩をのばし秋深む　千原草之

冬近し《ふゆちか》

秋も終わりに近づくと、野山にも町のたたずまいにも、冬のきざしが漂い始める。

北国のくらしにも慣れ冬近し　太田育子

影法師うなづき合ひて冬を待つ　高濱虚子

紅葉《もみぢ》

落葉樹の葉は凋落する前、霜や時雨の降るたびに美しく染まる。その代表的なものは楓《かへで》である。**夕紅葉《ゆふもみぢ》**。**むら紅葉《もみぢ》**。**下《した》紅葉《もみぢ》**。**紅葉川《もみぢがは》**。**紅葉山《もみぢやま》**。

山紅葉し初むる一樹々々づつ　今井千鶴子

紅葉谷知りつくしたる案内かな　山田庄蜂

大紅葉燃え上らんとしつゝあり　高濱虚子

紅葉狩《もみぢがり》《もみじがり》

紅葉を賞でて山や谷を逍遥することである。紅葉見《もみぢみ》。観楓《くわんぷう》。

紅葉見る酒は静に飲むべかり　松尾いはほ

渓深く下りゆくとも紅葉狩　田上一蕉子

紅葉鮒《もみぢぶな》《もみじぶな》

琵琶湖に産する源五郎鮒は、秋が深くなると、鰭《ひれ》が紅色を帯びる。これが紅葉鮒である。

からだ中ゆすり泳げる紅葉鮒　雨角竹舟郎

紅葉鮒色とり〳〵に重の物　高濱虚子

黄葉《もみぢ》《もみじ》

黄色にもみじしたのをいう。銀杏《いちよう》、柳をはじめ、櫟《くぬぎ》、柏、白樺、落葉松などさまざまある。

黄葉して隠れ現る零余子蔓　高濱虚子

黄葉描く子に象を描く子が並び　稲畑汀子

照葉《てりは》

紅葉した草木の葉の、いかにも光沢があって照り輝いているのをいう。照紅葉《てりもみぢ》。

かゞやける白雲ありて照紅葉　高濱虚子

庭先はすぐ谷なして照紅葉　高濱年尾

雑木紅葉《ざふきもみぢ》《ぞうきもみじ》

何の木ということなく、いろいろの木が紅葉しているのをいう。

程ケ谷や雑木紅葉も町の中　今井つる女

帰路も亦雑木紅葉の高き山　坂本ひろし

柿紅葉《かきもみぢ》《かきもみじ》

柿の葉は紅、黄、朱の混じった独特の美しい色に紅葉する。

浮腰となりし鳥や柿紅葉　皿井旭川

柿紅葉山ふところを染めなせり　高濱虚子

漆紅葉《うるしもみぢ》《うるしもみじ》

紅葉を賞されるのは、自生の山漆や蔦漆の類で、葉の表は鮮やかな紅に、裏は黄色に紅葉する。

妹と行けば漆の紅葉径に斜《なゝめ》　山口誓子

あたりまであかるき漆紅葉かな　高濱虚子

櫨紅葉《はぜもみぢ》《はぜもみじ》 紅くつややかである。櫨は割合に紅葉の少ない暖地に多くて、その紅葉はことに美しい。

目立ちしは皆櫨紅葉ならぬなし　高濱年尾

櫨紅葉にも燃ゆる色沈む色　稲畑汀子

銀杏黄葉《いてふもみぢ》《いちょうもみじ》 扇形の葉が緑からしだいに黄色となり、黄一色となったものは黄葉の中でも際立って美しい。

そののちは銀杏黄葉の散るのみに　千原草之

大銀杏黄葉に空の退ける　原田一郎

櫟黄葉《くぬぎもみぢ》《くぬぎもみじ》 櫟は落葉高木で、その黄葉は深みのあるやや地味なものである。半緑半黄のときも佳い。

かたくなに櫟は黄葉肯ぜず　竹下しづの女

白膠木紅葉《ぬるでもみぢ》《ぬるでもみじ》 白膠木は一名「ふしのき」とも呼ばれ、漆や櫨と同類である。その紅葉は鮮紅色で美しい。

かくれ水ひゞきて白膠木紅葉かな　藤岡玉骨

錦木《にしきぎ》 葉は対生、両端のとがった楕円形で柄は短い。枝の稜にコルク質のものがついている。紅葉がとくに美しいので庭木としても珍重される。**錦木紅葉**《にしきぎもみぢ》。

錦木の紅葉日増に色まさり　藤田大五郎

錦木の炎えつくしたる色と見し　藤井扇女

柞《ははそ》 小楢の古名とも、楢や櫟《くぬぎ》の総称ともいわれる。また「ほうそ」と発音されることもある。**柞紅葉**《ははそもみぢ》。

緬羊に早紅葉したる柞かな　岡嶋田比良

蔦《つた》 ㊂ 樹木や石垣、塀などを這い、観賞用として、また、住宅に一つの風情を添えるために植えられる。**錦蔦**《にしきづた》。**蔦蘿**《つたかづら》。

城門を全く掩ひ蔦の秋　楠目橙黄子

皆知れる蔦の館でありにけり　稲畑汀子

蔦紅葉《つたもみぢ》《つたもみじ》 「錦蔦」の名もあるとおり、掌状の葉が紅葉すると美しい。

もみづるを急く葉急かぬ葉すべて蔦　山内山彦

蔦の葉の二枚の紅葉客を待つ　高濱虚子

草紅葉《くさもみぢ》

木の紅葉に対して、秋草の色づいたのをいう。**草《くさ》の紅葉《もみぢ》**。**草《くさ》の錦《にしき》**。**蓼紅葉《たでもみぢ》**。

たのしさや草の錦といふ言葉　星野立子

虚子立たれたりしはここら草紅葉　石井とし夫

萍紅葉《うきくさもみぢ》

秋が深まるにつれて、萍、菱などの水草も水の面に漂いながら色づいてくる。**水草紅葉《みづくさもみぢ》**。

内湖は浮草紅葉しそめしと　乗光博三

珊瑚草《さんごさう》

潮が満ちると塩水をかぶる砂地や海岸に群生する。茎は円柱形で節があり、節から枝分かれする。緑色の茎が十月ごろ紅に染まって美しい。**厚岸草《あつけしさう》**。

珊瑚草水に溺れてゐたる色　小林草吾

浜人のことばは荒し珊瑚草　嶋田摩耶子

野山《のやま》の錦《にしき》

草木が紅葉した秋の野山を、錦にたとえていう。

美の神の織れる野山の錦かも　猪子水仙

眼つむれば今日の錦の野山かな　高濱虚子

紅葉且散る《もみぢかつちる》

紅葉しながらかつ散るのをいう。単に「紅葉散る」といえば冬季である。

紅葉且散るひとひらはまなかひに　杉本零

紅葉且散る盆栽といふ天地　前内木耳

鹿《しか》 ㊂

交尾期の牡鹿の鳴き声は遠くで聞くと哀れである。**牡鹿《をじか》**。**小鹿《こじか》**。**さ牡鹿《をしか》**。**鹿《しか》の声《こゑ》**。**妻恋《つまこ》ふ鹿《しか》**。**鹿笛《しかぶえ》**。

鹿の眼のわれより遠きものを見る　高木石子

鹿に餌を一度にとられ立ちつくす　高濱朋子

猪《ゐのしし》 ㊂

猪は、晩秋、稲、豆、藷などの農作物を食い荒らす。山がかった田などには猪垣を作り被害を防ぐ。**野猪《やちよ》**。**猪《しし》**。

過疎村の乏しき畑に猪の害　河野美奇

猪を飼ひ猪鍋を商へり　川口咲子

崩《くづ》《くず》れ簗《やな》《やな》

下り簗の崩れこわれたものである。不用になったまま水流に放置されている簗である。

小屋がけのあともそこらに崩れ簗　福井圭児

常のまゝ利根川流れ崩れ簗　田中暖流

残菊《ざんぎく》

昔は重陽の行事以降の菊を、**残《のこ》りの菊《きく》**とも**十日《とをか》の菊《きく》**ともいった。現在では秋も更けて盛りを過ぎた菊がなお咲き残っているのをいう。

残菊のなほその蕾数知れず　原田一郎

残菊のほかは全く枯れ果てゝ　高濱年尾

末枯《うらがれ》

晩秋、野山の草が葉の先の方から枯れ始めるのをいう。末《うら》は根元に対して葉末のこと。

末枯やふざけゐし子も今本気　星野立子

末枯の野に落日の力なく　浅野右橘

柳散る《やなぎちる》

秋も終わろうとするころ、柳の葉は散り始める。**散《ち》る柳《やなぎ》**。

靴みがき伏してひたすら柳散る　吉屋信子

宇治川の流は早し柳散る　高濱虚子

穭《ひつぢ》《ひつじ》

稲を刈り取ったあとしばらくすると、その刈株からふたたび青い芽が萌え出るのを穭という。**穭田《ひつぢだ》**。

神の田の穭の乱れなし　石倉啓補

穭田を犬は走るや畦を行く　高濱虚子

初鴨《はつがも》

その年に初めて渡ってくる鴨のこと。**鴨来る《かもきたる》**。

鴨来る空から見えぬ峡の池　鈴木南子

初鴨の予感に湖の広くあり　今橋眞理子

鶴来る《つるきたる》

わが国へ鶴の渡って来るのは晩秋初冬のころである。鹿児島県出水《いずみ》、山口県八代《やしろ》などが有名である。

鶴わたるかぎり夕映消えまじく　水田のぶほ

鶴来る出水と聞けば旅ごころ　稲畑汀子

行《ゆく》　秋《あき》

秋が過ぎ去ろうとするのをいうのである。虫の声はとうに絶え、水はすでに冷たい。

愛憎の夢も現も行秋ぞ　小畑一天

行秋や川近く住み川を見ず　柴原保佳

暮《くれ》の秋《あき》

秋の末ごろをいう。晩秋《ばんしう》は、初秋、仲秋に対して三秋の終わりの月にも使われる。

帰り来て父母なき山河暮の秋　佐藤慈童

能すみし面の衰へ暮の秋　高濱虚子

秋惜《あきをし》《あきおし》む

去り行く秋を惜しむのである。

好晴の秋を惜めば曇り来し　鈴木花蓑

よべ星と語りし秋を惜み発つ　稲畑汀子

文化《ぶんくわ》《ぶんか》の日《ひ》《ひ》

国民の祝日。かつて明治節であった十一月三日が、文化の日と改められた。

商ひの文化の日とて休まれず　小畑一天

知る古書肆二三巡りて文化の日　吉井莫生

冬

十一・十二月

十一月 立冬すなわち十一月七・八日以後

冬《ふゆ》㊂ 立冬（十一月七、八日ごろ）から立春（二月四、五日ごろ）の前日まで。**三冬《さんとう》**は初冬、仲冬、晩冬のこと。**九冬《きうとう》**は冬九十日間のことである。**冬《ふゆ》の宿《やど》**、**冬《ふゆ》の庭《には》**、**冬《ふゆ》の町《まち》**、**冬沼《ふゆぬま》**、**冬《ふゆ》の浜《はま》**など。

のぼりきることなき煙峡の冬　岩垣子鹿

これよりの筑紫の冬の宿親し　稲畑汀子

立冬《りつとう》 たいてい十一月七、八日ごろにあたる。**今朝《けさ》の冬《ふゆ》**は立冬の日の朝をいう。**冬立《ふゆた》つ**。**冬《ふゆ》に入《い》る**。**冬来《ふゆきた》る**。

健康な心を保ち冬に入る　奥田智久

雨よりも雨音淋し冬に入る　山内山彦

十一月《じふいちぐわつ／じゆういちがつ》 月の初めに立冬を迎える。小春日和の日もあり、行楽にも良い季節である。

今日よりは十一月の旅日記　星野立子

雨が消す十一月の草の色　大島早苗

初冬《はつふゆ》 冬の初めごろをいう。初冬、仲冬、晩冬に分けた初冬にあたる。**しよとう**。

初冬や仮普請して早住めり　高濱虚子

雲動き初冬の日ざしこぼしけり　稲畑汀子

神無月《かんなづき》 陰暦十月のこと。この月は諸国の神々が出雲の国に旅立たれるため、神々が留守であるというので神無月という。出雲の国では**神有月《かみありづき》**といっている。

詣で来て神有月の大社かな　石田雨圃子

宮柱太しく立ちて神無月　高濱虚子

神《かみ》の旅《たび》 陰暦十月一日、全国諸社の神々は男女の縁結びのため、出雲へ旅立たれるという。**神送《かみおくり》**。

魂ぬけの小倉百人神の旅　阿波野青畝

一筋に神をたのみて送りけり　高濱虚子

神《かみ》渡《わたし》　神無月に吹く西風で、出雲へお旅立になる神々を送る風の意である。

玄界に一舟もなし神渡　生島花子

山の木々一夜に痩せし神渡　稲畑汀子

神《かみ》の留《る》守《す》　神無月は、神々が出雲の国に旅立たれるので、神社はどこも神が留守であるという意味である。季節的にも荒寥として神の留守という感じが深い。

俳諧の神の留守なる懈怠かな　清原枴童

山鳴と噴煙とある神の留守　西村数

初時雨《はつしぐれ》　その年の冬、初めて降る時雨のことである。いよいよ冬が来たという感じがそこはかとなく漂う。

托鉢の衣を濡らし初時雨　西澤信生

北山の雲片寄せて初しぐれ　稲畑汀子

初《はつ》霜《しも》　その冬初めて降りる霜である。土地によって遅速があるが、東京地方では十一月半ばごろである。

初霜の石を崩して堰普請　及川仙石

初霜の来し上州と聞きしより　稲畑汀子

冬《ふゆ》めく　はっきり冬景色がととのったというわけではないが、何となく冬らしくなってきた感じをいう。

むさし野の冬めき来る木立かな　高木晴子

口に袖あてゝゆく人冬めける　高濱虚子

炉《ろ》開《びらき》　茶道では夏の風炉に替えて、閉ざされていた切炉を開く。古来、陰暦十月初亥の日に炉開をする風習があった。

来合はせし母を客とし炉を開く　明石春潮子

炉開や蜘蛛動かざる灰の上　高濱虚子

口《くち》切《きり》　炉開の日、壺の封を切って初めて新茶を用いる。茶道では大切な儀式とされ、茶席の一切を改める。

口切に来よとゆかりの尼が文　篠塚しげる

口切におろす晴着の躾とる　星野椿

亥《ゐ》の子《こ》

収穫祭の一つで主に関西以西の行事である。陰暦十月の初亥の日に、亥《ゐ》の子餅《こもち》といって新穀の餅を搗き田の神に供える。**猪《ゐ》の子《こ》**。**玄猪《げんちよ》**。

唄ひもす亥の子の唄をなつかしみ　山川喜八
亥の子餅搗く神苑の大かゞり　吉村城乾

御取越《おとりこし》

京都の本山で行なう親鸞聖人の正忌の「報恩講」と差し合わぬよう、末寺や信徒が日を繰り上げて法会を営むこと。

お取越新発意いまだあどけなく　岡田蕉風
御取越泊り耶馬より筑後より　松本圭二

達磨忌《だるまき》

陰暦十月五日は菩提達磨の忌日である。中国、梁の大通二年（五二八）のこの日に入寂したと伝えられる。

達磨忌の日の警策を受けてをり　開田華羽
晩学にして不退転達磨の忌　吉井莫生

十夜《じふや》

浄土宗の寺院で行なう「十夜念仏法要」を略して十夜という。**十夜粥《じふやがゆ》**。

履物を違へて戻る十夜かな　稲岡達子
正座して女医先生も十夜衆　今井千鶴子

酉《とり》の市《いち》

十一月中の酉の日に行なわれる鷲《おおとり》神社の祭礼で「お酉さま」といって親しまれる。**一《いち》の酉《とり》**。**二《に》の酉《とり》**。**三《さん》の酉《とり》**。

二の酉のとつと昏れてきし人出　兜木總一
此頃の吉原知らず酉の市　高濱虚子

熊手《くまで》

酉の市で売る商売繁盛の縁起物である。福徳を掻き集めるといい、多く商家で神棚や店に飾られる。

囃されて最も小さき熊手買ふ　山内山彦
大熊手裏は貧しくありにけり　藤松遊子

箕《み》祭《まつり》

収穫祭の一つ。用済みの箕を祀って祝う。**箕納《みをさめ》**。

箕祭や先祖代々小作農　松田大声
本家とは名のみとなりし箕を祭る　北岡玄雨

お火焚《ほたき》

十一月にそれぞれ日を定めて、京都の各神社で庭燎《にわび》を焚く神事。伏見稲荷大社のお火焚はもっとも盛大である。

御火焼のもりものとるな村がらす　智月

御火焼や霜うつくしき京の町　蕪村

鞴祭《ふいごまつり》

十一月八日、京都伏見稲荷大社のお火焚神事の日に、鞴を清めて祀る。鞴に供えた蜜柑は風邪薬になるといい、近所の子供に配ったり撒いたりした。**蜜柑撒《みかんまき》**。

刀匠はいつも和服で鞴祭　山崎浩石

跳炭に焦げし鞴を祀りけり　黒木青苔

苗代茱萸《なはしろぐみ》《なわしろぐみ》の花《はな》《はな》

高さ二・五メートルくらい、枝は多く針状、常緑の葉の裏は銀褐色で、初冬に漏斗形の白い花をつける。**たはらぐみの花《はな》**。

宵闇や苗代茱萸の咲きそめし　宮野小提灯

茶《ちや》の花《はな》

小春日和の続くころ、白い円やかな花を開く。黄色い蘂が大きく美しい。

茶の花のうひ〳〵しくも黄を点じ　阿波野青畝

嫁ぐ娘に茶の花日和つゞきをり　川口咲子

山茶花《さざんくわ》《さざんか》

椿に似て椿より淋しく、晩秋から冬にかけて咲く。「茶梅」とも書く。

山茶花の花のこぼれに掃きとゞむ　高濱虚子

山茶花の咲き継ぐのみの庭となる　稲畑汀子

柊《ひひらぎ》《ひいらぎ》の花《はな》《はな》

庭園や籬《まがき》などに植えられる二、三メートルくらいの常緑樹で、白い小花が群がり咲き芳香を放つ。

ひま〳〵に散る柊の花細か　石黒不老坊

柊の花は糸引き落つるもの　伊藤柏翠

八手《やつで》の花《はな》

天狗の団扇の形をした葉は青々として逞しく、枝の先から円錐形の花穂を出して毬のような形に白い小花が咲く。

豆腐やの笛来てとまる花八手　高崎小雨城

ベル押せばすぐに応へて花八ッ手　星野椿

石蕗の花《つわのはな》《つわぶきのはな》
石蕗は「つわぶき」のことで初冬、菊に似た黄色い花を、真直な花茎の頂につける。**槖吾の花《つわのはな》**。

改めて石蕗を黄なりと思ふ日よ　後藤比奈夫
よき庭も荒れたる庭も石蕗の花　上崎暮潮

芭蕉忌《ばせうき》《ばしようき》
陰暦十月十二日は俳諧の祖松尾芭蕉の忌日である。元禄七年(一六九四)旅の途次大阪で没。享年五十一歳。**時雨忌《しぐれき》**。**翁忌《おきなき》**。**桃青忌《たうせいき》**。

謹て句に遊ぶなり翁の忌　高濱虚子
時雨忌やわが志高く置く　稲畑汀子

嵐雪忌《らんせつき》
陰暦十月十三日は服部嵐雪の忌日である。宝永四年(一七〇七)に病没。

嵐雪忌残る白菊黄菊かな　魚　里

空也忌《くうやき》
十一月十三日、空也上人の忌日である。天禄三年(九七二)入滅。**空也念仏《くうやねんぶつ》**。

空也忌や死土産なる玉の数珠　素風郎

鉢叩《はちたたき》
早朝勤行ののち、僧が竹の網代笠をかぶり、市内を巡行する一種の念仏行である。

夜泣する小家も過ぬ鉢叩き　蕪　村
月の夜に笠きて出たり鉢叩　高濱虚子

冬安居《ふゆあんご》 ㊂
「夏安居《げあんご》」に対して冬安居または**雪安居《せつあんご》**といい、十月一日あるいは十一月十五日から九十日間行なわれる。

沐浴の掟きびしき冬安居　能仁鹿村
雪安居僧に七曜なかりけり　辻本青塔

七五三《しちごさん》
十一月十五日に行なう子供の成長の祝い。**髪置《かみおき》**。**袴著《はかまぎ》**。**帯解《おびとき》**。**紐解《ひもとき》**。**千歳飴《ちとせあめ》**。

うれしくてすぐに眠くて七五三　今井千鶴子
袴著や我もうからの一長者　高濱虚子

新海苔《しんのり》
海苔は十月半ばごろから翌年の三月ごろまで採れるが、その走りの海苔が新海苔である。「海苔」は春季。

新海苔やビルに老舗の暖簾かけ　黒米松青子

新海苔としての艶とはあきらかに　稲畑汀子

棕櫚剝ぐ《しゆろはぐ》

棕櫚の皮を剝ぐのは初冬である。高さ一〇メートルを超える幹に梯子などを掛けて剝ぐ。

もう〳〵とほこりの中に棕櫚をはぐ　坊城としあつ

十年の埃を吸ひし棕櫚を剝ぐ　須藤常央

蕎麦刈《そばかり》

高冷地の夏蕎麦は七月ごろに花が咲き初秋に刈る。平地では九月ごろに花が咲き晩秋から初冬に刈る。

雉がつくらし蕎麦刈を急がねば　斎藤葵十

蕎麦刈りて只茶畑となりにけり　高濱虚子

冬耕《とうかう》《とうこう》

冬の田畑を耕すことをいう。田や畑を鋤き返し麦を蒔く用意をしたり稲刈りあとを粗《あら》起こししたりする。

蒔くもののなき冬耕の大雑把　岡安仁義

冬耕の水城といへる野をいそぐ　高濱年尾

麦蒔《むぎまき》

大麦と小麦があって蒔き時が少し違うが、大方は十一月いっぱいに蒔きおわる。

出漁の留守を女ら麦を蒔く　入江月凉子

村の名も法隆寺なり麦を蒔く　高濱虚子

大根《だいこん》 ㊂

古名は「おほね」といい、春の七草では「すずしろ」といわれる。

桜島大根一個一荷なる　鈴木洋々子

大根を鷲づかみにし五六本　高濱虚子

大根引《だいこんひき》

大根は、畑で凍らないうちに収穫する。十一月半ばごろから、天気のよい日に引くのである。**だいこ引**《ひき》。

案外に大根は軽く抜けるもの　湯川雅

嘶きてよき機嫌なり大根馬　高濱虚子

大根洗ふ《だいこんあら》《だいこんあらう》

畑から抜いた大根は、畑のほとりを流れる小川や家の前の門川などで洗う。冬の風景の一つである。

大根洗ふ大雑把なる水使ひ　木村滄雨

流れ行く大根の葉の早さかな　高濱虚子

大根干《だいこんほ》す

沢庵漬にするため、大根を十日間くらい干す。**干大根《ほしだいこ》**。**懸大根《かけだいこん》**。

波の上の能登より高く大根干す　石倉啓補

呉服屋が来てをる縁や干大根　高濱虚子

切干《きりぼし》 ㊂

大根を千切りあるいはうす切りにして乾燥した保存食である。ふつう筵に広げて干す。

大根の器量あしきは切干に　赤迫文女

切干の煮ゆる香座右に針仕事　高濱虚子

浅漬《あさづけ》

生乾きの大根を麴、糠などで薄塩にあっさり漬けたもので長もちはしない。

浅漬の茶飯よろこぶ老医かな　吉田孤羊

浅漬や人清福に住まひゐし　三浦俊

沢庵漬《たくあんつ》く

大根を塩と米糠とで漬けるのである。貯蔵期間や味の好みによって塩加減を変える。**大根漬《だいこんつ》ける**。

踏むは踏み大根漬の雲衲等　河野静雲

沢庵や家の掟の塩加減　高濱虚子

茎漬《くきづけ》 ㊂

蕪、大根、高菜、野沢菜などの葉、茎を塩または麴漬としたものをいう。「茎漬く」と動詞にも用いられる。**茎《くき》の桶《をけ》**。**茎の石《いし》**。**菜漬《なづけ》**。

茎漬の土間のでこぼこ昔より　石川星水女

手伝ひの来しより漬菜あわたゞし　高濱虚子

酢茎《すぐき》 ㊂

京都名産の漬物である。酢茎という蕪の一種を、葉ごと塩漬にしたもので、やや酸味のある独特の風味。

瞳が合へば来て荷を下ろす酢茎売　矢倉信子

百俵の塩の届きし酢茎宿　山川能舞

寒竹《かんちく》の子《こ》

寒竹は、生垣などに栽培される直径約一センチ、高さ二、三メートルの趣のある竹で、その筍。

寒竹の子が一本や苔の庭　上林白草居

坪庭の寒竹の子にある日向　稲畑汀子

蒟蒻掘《こんにやくほ》る　蒟蒻いも（蒟蒻玉）は山地の急傾斜の段畑などに栽培し、十一月から十二月にかけて、茎葉が黄色に枯れてから掘り上げる。**蒟蒻干《こんにやくほ》す**。

山捨つる心蒟蒻掘りあぐる　杉浦蜻蛉子

蒟蒻を陰干にして山住ひ　谷口君子

蓮《はす》根《ね》掘《ほ》る　蓮は初冬に入って葉が枯れたあとで掘り始める。**蓮掘《はすほり》**。

泥の頬肩で拭きもし蓮根掘　入村玲子

泥水の流れこみつゝ蓮根掘る　高濱虚子

泥鰌《どぢやう》《どじやう》掘《ほ》る　㊂　冬になると、田や沼は水が涸れ、泥鰌は残った泥に深く潜って、その中にひそむので掘って捕る。

掘返す泥にさゝりし泥鰌かな　平松草山

眠りまだ覚めざる泥鰌掘られけり　川崎栖虎

鷲《わし》　㊂　高山に棲息し禽獣をつかまえて食う猛禽類である。ときには人間にも危害を加えたりする。

国境を守るかに鷲旋回す　廣中白骨

大空をたゞ見てをりぬ檻の鷲　高濱虚子

鷹《たか》　㊂　大鷹、鷂《はいたか》、隼などの種類があり、鷲とともに猛禽類。翼が強くて迅く飛び、爪が鋭くて小鳥などを捕る。

龍飛岬鷹を放つて峙てり　大久保橙青

鷹去つて青空に疵一つ無き　田山寒村

隼《はやぶさ》　㊂　中形の鷹の一種で、翼の先が尖り、非常に迅く飛ぶ。小鳥を襲うときは弾丸のようである。まれにキッキッと鳴く。

はやぶさの片目を開けて人を見る　今井つる女

渡りたる隼の空澄みにけり　稲畑汀子

鷹《たか》狩《がり》　㊂　飼いならした鷹を放って飛鳥を捕る狩りである。**放鷹《はうよう》**。**鷹《たか》野《の》**。

葬礼の片寄て行く鷹野かな　也有

鷹狩のすみたる空の鳶鴉　森　桂樹楼

鷹匠《たかじやう》《たかじょう》 ㊂ 鷹を飼育訓練し、鷹狩に従事する人の職名で、古く王朝時代からあった。宮内庁に鷹匠と呼ばれる職名がある。

鷹匠のまなざし眉は白けれど　清崎敏郎

鷹匠の鷹にきびしき二た三言　坊城としあつ

大綿《おほわた》《おおわた》 蚜虫《ありまき》（あぶら虫）の一種で、初冬のころ、風もない静かな日に、小さな綿のように飛んでいる。**綿虫**《わたむし》。

大綿のちぎれつきたる掌　高濱年尾

大綿の消えて消えざる虚空かな　稲畑汀子

小春《こはる》 陰暦十月を小春といい、ほぼ十一月にあたる。**小春日**《こはるび》。**小春**《こはる》**日和**《びより》。**小六月**《ころくぐわつ》。

行く先もきめず小春を誘ひ合ひ　安沢阿彌

父を恋ふ心小春の日に似たる　高濱虚子

まだ羅府にあると思へず小六月　高濱年尾

冬日和《ふゆびより》 ㊂ 冬の晴れわたった穏やかな日和をいう。小春よりも冷たい感じである。**冬晴**《ふゆばれ》。

歩きゐるうちにすつかり冬日和　岩田公次

冬晴のつづき家居のつづかざる　稲畑汀子

冬暖《ふゆあたたか》 ㊂ 冬になっても暖かい日があり、数日またはやや久しく続くこともある。暖冬《だんとう》とはやや違う。**冬**《ふゆ》**ぬくし**。

冬ぬくし海をいだいて三百戸　長谷川素逝

冬ぬくきことなど話し初対面　今橋眞理子

青写真《あをじやしん》《あおじゃしん》 ㊂ 昔あった子供の冬の遊びの玩具の一種。別名、日光写真ともいわれた。

現れて邪魔をせぬ雲青写真　依田秋葭

青写真は映りをり水はこぼれをり　高濱虚子

帰り花《かへりばな》《かえりばな》 単に帰り花といえば桜のことで、初冬のころに時ならぬ花を開くのをいう。他の花はその名を補う。**帰**《かへ》**り咲**《ざき》。**忘**《わす》**れ咲**《ざき》。**狂**《くる》**ひ花**《ばな》。**狂**《くる》**ひ咲**《ざき》。

近づけば歩み去る人返り花　池内友次郎

はたと逢ひ逢へさうで逢ひ帰り花　後藤比奈夫

返り咲きかたまつてゐる枝の先　高濱年尾

冬紅葉《ふゆもみぢ》《ふゆもみじ》

紅葉の華やかなのは晩秋であるが、冬になってもなお美しく残っている紅葉もある。**残《のこ》る紅葉《もみぢ》**。

拝観を許さぬ寺の冬紅葉　西澤破風

石人も石獣も冬紅葉中　高濱年尾

紅葉散《もみぢち》《もみじち》る

流れにははじまつてをり散紅葉　藤崎久を

「紅葉且散る」は秋季であるが、本格的に散るのは初冬である。**散紅葉《ちりもみぢ》**。

散紅葉こゝも掃き居る二尊院　高濱虚子

落《お》葉《ば》 ㊂

秋、美しく紅葉していた木々も、やがてはらはらと落葉し始める。**落葉掻《おちばかき》**。**落葉籠《おちばかご》**。**落葉焚《おちばたき》**。

落葉掃く音の日向にうつりけり　高瀬竟二

こつそりと絵馬掛けてきし落葉径　今橋眞理子

火の好きな女と言はれ落葉焚く　高田風人子

焚き残りゐるまゝ落葉風にとぶ　高濱年尾

銀杏落葉《いてふおちば》《いちようおちば》

欅《けやき》や櫟《くぬぎ》、落葉松などの葉が黄ばんで落ちることを黄落《くわうらく》という。銀杏落葉はその代表的なものである。**銀杏《いてふ》散る**。

銀杏散るまつたゞ中に法科あり　山口青邨

黄落や教室一つづつ灯り　藤井啓子

黄落の彩る外苑並木道　坂本ちえこ

柿落葉《かきおちば》

柿落葉が散り敷くころは、朝夕めっきり冷えてくる。その落葉は多彩な色で美しい。

いちまいの柿の落葉にあまねき日　長谷川素逝

柿落葉大きく音のして掃かれ　山室青芝

朴落葉《ほほおちば》《ほおおちば》

朴の葉は昔、飯盛葉《めしもりは》と呼ばれ、食べ物を包んだほど大きく、晩秋から初冬、褐色に乾き音を立てて落ちる。

朴落葉踏む靴よりも大きくて　岡田順子

つく杖の先にさゝりし朴落葉　高濱虚子

枯葉《かれは》

霜が降り始めると、木々の葉、草々の葉も枯れ始める。おもに樹上に枯れたまま残っているのをいう。

枯葉散る枯葉に触るゝ音たてゝ　坂井建

つきさゝる枯葉一枚枝の先　高濱虚子

木《こ》の葉《は》 ㊂

冬になって散る木の葉や梢に散り残った乏しい木の葉をいう。**木《こ》の葉雨《はあめ》。木《こ》の葉散《はち》る。**

地に動きゐて雀とも木の葉とも　坊城としあつ

一枚の木の葉拾へば山の音　稲畑汀子

木《こ》の葉髪《はがみ》 ㊂

ようやく冬めくころ、木々の葉が落ちるように、人間の毛髪が常よりは多く脱けるのをいう。

白髪さへいまは大事に木の葉髪　高田美恵女

櫛の歯をこぼれてかなし木の葉髪　高濱虚子

凩《こがらし》

冬の初めに吹く強い風で、たちまち木の葉を吹き落とし枯木にしてしまう。木嵐の転訛ともいう。**木枯《こがらし》。**

凩が吹き寄せし人バスを待つ　嶋田摩耶子

凩の吹き抜けし朝晴れ渡り　稲畑汀子

時雨《しぐれ》 ㊂

初冬のころ、急にぱらぱらと降っては止み、霽《は》れてはまた降り出す雨。**朝時雨《あさしぐれ》。夕時雨《ゆふしぐれ》。小夜時雨《さよしぐれ》。片時雨《かたしぐれ》。村時雨《むらしぐれ》。**

携へて時雨傘ともならざりし　眞下喜太郎

時雨雲しぐれず過ぎし山の径　塙告冬

時雨るゝを狐日和と里人は　古屋敷香葎

二三子や時雨るゝ心親しめり　高濱虚子

冬構《ふゆがまへ》

冬の風雪や寒冷を防ぐため、「風除」「雪囲」などして、寒さに備えることをいう。

冬構落人村と世にはいふ　長谷川素逝

冬構もののしさも永平寺　吉崎圭一

北窓塞《きたまどふさ》ぐ

冬に備えて北風の吹き込む窓を塞ぐことをいう。ことに北国では念入りに行なう。

北窓を塞ぐや一机あれば足る　小田尚輝
北窓を塞ぎつゝある旅の宿　高濱虚子

目貼《めばり》

北国では、冬を迎えて、窓その他の隙間に紙などを張り、風雪の吹き込むのを防ぐのである。**隙間張《すきまは》る**。

目貼する仮の住居の窓多く　葛祖蘭
目貼する病室故に急かさるゝ　高濱年尾

風除《かざよけ》 ㊂

冬の寒い強風を防ぐために、家屋の北側に高い塀のようなものを作って風をよける。

風除を隔てて別の世界あり　稲畑廣太郎
一家族大風除の蔭に住む　高濱年尾

一茶忌《いつさき》

十一月十九日、文化文政期の俳人小林一茶の忌日である。文政十年（一八二七）、六十五歳で没した。

一茶忌の句会すませて楽屋入　中村吉右衛門
旅半ば地酒あたゝめ一茶の忌　升谷一灯

勤労感謝《きんらうかんしや》《きんろうかんしや》の日《ひ》《ひ》

十一月二十三日。国民の祝日。**新嘗祭《にひなめさい》**。

学究の徒とし勤労感謝の日　三村純也
寝足りたることに勤労感謝の日　小川龍雄

神農祭《しんのうさい》

医薬の祖神と伝える中国の神農氏を祀る祭り。大阪市中央区道修町《どしようまち》の少彦名《すくなひこな》神社の例祭（十一月二十三日）は名高く、神農さんと呼ばれ、張子の虎を授ける。

神農の虎提げ吾れも浪花びと　藤原涼下
神農の祭の顔としての虎　三須虹秋

几董忌《きとうき》

陰暦十月二十三日は蕪村の高弟高井几董の忌日である。寛政元年（一七八九）、四十九歳で没した。

俳諧の座布団小さし几董の忌　柴原保佳
几董忌を修する寺も古りにけり　稲畑廣太郎

報恩講《はうおんかう》《ほうおんこう》

浄土真宗の宗祖、親鸞聖人の忌日に、報恩謝徳のため行なう大法要である。親鸞聖人は弘長二年（一二六二）十一月二十八日、九十歳で入滅した。御正忌《ごしやうき》。親鸞忌《しんらんき》。御七夜《おしちや》。御講《おかう》。御講凪《おかうなぎ》。

一俳徒一念仏徒親鸞忌　中島たけし

蓮を掘る日の前後して報恩講　高濱年尾

網代《あじろ》 ㊂

水中に小柴、竹などを立て連ねて魚を導き、簗《ど》などを仕掛けて魚を捕るのである。網代木《あじろぎ》。網代守《あじろもり》。

朝夕の伊賀の山あり網代守る　橋本鶏二

網代木にさゝ波見ゆる月夜かな　高濱虚子

柴漬《ふしづけ》 ㊂

冬、柴の束をいくつもかためて水中に浸けておくと、魚がそこに集まりひそむ。この柴を取り出して、中の魚を捕る。柴のかわりに石を積むこともある。

柴漬を揚げる手ごたへなり重し　小川修平

柴漬に見るもかなしき小魚かな　高濱虚子

竹瓮《たっぺ》 ㊂

漁具の一つ。細い竹を筒のように編み、一度魚が中に入ると外に出られなくなるように仕掛けたもの。

竹瓮上ぐ水ざあざあとこぼれけり　藤松遊子

沈みゆく竹瓮に水面しづもりぬ　稲畑汀子

神迎《かみむかへ / かみむかえ》

陰暦十月晦日、または十一月朔日《ついたち》、神々が出雲から帰られるのをお迎えすることをいう。神還《かみかへり》。

野々宮や四五人よりて神迎　野村泊月

神迎ふ伊勢の荒風日もすがら　山本しげき

十二月

十二月《じふにぐわつ》《じゆうにがつ》

年も押し詰まった最終の月である。十二月の声を聞くと、町も人も急に気ぜわしく見える。

追ふ日あり追はるゝ日あり十二月　清水忠彦
路地抜けて行く忙しさも十二月　高濱年尾

霜月《しもつき》

陰暦十一月の異称である。

見通しのつかず霜月半ば過ぐ　今村青魚
霜月や日ごとにうとき菊畑　高濱虚子

冬帝《とうてい》 ㊂

冬をつかさどる神というほどの意味である。単に冬というよりも厳しい冬を統べる神と万物を感じる。

火の山の冬帝の威にしづもれる　深見けん二
冬帝先づ日をなげかけて駒ケ嶽　高濱虚子

短日《たんじつ》 ㊂

冬の日の短いのをいう。冬に入るとしだいに日が短くなり、あわただしく日が暮れる。**日短《ひみじか》**。**暮早《くれはや》し**。

短日の我が帰らねば灯らず　井上哲王
短日や美術館出る人ばかり　中尾吸江
山荘に泊るときめて日短　高濱年尾

冬《ふゆ》の日《ひ》 ㊂

冬のひと日のことである。また、冬の太陽や日差しのこともいう。**冬日《ふゆび》**。**冬日向《ふゆひなた》**。

今しがたありし冬日の其処に無し　粟津松彩子
旗のごとなびく冬日をふと見たり　高濱虚子
山門をつき抜けてゐる冬日かな　高濱年尾

冬《ふゆ》の朝《あさ》 ㊂

冬の朝は遅く明ける。やっと明けても大地には夜の寒さがそのまま残っている。

能登島に残る灯のあり冬の朝　清水雄峯
オリオンのかたむき消えぬ冬の朝　稲畑汀子

冬《ふゆ》の雲《くも》 三 冬空に凍てついたように動かぬ雲を凍雲《いてぐも》という。

大山の吹き飛ばし居る冬の雲　引田逸牛
雲動いても動いても冬の雲　稲畑汀子

冬《ふゆ》霞《がすみ》 三 おだやかに風の凪いだ暖かい日など、冬ながら山野や街中に霞のたなびくことがある。

冬霞して昆《こ》陽《や》の池ありとのみ　高濱虚子
冬霞古都の山なみ低かりし　稲畑汀子

顔見世《かほみせ》《かおみせ》 江戸時代には、十一月興行は新しい顔ぶれで行なわれるので顔見世といった。現在では京都南座の十二月興行をいう。歌《か》舞伎顔見世《ぶきかほみせ》。

顔見世の配役を受け巡業へ　片岡我當
顔見世や裏方衆も顔馴染　丸山綱女

冬《ふゆ》の空《そら》 三 暗雲の垂れこめた陰鬱な冬の空も、よく晴れて乾き切った青さの冬の空もある。寒空《さむぞら》。寒天《かんてん》。

峰二つ乳房のごとし冬の空　赤星水竹居
雲生れてきて冬空の相となる　綿谷吉男

冬《ふゆ》の鳥《とり》 三 冬に見られる鳥の総称である。冬の生活をしている鳥という意味である。寒禽《かんきん》。

寒禽の身細う飛べる疎林かな　西山光燐
寒禽として鴨の鋭声かな　高濱年尾

冬《ふゆ》の雁《かり》 三 秋、北から渡ってきた雁は、沼沢や水田などで冬を過ごす。その留まっている冬の間の雁。寒雁《かんがん》。

駇者あふぐ見れば寒雁わたるなり　皆吉爽雨
寒雁の声のみ湖のまくらがり　森田峠

梟《ふくろふ》《ふくろう》 三 木兎と似ているが、梟にはだいたい耳羽がない。夜行性で、夜更け寒い闇の中でホーホーと啼く。

ふくろふの森をかへたる気配かな　西山小鼓子
山の宿梟啼いてめし遅し　高濱虚子

木菟《みみづく》《みみずく》 [三] 梟と同属であるが、羽毛が耳のように頭の両側にある点が異なっている。**づく**。**木菟**《みみづく》。

木菟鳴かぬ夜は淋しと杣の云ふ　廣澤米城

木菟鳴いて夜道は盲にも不気味　亀井杜雁

冬田《ふゆた》 [三] 稲を刈りとったあと、しばらくあった穭《ひつじ》も枯れ、切株も黒くなって荒寥とした田をいう。

冬田みち歩き秋篠寺に入る　松元桃村

ところ〴〵冬田の径《みち》の欠けて無し　高濱虚子

水鳥《みづとり》《みずとり》 [三] 水鳥はおおむね秋渡って来て春帰ってゆく。その間、海に湖に川に浮かんで冬を過ごす。

水鳥の夜半の羽音も静まりぬ　高濱虚子

水鳥の水尾の静かに広かりし　高濱年尾

浮寝鳥《うきねどり》 [三] 水鳥が、水に浮かんだまま頸を翼の間にさし入れ、身じろぎもせず眠りながら漂っている姿である。

鴨浮寝ときに覚めては向きかふる　高濱年尾

波あらば波に従ひ浮寝鳥　稲畑汀子

鴨《かも》 [三] 鴨は種類が多い。雁に少し遅れて北国から渡ってくる冬の候鳥で、湖沼や河川に群れて棲む。

忽ちに降りたる鴨の陣なせる　高濱年尾

鴨の居るあたりもつとも光る湖　稲畑汀子

鴛鴦《をしどり》《おしどり》 [三] 鴨の仲間で、夏は山間の湖や渓流に棲み、寒くなると池や沼に下りて来て越冬する。雄は華麗で、銀杏羽《いちようば》と呼ばれる飾り羽を立てている。**をし**。**思羽**《おもひば》。

鴛鴦の木にとまるてふことも見し　村上杏史

彩となり五六羽ならず鴛鴦飛来　田畑美穂女

鳰《かいつぶり》 [三] 鴨よりもだいぶ小さく、各地の湖沼や川など至るところに見られる。鳴き声も可愛らしい。**にほ**。**にほどり**。

かいつぶり潜り居る間も照り戻り　清水忠彦

鳰鳴いて鳰鳴いて湖暮れんとす　大橋敦子

鶴《つる》 ㊂ 鶴は冬鳥で十月末ごろ北国から渡って来る。また北海道の湿原には丹頂《たんちやう》が棲息する。丹頂鶴《たんちやうづる》。鍋鶴《なべづる》。真鶴《まなづる》。

月の面に引き流したる鶴の脚　大橋敦子
空といふ自由鶴舞ひ止まざるは　稲畑汀子

白鳥《はくてう》《はくちよう》 ㊂ 十一月ごろ、シベリア地方から北海道や東北地方に渡って来て、三月ごろ帰って行く。

白鳥の脚の大きく著水す　大塚千々二
白鳥の水尾太かりし長かりし　井関みきわ

初雪《はつゆき》 その年の冬に入って初めて降る雪のこと。東京の初雪はたいがい十二月下旬ごろである。

初雪のありたる日よりおだやかに　秋山ひろし
初雪に逢ひたき人の訪れし　高濱年尾

初氷《はつごほり》《はつごおり》 その冬初めて張る氷のことである。初氷を見た朝は、いよいよ寒さの本格化したことを感ずる。

手へしたむ髪のあぶらや初氷　太祇
朝かげにゆるび始めし初氷　荒川ともゑ

寒さ《さむ》 ㊂ 実際に身に感じる寒さもあり、見るからに寒そうだと感じる場合もある。「朝寒」「夜寒」は秋の季題。

終点の駅の寒さに降り立ちぬ　片桐孝明
寒き故我等四五人なつかしく　高濱虚子
宇治寒ししまひ渡舟に乗れといふ　高濱年尾
日の落ちて波の形に寒さあり　稲畑汀子

冷たし《つめ》 ㊂ 「寒さ」よりもやや感覚的な言葉である。底冷《そこびえ》は体のしんそこまで冷えわたる思いである。

稽古場の舞台冷たく光りをり　大野彰子
底冷の聖堂祈りながき人　丸山よしたか

息白し《いきしろ》 ㊂ 寒くなると大気が冷え人の吐く息が白く見える。走ったり、大声をあげると一層白い。

言葉はや息の白さとなりて消ゆ　山下しげ人

家を出る門を一歩の息白し　高濱年尾

冬木《ふゆき》 ㊂ 落葉樹、常磐木を問わず、冬らしい姿の木をいう。

冬木根もあらはに小諸城址なる　浅野右橘
大空にのび傾ける冬木かな　高濱虚子

冬木立《ふゆこだち》 ㊂ 冬木の立ち並んでいるものを冬木立という。

魚山の名こゝに千年冬木立　小塙徳女
冬木立静かな暗さありにけり　高濱年尾

枯木《かれき》 ㊂ 冬、すっかり葉を落として、まるで枯れてしまったように見える木のこと。**枯木宿**《かれきやど》。

遠景の富士の小さき枯木かな　近江小枝子
磴蔽ひ枯木の枝のひろがれり　高濱年尾

枯木立《かれこだち》 ㊂ 落葉し尽くした落葉樹の木立をいう。**寒林**《かんりん》。

寒林の色といふもの日当りて　桑田詠子
三井寺や狂女もあらず枯木立　高濱虚子

枯柳《かれやなぎ》 ㊂ 葉が散り尽くした冬の柳をいう。水辺の枯柳が風に吹きなびくさまは寒々とした冬の風情である。

枯柳うかと曲りて道迷ふ　牟田与志
雑沓や街の柳は枯れたれど　高濱虚子

枯山吹《かれやまぶき》 ㊂ 落葉し尽くした山吹は緑色の細い枝がとくに目立つ。

山吹の枯れて乱れし力なし　安田蚊杖
風音の枯山吹の音となる　稲畑汀子

枯桑《かれくは》《かれくわ》 ㊂ 鞭のような枯桑が寒風に立ち揺らぎ、広がった枝は縄で括り寄せられたまま枯れ果てている。**桑括る**《くはくくる》。

枯桑を括り損ねて弾かれし　鈴木長春
この辺は蚕の村か桑枯るゝ　高濱虚子

枯萩《かれはぎ》 ㊂ 葉の落ち尽くした枯萩が、刈られぬままに枝こまごまとがらんどうになった姿は淋しいながら趣がある。

影つくる力なきまで萩枯れて　田代杉雨堂

枯れはてし姿を萩の名残りとす　稲畑汀子

枯芙蓉《かれふよう》 ㊂ 枯れ果てた芙蓉には、実の弾《はじ》けたあとの殻が枯れたままいつまでもついていたりする。

芙蓉枯れ枯るゝもの枯れつくしたり　富安風生

枯れ様が芙蓉らしやと語りつゝ　清崎敏郎

枯茨《かれいばら》 ㊂ 鋭い棘をつけたまま、葉が散り尽くして枯れた茨である。真赤な実が残っていたりする。

礫像に棘衰へず枯茨　森冬比古

茨枯れつゝあり垣に礫像に　高木壺天

冬枯《ふゆがれ》 ㊂ 野山の草木がすべて枯れ尽くし、枯れ一色となった風景をいう。

破れ傘まこと破れて冬枯るゝ　古藤一杏子

一歩入れば冬枯の寺なりしかな　稲畑汀子

霜枯《しもがれ》 ㊂ 草木が霜にあって枯れることをいう。「冬枯」というよりいくぶん具体性を帯びる。

霜枯れし黄菊こぞりて日をかへし　茂呂緑二

霜枯れし黄菊の弁に朱を見たり　高濱虚子

冬ざれ《ふゆざれ》 ㊂ 草木も枯れ果て、天地の荒んで物寂しい冬の景色をいう。

冬ざるゝ音なきひゞき廟に満つ　岩松草泊

いのちあるもの皆眠り冬ざるゝ　能美丹詠

冬ざれや石に腰かけ我孤独　高濱虚子

枯草《かれくさ》 ㊂ 冬になって枯れ尽くした野山の雑草、庭の草々などをいう。草枯《くさがれ》。

枯草の日を失ひて荒々し　高田風人子

草枯るゝ日数を眺め来りけり　高濱虚子

枯蔓《かれづる》 ㊂ 枯れた蔓である。木に巻きついたままのもの、木から垂れ下がったもの、それぞれに風情がある。

枯蔓をまとはざるものなかりけり　藤原大二
大方はむかごの蔓の枯果てゝ　高濱虚子

枯蔦《かれつた》 ㊂ 樹木や塀などに蔦は絡まったまま枯れる。髭のような巻蔓までもこまごまと枯れ添っている。

一面に枯蔦からむ仏かな　高濱虚子
蔦枯れて蔓の呪縛の残りけり　稲畑汀子

枯葎《かれむぐら》 ㊂ 八重葎、金葎など、藪を作って生い茂っていたのが、冬になって絡んだまま枯れ伏したさまをいう。

枯葎蝶のむくろのかゝりたる　富安風生
枯れ〳〵て嵩のへりたる葎かな　高濱虚子

枯尾花《かれをばな》《かれおばな》 ㊂ 穂も葉も茎も枯れ尽くした芒である。ほうほうと風に吹かれている姿は淋しげである。枯芒《かれすすき》。枯萱《かれかや》。

吹き抜けし風のぬけがら枯尾花　長山あや
枯尾花放せし絮も光りつゝ　河野美奇
ふり返る夕日の高さ枯尾花　稲畑汀子

枯蘆《かれあし》 ㊂ 葉が狐色になり枯れていき、冬深くなれば下の方から落ちて茎だけが水に光っている。

枯蘆にたゝみて消ゆる湖の波　福井圭児
蘆枯れてただ一と色にうちけむり　深見けん二

枯蓮《かれはす》 ㊂ 葉は枯れ尽くし茎ばかりになってへし曲がったり、涸れかかった池面に折れ下がっていたりする。

枯蓮の池に横たふ暮色かな　高濱虚子
枯蓮の乱るゝ中に光る水　高濱年尾

枯芝《かれしば》 ㊂ 庭園、土手、原などの芝の一面に枯れたさまをいう。

枯芝に来て足音のなくなりし　山下しげ人
枯芝に日ざしは語る如くあり　稲畑汀子

枯菊《かれぎく》 三　晩秋を彩った菊の花も、冬の深まりとともに枯れはじめ、やがて花も葉もからからに枯れきってしまう。

枯菊を焚いて忌日の手向けとも　太田きん子

枯菊の一畝のなほ残りけり　高濱年尾

枯芭蕉《かればせう》《かればしよう》 三　青々と天に向かって広葉を張っていた芭蕉も、しだいに風や日に破れ、やがてすっかり枯れ果てる。

芭蕉林枯れその中の径見ゆ　藤森きし女

枯芭蕉神の狼藉ならず　松岡伊佐緒

枇杷の花《びはのはな》《びわのはな》 三　枇杷の花はやや黄色みを帯びた白色五弁で花軸にかたまって咲く目立たない淋しい花である。

枇杷の花見頃のなくて盛りなる　中井冨佐女

住み古りて枇杷の花咲くとも知らず　大久保橙青

冬芽《ふゆめ》 三　翌年の春に萌え出す芽は、たいてい秋のうちにでき、固い鱗片でおおわれて冬を越す。**冬木の芽《ふゆきのめ》**。

たくましき冬芽のありて枯る丶木も　小畑一天

雨雫冬芽の数を置きにけり　稲畑汀子

臘八会《らふはちゑ》《ろうはちえ》 十二月（臘月）八日。釈迦が雪山で六年間苦行をして下山、菩提樹下で暁の明星を仰いで悟りをひらいたという日であり、禅寺では法会が営まれる。**成道会《じやうだうゑ》**。

臘八の粥座居向の膝をかへ　後藤夜半

臘八や有髪の尼も結跏趺坐　中島不識洞

大根焚《だいこたき》 十二月九、十日の両日、京都鳴滝の了徳寺、俗にいう鳴滝御坊の行事である。**鳴滝《なるたき》の大根焚《だいこたき》**。

御僧は長寿を自賛大根焚　大橋とも江

薪の束つぎ〳〵解かれ大根焚　田附涼風

漱石忌《そうせきき》 十二月九日、夏目漱石の忌日である。大正五年（一九一六）五十歳のとき、胃潰瘍のため逝去した。

猫飼ひて成程合点漱石忌　高田風人子

山会のなほつゞきをり漱石忌　稲畑汀子

風呂吹《ふろふき》 ㊂ 大根や蕪を茹でたものに、煉味噌や柚《ゆ》味噌などをかけて熱いのを吹きながら食べる。

風呂吹や海鳴しげき島泊り　舘野翔鶴

風呂吹を釜ながら出してまゐらする　高濱虚子

雑《ざふ》《ぞう》**炊**《すゐ》《すい》 ㊂ 野菜、魚、鶏肉、卵などを炊き込んだ粥で、味噌や醤油で調味する。俗に「おじや」ともいう。

雑炊をすゝる母はも目をつむり　加藤蛙水子

雑炊を覚えて妻の留守に馴れ　小竹由岐子

葱《ねぎ》 ㊂ もっとも庶民的な冬野菜の一つ。関東は根を深く作るので**根深**《ねぶか》ともいい太くて白い部分が多い。関西では根を浅くするので細くて全体に青い。**ひともじ**。

一握もなき葱売るも自由市　鎌田杏化

葱多く鴨少し皿に残りけり　高濱虚子

根深汁《ねぶかじる》 ㊂ 葱の味噌汁である。葱と味噌との香りを立てて、鍋にくたくたと煮立つところが**葱汁**《ねぎじる》の感じである。

わがくらしいよ〳〵素なり根深汁　深川正一郎

鍋蓋の破《や》れしが浮いて根深汁　高濱虚子

冬《ふゆ》**菜**《な》 ㊂ 冬期に栽培する菜の総称である。種類が多く、いずれも耐寒性が強い。**冬菜畑**《ふゆなばたけ》。

十勝野の一劃青し冬菜畑　鮫島交魚子

猫いまは冬菜畑を歩きをり　高濱虚子

白《はく》**菜**《さい》 ㊂ もともと中国から渡来したもので各種あり、冬の風味として欠かせぬものである。

白菜を四つに割りて干せる縁　山形黎子

白菜の山一指もて糶られけり　池田風比古

干《ほし》**菜**《な》 ㊂ 干菜が軒深く干からびているのを見ると冬深しの感じがする。**懸菜**《かけな》。**吊菜**《つりな》。**干菜汁**《ほしなじる》。**干菜風呂**《ほしなぶろ》。**干菜湯**《ほしなゆ》。

由布岳を庭の景とし干菜宿　千代田景石

干からびてちぎれなくなる干菜かな　高濱虚子

人参《にんじん》 ㊂ 六、七月ごろに種を蒔いて、冬、霜の降りる前後に採る。**胡蘿蔔**《にんじん》。

人参を噛めざるほどに馬老いて　横山三葉

人参を嫌ひと言へぬ母の目よ　稲畑汀子

蕪《かぶら》 ㊂ 蕪は水分が多く柔らかで甘い。色も白色のほか、紅色、上半部が紅紫色で地中は白いものなどがある。**かぶ**。**緋蕪**《ひかぶ》。

板の間に置きよろげたる蕪かな　近藤不彩

蕪汁《かぶらじる》 ㊂ 蕪を入れた味噌汁。蕪汁というと、「粕汁」「葱汁」とはまた違った感じの持ち味がある。

一宿を和尚と共に蕪汁　大塚松籟

俳諧に老いて好もし蕪汁　高濱虚子

納豆汁《なっとじる》 ㊂ 納豆を擂りこみ、豆腐や油揚などを実とした味噌汁で、昔は僧家のものとされていた。

納豆汁教師が故の貧しさに　小林宗一

糟糠の妻が好みや納豆汁　高濱虚子

粕汁《かすじる》 ㊂ 酒の粕を溶き入れた味噌汁で、体がほかほかと温まる。**酒**《さけ》**の粕**《かす》は、そのままあぶって食べたりする。

粕汁の大あつ〳〵の斎をうけ　田畑比古

居残れる子に粕汁を温めて　兒山綸子

闇汁《やみじる》 ㊂ 仲間が集まって座興に行なう会食で、持ち寄った品物を闇の中で鍋に入れて煮、暗中で食べる。

闇汁の闇に声掛け始まりぬ　石川風女

闇汁の杓子を逃げしものや何　高濱虚子

のっぺい汁《じる》 ㊂ 大根、里芋、人参などを細かく刻み、葛粉を入れてどろどろにした汁である。**のつぺ**。

病人の一と匙で足るのつぺ汁　前内木耳

貧山の故の気楽さのつぺ汁　中島不識洞

三平汁《さんぺいじる》 ㊂ 北海道の郷土料理の一つである。かつては鰊《にしん》であったが、最近は多く塩鮭を使い野菜を入れた汁である。

鼻曲り鮭の鼻これ三平汁　飯塚野外

巻繊汁《けんちんじる》 ㊂ 巻繊を実にした醤油仕立ての汁。巻繊は中国から伝わった普茶料理の一種で、豆腐、麻の実と牛蒡などを千切りにして油でいためたもの。

けんちんの熱きが今日のもてなしと　原千代子
少し手をかけてけんちん汁となる　稲畑汀子

寄《よせ》**鍋**《なべ》 ㊂ 野菜、魚介、鶏肉、その他好みの材料を取り合わせた鍋料理の一つである。

寄鍋の終止符を打つ餅入れる　粟津松彩子
寄鍋の夜を帰る人泊る人　稲畑汀子

石狩鍋《いしかりなべ》 ㊂ 鮭を使った北海道の郷土料理。生鮭を厚めに切って白菜、葱《ねぎ》、春菊、椎茸、豆腐などを入れ、昆布だしの利いた汁で味噌または醤油仕立てに煮込む。

鮭鍋や開拓の味つゞきをり　新田充穂

桜《さくら》**鍋**《なべ》 ㊂ 桜は馬肉の隠語である。馬肉を味噌仕立てにし、葱、牛蒡、焼豆腐などを添えた鍋物のこと。

追込の一人離れてさくら鍋　深見けん二

鍋《なべ》**焼**《やき》 ㊂ 鳥肉、川魚などを土鍋に入れ、芹や慈姑《くわい》などを加え、醤油で味つけしながら食べる。**芹焼**《せりやき》。**鍋焼饂飩**《なべやきうどん》。

燭台や小さん鍋焼を仕る　芥川我鬼
鍋焼の提灯赤き港町　岡安迷子

おでん ㊂ もとは田楽からきている。寒い日など家庭の夕餉にも喜ばれる。**おでん屋**《や》。

おでん屋に数珠はづしたる僧と居て　菅原獨去
おでん屋の隅にをらざるごとくをり　下村非文

焼《やき》**藷**《いも》 ㊂ 甘藷を焼いたもので昔から庶民的な味で親しまれている。寒い夜の焼藷屋の声はいかにも冬らしい。

銭湯を出て焼藷を買うてゆく　上﨑暮潮
まだ起きてゐる灯に通る焼藷屋　佐藤冨士夫

湯豆腐《ゆどうふ》 ㊂ だしとしては一枚の昆布を敷くだけで、白湯の中で角形に切った豆腐を煮たもの。薬味醤油で食べる。

湯豆腐に日本恋ひつゝ老いにけり　吉川耕花
湯豆腐や淡々として老の日々　内田柳影

夜鷹蕎麦《よたかそば》 ㊂ 夜の街を流して歩く屋台そば屋のことである。関西には夜《よ》鳴饂飩《なきうどん》がある。

夜鷹蕎麦食べて間に合ひ終電車　飯田京畔
夜鷹蕎麦客の附かざる笛長く　佐藤うた子

蕎麦掻《そばがき》 ㊂ 蕎麦粉に熱湯を注いでよくこね、それに煮汁や醤油をつけて食う。風味がよい。

蕎麦掻いて法座の衆に炉の衆に　木本雨耕
背なあぶり蕎麦掻食べて寝るとせん　坪野もと子

蕎麦湯《そばゆ》 ㊂ 蕎麦粉に熱湯を注ぎ砂糖を加えて飲むもので、体が温まる。なお、切蕎麦を茹でた湯を蕎麦湯と称してそば屋で出すが、これは季感がない。

寝ねがてのそば湯かくなる庵主かな　杉田久女

葛湯《くずゆ》 ㊂ 葛粉を熱湯でとき、砂糖で甘味をつけた、とろりとした半透明の飲みものである。

癒ゆること信じまゐらす葛湯かな　太田育子
葛湯より浮きしかきもち芳しく　明石たゞを

熱燗《あつかん》 ㊂ 酒の燗をことに熱くすること。寒さ凌ぎに、熱燗で一杯というのはまた格別である。

熱燗やふるさと遠き人と酌み　西澤破風
熱燗もほど〳〵にしてさて飯と　高濱年尾

玉子酒《たまござけ》 ㊂ 酒に砂糖を入れ、とろ火でよく煮立てたのち卵を割り落として掻き回し、煮詰まらぬうちに飲む。風邪を引きかけたとき発汗剤として愛用される。

定宿の馴れしあつかひ玉子酒　田畑美穂女
兄の遺句整理に更けて玉子酒　湯浅典男

生姜酒《しやうがざけ》《しようがざけ》 ㊂ 熱燗の酒におろし生姜を落としたものである。冷えこむ夜などしんから温まる。

夜に入りてはたして雪や生姜酒　水野六江
夜の炉に僧のたしなむ生姜酒　岡安迷子

事始《ことはじめ》 ㊂ 十二月十三日、関西ではこの日から正月の準備にかかる。

京なれやまして祇園の事始　水野白川
芸界になじみいくとせ事始　稀音家三登美

貞徳忌《ていとくき》 ㊂ 陰暦十一月十五日は俳諧中興の祖松永貞徳の忌日である。承応二年（一六五三）、八十三歳で没した。

正章の真蹟世に出づ貞徳忌　高濱虚子

神楽《かぐら》 ㊂ 十二月中旬の夜、宮中賢所の前庭で庭燎《にわび》を焚きながら奏せられる歌舞。各地の神社で行なうのは**里神楽**《さとかぐら》。

夜神楽や神の饗宴うつくしく　竹下陶子
農夫等の夜は神となり神楽舞ふ　蔵本雨亭

鵜祭《うまつり》 十二月十六日、石川県羽咋《はくい》市の気多《けた》神社で行なわれる神事。**神**《かみ》**の鵜**《う》。**鵜捕部**《うとりべ》。

贄の鵜へ目覚の神楽さや〳〵と　大森積翠
鵜と禊ぐ水とて幣を立てし桶　辻口静夫

冬《ふゆ》**の山**《やま》 ㊂ **冬山**《ふゆやま》。**冬山家**《ふゆやまが》。**枯山**《かれやま》。

冬山や谷をちがへて寺と宮　中野樹沙丘
冬の山傷の如くに鉄路あり　柴原保佳

山眠《やまねむ》**る** ㊂ 生気を失った冬の山が、あたかも眠っているように静かに見えるさまをいう。**眠**《ねむ》**る山**《やま》。

山眠る中に貴船の鳥居かな　高濱虚子
火噴くことなほつゞけをり山眠り　高濱年尾

冬《ふゆ》**野**《の》 ㊂ 冬の野原をいう。全く枯れ果てた枯野とは自ら多少の相違がある。

川に沿ひ川に別れて冬野行く　西村数
なほ目ざす冬野明るき道のあり　稲畑汀子

枯野《かれの》 〔三〕 草が全く枯れ果てた野をいうのである。

振返り見ても枯野や都府楼址　佐藤冨士夫
遠山に日の当りたる枯野かな　高濱虚子

熊穴に入る《くまあないい》

熊は十二月の初めごろから穴に入り冬ごもりに入る。**熊《くま》の子《こ》。熊突《くまつき》。**

仔熊飼ひ営林署員駐在す　三ツ谷謡村
熊罠にかゝりし旗の上りけり　井谷百杉

熊祭《くままつり》

アイヌの年中行事中もっとも盛大な祭りで冬季に行なわれる。子熊を祭りの贄として神に奉る。

熊祭酋長どかと主座にあり　工藤いはほ
一の矢も二の矢も花箭熊まつり　長谷草石

狩《かり》 〔三〕 鳥や獣を狩猟することである。猟期は狩猟規則で決まっている。**猟《れふ》犬《けん》。猪狩《ししがり》。鹿狩《しかがり》。**

頃合の飢に慣らして狩の犬　水見壽男
猟犬を馴らすつもりの山歩き　岩瀬良子

猟人《かりうど》《かりゅうど》 〔三〕 狩猟をする人のことである。現在はスポーツとして撃つ人たちがほとんどである。**猟夫《さつを》。**

猟夫われ御狩の勢子の裔にして　中村左兵子
狩人に世辞の一つも茶屋女房　高濱虚子

狩の宿《かりのやど》 〔三〕 猟師の泊る宿をいう。朝暗いうちに狩場に行かねばならないので、狩場近くに宿を取ることになる。

狩の宿一番鶏の鳴きにけり　松藤夏山
あす越ゆる天城山あり狩の宿　福田蓼汀

薬喰《くすりぐひ》《くすりぐい》 〔三〕 鹿の肉は冬期以外は味がよくない。これを寒中に食えば身体の邪気を払うという。**鹿売《ろくうり》。**

薬食禁酒の枷を解きて酔ひ　服部圭佑

子心や親にすゝむる薬喰　高濱虚子

猪《しし》鍋《なべ》 三 猪の肉の鍋料理で、白味噌で味つけをしたりもする。脂肪のわりに味が淡泊で、体がよくあたたまる。**牡丹鍋《ぼたんなべ》**。猪肉は**山《やま》鯨《くぢら》**ともいう。

ことの外地酒がうましぼたん鍋　松尾緑富
猪鍋屋出でし一歩の吹きさらし　田邊夕陽斜

狼《おほかみ》《おおかみ》 三 狼は深山に棲み、冬、雪が深くなると人家近くまで食を求めて現れ、人畜を襲ったりしたが、ほとんど絶滅した。

樵夫らの狼怖れ火絶やさず　松元桃村

狐《きつね》 三 狐は昼は穴にひそみ、夜出て活動する。冬は餌が乏しくなり畑の作物を荒らすので**狐罠《きつねわな》**をかける。

北狐棲む岬として人住まず　三輪フミ子
戸口まで狐の跡の来てかへす　戸澤寒子房

狸《たぬき》 三 平地から低山にかけて棲息しているが、人家近くにもいる。**狸罠《たぬきわな》**を仕掛けて捕らえる。**狸汁《たぬきじる》**。**貉《むじな》**。

酔うてゆくわれを知りをり狸汁　星野立子
狸罠かけてそしらぬ顔をして　赤沼山舟生

兎《うさぎ》 三 兎は挙動が敏捷で繁殖力も強い。野兎は年中灰褐色であるが、雪国などに棲むものは冬季に白色となる。**兎汁《うさぎじる》**。

湯治客炉辺に加はり兎汁　松尾緑富
追うてゐる兎との距離ちぢまらず　戸澤寒子房

兎《うさぎ》狩《がり》 三 兎は各地に棲息し、畑の作物や植林を荒らすので兎狩をする。**兎罠《うさぎわな》**。

兎と眼合はさぬやうに罠はづす　佐藤五秀
一本の針金で足る野兎の罠　山口白露

鼬《いたち》罠《わな》 三 鼬は穴の中に棲み、夜出て来て池の魚をとったり、鶏小屋を襲ったりするので罠をかけて捕る。

鼬罠匂ひ残さず仕掛置く　楠昭雄
大雑把なる仕掛けとはいたち罠　坊城中子

笹鳴《ささなき》 三 深山で繁殖した鶯は、冬、里近くに姿を現し、チチチチと舌鼓を打つように地鳴きをする。**冬鶯**《ふゆうぐひす》。**鶯の子**《うぐひすのこ》。**笹子**《ささこ》。

笹鳴や無為に馴れたる我が耳に　京極杞陽

笹鳴を聴いて見知らぬ人同志　小林草吾

鶲《ひたき》 三 種類が多いが、冬、人目にふれるのはほとんどが尉鶲《じょうびたき》。鳴き声はヒッヒッ、またカッカッと嘴を鳴らす。

鶲見る頰杖の刻移りつゝ　福島閑子

鶲来て枯木に色をそへにけり　高濱年尾

鷦鷯《みそさざい》 三 冬は餌を求めて人里近くに現れ、春以後はまた山に帰る。形は雀に似て、全身焦茶色で黒っぽい横縞がある。**三十三才**《みそさざい》。

三十三才夕勤行も了りたり　森定南樂

干竿の動いてゐるは三十三才　高濱虚子

都鳥《みやこどり》 三 隅田川の「ゆりかもめ」である。「伊勢物語」の一節以来、都鳥の名は隅田川とともに和歌、歌謡にうたわれてきた。冬鳥で、翼が白く、嘴と脚が赤い。

都鳥水汚れたる世となりし　岡安仁義

木場堀に都鳥来ることありと　高濱年尾

千鳥《ちどり》 三 鳴き声が哀調を帯び、詩歌に好んで詠まれてきた。**鵆**《ちどり》。**磯千鳥**《いそちどり》。**浜千鳥**《はまちどり》。**川千鳥**《かはちどり》。**夕千鳥**《ゆふちどり》。**小夜千鳥**《さよちどり》。**群千鳥**《むらちどり》。**友千鳥**《ともちどり》。**遠千鳥**《とほちどり》。

その昔よりの千鳥の洲なるべし　高濱年尾

ひるがへるとき群千鳥なりしかな　稲畑汀子

冬の海《ふゆのうみ》 三 冬の海は、波が高く、暗く荒々しい。ことに北国の海は、雪雲が覆い黯黮《あんたん》としている。**冬の濤**《ふゆのなみ》。

冬浪の音断つ玻璃に旅寝かな　佐土井智津子

犬吠の冬濤に目を峙てし　高濱年尾

浪の花《なみのはな》 三 厳寒のころ、雪国の岩場に砕け散った浪が風にもまれて白い泡となり、磯一帯に花のように舞い飛ぶ。

浪の華とき〴〵舞ひて荒磯凍つ　雁択水

奥能登の淋しさつのる波の華　定梶き悦

鯨《くぢら》**[三]**《くじら》　海に棲む巨大な哺乳動物で小魚などを捕食する。日本近海にも現れる。**鯨汁**《くぢらじる》。**鯨鍋**《くぢらなべ》。

鯨裂く血の波返す渚かな　津江碧雨

血に染まり夕日に染まり鯨裂く　米倉明司

捕鯨《ほげい》**[三]**　勢子《せこ》舟で銛《もり》を打つ江戸時代の漁法から、南氷洋へ捕鯨船団を組んで行く近年の漁法へと発展してきたが、今は商業捕鯨を中止している。**捕鯨船**《ほげいせん》。

捕鯨船並び花環を砲に懸け　山口青邨

大灘に暮れのこりたる捕鯨船　南出南溟

河豚《ふぐ》**[三]**　猛毒があるが、非常に美味な魚である。**ふぐと**。**河豚汁**《ふぐじる》。**ふぐと汁**《じる》。**河豚鍋**《ふぐなべ》。**河豚ちり**《ふぐ》。**鰭酒**《ひれざけ》。**河豚の宿**《ふぐ　やど》。

河豚鍋の世話ばかりして箸附けず　佐藤うた子

人事と思ひし河豚に中りたる　稲畑汀子

ずわい蟹《がに》**[三]**　日本海で漁獲され、**越前蟹**《えちぜんがに》、**松葉蟹**《まつばがに》とも呼ばれる。十一月に解禁され冬季が旬《しゅん》。別に北海道方面では**鱈場蟹**《たらばがに》をはじめ、**毛蟹**《けがに》、**花咲蟹**《はなさきがに》などが捕れる。

大笊に選り分けられし鱈場蟹　林周平

鮟《あん》**鱇**《かう》**[三]**《あんこう》　海底深く棲み、頭が非常に大きく扁平で、口も大きい。懸け吊して庖丁を入れる。**鮟鱇鍋**《あんかうなべ》。

鮟鱇の吊られ大愚の口開けて　日置草崖

鮟鱇の口ばかりなり流しもと　高濱虚子

鮪《まぐろ》**[三]**　遠洋性回游魚といわれ、体長は二、三メートル、冬には日本の近海にも回游してくる。**鮪船**《まぐろぶね》。

船傾ぎ阿吽の呼吸鮪釣る　楓巌濤

露領より帰りし船と鮪船　高濱虚子

鰰《はたはた》**[三]**　鱗はなくぬるぬるしていて、体長一五センチくらいの魚。北日本、ことに秋田近海で多く捕れる。**鱩**《はたはた》。

波荒れて鰰漁の活気づく　若狭得自

時化のがれ来し鱈の子を持てる　佐藤四露

鱈《たら》 ㊂ 鱈は北海道で多く捕れ、頭が大きく一メートル以上にもなる。身は白く、旬は冬。「たらこ」はスケトウダラの卵。

鱈の海暗し三日の時化続き　吉村ひさ志
米倉は空しく干鱈少し積み　高濱虚子

鰤《ぶり》 ㊂ 大きいものは一メートルにも達し、背は青緑、腹が白く、その中間に黄の線が走る。**寒鰤**《かんぶり》。**鰤起し**《ぶりおこ》はその漁期の雷鳴。

鰤に良き潮荒れとこそ漕ぎ勇み　水見句丈
能登人に待たれてをりし鰤起し　柿島貫之

鰤網《ぶりあみ》 ㊂ 鰤は現在ほとんど大謀網《だいぼうあみ》での漁獲である。十二月ごろから三月ごろまで、特に寒中が活気がある。

一網の鰤に賭けたる家運かな　公文東梨
鰤敷に賭けて今年も島を出ず　長谷川回天

魦《いさざ》 ㊂ 体長五～八センチくらいで頭や口が大きく尾は細く、大きな胸鰭がある。琵琶湖の特産で、魦船を出し、網で捕る。

雪比良に来る頃湖に魦漁　竹端佳子
若狭には魦曇といふ日あり　永谷春水

杜父魚《かくぶつ》 体が鯊《はぜ》の形で、霰が降ると水面に浮かんで腹をうたせる奇性があるといわれ、九頭竜川の名産。**霰魚**《あられうを》。

網はらふころり〳〵と霰杜父魚　米野耕人
かくぶつといふ異様なる皿に在り　高濱年尾

氷魚《ひを》《ひ》 ㊂ 湖に生息する鮎の、体色の整わない無色透明のうちの稚魚をいう。長さ二センチくらい。**氷魚**《ひうを》。

初漁の四つ手に上る氷魚少し　小林七歩
川尻に鷗つきそめ氷魚汲　森田薊村

潤目鰯《うるめいわし》 ㊂ 真鰯に似ているが体に丸みがあり、目が大きく赤く潤んでいる。冬が美味、干物にされる。「鰯」は秋季。**うるめ**。

うるめ焼くわれも市井の一詩人　柴原保佳
尾の焦げてうるめ鰯の痩せたる眼　稲畑汀子

塩鮭《しほざけ》《しおざけ》 ㊂ 鮭を塩蔵《えんぞう》したもの。薄塩で仕立て薦《こも》で包んだ上等品をあらまき、塩の濃い通常品をしほびきという。

塩引の辛き世なりし恙なく　麻田椎花
石狩の新巻提げて上京す　上牧芳堂

乾鮭《からざけ》 ㊂ 生鮭の腹を裂き、腸をとり出し、塩をふらずに晒し乾し、または陰干しにしたもの。最近は塩引が多い。

乾鮭や琴に斧うつひゞきあり　蕪村

乾鮭に喝を与ふる小僧かな　高濱虚子

海鼠《なまこ》 ㊂ 岩礁の間に小舟を浮かべ、海底を覗いて矠《やす》で突いて捕る。**海鼠突《なまこつき》**。網を用いても捕り、冬期が美味。

舟よりも長き棹繰り海鼠突　野村能邨
海鼠割く女だてらに隠し酒　中山天剣

海鼠腸《このわた》 ㊂ 海鼠の腸の塩辛のこと。酒の肴には何よりのもので、冬がうまい。

海鼠腸が好きで勝気で病身で　森田愛子
撰り分くるこのわた一番二番あり　杉原竹女

牡蠣《かき》 ㊂ 二枚貝であるが平らな側が岩礁などに強く付着し、手鉤で剝ぎ取る。これを**牡蠣打《かきうち》**という。現在は養殖が盛んである。**牡蠣飯《かきめし》**。

指の傷結びてゐしが牡蠣を打つ　五所尾青筠
牡蠣打の時には剝身啜りては　坂本雅陵

牡蠣《かき》むく ㊂ 牡蠣を剝くのは熟練を要する仕事である。貝殻の隙間へ鉄の剝き棒をさし込んでこじ開ける。

牡蠣むきはいぶせきたつき唄もなく　國松ゆたか
牡蠣殻の積まれし嵩や海光る　坂井建

牡蠣船《かきぶね》 ㊂ 牡蠣料理をたべさせる屋形船を牡蠣船といい、今も大阪や広島に見られる。

牡蠣舟に裏より見たる淀屋橋　三木由美
牡蠣船の提灯の雨ざらしなる　高濱年尾

農家では各々自家用の味噌を作る。大豆を軟らかになるまで煮て、塩と麴を加えて搗く。味噌作《みそつく》る。

雲衲になじまぬ杵や味噌を搗く　森永杉洞
味噌搗くや母の流儀の他知らず　山下蘆水

根木打《ねっきうち》 ㊂

全国的に行なわれる子供の遊びである。「ねっき」と称する尖った棒を、軟らかな地面または雪の上に立て、次の者はこれに打ち当て倒して取る。

今時に珍し根木打を見る　山本和夫
根木打と云へる子供の遊びありし　高濱虚子

冬《ふゆ》《ふゆ》の蝶《てふ》《ちょう》 ㊂

冬見かける蝶であるが、「凍蝶」（別項）と違って、日向などを弱々しく飛んでいたりする。

薄き日に薄き影もち冬の蝶　門田モトヱ
束の間の日だまりに生き冬の蝶　千原叡子

冬《ふゆ》の蜂《はち》 ㊂

雄蜂は冬死ぬが、受胎した雌は越冬する。動作も鈍くよろよろしている。

冬蜂の死に所なく歩きけり　村上鬼城
あなどりて真冬の蜂にさゝれけり　森田中霞

冬《ふゆ》《ふゆ》の蠅《はへ》《はえ》 ㊂

冬まで生き残っている蠅をいう。冬暖かい日など、どこから出て来たのかあたりを飛んでいたりする。

冬の蠅うとまれつゝも打たれずに　奈良鹿郎
弁当を開けば冬の蠅の来る　高濱虚子

冬《ふゆ》籠《ごもり》 ㊂

冬の寒さを避けて家に籠っていることをいうのである。ことに北国では雪に閉じこめられて全く籠りきる。

来よと言ふ小諸は遠し冬籠　武原はん女
冬籠少しの用に長電話　三木由美
冬籠解きて会ふ人みな親し　林加寸美

冬座敷《ふゆざしき》 ㊂

夏に「夏座敷」があるように、冬らしくしつらえた座敷である。襖や障子を閉め、暖房も備わった座敷。

四五人の小会によき冬座敷　高濱虚子

山の日の深く入り来し冬座敷　稲畑汀子

屏風《びやうぶ》《びょうぶ》 ㊂ 室内に立てて風を遮り寒さを防ぐ。**金屏風**《きんびやうぶ》。**金屏**《きんびやう》。**銀屏風**《ぎんびやうぶ》。**銀屏**《ぎんびやう》。**絵屏風**《ゑびやうぶ》。

落箔のはげしき源氏屏風かな　島田みつ子
金屏にともし火の濃きところかな　高濱虚子

障子《しやうじ》《しょうじ》 ㊂ 障子は採光と保温を兼ねた日本特有の冬の建具。冬のみ用いられるものではないが、冬の季節感がある。

尼ちらと障子閉しぬ訪ひがたし　神田敏子
一枚の障子明りに伎芸天　稲畑汀子

炭《すみ》 ㊂ **木炭**《もくたん》のこと。以前は冬の暖房になくてはならぬものであった。**堅炭**《かたずみ》というのは、質が堅く火力が強い。

炭つぎて釜の松風もどりけり　手塚基子
思ふこと日に〱遠し炭をつぐ　高濱年尾

消炭《けしずみ》 ㊂ 熾《おき》を火消壺に入れておくと自然に火が消えて消炭になる。また水をかけて大量に作ることもある。

消炭の軽さをはさむ火箸かな　吉田三角
消炭のすぐおこりたつ淋しさよ　高濱虚子

炭団《たどん》 ㊂ 木炭の粉末に藁灰を混ぜ、布海苔《ふのり》などで丸く固めて作る。**煉炭**《れんたん》は石炭の粉から作る。

炭団とは刻の経過の判るもの　柴田月兎
灰の上に炭団のあとの丸さかな　高濱虚子

炭火《すみび》 ㊂ 熾《おこ》った木炭の火をいうのである。炭火の美しさは日本家屋の美しさに通じる。**炭頭**《すみがしら》。**燻炭**《いぶりずみ》。**跳炭**《はねずみ》。

倖を炭火の如くあたゝむる　野見山ひふみ
かきたてゝ炭火へりゆく旅籠の夜　河野扶美

埋火《うづみび》《うずみび》 ㊂ 炉や火鉢の灰に埋めた炭火のことである。火種を絶やさぬことが昔の主婦の重要な役目であった。

埋火の灰もてあそび片寄せて　高木石子
埋火やあきらめてより不和もなく　高木つばな

炭斗《すみとり》 〔三〕 炭俵から小出しにした炭を火鉢や炉につぐために、入れておく容器である。**炭取**《すみとり》。**炭籠**《すみかご》。

炭斗を提げてよろめく老悲し　高岡智照

炭斗は所定めず坐右にあり　高濱虚子

炭竈《すみがま》 〔三〕 炭を焼く竈のことである。堅炭をつくる石竈と、黒炭をつくる土竈《どがま》とがあって、炭材を得やすい足場のよい山裾につくられる。

炭がまへ杣も昼餉に下り来る　東原蘆風

炭竈の大きな谷に出たりけり　高濱虚子

炭焼《すみやき》 〔三〕 冬は炭の需要期であり、また農閑期でもあるので、農家などで炭を焼くことが多かった。

一年の寺の維持費の炭を焼く　西澤破風

貧乏も底のつきたる炭を焼く　平松竈馬

炭俵《すみだはら》《すみだわら》 〔三〕 萱または藁で作った俵で、炭を入れるものである。椿、樒《しきみ》、桜などの小枝をわがねて口蓋を作る。

炭俵を編む竈のほてりを背に受けて　出羽里石

炭俵の空しきを見る木部屋かな　高濱虚子

炭売《すみうり》 〔三〕 都会では薪炭商で炭が売られていた。山から炭を運んで売り歩いたのは昔のことである。

炭うりや京に七つの這入口　召波

三声ほど炭買はんかといふ声す　高濱虚子

焚火《たきび》 〔三〕 暖をとるために戸外で焚く火である。焚火を囲むということは、何か心の通い合うものである。

はらわたのぬくもるまでの焚火かな　前田六霞

煙より逃れ焚火を離れざる　稲畑汀子

榾《ほだ》 〔三〕 木の切株を掘り起こしたものである。冬中に焚く榾を、斧や鶴嘴などを持ち**榾取**《ほだとり》に出掛ける。**榾火**《ほだび》。**榾の宿**《ほだのやど》。**榾の主**《ほだのぬし》。

大榾の二つの焰たゝかへり　川上朴史

がたと榾崩れて夕べなりしかな　稲畑汀子

炉《ろ》 ㊂ 古来、炉といえば茶事で用いる炉のことで、初冬の炉開からの炉を指すが、今ではふつう囲炉裏《ゐろり》のことをいう。炉明《ろあか》り。炉話《ろばなし》。

縁談を聞きゐるごとき炉辺の猫　菅原獨去

炉の火種絶やさぬことを家憲とす　飯田ゆたか

百年の煤も掃かずに囲炉裏かな　高濱虚子

曲家の火伏の神も炉火埃　稲畑汀子

煖房《だんばう》《だんぼう》 ㊂ 室内を暖める暖房装置をひっくるめていう。スチーム、ヒーター、ストーブなどいろいろある。

組む脚をほどく煖房利いて来し　今井日記子

暖房のすぐ利き過ぎてしまふ部屋　小川立冬

ストーブ ㊂ 灯油、ガス、電気などを使って部屋を暖める暖房器具である。**煖炉**《だんろ》。

もてなすに貧しき英語煖炉燃ゆ　嶋田一歩

ストーブに取り残されてゐる背中　浅利恵子

スチーム ㊂ 蒸気による暖房装置である。ビルディングなどその代表であったが、今は温風が多くなった。

スチームの甚だ熱し蜜柑むく　市川東子房

ペーチカ ㊂ 北欧、ロシア、中国など極寒の地方で用いられている暖房装置である。

新聞の這入りし音やペチカ焚く　齋藤雨意

トロイカは眼ナ裏を駆けペチカ燃ゆ　吉岡秋帆影

炬《こ》**燵**《たつ》 ㊂ **切炬燵**《きりごたつ》は炉を切った上に櫓《やぐら》を置き、**炬燵蒲団**《こたつぶとん》を掛けて用いる。**置炬燵**《おきごたつ》は今は電気炬燵がほとんどである。

祇王寺の仏間の次の火燵かな　上野青逸

酒の座を逃れて来たる炬燵の間　豊田千代子

助《じよ》**炭**《たん》 ㊂ 箱形の木枠に和紙を貼り、火鉢や炉の上を覆って熱の逃げるのを防ぎ、火もちをよくさせる道具。

ぬくもりし助炭の上の置手紙　今井つる女

助炭の画どうやら田舎源氏らし　阿波野青畝

火鉢《ひばち》 ㊂ 中に灰を入れ、炭をおこして暖をとるための調度で、かつて日本座敷には欠くことができなかった。

事決す吸殻挿して立つ火鉢　吉屋信子
妹が居といふべかりける桐火鉢　高濱虚子

火桶《ひをけ》 ㊂ 内側を銅などの金属で張った、おもに桐でつくった火鉢のことで、座敷などの趣をなす調度でもあった。

今に尚火桶使ひて老舗なる　服部夢酔
各々にそれぐ古りし火桶かな　高濱虚子

手焙《てあぶり》 ㊂ 手を焙るのに用いる小火鉢。金属、陶器製などがあり、膝の上などにのせて手を暖めたりした。**手炉**《しゆろ》。

法を説くしづかに手炉に手を重ね　森白象
手あぶりに僧の位の紋所　高濱虚子

行火《あんくわ》 ㊂ 炬燵のやや小さいもので、上部が丸くなった箱形の土器。近年では電熱を利用した電気行火が多い。

屛風絵にかゞまりて船の行火かな　長谷川零余子
行火して出島めぐりの潮来舟　三星山彦

懐炉《くわいろ》 ㊂ 捨て懐炉が多く用いられている。以前は懐炉灰《くわいろばい》を用いたが、その後は白金懐炉、現在は使い

懐炉すら坑内の掟と許されず　佐藤秋月
明けくれの身をいたはれる懐炉かな　高濱虚子

温石《をんじやく》 ㊂ 昔、手ごろのなめらかな石や蠟石などを、火で暖め、布ぎれに包んで体に当て暖をとった、その石。

草庵に温石の暖唯一つ　高濱虚子

湯婆《たんぽ》 ㊂ 陶器製と金属製とがあり、中に熱湯を入れて布で包み、多く寝床に入れて暖をとるもの。**ゆたんぽ**。

湯婆をもらうて高野山泊り　北村多美
ゆたんぽのやけどの跡と言はず置く　稲畑汀子

足温め《あしぬくめ》 ㊂ 椅子の下に置いて、脚部の冷えを暖めるものである。**足焙**《あしあぶり》。**足炉**《あしろ》。

足あぶりしづかに足を踏みかゆる　田村木國
足焙わが学問をつゞかしむ　三村純也

湯気立《ゆげたて》 ㊂ 冬は空気が乾燥しがちなので、暖房器の上に水を入れた容器を置き、湯気を立てて適当な湿度を保つ。

湯気立て、今宵これより吾が時間　能美優子
湯気立てることも忘れず看取妻　鈴木蘆洲

湯《ゆ》ざめ ㊂ 冬は、湯上りにうかうかしていると湯ざめをする。

湯に入れば湯ざめをかこつ女かな　高濱虚子
湯ざめせしこと足先の知つてをり　稲畑汀子

風邪《かぜ》 ㊂ 風邪にかかる人は一年中いるが、冬は寒さが厳しく、とくに風邪の季節といえる。**風邪薬《かざぐすり》**。

含ませし乳房に知るや風邪の熱　北川ミチ女
般若湯即ち僧の風邪薬　中島不識洞
死ぬること風邪を引いてもいふ女　高濱虚子

咳《せき》 ㊂ 冬は大気が乾燥することが多く、寒さも加わって咽喉をいためやすい。咳《せ》く、**咳《しはぶ》く**と動詞にも用いられる。

つきまとふ咳に孤独のはじまりぬ　新田充穂
ランドセル咳込む吾子の背に重く　稲畑汀子

嚔《くさめ》 ㊂ 「くさめ」「くしゃみ」など発音そのままの名前である。思わぬ大きさのこともあり、風邪の前兆であることもある。

口開けて次の嚔を待てる顔　長尾樟子
つゞけさまにくさめして威儀くづれけり　高濱虚子

水洟《みづばな》《みずばな》 ㊂ 冬は病気でなくても水洟が出る。とりわけ子供や老人に多い。風邪などひけばなおさらである。

水洟になんとも意気地なくなりし　小原壽女
水洟をすゝるとき顔ゆがみたる　高濱年尾

吸入器《きふにふき》《きゅうにゅうき》 ㊂ 風邪、とくに咳をしずめるために、薬品を噴霧状態として口中に送る装置で、家庭でもよく用いた。

吸入の妻が口開けあほらしや　山口青邨

どの顔も少し呆けて吸入器　大槻右城

竈《かまど》猫《ねこ》 三

猫は冬になると縁側などの暖かい所を追って歩く。竈《へっつい》が多用されていたころは、温もりのある竈でよく眠っていた。

何もかも知つてをるなり竈猫　富安風生

丸まりて顔のなくなり竈猫　山田不染

綿《わた》 三

綿は防寒の衣料や寝具に欠かせない。**綿打《わたうち》**は綿を打ち、打綿に仕上げたり、古い綿を柔らかにすること。

は丶そはの背にかけ給ふ真綿かな　藤井巴潮

綿を干す寂光院を垣間見ぬ　高濱虚子

蒲《ふ》団《とん》 三

布団は一年中用いるが、寒いときが最も感じが深いので冬の季題。**肩蒲団《かたぶとん》**。**干蒲団《ほしぶとん》**。**羽蒲団《はねぶとん》**。**絹蒲団《きぬぶとん》**。

身に添はぬものは詮なし羽蒲団　高岡智照

死神を蹶る力無き蒲団かな　高濱虚子

負真綿《おひまわた》《おいまわた》 三

もともと上着や羽織の下の背中のところに真綿を挟んで保温したものであるが、後には真綿でつくった袖無のものが一般的となった。**背蒲団《せなぶとん》**。**腰蒲団《こしぶとん》**。

気の折れし人のかなしや負真綿　田畑美穂女

九十は重たき齢負真綿　速水真一郎

衾《ふすま》 三

臥裳《ふすも》から出た言葉であるといわれ、寝るときに身をおおう夜具で、今でいう布団のことである。**紙衾《かみぶすま》**。

一日を心に描く衾かな　池内友次郎

とかくして命あればぞ革衾　高濱虚子

毛《まう》《もう》布《ふ》 三

毛布は本来西欧のものであったが、日本でも明治以来冬の下掛に用いられてきた。**ケット**。

帰化せんと思うて久し毛布干す　千本木溟子

膝毛布配られ飛機は北に発つ　山本白汀女

夜《よ》著《ぎ》 三

着物のような形で袖も襟もあり、しかも布団のように綿がたくさん入って大きく厚い。「掻巻《かいまき》」ともいう。

夜著に寝てかりがね寒し旅の宿　芭蕉

縕《ど》袍《てら》 ㊂ ふつうの和服より大形に仕立てて、中に厚く綿を入れた広袖の着物である。

夜の客に縕袍姿を詫びて会ふ　井上木雞子
病み坐る人や縕袍に顔嶮し　高濱虚子

綿《わた》入《いれ》 ㊂ 防寒用に綿を入れた着物のことで、木綿の綿入を布子《ぬのこ》、真綿のはいったものを綿子《わたこ》という。

老人のとかくに未練古布子　丹治蕪人
古布子著のみ著のまゝ鹿島立　高濱虚子

紙《かみ》衣《こ》 ㊂ 和紙に柿渋を塗り乾かし、揉みやわらげて衣服に仕立てたものである。紙子《かみこ》。

そのころの世を偲びつゝ紙衣見る　谷口五朗
繕ひて古き紙衣を愛すかな　高濱虚子

ちやんちやんこ ㊂ 袖無羽織が起こりという。袖のない綿入で主に老人や幼児が用いる。袖無《そでなし》。

ひとり夜を更かすに慣れてちやんちやんこ　蛯江ゆき子
ちやん〳〵こ著せてどの子も育て来し　山田閏子

ねんねこ ㊂ 赤ん坊を背負うときに用いる防寒用の縕袍《どてら》のようなもの。今はずいぶん形も変わってきた。

ねんねこに埋めたる頬に櫛落つる　高濱虚子
ねんねこの中の寝息を覗かるる　稲畑汀子

厚《あつ》司《し》 ㊂ 太糸で織った厚手の綿織物、またはそれで作った着物をいう。「厚子《あつし》」とも書く。あつしはアイヌ語。

厚司著て元艦長が荷宰領　吉井莫生
厚司著て世にのこされしアイヌかな　小島海王

胴《どう》著《ぎ》 ㊂ 江戸時代に始まったもので、上着と襦袢との間に着る短い防寒具である。

著つゞけて胴著脱ぐ気もなかりけり　池内たけし
有難や胴著が生める暖かさ　高濱虚子

毛《け》衣《ごろも》 三　毛皮でつくった防寒服で、上衣やジャンパーや外套などに仕立てられている。**裘《かはごろも》**。

職替へて増ゆる外出や裘　山岡正典
ダンサーの裸の上の裘　高濱虚子

毛《け》皮《がは/がわ》 三　毛のついたままの獣類の皮で、防寒用として外套にしたり、襟に巻いたり敷物としたりする。**毛皮売《けがはうり》**。

毛皮著て人には見えぬふしあはせ　堀　恭子
買ふことに決めし毛皮や吾れのもの　稲畑汀子

重《かさ》ね著《ぎ》 三　寒さのために着物を何枚も着重ねることである。「着物一枚違う寒さ」などということがある。

潮じみて重ね著したり海女衣　高濱虚子
著替へる気なくなりしまゝ重ね著て　稲畑汀子

著《き》ぶくれ 三　重ね着をして、着ぶくれることである。なりふり構わず着ぶくれているのは、おかしみもある。

著ぶくれしわが生涯に到り著く　後藤夜半
おすわりの出来かけし子の著ぶくれて　稲畑汀子

セーター 三　毛糸を編んで作った上衣で、老若男女を問わず極めて一般的な冬の衣類である。

修道女セーターの白許さるゝ　平林とき子
子の数のセーター持ちてドライブに　稲畑汀子

冬《ふゆ》服《ふく》 三　冬期着る洋服をいう。和服の場合は「冬着」といって、呼び方が習慣上区別されている。

冬服を著て生意気な少年よ　星野立子
ライターのポケットとして冬服に　河村木舟

冬《ふゆ/ふゆ》帽《ばう/ぼう》 三　冬かぶる帽子で、防寒が主であるがファッション性も強い。特殊なものに**防寒帽《ばうかんばう》**、**毛帽子《けばうし》**がある。

亡き夫のお洒落でありし冬帽子　今井つる女
パスポート一瞥毛帽税関吏　大橋宵火
冬帽は暑し阿弥陀に被りもし　高濱虚子

頭巾《づきん》《ずきん》 ㊂ 布で作り、頭や顔を包み寒さを防ぐために用いるものをいう。昔は男女を通じて広く用いられた。

永らへて頭巾御免の御看経　野島無量子
深頭巾かぶりて市の音遠し　高濱虚子

綿帽子《わたばうし》《わたぼうし》 ㊂ 真綿をふのりで固めてつくった婦人用の帽子。別に赤子の防寒用の真綿の帽子もある。

里下りの野ひとつ越ゆや綿ばうし　召波
小町寺尼がかむれる綿帽子　大森積翠

頬被《ほほかむり》《ほおかむり》 ㊂ 田舎の人たちが寒さを防ぐために手拭で頭から頬へかけ、いわゆる頬被をすること。

頬被結び直して答へざる　湯川雅
道聞けば案内にたちぬ頬被　草地勉
そこにあるありあふものを頬被　高濱虚子

耳袋《みみぶくろ》 ㊂ 耳たぶの凍傷を防ぐために耳を覆う袋である。**耳掛**《みみかけ》ともいう。寒い地方の人が多く使用する。

出勤に要る日要らぬ日耳袋　岡本清閑
耳袋出したることの下車用意　前内木耳

マスク ㊂ 冬期は冷たい空気や病菌、塵埃などを防ぐためマスクを掛けた人が目立ってくる。

ふと心通へる時のマスクの瞳　神田敏子
マスクして人に逢ひ度くなき日かな　稲畑汀子

襟巻《えりまき》 ㊂ 防寒のために襟もとを包むもの。アクセサリーも兼ねて種類は豊富である。**マフラー**。**首巻**《くびまき》。

襟巻の狐の顔は別に在り　高濱虚子
襟巻を贈りくれたる四人の名　高濱年尾

角巻《かくまき》 ㊂ 東北、北陸、北海道で女性が外出に用いる防寒衣。毛布を三角に二つ折りにして肩から全身にかぶる。

角巻の女の顔が店の灯に　濱井武之助
角巻にかよわき旅の身を抱き　須田ただし

ショール 三 女性の和装の場合、防寒と装飾を兼ねて肩にはおるもの。**肩掛《かたかけ》**。

人波にすべるショールをおさへつゝ　岡崎莉花女
いそいそとショールの妻を街に見し　今村青魚

手袋《てぶくろ》 三 寒気から手を守るために、絹、メリヤス、皮、毛糸などで作ってはめる。**皮手袋《かはてぶくろ》**。

大いなる手袋忘れありにけり　高濱虚子
手袋を探してばかりゐる日かな　稲畑汀子

マフ 三 貴婦人の携帯用防寒装身具で、毛皮の裏に絹をつけ円筒状に縫い上げ、両側から手を入れて暖をとる。

マフを着け深夜の街の闇に出づ　稲畑廣太郎
かと言って捨てるに惜しきマフなりし　星野椿

股引《ももひき》 三 防寒用にはく細いズボンに似たもの。腰の部分は左右が重なって紐で結び、足首も紐でしばる。**もんぺ**。**ぱつち**。

股引のたるみて破れし膝頭　仙人

足袋《たび》 三 防寒用としての足袋をいうのである。洗って干すとか、繕うとかいうことにも冬の生活感がある。

表より裏にねんごろ足袋洗ふ　池田のぶ女
足袋のせて明日の外出に着る着物　木暮英子

外套《ぐわいたう》 三 洋服の上に着る防寒具である。**オーバー**。

父の死の間に合はざりしオーバ脱ぐ　片桐孝明
外套と帽子と掛けて我のごと　高濱虚子

コート 三 女性の和服の上に羽織る防寒着である。洋装用の種々のコートとは違う。**東《あづま》コート**。

壁に吊るコートも疲れたる姿　三村純也
コート脱ぎ現れいづる晴著かな　高濱虚子

被布《ひふ》 三 羽織に似た衣類で、衽《おくみ》が深く、前を重ね合わせ細紐や飾紐でとめる。

老僧といつしか云はれ被布似合ふ　獅子谷如是
被布暮し山寺暮し変りなし　山口笙堂

懐手《ふところで》 ㊂ 手の冷えを防ぐために無意識に和服の袂の中や胸もとに手を入れること。和服特有の季節感がある。

どちらにもつけぬ話の懐手　中山秋月
玄関の人声に出て懐手　高濱年尾

日向《ひなた》ぼこり ㊂ 縁側や日溜りで冬日の光を浴びて暖まる。日向《ひなた》ぼつこ。日向《ひなた》ぼこ。

目つむりて無欲に似たり日向ぼこ　上西左兌子
足許の風の気になる日向ぼこ　稲畑汀子

毛《け》糸《いと》編《あ》む ㊂ 毛糸編むといえば、編み棒で毛糸玉をくるくると回しながら編んでいる女性の姿を思い浮かべる。

身籠れる指美しく毛糸あむ　小島左京
毛糸編む母の心の生れつゝ　稲畑汀子

飯櫃入《おはちいれ》 ㊂ 炊いた御飯が冷えないように、飯櫃をすっぽり入れて蓋をし、保温するもの。

飯櫃入渋光りとも煤光りとも　高濱虚子

藁仕事《わらしごと》 ㊂ 農家では冬の農閑期に、新藁で縄をない、筵を織り、藁細工を作る。これを藁仕事という。

縄を綯ふ話相手になりに来し　合田丁字路
荒るゝ日は筵戸下ろし藁仕事　大森積翠

楮蒸《かうぞむ》《こうぞむ》す ㊂ 楮の落葉した樹枝を刈り取ってきて、括って束にし、大釜で蒸すこと。皮が和紙の粗原料となる。

楮晒す岩に打ちつけ〱て　田畑比古
楮蒸す年月古りし外竈　山川喜八

紙《かみ》漉《すき》 ㊂ 三椏《みつまた》、楮などの皮から作られた紙の粗原料をさらに煮たり叩いたり晒したりしてそれを紙に漉くのである。漉き上げたものを一枚一枚干す。

紙を漉く国栖の翁の昔より　田畑比古

紙を漉く音を正しく繰返す　橋田憲明

藺《ゐ》植《う》う ㊂ 藺は藺代から苗をとり、田植と同じように水田に植えるが、寒い時期なので、厳しい労働である。

藺を植うるみんな不機嫌さうな貌　林大馬

藺を植ゑしばかりのみどり見渡され　高濱年尾

甘蔗刈《かんしよかり》 ㊂ 甘蔗は一般に砂糖黍といい、沖縄、鹿児島県に多く栽培される。刈るそばから製糖工場へ運ぶ。

砂糖黍刈る音そこに雲井御所　山本砂風樓

甘蔗刈りひきずってくる道埃　白石峰子

北風《きたかぜ》 ㊂ 冬の季節風のことである。**北風《きた》**。**北吹く《きたふく》**。**朔風《さくふう》**。**寒風《かんぷう》**。

北風に向ひ歩きて涙ふく　室町ひろ子

北風に人細り行き曲り消え　高濱虚子

空風《からかぜ》 ㊂ 天気続きに吹く乾燥しきった寒風をいうのである。関東では「空っ風」という。

遮れる何物もなく空っ風　豊田光世

赤城より伸びる風道空っ風　荒川ともゑ

隙間風《すきまかぜ》 ㊂ 壁、襖、戸などの隙間から入ってくる寒い風。狭いところを入って来る風は刃のように鋭く感じられる。

母がりやむかしのまゝの隙間風　山本晃裕

時々にふりかへるなり隙間風　高濱虚子

虎落笛《もがりぶえ》 ㊂ 冬の烈風が柵、竹垣などに吹きつけて笛のような音を発するのをいう。

新しき枕眠れず虎落笛　星野椿

虎落笛眠に落ちる子供かな　高濱虚子

鎌鼬《かまいたち》 ㊂ 寒風などにあたって皮膚が鎌で切られたように傷つくことをいう。北国に多い。**鎌風《かまかぜ》**。

さげてゐしものとりおとし鎌鼬　吉岡秋帆影

話には聞いてをりしが鎌鼬　高橋秋郊

冬凪《ふゆなぎ》 ㊂ 吹きすさぶ冬の海風が、忘れたように凪ぐことがある。**寒凪《かんなぎ》**。

寒凪や重なる伊豆の島ふたつ　三溝沙美

世を捨てしごと冬凪の波止に釣る　上﨑暮潮

霜《しも》 ㊂ 大空は星屑で満たされ、寒さの張った一夜が明けると、地上は真白な霜となる。**霜晴《しもばれ》**。**大霜《おほしも》**。**深霜《ふかしも》**。**朝霜《あさしも》**。**夜《よる》の霜《しも》**。**霜《しも》の声《こゑ》**。**霜凪《しもなぎ》**。**霜《しも》解《どけ》**。**霜雫《しもしづく》**。

霜予報外れし事を喜びぬ　濱下清太郎

霜降れば霜を楯とす法《のり》の城　高濱虚子

霜夜《しもよ》 ㊂ よく晴れて寒さがきびしく、霜の結ぶ夜をいう。家のまわりに霜柱の立つ気配が感じられることもある。

前橋は母の故郷霜夜明け　星野立子

誤診かも知れず霜夜の道かへる　小坂螢泉

霜柱《しもばしら》 ㊂ 寒さの厳しい夜、湿っぽい軟らかい地質の所では、地中の水分が柱状の氷の結晶となって林立する。

霜柱あとかたもなく午後となりぬ　藤松遊子

ふみ立ちて見て霜柱力あり　高濱年尾

霜除《しもよけ》 ㊂ 庭木、花卉《かき》、果樹などが霜枯れしないように、筵や藁でかこって霜除を作る。**霜囲《しもがこひ》**。

霜除をして高きもの低きもの　本郷昭雄

霜囲時には外し日を入るゝ　浅井青陽子

敷松葉《しきまつば》 ㊂ 霜を除けたり、苔を保護したり、また風致を添えるために松の枯葉を敷きつめること。

敷松葉匂ひて雨の躙り口　星野椿

庭石の裾のしめりや敷松葉　高濱虚子

雪囲《ゆきがこひ》《ゆきがこい》 ㊂ 風雪や雪の圧力から家や庭木などを守るための外囲いをいう。家の出入口に防雪設備をすることもいうのである。**雪垣《ゆきがき》**。**雪除《ゆきよけ》**。**雪構《ゆきがまへ》**。

雪囲して城趾に住める家　高濱虚子

丁寧にこんなに小さき雪囲　稲畑汀子

雪《ゆき》吊《つり》 三

降雪で庭木や果樹の枝が折れないように、一本の支柱から縄や針金を八方に張り渡し枝を吊ること。

雪吊の縄一本も油断なし　三浦文朗

橐《たく》駝《だ》師《し》の雪吊松を一眺め　高濱虚子

藪《やぶ》巻《まき》 三

雪折のおそれのある低木や竹藪などを、あらかじめ薦《こも》、筵、縄などでぐるぐる巻きにして防ぐこと。

藪巻の棒一本の突ん抜けて　村上三良

山門の大藪巻は蘇鉄らし　西澤破風

雁《がん》木《ぎ》 三

町中が雪に埋れることも多い北陸地方、ことに新潟県下では、通りに面した町並は、道路へ突き出した雪除の軒を作り、柱で支える。これを雁木という。

襁褓など干して雁木も町端れ　稲垣東ね

肩ふれて雁木の下をすれ違ふ　中嶋齊公

フレーム 三

霜や雪の害から植物を守り、また蔬菜や草花の促成栽培のための硝子張りやビニール張りにした保温装置。温床《をんしやう》。

フレームの小さき花の匂ひけり　小路紫峡

フレームの中小さき鉢大きな芽　今井千鶴子

冬《ふゆ》の雨《あめ》 三

冬の雨は大雨にはならないが、寒くて小暗い。また雨音も静かで、いつか雪になっていたりする。

中訳なき忘れごと冬の雨　市川東子房

帰る人泊つ人冬の雨の駅　稲畑汀子

霙《みぞれ》 三

雨まじりの雪、また霰《あられ》の十分結晶していないものをいう。雪や霰に比べて、寒々と重く暗い感じである。

いとまする傘へ霙となりにけり　渡辺一水

ぬれ雪と津軽人云ふ霙降る　佐藤一村

霧《む》氷《ひよう》

霧が流れて樹の枝に氷結して水晶の華をつけたようになる。これを霧氷という。

霧氷解け貧しき草に戻りけり　工藤いはほ

霧氷ならざるは吾のみ佇みぬ　稲畑汀子

霧氷の一種で、氷点下に冷却した濃霧が樹枝などに凍りついたもの。山形県蔵王山のモンスターは有名である。

樹《じゆ》氷《ひよう》

樅樹氷落葉松樹氷牧夫住み　石井とし夫

月を背の樹氷を山の魔像とも　瀬川蟻城

雨《う》氷《ひよう》

落ちた雨が樹の枝や枯草など地上のものにあたってガラス細工のようにそのままの形で凍ること。

落葉松に雨氷名残の綺羅雫　吉村ひさ志

雨氷とて草の高さに光るもの　稲畑汀子

冬《ふゆ》《ふゆ》の水《みづ》《みず》　〔三〕

冬になって、すべての物が生気を失うにつれて水までも動きが鈍ったように思われる。

浮みたる煤が走りし冬の水　高橋すゝむ

冬の水浮む虫さへなかりけり　高濱虚子

水《みづ》《みず》涸《か》《か》る　〔三〕

冬は川や沼などの水が著しく減って、流れが細まったり底石が露《あら》わになる。川《かは》涸《か》る。沼《ぬま》涸《か》る。滝《たき》涸《か》る。

あらぬ辺に水湧きつゝも池涸るゝ　井桁蒼水

滝涸れて音なき山の深さかな　平林七重

冬《ふゆ》《ふゆ》の川《かは》《かわ》　〔三〕

冬は川の水が減り、流れも細くなって、水量の豊かな大河も中洲があちこちに現れたりする。冬川原《ふゆかはら》。

冬の川流れゐるとも思はれず　小山白楢

太陽の力とどめず冬の川　稲畑汀子

池《いけ》普《ぶ》請《しん》　〔三〕

冬期、水の少ないときに、池の水を涸らして修理をすること。川普請《かはぶしん》。

加はりて算盤方や川普請　白須賀虚公

杭を打つほかに大ぜい池普請　木下洛水

狐《きつね》火《び》　〔三〕

燐が空中で燃える現象であろうか、冬から春先にかけて多く見られ、空中や遠い畦などに灯火ならぬ妖しい火が点《とも》り連なるという。

狐火の峠越えねば帰られず　川口利夫

狐火を見てより遂に迷ひけり　星野椿

火《くわ》事《じ》《かじ》 ㊂ 冬は火に親しむ。したがって火事も多い。**大火《たいくわ》**。**小火《ぼや》**。**半焼《はんせう》**。**類焼《るゐせう》**。**近火《きんくわ》**。**遠火事《とほくわじ》**。**火事見舞《くわじみまひ》**。**船火事《ふなくわじ》**。

火事近く母は仏に灯すなり　田上鯨波

対岸の火事見る心咎めつゝ　澤井山帰來

火《ひ》の番《ばん》 ㊂ 冬の夜、火をいましめて町内を回る人。**夜廻《よまは》り**。**夜番《よばん》**。**夜《や》警《けい》**。**夜番小屋《よばんごや》**。**火《ひ》の見櫓《みやぐら》**。

海苔小屋をのぞき火の番返し来る　江口竹亭

影曳きていろは坂ゆく夜番かな　辻本青塔

冬《ふゆ》の夜《よ》 ㊂ **夜半《よは》の冬《ふゆ》**といえばやや更けた感じである。**寒夜《かんや》**。「夜寒」といえば秋季。

仏彫る耳より冷ゆる寒夜かな　山口燕青

病院の冬の夜いつか時刻過ぎ　高濱年尾

冬《ふゆ》の星《ほし》 ㊂ 冬の夜空に青白く凍てついた星は、寒く冴々としてあざやかに見える。**凍星《いてぼし》**。**星凍《ほしい》つ**。

オリオンは直に目につく冬の星　三好竹泉

凍星のひとつひとつに触るる指　荒川ともゑ

冬《ふゆ》の月《つき》 ㊂ 冬の月は青白く凄惨な感じがする。真上を高く渡るので小さく見え、澄んで鋭い感じがある。

深夜ミサ終へし人らに冬の月　丸山よしたか

冬の月いざよふこともなく上る　高濱年尾

冬《とう》至《じ》 ㊂ 二十四節気の一つ。十二月二十二日ごろにあたり、一年中で昼がもっとも短く、夜が長い。**冬至粥《とうじがゆ》**などを食べる。

冬至の日沼に入ってしまひたる　石井とし夫

山寺の僧が冬至の柚子をくれ　高濱年尾

柚《ゆず》湯《ゆ》 冬至の日、風呂に柚子の実を切って入れ入浴する。古くからのなつかしい習慣である。**柚風呂《ゆぶろ》**。

庭掃除すませ今宵は柚子風呂に　大原雅尾

今日はしも柚湯なりける旅の宿　高濱虚子

近松忌《ちかまつき》

陰暦十一月二十二日は浄瑠璃歌舞伎脚本作者近松門左衛門の忌日である。享保九年（一七二四）七十二歳、大阪で亡くなった。**巣林子忌**《さうりんしき》。

虚子も書きし心中物や近松忌　星野高士
けふも亦心中ありて近松忌　高濱虚子

天皇誕生日《てんわうたんじやうび》《てんのうたんじようび》

十二月二十三日。今上陛下御誕生の日である。

国旗揚ぐ灯台天皇誕生日　松本圭二
ジングルベル響き天皇誕生日　稲畑廣太郎

大師講《だいしかう》《だいしこう》

陰暦十一月二十四日は天台大師智顗《ちぎ》の忌日で、比叡山をはじめ全国の天台宗寺院で各々修する。民間では小豆粥を食う。これを**大師粥**《だいしがゆ》という。

何のあれかのあれ今日は大師講　如行

蕪村忌《ぶそんき》

十二月二十五日、俳諧中興の祖与謝蕪村の忌日。天明三年（一七八三）京にて没、六十八歳。**春星忌**《しゆんせいき》。

蕪村忌や何はなけれど移竹集　奈良鹿郎
与謝住みのわが半生や蕪村の忌　柴田只管

ポインセチア

葉は長い柄で互生し、クリスマスが近づくころ、上部の葉のように見える苞が十枚あまり緋紅色に色づく。**猩々木**《しやうじやうぼく》。

家具替へて序でにポインセチア買ふ　高田風人子
ポインセチア言葉のごとく贈らるる　手塚基子

クリスマス

十二月二十五日。クリスマス・イブ（聖夜）から各教会でキリスト誕生の儀式があり、クリスマス・ツリー（聖樹）が飾られる。**降誕祭**《かうたんさい》。**聖誕節**《せいたんせつ》。

神の闇深々とあり聖夜ミサ　岩岡中正
クリスマスとは静けさの中にこそ　稲畑汀子

社会鍋《しやくわいなべ》《しやかいなべ》

救世軍では毎年年末になると、街頭や駅前などに三脚を立て鍋を吊して喜捨を求める。**慈善鍋**《じぜんなべ》。

呼びかくる声風にとび社会鍋　小畑一天
来る人に我は行く人慈善鍋　高濱虚子

師走《しはす》《しわす》
陰暦十二月の異称であるが、陽暦の十二月にもそのまま使われている。
すれ違ふ妻の気附かず町師走　榊原八郎
師走とて忘れもせずに訪ひくれし　高濱年尾

極月《ごくげつ》
陰暦十二月の異称であるが、年の極まる月という意味で、陽暦にもその感じをもって使われる。
商ひに極月といふ勝負月　辻本斐山
極月に得し好日を如何せん　深川正一郎

暦売《こよみうり》
年の暮れが近づくと、街頭に新しい年の干支九星の古風の暦を売る人が出始める。
暦売ポケットの手を出しもせず　三村純也
暦売夢判断も取揃へ　高濱虚子

古暦《ふるごよみ》
新しい暦が配られると、それまでの暦は古暦となるが、年の暮れまではまだ古暦にも用がある。
美人画の顔にもメモや古暦　今井風狂子
一日もおろそかならず古暦　高濱虚子

日記買《にっきか》《にっきかう》ふ
年末近くなると書店にはいろいろに趣向を凝らした新しい日記がたくさんに積まれる。日記出《にっきい》づ。
来年は鎌倉暮し日記買ふ　京極高忠
我が生は淋しからずや日記買ふ　高濱虚子

日記果《にっきは》つ
一年間書きつづって来た日記を書き終ることをいう。古日記《ふるにっき》。
病牀に書き続けたる日記果つ　松本穣葉子
大方は句日記となり日記果つ　山田桂梧

ボーナス
官公庁、学校、銀行、会社などで、年末近くに支給される賞与である。夏季にも支給される慣例になっているが、矢張り年末の季節感が強い。

ボーナスの懐に手を当ててみる　今橋眞理子

ボーナスに心してあり愉快なり　高濱虚子

年用意《としようい》

新年を迎えるためのいろいろの用意をすること。煤掃、床の飾、注連《しめ》張り、年の市の買物などである。

牧場にどつと著く藁年用意　清田松琴

長男の力借りもし年用意　稲畑汀子

春支度《はるじたく》

年用意と同じことでもあるが、年用意が年取りの儀礼的なものであるのに対して、春支度は春着を縫う、家の造作や繕いなどといったことも含まれよう。

迎春の構へも不用草の庵　岩木躑躅

妓を廃めて身ほとり淋し春支度　吉田小幸

春著縫《はるぎぬ》ふ《はるぎぬう》

正月の晴着を縫うことである。年の瀬の忙しいひととき、華やかな彩りの反物を広げている情景。

待針は花の如しや春著縫ふ　多田菜花

縫ひあげし春著をかりの袖だたみ　村田青麦

年木樵《としきこり》

年木《とし》とは正月の行事に用いるいろいろな木のことをいったが、のち新年に使う薪を指すようになった。それを年内に伐採することである。**年木積**《としきつ》**む**。

年木積む嵩にも生活しのばるゝ　坊城としあつ

年木屑飛んで空うつ時もあり　高濱虚子

歯朶刈《しだかり》

新年の飾に用いる歯朶（裏白《うらじろ》）を刈ること。歯朶は比較的暖かい地方の林や谷に群れて自生している。

歯朶刈に別れてしばし歯朶の道　石田雨圃子

磨崖まで来て歯朶刈の返しけり　山田建水

注連作《しめつくり》

注連を作る藁は、まだ稲の穂の出ないうちに刈り取って青く干し上げたもので、これを水に漬け、藁砧で打ってやわらかくして注連に綯うのである。

注連を綯ふ藁は踏むまじ跨ぐまじ　上田土世起

藁といふ汚れなきもの注連作る　明石春潮子

年《とし》の市《いち》

神棚、注連飾、門松、若水桶、橙、楪《ゆずりは》、裏白、串柿、昆布、盆栽、その他新年に用いる品々を売る市。

雪晴のはたして人出年の市　津谷たみを
年の市見るともなしに通りけり　小山白楢

羽子板市《はごいたいち》

羽子板を売る市で歳末風景の一つ。東京では十二月十七日から十九日までの浅草寺が盛ん。

見上げたる羽子板市の明るさに　坊城中子
うつくしき羽子板市や買はで過ぐ　高濱虚子

飾《かざり》売《うり》

年の市、その他で正月の飾を売るのをいう。関東では年が迫って鳶職が飾売の店を張る。

人混みに車押し入れ飾売　大橋鼠洞
行く人の後ろ見送り飾売　高濱虚子

門松立《かどまつた》つ

年も暮れ近くなるとデパートやビルの入口、また大きな屋敷の門に門松が立てられ、押し迫ると各家庭の門辺にも一対の松の枝が飾られる。

門松を立て終りたる塵を掃く　松田水石
年々に松うつ柱古りにけり　高濱虚子

注連飾《しめかざ》る

門には門松の他に注連を張る。また伊勢海老、橙、裏白などをつけた注連飾を玄関口に掛ける。

爪立ちてかまどの神へ注連飾　今井つる女
門に注連飾りめでたく休診す　高槻青柚子

煤《すす》《すす》払《はらひ》《はらい》

新年を迎えるために家の内外の煤埃《すすほこり》をくまなく払い清めることである。煤竹《すすだけ》。煤掃《すすはき》。煤湯《すすゆ》。

煤払すみしばかりの仏達　江口竹亭
煤払されし堆書の親しめず　浅井青陽子

煤《すす》籠《ごもり》

煤払の日に、老人や子供たちが邪魔にならないよう別棟や別室に煤を避けて移り籠ることをいう。

煤籠する部屋もなし外出す　高橋すゝむ
煤籠して果さなん一事あり　宮城きよなみ

畳替《たたみがへ》《たたみがえ》

新春の用意のため年末畳表を新しく取り替えることである。新しい畳は新年を迎えるのにふさわしい。

後任の為の官舎の畳替　鈴木洋々子

又人の住みかはるらし畳替　高濱虚子

冬休《ふゆやすみ》

大方の学校は十二月二十五日から一月七日くらいまでが冬休である。

咎め立てするより賞めて冬休　村中千穂子

散らかしてよい部屋一つ冬休　稲畑汀子

歳暮《せいぼ》

歳末に、親しい人や平素世話になっている人に品物を贈って謝意を表することをいう。

知遇の縁歳暮今年も変りなく　横井迦南

お隣のお歳暮ばかりあづかりし　谷口まち子

札納《ふだをさめ》《ふだおさめ》

年末になると諸寺社から新しいお札を受けるので、今までの古いお札を寺社に納める。

身弱きが故の信心札納　今井奇石

伸び上り高く抛りぬ札納　高濱虚子

御用納《ごようをさめ》《ごようおさめ》

諸官庁では十二月二十八日まで仕事をし、翌年一月三日まで休む。この二十八日を御用納とか「御用じまい」という。民間の会社でも大方これに習う。

かはis ぎの棘に伝票糶納　大木葉末

思ひきり書類選り棄て用納む　浅井青陽子

年忘《としわすれ》

年末、一年間の慰労のために集まって酒宴を催すことをいう。**忘年会**《ばうねんくわい》。

泣き上戸われを離さぬ年忘　小坂螢泉

この町に料亭一つ年忘　上﨑暮潮

餅搗《もちつき》

昔は師走も押しつまってくると、そこここに餅搗の音がひびいた。**餅米洗**《もちごめあら》**ふ**。**餅筵**《もちむしろ》。

餅を搗く音若者と替りけり　中原八千草

餅を搗く次第に調子づいて来し　高濱年尾

餅《もち》　正月を迎えるには餅はなくてはならぬものである。「鏡餅」（別項）にしたり、**切餅**《きりもち》、**熨斗餅**《のしもち》にしたりする。**霰餅**《あられもち》。

ふくれ来る餅に漫画を思ひけり　高田風人子

寮生の呉れし餅焼く舎監室　中井苔花

餅《もち》**配**《くばり》　餅搗をすると、まだ軟らかい餅をすぐ餡餅や黄粉餅に作って親戚や隣近所に配る風習がある。

我門へ来さうにしたり配餅　一茶

年《とし》**の暮**《くれ》　一年もいよいよ終らんとするころのことである。**歳末**《さいまつ》。**歳晩**《さいばん》。

媒酌をして年の瀬の一と日かな　阿部小壺

書き溜めて連載コラム年の暮　大野雑草子

節《せつ》**季**《き》　歳末のことである。もともと節季とは各季節の終りのことであるが、俳句では年末の大節季を指す。

屋根よりも高き雪道節季市　瀧澤鶯衣

年《とし》**の内**《うち》　年内余日がないというように使うときの**年内**《ねんない》と同意である。「年の暮」と同じ意味であるが、ちょっと違う。

年内に何とか話附け置かん　溝口杢生

数《かぞ》**へ日**《び》（かぞえび）　年末も押し詰まり、残すところあと数日というころをいう。

数へ日の帰国の家に待つ仕事　小川龍雄

数へ日に鳴る一本の電話かな　相沢文子

行《ゆく》**年**《とし》　流るる如く過ぎ去る年をいうので、これにふと心をとめてうち眺めた心持がある。**年惜**《としをし》**む**。

行年の一日の暇あれば訪ふ　高木晴子

山会に青邨と泣き年惜む　深川正一郎

大《おほ》（おお）**年**《どし》（どし）　大晦日のことを大年ともいう。

大年の母港にかへり泊つる船　林　大馬

大年の星の配置のすみし空　藤崎久を

大晦日《おほみそか》《おおみそか》

十二月三十一日、一年の最後の日をいう。「大つごもり」ともいう。

吹き晴れし大つごもりの空の紺　　星野立子

大晦日こゝに生きとし生けるもの　　高濱虚子

掛《かけ》《かけ》乞《ごひ》《ごい》

年末に掛売の代金を集めること、またはその人をいう。掛乞の請求書を「書出し」という。

忘れゐし僅かな掛も乞はれけり　　尾高青蹊子

掛乞の女はものゝやさしけれ　　高濱虚子

掃《はき》《はき》納《をさめ》《おさめ》

大晦日にその年最後の掃除をすることである。部屋を掃き庭を掃く。

人通り絶えざる門を掃納　　中島曾城

掃納して美しき夜の宿　　高濱虚子

晦日蕎麦《みそかそば》

大晦日の夜、商家をはじめ一般の家庭でも蕎麦を食べる風習がある。**年越蕎麦《としこしそば》**。

暗がりの南座隣り晦日そば　　谷口八星

いくら打ち足しても足らず晦日そば　　伊藤凉志

年《とし》の夜《よ》

十二月三十一日の夜をいう。その年の最後の夜という意である。

年の夜をしづかに守る産屋かな　　阿部慧月

学問の果なきを知り年の夜　　山下しげ人

年《とし》越《こし》

旧年から新しい年になろうとするときのことであり、蕎麦を食べたりなどする。

越年の煙あげをり鮭番屋　　宮本素風

年越の老を囲みて児孫かな　　高濱虚子

年《とし》取《とり》

以前は新年に年を取る数え年の習慣であったので、除夜の鐘が打ち始められると、年を取るという感じが深まった。

年とるもわかきはをかし妹が許　　太祇

年守《としまも》る

大晦日の夜、眠りに就かないで年去り年来るのをうち守っていることである。**としもる**。

年守るといふにあらねどいねがたく　奈良鹿郎
窓すかし見て吹雪きをり年を守る　三ツ谷謡村

年《とし》籠《ごもり》

大晦日の夜、日ごろ信心する社寺に参籠して、年を送り迎えすることである。

大榾の火の粉柱や年籠　松本浮木
世の事を聞かせてもらひ年ごもり　若尾和佐女

除《ぢよ》《じよ》夜《や》《や》

「年の夜」のことである。午前零時を期して除夜の鐘が鳴り出す。

三輪山の杉かぐはしき除夜の雨　山地國夫
ともかくも終りて除夜の湯に沈む　砂田美津子
観音は近づきやすし除夜詣　高濱虚子

除《ぢよ》《じよ》夜《や》《や》の鐘《かね》《かね》

大晦日の夜半どき、各寺院では百八の除夜の鐘を撞く。百八の煩悩を一つずつ救うという。

除夜の鐘き丶煩悩の髪を剃る　一田牛畝
除夜の鐘撞きに来てゐる鳥羽の僧　高濱年尾

索引

索引凡例

一、本書中の見出し季題と、その異称、季題の活用語、あるいは季題の傍題等（本書中の太文字＝ゴシック体のもの）のすべてをここに収めた。

一、配列は新仮名遣いの五十音順である。

一、最初に新仮名遣いによる季題の読みを片仮名で示し、続く括弧内に季題を示した。なお、片仮名が太文字であるものは見出し季題である。

一、季題に続いて、季節、該当月、該当ページを示した。なお、季題の該当月が□で囲ってあるものは、本文中の見出し季題の下に㊂の表示（六ページの凡例参照）がついているものである。

一、各頁の端に五十音の順を示す爪をつけ検索の便を図った。

あ・ア

アイウウ（藍植《あゐ》う）　春4　一二〇
アイカリ（藍刈《あゐ》）　夏6　一七〇
アイスクリーム
　（アイスクリーム）　夏[7]　二一九
アイスコーヒー
　（アイスコーヒー）　夏7　二一八
アイスティー
　（アイスティー）　夏7　二一八
アイダマ（藍玉《あゐ》）　夏6　一七〇
アイツキ（藍搗《あゐ》）　夏6　一七〇
アイリス（アイリス）　夏6　一五三
アオアシ（青蘆《あを》）　夏[6]　一七八
アオアラシ（青嵐《あを》）　夏[6]　一八三
アオイ（葵《あふひ》）　夏6　一五八
アオイカズラ（葵鬘《あふひかづら》）　夏5　一三八
アオイマツリ（葵祭《あふひ》）　夏5　一三八
アオウキクサ
　（あをうきくさ）　夏6　一七三
アオウメ（青梅《あを》）　夏6　一六六
アオガエル（青蛙《あをがへる》）　夏6　一六四
アオガキ（青柿《あを》）　夏7　二四〇
アオガヤ（青萱《あを》）　夏6　一七八
アオキノミ（青《あを》木の実）　冬1　四一
アオキフム（あをきふむ）　春3　八二
アオギリ（青桐《あを》）　夏[6]　一八三
アオギリ（梧桐《あを》）　夏6　一八三
アオキヲフム（青《あを》きを踏む）　春3　八二
アオクルミ（青胡桃《あを》）　夏7　二四一
アオサ（石蓴《あをさ》）　冬1　四三
アオサギ（青鷺《あを》）　夏[6]　一九四
アオサジル（あをさ汁）　冬1　四三
アオザンショウ（青《あを》山椒《せう》）　夏7　二〇五
アオジ（蒿雀《あをじ》）　秋[10]　三〇四
アオジソ（青紫蘇《あを》）　夏6　一六六
アオシバ（青芝《あを》）　夏[6]　一九一
アオジャシン（青写真《あを》）　冬[11]　三四四
アオススキ（青芒《あを》）　夏[6]　一七八
アオスダレ（青簾《あを》）　夏[6]　一九六
アオタ（青田《あを》）　夏7　二〇一
アオツタ（青蔦《あを》）　夏[6]　一九一
アオトウガラシ（青唐《あをたう》辛）　夏7　二〇五
アオトウガラシ（青蕃椒《あをたうがらし》）　夏7　二〇五
アオナシ（青梨《あを》）　秋9　二九三
アオヌタ（青饅《あを》）　春3　七六
アオノリ（青海苔《あを》）　春[2]　五六
アオバ（青葉《あを》）　夏[6]　一八七
アオバズク（青《あを》葉木菟《づく》）　夏[6]　一八六
アオフクベ（青瓢《あを》）　秋9　二九一
アオブドウ（青《あを》葡萄《だう》）　夏7　二〇五
アオホオズキ（青鬼灯《あをほほづき》）　夏7　二〇五
アオホオズキ（青酸漿《あをほほづき》）　夏7　二〇五
アオマツカサ（青松《あを》かさ）　秋10　三〇九
アオミカン（青蜜柑《あを》）　秋10　三一七
アオムギ（青麦《あを》）　春[4]　一〇八
アオヤギ（青柳《あを》）　春4　九五
アオユ（青柚《あを》）　夏6　一六七
アオヨシ（青葭《あを》）　夏6　一七八
アオリンゴ（青林檎《あを》）　夏7　二四一
アカイハネ（赤い羽根）　秋10　二九五

アカエイ(赤鱝《えひ》) 夏[6] 一七
アカガリ(あかがり) 冬1 三三
アカギシギシ
(あかぎしぎし) 春3 八五
アカギレ(皸) 冬[1] 三三
アカザ(藜) 夏[5] 一四二
アカザノツエ(藜の杖《つゑ》) 夏5 一四二
アカシオ(赤潮《しほ》) 夏7 二三二
アカシヤノハナ
(アカシヤの花) 夏5 一四七
アカトンボ(赤蜻蛉) 秋9 二八二
アカナス(蕃茄) 夏7 二四三
アカネホル(茜掘る) 秋[10] 三一六
アカノママ(赤のまま) 秋8 二六六
アカノマンマ(赤のまんま) 秋8 二六六
アカハダカ(赤裸) 夏7 二三一
アカハラ(赤腹) 夏6 一六三
アカフジ(赤富士) 夏7 二〇八
アガモノ(贖物) 夏6 一九八
アガリ(上蔟) 夏5 一三五
アガリダンゴ(上蔟団子) 夏5 一三五
アキ(秋) 秋[8] 二五四
アキアツシ(秋暑し) 秋8 二六一
アキアワセ(秋袷《あはせ》) 秋9 二八四
アキイワシ(秋鰯) 秋9 二八六
アキウチワ(秋団扇《うちは》) 秋[9] 二八三
アキオウギ(秋扇《あふぎ》) 秋[9] 二八三
アキオシム(秋惜《をし》む) 秋10 三三四
アキカゼ(秋風) 秋[10] 二九六
アキクサ(秋草) 秋[9] 二七三
アキグミ(あきぐみ) 秋10 三〇七
アキクル(秋来る) 秋8 二五四
アキゴ(秋蚕) 秋9 二七八
アキザクラ(秋桜) 秋9 二八九
アキサバ(秋鯖) 秋[9] 二八六
アキサビシ(秋淋し) 秋10 二九六
アキサブ(秋さぶ) 秋10 三一九
アキサム(秋寒) 秋10 三一三
アキサメ(秋雨) 秋10 二九七
アキシグレ(秋時雨) 秋10 三三五
アキスズシ(秋涼し) 秋8 二六二
アキスダレ(秋簾) 秋[9] 二八三
アキゾラ(秋空) 秋10 二九六
アキタカシ(秋高し) 秋[10] 二九五
アキタケナワ(秋 闌《たけなは》) 秋10 三一九
アキタツ(秋立つ) 秋8 二五四
アキチカシ(秋近し) 夏7 二五一
アキツ(あきつ) 秋9 二八二
アキツイリ(秋黴雨) 秋10 二九七
アキツバメ(秋燕) 秋9 二八五
アキデミズ(秋出水《みづ》) 秋9 二七〇
アキナス(秋茄子) 秋[9] 二九一
アキナスビ(秋茄子) 秋9 二九一
アキノアメ(秋の雨) 秋[10] 二九七
アキノアユ(秋の鮎) 秋10 三〇二
アキノアワセ(秋の袷《あはせ》) 秋9 二八四
アキノイリヒ(秋の入日) 秋10 二九五
アキノウミ(秋の海) 秋[9] 二八六
アキノカ(秋の蚊) 秋[9] 二八三
アキノカゼ(秋の風) 秋10 二九六
アキノカヤ(秋の蚊帳) 秋[9] 二八三
アキノカヤ(秋の蟵) 秋9 二八三

アキノカワ(秋の川《かは》) 秋[10] 三〇二
アキノクサ(秋の草) 秋9 二七三
アキノクモ(秋の雲) 秋[10] 二九六
アキノクレ(秋の暮) 秋[10] 二九七
アキノコエ(秋の声《こゑ》) 秋[10] 二九六
アキノシオ(秋の潮《しほ》) 秋[9] 二七八
アキノシモ(秋の霜) 秋10 三三五
アキノセミ(秋の蟬) 秋[8] 二六一
アキノソラ(秋の空) 秋[10] 二九六
アキノタ(秋の田) 秋10 二九九
アキノチョウ(秋の蝶《てふ》) 秋[9] 二八二
アキノツキ(秋の月) 秋9 二七九
アキノナナクサ(秋の七草) 秋9 二七三
アキノナミ(秋の浪) 秋9 二八六
アキノノ(秋の野) 秋[10] 二九六
アキノハエ(秋の蠅《はへ》) 秋[9] 二八三
アキノハマ(秋の浜) 秋9 二八六
アキノヒ(秋の灯) 秋[9] 二七一
アキノヒ(秋の日) 秋[10] 二九五
アキノヒト(秋の人) 秋8 二五四
アキノヘビ(秋の蛇) 秋9 二八四
アキノミズ(秋の水《みづ》) 秋[9] 二九四
アキノミネ(秋の峰) 秋10 二九六
アキノヤド(秋の宿) 秋8 二五四
アキノヤマ(秋の山) 秋[10] 二九六
アキノユウベ(秋の夕《ゆふべ》) 秋10 二九七
アキノヨ(秋の夜) 秋[9] 二七一
アキノヨイ(秋の宵《よひ》) 秋9 二七一
アキバレ(秋晴) 秋[10] 二九五
アキヒガサ(秋日傘) 秋[9] 二八四
アキヒガン(秋彼岸) 秋9 二八四
アキヒガンエ(秋彼岸会《ゑ》) 秋9 二八四
アキビヨリ(秋日和) 秋10 二九五
アキフカシ(秋深し) 秋10 三三九
アキヘンロ(秋遍路) 秋[9] 二八四
アキマツリ(秋祭) 秋[10] 三一〇
アキマユ(秋繭) 秋9 二七八
アキメク(秋めく) 秋8 二六一
アキヤマ(秋山) 秋10 二九六
アキヲマツ(秋を待つ) 夏7 二五一
アゲヂョウチン(揚提《ぢやう》灯) 秋8 二五八
アケノハル(明の春) 冬1 八
アゲハチョウ(揚羽蝶《てふ》) 夏6 一八七
アゲハナビ(揚花火) 秋8 二六一
アゲハネ(揚羽子) 冬1 一七
アケビ(通草) 秋10 三〇七
アケビノハナ(通草の花) 春4 一一六
アゲヒバリ(揚雲雀) 春3 七一
アケヤスシ(明易し) 夏6 一五四
アサ(麻) 夏[7] 二四九
アサウリ(浅瓜) 夏7 二一七
アサガオ(朝顔《がほ》) 秋8 二六三
アサガオイチ(朝顔《がほ》市) 夏7 二〇六
アサガオナエ(朝顔苗《がほなへ》) 夏6 一九一
アサガオノミ(朝顔《がほ》の実) 秋10 三一〇
アサガオマク(朝顔《がほ》蒔く) 春4 一二〇
アサガスミ(朝霞) 春3 八二
アサカリ(麻刈) 夏7 二四九
アサキハル(浅き春) 春2 四八
アサギリ(朝霧) 秋9 二八二
アサクサガリ(朝草刈) 夏6 一八八
アサクサマツリ(浅草祭) 夏5 一三九

アサグモリ(朝曇) 夏 7 三一八
アサゴチ(朝東風) 春 3 六二
アサザ(莕菜) 夏 6 一七四
アサザクラ(朝桜) 春 4 九六
アサザノハナ(浅沙の花) 夏 6 一七四
アサザブトン(麻座布団) 夏 6 一九六
アササム(朝寒) 秋 10 三一四
アサシグレ(朝時雨) 冬 11 三四六
アサシモ(朝霜) 冬 12 三八一
アサスズ(朝涼) 夏 7 二〇九
アサツキ(胡葱) 春 3 七九
アサヅケ(浅漬) 冬 11 三四二
アサヅケイチ(浅漬市) 秋 10 三一五
アサツユ(朝露) 秋 9 二七四
アサナギ(朝凪) 夏 7 二二九
アサニジ(朝虹) 夏 7 二〇二
アサネ(朝寝) 春 [4] 一一一
アサノハ(麻の葉) 夏 7 二四九
アサノハナ(麻の花) 夏 7 二四九
アサノユキ(朝の雪) 冬 1 三四
アサノレン(麻暖簾) 夏 6 一九七
アサバオリ(麻羽織) 夏 6 一九五
アサバカマ(麻袴) 夏 6 一九五
アサバタケ(麻畑) 夏 7 二四九
アサブトン(麻蒲団) 夏 6 一九六
アサマク(麻蒔く) 春 3 七四
アザミ(薊) 春 4 一二六
アザミノハナ(薊の花) 春 4 一二六
アサリ(浅蜊) 春 [4] 九八
アシ(蘆) 秋 [10] 三一八
アジ(鰺《あぢ》) 夏 [6] 一七六
アシアブリ(足焙) 冬 12 三七二
アジウリ(鰺《あぢ》売) 夏 6 一七六
アシカリ(蘆刈) 秋 10 三一八
アジサイ(紫陽花《あぢさゐ》) 夏 6 一五七
アシシゲル(蘆茂る) 夏 6 一七八
アシゾロエ(足揃へ) 夏 6 一五四
アシナガバチ(足長蜂) 春 4 一一二
アシヌクメ(足温め) 冬 [12] 三七二
アシノツノ(蘆の角) 春 3 七二
アシノハナ(蘆の花) 秋 10 三一八
アシノホ(蘆の穂) 秋 10 三一八
アシノホワタ(蘆の穂絮) 秋 10 三一八
アシノメ(蘆の芽) 春 3 七二
アシハラ(蘆原) 秋 10 三一八
アシビ(蘆火) 秋 10 三一九
アシビノハナ(あしびの花) 春 4 一一五
アシベオドリ(蘆辺踊《をどり》) 春 4 九〇
アシロ(足炉) 冬 12 三七二
アジロ(網代) 冬 [11] 三四八
アジロガサ(網代笠) 夏 7 二〇四
アジロギ(網代木) 冬 11 三四八
アジロモリ(網代守) 冬 11 三四八
アシワカバ(蘆若葉) 春 4 一二三
アズキ(小豆《あづき》) 秋 8 二六五
アズキアライ (あづきあらひ) 秋 9 二七六
アズキガユ(小豆《あづき》粥) 冬 1 三三
アスパラガス (アスパラガス) 春 3 七九
アズマオドリ(東踊《あづまをどり》) 春 4 九〇
アズマギク(東《あづま》菊) 春 4 一一八

アズマギク(吾妻《あづま》菊) 春4 一八
アズマコート(東《あづま》コート) 冬12 三七八
アセ(汗) 夏[7] 二二〇
アセテヌキ(汗手貫) 夏7 二二〇
アセトリ(汗衫) 夏7 二二〇
アセヌグイ(汗拭《ぬぐひ》) 夏7 二二一
アゼヌリ(畦塗) 春4 一二三
アセノカ(汗の香) 夏7 二二〇
アセノタマ(汗の玉) 夏7 二二〇
アセバム(汗ばむ) 夏7 二二〇
アセビノハナ(馬酔木の花) 春4 一二五
アセフキ(汗巾) 夏7 二二一
アセボ(あせぼ) 夏7 二三八
アセボノハナ(あせぼの花) 春4 一二五
アセミズ(汗水《みづ》) 夏7 二二〇
アセミドロ(汗みどろ) 夏7 二二〇
アセモ(汗疹) 夏[7] 二三八
アセモ(汗疣) 夏7 二三八
アゼヤク(畦焼く) 春2 五三
アタタカ(暖か) 春[3] 六九
アタタメザケ(温め酒) 秋[10] 三一一
アツカン(熱燗) 冬[12] 三六〇
アッケシソウ(厚岸草《さう》) 秋10 三三三
アツゴオリ(厚氷《ごほり》) 冬1 三七
アツサ(暑さ) 夏[6] 一四
アツサアタリ(暑さあたり) 夏7 二三八
アツシ(厚司) 冬[12] 三七五
アトスザリ(あとすざり) 夏6 一八一
アナゴ(穴子) 夏[5] 一四九
アナゴ(海鰻) 夏5 一四九
アナセギョウ(穴施行《ぎやう》) 冬1 二六
アナナス(鳳梨) 夏7 二二六
アナバチ(穴蜂) 春4 一二三
アナマドイ(穴まどひ) 秋9 二八四
アネモネ(アネモネ) 春4 一〇三
アブ(虻) 春[4] 一一二
アブラギク(油菊) 秋10 三一一
アブラゼミ(油蟬) 夏7 二三一
アブラデリ(油照) 夏7 二三八
アブラムシ(油虫) 夏[6] 一八一
アブラメ(油魚) 夏6 一六四
アマ(海女) 夏[7] 二三四
アマガエル(雨蛙《がへる》) 夏[6] 一六四
アマガキ(甘柿) 秋10 三〇六
アマゴイ(雨乞《ごひ》) 夏7 二三〇
アマザケ(甘酒) 夏[7] 二三〇
アマザケ(醴) 夏7 二三〇
アマザケウリ(甘酒売) 夏7 二三〇
アマチャ(甘茶) 春4 一〇三
アマチャノハナ(甘茶の花) 夏6 一五七
アマノガワ(天の川《がは》) 秋[8] 二五六
アマボシ(甘干) 秋10 三〇六
アマリナエ(余り苗《なへ》) 夏6 一六八
アマリリス(アマリリス) 夏6 一七〇
アミウチ(網打) 夏6 一七五
アミガサ(編笠) 夏[7] 二〇四
アミジュバン(網襦袢) 夏7 二二〇
アミド(網戸) 夏[6] 一九七
アメチマキ(飴粽) 夏5 一三三
アメノイノリ(雨の祈) 夏7 二三〇
アメユ(飴湯) 夏[7] 二一九
アメユウリ(飴湯売) 夏7 二一九

アメンボウ(あめんぼう) 夏[6] 一七三
アヤメ(渓蓀) 夏6 一五四
アヤメグサ(あやめぐさ) 夏5 一三三
アヤメフク(あやめ葺く) 夏5 一三三
アユ(鮎) 夏[6] 一七五
アユカケ(鮎掛) 夏6 一七五
アユガリ(鮎狩) 夏6 一七五
アユクミ(鮎汲) 春3 六五
アユサシ(鮎刺) 夏6 一八四
アユズシ(鮎鮓) 夏7 二三一
アユタカ(鮎鷹) 夏[6] 一八四
アユツリ(鮎釣) 夏6 一七五
アユノコ(鮎の子) 春3 六五
アユノヤド(鮎の宿) 夏6 一七五
アライ(あらひ) 夏[7] 二三三
アライ(洗膾《あらひ》) 夏7 二三三
アライガミ(洗ひ髪) 夏7 二二四
アライゴイ(洗鯉《あらひごひ》) 夏7 二三三
アライスズキ(洗鱸《あらひ》) 夏7 二三三
アライダイ(洗鯛《あらひだひ》) 夏7 二三三
アライメシ(洗飯《あらひ》) 夏7 二三三
アラウ(荒鵜) 夏6 一七五
アラセイトウ
　(あらせいとう) 春4 一〇二
アラタマノトシ(新玉の年) 冬1 八
アラニコノハラエ
　(荒和の祓《はらへ》) 夏6 一九八
アラバシリ(新走) 秋10 二九八
アラマキ(あらまき) 冬12 三六七
アラメ(荒布) 夏[7] 二三四
アラメカル(荒布刈る) 夏7 二三四
アラメブネ(荒布舟) 夏7 二三四
アラメホス(荒布干す) 夏7 二三四
アラレ(霰) 冬[1] 三三
アラレウオ(霰魚《うを》) 冬12 三六六
アラレモチ(霰餅) 冬12 三九〇
アリ(蟻) 夏[6] 一八一
アリアナヲイズ
　(蟻穴を出づ) 春3 六二
アリジゴク(蟻地《ぢ》獄) 夏[6] 一八一
アリノトウ(蟻の塔《たふ》) 夏6 一八一
アリノミ(ありのみ) 秋9 二九三
アリノミチ(蟻の道) 夏6 一八一
アワ(粟《あは》) 秋9 二九三
アワカル(粟《あは》刈る) 秋9 二九三
アワセ(袷《あはせ》) 夏5 一三一
アワセドキ(袷《あはせ》時) 夏5 一三一
アワノホ(粟《あは》の穂) 秋9 二九三
アワバタケ(粟《あは》畑) 秋9 二九三
アワビ(鮑《あはび》) 春[4] 九九
アワヒク(粟《あは》引く) 秋9 二九三
アワビトリ(鮑《あはび》取) 春4 九九
アワマキ(粟《あは》蒔) 夏6 一六五
アワマク(粟《あは》蒔く) 夏6 一六五
アワメシ(粟《あは》飯) 秋9 二九三
アワモリ(泡《あは》盛) 夏7 二三〇
アワユキ(淡雪) 春3 六一
アンカ(行火《くわ》) 冬[12] 三七二
アンゴ(安居) 夏[5] 一三九
アンコウ(鮟鱇《かう》) 冬[12] 三六五
アンコウナベ(鮟鱇《かう》鍋) 冬12 三六五
アンズ(杏子) 夏6 一六六

アンズ(杏) 夏6 一六六
アンズノハナ(杏の花) 春4 九一

い・イ

イ(藺《ゐ》) 夏[6] 一七七
イースター(イースター) 春4 一〇三
イイダコ(飯《いひ》蛸) 春[3] 七八
イウウ(藺《ゐ》植う) 冬[12] 三八〇
イオノツキ(庵《いほ》の月) 秋9 二七九
イカ(烏賊) 夏[5] 一四九
イカ(いか) 春4 一一〇
イガグリ(毬栗) 秋10 三三一
イガサ(藺《ゐ》笠) 夏7 二〇四
イカズチ(いかづち) 夏7 二〇一
イカダカズラ(筏かづら) 夏7 二五一
イカツリ(烏賊釣) 夏5 一四九
イカナゴ(鮊子) 春3 七八
イカノボリ(いかのぼり) 春4 一一〇
イカリ(藺《ゐ》刈) 夏7 二四九
イカル(藺《ゐ》刈る) 夏7 二四九
イキシロシ(息白し) 冬[12] 三五二
イキボン(生盆) 秋8 二五六
イキミタマ(生身魂) 秋8 二五六
イグサ(藺《ゐ》草) 夏6 一七七
イクチ(羊肚菜) 秋10 二九七
イケスブネ(生簀船) 夏7 二二三
イケブシン(池普請) 冬[12] 三八三
イサキ(いさき) 夏[6] 一七六
イサキツリ(いさき釣) 夏6 一七六
イサザ(魦) 冬[12] 三六六
イザブトン(藺《ゐ》座布団) 夏6 一九六
イサヨイ(十六夜《いさよひ》) 秋9 二八〇
イザヨイ(十六夜《いざよひ》) 秋9 二八〇
イシカリナベ(石狩鍋) 冬[12] 三五九
イシタタキ(石たたき) 秋10 三〇五
イスノキノミ(蚊母樹の実) 秋10 三〇八
イスノミ(柞の実) 秋10 三〇八
イズミ(泉《いづみ》) 夏[7] 二〇八
イズミドノ(泉《いづみ》殿) 夏[7] 二一二
イセゴセングウ
(伊勢御遷宮) 秋9 二七八
イセノオタウエ
(伊勢の御田植《うゑ》) 夏6 一六八
イセマイリ(伊勢参《まゐり》) 春[3] 六三
イソアソビ(磯遊) 春4 九八
イソカマド(磯竈) 春2 五八
イソギンチャク
(いそぎんちゃく) 春[4] 一〇〇
イソスズミ(磯涼み) 夏7 二一三
イソチドリ(磯千鳥) 冬12 三六四
イソナツミ(磯菜摘) 春4 九八
イソビラキ(磯開) 春3 八五
イゾメ(射初) 冬1 二四
イタチワナ(鼬罠) 冬[12] 三六三
イタドリ(虎杖) 春3 八五
イタドリノハナ(虎杖の花) 夏7 二四七
イチイノミ(一位《ゐ》の実) 秋10 三三三
イチガツ(一月《ぐわつ》) 冬1 八
イチガツバショ
(一月《ぐわつ》場所) 冬1 三〇
イチゲ(一夏) 夏5 一三九

イチゴ(苺) 夏6 一九〇
イチゴ(覆盆子) 夏6 一九〇
イチゴノハナ(苺の花) 春4 一一六
イチジク(無花果) 秋10 三〇六
イチノウマ(一の午) 春2 四九
イチノトリ(一の酉) 冬11 三三八
イチハツ(一八) 夏6 一五四
イチハツ(鳶尾草) 夏6 一五四
イチバングサ(一番草) 夏6 一七四
イチメガサ(市女笠) 夏7 二〇四
イチョウオチバ(銀杏《いてふ》落葉) 冬11 三四五
イチョウチル(銀杏《いてふ》散る) 冬11 三四五
イチョウノミ(銀杏《いてふ》の実) 秋10 三三二
イチョウモミジ(銀杏黄葉《いてふもみぢ》) 秋10 三三一
イッサキ(一茶忌) 冬11 三四七
イツル(冱つる) 冬1 三三
イテカエル(冱返《かへ》る) 春2 五二
イテカエル(凍返《かへ》る) 春2 五二
イテグモ(凍雲) 冬12 三五〇
イテダキ(凍滝) 冬1 三七
イテチョウ(凍蝶《てふ》) 冬1 四〇
イテツチ(凍土) 冬1 三三
イテヅル(凍鶴) 冬1 四〇
イテトクル(凍解くる) 春2 五一
イテドケ(凍解) 春2 五一
イテボシ(凍星) 冬12 三八四
イテユルム(凍ゆるむ) 春2 五一
イドガエ(井《ゐ》戸替《がへ》) 夏7 二三七
イトクリソウ(糸繰草《さう》) 春4 一二六
イトザクラ(糸桜) 春3 六八
イドサラエ(井《ゐ》戸浚《さらへ》) 夏7 二三七
イトススキ(糸芒) 秋9 二七三
イトド(竈馬) 秋9 二七六
イトトリ(糸取) 夏5 一三五
イトトリウタ(糸取唄) 夏5 一三五
イトトリナベ(糸取鍋) 夏5 一三五
イトトリメ(糸取女) 夏5 一三五
イトトンボ(糸蜻蛉) 夏6 一七九
イトネギ(糸葱) 春3 七九
イトヒキ(糸引) 夏5 一三五
イトヒキメ(糸引女) 夏5 一三五
イトヤナギ(糸柳) 春4 九五
イトユウ(糸遊《ゆふ》) 春3 八二
イナゴ(蝗) 秋10 三〇〇
イナゴ(螽) 秋10 三〇〇
イナゴグシ(蝗串) 秋10 三〇〇
イナゴトリ(蝗捕り) 秋10 三〇〇
イナスズメ(稲雀) 秋10 三〇〇
イナズマ(稲妻《づま》) 秋8 二六二
イナダ(稲田) 秋10 二九九
イナビカリ(稲光) 秋8 二六二
イナブネ(稲舟) 秋10 三三三
イナホ(稲穂) 秋10 二九九
イナムシロ(稲筵) 秋10 二九九
イヌタデノハナ(犬蓼の花) 秋8 二六六
イヌツバメ(去ぬ燕) 秋9 二八五
イヌフグリ(いぬふぐり) 春2 五八
イネ(稲) 秋10 二九九
イネウマ(稲馬) 秋10 三三三
イネカケ(稲掛) 秋10 三三四
イネカリ(稲刈) 秋10 三三三
イネグルマ(稲車) 秋10 三三三

イネコキ(稲扱) 秋10 三二四
イネヅカ(稲塚) 秋10 三二四
イネノアキ(稲の秋) 秋10 二九九
イネノトノ(稲の殿) 秋8 二六二
イネノハナ(稲の花) 秋8 二六七
イノコ(亥《ゐ》の子) 冬11 三三八
イノコ(猪《ゐ》の子) 冬11 三三八
イノコズチ(ゐのこづち) 秋10 三三三
イノコモチ(亥《ゐ》の子餅) 冬11 三三八
イノシシ(猪《ゐのしし》) 秋[10] 三三三
イノハナ(藺《ゐ》の花) 夏6 一七八
イバハジメ(射場始) 冬1 二四
イバラノハナ(茨の花) 夏5 一四八
イバラノミ(茨の実) 秋10 三三六
イバラノメ(茨の芽) 春3 七六
イブリズミ(燻炭) 冬12 三六九
イホス(藺《ゐ》干す) 夏7 二四九
イボムシリ(いぼむしり) 秋9 二七七
イマチヅキ(居《ゐ》待月) 秋9 二八一
イモ(芋) 秋[9] 二八〇
イモウウ(芋植う) 春3 七四
イモウウ(甘藷植う) 夏6 一六五
イモガラ(芋幹) 秋9 二八〇
イモサス(藷挿す) 夏6 一六五
イモショウチュウ(甘藷焼酎《せうちう》) 夏7 二二〇
イモズイシャ(芋水《ずゐ》車) 秋[9] 二八〇
イモノアキ(芋の秋) 秋9 二八〇
イモノツユ(芋の露) 秋9 二八〇
イモノメ(芋の芽) 春3 七四
イモバタケ(芋畑) 秋9 二八〇
イモホル(芋掘る) 秋9 二八〇
イモムシ(芋虫) 秋[9] 二七七
イモメイゲツ(芋名月) 秋9 二七九
イモリ(蠑螈《ゐもり》) 夏[6] 一六三
イヨスダレ(伊予簾) 夏6 一九六
イロクサ(色草) 秋9 二七三
イロドリ(色鳥) 秋[10] 三〇三
イロリ(囲《ゐ》炉裏) 冬12 三七一
イワカガミ(岩《いは》鏡) 夏7 二四八
イワゴケ(巌《いは》苔) 夏7 二〇八
イワシ(鰯) 秋[9] 二八六
イワシ(鰮) 秋9 二八六
イワシアミ(鰯網) 秋9 二八六
イワシウリ(鰯売) 秋9 二八六
イワシグモ(鰯雲) 秋[9] 二八七
イワシヒキ(鰯引) 秋[9] 二八六
イワシブネ(鰯船) 秋9 二八六
イワシミズ(岩《いは》清水《みづ》) 夏7 二〇八
イワシミズマツリ(石《いは》清水《みづ》祭) 秋9 二七八
イワタバコ(岩《いは》煙草) 夏7 二四七
イワヂシャ(岩《いは》萵苣) 夏7 二四七
イワツバメ(岩《いは》燕) 夏[6] 一八四
イワナ(岩《いは》魚) 夏[7] 二〇七
イワナ(岩《いは》菜) 夏7 二四七
イワヒバ(巌《いは》檜葉) 夏7 二〇八
イワマツ(巌《いは》松) 夏[7] 二〇八
インゲン(いんげん) 秋8 二六四
インゲンマメ(隠元豆) 秋8 二六四

う・ウ

ウアンゴ(雨安居) 夏5 一三九
ウイキョウノハナ(茴香《うゐきやう》の花) 夏6 一五八
ウイテコイ(浮いて来い) 夏7 二二七
ウエタ(植《うゑ》田) 夏6 一六九
ウエボウソウ(植疱瘡《うゑばうさう》) 春4 九〇
ウオジマ(魚《うを》島) 春4 一二一
ウカイ(鵜飼《かひ》) 夏[6] 一七五
ウカイビ(鵜飼《かひ》火) 夏6 一七五
ウカガリ(鵜篝) 夏6 一七五
ウカゴ(鵜籠) 夏6 一七五
ウカレネコ(うかれ猫) 春2 五三
ウガワ(鵜川《がは》) 夏6 一七五
ウキクサ(萍) 夏[6] 一七三
ウキクサ(浮草) 夏6 一七三
ウキクサオウ(萍生ふ) 春3 六四
ウキクサノハナ(萍の花) 夏6 一七三
ウキクサモミジ(萍紅葉《もみぢ》) 秋10 三三二
ウキゴオリ(浮氷《ごほり》) 春2 五一
ウキス(浮巣) 夏6 一七一
ウキニンギョウ(浮人形《ぎやう》) 夏[7] 二二七
ウキネドリ(浮寝鳥) 冬[12] 三五一
ウキブクロ(浮袋) 夏7 二二三
ウキワ(浮輪) 夏7 二二三
ウグイス(鶯《うぐひす》) 春[2] 五八
ウグイス(黄鳥《うぐひす》) 春2 五八
ウグイスオイヲナク(鶯《うぐひす》 老を鳴く) 夏6 一八五
ウグイスナ(鶯《うぐひす》菜) 春4 一一七
ウグイスノコ(鶯《うぐひす》の子) 冬12 三六四
ウグイスノタニワタリ(鶯《うぐひす》の谷渡) 春2 五八
ウグイスブエ(鶯《うぐひす》笛) 春2 五八
ウグイスモチ(鶯《うぐひす》餅) 春[4] 八九
ウゲツ(雨月) 秋9 二八〇
ウゴ(海髪) 春[4] 一〇一
ウコギ(五加木) 春3 七七
ウコギツム(五加木摘む) 春3 七七
ウコギメシ(五加木飯) 春3 七七
ウコンノハナ(鬱金の花) 秋8 二六六
ウサギ(兎) 冬[12] 三六三
ウサギガリ(兎狩) 冬[12] 三六三
ウサギジル(兎汁) 冬12 三六三
ウサギワナ(兎罠) 冬12 三六三
ウジ(蛆) 夏[6] 一八二
ウシアラウ(牛洗ふ) 夏7 二一四
ウシヒヤス(牛冷す) 夏7 二一四
ウシベニ(丑紅) 冬1 二六
ウシマツリ(牛祭) 秋10 三一三
ウショウ(鵜匠《しやう》) 夏6 一七五
ウスカザル(臼飾る) 冬1 一五
ウスガスミ(薄霞) 春3 八二
ウスバカゲロウ(うすばかげろふ) 秋[9] 二八二
ウズマサウシマツリ(太秦《うづまさ》牛祭) 秋10 三一三
ウズミビ(埋《うづみ》火) 冬[12] 三六九
ウスモノ(羅) 夏7 二〇九
ウスモミジ(薄紅葉《もみぢ》) 秋10 二九七

ウズラ（鶉《うづら》） 秋[10] 三〇三
ウスライ（薄氷《ひ》） 春2 五一
ウソ（鷽） 春[3] 七〇
ウソカエ（鷽替《かへ》） 冬1 二九
ウソサム（うそ寒） 秋10 三一四
ウタイゾメ（謡《うたひ》初） 冬1 三一
ウタイマツ（鵜松明） 夏6 一七五
ウタガルタ（歌がるた） 冬1 一八
ウチノボリ（内幟） 夏5 一三三
ウチミズ（打水《みづ》） 夏[7] 二一三
ウチムラサキ（うちむらさき） 秋10 三一七
ウチワ（団扇《うちは》） 夏[7] 二〇三
ウチワカケ（団扇掛《うちは》） 夏7 二〇三
ウヅエ（卯杖《づゑ》） 冬1 二九
ウヅカイ（鵜遣《づかひ》） 夏6 一七五
ウヅキ（卯月） 夏5 一三〇
ウッコンコウ（鬱金香《かう》） 春4 一〇一
ウツセミ（空蟬） 夏[7] 二三一
ウヅチ（卯槌） 冬1 二九
ウド（独活） 春3 七八
ウドノハナ（独活の花） 夏7 二四八
ウトリベ（鵜捕部） 冬12 三六一
ウドンゲ（優曇華） 夏6 一六二
ウナギ（鰻） 夏[6] 一六三
ウナギノヒ（鰻の日） 夏7 二三六
ウナミ（卯浪） 夏5 一三〇
ウナラシ（鵜馴らし） 春[3] 六三
ウナワ（鵜縄《なは》） 夏6 一七五
ウニ（海胆） 春[4] 一〇〇
ウニ（雲丹） 春4 一〇〇
ウノハナ（卯の花） 夏5 一四八
ウノハナガキ（卯の花垣） 夏5 一四八
ウノハナクダシ（卯の花腐し） 夏5 一四八
ウノフダ（卯の札） 冬1 二九
ウヒョウ（雨氷） 冬12 三八三
ウブネ（鵜舟） 夏6 一七五
ウベ（うべ） 秋10 三〇七
ウマアラウ（馬洗ふ） 夏7 二一四
ウマオイ（馬追《おひ》） 秋[9] 二七五
ウマゴヤシ（苜蓿） 春[3] 八四
ウマコユル（馬肥ゆる） 秋[10] 二九五
ウマツリ（鵜祭） 冬12 三六一
ウマノアシガタ（うまのあしがた） 春4 一〇一
ウマヒヤス（馬冷す） 夏7 二一四
ウマビル（馬蛭） 夏6 一七二
ウママツリ（午祭） 春2 四九
ウマヤダシ（厩出し） 春3 八一
ウミガメ（海亀） 夏[5] 一四九
ウミノヒ（海の日） 夏7 二三五
ウミビラキ（海開） 夏7 一九九
ウミホオズキ（海酸漿《ほほづき》） 夏[5] 一四八
ウメ（梅） 春2 五七
ウメシュ（梅酒） 夏7 二三七
ウメショウチュウ（梅焼酎《せうちう》） 夏7 二三七
ウメヅケ（梅漬） 夏7 二三六
ウメノハナ（梅の花） 春2 五七
ウメバチ（うめばち） 夏7 二四八
ウメバチソウ（梅鉢草《さう》） 夏7 二四八
ウメボシ（梅干） 夏7 二三六

ウメホス(梅干す)　夏7　二三六
ウメミ(梅見)　春2　五七
ウメムシロ(梅筵)　夏7　二三六
ウメモドキ(梅擬)　秋10　三一六
ウメモドキ(梅嫌)　秋10　三一六
ウメモドキ(落霜紅)　秋10　三一六
ウメワカキ(梅若忌)　春4　一〇八
ウラガレ(末枯)　秋10　三一三
ウラジロ(裏白)　冬1　一六
ウラボン(盂蘭盆)　秋8　二五七
ウラボンエ(盂蘭盆会《ゑ》)　秋8　二五七
ウラマツリ(浦祭)　秋10　三一〇
ウララ(うらら)　春4　八七
ウララカ(麗か)　春[4]　八七
ウリ(瓜)　夏7　二一七
ウリゴヤ(瓜小屋)　夏7　二一七
ウリゾメ(売初)　冬1　一二
ウリヂョウチン(瓜提灯《ぢやう》)　秋8　二六四
ウリヅケ(瓜漬)　夏7　二一八
ウリナエ(瓜苗《なへ》)　夏5　一三七
ウリノウマ(瓜の馬)　秋8　二五七
ウリノハナ(瓜の花)　夏6　一六〇
ウリバタケ(瓜畑)　夏7　二一七
ウリバン(瓜番)　夏7　二一七
ウリモミ(瓜もみ)　夏7　二一八
ウルシカキ(漆掻)　夏7　二〇一
ウルシモミジ(漆紅葉《もみぢ》)　秋10　三三〇
ウルメ(うるめ)　冬12　三六六
ウルメイワシ(潤目鰯)　冬[12]　三六六
ウワバミソウ(うはばみさう)　春4　一一七
ウンカ(浮塵子)　秋[10]　三〇〇
ウンカイ(雲海)　夏7　二〇七
ウンドウカイ(運動会《くわい》)　秋[10]　三一二

え・エ

エイ(鱝《えひ》)　夏6　一七七
エウチワ(絵団扇《ゑうちは》)　夏7　二〇三
エープリルフール(エープリルフール)　春4　八八
エオウギ(絵扇《ゑあふぎ》)　夏7　二〇三
エゴノハナ(えごの花)　夏6　一五六
エスゴロク(絵《ゑ》双六)　冬1　一八
エスダレ(絵《ゑ》簾)　夏6　一九六
エゾギク(蝦夷菊)　夏7　二〇〇
エゾギク(翠菊)　夏7　二〇〇
エゾニュウ(えぞにう)　夏7　二四七
エダカワズ(枝蛙《かはづ》)　夏6　一六四
エダマメ(枝豆)　秋9　二八〇
エチゴジョウフ(越《ゑち》後上《じやう》布)　夏7　二〇九
エチゼンガニ(越《ゑち》前蟹)　冬12　三六五
エツ(鱭)　夏[6]　一七六
エドウロウ(絵《ゑ》灯籠)　秋8　二五八
エドズモウ(江戸相撲《ずまふ》)　秋8　二六〇
エニシダ(金雀枝)　夏5　一四七
エノコグサ(ゑのこ草)　秋9　二九〇
エノコログサ(狗尾草《ゑのころ》)　秋[9]　二九〇
エノミ(榎の実)　秋10　三〇七
エヒガサ(絵《ゑ》日傘)　夏7　二〇三
エビスカゴ(戎籠)　冬1　一三

エビスギレ(夷布) 秋10 三三五
エビスコウ(夷講《かう》) 秋10 三三五
エビスザサ(戎笹) 冬1 三〇
エビスマワシ(夷廻《まは》し) 冬1 一九
エビヅル(蘡薁) 秋10 三〇七
エビョウブ(絵《ゑ》屏《びやう》風) 冬12 三六九
エブミ(絵《ゑ》踏) 春2 四九
エホウ(恵《ゑ》方《はう》) 冬1 一一
エホウダナ(恵《ゑ》方《はう》棚) 冬1 一一
エホウマイリ(恵《ゑ》方詣《はうまゐり》) 冬1 一一
エムシロ(絵《ゑ》筵) 夏7 二〇三
エモンザオ(衣紋竿《ざを》) 夏7 二二一
エモンダケ(衣紋竹) 夏[7] 二二一
エヨウ(会陽《ゑやう》) 春2 五六
エリサス(魞挿す) 春2 五三
エリマキ(襟巻) 冬[12] 三七七
エンエイ(遠《ゑん》泳) 夏7 二三三
エンオウ(閻王《わう》) 夏7 二二七
エンザ(円《ゑん》座) 夏[7] 二二一
エンジュサイ(延寿祭) 冬1 一一
エンスズミ(縁涼み) 夏7 二二三
エンソク(遠《ゑん》足) 春[4] 一二一
エンテイ(炎帝) 夏7 二二八
エンテン(炎天) 夏7 二二八
エンドウ(豌《ゑん》豆) 夏5 一四三
エンドウノハナ(豌《ゑん》豆の花) 春4 一〇九
エンドウヒキ(豌《ゑん》豆引) 夏5 一四三
エンママイリ(閻魔詣《まゐり》) 夏7 二二七
エンライ(遠《ゑん》雷) 夏7 二〇一

お・オ

オイウグイス(老鶯《うぐひす》) 夏[6] 一八五
オイノハル(老の春) 冬1 八
オイバネ(追《おひ》羽子) 冬1 一七
オイマワタ(負《おひ》真綿) 冬[12] 三七四
オイヤマ(追《おひ》山笠) 夏7 二二八
オイランソウ(花魁草《さう》) 夏7 二四七
オウギ(扇《あふぎ》) 夏[7] 二〇二
オウギオク(扇《あふぎ》置く) 秋9 二八三
オウショッキ(黄蜀《わうしよく》葵) 夏7 二四五
オウチノハナ(楝《あふち》の花) 夏6 一五六
オウチノハナ(樗《あふち》の花) 夏6 一五六
オウチノミ(あふちの実) 秋10 三二六
オウチフク(楝《あふち》葺く) 夏5 一三三
オウトウ(桜桃《あうたう》) 夏6 一六五
オウバイ(黄《わう》梅) 春2 五七
オエシキ(お会《ゑ》式) 秋10 三一二
オオアサ(大《おほ》麻) 夏7 二四九
オオイシキ(大《おほ》石忌) 春3 六九
オオカミ(狼《おほかみ》) 冬[12] 三六三
オオギク(大《おほ》菊) 秋10 三一〇
オオシモ(大《おほ》霜) 冬12 三八一
オオソウジ(大掃除《おほさうぢ》) 春3 八一
オオドシ(大《おほ》年) 冬12 三九〇
オーバー(オーバー) 冬12 三七八
オオバコノハナ(車前草《おほばこ》の花) 夏5 一四四
オオバン(大《おほ》鷭) 夏6 一九四
オオビル(大《おほ》蒜) 春3 七九

オオブク(大《おほ》服) 冬1 一四
オオブク(大《おほ》福) 冬1 一四
オオミソカ(大《おほ》晦日) 冬12 三九一
オオミナミ(大《おほ》南風) 夏6 一八三
オオムギ(大《おほ》麦) 夏5 一五〇
オオヤマレンゲ(大《おほ》山蓮華) 夏5 一四七
オオヤマレンゲ(天女花《おほやまれんげ》) 夏5 一四七
オオユキ(大《おほ》雪) 冬1 三四
オオワタ(大《おほ》綿) 冬11 三四四
オカガミ(御鏡) 冬1 一五
オカゲマイリ(おかげまゐり) 春3 六三
オカザリ(お飾) 冬1 一五
オカボ(陸《をか》稲) 秋10 二九九
オガラ(苧《を》殻) 秋8 二五七
オギ(荻《をぎ》) 秋10 三一九
オキゴタツ(置炬燵) 冬12 三七一
オキナキ(翁忌) 冬11 三四〇
オキナマス(沖膾) 夏7 二三三
オギノカゼ(荻《をぎ》の風) 秋10 三一九
オギノコエ(荻《をぎ》の声《こゑ》) 秋10 三一九
オギノツノ(荻《をぎ》の角) 春3 七二
オギノメ(荻《をぎ》の芽) 春3 七二
オギハラ(荻《をぎ》原) 秋10 三一九
オキマツリ(おきまつり) 春4 一〇三
オギワカバ(荻《をぎ》若葉) 春4 一二四
オクテ(晩稲) 秋10 三一五
オクリビ(送火) 秋8 二六〇
オケラビ(白朮《をけら》火) 冬1 一〇
オケラマイリ(白朮詣《をけらまゐり》) 冬1 一〇
オケラマツリ(白朮《をけら》祭) 冬1 一〇
オケラヤク(をけらやく) 夏6 一六三
オゴ(おご) 春4 一〇一
オコウ(御講《かう》) 冬11 三四八
オコウナギ(御講《かう》凪) 冬11 三四八
オコシエ(起し絵《ゑ》) 夏7 二一五
オコゼ(虎魚《をこぜ》) 夏6 一七六
オコリ(おこり) 夏7 二三九
オサガリ(御降) 冬1 一〇
オシ(をし) 冬12 三五一
オジカ(牡《を》鹿) 秋10 三三三
オジギソウ(含羞草《さう》) 夏7 二〇〇
オシズシ(圧鮓) 夏7 二二三
オシゼミ(唖蟬) 夏7 二二一
オシチヤ(御七夜) 冬11 三四八
オシドリ(鴛鴦《をし》) 冬12 三五一
オシロイ(おしろい) 秋8 二六三
オシロイノハナ(白粉の花) 秋8 二六三
オソザクラ(遅桜) 春4 九六
オソヅキ(遅月) 秋9 二七九
オソノマツリ(獺《をそ》の祭) 春2 五六
オタイマツ(御松明) 春3 六六
オタウエ(御田植《うゑ》) 夏6 一六八
オタオウギ(御田扇《あふぎ》) 夏6 一六八
オタビショ(御旅所) 夏5 一三八
オダマキ(苧環《をだまき》) 春4 一二六
オタマジャクシ(お玉杓子) 春4 九五
オチアユ(落鮎) 秋10 三〇三
オチウナギ(落鰻) 秋10 三〇三
オチグリ(落栗) 秋10 三一二
オチシイ(落椎《しひ》) 秋10 三一二
オチツバキ(落椿) 春3 七八

オチバ(落葉) 冬[11] 三四五
オチバカキ(落葉掻) 冬11 三四五
オチバカゴ(落葉籠) 冬11 三四五
オチバタキ(落葉焚) 冬11 三四五
オチヒバリ(落雲雀) 春3 七一
オチボ(落穂) 秋10 三一四
オチボヒロイ(落穂拾《ひろひ》) 秋10 三一四
オチョウジョウ(お頂上《ちやうじやう》) 夏7 二〇六
オデン(おでん) 冬[12] 三五九
オデンヤ(おでん屋) 冬12 三五九
オトコエシ(男郎花《をとこへし》) 秋9 二七四
オトコヤママツリ(男《をとこ》山祭) 秋9 二七八
オドシジュウ(威銃) 秋10 三〇〇
オトシダマ(お年玉) 冬1 一三
オドシヅツ(威銃) 秋10 三〇〇
オトシヅノ(落し角) 春4 一一三
オトシブミ(落し文) 夏7 二五一
オトシミズ(落し水《みづ》) 秋10 三〇二
オトメツバキ(乙《をと》女椿) 春3 七八
オトリ(囮《をとり》) 秋10 三一三
オドリ(踊《をどり》) 秋8 二五九
オドリウタ(踊《をどり》唄) 秋8 二五九
オドリガサ(踊《をどり》笠) 秋8 二五九
オドリコ(踊《をどり》子) 秋8 二五九
オトリコシ(御取越) 冬11 三三八
オドリコソウ(踊《をどり》子草《さう》) 夏5 一四三
オドリソウ(踊草《をどりさう》) 夏5 一四三
オドリダイコ(踊《をどり》太鼓) 秋8 二五九
オドリテ(踊《をどり》手) 秋8 二五九
オドリノワ(踊《をどり》の輪) 秋8 二五九
オドリバ(踊《をどり》場) 秋8 二五九
オドリバナ(踊《をどり》花) 夏5 一四三
オドリミ(踊《をどり》見) 秋8 二五九
オトリモリ(囮《をとり》守) 秋10 三一三
オドリユカタ(踊《をどり》浴衣) 秋8 二五九
オニススキ(鬼芒) 秋9 二七三
オニヤライ(鬼やらひ) 冬1 四五
オニユリ(鬼百合) 夏7 二〇〇
オノハジメ(斧《をの》始) 冬1 一〇
オハグロトンボ(鉄漿蜻蛉) 夏6 一七九
オハチイレ(飯櫃入) 冬[12] 三七九
オハチマワリ(お鉢廻《まは》り) 夏7 二〇六
オバナ(尾《を》花) 秋9 二七三
オバナチル(尾《を》花散る) 秋9 二七三
オハナバタケ(お花畠) 夏7 二〇七
オビトキ(帯解) 冬11 三四〇
オホタキ(お火焚) 冬11 三三九
オボロ(朧) 春[4] 九五
オボロカゲ(朧影) 春4 九五
オボロヅキ(朧月) 春[4] 九五
オボロヅキヨ(朧月夜) 春4 九五
オボロヨ(朧夜) 春4 九五
オミズオクリ(お水《みづ》送り) 春3 六六
オミズトリ(御水《みづ》取) 春3 六六
オミタマツリ(お御田祭) 夏6 一六八
オミナエシ(女郎花《をみなへし》) 秋9 二七三
オミナメシ(をみなめし) 秋9 二七三
オミヌグイ(御身拭《ぬぐひ》) 春4 一一三
オメイコウ(御命講《かう》) 秋10 三一二
オメミエ(御目見得) 春4 八八
オモイバ(思《おもひ》羽) 冬12 三五一

カエル(かへる) 春4 一二五
カエルカモ(帰《かへ》る鴨) 春3 六七
カエルカリ(帰《かへ》る雁) 春3 六七
カエルツバメ(帰《かへ》る燕) 秋9 二八五
カエルツル(帰《かへ》る鶴) 春3 六七
カエルトリ(帰《かへ》る鳥) 春3 六七
カエルノコ(蛙《かへる》の子) 春4 九五
カオミセ(顔《かほ》見世) 冬12 三五〇
カガ(火《くわ》蛾) 夏6 一七〇
カカシ(案山子) 秋10 三〇〇
カガシ(案山子) 秋[10] 三〇〇
カガミモチ(鏡餅) 冬1 一五
カカリハネ(懸羽子) 冬1 一七
ガガンボ(ががんぼ) 夏[6] 一八三
カキ(柿) 秋10 三〇六
カキ(牡蠣) 冬[12] 三六七
カキウチ(牡蠣打) 冬12 三六七
カキオチバ(柿落葉) 冬11 三四五
カキゴオリ(かき氷《ごほり》) 夏7 二一九
カキゾメ(書初) 冬1 一九
カキツクロウ(垣繕ふ) 春3 八一
カキツバタ(杜若) 夏6 一五四
カキツバタ(燕子花) 夏6 一五四
カキノアキ(柿の秋) 秋10 三〇六
カキノハナ(柿の花) 夏6 一五五
カキブネ(牡蠣船) 冬[12] 三六七
カキミセ(柿店) 秋10 三〇六
カキムキ(柿むき) 秋10 三〇六
カキムク(牡蠣むく) 冬[12] 三六七
カキメシ(牡蠣飯) 冬12 三六七
カキモミジ(柿紅葉《もみぢ》) 秋10 三三〇
ガキャク(賀客) 冬1 一二
カキヤマ(舁山笠) 夏7 二二八
カキワカバ(柿若葉) 夏5 一四〇
カクイドリ(蚊食《くひ》鳥) 夏6 一八三
ガクノハナ(額の花) 夏6 一五七
カクブツ(杜父魚) 冬12 三六六
カクマキ(角巻) 冬[12] 三七七
カグラ(神楽) 冬12 三六一
カクラン(霍《くわく》乱) 夏[7] 二四〇
カケイネ(掛稲) 秋10 三一四
カケゴイ(掛乞《ごひ》) 冬12 三九一
カケコウ(掛香《かう》) 夏[7] 二三八
カケス(懸巣) 秋[10] 三〇三
カケダイコン(懸大根) 冬11 三四二
カケタバコ(懸煙草) 秋[8] 二六七
カケナ(懸菜) 冬12 三五七
カゲフジ(影富士) 夏7 二〇六
カケホウライ(掛蓬萊) 冬1 一六
カゲマツリ(陰祭) 夏5 一三八
カゲロウ(陽炎《かげろふ》) 春[3] 八二
カゲロウ(蜉蝣《かげろふ》) 秋[9] 二八二
カゴマクラ(籠枕) 夏[7] 二二二
カザグスリ(風邪薬) 冬12 三七三
カザグルマ(風車) 春[4] 一一〇
カザグルマウリ(風車売) 春4 一一〇
カササギ(鵲) 秋[8] 二五六
カササギノス(鵲の巣) 春4 一〇五
カササギノハシ(鵲の橋) 秋8 二五五
カサネギ(重ね著) 冬[12] 三七六
カザハナ(風花) 冬[1] 三四
カザヨケ(風除) 冬[11] 三四七

カザリ（飾）冬1 一五
カザリウス（飾臼）冬1 一五
カザリウマ（飾馬）冬1 二
カザリウリ（飾売）冬12 三八八
カザリエビ（飾海老）冬1 一五
カザリオサメ（飾納《をさめ》）冬1 三
カザリカブト（飾冑）夏5 一三三
カザリタク（飾焚く）冬1 三
カザリチマキ（飾粽）夏5 一三三
カザリトル（飾取る）冬1 三
カザリハゴイタ（飾羽子板）冬1 一七
カザリヤマ（飾山笠）夏7 二二八
カジ（火《くわ》事）冬[12] 三八四
カシオチバ（樫落葉）夏5 一四一
カジカ（河鹿）夏[6] 一六五
カジカ（鰍）秋[9] 二八七
カジカブエ（河鹿笛）夏6 一六五
カジカム（悴む）冬[1] 三三
カシドリ（かし鳥）秋10 三〇三
カジノハ（梶《かぢ》の葉）秋8 二五六
カジノマリ（梶《かぢ》の鞠）秋8 二五六
カシノミ（樫の実）秋10 三二一
カジマリ（梶《かぢ》鞠）秋8 二五六
カジミマイ（火《くわ》事見舞《まひ》）冬12 三八四
カジメ（搗《かぢ》布）春[4] 一〇〇
カジメカリ（搗《かぢ》布刈）春4 一〇〇
カジメタク（搗《かぢ》布焚く）春4 一〇〇
カシュウイモ（何首烏芋）秋[10] 三一六
カシユカタ（貸浴衣）夏7 二一〇
ガジョウ（賀状《じやう》）冬1 一三
カシワカバ（樫若葉）夏5 一四〇
カシワモチ（柏《かしは》餅）夏5 一二四
ガス（海霧）秋9 二八二
カスガマツリ（春日祭）春3 六六
カスジル（粕汁）冬[12] 三五八
カズノコ（数の子）冬1 一五
カスミ（霞）春[3] 八二
カスミアミ（霞網）秋10 三一三
カゼ（風邪）冬[12] 三七三
カゼカオル（風薫《かを》る）夏[6] 一八三
カゼサユル（風冴ゆる）冬1 三三
カゼノボン（風の盆）秋9 二六九
カゼヒカル（風光る）春[4] 一〇八
カゾエビ（数へ日）冬12 三九〇
カタカケ（肩掛）冬12 三七八
カタカゲ（片陰）夏7 二一九
カタカゴノハナ
（かたかごの花）春2 五五
カタクリノハナ（片栗の花）春2 五五
カタシグレ（片時雨）冬11 三四六
カタシロ（形代）夏6 一九八
カタシログサ（形代草）夏7 一九九
カタズミ（堅炭）冬12 三六九
カタツブリ（蝸牛）夏[6] 一六四
カタツムリ（かたつむり）夏6 一六四
カタハダヌギ（片肌脱）夏7 二三一
カタバミ（酢漿草）夏[6] 一八九
カタバミノハナ（酢漿の花）夏6 一八九
カタビラ（帷子）夏7 二〇九
カタブトン（肩蒲団）冬12 三七四
カチウマ（勝馬）夏6 一五四
カチガラス（かちがらす）秋8 二五六

カチドリ(勝鶏) 春3 六一
ガチャガチャ(がちゃ〳〵) 秋9 二七六
カツオ(鰹《かつを》) 夏6 一七七
カツオツリ(鰹《かつを》釣) 夏6 一七七
カツオブネ(鰹《かつを》船) 夏6 一七七
カッケ(脚《かく》気) 夏7 二三八
カッコウ(郭《くわく》公) 夏6 一八五
カッコドリ(かっこどり) 夏6 一八五
カッパムシ(河童虫) 夏6 一七二
カツミフク(かつみ葺く) 夏5 一三三
カト(蝌《くわ》蚪) 春4 九五
カドスズミ(門涼み) 夏7 二一三
カドチャ(門茶) 秋8 二六〇
カドビ(門火) 秋8 二五七
カドマツ(門松) 冬1 一五
カドマツタツ(門松立つ) 冬12 三八八
カドマットル(門松取る) 冬1 三一
カドヤナギ(門柳) 春4 九五
カトリセンコウ(蚊取線香《かう》) 夏6 一八二
カドレイ(門礼) 冬1 三一
カドレイジャ(門礼者) 冬1 三一
カトンボ(蚊蜻蛉) 夏6 一八三
カナカナ(かなかな) 秋8 二六一
カナブン(かなぶん) 夏7 二〇四
カニ(蟹) 夏6 一六四
カニヒ(かにひ) 夏6 一五八
カネオボロ(鐘朧) 春4 九五
カネカスム(鐘霞む) 春3 八二
カネクヨウ(鐘供養《やう》) 春4 一二八
カネサユル(鐘冴ゆる) 冬1 三三
カネタタキ(鉦叩) 秋9 二七六
カノウバ(蚊姥) 夏6 一八三
カノコ(鹿の子) 夏6 一八七
カノコエ(蚊の声《こゑ》) 夏6 一八二
カノコユリ(鹿の子百合) 夏7 二〇〇
カバシラ(蚊柱) 夏6 一八二
カビ(黴) 夏6 一六二
カビ(蚊火) 夏6 一八二
カビゲムリ(黴げむり) 夏6 一六二
カビノカ(黴の香) 夏6 一六二
カビノヤド(黴の宿) 夏6 一六二
カビノヤド(蚊火の宿) 夏6 一八二
カビヤ(鹿火屋) 秋10 三〇一
カブ(かぶ) 冬12 三五八
カブキノカオミセ
(歌舞伎顔《かほ》見世) 冬12 三五〇
カブトニンギョウ
(冑人形《ぎやう》) 夏5 一三三
カブトムシ(兜虫) 夏7 二〇五
カブラ(蕪) 冬12 三五八
カブラジル(蕪汁) 冬12 三五八
カボチャ(南瓜) 秋8 二六四
カボチャノハナ(南瓜の花) 夏6 一六〇
カボチャマク(南瓜蒔く) 春3 七四
ガマ(蒲) 夏7 二四二
ガマ(蝦蟇) 夏6 一六四
カマイタチ(鎌鼬) 冬12 三八〇
カマカゼ(鎌風) 冬12 三八〇
カマキリ(かまきり) 秋9 二七七
カマキリノコ(蟷螂の子) 夏6 一七九
カマクラ(かまくら) 春2 五〇
カマスゴ(かますご) 春3 七八

カマツカ（かまつか）　秋 9　二八五
カマドネコ（竈猫）　冬 [12]　三七四
ガマノホ（蒲の穂）　夏 [7]　二四二
ガマノホワタ（蒲の穂絮）　秋 10　三一八
カマハジメ（釜始）　冬 1　二二
ガマムシロ（蒲筵）　夏 [7]　二〇三
カミアラウ（髪洗ふ）　夏 [7]　二一四
カミアリヅキ（神有月）　冬 11　三三六
カミウエ（神植《うゑ》）　夏 6　一六八
カミオキ（髪置）　冬 11　三四〇
カミオクリ（神送）　冬 11　三三六
カミカエリ（神還《かへり》）　冬 11　三四八
カミガタズモウ（上方相撲《ずまふ》）　秋 8　二六〇
カミキリムシ（髪切虫）　夏 [7]　二〇五
カミキリムシ（天牛）　夏 7　二〇五
カミコ（紙衣）　冬 [12]　三七五
カミコ（紙子）　冬 12　三七五
カミスキ（紙漉）　冬 [12]　三七九
カミナリ（雷）　夏 [7]　二〇一
カミナリ（神鳴）　夏 7　二〇一
カミノウ（神の鵜）　冬 12　三六一
カミノタビ（神の旅）　冬 11　三三六
カミノボリ（紙幟）　夏 5　一三三
カミノルス（神の留守）　冬 11　三三七
カミビナ（紙雛）　春 3　六〇
カミブスマ（紙衾）　冬 12　三七四
カミムカエ（神迎《むかへ》）　冬 11　三四八
カミワタシ（神渡）　冬 11　三三七
カメナク（亀鳴く）　春 4　九五
カメノコ（亀の子）　夏 6　一六三
カモ（鴨）　冬 [12]　三五一
カモウリ（かもうり）　秋 10　三〇八
カモカエル（鴨帰《かへ》る）　春 3　六七
カモガワオドリ（鴨川踊《がはをどり》）　夏 5　一三一
カモキタル（鴨来る）　秋 10　三三三
カモケイバ（賀茂競馬）　夏 6　一五四
カモジグサ（髢草）　春 4　一二四
カモノコ（鴨の子）　夏 6　一七二
カモノス（鴨の巣）　夏 6　一七一
カモマツリ（賀茂祭）　夏 5　一三八
カヤ（蚊帳）　夏 [6]　一八二
カヤ（萱）　秋 [10]　三一九
カヤ（幮）　夏 6　一八二
カヤカル（萱刈る）　秋 10　三一九
カヤシゲル（萱茂る）　夏 6　一七八
カヤヅカ（萱塚）　秋 10　三一九
カヤツリグサ（蚊帳吊草）　夏 6　一五九
カヤノナゴリ（蚊帳の名残）　秋 9　二八三
カヤノハテ（蚊帳の果）　秋 9　二八三
カヤノミ（榧の実）　秋 10　三三二
カヤノワカレ（蚊帳の別れ）　秋 9　二八三
カヤリ（蚊遣）　夏 6　一八二
カヤリギ（蚊遣木）　夏 6　一八二
カヤリグサ（蚊遣草）　夏 6　一八二
カヤリコウ（蚊遣香《かう》）　夏 6　一八二
カヤリビ（蚊遣火）　夏 [6]　一八二
カユバシラ（粥柱）　冬 1　二九
カラー（カラー）　夏 5　一四三
カライモ（からいも）　秋 10　三一六
カラウメ（唐梅）　冬 1　四四
カラカゼ（空風）　冬 [12]　三八〇
カラザケ（乾鮭）　冬 [12]　三六七

カラシナ（芥菜） 春4 八九
カラスウリ（烏瓜） 秋10 三〇九
カラスウリノハナ（烏瓜の花） 夏7 二四二
カラスガイ（烏貝《がひ》） 春[3] 六四
カラスノコ（烏の子） 夏6 一六八
カラスノス（烏の巣） 春4 一〇五
カラタチノハナ（枸橘の花） 春4 九三
カラツユ（空梅雨） 夏6 一六一
カラナシ（唐梨） 秋10 三〇六
カラナデシコ（唐撫子） 夏6 一九二
カラムシ（苧） 夏[7] 二四一
カラモモ（からもも） 夏6 一六六
カリ（雁） 秋[9] 二八五
カリ（狩） 冬[12] 三六二
カリアシ（刈蘆） 秋10 三一八
カリイネ（刈稲） 秋10 三一三
カリカエル（雁帰《かへ》る） 春3 六七
カリガネ（かりがね） 秋9 二八五
カリギ（刈葱） 夏6 一六七
カリキタル（雁来る） 秋9 二八五
カリタ（刈田） 秋10 三一三
カリタミチ（刈田道） 秋10 三一三
カリナク（雁鳴く） 秋9 二八五
カリノヤド（狩の宿） 冬[12] 三六二
カリノワカレ（雁の別れ） 春3 六七
カリモ（刈藻） 夏6 一七四
カリモクズ（刈藻屑《くづ》） 夏6 一七四
カリユウド（猟人《かりうど》） 冬[12] 三六二
ガリュウバイ（臥《ぐわ》竜梅） 春2 五七
カリワタル（雁渡る） 秋9 二八五
カリン（榠《くわ》樝） 秋10 三〇六
カル（軽鴨） 夏6 一七一
カルカヤ（刈萱） 秋[9] 二七三
カルタ（歌留多） 冬1 一八
カルノコ（軽鳧の子） 夏6 一七二
カレアシ（枯蘆） 冬[12] 三五五
カレイバラ（枯茨） 冬[12] 三五四
カレオバナ（枯尾《を》花） 冬[12] 三五五
カレカヤ（枯萱） 冬12 三五五
カレキ（枯木） 冬[12] 三五三
カレギク（枯菊） 冬[12] 三五六
カレキヤド（枯木宿） 冬12 三五三
カレクサ（枯草） 冬[12] 三五四
カレクワ（枯桑《くは》） 冬[12] 三五三
カレコダチ（枯木立） 冬[12] 三五三
カレシバ（枯芝） 冬[12] 三五五
カレススキ（枯芒） 冬12 三五五
カレツタ（枯蔦） 冬[12] 三五五
カレヅル（枯蔓） 冬[12] 三五五
カレノ（枯野） 冬[12] 三六二
カレハ（枯葉） 冬11 三四六
カレハギ（枯萩） 冬[12] 三五四
カレバショウ（枯芭蕉《せう》） 冬[12] 三五六
カレハス（枯蓮） 冬[12] 三五五
カレフヨウ（枯芙蓉） 冬[12] 三五四
カレムグラ（枯葎） 冬[12] 三五五
カレヤナギ（枯柳） 冬[12] 三五三
カレヤマ（枯山） 冬12 三六一
カレヤマブキ（枯山吹） 冬[12] 三五三
カワエビ（川《かは》蝦） 夏6 一七四
カワオソウオヲマツル

（獺魚《かはをそうを》を祭る）　春2　五六
カワガニ（川《かは》蟹）　夏6　一六四
カワガリ（川《かは》狩）　夏[6]　一七五
カワカル（川《かは》涸る）　冬12　三八三
カワギリ（川《かは》霧）　秋9　二八二
カワグモ（水《かは》蜘）　夏6　一七二
カワゴロモ（裘《かはごろも》）　冬12　三七六
カワザブトン（革《かは》座布団）　夏6　一九六
カワズ（蛙《かはづ》）　春4　一二五
カワセガキ（川《かは》施餓鬼）　秋8　二五八
カワセミ（翡翠《かはせみ》）　夏[6]　一七八
カワチドリ（川《かは》千鳥）　冬12　三六四
カワテブクロ（皮《かは》手袋）　冬12　三七八
カワドコ（川《かは》床）　夏7　二一三
カワトンボ（川《かは》蜻蛉）　夏[6]　一七九
カワバラエ（川祓《かはばらへ》）　夏6　一九八
カワビラキ（川《かは》開）　夏7　二四〇
カワブシン（川《かは》普請）　冬12　三八三
カワブトン（革《かは》布団）　夏[6]　一九六
カワボシ（川《かは》干し）　夏6　一七五
カワホネ（かはほね）　夏6　一七三
カワホリ（かはほり）　夏6　一八三
カワヤナギ（川《かは》柳）　春4　九五
カワラナデシコ（河原《かはら》撫子）　秋9　二七三
カヲヤク（蚊を焼く）　夏6　一八二
カン（寒）　冬1　二五
ガン（がん）　秋9　二八五
カンアケ（寒明）　春2　四八
カンオウ（観桜《くわんあう》）　春4　九六
ガンガサ（雁瘡）　秋[9]　二八五
カンガタメ（寒固）　冬1　二五
カンガラス（寒鴉）　冬1　四〇
カンガン（寒雁）　冬12　三五〇
ガンギ（雁木）　冬[12]　三八二
カンギク（寒菊）　冬1　四一
カンキュウ（寒灸《きう》）　冬1　二六
カンギョウ（寒行《ぎやう》）　冬1　二六
カンキン（寒禽）　冬12　三五〇
ガンクヨウ（雁供養《やう》）　春3　六八
カンゲイコ（寒稽古）　冬1　二七
カンゲツ（寒月）　冬[1]　三八
カンゲツ（観《くわん》月）　秋9　二七九
カンゴイ（寒鯉《ごひ》）　冬1　二七
カンコウバイ（寒紅梅）　冬1　四四
カンゴエ（寒声）　冬1　二七
カンゴエ（寒肥）　冬1　四二
カンコドリ（閑古鳥）　夏[6]　一八五
カンゴリ（寒垢離）　冬1　二六
カンザクラ（寒桜）　冬1　四四
カンザライ（寒復習《ざらひ》）　冬1　二七
カンザラシ（寒曝）　冬1　四〇
カンザラシ（寒晒）　冬1　四〇
カンジキ（かんじき）　冬[1]　三六
カンジキ（樏）　冬1　三六
ガンジツ（元《ぐわん》日）　冬1　八
カンショ（甘藷）　秋[10]　三一六
カンショウウ（甘藷植う）　夏6　一六五
カンショカリ（甘蔗刈）　冬[12]　三八〇
カンスズメ（寒雀）　冬1　四〇
カンセギョウ（寒施行《ぎやう》）　冬1　二六
カンゾウノハナ（萱草《くわんざう》の花）　夏6　一五九

カンタマゴ(寒卵) 冬1 二七
カンダマツリ(神田祭) 夏5 一三九
カンタン(邯鄲) 秋[9] 二七六
ガンタン(元《ぐわん》日) 冬1 八
カンチクノコ(寒竹の子) 冬11 三四二
カンチョウ(観潮《くわんてう》) 春4 九八
ガンチョウ(元朝《ぐわんてう》) 冬1 八
カンヅクリ(寒造) 冬1 二五
カンツバキ(寒椿) 冬1 四
カンヅリ(寒釣) 冬1 二七
カンテン(旱天) 夏7 二三〇
カンテン(寒天) 冬12 三五〇
カンテンツクル(寒天造る) 冬1 三九
カントウ(寒灯) 冬[1] 三九
カントウ(寒燈) 冬1 三九
カンドウフ(寒豆腐) 冬1 三九
カントウマツリ(竿灯祭) 秋8 二五五
カントンボケ(広東木瓜) 春4 九三
カンナ(カンナ) 秋8 二六七
カンナギ(寒凪) 冬12 三八一
カンナヅキ(神無月) 冬11 三三六
カンナメサイ(神嘗祭) 秋10 三一五
カンネブツ(寒念仏) 冬1 二六
カンノアメ(寒の雨) 冬1 三九
カンノイリ(寒の入) 冬1 二五
カンノウチ(寒の内) 冬1 二五
カンノミズ(寒の水《みづ》) 冬1 二五
カンバイ(寒梅) 冬1 四
カンバツ(旱魃) 夏7 二三〇
カンパニユラ(カンパニユラ) 夏6 一九二
カンバラ(寒薔薇) 冬1 四二
ガンピ(岩菲) 夏6 一五八
カンビキ(寒弾) 冬1 二七
カンピョウホス(干瓢《べう》乾す) 夏7 二四三
カンプウ(観《くわん》楓) 秋10 三三〇
カンプウ(寒風) 冬12 三八〇
カンブツ(灌《くわん》仏) 春4 一〇三
カンブナ(寒鮒) 冬1 二七
カンブナツリ(寒鮒釣) 冬1 二七
カンブリ(寒鰤) 冬12 三六六
ガンブロ(雁風呂) 春3 六八
カンベニ(寒紅) 冬1 二六
カンボケ(寒木瓜) 冬1 四
カンボタン(寒牡丹) 冬1 四一
カンマイリ(寒詣《まゐり》) 冬1 二六
カンマイリ(寒参《まゐり》) 冬1 二六
カンミマイ(寒見舞《まひ》) 冬1 二七
カンモチ(寒餅) 冬1 二五
カンヤ(寒夜) 冬12 三八四
ガンライコウ(雁来紅) 秋9 二八五
カンリン(寒林) 冬12 三五三

き・キ

キイチゴ(木苺) 夏6 一九〇
キイチゴノハナ(木苺の花) 春4 一一六
キウ(喜雨) 夏7 二三一
キウキョウ(祈雨経《きやう》) 夏7 二三〇
キエン(帰燕) 秋9 二八五
ギオンエ(祇園《をん》会《ゑ》) 夏7 二三八
ギオンバヤシ(祇園《をん》囃) 夏7 二三八

ギオンマツリ(祇園《をん》祭)　夏7　二三八
キカクキ(其角忌)　春3　八六
キガン(帰雁)　春3　六七
キギク(黄菊)　秋10　三一〇
キギス(きぎす)　春3　七〇
キキョウ(桔梗《きやう》)　秋9　二七三
キキョウノメ(桔梗《きやう》の芽)　春3　七三
キク(菊)　秋10　三一〇
キクイタダキ(菊戴)　秋[10]　三〇五
キクウウ(菊植う)　春3　七四
キククヨウ(菊供養《やう》)　秋10　三一〇
キクヅキ(菊月)　秋10　二九五
キクツクリ(菊作り)　秋10　三一〇
キクナ(菊菜)　春2　五五
キクナマス(菊膾)　秋10　三一一
キクニンギョウ(菊人形《ぎやう》)　秋10　三一一
キクネワケ(菊根分)　春3　七四
キクノエン(菊の宴)　秋10　三一〇
キクノサケ(菊の酒)　秋10　三一〇
キクノセック(菊の節句)　秋10　三一〇
キクノナエ(菊の苗《なへ》)　春3　七五
キクノヤド(菊の宿)　秋10　三一〇
キクバタケ(菊畑)　秋10　三一〇
キクビヨリ(菊日和)　秋10　三一〇
キクマクラ(菊枕)　秋10　三一一
キクラゲ(木耳)　夏6　一六二
キクワカツ(菊分つ)　春3　七四
キクワカバ(菊若葉)　春4　一一三
キケンジョウ(喜見城《じやう》)　春4　一一四
キゲンセツ(紀元節)　春2　五〇
キゴザ(著莫蓙)　夏[7]　二〇三
キサゴ(細螺)　春[4]　九九
キサラギ(如月)　春3　六〇
キジ(雉)　春[3]　七〇
キジ(雉子)　春3　七〇
キジウチ(雉打)　春3　七〇
ギシギシノハナ(羊蹄の花)　夏5　一四四
ギシサイ(義士祭)　春4　九〇
キシヅリ(岸釣)　秋9　二八七
キジノス(雉の巣)　春4　一〇五
キジブエ(雉笛)　春3　七〇
キシャゴ(きしやご)　春4　九九
キジンソウ(きじんさう)　夏6　一九二
キス(鱚)　夏[5]　一四九
キズイセン(黄水仙《ずゐ》)　春3　八五
キスゲ(黄萓)　夏7　二〇〇
キスツリ(鱚釣)　夏5　一四九
キセイ(帰省)　夏7　二三五
キセイシ(帰省子)　夏7　二三五
キタ(北風)　冬12　三八〇
キタカゼ(北風)　冬[12]　三八〇
キタフク(北吹く)　冬12　三八〇
キタマツリ(北祭)　夏5　一三八
キタマドヒラク(北窓開く)　春3　六九
キタマドフサグ(北窓塞ぐ)　冬11　三四六
キチキチバッタ
(きちきちばつた)　秋10　三〇〇
キチコウ(きちかう)　秋9　二七三
キッショ(吉書)　冬1　二〇
キッショアゲ(吉書揚)　冬1　二一
キッチョウ(吉兆《てう》)　冬1　三〇
キツツキ(啄木鳥)　秋[10]　三〇五

キツネ(狐) 冬[12] 三六三
キツネビ(狐火) 冬[12] 三八三
キツネワナ(狐罠) 冬12 三六三
キトウキ(几董忌) 冬11 三四七
キナガシ(木流し) 春3 八〇
キヌアワセ(絹袷《あはせ》) 夏5 一三一
キヌイトソウ(絹糸草《さう》) 夏[7] 二三五
キヌウチワ(絹団扇《うちは》) 夏7 二〇三
キヌカツギ(衣被) 秋[9] 二八〇
キヌタ(砧) 秋[10] 三一三
キヌタバン(砧盤) 秋10 三一三
キヌブトン(絹蒲団) 冬12 三七四
キノコ(菌) 秋10 二九七
キノコ(茸) 秋10 二九七
キノコトリ(茸とり) 秋10 二九八
キノコバン(茸番) 秋10 二九七
キノコメシ(茸飯) 秋10 二九七
キノミ(木の実) 秋10 三〇五
キノメ(きのめ) 春3 七五
キノメアエ(木の芽和《あへ》) 春3 七六
キノメデンガク(木の芽田楽) 春3 七六
キハチス(きはちす) 秋8 二六二
キバハジメ(騎馬始) 冬1 一四
キビ(黍) 秋9 二九二
キビショウチュウ(黍焼酎《せうちう》) 夏7 二二〇
キビノホ(黍の穂) 秋9 二九二
キビバタケ(黍畑) 秋9 二九二
キビヒク(黍引く) 秋9 二九二
キビラ(黄帷子) 夏7 二〇九
キブクレ(著ぶくれ) 冬[12] 三七六
ギフヂョウチン(岐阜提《ちやう》灯) 秋8 二五九
キボウ(既望《ばう》) 秋9 二八〇
ギボウシ(擬宝《ばう》珠) 夏5 一四四
キボケ(きぼけ) 秋10 三〇六
ギボシ(ぎぼし) 夏5 一四四
キマユ(黄繭) 夏5 一三五
ギヤク(瘧) 夏[7] 二三九
キャンピング(キャンピング) 夏7 二〇六
キャンプ(キャンプ) 夏7 二〇六
キュウカ(九《きう》夏) 夏5 一三〇
キュウシュウ(九秋《きうしう》) 秋8 二五四
キュウシュン(九《きう》春) 春2 四八
キュウショウガツ(旧正月《きうしやうぐわつ》) 春2 四九
キュウトウ(九《きう》冬) 冬11 三三六
キュウニュウキ(吸入《きふにふ》器) 冬[12] 三七三
キュウネン(旧《きう》年) 冬1 八
キュウリ(胡瓜《きうり》) 夏7 二一七
キュウリヅケ(胡瓜《きうり》漬) 夏7 二一八
キュウリナエ(胡瓜苗《きうりなへ》) 夏5 一三七
キュウリノハナ(胡瓜《きうり》の花) 夏6 一六〇
キュウリマク(胡瓜《きうり》蒔く) 春3 七三
キュウリモミ(胡瓜《きうり》もみ) 夏7 二一八
キョウエイ(競《きやう》泳) 夏7 二三三
キョウギボウシ(経《きやう》木帽《ばう》子) 夏6 一九五
ギョウギョウシ(行《ぎやう》々子) 夏6 一七八
ギョウズイ(行水《ぎやうずゐ》) 夏7 二二四
キョウソウ(競漕《きやうさう》) 春4 一一〇

キョウチクトウ（夾竹桃《けふ　たう》）　夏 7　二〇一
キョウナ（京菜《きやう》）　春 2　五六
キョウノアキ（今日《けふ》の秋）　秋 8　二五四
キョウノキク（今日《けふ》の菊）　秋 10　三一〇
キョウノツキ（今日《けふ》の月）　秋 9　二七九
キョウノハル（京《きやう》の春）　春 2　四八
ギョキ（御忌）　春 4　一一三
ギョキノカネ（御忌の鐘）　春 4　一一三
ギョキモウデ（御忌詣《まうで》）　春 4　一一三
キョクスイ（曲水《すゐ》）　春 3　六一
キョクスイノエン（曲水《すゐ》の宴）　春 3　六一
ギョケイ（御慶）　冬 1　一三
キョシキ（虚子忌）　春 4　一〇三
キョライキ（去来忌）　秋 10　三一二
キララムシ（雲母虫）　夏 7　二三六
キリ（霧）　秋 9　二八二
キリギリス（螽蟖）　秋 9　二七六
キリギリス（蛬）　秋 9　二七六
キリコ（切子）　秋 8　二五八
キリコ（切籠）　秋 8　二五八
キリゴタツ（切炬燵）　冬 12　三七一
キリコドウロウ（切子灯籠）　秋 8　二五八
キリサメ（霧雨）　秋 9　二八二
キリザンショウ（切山椒《せう》）　冬 1　一五
キリシマ（きりしま）　春 4　一二五
キリタンポ（きりたんぽ）　秋 10　二九九
キリノウミ（霧の海）　秋 9　二八二
キリノハナ（桐の花）　夏 5　一四六
キリノミ（桐の実）　秋 10　三〇八
キリヒトハ（桐一葉）　秋 8　二五四
キリボシ（切干）　冬 11　三四二
キリモチ（切餅）　冬 12　三九〇
キリンソウ（麒麟草《さう》）　夏 7　二四七
キレンジャク（黄連雀）　秋 10　三〇五
キワタ（木綿）　秋 10　三一七
キンカ（近火《くわ》）　冬 12　三八四
ギンガ（銀河）　秋 8　二五六
キンカン（金柑）　秋 10　三一八
ギンカン（銀漢）　秋 8　二五六
キンギョ（金魚）　夏 7　二二四
キンギョウリ（金魚売）　夏 7　二二五
キンギョソウ（金魚草《さう》）　夏 6　一七〇
キンギョダマ（金魚玉）　夏 7　二二五
キンギョバチ（金魚鉢）　夏 7　二二五
キンギョモ（金魚藻）　夏 7　二二五
キンシソウ（金糸草《さう》）　秋 8　二六七
キンジャク（金雀）　秋 10　三〇四
キンセンカ（金盞花《くわ》）　春 4　一一八
ギンナン（銀杏）　秋 10　三一三
キンビョウ（金屏《びやう》）　冬 12　三六九
ギンビョウ（銀屏《びやう》）　冬 12　三六九
キンビョウブ（金屏風《びやう》）　冬 12　三六九
ギンビョウブ（銀屏風《びやう》）　冬 12　三六九
キンプウ（金風）　秋 10　二九六
キンポウゲ（金鳳華）　春 4　一〇一
キンモクセイ（金木犀）　秋 9　二九三
ギンモクセイ（銀木犀）　秋 9　二九三
キンレイシ（錦茘枝）　秋 10　三〇八
キンレイシ（金鈴子）　秋 10　三二六
キンロウカンシャノヒ（勤労《らう》感謝の日）　冬 11　三四七

ギンロバイ（銀縷梅） 春2 五四

く・ク

クイツミ（食積《くひ》） 冬1 一四
クイナ（水鶏《くひな》） 夏[6] 一九四
クイナノス（水鶏《くひな》の巣） 夏6 一七一
クイナブエ（水鶏《くひな》笛） 夏6 一九四
クウカイキ（空海忌） 春4 一一四
クウヤキ（空也忌） 冬11 三四〇
クウヤネンブツ（空也念仏） 冬11 三四〇
クーラー（クーラー） 夏7 二二四
クガツ（九月《ぐわつ》） 秋9 二六九
クガツガヤ（九月《ぐわつ》蚊帳） 秋9 二八三
クキヅケ（茎漬） 冬[11] 三四二
クキノイシ（茎の石） 冬11 三四二
クキノオケ（茎の桶《をけ》） 冬11 三四二
ククタチ（茎立） 春3 七八
クグツマワシ（くぐつ廻《まは》し） 冬1 一八
クグツメ（傀儡女） 冬1 一九
クコ（枸杞） 春3 七七
クコツム（枸杞摘む） 春3 七七
ココノミ（枸杞の実） 秋10 三〇六
クコメシ（枸杞飯） 春3 七七
クサアオム（草青《あを》む） 春2 五八
クサイキレ（草いきれ） 夏7 二三〇
クサイチ（草市） 秋8 二五七
クサイチゴ（草苺） 夏6 一九〇
クサオボロ（草朧） 春4 九五
クサカグワシ（草芳《かぐは》し） 春4 一〇六
クサカゲロウ（草蜉蝣《かげろふ》） 秋[9] 二八二
クサカスム（草霞む） 春3 八二
クサカリ（草刈） 夏[6] 一八八
クサカリカゴ（草刈籠） 夏6 一八八
クサカリメ（草刈女） 夏6 一八八
クサカル（草刈る） 夏6 一八八
クサガレ（草枯） 冬12 三五四
クサギノハナ（臭木の花） 秋8 二六二
クサギノミ（臭木の実） 秋10 三〇九
クサシゲル（草茂る） 夏[6] 一八八
クサシミズ（草清水《みづ》） 夏7 二〇八
クサジラミ（草じらみ） 秋10 三三三
クサズモウ（草相撲《ずまふ》） 秋8 二六〇
クサツム（草摘む） 春3 八二
クサトリ（草取） 夏[6] 一七四
クサトリメ（草取女） 夏6 一七四
クサノニシキ（草の錦） 秋10 三三二
クサノハナ（草の花） 秋[9] 二八八
クサノホ（草の穂） 秋10 三三三
クサノミ（草の実） 秋[10] 三三三
クサノメ（草の芽） 春3 七一
クサノモミジ（草の紅葉《もみぢ》） 秋10 三三二
クサノワタ（草の絮） 秋10 三三三
クサバナ（草花） 秋9 二八八
クサバナウリ（草花売） 秋9 二八八
クサヒキ（草引） 夏6 一七四
クサヒバリ（草雲雀） 秋[9] 二七六
クサブエ（草笛） 夏[5] 一五一
クサボケ（草木瓜） 春4 九二
クサホス（草干す） 夏6 一八八
クサメ（嚔） 冬[12] 三七三
クサモエ（草萌） 春2 五八

クサモチ(草餅)	春	[4]	八九
クサモミジ(草紅葉《もみぢ》)	秋	10	三三二
クサヤ(草矢)	夏	[6]	一八八
クサヤク(草焼く)	春	2	五三
クサワカバ(草若葉)	春	4	一一三
クシガキ(串柿)	秋	10	三〇六
クジャクソウ(孔雀草《さう》)	夏	6	一九二
クジラ(鯨《くぢら》)	冬	[12]	三六五
クジラジル(鯨《くぢら》汁)	冬	12	三六五
クジラナベ(鯨《くぢら》鍋)	冬	12	三六五
クズ(葛)	秋	[9]	二七四
クスオチバ(樟落葉)	夏	5	一四一
クズカズラ(葛かづら)	秋	9	二七四
クズザクラ(葛桜)	夏	7	二一一
クズサラス(葛晒す)	冬	1	四〇
クズソウ(国栖奏《さう》)	春	2	五〇
クスダマ(薬玉)	夏	5	一三四
クズノハ(葛の葉)	秋	9	二七四
クズノハナ(葛の花)	秋	9	二七四
クズホル(葛掘る)	秋	[10]	三一七
クズマユ(屑《くづ》繭)	夏	5	一三五
クズマンジュウ(葛饅頭《ぢゆう》)	夏	[7]	二一一
クズミズ(葛水《みづ》)	夏	[7]	二一九
クズモチ(葛餅)	夏	[7]	二一一
クズユ(葛湯)	冬	[12]	三六〇
クスリガリ(薬狩)	夏	5	一三四
クスリグイ(薬喰《ぐひ》)	冬	[12]	三六二
クスリトリ(薬採)	夏	5	一三四
クスリノヒ(薬の日)	夏	5	一三四
クスリホル(薬掘る)	秋	[10]	三一六
クズレヤナ(崩《くづ》れ簗)	秋	10	三三三
クスワカバ(樟若葉)	夏	5	一四一
クダリアユ(下り鮎)	秋	10	三〇二
クダリヤナ(下り簗)	秋	[10]	三〇二
クチキリ(口切)	冬	11	三三七
クチナシ(山梔子)	秋	10	三〇八
クチナシノハナ (山梔子の花)	夏	6	一五六
クチナワ(くちなは)	夏	6	一九〇
クツワムシ(轡虫)	秋	[9]	二七六
クヌギノミ(櫟の実)	秋	10	三一一
クヌギモミジ(櫟黄葉《もみぢ》)	秋	10	三一一
クネンボ(九年母)	秋	10	三一八
グビジンソウ(虞美人草《さう》)	夏	5	一四五
クビマキ(首巻)	冬	12	三七七
クマ(熊)	冬	12	三六二
クマアナニイル (熊穴に入る)	冬	12	三六二
クマガイソウ(熊谷草《さう》)	春	4	一一八
クマガヤガサ(熊谷笠)	夏	7	二〇四
クマツキ(熊突)	冬	12	三六二
クマデ(熊手)	冬	11	三三八
クマノコ(熊の子)	冬	12	三六二
クマバチ(熊蜂)	春	4	一一三
クママツリ(熊祭)	冬	12	三六二
グミ(茱萸)	秋	10	三〇七
クミアゲ(組上)	夏	7	二二五
クモ(蜘蛛)	夏	[6]	一八〇
クモノイ(蜘蛛の囲《ゐ》)	夏	[6]	一八〇
クモノコ(蜘蛛の子)	夏	6	一八〇
クモノス(蜘蛛の巣)	夏	6	一八〇
クモノタイコ(蜘蛛の太鼓)	夏	6	一八〇

クモノミネ(雲の峰)　夏⑦　二〇一
クラゲ(海月)　夏⑦　二三三
クラゲ(水母)　夏7　二三三
グラジオラス
(グラジオラス)　夏6　一五三
クラベウマ(競馬)　夏6　一五四
クラマノタケキリ
(鞍馬の竹伐)　夏6　一八四
クラマノヒマツリ
(鞍馬火祭)　秋10　三一〇
クラマノレンゲエ
(鞍馬蓮華会《ゑ》)　夏6　一八四
クリ(栗)　秋10　三一一
クリスマス(クリスマス)　冬12　三八五
クリノハナ(栗の花)　夏6　一五六
クリバヤシ(栗林)　秋10　三一一
クリヒロイ(栗拾《ひろひ》)　秋10　三一一
クリメイゲツ(栗名月)　秋10　三一二
クリメシ(栗飯)　秋10　三一一
クリヤマ(栗山)　秋10　三一一
クルイザキ(狂ひ咲)　冬11　三四四
クルイバナ(狂ひ花)　冬11　三四四
クルカリ(来る雁)　秋9　二八五
クルマユリ(車百合)　夏7　二〇〇
クルミ(胡桃)　秋10　三一一
クレオソシ(暮遅し)　春4　八七
クレカヌル(暮かぬる)　春4　八七
クレノアキ(暮の秋)　秋10　三三四
クレノハル(暮の春)　春4　一二六
クレハヤシ(暮早し)　冬12　三四九
クローバ(クローバ)　春3　八四
クロダイ(黒鯛《だひ》)　夏⑥　一七七
クロッカス(クロッカス)　春2　五五
クロハエ(黒南風)　夏6　一六一
クロホ(黒穂)　夏5　一五〇
クロメ(黒菜)　夏7　二三四
クロメカル(黒菜刈る)　夏7　二三四
クロユリ(黒百合)　夏7　二〇〇
クロンボウ(黒ん坊《ばう》)　夏5　一五〇
クワ(桑《くは》)　春4　一一三
クワイ(慈姑《くわゐ》)　春3　七九
クワイホル(慈姑《くわゐ》掘る)　春3　七九
クワウウ(桑《くは》植う)　春3　八〇
クワカゴ(桑《くは》籠)　春4　一一三
クワククル(桑《くは》括る)　冬12　三五三
クワグルマ(桑《くは》車)　春4　一一三
クワツミ(桑《くは》摘)　春4　一一三
クワトク(桑《くは》解く)　春3　七六
クワノハナ(桑《くは》の花)　春4　一一三
クワノミ(桑《くは》の実)　夏6　一六五
クワノメ(桑《くは》の芽)　春3　七六
クワハジメ(鍬《くは》始)　冬1　二〇
クンシラン(君子蘭)　春2　五八
クンプウ(薫風)　夏6　一八三

け・ケ

ゲアキ(夏明)　秋8　二六〇
ケイコハジメ(稽古始)　冬1　一三
ゲイシュンカ(迎春花《くわ》)　春2　五七
ゲイセツエ(迎接会《ゑ》)　夏5　一三八
ケイダン(軽暖)　夏5　一三六

ケイチツ(啓蟄)　春3　六二
ケイト(競渡)　夏6　一五四
ケイトアム(毛糸編む)　冬12　三七九
ケイトウ(鶏頭)　秋9　二八五
ケイトウカ(鶏頭花《くわ》)　秋9　二八五
ケイトウマク(鶏頭蒔く)　春3　七三
ケイバ(競馬)　夏6　一五四
ケイモ(黄独)　秋10　三一六
ゲイリ(夏入)　夏5　一三九
ケイロウノヒ(敬老《らう》の日)　秋9　二七八
ゲガキ(夏書)　夏5　一三九
ゲガキオサメ(夏書納《をさめ》)　秋8　二六〇
ケガニ(毛蟹)　冬12　三六五
ケガワ(毛皮《がは》)　冬12　三七六
ケガワウリ(毛皮《がは》売)　冬12　三七六
ゲギョウ(夏行《ぎやう》)　夏5　一三九
ゲギョウ(夏経《ぎやう》)　夏5　一三九
ゲゲ(解夏)　秋8　二六〇
ゲゲバナ(五形花)　春3　八四
ゲゴモリ(夏籠)　夏5　一三九
ケゴロモ(毛衣)　冬12　三七六
ケサノアキ(今朝の秋)　秋8　二五四
ケサノハル(今朝の春)　冬1　八
ケサノフユ(今朝の冬)　冬11　三三六
ゲシ(夏至)　夏6　一八四
ゲジゲジ(蚰蜒《げぢげぢ》)　夏6　一八一
ケシズミ(消炭)　冬12　三六九
ケシノハナ(罌粟の花)　夏5　一四五
ケシノハナ(芥子の花)　夏5　一四五
ケシバタケ(罌粟畑)　夏5　一四五
ケシボウズ(罌粟坊《ばう》主)　夏5　一四五
ケシワカバ(罌粟若葉)　春4　一一三
ケシワカバ(芥子若葉)　春4　一一三
ケズリカケ(削《けづり》掛)　冬1　一〇
ケソウブミ(懸想《さう》文)　冬1　一九
ゲダチ(夏断)　夏5　一三九
ゲッカビジン(月下美人)　夏7　二四四
ケツゲ(結夏)　夏5　一三九
ケッセイ(結制)　夏5　一三九
ケット(ケット)　冬12　三七四
ゲヅトメ(夏勤)　夏5　一三九
ゲツメイ(月明)　秋9　二七九
ゲバナ(夏花)　夏5　一三九
ゲバナツミ(夏花摘)　夏5　一三九
ケボウシ(毛帽《ばう》子)　冬12　三七六
ケマンソウ(華鬘草《さう》)　春4　一一八
ケミ(毛見)　秋10　三〇一
ケミノシュウ(毛見の衆)　秋10　三〇一
ケムシ(毛虫)　夏7　二〇五
ケムシヤク(毛虫焼く)　夏7　二〇五
ケモモ(毛桃)　秋9　二九三
ケラ(螻蛄)　夏6　一六〇
ケラナク(螻蛄鳴く)　秋9　二七七
ゲンカン(厳寒)　冬1　四三
ケンギュウ(牽牛《ぎう》)　秋8　二五五
ケンギュウカ(牽牛花《ぎうくわ》)　秋8　二六三
ゲンゲ(紫雲英)　春3　八四
ゲンゲマク(紫雲英蒔く)　秋10　三一八
ゲンゲン(げんげん)　春3　八四
ケンコクキネンノヒ
(建国記念の日)　春2　五〇
ケンコクキネンビ

(建国記念日) 春2 五〇
ゲンゴロウ(源五郎《ろう》) 夏[6] 一七二
ゲンジボタル(源氏蛍) 夏6 一七一
ゲンチョ(玄猪) 冬11 三三八
ケンチンジル(巻繊汁) 冬[12] 三五九
ゲントウ(厳冬) 冬1 四三
ゲンノショウコ
(げんのしょうこ) 夏5 一四四
ゲンバクキ(原爆忌) 夏7 二五二
ゲンペイモモ(源平桃) 春4 九一
ケンポウキネンビ
(憲法《ぱふ》記念日) 春4 一二七
ケンミ(検見) 秋10 三〇一

こ・コ

コアユ(小鮎) 春3 六五
ゴアンゴ(後安居) 夏5 一三九
コイネコ(恋《こひ》猫) 春2 五三
コイノボリ(鯉《こひ》幟) 夏5 一三三
コイモ(子芋) 秋9 二八〇
コウギュウ(耕牛《かうぎう》) 春3 七二
コウサ(黄《くわう》沙) 春3 六〇
コウジ(柑《かう》子) 秋10 三一七
コウジノハナ(柑《かう》子の花) 夏6 一五五
コウジュサン(香《かう》薷散) 夏7 二三七
コウショッキ(紅蜀《しよく》葵) 夏7 二四五
コウジン(黄塵《くわうぢん》) 春3 六〇
コウジン(耕《かう》人) 春3 七二
コウスイ(香水《かうすゐ》) 夏[7] 二三八
コウゾムス(楮《かうぞ》蒸す) 冬[12] 三七九
コウタンサイ(降《かう》誕祭) 冬12 三八五
ゴウナ(がうな) 春4 九九
コウバ(耕《かう》馬) 春3 七二
コウバイ(紅梅) 春2 五七
コウホネ(河《かう》骨) 夏6 一七三
コウマ(仔馬) 春[4] 一〇六
コウメ(小梅) 夏6 一六六
コウモリ(蝙蝠《かうもり》) 夏[6] 一八三
コウヤドウフ(高《かう》野豆腐) 冬1 三一九
コウヤヒジリ(高《かう》野聖) 夏6 一七二
コウラク(黄《くわう》落) 冬11 三四五
コウリャン(高《かう》粱) 秋9 二九二
コート(コート) 冬[12] 三七八
コーヒーノハナ(珈琲の花) 春[4] 一一六
コオリ(氷《こほり》) 冬[1] 三一七
コオリアズキ(氷小豆《こほりあづき》) 夏7 二一九
コオリイチゴ(氷《こほり》苺) 夏7 二一九
コオリウリ(氷《こほり》売) 夏7 二一九
コオリガシ(氷菓子《こほりぐわ》) 夏7 二一九
コオリゴンニャク
(氷《こほり》蒟蒻) 冬1 三一九
コオリスベリ(氷《こほり》滑り) 冬1 三一八
コオリドウフ(氷《こほり》豆腐) 冬1 三一九
コオリトク(氷《こほり》解く) 春2 五一
コオリドケ(氷《こほり》解) 春2 五一
コオリバシラ(氷《こほり》柱) 夏7 三一七
コオリミズ(氷水《こほりみづ》) 夏[7] 二一九
コオリミセ(氷《こほり》店) 夏7 二一九
コオリモチ(氷《こほり》餅) 夏[7] 二三三
コオリレモン(氷《こほり》レモン) 夏7 二一九
コオル(凍《こほ》る) 冬[1] 三三

コオロギ(蟋蟀《こほろぎ》)　秋9(囲み)　二七五
コガイ(蚕飼《がひ》)　春4　一二三
ゴガツ(五月《ぐわつ》)　夏5　一三〇
ゴガツニンギョウ
(五月《ぐわつ》人形《ぎやう》)　夏5　一三三
ゴガツノボリ(五月《ぐわつ》幟)　夏5　一三三
ゴガツバショ(五月《ぐわつ》場所)　夏5　一三六
コガネムシ(金亀子)　夏7(囲み)　二〇四
コガネムシ(金亀虫)　夏7　二〇四
コカマキリ(子蟷螂)　夏6　一七九
コガラ(小雀)　秋10(囲み)　三〇五
コガラシ(凩)　冬11　三四六
コガラシ(木枯)　冬11　三四六
コガラス(子烏)　夏6　一六八
コガラメ(こがらめ)　秋10　三〇五
コギイタ(胡鬼板)　冬1　一七
コギク(小菊)　秋10　三一〇
コギノコ(胡鬼の子)　冬1　一七
ゴキブリ(ごきぶり)　夏6　一八一
ゴクゲツ(極月)　冬12　三八六
ゴクショ(極暑)　夏7　二三九
コクゾウ(穀象《ざう》)　夏5(囲み)　一五二
コケシミズ(苔清水《みづ》)　夏7　二〇八
コケノハナ(苔の花)　夏6　一六二
コゴメザクラ(小米桜)　春4　一一五
コゴメバナ(小米花)　春4　一一五
コゴメユキ(小米雪)　冬1　一四
コゴリブナ(凝鮒)　冬1　三九
コジカ(子鹿)　夏6　一八七
コジカ(小鹿)　秋10　三三二
コシタヤミ(木下闇)　夏6(囲み)　一八七
コシツ(蚕室)　春4　一二三
コシブトン(腰蒲団)　冬12　三七四
コシュ(古酒)　秋10　二九九
コショウガツ(小正月《しやうぐわつ》)　冬1　三三
ゴショウキ(御正《しやう》忌)　冬11　三四八
ゴスイ(午睡)　夏7　二三九
コスズメ(子雀)　春4　一二三
コスモス(コスモス)　秋9　二八九
ゴセングウ(御遷宮)　秋9　二七八
コゾ(去年)　冬1　八
コゾコトシ(去年今年)　冬1　八
コタツ(炬燵)　冬12(囲み)　三七一
コタツフサグ(炬燵塞ぐ)　春3　六九
コタツブトン(炬燵蒲団)　冬12　三七一
コダナ(蚕棚)　春4　一二三
コチ(東風)　春3(囲み)　六二
コチ(鯒)　夏6(囲み)　一七七
コチャ(古茶)　夏5　一三四
コチョウ(胡蝶《てふ》)　春4　一〇九
コチョウカ(胡蝶花《てふくわ》)　春4　一〇二
コチョウラン(こてふ蘭)　夏7　二四五
コッカン(酷《こく》寒)　冬1　四三
コツバメ(子燕)　夏6　一六八
コデマリ(こでまり)　春4　一一五
コデマリノハナ
(小粉団の花)　春4　一一五
コトシ(今年)　冬1　八
コトシザケ(今年酒)　秋10　二九八
コトシダケ(今年竹)　夏6　一九三
コトシマイ(今年米)　秋10　二九八
コトシワタ(今年綿)　秋10　三一七

コトシワラ(今年藁)　秋10　三一四
コトノバラ(小殿原)　冬1　一五
コトハジメ(事始)　冬12　三六一
コトハジメ(琴始)　冬1　二三
コドモノヒ(子供の日)　夏5　一三三
コトリ(小鳥)　秋[10]　三〇三
コトリアミ(小鳥網)　秋10　三一三
コトリガリ(小鳥狩)　秋10　三一三
コトリクル(小鳥来る)　秋10　三〇三
コトリヒク(小鳥引く)　春3　六七
コナ(小菜)　秋9　二九二
コナジル(小菜汁)　秋9　二九二
コナユキ(粉雪)　冬1　三四
コネコ(子猫)　春4　一一三
コノハ(木の葉)　冬[11]　三四六
コノハアメ(木の葉雨)　冬11　三四六
コノハガミ(木の葉髪)　冬[11]　三四六
コノハチル(木の葉散る)　冬11　三四六
コノミ(木の実)　秋[10]　三〇五
コノミアメ(木の実雨)　秋10　三一〇
コノミウウ(木の実植う)　春2　五四
コノミオツ(木の実落つ)　秋10　三一〇
コノミシグレ(木の実時雨)　秋10　三一〇
コノミヒロウ(木の実拾ふ)　秋10　三一〇
コノミフル(木の実降る)　秋10　三一〇
コノメ(木の芽)　春3　七五
コノメカゼ(木の芽風)　春3　七五
コノメドキ(木の芽時)　春3　七五
コノメフク(木の芽吹く)　春3　七五
コノワタ(海鼠腸)　冬[12]　三六七
ゴバイシ(五倍子)　秋10　三〇八
コハギ(小萩)　秋9　二七四
コハモ(小鱧)　夏7　二三二
コハル(小春)　冬11　三四四
コハルビ(小春日)　冬11　三四四
コハルビヨリ(小春日和)　冬11　三四四
コバンソウ(小判草《さう》)　夏6　一八九
コブシ(辛夷)　春4　九二
ゴボウ(牛蒡《ばう》)　秋10　三一五
ゴボウヒク(牛蒡《ばう》引く)　秋[10]　三一五
ゴボウホル(牛蒡《ばう》掘る)　秋10　三一五
ゴボウマク(牛蒡《ばう》蒔く)　春3　七四
コボレハギ(こぼれ萩)　秋9　二七四
コマ(独楽)　冬1　一七
コマ(こま)　夏6　一八五
ゴマ(胡麻)　秋9　二九二
コマイ(氷下魚)　冬[1]　三八
コマイツル(氷下魚釣る)　冬1　三八
ゴマカル(胡麻刈る)　秋9　二九二
コマクサ(駒草)　夏7　二四八
ゴマタタク(胡麻叩く)　秋9　二九二
コマツナギ(駒繋)　夏7　二四九
コマツビキ(小松引)　冬1　二九
コマドリ(駒鳥)　夏[6]　一八五
コマドリ(知更鳥)　夏6　一八五
コマノツメ(駒の爪)　秋10　三一三
ゴマノハナ(胡麻の花)　夏7　二四一
ゴマホス(胡麻干す)　秋9　二九二
ゴマメ(ごまめ)　冬1　一五
ゴミナマズ(ごみ鯰《なまづ》)　夏6　一六三
コムギ(小麦)　夏5　一五〇
ゴモクズシ(五目鮓)　夏7　二三二

コモチスズメ(子持雀) 春4 一〇六
コモチヅキ(小望月) 秋9 二七九
コモチハゼ(子持鯊) 春3 六五
コモチマキ(菰粽) 夏5 一三三
コモノメ(菰の芽) 春3 七二
コモムシロ(菰筵) 秋8 二五八
コヤマブキ(濃山吹) 春4 一一四
コユキ(小雪) 冬1 一四
ゴヨウオサメ(御用納《をさめ》) 冬12 三八九
ゴヨウハジメ(御用始) 冬1 一四
コヨミウリ(暦売) 冬12 三八六
コヨリジュバン(紙捻襦袢) 夏7 二一〇
ゴライゴウ(御来迎《がう》) 夏7 二〇八
ゴリ(鮴) 夏[6] 一六三
ゴリ(鮖) 夏6 一六三
ゴリジル(鮴汁) 夏6 一六三
コレラ(コレラ) 夏[7] 二三九
コレラブネ(コレラ船) 夏7 二三九
コロクガツ(小六月《ぐわつ》) 冬11 三四四
コロモウツ(衣打つ) 秋10 三一三
コロモガエ(更衣《がへ》) 夏5 一三一
コンギク(紺菊) 秋10 三一一
ゴンギリ(五寸切) 夏7 二二三
コンニャクウウ(蒟蒻植う) 春4 一二〇
コンニャクホス(蒟蒻干す) 冬11 三四三
コンニャクホル(蒟蒻掘る) 冬11 三四三
コンブ(昆布) 夏[7] 二二四
コンブカリ(昆布刈) 夏7 二二四
コンブホス(昆布干す) 夏7 二二四

さ・サ

サイカクキ(西鶴忌) 秋9 二七二
サイカチ(皂角子) 秋10 三〇九
サイカチムシ
(さいかちむし) 夏7 二〇五
サイギョウキ(西行《ぎやう》忌) 春3 六六
サイゾウ(才蔵《ざう》) 冬1 一八
サイダー(サイダー) 夏[7] 二二〇
サイタン(歳旦) 冬1 八
サイネリヤ(サイネリヤ) 春4 一〇二
サイバン(歳晩) 冬12 三九〇
サイヒョウ(採氷) 冬[1] 三八
サイヒョウセン(砕氷船) 冬[1] 三八
サイマツ(歳末) 冬12 三九〇
ザイマツリ(在祭) 秋10 三一〇
サイレイ(祭礼) 夏5 一三八
サエカエル(冴《かへ》返る) 春2 五三
サエズリ(囀《さへづり》) 春[4] 一〇四
サオシカ(さ牡《を》鹿) 秋10 三三二
サオトメ(早乙《をと》女) 夏6 一六九
サカイノヨイチ(堺《さかひ》の夜市) 夏7 二四〇
サカキノハナ(榊の花) 夏6 一五七
サカズキナガシ(盃《さかづき》流し) 春3 六一
サガネンブツ(嵯峨念仏) 春4 一〇七
サギソウ(鷺草《さう》) 夏7 二四七
サギチョウ(左義長《ちやう》) 冬1 三一
サキナマス(裂鱠) 秋9 二八六
サギノス(鷺の巣) 春4 一〇五
サギリ(さ霧) 秋9 二八二

サクフウ（朔風） 冬12 三八〇
サクラ（桜） 春4 九六
サクライカ（桜烏賊） 春4 九七
サクラウグイ（桜鰄《うぐひ》） 春4 九七
サクラガイ（桜貝《がひ》） 春[4] 九九
サクラガリ（桜狩） 春4 九六
サクラシベフル（桜蘂降る） 春4 一二四
サクラソウ（桜草《さう》） 春4 一〇一
サクラダイ（桜鯛《だひ》） 春4 九七
サクラタデ（桜蓼） 秋8 二六六
サクラヅケ（桜漬） 春4 九七
サクラナベ（桜鍋） 冬[12] 三五九
サクラノミ（桜の実） 夏6 一六五
サクラビト（桜人） 春4 九六
サクラモチ（桜餅） 春[4] 八九
サクラモミジ（桜紅葉《もみぢ》） 秋10 二九七
サクラユ（桜湯） 春4 九七
サクランボ（さくらんぼ） 夏6 一六五
ザクロ（石榴） 秋10 三〇六
ザクロノハナ（石榴の花） 夏6 一五六
サケ（鮭） 秋[9] 二八七
サケゴヤ（鮭小屋） 秋9 二八七
サケノカス（酒の粕） 冬12 三五八
サザエ（栄螺） 春[4] 九九
ササグリ（ささ栗） 秋10 三一一
ササゲ（豇豆） 秋8 二六四
ササコ（笹子） 冬12 三六四
ササチマキ（笹粽） 夏5 一三三
ササナキ（笹鳴） 冬[12] 三六四
ササノコ（笹の子） 夏5 一四二
サザンカ（山茶花《くわ》） 冬11 三三九
サシキ（挿木） 春3 八〇
ザシキノボリ（座敷幟） 夏5 一三三
サシバ（刺羽） 秋10 三〇二
サシホ（挿穂） 春3 八〇
サツオ（猟夫《を》） 冬12 三六二
サツキ（杜鵑花） 夏6 一五三
サツキ（皐月） 夏6 一五三
サツキアメ（五月雨） 夏6 一六一
サツキガワ（五月川《がは》） 夏6 一七五
サツキゴイ（五月鯉《ごひ》） 夏5 一三三
サツキバレ（五月晴） 夏6 一九四
サツキフジ（皐月富士） 夏6 一九七
サツキヤミ（五月闇） 夏6 一六一
サッスイシャ（撒水《すゐ》車） 夏[7] 二二三
サツマイモ（さつまいも） 秋10 三一六
サツマジョウフ（薩摩上《じやう》布） 夏7 二〇九
サトイモ（里芋） 秋9 二八〇
サトウキビ（甘蔗《さたうきび》） 秋9 二九二
サトウキビ（砂糖《たう》黍） 秋9 二九二
サトウミズ（砂糖水《たうみづ》） 夏[7] 二一九
サトカグラ（里神楽） 冬12 三六一
サトサガリ（里下り） 冬1 三三
サトマツリ（里祭） 秋10 三一〇
サトワカバ（里若葉） 夏5 一四〇
サナエ（早苗《なへ》） 夏6 一六八
サナエカゴ（早苗《なへ》籠） 夏6 一六八
サナエタバ（早苗《なへ》束） 夏6 一六八
サナエトリ（早苗《なへ》取） 夏6 一六八
サナエビラキ（早苗《なへ》開） 夏6 一六九
サナエブネ（早苗《なへ》舟） 夏6 一六八

サナブリ(早苗饗)　夏6　一六九
サネカズラ(南五味子《さねかづら》)　秋10　三一七
サネカズラ(真葛《かづら》)　秋10　三一七
サネトモキ(実朝忌)　春2　五九
サバ(鯖)　夏[5]　一四九
サバズシ(鯖鮓)　夏7　二一三
サバツリ(鯖釣)　夏5　一四九
サビアユ(錆鮎)　秋10　三〇二
サビタノハナ(さびたの花)　夏7　二五〇
サフランノハナ
　(泊夫藍の花)　春2　五五
サボテン(仙人掌)　夏7　二四四
サボテン(覇王樹)　夏7　二四四
ザボン(朱欒)　秋10　三一七
ザボンノハナ(朱欒の花)　夏6　一五五
サミセングサ(三味線草)　春3　八四
サミダルル(さみだるる)　夏6　一六一
サミダレ(五月雨)　夏6　一六一
サムサ(寒さ)　冬[12]　三五二
サムゾラ(寒空)　冬12　三五〇
サモモ(早桃)　夏7　二一六
サヤインゲン(莢隠元)　秋8　二六四
サヤエンドウ(莢豌《えん》豆)　夏5　一四三
サヤケシ(さやけし)　秋9　二九三
サユリ(早百合)　夏7　二〇〇
サユル(冴ゆる)　冬[1]　一三
サヨギヌタ(小夜砧)　秋10　三一三
サヨシグレ(小夜時雨)　冬11　三四六
サヨチドリ(小夜千鳥)　冬12　三六四
サヨリ(鱵)　春2　五三
サラサボケ(更紗木瓜)　春4　九三
サラシ(晒布)　夏[7]　二一〇
サラシ(晒)　夏7　二一〇
サラシイ(晒井《ゐ》)　夏[7]　二二七
サラシガワ(晒川《がは》)　夏7　二一〇
サラシドキ(晒時)　夏7　二一〇
サルザケ(猿酒)　秋10　三三〇
サルスベリ(百日紅)　夏7　二五〇
サルトリイバラノハナ
　(菝葜の花)　春4　一二六
サルトリノハナ
　(さるとりの花)　春4　一二六
サルビア(サルビア)　夏6　一九二
サルヒキ(猿曳)　冬1　一八
サルヒョウ(猿瓢《へう》)　秋10　三〇八
サルマワシ(猿廻《まは》し)　冬1　一八
サワガニ(沢《さは》蟹)　夏6　一六四
サワヤカ(爽やか)　秋[9]　二九三
サワラ(鰆《さはら》)　春[3]　七七
サワラビ(早蕨)　春3　八三
ザンオウ(残鶯《あう》)　夏6　一八五
サンカ(三夏)　夏5　一三〇
サンガ(蚕蛾)　夏5　一三五
サンガ(参賀)　冬1　一二
ザンカ(残花《くわ》)　春4　一二四
サンガツ(三月《ぐわつ》)　春3　六〇
サンガツダイコン
　(三月《ぐわつ》大根)　春4　八九
サンガツナ(三月《ぐわつ》菜)　春4　八九
サンガニチ(三ヶ日)　冬1　二四
サンカンシオン(三寒四温《をん》)　冬[1]　三三
ザンギク(残菊)　秋10　三三三

サンキライノハナ（山帰来の花） 春4 一三六
サングラス（サングラス） 夏[7] 二〇四
サンゴソウ（珊瑚草《さう》） 秋10 三三二
サンザシノハナ
（山査子の花） 春4 一一五
サンシキスミレ（三色菫） 春4 一〇三
サンジャクネ（三尺寝） 夏7 二三九
サンジャマツリ（三社祭） 夏5 一三九
サンシュウ（三秋《しう》） 秋8 二五四
サンシュユノハナ
（山茱萸の花） 春2 五八
サンシュン（三春） 春2 四八
ザンショ（残暑） 秋8 二六一
サンショウウオ（山椒《せう》魚《うを》） 夏[6] 一六四
サンショウノハナ
（山椒《せう》の花） 春4 九三
サンショウノミ（山椒《せう》の実） 秋10 三〇九
サンショウノメ（山椒《せう》の芽） 春3 七六
サンショノメ
（さんしょのめ） 春3 七六
ザンセツ（残雪） 春2 五一
サントウ（三冬） 冬11 三三六
サンノウマ（三の午） 春2 四九
サンノウマツリ（山王《わう》祭） 春4 一〇七
サンノカワリ（三の替《かはり》） 春2 四九
サンノトラ（三の寅） 冬1 二九
サンノトリ（三の酉） 冬11 三三八
サンバングサ（三番草） 夏6 一七四
サンプク（三伏） 夏7 二二九
サンペイジル（三平汁） 冬[12] 三五八
サンマ（秋刀魚） 秋[9] 二八六
サンランシ（蚕卵紙） 春4 一二三

し・シ

シイオチバ（椎《しひ》落葉） 夏5 一四一
シイタケ（椎《しひ》茸） 秋10 二九八
シイノアキ（椎《しひ》の秋） 秋10 三三一
シイノハナ（椎《しひ》の花） 夏6 一五六
シイノミ（椎《しひ》の実） 秋10 三三一
シイヒロウ（椎《しひ》拾ふ） 秋10 三三一
シイワカバ（椎《しひ》若葉） 夏5 一四一
シオアビ（潮《しほ》浴） 夏7 二三三
シオザケ（塩《しほ》鮭） 冬[12] 三六七
シオヒ（汐《しほ》干） 春4 九八
シオヒガタ（汐《しほ》干潟） 春4 九八
シオヒガリ（汐《しほ》干狩） 春4 九八
シオビキ（しほびき） 冬12 三六七
シオマネキ（汐《しほ》まねき） 春[4] 一〇〇
シオン（紫苑《をん》） 秋9 二八八
シカ（鹿） 秋[10] 三三二
シカガリ（鹿狩） 冬12 三六二
シカケハナビ（仕掛花火） 秋8 二六一
シガツ（四月《ぐわつ》） 春4 八七
シガツバカ（四月《ぐわつ》馬鹿） 春4 八八
シカノコエ（鹿の声《こゑ》） 秋10 三三二
シカノツノキリ（鹿の角切） 秋10 三三二
シカブエ（鹿笛） 秋10 三三二
シカヨセ（鹿寄） 秋10 三三二
シギ（鴫） 秋[10] 三〇三
シキキ（子規忌） 秋9 二八一

ジギタリス(ジギタリス)　夏 6　一七〇
シキブノミ(式部の実)　秋 10　三〇九
シキマツバ(敷松葉)　冬 [12]　三八一
シキミノハナ(樒の花)　春 4　一一六
シギヤキ(鴫焼)　夏 7　二四四
シクラメン(シクラメン)　春 [4]　一〇二
シグレ(時雨)　冬 [11]　三四六
シグレキ(時雨忌)　冬 11　三四〇
シゲリ(茂)　夏 [6]　一八六
シゴトハジメ(仕事始)　冬 1　一〇
シシ(猪)　秋 10　三三三
シシガキ(鹿垣)　秋 [10]　三〇一
シシガキ(猪垣)　秋 10　三〇一
シシガシラ(獅子頭)　冬 1　一八
シシガリ(猪狩)　冬 12　三六二
シシナベ(猪鍋)　冬 [12]　三六三
シシマイ(獅子舞《まひ》)　冬 1　一八
シジミ(蜆)　春 [3]　六四
シジミウリ(蜆売)　春 3　六四
シジミカキ(蜆掻)　春 3　六四
シジミジル(蜆汁)　春 3　六四
シジミトリ(蜆採)　春 3　六四
シジミブネ(蜆舟)　春 3　六四
シジュウカラ(四十《じふ》雀)　秋 [10]　三〇四
シズリユキ(しづり雪)　冬 1　三四
ジゼンナベ(慈善鍋)　冬 12　三八五
シソ(紫蘇)　夏 6　一六六
ジゾウエ(地蔵《ぢざう》会《ゑ》)　秋 8　二六五
ジゾウボン(地蔵《ぢざう》盆)　秋 8　二六五
ジゾウマイリ(地蔵参《ぢざうまゐり》)　秋 8　二六五
ジゾウマツリ(地蔵《ぢざう》祭)　秋 8　二六五
シソノハ(紫蘇の葉)　夏 6　一六六
シソノミ(紫蘇の実)　秋 9　二九一
シダ(歯朶)　冬 1　一六
ジダイマツリ(時代祭)　秋 10　三二〇
シダカリ(歯朶刈)　冬 12　三八七
シタタリ(滴り)　夏 [7]　二〇八
シタモエ(下萌)　春 2　五八
シタモミジ(下紅葉《もみぢ》)　秋 10　三三九
シタヤミ(下闇)　夏 6　一八七
シダレザクラ(枝垂桜)　春 3　六八
シチガツ(七月《ぐわつ》)　夏 7　一九九
シチゴサン(七五三)　冬 11　三四〇
シチフクジンマイリ(七福神詣《まゐり》)　冬 1　一一
シチフクマイリ(七福詣《まゐり》)　冬 1　一一
シチヘンゲ(七変化)　夏 6　一五七
シデウツ(しで打つ)　秋 10　三一三
シトド(鵐)　秋 10　三〇四
シドミノハナ(樝子の花)　春 4　九二
シネシブ(しねしぶ)　秋 8　二六六
シネラリヤ(シネラリヤ)　春 4　一〇二
ジネンジョ(じねんじよ)　秋 10　三一六
シノゴヤ(篠小屋)　夏 7　二〇六
シバカリ(芝刈)　夏 6　一九一
シバグリ(柴栗)　秋 10　三一一
シバザクラ(芝桜)　春 4　一〇一
シバヤク(芝焼く)　春 2　五三
ジヒシンチョウ(慈悲心鳥《てう》)　夏 6　一八五
シヒツ(試筆)　冬 1　一九
シブアユ(渋鮎)　秋 10　三〇二
シブウチワ(渋団扇《うちは》)　夏 7　二〇三

シブガキ(渋柿) 秋10 三〇六
シブツキ(渋搗) 秋8 二六六
シブトリ(渋取) 秋[8] 二六六
シホウハイ(四方《はう》拝) 冬1 一二
シマキ(しまき) 冬[1] 三六
シマノアキ(島の秋) 秋8 二五四
シマノナツ(島の夏) 夏5 一三〇
シマノハル(島の春) 春2 四八
シマバラタユウノドウチュウ
(島原太夫道《たいふのだう》中) 春4 一一四
シマンロクセンニチ
(四万六千日) 夏7 二〇六
シミ(紙魚) 夏7 二三六
シミ(衣魚) 夏7 二三六
シミ(蠹) 夏7 二三六
シミズ(清水《みづ》) 夏[7] 二〇八
シミドウフ(凍豆腐) 冬1 三九
ジムシ(地《ぢ》虫) 春3 六二
ジムシアナヲイズ
(地《ぢ》虫穴を出づ) 春3 六二
ジムシイズ(地《ぢ》虫出づ) 春3 六二
ジムシナク(地《ぢ》虫鳴く) 秋[9] 二七七
ジムハジメ(事務始) 冬1 二〇
シメカザリ(注連飾) 冬1 一五
シメカザル(注連飾る) 冬12 三八八
シメジ(湿地《ぢ》) 秋10 二九八
シメツクリ(注連作) 冬12 三八七
シメトル(注連取る) 冬1 三一
シメノウチ(注連の内) 冬1 三一
シメモライ(注連貰《もらひ》) 冬1 三一
シモ(霜) 冬[12] 三八一
シモガコイ(霜囲《がこひ》) 冬12 三八一
シモガレ(霜枯) 冬[12] 三五四
シモクスベ(霜くすべ) 春4 一一二
シモクレン(紫木蓮) 春4 九二
シモシズク(霜雫《しづく》) 冬12 三八一
シモツキ(霜月) 冬12 三四九
シモツケ(繍線菊) 夏6 一五七
シモドケ(霜解) 冬12 三八一
シモナギ(霜凪) 冬12 三八一
シモノコエ(霜の声《こゑ》) 冬12 三八一
シモノナゴリ(霜の名残) 春4 一一二
シモバシラ(霜柱) 冬[12] 三八一
シモバレ(霜腫) 冬1 三三
シモバレ(霜晴) 冬12 三八一
シモヤケ(霜焼) 冬[1] 三三
シモヨ(霜夜) 冬[12] 三八一
シモヨケ(霜除) 冬[12] 三八一
シャガ(著莪) 夏6 一五四
シャカイナベ(社会《くわい》鍋) 冬12 三八五
ジャガイモ(馬鈴薯) 秋[10] 三一六
ジャガイモノハナ
(馬鈴薯の花) 夏6 一九〇
ジャガタライモ
(じゃがたらいも) 秋10 三一六
ジャガタラノハナ
(じゃがたらの花) 夏6 一九〇
シャクトリ(尺蠖) 夏[6] 一八七
シャクナゲ(石南花) 春4 一二五
シャクナゲ(石楠花) 春4 一二五
シャクヤク(芍薬) 夏5 一四三
シャクヤクノメ(芍薬の芽) 春3 七二

シャコ(蝦蛄)	夏[5]	一四九
ジャスミン(ジャスミン)	夏7	二五〇
シャバオリ(紗羽織)	夏6	一九五
シャボンダマ(石鹸玉)	春[4]	一一〇
シャラノハナ(沙羅の花)	夏7	二五〇
ジュウイチガツ(十《じふ》一月《ぐわつ》)	冬11	三三六
シュウカイドウ(秋《しう》海棠《だう》)	秋9	二八八
ジュウガツ(十月《じふぐわつ》)	秋10	二九五
シュウコウ(秋耕《しうかう》)	秋[10]	三一八
シュウコウ(秋郊《しうかう》)	秋10	二九六
ジュウゴニチガユ(十《じふ》五日粥)	冬1	一三
ジュウゴヤ(十《じふ》五夜)	秋9	二七九
ジュウサンマイリ(十《じふ》三詣《まゐり》)	春4	一〇七
ジュウサンヤ(十《じふ》三夜)	秋10	三一二
シュウシ(秋《しう》思)	秋[10]	二九六
シュウスイ(秋水《しうすゐ》)	秋9	二九四
シュウセイ(秋《しう》声)	秋10	二九六
シュウセン(鞦《しう》韆)	春[4]	一一〇
シュウセン(秋《しう》千)	春4	一一〇
シュウセンノヒ(終戦の日)	秋8	二五九
ジュウヅメ(重《ぢゆう》詰)	冬1	一四
シュウテン(秋《しう》天)	秋10	二九六
シュウトウ(秋《しう》灯)	秋9	二七一
シュウトウ(秋《しう》燈)	秋9	二七一
ジュウニガツ(十《じふ》二月《ぐわつ》)	冬12	三四九
ジュウニヒトエ(十《じふ》二単《ひとへ》)	春4	一一九
ジュウハチササゲ(十《じふ》八豇豆)	秋8	二六四
シュウブンノヒ(秋《しう》分の日)	秋9	二八四

ジュウヤ(十《じふ》夜)	冬11	三三八
ジュウヤガユ(十《じふ》夜粥)	冬11	三三八
ジュウヤク(十《じふ》薬)	夏6	一五九
シュウラン(秋《しう》蘭)	秋9	二八九
シュウリョウ(秋涼《しうりやう》)	秋8	二六二
シュウリン(秋《しう》霖)	秋10	二九七
シュウレイ(秋《しう》冷)	秋9	二九四
ジュウロクササゲ(十《じふ》六豇豆)	秋8	二六四
ジュウロクムサシ(十《じふ》六むさし)	冬1	一八
シュクキ(淑気)	冬1	一〇
ジュクシ(熟柿)	秋10	三〇六
ジュケン(受験)	春3	六四
ジュズダマ(数珠玉)	秋10	三一〇
シュトウ(種痘)	春4	九〇
ジュヒョウ(樹氷)	冬12	三八三
シュロ(手炉)	冬12	三七二
シュロノハナ(棕櫚の花)	夏5	一四六
シュロハグ(棕櫚剝ぐ)	冬11	三四一
シュンイン(春陰)	春[4]	九七
シュンギク(春菊)	春2	五五
シュンギク(茼蒿)	春2	五五
シュンギョウ(春暁《げう》)	春[4]	九四
シュンゲツ(春月)	春4	九五
シュンコウ(春光《くわう》)	春[4]	一〇八
シュンコウ(春江《かう》)	春3	六五
シュンコウ(春郊《かう》)	春3	八二
シュンサイ(蓴菜)	夏6	一七三
シュンジツ(春日)	春4	八七
シュンシュウ(春愁《しう》)	春[4]	一一一

シュンショウ（春宵《せう》） 春4 九四
シュンショク（春色） 春4 一〇八
シュンジン（春塵《ぢん》） 春[3] 六七
シュンスイ（春水《すゐ》） 春3 六三
シュンセイキ（春星忌） 冬12 三八五
シュンセツ（春雪） 春3 六一
シュンソウ（春草《さう》） 春4 一〇六
シュンチュウ（春昼《ちう》） 春[4] 九四
シュンチョウ（春潮《てう》） 春[4] 九八
シュンデイ（春泥） 春[3] 七一
シュントウ（春灯） 春[4] 九四
シュントウ（春燈） 春4 九四
シュンブンノヒ（春分の日） 春3 六八
シュンミン（春眠） 春[4] 一二一
シュンヤ（春夜） 春4 九四
シュンライ（春雷） 春[3] 六二
シュンラン（春蘭） 春3 八五
シュンリン（春霖） 春3 七一
ショウカ（銷《せう》夏） 夏7 二三五
ショウガ（生《しやう》姜） 秋[9] 二九一
ショウガイチ（生《しやう》姜市） 秋9 二七二
ショウガザケ（生《しやう》姜酒） 冬[12] 三六一
ショウガツ（正月《しやうぐわつ》） 冬1 八
ショウガツバショ
　（正月《しやうぐわつ》場所） 冬1 三〇
ショウカン（小《せう》寒） 冬1 二五
ショウカンスゴロク
　（陞官《くわん》双六） 冬1 一八
ショウコンサイ（招《せう》魂祭） 春4 一一四
ジョウサイウリ（定《ぢやう》斎売） 夏[7] 二三七
ジョウサイヤ（定《ぢやう》斎屋） 夏7 二三七
ショウジ（障《しやう》子） 冬[12] 三六九
ジョウシ（上《じやう》巳） 春3 六〇
ショウジアラウ
　（障《しやう》子洗ふ） 秋[10] 三三五
ショウジハズス
　（障《しやう》子はづす） 夏6 一九七
ショウジハル（障《しやう》子貼る） 秋[10] 三三五
ショウジョウボク
　（猩々《しやうじやう》木） 冬12 三八五
ジョウゾク（上《じやう》蔟） 夏5 一三五
ショウチュウ（焼酎《せうちう》） 夏[7] 二二〇
ジョウドウエ（成道《じやうだう》会《ゑ》） 冬12 三五六
ジョウドスゴロク
　（浄《じやう》土双六） 冬1 一八
ショウブ（菖《しやう》蒲） 夏5 一三三
ジョウフ（上《じやう》布） 夏7 二〇九
ショウブイケ（菖《しやう》蒲池） 夏6 一五三
ショウブエン（菖《しやう》蒲園《ゑん》） 夏6 一五三
ショウブカル（菖《しやう》蒲刈る） 夏5 一三三
ショウブネワケ
　（菖《しやう》蒲根分） 春3 七五
ショウブノセック
　（菖《しやう》蒲の節句） 夏5 一三三
ショウブノヒ（菖《しやう》蒲の日） 夏5 一三三
ショウブノメ（菖《しやう》蒲の芽） 春3 七二
ショウブヒク（菖《しやう》蒲引く） 夏5 一三三
ショウブフク（菖《しやう》蒲葺く） 夏5 一三三
ショウブブロ（菖《しやう》蒲風呂） 夏5 一三四
ショウブユ（菖《しやう》蒲湯） 夏5 一三四
ジョウミ（上《じやう》巳） 春3 六〇
ショウユツクル

(醤《しやう》油造る)　夏7　二三四
ジョウラクエ(常《じやう》楽会《ゑ》)　春3　六六
ショウリョウトンボ(精霊《しやうりやう》蜻蛉)　秋9　二八二
ショウリョウナガシ(精霊《しやうりやう》流し)　秋8　二六〇
ショウリョウブネ(精霊《しやうりやう》舟)　秋8　二六〇
ショウリョウマツリ(精霊《しやうりやう》祭)　秋8　二五八
ショウロ(松露)　春4　一〇一
ショウロカキ(松露掻)　春4　一〇一
ショウワノヒ(昭和《せうわ》の日)　春4　一一七
ジョオウカ(女王花《ぢよわうくわ》)　夏7　二四四
ショール(ショール)　冬[12]　三七八
ショカ(初夏)　夏5　一三〇
ショカツサイ(諸葛菜)　春4　一〇九
ショキアタリ(暑気中り)　夏7　二三八
ショキクダシ(暑気下し)　夏7　二三七
ショキハライ(暑気払ひ)　夏7　二三七
ショクガ(燭蛾)　夏6　一七〇
ショクジョ(織女《ぢよ》)　秋8　二五五
ショクボケ(蜀木瓜)　春4　九三
ショクリン(植林)　春3　八〇
ショシュン(しよしゆん)　春2　四八
ジョセツシャ(除《ぢよ》雪車)　冬1　三四
ジョセツフ(除《ぢよ》雪夫)　冬1　三四
ジョタン(助炭)　冬[12]　三七一
ジョチュウギク(除《ぢよ》虫菊)　夏6　一七〇
ショチュウキュウカ(暑中休《きう》暇)　夏7　二三五
ショチュウミマイ(暑中見舞《まひ》)　夏7　二三五
ショチュウヤスミ(暑中休)　夏7　二三五
ショトウ(しよとう)　冬11　三三六
ジョヤ(除《ぢよ》夜)　冬12　三九二
ジョヤノカネ(除《ぢよ》夜の鐘)　冬12　三九二
シラウオ(白魚《うを》)　春[2]　五三
シラオアミ(白魚《を》網)　春2　五三
シラオブネ(白魚《を》舟)　春2　五三
シラガサネ(白重)　夏5　一三一
シラギク(白菊)　秋10　三一〇
シラスボシ(白子干)　春[3]　七七
シラタマ(白玉)　夏[7]　二三一
シラツユ(白露)　秋9　二七四
シラヌイ(不知火《しらぬひ》)　秋8　二六八
シラハエ(白南風)　夏6　一六一
シラハギ(白萩)　秋9　二七四
シラフジ(白藤《ふぢ》)　春4　一二六
シラユリ(白百合)　夏7　二〇〇
シラン(紫蘭)　夏6　一五九
ジリ(じり)　夏7　二〇二
ジロウシュ(治《ぢ》聾酒)　春3　六八
シロウリ(白瓜)　夏7　二一七
シロウリ(越瓜)　夏7　二一七
シロカク(代掻く)　夏6　一六八
シロガスリ(白絣)　夏[7]　二一〇
シロカタビラ(白帷子)　夏7　二〇九
シログツ(白靴)　夏[7]　二一一
シロゲシ(白罌粟)　夏5　一四五
シロザケ(白酒)　春3　六〇
シロジ(白地《ぢ》)　夏7　二一〇

シロシキブ（白式部） 秋10 三〇九
シロシタガレイ（城下鰈《がれひ》） 夏[6] 一七七
シロタ（代田） 夏6 一六九
シロツバキ（白椿） 春3 七八
シロフク（白服） 夏6 一九五
シロボケ（白木瓜） 春4 九三
シロマユ（白繭） 夏5 一三五
シロモモ（白桃） 春4 九一
シワス（師走《しはす》） 冬12 三八六
シワブク（咳く《しはぶ》） 冬12 三七三
シンイモ（新藷） 夏7 二四三
シンカンピョウ（新干瓢《べう》） 夏7 二四三
シンギク（しんぎく） 春2 五五
シンキロウ（蜃気楼） 春4 一一四
シンゲツ（新月） 秋9 二七〇
シンゴボウ（新牛蒡《ばう》） 夏7 二四三
シンサイ（新歳） 冬1 八
シンサイキ（震災忌） 秋9 二六九
シンザン（新参） 春4 八八
ジンジツ（人日） 冬1 二八
シンシブ（新渋） 秋8 二六六
シンシュ（新酒） 秋10 二九八
シンジュ（新樹） 夏5 一四〇
シンシュウ（新秋《しう》） 秋8 二五四
シンシュウ（深秋《しう》） 秋10 三三九
シンショウガ（新生姜《しやう》） 秋9 二九一
ジンジョウサイ
（じんじやうさい） 秋10 三一五
シンソバ（新蕎麦） 秋10 三一七
シンタバコ（新煙草） 秋8 二六七
シンチヂリ（新松子） 秋10 三〇九
シンチャ（新茶） 夏5 一三四
ジンチョウ（沈丁《ぢんちやう》） 春4 九二
ジンチョウゲ（沈丁花《ぢんちやう》） 春4 九二
シンドウフ（新豆腐） 秋8 二六五
シンナイナガシ
（新内ながし） 夏7 二一五
シンニュウセイ（新入《にふ》生） 春4 八八
シンネン（新年） 冬1 八
シンネンカイ（新年会《くわい》） 冬1 二三
シンノウサイ（神農祭） 冬11 三四七
シンノリ（新海苔） 冬11 三四〇
ジンベ（じんべ） 夏7 二一〇
ジンベイ（甚平） 夏7 二一〇
ジンベエ（甚兵衛《ゑ》） 夏7 二一〇
シンマイ（新米） 秋10 二九八
シンマユ（新繭） 夏5 一三五
シンランキ（親鸞忌） 冬11 三四八
シンリョウ（新涼《りやう》） 秋8 二六二
シンリョク（新緑） 夏5 一四〇
シンワタ（新綿） 秋10 三一七
シンワラ（新藁） 秋10 三二四

す・ス

スアシ（素跣） 夏7 二三一
スアワセ（素袷《あはせ》） 夏5 一三一
スイートピー
（スイートピー） 春4 一〇二
スイエイ（水《すゐ》泳） 夏7 二三三
スイカ（西瓜《すゐくわ》） 秋8 二六四
スイカズラノハナ

(忍冬《すひかづら》の花) 夏5 一四五
スイカヂョウチン(西瓜提《すゐくわぢやう》灯) 秋8 二六四
スイカノハナ(西瓜《すゐくわ》の花) 夏6 一六〇
スイカバン(西瓜《すゐくわ》番) 秋8 二六四
ズイキ(芋茎《ずゐき》) 秋[9] 二八〇
ズイキジル(ずゐき汁) 秋9 二八〇
スイセン(水《すゐ》仙) 冬1 四二
スイチュウカ(水《すゐ》中花《くわ》) 夏[7] 三二七
スイッチョ(すいっちよ) 秋9 二七五
スイバ(酸葉) 春3 八五
スイバ(酸模) 春3 八五
スイハン(水《すゐ》飯) 夏7 二二三
スイバン(水《すゐ》盤) 夏[7] 三二五
スイミツトウ(水《すゐ》蜜桃《たう》) 夏7 二一六
スイレン(睡《すゐ》蓮) 夏7 二四二
スイレン(水《すゐ》練) 夏7 二三三
スイロン(水《すゐ》論) 夏7 二三〇
スエツムハナ(末《すゑ》摘花) 夏6 一五九
スガヌキ(菅抜) 夏6 一九八
スガヌキ(菅貫) 夏6 一九八
スカンポ(すかんぽ) 春3 八五
スキー(スキー) 冬[1] 三五
スギオチバ(杉落葉) 夏5 一四一
スキゾメ(梳き初) 冬1 二
スギナ(杉菜) 春4 一一八
スギノハナ(杉の花) 春4 九三
スギノミ(杉の実) 秋10 三〇九
スキハジメ(鋤始) 冬1 二〇
スキマカゼ(隙間風) 冬[12] 三八〇
スキマハル(隙間張る) 冬11 三四七
ズキン(頭《づ》巾) 冬[12] 三七七
ズク(づく) 冬12 三五一
スグキ(酢茎) 冬[11] 三四二
スグロノ(末黒野) 春2 五四
スグロノススキ(末黒の芒) 春2 五四
スケート(スケート) 冬[1] 三八
スゲカリ(菅刈) 夏7 二四九
スゲカル(菅刈る) 夏7 二四九
スゲチマキ(菅粽) 夏5 一三三
スゲホス(菅干す) 夏7 二四九
スコール(スコール) 夏[7] 二〇二
スゴモリ(巣籠) 春4 一〇四
スゴロク(双六) 冬1 一八
スサマジ(冷まじ) 秋10 三一四
スシ(鮓) 夏[7] 二二二
スシ(鮨) 夏7 二二二
スシオケ(鮓桶《をけ》) 夏7 二二二
スシオス(鮓圧す) 夏7 二二二
スシツクル(鮓漬る) 夏7 二二二
スシナル(鮓熟る) 夏7 二二二
スシノイシ(鮓の石) 夏7 二二二
スシノヤド(鮓の宿) 夏7 二二二
ススキ(芒) 秋[9] 二七三
ススキ(薄) 秋9 二七三
スズキ(鱸) 秋[9] 二八七
スズキアミ(すずき網) 秋9 二八七
ススキシゲル(芒茂る) 夏6 一七八
ススキチル(芒散る) 秋9 二七三
スズキツリ(すずき釣) 秋9 二八七
スズキナマス(すずき鱠) 秋9 二八七
ススキノ(芒野) 秋9 二七三

ススキハラ（芒原）　秋9　二七三
ススゴモリ（煤籠）　冬12　三八八
スズシ（涼し）　夏[7]　二〇九
ススダケ（煤竹）　冬12　三八八
ズズダマ（ずずだま）　秋10　三一〇
スズノコ（篠の子）　夏5　一四二
ススハキ（煤掃）　冬12　三八八
ススハライ（煤払《はらひ》）　冬12　三八八
スズミ（納涼）　夏7　二一三
スズミジョウルリ（涼み浄《じやう》瑠璃）　夏7　二一五
スズミダイ（涼み台）　夏7　二一三
スズミブネ（納涼舟）　夏7　二一三
スズム（涼む）　夏7　二一三
スズムシ（鈴虫）　秋[9]　二七五
スズメノコ（雀の子）　春4　一一一
スズメノス（雀の巣）　春4　一〇六
ススユ（煤湯）　冬12　三八八
スズラン（鈴蘭）　夏6　一五九
スズリアライ（硯洗《あらひ》）　秋8　二五五
スダチ（巣立）　春4　一一一
スダチ（酢橘）　秋10　三一八
スダチ（酸橘）　秋10　三一八
スダチドリ（巣立鳥）　春4　一一一
スダレ（簾）　夏6　一九六
スダレウリ（簾売）　夏6　一九六
スチーム（スチーム）　冬[12]　三七一
スツクル（酢造る）　秋[10]　二九九
スツバメ（巣燕）　春4　一〇五
ステウチワ（捨団扇《うちは》）　秋9　二八三
ステオウギ（捨扇《あふぎ》）　秋9　二八三
ステゴ（捨蚕）　春4　一一三
ステズキン（捨頭《づ》巾）　春3　七〇
ステナエ（捨苗《なへ》）　夏6　一六八
スド（簀戸）　夏6　一九六
ストーブ（ストーブ）　冬[12]　三七一
ストック（ストック）　春4　一〇二
スドリ（巣鳥）　春4　一〇四
スナヒガサ（砂日傘）　夏7　二〇三
スハダカ（素裸）　夏7　二二一
スハマソウ（洲浜草《さう》）　春2　五五
スベリヒユ（滑莧）　夏[7]　二四一
スベリヒユ（馬歯莧）　夏7　二四一
スマイ（すまひ）　秋8　二六〇
スミ（炭）　冬[12]　三六九
スミウリ（炭売）　冬[12]　三七〇
スミカゴ（炭籠）　冬12　三七〇
スミガシラ（炭頭）　冬12　三六九
スミガマ（炭竈）　冬[12]　三七〇
スミダワラ（炭俵《だはら》）　冬[12]　三七〇
スミトリ（炭斗）　冬[12]　三七〇
スミトリ（炭取）　冬12　三七〇
スミビ（炭火）　冬[12]　三六九
スミヤキ（炭焼）　冬[12]　三七〇
スミヨシノオタウエ（住吉の御田植《うゑ》）　夏6　一六八
スミレ（菫）　春[3]　八四
スミレグサ（菫草）　春3　八四
スミレノ（菫野）　春3　八四
スモウ（相撲《すまふ》）　秋[8]　二六〇
スモウ（角力《すまふ》）　秋8　二六〇
スモウトリ（相撲《すまふ》取）　秋8　二六〇

スモウバ(相撲場《すまふ》) 秋8 二六〇
スモモ(李) 夏6 一六六
スモモ(酸桃) 夏6 一六六
スモモノハナ(李の花) 春4 九一
スリウス(磨臼) 秋10 三一四
ズワイガニ(ずわい蟹) 冬[12] 三六五

せ・せ

セイカ(盛夏) 夏7 二二八
セイジンノヒ(成人の日) 冬1 三一
セイタンセツ(聖誕節) 冬12 三八五
セイチャ(製茶) 春4 一一一
セイボ(歳暮) 冬12 三八九
セイモンバライ(誓文払《ばらひ》) 秋10 三一五
セーター(セーター) 冬[12] 三七六
セガキ(施餓鬼) 秋8 二五八
セガキダナ(施餓鬼棚) 秋8 二五八
セガキデラ(施餓鬼寺) 秋8 二五八
セガキバタ(施餓鬼幡) 秋8 二五八
セガキブネ(施餓鬼船) 秋8 二五八
セキ(咳) 冬[12] 三七三
セキシュン(惜春) 春4 一二七
セキショウ(石菖《しやう》) 夏[7] 二三六
セキチク(石竹) 夏6 一九二
セキテン(釈奠) 春4 一〇三
セキリ(赤痢) 夏[7] 二三九
セキレイ(鶺鴒) 秋[10] 三〇五
セゴシ(背越) 夏[7] 二二三
セツアンゴ(雪安居) 冬11 三四〇
セッカ(雪加) 夏[6] 一七九
セッキ(節季) 冬12 三九〇
セッケイ(雪渓) 夏7 二〇七
セッコクノハナ(石斛《せき》の花) 夏7 二四五
セッタイ(摂待) 秋8 二六〇
セツブン(節分) 冬1 四五
セナブトン(背蒲団) 冬12 三七四
ゼニアオイ(銭葵《あふひ》) 夏6 一五八
ゼニガメ(銭亀) 夏6 一六三
セミ(蟬) 夏[7] 二三一
セミシグレ(蟬時雨) 夏7 二三一
セミノカラ(蟬の殻) 夏7 二三一
セミノヌケガラ(蟬の脱殻) 夏7 二三一
セミマルキ(蟬丸忌) 夏5 一四〇
セミマルマツリ(蟬丸祭) 夏5 一四〇
ゼラニューム(ゼラニューム) 夏6 一五八
セリ(芹) 春[3] 八三
セリツミ(芹摘) 春3 八三
セリヤキ(芹焼) 冬12 三五九
セル(セル) 夏5 一三六
ゼンアンゴ(前安居) 夏5 一三九
センカ(銭荷) 夏6 一七三
センコウハナビ(線香《かう》花火) 秋8 二六一
センゴクマメ(千石豆) 秋8 二六四
センス(扇子) 夏7 二〇二
センダンノハナ(栴檀の花) 夏6 一五六
センダンノミ(栴檀の実) 秋10 三三六
センテイ(剪定) 春3 七九
センテイサイ(先帝祭) 春4 一二七
センニチコウ(千日紅) 夏7 二四六
センニチソウ(千日草《さう》) 夏7 二四六

センプウキ（扇風機） 夏[7] 二二四
センブリヒク（千振引く） 秋[10] 三一七
センボンワケギ（千本分葱）春3 七九
ゼンマイ（薇） 春3 八三
センリョウ（千両《りやう》） 冬1 四一

そ・ソ

ソイネカゴ（添《そひ》寝籠） 夏7 二一二
ソウアン（送行） 秋8 二六〇
ソウインキ（宗因忌） 春4 一一七
ソウガイ（霜《さう》害） 春4 一一一
ソウカンキ（宗鑑忌） 秋10 三一九
ソウギキ（宗祇忌） 秋8 二六七
ゾウキモミジ（雑《ざふ》木紅葉《もみぢ》） 秋10 三三〇
ソウジュツヲヤク（蒼《さう》朮を焼く） 夏6 一六二
ソウシュン（早《さう》春） 春2 四八
ソウズ（添水《そふづ》） 秋[10] 三〇一
ソウズ（僧都《づ》） 秋10 三〇一
ゾウスイ（雑炊《ざふすゐ》） 冬[12] 三五七
ソウセキキ（漱石忌） 冬12 三五六
ソウタイ（掃《さう》苔） 秋8 二五八
ゾウニ（雑《ざふ》煮） 冬1 一四
ソウバイ（早《さう》梅） 冬1 四三
ソウバトウ（走馬灯） 秋8 二五九
ソウビ（さうび） 夏5 一四七
ソウマトウ（走馬灯） 秋8 二五九
ソウメンホス（索《さう》麺干す） 冬[1] 四〇
ソウリンシキ（巣《さう》林子忌） 冬12 三八五
ソーダスイ（ソーダ水《すゐ》） 夏[7] 二一九
ソケイ（素馨） 夏7 二五〇
ソコビエ（底冷） 冬12 三五三
ソコベニ（底紅） 秋8 二六二
ソゾロサム（そぞろ寒） 秋10 三一四
ソツギョウ（卒業《げふ》） 春3 八一
ソツギョウシキ（卒業《げふ》式） 春3 八一
ソツギョウセイ（卒業《げふ》生） 春3 八一
ソテツノハナ（蘇鉄の花） 夏7 二四四
ソデナシ（袖無） 冬12 三七五
ソトネ（外寝） 夏7 二一六
ソトノボリ（外幟） 夏5 一三三
ソバ（蕎麦） 秋10 三一七
ソバガキ（蕎麦掻） 冬[12] 三六〇
ソバカリ（蕎麦刈） 冬11 三四一
ソバノアキ（蕎麦の秋） 秋10 三一七
ソバノハナ（蕎麦の花） 秋9 二九〇
ソバユ（蕎麦湯） 冬[12] 三六〇
ソメカタビラ（染帷子） 夏7 二〇九
ソメユカタ（染浴衣） 夏7 二一〇
ソラマメ（蚕豆） 夏5 一四二
ソラマメノハナ（蚕豆の花）春4 一〇九
ソラマメヒキ（蚕豆引） 夏5 一四二
ソリ（橇） 冬[1] 三六
ソリ（雪舟） 冬1 三六
ソリ（雪車） 冬1 三六
ソレハネ（逸羽子） 冬1 一七

た・タ

ダービー（ダービー） 夏6 一五四
ダアリア（ダアリア） 夏7 二四四

タイアミ（鯛《たひ》網）　春 4　一二
タイイクノヒ（体育の日）　秋 10　三一一
タイカ（大火《くわ》）　冬 12　三八四
ダイカグラ（太神楽）　冬 1　一八
ダイガサ（台笠）　夏 7　二〇四
ダイカン（大寒）　冬 1　四三
ダイギ（砧木）　春 3　七九
タイギキ（太祇忌）　秋 9　二七二
ダイコタキ（大根焚）　冬 12　三五六
ダイコヒキ（だいこ引）　冬 11　三四一
ダイコン（大根）　冬 [11]　三四一
ダイコンアラウ（大根洗ふ）　冬 11　三四一
ダイコンツケル
　（大根漬ける）　冬 11　三四二
ダイコンノハナ（大根の花）　春 4　一〇九
ダイコンヒキ（大根引）　冬 11　三四一
ダイコンホス（大根干す）　冬 11　三四二
ダイコンマク（大根蒔く）　秋 8　二六五
タイザンボクノハナ
　（泰山木の花）　夏 5　一四六
ダイシガユ（大師粥）　冬 12　三八五
ダイシケン（大試験）　春 3　六四
ダイシコウ（大師講《かう》）　冬 12　三八五
タイシュン（待春）　冬 1　四五
タイショ（大暑）　夏 7　二二九
ダイズ（大豆）　秋 8　二六五
ダイズヒク（大豆《づ》引く）　秋 8　二六五
ダイダイ（橙）　秋 10　三一七
ダイダイノハナ（橙の花）　夏 6　一五五
タイフウ（颱風）　秋 9　二七〇
ダイモジノヒ（大文字の火）　秋 8　二六〇
ダイモンジ（大文字）　秋 8　二六〇
ダイモンジソウ（大文字草《さう》）　秋 8　二六三
ダイリビナ（内裏雛）　春 3　六〇
タウエ（田植《うゑ》）　夏 6　一六九
タウエウタ（田植《うゑ》唄）　夏 6　一六九
タウエガサ（田植《うゑ》笠）　夏 6　一六九
タウエハジメ（田植《うゑ》始）　夏 6　一六九
タウタ（田唄）　夏 6　一六九
タウチ（田打）　春 [3]　七三
タカ（鷹）　冬 [11]　三四三
タカガリ（鷹狩）　冬 [11]　三四三
タガキウシ（田掻牛）　夏 6　一六八
タガキウマ（田掻馬）　夏 6　一六九
タカキニノボル
　（高きに登る）　秋 10　三一〇
タカキビ（高黍）　秋 9　二九二
タカク（田掻く）　夏 6　一六八
タカジョウ（鷹匠《じやう》）　冬 [11]　三四四
タカドウロウ（高灯籠）　秋 8　二五八
タカノ（鷹野）　冬 11　三四三
タカノス（鷹の巣）　春 4　一〇四
タカハゴ（高擌）　秋 10　三一三
タカバシラ（鷹柱）　秋 10　三〇二
タカムシロ（簟）　夏 [7]　二一一
タガメ（田亀）　夏 [6]　一七二
タガヤシ（耕）　春 [3]　七二
タカラブネ（宝船）　冬 1　一三
タカリ（田刈）　秋 10　三一三
タカワタル（鷹渡る）　秋 10　三〇二
タカンナ（たかんな）　夏 5　一四二
タキ（滝）　夏 [7]　二〇八

タキカル（滝涸る）　冬12　三八三
タキギノウ（薪能）　夏5　一三八
タキコオル（滝凍《こほ》る）　冬1　三七
タキゾメ（焚初）　冬1　一三
タキドノ（滝殿）　夏[7]　二二三
タキビ（焚火）　冬[12]　三七〇
タクアンツク（沢庵漬く）　冬11　三四二
タグサトリ（田草取）　夏6　一七四
タケ（たけ）　秋10　二九七
タケウウ（竹植う）　夏6　一六五
タケウマ（竹馬）　冬[1]　三五
タケオチバ（竹落葉）　夏6　一九三
タケカザリ（竹飾）　冬1　一五
タケガリ（茸狩）　秋10　二九八
タケキリ（竹伐）　夏6　一八四
タケキル（竹伐る）　秋[9]　二八八
タケショウギ（竹牀《しやう》几）　夏[7]　二二三
タケトリ（茸とり）　秋10　二九八
タケニグサ（竹煮草）　夏7　二四七
タケノアキ（竹の秋）　春4　一〇七
タケノカワガサ（籜《たけのかは》笠）　夏7　二〇四
タケノカワチル
　（竹の皮《かは》散る）　夏6　一九三
タケノカワヌグ
　（竹の皮《かは》脱ぐ）　夏6　一九三
タケノコ（筍）　夏5　一四二
タケノコ（竹の子）　夏5　一四二
タケノコ（笋）　夏5　一四二
タケノコメシ（筍飯）　夏5　一四二
タケノハル（竹の春）　秋[9]　二八八
タケノミ（竹の実）　秋9　二八八
タケヤマ（茸山）　秋10　二九七
タコ（凧）　春[4]　一一〇
タコ（紙鳶）　春4　一一〇
タコ（凧巾）　春4　一一〇
タコウナ（たかうな）　夏5　一四二
ダシ（山車）　夏5　一三八
タタミガエ（畳替《がへ》）　冬12　三八九
タチアオイ（立葵《あふひ》）　夏6　一五八
タチウオ（太刀魚《うを》）　秋[9]　二八六
タチバナ（橘）　秋10　三一七
タチバナノハナ（橘の花）　夏6　一五五
タチマチヅキ（立待月）　秋9　二八一
タツクリ（田作）　冬1　一五
タツコキ（立子忌）　春3　六一
ダッサイキ（獺祭忌）　秋9　二八一
タッペ（竹瓮）　冬[11]　三四八
タデ（蓼）　夏[6]　一九三
タテゾメ（点初）　冬1　一三
タデノハ（蓼の葉）　夏6　一九三
タデノハナ（蓼の花）　秋8　二六六
タデノホ（蓼の穂）　秋8　二六六
タテバンコ（立版古）　夏7　二一五
タデモミジ（蓼紅葉《もみぢ》）　秋10　三一二
タドン（炭団）　冬[12]　三六九
タナガスミ（棚霞）　春3　八二
タナギョウ（棚経《ぎやう》）　秋8　二五八
タナバタ（七夕）　秋8　二五五
タナバタオドリ（七夕踊《をどり》）　秋8　二五五
タナバタガミ（七夕紙）　秋8　二五五
タナバタシキシ（七夕色紙）　秋8　二五五
タナバタダケ（七夕竹）　秋8　二五五

タナバタナガス(七夕流す)　秋8　二五五
タナバタノマリ(七夕の鞠)　秋8　二五六
タナバタマツリ(七夕祭)　秋8　二五五
タニシ(田螺)　春[3]　六四
タニシアエ(田螺和《あへ》)　春3　六四
タニシジル(田螺汁)　春3　六四
タニシトリ(田螺取)　春3　六四
タニシナク(田螺鳴く)　春3　六四
タニワカバ(谷若葉)　夏5　一四〇
タヌキ(狸)　冬[12]　三六三
タヌキジル(狸汁)　冬12　三六三
タヌキワナ(狸罠)　冬12　三六三
タネイ(種井《ゐ》)　春4　一一九
タネイケ(種池)　春4　一一九
タネイモ(種芋)　春3　七四
タネウリ(種売)　春3　七三
タネエラミ(種選)　春4　一一九
タネオロシ(種おろし)　春4　一一九
タネカガシ(種案山子)　春4　一二〇
タネガミ(種紙)　春4　一二一
タネダイコン(種大根)　春4　一〇九
タネダワラ(種俵《だはら》)　春4　一一九
タネドコ(種床)　春3　七三
タネトリ(種採)　秋10　三一九
タネナス(種茄子)　秋10　三一九
タネヒタシ(種浸し)　春4　一一九
タネフクベ(種瓢)　秋10　三一九
タネブクロ(種袋)　春3　七三
タネマキ(種蒔)　春4　一一九
タネモノ(種物)　春3　七三
タネモノヤ(種物屋)　春3　七三
タネモミ(種籾)　春4　一一九
タネヨル(種選る)　春4　一一九
タノクサトリ(田の草取)　夏6　一七四
タノシロカク(田の代掻く)　夏6　一六八
タバコカル(煙草刈る)　秋8　二六七
タバコノハナ(煙草の花)　秋8　二六七
タビ(足袋)　冬[12]　三七八
タマアラレ(玉霰)　冬1　三三
タマオクリ(霊送)　秋8　二六〇
タマゴザケ(玉子酒)　冬[12]　三六〇
タマスダレ(玉簾)　夏6　一九六
タマダナ(霊棚)　秋8　二五八
タマダナ(魂棚)　秋8　二五八
タマツバキ(玉椿)　春3　七八
タマナエ(玉苗《なへ》)　夏6　一六八
タマネギ(玉葱)　夏[6]　一六六
タマノアセ(玉の汗)　夏7　二一〇
タマノオ(たまのを)　秋8　二六三
タママククズ(玉巻く葛)　夏5　一三七
タママクバショウ(玉巻く芭蕉《せう》)　夏5　一三七
タママツリ(魂祭)　秋8　二五八
タママツリ(霊祭)　秋8　二五八
タマユ(玉繭)　夏5　一三五
タマムカエ(霊迎《むかへ》)　秋8　二五七
タマムシ(玉虫)　夏[7]　二〇四
タミズワク(田水《みづ》沸く)　夏7　二三〇
タラ(鱈)　冬[12]　三六六
タラノメ(楤の芽)　春3　七六
タラノメ(多羅の芽)　春3　七六
タラバガニ(鱈場蟹)　冬12　三六五

ダリア（ダリア）　夏7　二四四
タルヒ（垂氷）　冬1　三七
ダルマキ（達磨忌）　冬11　三三八
タルミコシ（樽神輿）　夏5　一三八
タワラアミ（俵《たはら》編）　秋9　二七一
タワラグミ（俵《たはら》ぐみ）　春4　一三〇
タワラグミノハナ
（たはらぐみの花）　冬11　三三九
タヲスク（田を鋤く）　春3　七三
タンゴ（端午）　夏5　一三三
タンジツ（短日）　冬⑫　三四九
ダンジリ（地車）　夏5　一三八
タンチョウ（丹頂《ちやう》）　冬12　三五二
タンチョウヅル（丹頂《ちやう》鶴）　冬12　三五二
タンバイ（探梅）　冬1　四四
タンバイコウ（探梅行《かう》）　冬1　四四
タンバグリ（丹波栗）　秋10　三二一
タンポ（湯婆）　冬⑫　三七二
ダンボウ（煖房《ばう》）　冬⑫　三七一
タンポポ（蒲公英）　春③　八四
ダンロ（煖炉）　冬12　三七一

ち・チ

チエモウデ（智恵《ゑ》詣《まうで》）　春4　一〇七
チエモライ（智恵《ゑ》貰《もらひ》）　春4　一〇七
チェリー（チェリー）　夏6　一六五
チカマツキ（近松忌）　冬12　三八五
チグサ（千草）　秋9　二七三
チグサノハナ（千草の花）　秋9　二八八
チクド（竹奴）　夏7　二一二
チクフジン（竹夫人）　夏7　二一二
チサ（萵苣）　春4　一一七
チサカク（ちさ欠く）　春4　一一七
チジツ（遅日）　春4　八七
チチノヒ（父の日）　夏6　一八四
チチロムシ（ちちろ虫）　秋9　二七五
チトセアメ（千歳飴）　冬11　三四〇
チドメグサ（血止草）　秋8　二六三
チドリ（千鳥）　冬⑫　三六四
チドリ（鵆）　冬12　三六四
チドリノス（千鳥の巣）　春4　一〇五
チヌ（茅海）　夏6　一七七
チヌ（黒鯛）　夏6　一七七
チヌツリ（ちぬ釣）　夏6　一七七
チノワ（茅の輪）　夏6　一九八
チマキ（粽）　夏5　一三三
チマキ（茅巻）　夏5　一三三
チマキユウ（粽結ふ）　夏5　一三三
チャエン（茶園《ゑん》）　春4　一三一
チャタテムシ（茶立虫）　秋⑨　二七六
チャツミ（茶摘）　春4　一三一
チャツミウタ（茶摘唄）　春4　一三一
チャツミガサ（茶摘笠）　春4　一三一
チャツミメ（茶摘女）　春4　一三一
チャノハナ（茶の花）　冬11　三三九
チャヤマ（茶山）　春4　一三一
チャンチャンコ
（ちゃんちゃんこ）　冬⑫　三七五
チュウアンゴ（中安居）　夏5　一三九
チュウゲン（中元）　秋8　二五六
チュウシュウ（仲秋《しう》）　秋9　二六九

チュウシュウサイ(中秋《しう》祭)秋9　二七八
チュウショ(中暑)　夏7　二三八
チューリップ
　(チューリップ)　春4　一〇一
チョウ(蝶《てふ》)　春[4]　一〇九
チョウガ(朝《てう》賀)　冬1　一二
チョウガキ(帳《ちやう》書)　冬1　二四
チョウク(重九)　秋10　三一〇
チョウゴ(重五)　夏5　一三三
チョウジ(丁《ちやう》字)　春4　九二
チョウチョウ(蝶々《てふてふ》)　春4　一〇九
チョウトジ(帳綴《ちやうとぢ》)　冬1　二四
チョウハジメ(帳《ちやう》始)　冬1　二四
チョウメイル(長《ちやう》命縷)　夏5　一三四
チョウヨウ(重陽《やう》)　秋10　三一〇
チョウヨウノエン
　(重陽《やう》の宴)　秋10　三一〇
チラシズシ(ちらしずし)　夏7　二三三
チラチラユキ(ちら／＼雪)冬1　三四
チリマツバ(散松葉)　夏5　一四一
チリモミジ(散紅葉《もみぢ》)　冬11　三四五
チルヤナギ(散る柳)　秋10　三三三
チンジュキ(椿寿忌)　春4　一〇三

つ・ツ

ツイナ(追《つゐ》儺)　冬1　四五
ツイリ(ついり)　夏6　一六〇
ツカレウ(疲鵜)　夏6　一七五
ツキ(月)　秋[9]　二七九
ツキオボロ(月朧)　春4　九五

ツギキ(椄木)　春3　七九
ツキクサ(つきくさ)　秋8　二六三
ツキグサ(月草)　秋9　二九〇
ツキコヨイ(月今宵《よひ》)　秋9　二七九
ツキサユル(月冴ゆる)　冬1　三三
ツキシロ(月白)　秋9　二七九
ツキスズシ(月涼し)　夏7　二一六
ツキノアキ(月の秋)　秋9　二七九
ツキノエン(月の宴)　秋9　二七九
ツキノキャク(月の客)　秋9　二七九
ツキノデ(月の出)　秋9　二七九
ツキノトモ(月の友)　秋9　二七九
ツキノミチ(月の道)　秋9　二七九
ツギホ(椄穂)　春3　七九
ツキミ(月見)　秋9　二七九
ツキミソウ(月見草《さう》)　夏7　二〇〇
ツキミブネ(月見船)　秋9　二七九
ツキミマメ(月見豆)　秋9　二八〇
ツキヨ(月夜)　秋9　二七九
ツクシ(土筆)　春3　八三
ツクシツム(つくし摘む)　春3　八三
ツクダマツリ(佃祭)　夏7　二五一
ツクヅクシ(つくづくし)　春3　八三
ツクツクボウシ
　(つくつくぼふし)　秋8　二六一
ツクヅクボウシ
　(つくづくぼふし)　秋8　二六一
ツクネイモ(つくねいも)　秋10　三一六
ツクバネ(衝羽根)　秋10　三三三
ツクバネ(つくばね)　冬1　一七
ツクママツリ(筑摩祭)　夏5　一三一

ツグミ(鶫) 秋[10] 三〇四
ツグミアミ(鶫網) 秋10 三〇四
ツクリギク(作り菊) 秋10 三一〇
ツクリダキ(造り滝) 夏[7] 二二二
ツクリダキ(作り滝) 夏7 二二二
ツゲノハナ(黄楊の花) 春4 九三
ツジズモウ(辻相撲《ずまふ》) 秋8 二六〇
ツタ(蔦) 秋[10] 三三一
ツタカズラ(蔦蘿《かづら》) 秋10 三三一
ツタシゲル(蔦茂る) 夏6 一九一
ツタノメ(蔦の芽) 春3 七六
ツタモミジ(蔦紅葉《もみぢ》) 秋10 三三一
ツタワカバ(蔦若葉) 春4 一一三
ツチバチ(土蜂) 春4 一一二
ツチビナ(土雛) 春3 六〇
ツチフル(霾) 春[3] 六七
ツツジ(躑躅) 春4 一二五
ツツドリ(筒鳥) 夏[6] 一八五
ツヅミグサ(鼓草) 春3 八四
ツヅレサセ(つづれさせ) 秋9 二七五
ツナヒキ(綱曳) 冬1 三
ツノキリ(角切) 秋10 三一二
ツノグムアシ(角組む蘆) 春3 七三
ツノグムオギ(角組む荻《をぎ》) 春3 七三
ツノマタ(角叉) 春[4] 一〇〇
ツバキ(椿) 春[3] 七八
ツバキノミ(椿の実) 秋10 三〇八
ツバキモチ(椿餅) 春[4] 八九
ツバクラ(つばくら) 春3 七一
ツバクラメ(つばくらめ) 春3 七一
ツバクロ(つばくろ) 春3 七一
ツバナ(茅花) 春3 八五
ツバナナガシ(茅花流し) 夏[5] 一四八
ツバメ(燕) 春[3] 七一
ツバメ(乙鳥) 春3 七一
ツバメウオ(つばめ魚《うを》) 夏5 一四九
ツバメカエル(燕帰《かへ》る) 秋9 二八五
ツバメキタル(燕来る) 春3 七一
ツバメノコ(燕の子) 夏6 一六八
ツバメノス(燕の巣) 春4 一〇五
ツボヤキ(壺焼) 春[4] 九九
ツマクレナイ(つまくれなゐ) 秋8 二六三
ツマゴ(爪籠) 冬1 三六
ツマコウシカ(妻恋ふ鹿) 秋10 三三二
ツマベニ(つまべに) 秋8 二六三
ツミクサ(摘草) 春[3] 八二
ツミナ(摘菜) 秋9 二九二
ツメタシ(冷たし) 冬[12] 三五二
ツユ(梅雨) 夏6 一六一
ツユ(露) 秋[9] 二七四
ツユアケ(梅雨明) 夏7 二〇一
ツユクサ(露草) 秋9 二九〇
ツユグモリ(梅雨曇) 夏6 一六一
ツユケシ(露けし) 秋9 二七四
ツユサム(露寒) 秋10 三一五
ツユサム(梅雨寒) 夏6 一六一
ツユシグレ(露しぐれ) 秋9 二七四
ツユジモ(露霜) 秋10 三一五
ツユスズシ(露涼し) 夏[7] 二〇九
ツユゾラ(梅雨空) 夏6 一六一
ツユダケ(梅雨茸) 夏6 一六二

ツユナマズ(梅雨鯰《なまづ》)　夏6　一六三
ツユニイル(梅雨に入る)　夏6　一六〇
ツユノアキ(露の秋)　秋9　二七四
ツユノソデ(露の袖)　秋9　二七四
ツユノタマ(露の玉)　秋9　二七四
ツユノミ(露の身)　秋9　二七四
ツユノヨ(露の世)　秋9　二七四
ツユバレ(梅雨晴)　夏6　一九四
ツユムグラ(露葎)　秋9　二七四
ツヨゴチ(強東風)　春3　六二
ツラツラツバキ(つら〳〵椿)　春3　七八
ツララ(氷柱)　冬[1]　三七
ツリガネソウ(釣鐘草《さう》)　夏6　一九二
ツリシノブ(釣忍)　夏[7]　二二四
ツリシノブ(釣葱)　夏7　二二四
ツリドコ(吊床)　夏7　二〇三
ツリナ(吊菜)　冬12　三五七
ツリフネソウ(釣舟草《さう》)　秋9　二八九
ツリボリ(釣堀)　夏[6]　一七六
ツル(鶴)　冬[12]　三五二
ツルウメモドキ(蔓梅擬)　秋10　三二六
ツルカエル(鶴帰《かへ》る)　春3　六七
ツルキタル(鶴来る)　秋10　三三三
ツルシガキ(吊し柿)　秋10　三〇六
ツルデマリ(蔓手毬)　夏[6]　一五七
ツルノス(鶴の巣)　春4　一〇五
ツルノスゴモリ(鶴の巣籠)　春4　一〇五
ツルメソ(弦召)　夏7　二二八
ツルモドキ(つるもどき)　秋10　三二六
ツルレイシ(蔓茘枝)　秋10　三〇八
ツワノハナ(石蕗《つは》の花)　冬11　三四〇
ツワノハナ(槖吾《つは》の花)　冬11　三四〇

て・テ

テアブリ(手焙)　冬[12]　三七二
ディゴノハナ(デイゴの花)　夏7　二五〇
テイトクキ(貞徳忌)　冬12　三六一
デージー(デージー)　春2　五五
デガイチョウ(出開帳《ちやう》)　春3　六八
デガワリ(出代《がはり》)　春4　八八
デキアキ(出来秋)　秋10　三〇一
デクマワシ(でく廻《まは》し)　冬1　一九
デゾメ(出初)　冬1　二五
デゾメシキ(出初式)　冬1　二五
テソリ(手橇)　冬1　三六
テッセンカ(鉄線花《くわ》)　夏5　一四五
テッポウユリ(鉄砲《ぱう》百合)　夏7　二〇〇
デデムシ(ででむし)　夏6　一六四
テナガエビ(手長蝦)　夏[6]　一七四
テハナビ(手花火)　秋8　二六一
テブクロ(手袋)　冬[12]　三七八
テマリ(手毬)　冬1　一七
テマリウタ(手毬唄)　冬1　一七
テマリツキ(手毬つき)　冬1　一七
テマリバナ(繡毬花)　夏5　一四七
デミズ(出水《みづ》)　夏6　一六一
テリハ(照葉)　秋10　三三〇
テリモミジ(照紅葉《もみぢ》)　秋10　三三〇
デンガク(田楽)　春3　七六
テンカフン(天瓜粉《くわ》)　夏[7]　二二八

テングサトリ(天草取)　夏[7]　二三四
テングサトル(石花菜取る)夏7　二三四
テンジクアオイ(天竺《ぢく》葵《あふひ》)　夏6　一五八
テンジクボタン(天竺《ぢく》牡丹)夏7　二四四
テンジクマモリ(天竺《ぢく》守)　秋9　二九一
テンジョウマモリ
　(天井《じやう》守)　秋9　二九一
テンジンバタ(天神旗)　冬1　四三
テンジンバナ(天神花)　冬1　四三
テンジンマツリ(天神祭)　夏7　二四〇
テンタカシ(天高し)　秋10　二九五
デンデンムシ
　(でんでんむし)　夏6　一六四
テントウムシ(天道《たう》虫)　夏[7]　二〇四
テントムシ(てんとむし)　夏7　二〇四
テントムラ(天幕村)　夏7　二〇六
テンノウタンジョウビ
　(天皇《わう》誕生《じやう》日)　冬12　三八五
テンボ(展墓)　秋8　二五八
テンママツリ(天満祭)　夏7　二四〇

と・ト

トウイ(擣《たう》衣)　秋10　三二三
トウイス(籐《たう》椅子)　夏[6]　一九七
トウエン(桃園《たうゑん》)　春4　九一
トウガ(冬瓜《ぐわ》)　秋10　三〇八
トウガ(灯蛾)　夏6　一七〇
トウカシタシ(灯下親し)　秋9　二七一
トウカシタシ(灯火《くわ》親し)　秋9　二七一
トウガラシ(唐《たう》辛)　秋[9]　二九一
トウガラシ(唐《たう》辛子)　秋9　二九一
トウガラシ(蕃椒《たうがらし》)　秋9　二九一
トウガラシノハナ
　(蕃椒《たうがらし》の花)　夏6　一八九
トウガン(とうぐわん)　秋10　三〇八
ドウギ(胴著)　冬[12]　三七五
トウキビ(唐《たう》黍)　秋9　二九二
トウギュウ(闘牛《ぎう》)　春3　六一
トウグミ(たうぐみ)　夏6　一六七
トウケイ(闘鶏)　春3　六一
トウコウ(冬耕《かう》)　冬11　三四一
トウシ(凍死)　冬[1]　三六
トウジ(冬至)　冬12　三八四
トウジガユ(冬至粥)　冬12　三八四
トウジブネ(湯治《たうぢ》舟)　春4　九〇
トウショウ(凍傷《しやう》)　冬1　三三
トウショウブ(唐菖《たうしやう》蒲)　夏6　一五三
トウシングサ(灯心草)　夏6　一七七
トウシントンボ(灯心蜻蛉)夏6　一七九
トウセイ(踏《たふ》青)　春[3]　八二
トウセイキ(桃《たう》青忌)　冬11　三四〇
トウセンキョウ(投扇興)　冬1　一八
ドウダンツツジ
　(どうだんつつじ)　春4　一二五
ドウダンノハナ
　(満天星の花)　春4　一二五
ドウチュウスゴロク
　(道《だう》中双六)　冬1　一八
トウテイ(冬帝)　冬[12]　三四九
トウナス(唐《たう》茄)　秋8　二六四
トウネイス(籐《たう》寝椅子)　夏6　一九七

トウマクラ(籐枕) 夏7 二二三
トウムシロ(籐筵) 夏7 二二一
トウモロコシ(玉蜀黍《たうもろこし》) 秋9 二九二
トウモロコシノハナ(玉蜀黍《たうもろこし》の花) 夏7 二四九
トウヤクヒク(当《たう》薬引く) 秋10 三一七
トウヨウトウ(桃葉湯《たうえふたう》) 夏7 二三八
トウリン(桃《たう》林) 春4 九一
トウロウ(灯籠) 秋8 二五八
トウロウ(蟷螂《たうらう》) 秋[9] 二七七
トウロウウマル(蟷螂《たうらう》生る) 夏6 一七九
トウロウナガシ(灯籠流し) 秋8 二六〇
トウロウノコ(蟷螂《たうらう》の子) 夏6 一七九
トウロウミセ(灯籠店) 秋8 二五八
トオカエビス(十日《とを》戎) 冬1 三〇
トオカジ(遠火《とほくわ》事) 冬12 三八四
トオガスミ(遠《とほ》霞) 春3 八二
トオカノキク(十日《とを》の菊) 秋10 三三三
トオカワズ(遠蛙《とほかはづ》) 春4 一二五
トオギヌタ(遠《とほ》砧) 秋10 三三三
トオシガモ(通《とほ》し鴨) 夏[6] 一七一
トオチドリ(遠《とほ》千鳥) 冬12 三六四
トオハナビ(遠《とほ》花火) 秋8 二六一
トオヤナギ(遠《とほ》柳) 春4 九五
トカゲ(蜥蜴) 夏[6] 一九一
トギョ(渡御) 夏5 一三八
トキワギオチバ(常磐《ときは》木落葉) 夏[5] 一四一
ドクケシウリ(毒消売) 夏[7] 二三七
トクサカル(木賊刈る) 秋10 三一九
トクサカル(砥草刈る) 秋10 三一九
ドクダケ(毒茸) 秋10 二九七
ドクダミ(どくだみ) 夏6 一五九
ドクナガシ(毒流し) 夏6 一七五
トコナツ(常夏) 夏[6] 一九二
トコブシ(常節) 春[4] 九九
トコロ(野老) 冬1 一六
トコロ(萆薢) 冬1 一六
トコロテン(心太) 夏[7] 二三〇
トコロホル(野老掘る) 秋[10] 三一七
トザン(登山) 夏7 二〇六
トザンガサ(登山笠) 夏7 二〇六
トザングチ(登山口) 夏7 二〇六
トザンゴヤ(登山小屋) 夏7 二〇六
トザンヅエ(登山杖《づゑ》) 夏7 二〇六
トザンヤド(登山宿) 夏7 二〇六
トシアク(年明く) 冬1 八
トシアラタマル(年改る) 冬1 八
トシオキ(年尾《を》忌) 秋10 三三〇
トシオシム(年惜《をし》む) 冬12 三九〇
トシオトコ(年男《をとこ》) 冬1 四六
トシガミ(年神) 冬1 一一
トシキ(年木) 冬12 三八七
トシキコリ(年木樵) 冬12 三八七
トシキツム(年木積む) 冬12 三八七
トシコシ(年越) 冬12 三九一
トシコシソバ(年越蕎麦) 冬12 三九一
トシゴモリ(年籠) 冬12 三九二
トシタツ(年立つ) 冬1 八
トシダナ(年棚) 冬1 一一
トシダマ(年玉) 冬1 一三
トシダマ(年贄) 冬1 一三

トシトク（歳徳）　冬1　一一
トシトクジン（歳徳神）　冬1　一一
トシトリ（年取）　冬12　三九一
トシノイチ（年の市）　冬12　三八八
トシノウチ（年の内）　冬12　三九〇
トシノクレ（年の暮）　冬12　三九〇
トシノハジメ（年の始）　冬1　八
トシノマメ（年の豆）　冬1　四六
トシノヨ（年の夜）　冬12　三九一
トシマモル（年守る）　冬12　三九一
トシムカウ（年迎ふ）　冬1　八
トシモル（としもる）　冬12　三九一
トシヨウイ（年用意）　冬12　三八七
ドジョウジル（泥鰌《どぢやう》汁）　夏7　二二三
ドジョウナベ（泥鰌《どぢやう》鍋）　夏[7]　二二三
ドジョウホル（泥鰌《どぢやう》掘る）　冬[11]　三四三
トシワスレ（年忘）　冬12　三八九
トソ（屠蘇）　冬1　一四
トチノハナ（橡の花）　夏5　一四六
トチノハナ（栃の花）　夏5　一四六
トチノミ（橡の実）　秋10　三三一
ドテスズミ（土手涼み）　夏7　二二三
ドテラ（縕袍）　冬[12]　三七五
トビウオ（飛魚《うを》）　夏[5]　一四九
トビオ（とびを）　夏5　一四九
ドビロク（どびろく）　秋10　二九九
トブホタル（飛ぶ蛍）　夏6　一七一
トブサマツ（鳥総松）　冬1　三一
トベラノハナ（海桐の花）　夏[7]　二〇〇
トマト（トマト）　夏7　二四三
トモシ（照射）　夏6　一七五
トモチドリ（友千鳥）　冬12　三六四
トヤシ（鳥屋師）　秋10　三一三
ドヨウ（土用）　夏7　二三五
ドヨウアケ（土用明）　夏7　二三五
ドヨウイリ（土用入）　夏7　二三五
ドヨウウナギ（土用鰻）　夏7　二三六
ドヨウキュウ（土用灸《きう》）　夏7　二三七
ドヨウシジミ（土用蜆）　夏7　二三六
ドヨウシバイ（土用芝居《ゐ》）　夏7　二一五
ドヨウナミ（土用浪）　夏7　二三六
ドヨウボシ（土用干）　夏7　二三六
ドヨウミマイ（土用見舞《まひ》）　夏7　二三五
ドヨウメ（土用芽）　夏7　二三六
トヨノアキ（豊の秋）　秋10　三〇一
トラガアメ（虎ヶ雨）　夏6　一九七
トラノオ（虎尾草《とらのを》）　夏6　一九二
トラノオ（虎の尾《を》）　夏6　一九二
トリアワセ（鶏合《あはせ》）　春3　六一
トリイレ（収穫）　秋10　三一三
トリオドシ（鳥威）　秋[10]　三〇〇
トリカエル（鳥帰《かへ》る）　春3　六七
トリカブト（鳥頭）　秋9　二八九
トリカブト（鳥冠）　秋9　二八九
トリカブト（鳥兜）　秋9　二八九
トリキ（取木）　春3　八〇
トリクモニイル（鳥雲に入る）　春3　六七
トリグモリ（鳥曇）　春3　六七
トリサカル（鳥交る）　春[4]　一〇四
トリノイチ（酉の市）　冬11　三三八
トリノス（鳥の巣）　春[4]　一〇四

トリワタル（鳥渡る）　秋10　三〇二
トロロアオイ（とろろあふひ）　夏7　二四五
ドンガメ（どんがめ）　夏6　一七二
ドングリ（団栗）　秋10　三三一
ドンタク（どんたく）　春4　一二七
トンド（とんど）　冬1　三一
ドンド（どんど）　冬1　三一
トンボ（蜻蛉）　秋[9]　二八二
トンボウ（とんぼう）　秋9　二八二
トンボウマル（蜻蛉生る）　夏6　一七九
トンボツリ（とんぼつり）　秋9　二八二

な・ナ

ナイター（ナイター）　夏[7]　二二五
ナエウリ（苗《なへ》売）　夏5　一三七
ナエカゴ（苗《なへ》籠）　夏6　一六八
ナエギイチ（苗《なへ》木市）　春3　八〇
ナエギウウ（苗《なへ》木植う）　春3　八〇
ナエクバリ（苗《なへ》配）　夏6　一六八
ナエタ（苗《なへ》田）　春4　一一九
ナエドコ（苗《なへ》床）　春3　七三
ナエハコビ（苗《なへ》運）　夏6　一六八
ナエフダ（苗《なへ》札）　春3　七五
ナガイモ（薯蕷）　秋[10]　三一六
ナガイモ（長薯）　秋10　三一六
ナガキヒ（永き日）　春4　八七
ナガキヨ（長き夜）　秋9　二七一
ナガサキノハタアゲ（長崎の凧揚）　春4　一一〇
ナガシ（ながし）　夏[7]　二二五
ナガツキ（長月）　秋10　二九五
ナカテ（中稲）　秋10　三〇〇
ナガムシ（ながむし）　夏6　一九〇
ナガラビ（菜殻火）　夏5　一五〇
ナガラヤキ（菜殻焼）　夏5　一五〇
ナガレボシ（ながれぼし）　秋8　二六二
ナギ（なぎ）　夏7　二四二
ナキゾメ（泣初）　冬1　一九
ナクカ（鳴く蚊）　夏6　一八二
ナクカワズ（鳴蛙《かはづ》）　春4　一二五
ナグサノメ（名草の芽）　春3　七一
ナゴシノハラエ（名越の祓《はらへ》）　夏6　一九八
ナゴシノハラエ（夏越の祓《はらへ》）　夏6　一九八
ナゴリノユキ（名残の雪）　春3　六七
ナシ（梨）　秋[9]　二九三
ナシ（梨子）　秋9　二九三
ナシウリ（梨売）　秋9　二九三
ナシノハナ（梨の花）　春4　九一
ナス（なす）　夏7　二四三
ナスウウ（茄子植う）　夏5　一三八
ナスヂョウチン（茄子提《ちやう》灯）　秋8　二六四
ナスヅケ（茄子漬）　夏7　二四四
ナスドコ（茄子床）　春3　七四
ナズナ（薺《なづな》）　冬1　二八
ナズナウツ（薺《なづな》打つ）　冬1　二八
ナスナエ（茄子苗《なへ》）　夏5　一三七
ナズナガユ（薺《なづな》粥）　冬1　二八
ナズナツミ（薺《なづな》摘）　冬1　二八
ナズナノハナ（薺《なづな》の花）　春3　八四

ナスノシギヤキ（茄子の鴫焼） 夏7 二四四
ナスノハナ（茄子の花） 夏[6] 一八九
ナスビ（茄子） 夏7 二四三
ナスビノハナ（なすびの花） 夏6 一八九
ナスビマク（なすび蒔く） 春3 七四
ナスマク（茄子蒔く） 春3 七四
ナタネ（菜種） 夏5 一五〇
ナタネウツ（菜種打つ） 夏5 一五〇
ナタネガラ（菜種殻） 夏5 一五〇
ナタネガリ（菜種刈） 夏5 一五〇
ナタネカル（菜種刈る） 夏5 一五〇
ナタネゴク（菜種御供） 春2 五八
ナタネヅユ（菜種梅雨） 春4 一〇九
ナタネノハナ（菜種の花） 春4 一〇八
ナタネフグ（菜種河豚） 春4 一〇九
ナタネホス（菜種干す） 夏5 一五〇
ナタネマク（菜種蒔く） 秋9 二八六
ナタマメ（刀豆） 秋8 二六四
ナダレ（雪崩） 春2 五一
ナツ（夏） 夏[5] 一三〇
ナツアザミ（夏薊） 夏[6] 一八八
ナツウグイス（夏鶯《うぐひす》） 夏6 一八五
ナツエリ（夏襟） 夏[6] 一九五
ナツオビ（夏帯） 夏[6] 一九五
ナツガケ（夏掛） 夏6 一九六
ナツガスミ（夏霞） 夏[5] 一三六
ナツカゼ（夏風邪） 夏[7] 二三九
ナツガモ（夏鴨） 夏6 一七一
ナツカワ（夏川《かは》） 夏6 一七五
ナツカワラ（夏河原《かはら》） 夏6 一七五
ナツキ（夏木） 夏[6] 一八六
ナツギ（夏著） 夏6 一九四
ナツキカゲ（夏木蔭） 夏6 一八六
ナツギク（夏菊） 夏7 一九九
ナツキタル（夏来る） 夏5 一三〇
ナツギヌ（夏衣） 夏6 一九四
ナツギリ（夏霧） 夏[7] 二〇二
ナツクサ（夏草） 夏[6] 一八八
ナツグミ（夏茱萸） 夏6 一六七
ナツグワ（夏桑《くは》） 夏[6] 一八七
ナヅケ（菜漬） 冬11 三四二
ナツゴ（夏蚕） 夏6 一八七
ナツゴオリ（夏氷《ごほり》） 夏7 二一九
ナツコダチ（夏木立） 夏[6] 一八六
ナツゴロモ（夏衣） 夏[6] 一九四
ナツザシキ（夏座敷） 夏[7] 二〇二
ナツザブトン（夏座布団） 夏[6] 一九六
ナツシオ（夏潮《しほ》） 夏[7] 二三三
ナツシバイ（夏芝居《ゐ》） 夏[7] 二二五
ナツダイコ（なつだいこ） 夏6 一六七
ナツダイコン（夏大根） 夏[6] 一六七
ナツダイダイ（夏橙） 夏7 二一六
ナツタビ（夏足袋） 夏[6] 一九六
ナツチカシ（夏近し） 春4 一二四
ナツツバキノハナ（夏椿の花） 夏7 二五〇
ナツテブクロ（夏手袋） 夏[6] 一九五
ナットジル（納豆汁） 冬[12] 三五八
ナットナル（夏隣る） 春4 一二四
ナツニイル（夏に入る） 夏5 一三〇
ナツネギ（夏葱） 夏[6] 一六七

ナツノ(夏野)　夏[6]　一八七
ナツノアサ(夏の朝)　夏6　一五四
ナツノアメ(夏の雨)　夏[7]　二三一
ナツノウミ(夏の海)　夏[7]　二三一
ナツノカワ(夏の川《かは》)　夏[6]　一七五
ナツノキリ(夏の霧)　夏7　二〇二
ナツノシオ(夏の潮《しほ》)　夏7　二三一
ナツノチョウ(夏の蝶《てふ》)　夏[6]　一八七
ナツノツキ(夏の月)　夏[7]　二一六
ナツノツユ(夏の露)　夏7　二〇九
ナツノテラ(夏の寺)　夏5　一三〇
ナツノヒ(夏の灯)　夏7　二一六
ナツノミヤ(夏の宮)　夏5　一三〇
ナツノヤマ(夏の山)　夏[7]　二〇六
ナツノユウ(夏の夕《ゆふ》)　夏[7]　二一四
ナツノヨ(夏の夜)　夏[7]　二一四
ナツノレン(夏暖簾)　夏[6]　一九七
ナツバオリ(夏羽織)　夏[6]　一九五
ナツバカマ(夏袴)　夏[6]　一九五
ナツハギ(夏萩)　夏7　二四九
ナツバショ(夏場所)　夏5　一三六
ナツバラエ(夏 祓《ばらへ》)　夏6　一九八
ナツフカシ(夏深し)　夏7　二五一
ナツフク(夏服)　夏[6]　一九五
ナツブスマ(夏衾)　夏6　一九六
ナツブトン(夏蒲団)　夏[6]　一九六
ナツボウ(夏帽《ばう》)　夏6　一九五
ナツボウシ(夏帽子《ばう》)　夏[6]　一九五
ナツマケ(夏負)　夏7　二三九
ナツミカン(夏蜜柑)　夏[7]　二二六
ナツムシ(夏虫)　夏6　一七〇
ナツメ(棗)　秋10　三三二
ナツメク(夏めく)　夏5　一三五
ナツメノミ(棗の実)　秋10　三三二
ナツヤカタ(夏館)　夏[7]　二〇二
ナツヤスミ(夏休)　夏7　二三五
ナツヤセ(夏痩)　夏[7]　二三九
ナツヤナギ(夏柳)　夏6　一八三
ナツヤマガ(夏山家)　夏7　二〇六
ナツユウベ(夏 夕《ゆふべ》)　夏7　二一四
ナツヨモギ(夏蓬)　夏[6]　一八八
ナツリョウリ(夏料理《れう》)　夏[7]　二二三
ナツロ(夏炉)　夏[7]　二〇二
ナツワラビ(夏蕨)　夏5　一四二
ナデシコ(撫子)　秋9　二七三
ナナカマド(ななかまど)　秋10　三三五
ナナカマドノミ(七竈の実)　秋10　三三五
ナナクサ(七種)　冬1　二八
ナナクサ(七草)　秋[9]　二七三
ナナクサウツ(七種打つ)　冬1　二八
ナナクサガユ(七種粥)　冬1　二八
ナナクサハヤス
(七種はやす)　冬1　二八
ナナセノミソギ
(七瀬の御祓)　夏6　一九八
ナニワオドリ(浪花踊《なにはをどり》)　春4　九〇
ナノハナ(菜の花)　春4　一〇八
ナノリソ(なのりそ)　冬1　一六
ナベオトメ(鍋乙女《をと》)　夏5　一三三
ナベカブリ(鍋被)　夏5　一三三
ナベヅル(鍋鶴)　冬12　三五二
ナベマツリ(鍋祭)　夏5　一三三

ナベヤキ（鍋焼）　冬12　三五九
ナベヤキウドン（鍋焼饂飩）冬12　三五九
ナマコ（海鼠）　冬12　三六七
ナマコツキ（海鼠突）　冬12　三六七
ナマズ（鯰《なまづ》）　夏6　一六三
ナマハゲ（なまはげ）　冬1　三三
ナマビール（生ビール）　夏7　二一〇
ナマブシ（生節）　夏6　一七七
ナマリ（なまり）　夏6　一七七
ナマリブシ（生節）　夏6　一七七
ナミノハナ（浪の花）　冬12　三六四
ナムシ（菜虫）　秋9　二九二
ナムシトル（菜虫とる）　秋9　二九二
ナメクジ（蛞蝓《なめくぢ》）　夏6　一六四
ナメクジラ（なめくぢら）　夏6　一六四
ナメクジリ（なめくぢり）　夏6　一六四
ナメシ（菜飯）　春3　七七
ナヤライ（なやらひ）　冬1　四五
ナラザラシ（奈良晒）　夏7　二一〇
ナラノヤマヤキ
（奈良の山焼）　冬1　三三
ナリヒラキ（業平忌）　夏5　一五二
ナルコ（鳴子）　秋10　三〇〇
ナルタキノダイコタキ
（鳴滝の大根焚）　冬12　三五六
ナワシロ（苗代《なは》）　春4　一一九
ナワシロイチゴ（苗代苺《なは》）　夏6　一九〇
ナワシログミ（苗代茱萸《なは》）　春4　一二〇
ナワシログミノハナ
（苗代茱萸の花《なは》）　冬11　三三九
ナワシロダ（苗代田《なは》）　春4　一一九
ナワシロドキ（苗代時《なは》）　春4　一一九
ナンキンマメ（南京豆）　秋10　三一五
ナンテンノハナ（南天の花）夏6　一五六
ナンテンノミ（南天の実）　秋10　三一六
ナンバンノハナ
（なんばんの花）　夏7　二四九
ナンプウ（南風）　夏6　一八三

に・ニ

ニアズキ（煮小豆《あづき》）　夏7　二二一
ニイクサ（新草《にひ》）　春4　一〇六
ニイナメサイ（新嘗祭《にひ》）　冬11　三四七
ニイボン（新盆《にひ》）　秋8　二五八
ニオ（藁塚《にほ》）　秋10　三一四
ニオ（にほ）　冬12　三五一
ニオイブクロ（匂ひ袋《にほ》）　夏7　二三八
ニオドリ（にほどり）　冬12　三五一
ニオノウキス（鳰の浮巣《にほ》）　夏6　一七一
ニオノコ（鳰の子《にほ》）　夏6　一七一
ニオノス（鳰の巣《にほ》）　夏6　一七一
ニカイバヤシ（二階囃）　夏7　二二八
ニガウリ（苦瓜）　秋10　三〇八
ニガシオ（苦潮《しほ》）　夏7　二三三
ニガツ（二月《ぐわつ》）　春2　四八
ニガツレイジャ
（二月礼者《ぐわつ》）　春2　四九
ニギリズシ（握鮓）　夏7　二三三
ニコゴリ（煮凝）　冬1　三九
ニゴリザケ（濁酒）　秋10　二九九
ニゴリブナ（濁り鮒）　夏6　一六三

ニジ(虹) 夏[7] 二〇二
ニシキギ(錦木) 秋10 三三一
ニシキギノハナ(錦木の花) 夏6 一六八
ニシキギモミジ(錦木紅葉《もみぢ》) 秋10 三三一
ニシキヅタ(錦蔦) 秋10 三三一
ニシノキヨシキ(西の虚子忌) 秋10 三一二
ニシビ(西日) 夏7 二二九
ニジマス(虹鱒) 夏[5] 一五〇
ニシマツリ(西祭) 夏5 一三九
ニジュウサンヤ(二十三夜《じよ》) 秋9 二八一
ニジュウサンヤマチ(二十三夜《じよ》待) 秋9 二八一
ニシン(鰊) 春[3] 七七
ニシン(鯡) 春3 七七
ニシンクキ(鰊群来) 春3 七七
ニシングモリ(鰊曇) 春3 七七
ニチニチソウ(日日草《さう》) 夏7 二四六
ニチリンソウ(日輪草《さう》) 夏7 二四五
ニチレンキ(日蓮忌) 秋10 三一二
ニッキイズ(日記出づ) 冬12 三八六
ニッキカウ(日記買ふ) 冬12 三八六
ニッキハツ(日記果つ) 冬12 三八六
ニッシャビョウ(日射病《びやう》) 夏7 二四〇
ニナ(蜷) 春[3] 六四
ニナノミチ(蜷の道) 春3 六四
ニノウマ(二の午) 春2 四九
ニノカワリ(二の替《かはり》) 春2 四九
ニノトラ(二の寅) 冬1 二九
ニノトリ(二の酉) 冬11 三三八
ニバングサ(二番草) 夏6 一七四
ニバンゴ(二番蚕) 夏6 一八七
ニヒャクトオカ(二百十日《とを》) 秋9 二六九
ニヒャクハツカ(二百二十日) 秋9 二六九
ニビヤシ(煮冷し) 夏7 二三一
ニュウガク(入学《にふ》) 春4 八八
ニュウガクシキ(入学《にふ》式) 春4 八八
ニュウガクシケン(入学《にふ》試験) 春3 六四
ニュウドウグモ(入道雲《にふだう》) 夏7 二〇一
ニュウバイ(入梅《にふ》) 夏6 一六〇
ニラ(韮) 春3 七九
ニラノハナ(韮の花) 秋8 二六六
ニワウメノハナ(郁李《にはうめ》の花) 春4 九一
ニワウメノハナ(庭梅《には》の花) 春4 九一
ニワダキ(庭滝《には》) 夏7 二一二
ニワタタキ(庭《には》たたき) 秋10 三〇五
ニワトコノハナ(接骨木《にはとこ》の花) 春4 九三
ニワトコノメ(接骨木《にはとこ》の芽) 春3 七五
ニンジン(人参) 冬[12] 三五八
ニンジン(胡蘿蔔) 冬12 三五八
ニンジンノハナ(人参の花) 夏6 一八九
ニンジンノハナ(胡蘿蔔の花) 夏6 一八九
ニンドウノハナ(にんどうの花) 夏5 一四五
ニンニク(蒜) 春3 七九
ニンニク(忍辱) 春3 七九
ニンニク(葫) 春3 七九

ぬ・ヌ

ヌイゾメ(縫《ぬひ》初)　冬1　二〇
ヌカガ(糠蚊)　夏6　一八一
ヌカゴ(零余子)　秋10　三一六
ヌカゴメシ(零余子飯)　秋10　三一六
ヌカバエ(ぬかばへ)　秋10　三〇〇
ヌキナ(抜菜)　秋9　二九二
ヌクシ(ぬくし)　春3　六九
ヌクメザケ(温め酒)　秋10　三一一
ヌケマイリ(脱参《まゐり》)　春3　六三
ヌナワ(蓴《ぬなは》)　夏6　一七三
ヌナワオウ(蓴《ぬなは》生ふ)　春3　六四
ヌナワトル(蓴《ぬなは》採る)　夏6　一七三
ヌナワブネ(蓴《ぬなは》舟)　夏6　一七三
ヌノコ(布子)　冬12　三七五
ヌマカル(沼涸る)　冬12　三八三
ヌリアゼ(塗畦)　春4　一一三
ヌルデモミジ(白膠木紅葉《もみぢ》)　秋10　三三一
ヌルムミズ(温む水《みづ》)　春3　六三

ね・ネ

ネガイノイト(願《ねがひ》の糸)　秋8　二五五
ネギ(葱)　冬12　三五七
ネギジル(葱汁)　冬12　三五七
ネギノギボ(葱の擬宝)　春4　一一七
ネギノハナ(葱の花)　春4　一一七
ネギボウズ(葱坊《ばう》主)　春4　一一七
ネキリムシ(根切虫)　夏5　一三八
ネゴザ(寝茣蓙)　夏7　二〇三
ネコジャラシ(ねこじやらし)　秋9　二九〇
ネコノコ(猫の子)　春4　一一三
ネコノコイ(猫の恋《こひ》)　春2　五三
ネコノツマ(猫の妻)　春2　五三
ネコヤナギ(猫柳)　春2　五五
ネジアヤメ(ねぢあやめ)　春4　一一六
ネジバナ(捩《ねぢ》花)　夏5　一四四
ネジャカ(寝釈迦)　春3　六六
ネショウガツ(寝正月《しやうぐわつ》)　冬1　二九
ネズミハナビ(鼠花火)　秋8　二六一
ネッキウチ(根木打)　冬12　三六八
ネヅリ(根釣)　秋9　二八七
ネナシグサ(根無草)　夏6　一七三
ネノヒノアソビ(子の日の遊)　冬1　二九
ネハン(涅槃)　春3　六六
ネハンエ(涅槃会《ゑ》)　春3　六六
ネハンズ(涅槃図《づ》)　春3　六六
ネハンニシ(涅槃西風)　春3　六六
ネハンノヒ(涅槃の日)　春3　六六
ネビエ(寝冷)　夏7　二三九
ネビエゴ(寝冷子)　夏7　二三九
ネビエシラズ(寝冷知らず)　夏7　二一一
ネブカ(根深)　冬12　三五七
ネブカジル(根深汁)　冬12　三五七
ネブタ(ねぶた)　秋8　二五五
ネブタ(佞武多)　秋8　二五五
ネブノハナ(ねぶの花)　夏7　二〇〇
ネマチヅキ(寝待月)　秋9　二八一

ネムシロ(寝筵) 夏7 二〇三
ネムノハナ(合歓の花) 夏7 二〇〇
ネムリグサ(ねむりぐさ) 夏7 二〇〇
ネムルヤマ(眠る山) 冬12 三六一
ネヤノツキ(閨の月) 秋9 二七九
ネリクヨウ(練供養《やう》) 夏5 一三八
ネル(ネル) 夏5 一三六
ネンガ(年賀) 冬1 一二
ネンガジョウ(年賀状《じやう》) 冬1 一三
ネンシ(年始) 冬1 一二
ネンシュ(年酒) 冬1 一四
ネントウ(年頭) 冬1 八
ネンナイ(年内) 冬12 三九〇
ネンネコ(ねんねこ) 冬[12] 三七五
ネンレイ(年礼) 冬1 一二

の・ノ

ノアソビ(野遊) 春[3] 八二
ノイバラノハナ(野茨の花) 夏5 一四八
ノウゼンカ(凌霄花《くわ》) 夏7 二四六
ノウゼンカズラ (のうぜんかづら) 夏7 二四六
ノウハジメ(能始) 冬1 二三
ノウハジメ(農始) 冬1 二〇
ノウム(濃霧) 秋9 二八二
ノギク(野菊) 秋10 三一一
ノキシノブ(簷葱) 夏7 二三四
ノキショウブ(軒菖《しやう》蒲) 夏5 一三三
ノキドウロウ(軒灯籠) 秋8 二五八
ノコギリソウ(鋸草《さう》) 夏6 一五八
ノコリノキク(残りの菊) 秋10 三三三
ノコリフク(残り福) 冬1 三〇
ノコルカモ(残る鴨) 春3 六七
ノコルコオリ(残る氷《こほり》) 春2 五一
ノコルサムサ(残る寒さ) 春2 五二
ノコルツル(残る鶴) 春3 六七
ノコルモミジ(残る紅葉《もみぢ》) 冬11 三四五
ノコルユキ(残る雪) 春2 五一
ノジギク(野路《ぢ》菊) 秋10 三一一
ノジノアキ(野路《ぢ》の秋) 秋8 二五四
ノシモチ(熨斗餅) 冬12 三九〇
ノセギョウ(野施行《ぎやう》) 冬1 二六
ノソ(犬橇) 冬1 三六
ノダイコン(野大根) 春4 八九
ノチノアワセ(後の袷《あはせ》) 秋9 二八四
ノチノツキ(後の月) 秋10 三一二
ノチノヒガン(後の彼岸) 秋9 二八四
ノチノヒナ(後の雛) 秋10 三一〇
ノッペ(のっぺ) 冬12 三五八
ノッペイジル(のっぺい汁) 冬[12] 三五八
ノドカ(長閑) 春[4] 八八
ノドケシ(のどけし) 春4 八八
ノハギ(野萩) 秋9 二七四
ノビ(野火) 春2 五三
ノビル(野蒜) 春3 七九
ノビルノハナ(野蒜の花) 夏5 一四六
ノボタン(野牡丹) 夏7 二四六
ノボリ(幟) 夏5 一三三
ノボリグイ(幟杭《ぐひ》) 夏5 一三三
ノボリザオ(幟竿《ざを》) 夏5 一三三
ノボリヤナ(上り簗) 春[3] 六六

ノマオイ(野馬追《おひ》) 夏7 二四〇
ノマオイマツリ(野馬追《おひ》祭) 夏7 二四〇
ノミ(蚤) 夏[6] 一八二
ノミトリコ(蚤取粉) 夏6 一八二
ノミノアト(蚤の跡) 夏6 一八二
ノヤク(野焼く) 春2 五三
ノヤマノニシキ(野山の錦) 秋10 三三二
ノリ(海苔) 春[2] 五六
ノリウツギノハナ
(糊うつぎの花) 夏7 二五〇
ノリオケ(海苔桶《をけ》) 春2 五六
ノリカキ(海苔掻) 春2 五六
ノリス(海苔簀) 春2 五六
ノリソダ(海苔粗朶) 春2 五六
ノリゾメ(乗初) 冬1 一〇
ノリゾメ(騎初) 冬1 二四
ノリトリ(海苔採) 春2 五六
ノリブネ(海苔舟) 春2 五六
ノリホシバ(海苔干場) 春2 五六
ノリホス(海苔干す) 春2 五六
ノワキ(野分) 秋9 二七〇
ノワキアト(野分後) 秋9 二七〇
ノワケ(野わけ) 秋9 二七〇

は・ハ

ハアリ(羽蟻) 夏[6] 一八一
ハアリ(飛蟻) 夏6 一八一
バイ(霾) 春3 六七
バイウ(梅雨) 夏6 一六一
バイウ(黴雨) 夏6 一六一
バイウチ(海贏打) 秋10 三一一
バイエン(梅園《ゑん》) 春2 五七
ハイカ(敗荷) 秋10 三〇〇
バイカゴク(梅花《くわ》御供) 春2 五八
バイカサイ(梅花《くわ》祭) 春2 五八
バイゴマ(ばい独楽) 秋10 三一一
バイシュ(梅酒) 夏7 二三七
ハイセツシャ(排雪車) 冬1 三四
バイテン(梅天) 夏6 一六一
パイナップル
(パイナップル) 夏7 二一六
ハイビスカス
(ハイビスカス) 夏7 二五〇
バイマワシ(海贏廻《まは》し) 秋10 三一一
バイリン(梅林) 春2 五七
ハエ(蠅《はへ》) 夏[6] 一七九
ハエ(はえ) 夏6 一八三
ハエウチ(蠅《はへ》打) 夏6 一八〇
ハエウマル(蠅《はへ》生る) 春4 一一一
ハエタタキ(蠅《はへ》叩) 夏[6] 一八〇
ハエチョウ(蠅《はへ》帳《ちやう》) 夏6 一七九
ハエトリキ(蠅《はへ》捕器) 夏[6] 一八〇
ハエトリグサ(蠅《はへ》捕草) 夏6 一五八
ハエトリグモ(蠅虎《はへとりぐも》) 夏[6] 一八〇
ハエトリグモ(蠅《はへ》捕蜘蛛) 夏6 一八〇
ハエトリシ(蠅《はへ》捕紙) 夏6 一八〇
ハエトリリボン
(蠅《はへ》捕リボン) 夏6 一八〇
ハエヨケ(蠅《はへ》除) 夏[6] 一七九
ハエヲウツ(蠅《はへ》を打つ) 夏6 一七九
ハカアラウ(墓洗ふ) 秋8 二五八

ハカソウジ(墓掃除《さうぢ》) 秋8 二五八
ハガタメ(歯固) 冬1 一四
ハカタヤマガサ(博多山笠) 夏7 二二八
ハカドウロウ(墓灯籠) 秋8 二五八
ハカマイリ(墓参《まゐり》) 秋8 二五八
ハカマギ(袴著) 冬11 三四〇
ハカマノウ(袴能) 夏7 二二五
ハギ(萩) 秋9 二七四
ハキオサメ(掃納《をさめ》) 冬12 三九一
ハギカリ(萩刈) 秋10 三一九
ハキゾメ(掃初) 冬1 一九
ハキタテ(掃立) 春4 一二一
ハギチル(萩散る) 秋9 二七四
ハギネワケ(萩根分) 春3 七五
ハギノアルジ(萩の主) 秋9 二七四
ハギノト(萩の戸) 秋9 二七四
ハギノヤド(萩の宿) 秋9 二七四
ハギハラ(萩原) 秋9 二七四
ハギミ(萩見) 秋9 二七四
ハギワカバ(萩若葉) 春4 一一三
バグカザル(馬具飾る) 夏5 一三三
ハクサイ(白菜) 冬[12] 三五七
バクシュウ(麦秋《しう》) 夏5 一五一
ハクショ(薄暑) 夏5 一三六
バクショ(曝書) 夏7 二三六
ハクセン(白扇) 夏7 二〇二
ハクチョウ(白鳥《てう》) 冬[12] 三五二
ハクトウオウ(白頭翁《をう》) 秋10 三〇四
ハクバイ(白梅) 春2 五七
バクフ(瀑布) 夏7 二〇八
ハクボタン(白牡丹) 夏5 一三三
ハクモクレン(白木蓮) 春4 九二
ハクヤ(白夜) 夏6 一八四
ハクレン(白木蓮) 春4 九二
ハクロ(白露) 秋9 二七二
ハゲイトウ(葉鶏頭) 秋[9] 二八五
ハゴイタ(羽子板) 冬1 一七
ハゴイタイチ(羽子板市) 冬12 三八八
ハコヅリ(箱釣) 夏[7] 二二五
ハコニワ(箱庭《には》) 夏[7] 二三六
ハコベ(蘩蔞) 春[3] 八四
ハコベラ(はこべら) 春3 八四
ハゴロモソウ(はごろもさう) 夏6 一五八
ハザ(稲架) 秋10 三二四
ハザクラ(葉桜) 夏5 一三二
ハシイ(端居《ゐ》) 夏[7] 二二三
ハシガミ(箸紙) 冬1 一四
ハジカミ(薑) 秋9 二九一
ハジカミウオ(山椒魚《うを》) 夏6 一六四
ハジサン(巴字盞) 春3 六一
ハシスズミ(橋涼み) 夏7 二一三
ハジノミ(はじの実) 秋10 三二六
バショウ(芭蕉《せう》) 秋[8] 二六七
バショウキ(芭蕉《せう》忌) 冬11 三四〇
バショウノハナ(芭蕉《せう》の花) 夏7 二四八
バショウバ(芭蕉《せう》葉) 秋8 二六七
バショウフ(芭蕉《せう》布) 夏7 二〇九
バショウマキバ(芭蕉《せう》巻葉) 夏5 一三七
バショウリン(芭蕉《せう》林) 秋8 二六七
ハシリイモ(走り藷) 夏7 二四三
ハシリソバ(走り蕎麦) 秋10 三一七

ハシリチャ（走り茶） 夏5 一二四
ハス（蓮） 夏7 二四三
ハスイケ（蓮池） 夏7 二四三
ハスウウ（蓮植う） 春4 一三〇
ハスネホル（蓮根掘る） 冬11 三四三
ハスノイイ（蓮の飯《いひ》） 秋8 二五六
ハスノウキハ（蓮の浮葉） 夏6 一七三
ハスノハナ（蓮の花） 夏7 二四三
ハスノミ（蓮の実） 秋10 三三〇
ハスノミトブ（蓮の実飛ぶ） 秋10 三三〇
ハスホリ（蓮掘） 冬11 三四三
ハスミ（蓮見） 夏7 二四三
ハスミブネ（蓮見舟） 夏7 二四三
ハゼ（鯊） 秋[9] 二八七
ハゼカイ（櫨買《かひ》） 秋10 三三六
ハゼチギリ（櫨ちぎり） 秋10 三三六
ハゼツリ（鯊釣） 秋[9] 二八七
ハゼノアキ（鯊の秋） 秋9 二八七
ハゼノシオ（鯊の潮《しほ》） 秋9 二八七
ハゼノミ（櫨の実） 秋10 三三六
ハゼビヨリ（鯊日和） 秋9 二八七
ハゼブネ（鯊舟） 秋9 二八七
ハゼモミジ（櫨紅葉《もみぢ》） 秋10 三三一
ハタ（はた） 春4 一一〇
ハタウチ（畑打） 春[3] 七三
ハタオリ（はたおり） 秋9 二七六
ハダカ（裸） 夏7 二三一
ハダカオシ（裸押） 春2 五六
ハダカゴ（裸子） 夏7 二三一
ハダカビト（裸人） 夏7 二三一
ハダカマイリ（裸参《まゐり》） 冬1 二六
ハダサム（肌寒） 秋10 三一四
ハダシ（跣足） 夏[7] 二三一
ハダシ（徒跣） 夏7 二三一
ハダシ（跣） 夏7 二三一
ハタタガミ（はたたがみ） 夏7 二〇一
ハダヌギ（肌脱） 夏7 二三一
ハタハジメ（機始） 冬1 二〇
ハタハタ（鰰） 冬[12] 三六五
ハタハタ（蟿螽） 秋10 三〇〇
ハタハタ（鱩） 冬12 三六五
ハダラ（はだら） 春3 六二
ハダラユキ（はだら雪） 春3 六二
ハダレ（斑雪） 春3 六二
ハダレノ（はだれ野） 春3 六二
ハダレユキ（斑雪） 春3 六二
ハタンキョウ（巴旦杏《きやう》） 夏6 一六六
ハチ（蜂） 春[4] 一一三
ハチガツ（八月《ぐわつ》） 秋8 二五四
ハチガツジュウゴニチ（八月十《ぐわつじふ》五日） 秋8 二五九
ハチジュウハチヤ（八十《じふ》八夜） 春4 一一二
ハチス（はちす） 夏7 二四三
ハチタタキ（鉢叩） 冬11 三四〇
ハチノス（蜂の巣） 春4 一一三
ハツアカネ（初茜） 冬1 九
ハツアカリ（初明り） 冬1 九
ハツアキ（初秋） 秋8 二五四
ハツアキナイ（初商《あきなひ》） 冬1 一一
ハツアラシ（初嵐） 秋8 二六二
ハツアワセ（初袷《あはせ》） 夏5 一一三

ハツイチ(初市)	冬1	一二
ハツウ(初卯)	冬1	二九
ハツウマ(初午)	春2	四九
ハツウマイリ(初卯詣《まゐり》)	冬1	二九
ハツウリ(初売)	冬1	一二
ハツエビス(初恵美須)	冬1	三〇
ハツガイ(初買《がひ》)	冬1	一二
ハツカガミ(初鏡)	冬1	一三
ハツカショウガツ(二十日正月《しやうぐわつ》)	冬1	三三
ハツガツオ(初鰹《がつを》)	夏5	一四八
ハツガツオ(初松魚《がつを》)	夏5	一四八
ハツガマ(初釜)	冬1	一三
ハツカマド(初竈)	冬1	一三
ハツカミ(初髪)	冬1	一二
ハツガモ(初鴨)	秋10	三三三
ハツガラス(初鴉)	冬1	九
ハツカリ(初雁)	秋9	二八五
ハツカワズ(初蛙《かはづ》)	春4	一二五
ハツカンノン(初観音《くわんおん》)	冬1	四一
ハヅキ(葉月)	秋9	二六九
ハツギク(初菊)	秋10	三一〇
ハヅキジオ(葉月潮《じほ》)	秋9	二七八
ハツクカイ(初句会《くわい》)	冬1	一三
ハツゲイコ(初稽古)	冬1	一三
ハツゲシキ(初景色)	冬1	一〇
ハツゲショウ(初化粧《しやう》)	冬1	一三
ハッコウ(八荒《かう》)	春3	八三
ハツコウボウ(初弘法《ぼふ》)	冬1	四三
ハツゴオリ(初氷《ごほり》)	冬12	三五二
ハツコトヒラ(初金刀比羅)	冬1	三〇
ハツゴヨミ(初暦)	冬1	一三
ハツコンピラ(初金毘羅)	冬1	三〇
ハッサク(八朔)	秋9	二六九
ハッサクノイワイ(八朔の祝《いはひ》)	秋9	二六九
ハツザクラ(初桜)	春4	八八
ハツザケ(初鮭)	秋9	二八七
ハツシオ(初潮《しほ》)	秋9	二七八
ハツシグレ(初時雨)	冬11	三三七
ハツシノノメ(初東雲)	冬1	九
ハツシバイ(初芝居《ゐ》)	冬1	一三
ハツシモ(初霜)	冬11	三三七
ハッショウマメ(八《はち》升豆)	秋8	二六四
ハツスズメ(初雀)	冬1	九
ハツズリ(初刷)	冬1	一三
ハツゼック(初節句)	夏5	一三三
ハツゼミ(初蟬)	夏7	二三一
ハツゼリ(初糶)	冬1	一二
ハツゾラ(初空)	冬1	九
バッタ(ばった)	秋10	三〇〇
ハッタイ(麨)	夏7	二二一
ハツダイシ(初大師)	冬1	四三
ハツダケ(初茸)	秋10	二九七
ハツタビ(初旅)	冬1	一三
ハツダヨリ(初便)	冬1	一三
パッチ(ぱっち)	冬12	三七八
ハッチャノユ(初茶湯)	冬1	一三
ハツチョウ(初蝶《てふ》)	春4	一〇九
ハツチョウズ(初手水《てうづ》)	冬1	一〇
ハツヅキ(初月)	秋9	二七〇
ハツツユ(初露)	秋9	二七四

ハッテマエ(初点前《まへ》)　冬1　三
ハツデンシャ(初電車)　冬1　一〇
ハツテンジン(初天神)　冬1　四三
ハツデンワ(初電話)　冬1　三
ハットシ(初年)　冬1　八
ハツトラ(初寅)　冬1　二九
ハツトラマイリ(初寅詣《まゐり》)　冬1　二九
ハツトリ(初鶏)　冬1　九
ハツナキ(初泣)　冬1　一九
ハツナギ(初凪)　冬1　九
ハツナスビ(初茄子)　夏7　二四三
ハツナツ(初夏)　夏5　一三〇
ハツニ(初荷)　冬1　二
ハツニウマ(初荷馬)　冬1　二
ハツニブネ(初荷船)　冬1　二
ハツネ(初音)　春2　五八
ハツネノヒ(初子の日)　冬1　二九
ハツノボリ(初幟)　夏5　一三三
ハツノリ(初騎)　冬1　二四
ハツバショ(初場所)　冬1　三〇
ハツハタ(初機)　冬1　二〇
ハツハナ(初花)　春4　八六
ハツハリ(初針)　冬1　二〇
ハツハル(初春)　冬1　八
ハツヒ(初日)　冬1　九
ハツヒカゲ(初日影)　冬1　九
ハツビキ(初弾)　冬1　三
ハツビナ(初雛)　春3　六〇
ハツヒノデ(初日の出)　冬1　九
ハツフギン(初諷経)　冬1　二
ハツフジ(初富士)　冬1　九
ハツフドウ(初不動)　冬1　四三
ハツフユ(初冬)　冬11　三三六
ハツブロ(初風呂)　冬1　二
ハツホ(初穂)　秋10　二九九
ハツボウキ(初箒《ばうき》)　冬1　一九
ハツボタル(初蛍)　夏6　一七一
ハツボン(初盆)　秋8　二五八
ハツミソラ(初御空)　冬1　九
ハツモウデ(初詣《まうで》)　冬1　二
ハツモミジ(初紅葉《もみぢ》)　秋10　二九七
ハツモロコ(初諸子)　春3　六五
ハツヤクシ(初薬師)　冬1　二九
ハツヤマ(初山)　冬1　二〇
ハツユ(初湯)　冬1　二
ハツユイ(初結《ゆひ》)　冬1　二
ハツユキ(初雪)　冬12　三五二
ハツユミ(初弓)　冬1　二四
ハツユメ(初夢)　冬1　三
ハツライ(初雷)　春3　六二
ハツリョウ(初猟《れふ》)　秋10　三一三
ハツリョウ(初漁《れふ》)　冬1　二〇
ハツレッシャ(初列車)　冬1　一〇
ハツワライ(初笑《わらひ》)　冬1　一九
ハトノス(鳩の巣)　春4　一〇五
ハナ(花)　春4　九六
ハナアオイ(花葵《あふひ》)　夏6　一五八
ハナアザミ(花薊)　春4　一二六
ハナアヤメ(花あやめ)　夏6　一五四
ハナイカ(花烏賊)　春4　九七
ハナイバラ(花茨)　夏5　一四八
ハナウツギ(花卯木)　夏5　一四八

ハナカガリ(花篝)　春4　九六
ハナカボチャ(花南瓜)　夏6　一六〇
ハナギボウシ(花擬宝《ばう》珠)　夏5　一四四
ハナギリ(花桐)　夏5　一四六
ハナクズ(花屑《くづ》)　春4　九六
ハナグモリ(花曇)　春4　九六
ハナクヨウ(花供養《やう》)　春4　一一三
ハナクワイ(花慈姑《くわゐ》)　夏6　一七三
ハナゴオリ(花氷《ごほり》)　夏7　二二七
ハナゴケ(花苔)　夏6　一六二
ハナゴザ(花茣蓙)　夏[7]　二〇三
ハナゴロモ(花衣)　春4　九六
ハナサカキ(花榊)　夏6　一五七
ハナサキガニ(花咲蟹)　冬12　三六五
ハナザクロ(花石榴)　夏6　一五六
ハナザンショウ(花山椒《せう》)　春4　九三
ハナジュンサイ(花蓴菜)　夏6　一七四
ハナショウブ(花菖《しやう》蒲)　夏6　一五三
ハナズオウ(紫荊《はなずはう》)　春4　九三
ハナススキ(花芒)　秋9　二七三
ハナスミレ(花菫)　春3　八四
ハナダイコン(花大根)　春4　一〇九
ハナタチバナ(花橘)　夏6　一五五
ハナダネ(花種)　春3　七三
ハナダネマク(花種蒔く)　春3　七三
ハナタバコ(花煙草)　秋8　二六七
ハナダヨリ(花便)　春4　九六
ハナヅカレ(花疲)　春4　九六
ハナヅケ(花漬)　春4　九七
ハナドウロウ(花灯籠)　秋8　二五八
ハナナ(花菜)　春4　一〇八
バナナ(バナナ)　夏7　二二七
ハナナスビ(花茄子)　夏6　一八九
ハナナヅケ(花菜漬)　春4　一〇九
ハナニラ(花韮)　春4　一一八
ハナノ(花野)　秋[9]　二七二
ハナノアメ(花の雨)　春4　九六
ハナノエン(花の宴)　春4　九六
ハナノクモ(花の雲)　春4　九六
ハナノチャヤ(花の茶屋)　春4　九六
ハナノチリ(花の塵)　春4　九六
ハナノマク(花の幕)　春4　九六
ハナノヤド(花の宿)　春4　九六
ハナノヤマ(花の山)　春4　九六
ハナバショウ(花芭蕉《せう》)　夏7　二四八
ハナビ(花火)　秋8　二六一
ハナビ(煙火)　秋8　二六一
ハナビエ(花冷)　春4　九六
ハナビセンコウ(花火線香《かう》)　秋8　二六一
ハナビト(花人)　春4　九六
ハナビバンヅケ(花火番附)　秋8　二六一
ハナビブネ(花火舟)　秋8　二六一
ハナビミ(花火見)　秋8　二六一
ハナフブキ(花吹雪)　春4　九六
ハナフヨウ(花芙蓉)　秋8　二六二
ハナボコリ(花埃)　春4　九六
ハナボンボリ(花雪洞)　春4　九六
ハナマツリ(花祭)　春4　一〇三
パナマボウ(パナマ帽《ばう》)　夏6　一五五
ハナミ(花見)　春4　九六
ハナミジラミ(花見虱)　春4　九七
ハナミズキ(花水《みづ》木)　夏5　一四七

ハナミダイ(花見鯛《だひ》)　春4　九七
ハナミドウ(花御堂《だう》)　春4　一〇三
ハナミモザ(花ミモザ)　春3　八五
ハナムクゲ(花木槿)　秋8　二六二
ハナムシロ(花筵)　春4　九六
ハナメグリ(花巡り)　春4　九六
ハナモ(花藻)　夏6　一七四
ハナモリ(花守)　春4　九六
ハヌケドリ(羽脱鳥)　夏6　一九三
ハヌケドリ(羽抜鳥)　夏6　一九三
ハヌケドリ(羽抜鶏)　夏6　一九三
ハネ(羽子)　冬1　一七
ハネズミ(跳炭)　冬12　三六九
ハネツキ(羽子つき)　冬1　一七
ハネブトン(羽蒲団)　冬12　三七四
ハハキギ(帚木)　夏7　二四九
ハハキグサ(ははきぐさ)　夏7　二四九
ハハコグサ(母子草)　春3　八三
ハハコモチ(母子餅)　春4　八九
ハハソ(柞)　秋10　三三一
ハハソモミジ(柞紅葉《もみぢ》)　秋10　三三一
ハハノヒ(母の日)　夏5　一三六
ババハジメ(馬場始)　冬1　二四
ハブ(飯匙倩)　夏6　一九一
ハボタン(葉牡丹)　冬1　四一
ハマエンドウ(浜豌《ゑん》豆)　夏5　一四三
ハマオモト(はまおもと)　夏7　二三四
ハマグリ(蛤)　春4　九八
ハマチドリ(浜千鳥)　冬12　三六四
ハマナス(玫瑰)　夏7　二四六
ハマナスノミ(玫瑰の実)　秋10　三三七
ハマナベ(はまなべ)　春4　九八
ハマヒルガオ(浜昼顔《がほ》)　夏6　一九九
ハマヤ(破魔矢)　冬1　一一
ハマユウ(浜木綿《ゆふ》)　夏7　二三四
ハマユミ(破魔弓)　冬1　一一
ハモ(鱧)　夏7　二三三
ハモノカワ(鱧の皮《かは》)　夏7　二三三
ハヤオシズシ(早圧鮓)　夏7　二三三
ハヤズシ(早鮓)　夏7　二三三
ハヤナギ(葉柳)　夏6　一八三
ハヤブサ(隼)　冬11　三四三
ハヤマブキ(葉山吹)　春4　一一四
バラ(薔薇)　夏5　一四七
ハラアテ(腹当)　夏7　二一一
パラソル(パラソル)　夏7　二〇三
バラノハナ(茨の花)　夏5　一四八
バラノメ(薔薇の芽)　春3　七六
ハラミウマ(孕馬)　春4　一〇六
ハラミジカ(孕鹿)　春4　一〇六
ハラミスズメ(孕雀)　春4　一〇六
ハラミネコ(孕猫)　春2　五三
ハララゴ(鮞)　秋9　二八七
ハリエンジュ(はりゑんじゆ)　夏5　一四七
ハリオサメ(針納《をさめ》)　春2　五〇
ハリクヨウ(針供養《やう》)　春2　四九
ハリノキノハナ(はりの木の花)　春4　九三
ハリマツル(針祭る)　春2　四九
ハル(春)　春2　四八
ハルアカツキ(春あかつき)　春4　九四

ハルアサシ(春浅し)　春2　四八
ハルイチバン(春一番)　春2　五九
ハルオシム(春惜《をし》む)　春4　一二七
ハルカ(春蚊)　春4　一一二
ハルカゼ(春風)　春[4]　一一〇
ハルギ(春著)　冬1　一七
ハルギヌウ(春著縫ふ)　冬12　三八七
ハルグミ(はるぐみ)　春4　一二〇
ハルコ(春子)　春3　六三
ハルゴ(春蚕)　春4　一一三
ハルゴタツ(春炬燵)　春[3]　七〇
バルコニー(バルコニー)　夏7　二二三
ハルサム(春寒)　春[2]　五三
ハルサメ(春雨)　春[3]　七一
ハルシイタケ(春椎《しひ》茸)　春[3]　六三
ハルシグレ(春時雨)　春[2]　五二
ハルジタク(春支度)　冬12　三八七
ハルショウジ(春障《しやう》子)　春[3]　七〇
ハルゼミ(春蟬)　夏5　一三五
ハルタ(春田)　春[3]　六五
ハルダイコン(春大根)　春4　八九
ハルタク(春闌く)　春4　一二四
ハルタケナワ(春闌《たけなは》)　春4　一二四
ハルタツ(春立つ)　春2　四八
ハルダンロ(春煖炉)　春[3]　七〇
ハルチカシ(春近し)　冬1　四五
ハルツゲドリ(春告鳥)　春2　五八
ハルトナリ(春隣)　冬1　四五
ハルノアカツキ(春の暁)　春4　九四
ハルノアケボノ(春の曙)　春4　九四
ハルノアサ(春の朝)　春4　九四
ハルノアサヒ(春の朝日)　春4　八七
ハルノアメ(春の雨)　春3　七一
ハルノイリヒ(春の入日)　春4　八七
ハルノイロ(春の色)　春4　一〇八
ハルノウミ(春の海)　春[4]　九七
ハルノカ(春の蚊)　春4　一一二
ハルノカゼ(春の風邪)　春[2]　五二
ハルノカゼ(春の風)　春4　一一〇
ハルノカリ(春の雁)　春3　六七
ハルノカワ(春の川《かは》)　春[3]　六五
ハルノクサ(春の草)　春[4]　一〇六
ハルノクモ(春の雲)　春[4]　八七
ハルノクレ(春の暮)　春[4]　九四
ハルノコオリ(春の氷《こほり》)　春2　五一
ハルノシオ(春の潮《しほ》)　春4　九八
ハルノシモ(春の霜)　春[2]　五二
ハルノショウジ(春の障《しやう》子)　春3　七〇
ハルノソノ(春の園)　春2　四八
ハルノソラ(春の空)　春[4]　八七
ハルノタビ(春の旅)　春2　四八
ハルノツキ(春の月)　春[4]　九五
ハルノツチ(春の土)　春[3]　七三
ハルノテラ(春の寺)　春2　四八
ハルノドロ(春の泥)　春3　七一
ハルノナナクサ(春の七草)　冬1　二八
ハルノネコ(春の猫)　春2　五三
ハルノノ(春の野)　春[3]　八二
ハルノハエ(春の蠅《はへ》)　春4　一一二
ハルノヒ(春の日)　春[4]　八七
ハルノヒ(春の灯)　春4　九四

ハルノヒガサ(春の日傘) 春4 一一一
ハルノヒト(春の人) 春2 四八
ハルノホシ(春の星) 春[4] 九四
ハルノマチ(春の町) 春2 四八
ハルノミズ(春の水《みづ》) 春[3] 六三
ハルノミヤ(春の宮) 春2 四八
ハルノヤマ(春の山) 春[3] 六三
ハルノヤミ(春の闇) 春[4] 九五
ハルノユウヒ(春の夕《ゆふ》日) 春4 八七
ハルノユウベ(春の夕《ゆふべ》) 春4 九四
ハルノユキ(春の雪) 春[3] 六一
ハルノヨ(春の夜) 春[4] 九四
ハルノヨイ(春の宵《よひ》) 春[4] 九四
ハルノライ(春の雷) 春3 六三
ハルノロ(春の炉) 春3 六九
ハルヒ(春日) 春4 八七
ハルヒオケ(春火桶《をけ》) 春[3] 七〇
ハルヒカゲ(春日影) 春4 八七
ハルヒガサ(春日傘) 春4 一一一
ハルヒバチ(春火鉢) 春3 七〇
ハルフカシ(春深し) 春4 一二四
ハルボコリ(春埃) 春3 六七
ハルマツ(春待つ) 冬1 四五
ハルマツリ(春祭) 春[3] 六四
ハルメク(春めく) 春3 六三
ハルユウベ(春夕《ゆふべ》) 春4 九四
ハルユク(春行く) 春4 一二六
バレイショ(ばれいしよ) 秋10 三一六
バレイショノハナ
(馬鈴薯の花) 夏6 一九〇
バレンタインノヒ
(バレンタインの日) 春2 一五〇
バン(鷭) 夏[6] 一九四
バンカ(晩夏) 夏7 二五一
ハンカチ(ハンカチ) 夏7 二一一
ハンカチーフ
(ハンカチーフ) 夏[7] 二一一
バンガロー(バンガロー) 夏7 二〇七
バングセツ(万愚節) 春4 八八
ハンゲショウ(半夏生《しやう》) 夏7 一九九
ハンゲショウ(半夏生《しやう》) 夏7 一九九
ハンザキ(はんざき) 夏6 一六四
パンジー(パンジー) 春4 一〇二
バンシュウ(晩秋《しう》) 秋10 三三四
ハンショウ(半焼《せう》) 冬12 三八四
ハンセンギ(半仙戯) 春4 一一〇
ハンノキノハナ(赤楊の花) 春4 九二
バンノス(鷭の巣) 夏6 一七一
ハンノハナ(榛の花) 春4 九二
ハンミョウ(斑猫《めう》) 夏7 二〇四
ハンモック(ハンモック) 夏[7] 二〇三
バンリョウ(晩涼《りやう》) 夏7 二〇九
バンリョク(万緑) 夏[6] 一八六

ひ・ヒ

ヒアシノブ(日脚伸ぶ) 冬1 四三
ヒイナ(ひひな) 春3 六〇
ヒイラギサス(柊《ひひらぎ》挿す) 冬1 四五
ヒイラギノハナ(柊《ひひらぎ》の花) 冬11 三三九
ビール(麦酒) 夏[7] 二三〇
ヒウオ(氷魚《うを》) 冬12 三六六

ヒエ(稗) 秋9 二九三
ヒエヒク(稗引く) 秋9 二九三
ヒエマキ(稗蒔) 夏[7] 二三五
ヒエマク(稗蒔く) 夏7 二三六
ヒオ(氷魚《を》) 冬[12] 三六六
ヒオウギ(射干《ひあふぎ》) 夏7 二四八
ヒオケ(火桶《をけ》) 冬[12] 三七二
ヒオオイ(日覆《おほひ》) 夏7 二〇三
ヒガサ(日傘) 夏[7] 二〇三
ヒガタ(干潟) 春4 九八
ヒカブ(緋蕪) 冬12 三五八
ヒガミナリ(日雷) 夏7 二〇一
ヒガラ(日雀) 秋[10] 三〇五
ヒカラカサ(ひからかさ) 夏7 二〇三
ヒカン(避寒) 冬[1] 三八
ヒガン(彼岸) 春3 六八
ヒガンエ(彼岸会《ゑ》) 春3 六八
ヒガンザクラ(彼岸桜) 春3 六八
ヒガンダンゴ(彼岸団子) 春3 六八
ヒガンバナ(彼岸花) 秋9 二八五
ヒガンマイリ(彼岸詣《まゐり》) 春3 六八
ヒカンヤド(避寒宿) 冬1 三八
ヒキ(蟾) 夏6 一四四
ヒキイタ(ひきいた) 秋10 三〇〇
ヒキガエル(蟇《ひきがへる》) 夏[6] 一四四
ヒキガモ(引鴨) 春[3] 六七
ヒキゾメ(弾初) 冬1 三
ヒキヅル(引鶴) 春3 六七
ヒクイナ(緋水鶏《くひな》) 夏6 一九四
ヒグラシ(蜩) 秋[8] 二六一
ヒグラシ(日暮し) 秋8 二六一
ヒグルマソウ(日車草《さう》) 夏7 二四五
ヒコバエ(蘖) 春4 一〇七
ヒコボシ(彦星) 秋8 二五五
ヒサカキノハナ(柃の花) 春4 一一六
ヒザカリ(日盛) 夏7 二二八
ヒサゴ(ひさご) 秋9 二九一
ヒサゴナエ(瓢苗《なへ》) 夏5 一三七
ヒサゴノハナ(瓢の花) 夏7 二四一
ヒサメ(氷雨) 夏6 一九三
ヒシオツクル(醤《ひしほ》造る) 夏7 二三四
ヒジキ(鹿尾菜) 春[4] 一〇〇
ヒシトル(菱採る) 秋9 二八八
ヒシノハナ(菱の花) 夏6 一七四
ヒシノミ(菱の実) 秋9 二八八
ヒシモチ(菱餅) 春3 六一
ヒショ(避暑) 夏7 二三五
ヒショキャク(避暑客) 夏7 二三五
ヒショチ(避暑地) 夏7 二三五
ヒショノタビ(避暑の旅) 夏7 二三五
ヒショノヤド(避暑の宿) 夏7 二三五
ヒスイ(ひすゐ) 夏6 一七八
ヒスズシ(灯涼し) 夏[7] 二一六
ヒタ(引板) 秋10 三〇〇
ヒタキ(鶲) 冬[12] 三六四
ヒダラ(干鱈) 春[3] 七七
ヒツジ(穭《ひつぢ》) 秋10 三三三
ヒツジグサ(未草) 夏7 二四二
ヒツジダ(穭《ひつぢ》田) 秋10 三三三
ヒツジノケキル(羊の毛剪る) 春4 一〇八
ヒデリ(旱) 夏7 二三〇

ヒデリダ(旱田) 夏7 二三〇
ヒトエ(単《ひとへ》衣) 夏6 一九四
ヒトエオビ(一重《へ》帯) 夏6 一九五
ヒトエオビ(単《ひとへ》帯) 夏6 一九五
ヒトエギク(一重《へ》菊) 秋10 三一〇
ヒトエタビ(単《ひとへ》足袋) 夏6 一九六
ヒトエバカマ(単《ひとへ》袴) 夏6 一九五
ヒトエモノ(単《ひとへ》物) 夏6 一九四
ヒトツバ(一ッ葉) 夏[7] 二〇九
ヒトハ(一葉) 秋8 二五五
ヒトハノアキ(一葉の秋) 秋8 二五五
ヒトマルキ(人丸忌) 春4 一一三
ヒトマロキ(人麻呂忌) 春4 一一三
ヒトムラススキ(一叢芒) 秋9 二七三
ヒトモジ(ひともじ) 冬12 三五七
ヒトモトススキ(一本芒) 秋9 二七三
ヒトヨザケ(一夜酒) 夏7 二三〇
ヒトヨズシ(一夜鮓) 夏7 二三三
ヒトリシズカ(一人静《しづか》) 春4 一〇一
ヒトリムシ(火取虫) 夏[6] 一七〇
ヒナ(雛) 春3 六〇
ヒナアソビ(雛遊) 春3 六〇
ヒナイチ(雛市) 春3 六〇
ヒナオサメ(雛納《をさめ》) 春3 六〇
ヒナガ(日永) 春[4] 八七
ヒナカザル(雛飾る) 春3 六〇
ヒナギク(雛菊) 春[2] 五五
ヒナゲシ(雛罌粟) 夏5 一四五
ヒナタボコ(日向ぼこ) 冬12 三七九
ヒナタボコリ(日向ぼこり) 冬[12] 三七九
ヒナタボッコ(日向ぼっこ) 冬12 三七九
ヒナタミズ(日向水《みづ》) 夏7 二三九
ヒナダン(雛壇) 春3 六〇
ヒナナガシ(雛流し) 春3 六〇
ヒナノエン(雛の宴) 春3 六〇
ヒナノキャク(雛の客) 春3 六〇
ヒナノヤド(雛の宿) 春3 六〇
ヒナバコ(雛箱) 春3 六〇
ヒナマツリ(雛祭) 春3 六〇
ヒナミセ(雛店) 春3 六〇
ヒナワウリ(火縄《なは》売) 冬1 一〇
ビナンカズラ(美男蔓《かづら》) 秋10 三一七
ヒノキガサ(檜笠) 夏7 二〇四
ヒノサカリ(日の盛り) 夏7 二二八
ヒノバン(火の番) 冬[12] 三八四
ヒノミヤグラ(火の見櫓) 冬12 三八四
ヒバチ(火鉢) 冬[12] 三七二
ヒハモ(干鱧) 夏7 二三三
ヒバリ(雲雀) 春[3] 七一
ヒバリカゴ(雲雀籠) 春3 七一
ヒバリノ(雲雀野) 春3 七一
ヒバリノス(雲雀の巣) 春4 一〇六
ヒバリブエ(雲雀笛) 春3 七一
ヒビ(胼) 冬1 三三
ヒビグスリ(胼薬) 冬1 三三
ヒフ(被布) 冬[12] 三七八
ヒボケ(緋木瓜) 春4 九三
ヒボタン(緋牡丹) 夏5 一三一
ヒマツリ(火祭) 秋10 三三〇
ヒマワリ(向日葵《ひまはり》) 夏7 二四五
ヒミジカ(日短) 冬12 三四九
ヒムシ(灯虫) 夏6 一七〇

ヒムロ(氷室) 夏[7] 二二七
ヒムロモリ(氷室守) 夏7 二二七
ヒメジョオン(姫女苑《ぢよをん》) 夏5 一四四
ヒメダカ(緋目高) 夏6 一七二
ヒメユリ(姫百合) 夏7 二〇〇
ヒモカガミ(氷面鏡) 冬1 三七
ヒモトキ(紐解) 冬11 三四〇
ヒモモ(緋桃) 春4 九一
ビヤガーデン
(ビヤガーデン) 夏7 二三〇
ヒャクギク(百菊) 秋10 三一〇
ヒャクジッコウ(百日紅) 夏7 二五〇
ヒャクソウツミ(百草《さう》摘) 夏5 一三四
ヒャクニチソウ(百日草《さう》) 夏7 二四六
ビャクレン(白蓮) 夏7 二四三
ヒヤケ(日焼) 夏[7] 二二三
ヒヤケダ(日焼田) 夏7 二三〇
ヒヤザケ(冷酒) 夏[7] 二三〇
ヒヤシウリ(冷し瓜) 夏7 二一七
ヒヤシコウチャ(冷し紅茶) 夏7 二一八
ヒヤシコーヒー(冷し珈琲) 夏[7] 二一八
ヒヤシサイダー
(冷しサイダー) 夏7 二三〇
ヒヤシジル(冷し汁) 夏7 二二一
ヒヤシラムネ(冷しラムネ) 夏7 二一九
ヒヤジル(冷汁) 夏[7] 二二一
ヒヤシンス(ヒヤシンス) 春4 一〇二
ヒヤソウメン(冷索《さう》麺) 夏[7] 二一八
ヒヤドウフ(冷豆腐) 夏7 二二一
ヒヤムギ(冷麦) 夏[7] 二一八
ヒヤヤカ(冷やか) 秋9 二九四
ヒヤヤッコ(冷奴) 夏[7] 二二一
ヒユ(莧) 夏[6] 一九三
ヒヨ(ひよ) 秋10 三〇三
ヒョウ(雹《へう》) 夏[6] 一九三
ヒョウカ(氷菓《くわ》) 夏7 二一九
ヒョウタン(瓢《へう》簞) 秋9 二九一
ビョウブ(屏《びやう》風) 冬[12] 三六九
ビヨウヤナギ(未央《やう》柳) 夏6 一五七
ビヨウヤナギ(美容柳) 夏6 一五七
ヒヨケ(日除) 夏[7] 二〇三
ヒヨドリ(鵯) 秋[10] 三〇三
ヒョンノフエ(瓢の笛) 秋10 三〇八
ヒョンノミ(瓢の実) 秋10 三〇八
ヒラハッコウ(比良八講《かう》) 春3 八一
ヒラハッコウ(比良八荒《かう》) 春3 八二
ヒル(蛭) 夏[6] 一七二
ヒルアミ(昼網) 夏6 一七六
ヒルガオ(昼顔《がほ》) 夏6 一八九
ヒルガスミ(昼霞) 春3 八二
ヒルカワズ(昼蛙《かはづ》) 春4 一二五
ヒルネ(昼寝) 夏[7] 二三九
ヒルネオキ(昼寝起) 夏7 二三九
ヒルネザメ(昼寝覚) 夏7 二三九
ヒルネビト(昼寝人) 夏7 二三九
ヒルノムシ(昼の虫) 秋9 二七五
ヒルハナビ(昼花火) 秋8 二六一
ヒルムシロ(蛭蓆) 夏[6] 一七三
ヒルモ(蛭藻) 夏6 一七三
ヒレザケ(鰭酒) 冬12 三六五
ヒレンジャク(緋連雀) 秋10 三〇五
ヒワ(鶸《ひは》) 秋[10] 三〇四

ビワ(枇杷《は》)　夏6　一六七
ビワノハナ(枇杷《は》の花)　冬12　三五六
ビワヨウトウ(枇杷《は》葉湯《えふたう》)　夏7　二三七
ヒンジモ(ひんじも)　夏6　一七三

ふ・フ

フイゴハジメ(鞴始)　冬1　二〇
フイゴマツリ(鞴祭)　冬11　三三九
ブーゲンビレア
(ブーゲンビレア)　夏7　二五一
フウシンシ(風信子)　春4　一〇二
フウセン(風船)　春[4]　一一〇
フウセンウリ(風船売)　春4　一一〇
フウチソウ(風知草《さう》)　夏[7]　二三五
フウラン(風蘭)　夏7　二四五
フウリン(風鈴)　夏[7]　二三四
フウリンウリ(風鈴売)　夏7　二三四
プール(プール)　夏7　二三三
フカグツ(深沓)　冬1　三六
フカシモ(深霜)　冬12　三八一
フキ(蕗)　夏5　一四二
フキアゲ(吹上げ)　夏7　二二二
フキイ(噴井《ゐ》)　夏7　二二二
フキカエ(茸替《かへ》)　春3　八一
フキナガシ(吹流し)　夏5　一三三
フキノトウ(蕗の薹《たう》)　春2　五六
フキノハ(蕗の葉)　夏5　一四二
フグ(河豚)　冬[12]　三六五
フクカキ(福掻)　冬1　二九
ブグカザル(武具飾る)　夏5　一三三
フクザサ(福笹)　冬1　三〇
フクジュソウ(福寿草《さう》)　冬1　一六
フグジル(河豚汁)　冬12　三六五
フクジンマイリ(福神詣《まゐり》)　冬1　一一
フクチャ(福茶)　冬1　一四
フグチリ(河豚ちり)　冬12　三六五
フグト(ふぐと)　冬12　三六五
フグトジル(ふぐと汁)　冬12　三六五
フクトラ(福寅)　冬1　二九
フグナベ(河豚鍋)　冬12　三六五
フグノヤド(河豚の宿)　冬12　三六五
フクビキ(福引)　冬1　一七
フクベ(瓢)　秋[9]　二九一
フクムカデ(福蜈蚣)　冬1　二九
フグリオトシ
(ふぐりおとし)　冬1　四六
フクロウ(梟《ふくろふ》)　冬[12]　三五〇
フクロカケ(袋掛)　夏[5]　一四八
フクログモ(袋蜘蛛)　夏6　一八〇
フクロヅノ(袋角)　夏5　一三五
フクワカシ(福沸)　冬1　二四
フクワラ(福藁)　冬1　一六
フクワライ(福笑《わらひ》)　冬1　一七
フケイ(噴井《ゐ》)　夏[7]　二二二
フケマチヅキ(更待月)　秋9　二八一
フゴオロシ(畚下し)　冬1　二九
フシ(五倍子)　秋10　三〇八
フジ(藤《ふぢ》)　春4　一二六
フジアザミ(富士薊)　秋9　二八九
フジギョウジャ
(富士行《ぎやう》者)　夏7　二〇六

フジコウ(富士講《かう》)	夏	7	二〇六
フジザクラ(富士桜)	夏	5	一三三
フジゼンジョウ(富士禅定《ぢやう》)	夏	7	二〇六
フジダナ(藤《ふぢ》棚)	春	4	一二六
フシヅケ(柴漬)	冬	[11]	三四八
フジドウジャ(富士道《だう》者)	夏	7	二〇六
フジナミ(藤《ふぢ》浪)	春	4	一二六
フジノゴハン(富士の御判)	夏	7	二〇六
フジノハツユキ(富士の初雪)	秋	9	二八四
フジノハナ(藤《ふぢ》の花)	春	4	一二六
フジノミ(藤《ふぢ》の実)	秋	10	三〇九
フジノヤマビラキ(富士の山開)	夏	7	一九九
フジノユキゲ(富士の雪解)	夏	6	一九七
フジバカマ(藤《ふぢ》袴)	秋	9	二七四
フシホス(ふし干す)	秋	10	三〇八
フシマチヅキ(臥待月)	秋	9	二八一
フジマメ(藤《ふぢ》豆)	秋	8	二六四
フジモウデ(富士詣《まうで》)	夏	7	二〇六
ブシュカン(仏手柑)	秋	10	三一八
フスマ(衾)	冬	[12]	三七四
フスマハズス(襖はづす)	夏	6	一九七
ブソンキ(蕪村忌)	冬	12	三八五
フダオサメ(札納《をさめ》)	冬	12	三八九
フタツボシ(二つ星)	秋	8	二五五
フタバナ(二葉菜)	秋	9	二九一
フタモジ(ふたもじ)	春	3	七九
フタリシズカ(二人静《しづか》)	春	4	一一八
フツカ(二日)	冬	1	一九
フツカキュウ(二日灸《きう》)	春	3	六〇
フツカヅキ(二日月)	秋	9	二七〇
フッカツサイ(復活《ふくわつ》祭)	春	4	一〇三
フツカヤイト(ふつかやいと)	春	3	六〇
ブッショウエ(仏生会《しやうゑ》)	春	4	一〇三
ブッソウゲ(仏桑《さう》花)	夏	7	二五〇
ブッポウソウ(仏法《ぽふ》僧)	夏	[6]	一八五
フデハジメ(筆始)	冬	1	二〇
ブト(蚋)	夏	[6]	一八二
ブト(蟆子)	夏	6	一八二
フトイ(太藺《ゐ》)	夏	[6]	一七八
ブドウ(葡萄《だう》)	秋	[9]	二九三
ブドウエン(葡萄園《だうゑん》)	秋	9	二九三
ブドウダナ(葡萄《だう》棚)	秋	9	二九三
フトコロデ(懐手)	冬	[12]	三七九
フトバシ(太箸)	冬	1	一四
フトン(蒲団)	冬	[12]	三七四
フナアソビ(船遊)	夏	[7]	二三三
フナイケス(船生洲)	夏	7	二三三
フナカジ(船火《くわ》事)	冬	12	三八四
フナシバイ(舟芝居《ゐ》)	夏	5	一三三
フナズシ(鮒鮓)	夏	7	二二三
フナセガキ(船施餓鬼)	秋	8	二五八
フナトギョ(舟渡御)	夏	5	一三八
フナナマス(鮒膾)	春	4	一一四
フナマツリ(船祭)	夏	7	二四〇
フナムシ(船虫)	夏	[7]	二三三
フナリョウリ(船料理《れう》)	夏	[7]	二三三
フノリ(海蘿)	夏	[7]	二三四
フノリ(布海苔)	夏	7	二三四

フノリカキ(海蘿掻)　夏7　二三四
フノリホス(海蘿干す)　夏7　二三四
フブキ(吹雪)　冬1　三四
フブキタオレ(吹雪倒《たふ》れ)　冬1　三六
フミエ(踏絵《ゑ》)　春2　四九
フミヅキ(文月)　秋8　二五四
フユ(冬)　冬[11]　三三六
ブユ(ぶゆ)　夏6　一八二
フユアタタカ(冬暖)　冬[11]　三四四
フユアンゴ(冬安居)　冬[11]　三四〇
フユイチゴ(冬苺)　冬1　四二
フユウグイス(冬鶯《うぐひす》)　冬12　三六四
フユガスミ(冬霞)　冬[12]　三五〇
フユガマエ(冬構《がまへ》)　冬11　三四六
フユガレ(冬枯)　冬[12]　三五四
フユカワラ(冬川原《かはら》)　冬12　三八三
フユキ(冬木)　冬[12]　三五三
フユギク(冬菊)　冬1　四一
フユキタル(冬来る)　冬11　三三六
フユキノメ(冬木の芽)　冬12　三五六
フユクサ(冬草)　冬1　四二
フユコダチ(冬木立)　冬[12]　三五三
フユゴモリ(冬籠)　冬[12]　三六八
フユザクラ(冬桜)　冬[1]　四四
フユザシキ(冬座敷)　冬[12]　三六八
フユザレ(冬ざれ)　冬[12]　三五四
フユジタク(冬支度)　秋10　三二五
フユソウビ(冬薔《さう》薇)　冬[1]　四二
フユタ(冬田)　冬[12]　三五一
フユタツ(冬立つ)　冬11　三三六
フユチカシ(冬近し)　秋10　三二九
フユツバキ(冬椿)　冬1　四四
フユトモシ(冬灯)　冬1　三九
フユナ(冬菜)　冬[12]　三五七
フユナギ(冬凪)　冬[12]　三八一
フユナバタケ(冬菜畑)　冬12　三五七
フユニイル(冬に入る)　冬11　三三六
フユヌクシ(冬ぬくし)　冬11　三四四
フユヌマ(冬沼)　冬11　三三六
フユノ(冬野)　冬[12]　三六一
フユノアサ(冬の朝)　冬[12]　三四九
フユノアメ(冬の雨)　冬[12]　三八二
フユノウミ(冬の海)　冬[12]　三六四
フユノウメ(冬の梅)　冬1　四四
フユノカリ(冬の雁)　冬[12]　三五〇
フユノカワ(冬の川《かは》)　冬[12]　三八三
フユノクサ(冬の草)　冬[1]　四二
フユノクモ(冬の雲)　冬[12]　三五〇
フユノソラ(冬の空)　冬[12]　三五〇
フユノチョウ(冬の蝶《てふ》)　冬[12]　三六八
フユノツキ(冬の月)　冬[12]　三八四
フユノトリ(冬の鳥)　冬[12]　三五〇
フユノナミ(冬の濤)　冬12　三六四
フユノニワ(冬の庭《には》)　冬11　三三六
フユノハエ(冬の蠅《はへ》)　冬[12]　三六八
フユノハチ(冬の蜂)　冬[12]　三六八
フユノハマ(冬の浜)　冬11　三三六
フユノヒ(冬の日)　冬[12]　三四九
フユノホシ(冬の星)　冬[12]　三八四
フユノマチ(冬の町)　冬11　三三六
フユノミズ(冬の水《みづ》)　冬[12]　三八三
フユノヤド(冬の宿)　冬11　三三六

フユノヤマ（冬の山）　冬 [12]　三六一
フユノヨ（冬の夜）　冬 [12]　三八四
フユバラ（冬ばら）　冬 1　四二
フユバレ（冬晴）　冬 11　三四四
フユヒ（冬日）　冬 12　三四九
フユヒナタ（冬日向）　冬 12　三四九
フユビヨリ（冬日和）　冬 [11]　三四四
フユフク（冬服）　冬 [12]　三七六
フユボウ（冬帽《ぼう》）　冬 [12]　三七六
フユボタン（冬牡丹）　冬 1　四一
フユメ（冬芽）　冬 [12]　三五六
フユメク（冬めく）　冬 11　三三七
フユモミジ（冬紅葉《もみぢ》）　冬 11　三四五
フユヤスミ（冬休）　冬 12　三八九
フユヤマ（冬山）　冬 12　三六一
フユヤマガ（冬山家）　冬 12　三六一
ブヨ（ぶよ）　夏 6　一八二
フヨウ（芙蓉）　秋 8　二六二
フラココ（ふらここ）　春 4　一一〇
ブランコ（ぶらんこ）　春 4　一一〇
ブリ（鰤）　冬 [12]　三六六
ブリアミ（鰤網）　冬 [12]　三六六
フリージア（フリージア）　春 4　一〇二
ブリオコシ（鰤起し）　冬 12　三六六
フルアワセ（古袷《あはせ》）　夏 5　一二三
フルウチワ（古団扇《うちは》）　夏 7　二〇三
フルオウギ（古扇《あふぎ》）　夏 7　二〇二
フルガヤ（古蚊帳）　夏 6　一八二
フルクサ（古草）　春 4　一〇七
フルゴヨミ（古暦）　冬 12　三八六
フルシブ（古渋）　秋 8　二六六
フルショウガ（古生《しやう》姜）　秋 9　二九一
フルス（古巣）　春 4　一〇四
フルスダレ（古簾）　夏 6　一九六
フルセ（ふるせ）　秋 9　二八七
フルニッキ（古日記）　冬 12　三八六
フルビナ（古雛）　春 3　六〇
フルマイミズ（振舞《まひ》水《みづ》）　夏 7　二一八
フルユカタ（古浴衣）　夏 7　二一〇
フルワタ（古綿）　秋 10　三一七
フレーム（フレーム）　冬 [12]　三八二
フロ（風炉）　夏 [5]　一三四
フロテマエ（風炉手前《まへ》）　夏 5　一三四
フロテマエ（風炉点前《まへ》）　夏 5　一三四
フロフキ（風呂吹）　冬 [12]　三五七
ブンカノヒ（文化《くわ》の日）　秋 10　三三四
ブンゴウメ（豊後梅）　夏 6　一六六
フンスイ（噴水《すゐ》）　夏 [7]　二一二
ブンタンヅケ（文旦漬）　秋 10　三一七
ブンブン（ぶんぶん）　夏 7　二〇四
ブンムシ（ぶん虫）　夏 7　二〇四

へ・へ

ヘイアンマツリ（平安祭）　秋 10　三三〇
ヘイケボタル（平家蛍）　夏 6　一七一
ペーチカ（ペーチカ）　冬 [12]　三七一
ペーロン（ペーロン）　夏 6　一五四
ヘキゴトウキ（碧梧桐忌）　冬 1　四五
ヘクソカズラ（へくそ葛《かづら》）　夏 7　二四八
ベゴニア（ベゴニア）　夏 [6]　一七〇
ヘチマ（糸瓜）　秋 [9]　二九〇

ヘチマキ(糸瓜忌)　秋9　二八一
ヘチマダナ(糸瓜棚)　秋9　二九〇
ヘチマナエ(糸瓜苗《なへ》)　夏5　一三七
ヘチマノハナ(糸瓜の花)　夏7　二四二
ヘチママク(糸瓜蒔く)　春3　七三
ベッタライチ(べつたら市)　秋10　三一五
ベニノハナ(紅の花)　夏6　一五九
ベニノハナ(紅粉の花)　夏6　一五九
ベニノハナ(紅藍の花)　夏6　一五九
ベニハス(紅蓮)　夏7　二四三
ヘビ(蛇)　夏[6]　一九〇
ヘビアナニイル(蛇穴に入る)　秋9　二八四
ヘビアナヲイズ(蛇穴を出づ)　春3　六二
ヘビイチゴ(蛇苺)　夏6　一九〇
ヘビキヌヲヌグ(蛇衣を脱ぐ)　夏6　一九〇
ヘビノカラ(蛇の殻)　夏6　一九〇
ヘビノキヌ(蛇の衣)　夏6　一九〇
ヘビノヌケガラ(蛇の脱殻)　夏6　一九〇
ヘヒリムシ(放屁虫)　秋[9]　二七七
ベラ(べら)　夏[6]　一七六
ベラツリ(べら釣)　夏6　一七六
ベランダ(ベランダ)　夏7　二二三
ベンケイソウ(弁慶草《さう》)　秋8　二六三
ペンペングサ(ぺん〳〵草)　春3　八四
ヘンロ(遍路)　春[4]　一一一
ヘンロヤド(遍路宿)　春4　一一一

ほ・ホ

ホイロ(焙炉)　春4　一一一
ポインセチア(ポインセチア)　冬12　三八五
ボウウチガッセン(棒打合戦)　夏6　一六八
ホウオンコウ(報《はう》恩講《かう》)　冬11　三四七
ボウカンボウ(防《ばう》寒帽《ばう》)　冬12　三七六
ホウキグサ(帚《はうき》草)　夏7　二四九
ホウコグサ(はうこぐさ)　春3　八三
ホウシゼミ(法《ほふ》師蟬)　秋[8]　二六一
ボウシバナ(ばうし花)　秋9　二九〇
ホウジョウエ(放生《はうじやう》会《ゑ》)　秋9　二七八
ホウセンカ(鳳仙花《くわ》)　秋8　二六三
ホウソウ(芳草《はうさう》)　春4　一〇六
ボウダラ(棒鱈)　春3　七七
ボウタン(ぼうたん)　夏5　一三一
ホウネン(豊年)　秋10　三〇一
ボウネンカイ(忘《ばう》年会《くわい》)　冬12　三八九
ホウネンキ(法《ほふ》然忌)　春4　一一三
ホウビキ(宝《はう》引)　冬1　一七
ボウフウ(防《ばう》風)　春[3]　八四
ボウフウトリ(防《ばう》風採)　春3　八四
ボウフウホル(防《ばう》風掘る)　春3　八四
ボウフラ(孑孒)　夏[6]　一八二
ボウブラ(ぼうぶら)　秋8　二六四
ボウフリ(ぼうふり)　夏6　一八二
ホウヨウ(放《はう》鷹)　冬11　三四三
ホウライ(蓬萊)　冬1　一六

ホウレンソウ（菠薐草《はうさう》）　春2　五五
ホウロクキュウ（炮《はう》烙炙《きう》）　夏7　二三七
ホエカゴ（宝恵《ゑ》籠）　冬1　一三〇
ホオオチバ（朴《ほほ》落葉）　冬11　三四五
ホオカムリ（頬《ほほ》被）　冬[12]　三七七
ホオジロ（頬《ほほ》白）　秋[10]　三〇四
ホオズキ（鬼灯《ほほづき》）　秋[9]　二九一
ホオズキ（酸漿《ほほづき》）　秋9　二九一
ホオズキイチ（鬼灯《ほほづき》市）　夏7　二〇六
ホオズキノハナ（鬼灯《ほほづき》の花）　夏6　一五九
ホオズキノハナ（酸漿《ほほづき》の花）　夏6　一五九
ボート（ボート）　夏[7]　二三三
ボートレース
（ボートレース）　春4　一一〇
ボーナス（ボーナス）　冬12　三八六
ホオノハナ（朴《ほほ》の花）　夏5　一四六
ホオノハナ（厚朴《ほほ》の花）　夏5　一四六
ホグシ（火串）　夏[6]　一七五
ホクノアキ（ホ句の秋）　秋8　二五四
ホクリ（ほくり）　春3　八五
ホゲイ（捕鯨）　冬[12]　三六五
ホゲイセン（捕鯨船）　冬12　三六五
ボケノハナ（木瓜の花）　春4　九三
ホコタテ（鉾立）　夏7　二二八
ホコナガシノシンジ
（鉾流しの神事）　夏7　二四〇
ホコノチゴ（鉾の稚児）　夏7　二二八
ホコマチ（鉾町）　夏7　二二八
ボサン（墓参）　秋8　二五八
ホシアイ（星合《あひ》）　秋8　二五五
ホシイイ（干飯《いひ》）　夏[7]　二三三
ホシイツ（星凍つ）　冬12　三八四
ホシウメ（干梅）　夏7　二三六
ホシウリ（乾瓜）　夏7　二一八
ホシガキ（干柿）　秋10　三〇六
ホシクサ（干草）　夏[6]　一八八
ホシコヨイ（星今宵《よひ》）　秋8　二五五
ホシダイコ（干大根）　冬11　三四二
ホシダラ（ほしだら）　春3　七七
ホシヅキヨ（星月夜）　秋[8]　二五五
ホシヅクヨ（ほしづくよ）　秋8　二五五
ホシトブ（星飛ぶ）　秋8　二六二
ホシナ（干菜）　冬[12]　三五七
ホシナジル（干菜汁）　冬12　三五七
ホシナブロ（干菜風呂）　冬12　三五七
ホシナユ（干菜湯）　冬12　三五七
ホシノタムケ（星の手向）　秋8　二五五
ホシノチギリ（星の契）　秋8　二五五
ホシノヨ（星の夜）　秋8　二五五
ホシノワカレ（星の別）　秋8　二五五
ホシブトン（干蒲団）　冬12　三七四
ホシマツリ（星祭）　秋8　二五五
ホシムカエ（星迎《むかへ》）　秋8　二五五
ボシュン（暮春）　春4　一一六
ホシワカメ（干若布）　春2　五九
ホシワラビ（干蕨）　春3　八三
ホススキ（穂芒）　秋9　二七三
ボセツ（暮雪）　冬1　三四
ホソバタデ（ほそばたで）　夏6　一九三
ホダ（榾）　冬[12]　三七〇
ボダイシ（菩提子）　秋10　三一二
ボダイジュノミ

（菩提樹の実）　秋10　三三
ホタデ（穂蓼）　秋8　二六六
ホダトリ（榾取）　冬12　三七〇
ホダノヌシ（榾の主）　冬12　三七〇
ホダノヤド（榾の宿）　冬12　三七〇
ホダビ（榾火）　冬12　三七〇
ホタル（蛍）　夏[6]　一七一
ホタルイカ（蛍烏賊）　春4　九七
ホタルウリ（蛍売）　夏6　一七一
ホタルカゴ（蛍籠）　夏[6]　一七一
ホタルガッセン（蛍合戦）　夏6　一七一
ホタルガリ（蛍狩）　夏[6]　一七一
ホタルグサ（ほたる草）　秋9　二九〇
ホタルビ（蛍火）　夏6　一七一
ホタルブクロ（蛍袋）　夏6　一九二
ホタルブネ（蛍舟）　夏6　一七一
ホタルミ（蛍見）　夏6　一七一
ホダワラ（穂俵《だはら》）　冬1　一六
ボタン（牡丹）　夏5　一三一
ボタンエン（牡丹園《えん》）　夏5　一三一
ボタンキョウ（牡丹杏《きやう》）　夏6　一六六
ボタンナベ（牡丹鍋）　冬12　三六三
ボタンノネワケ（牡丹の根分）　秋9　二八五
ボタンノメ（牡丹の芽）　春3　七一
ボタンユキ（牡丹雪）　冬1　三四
ホッケ（𩸽）　春[3]　七八
ホテイアオイ（布袋葵《あふひ》）　夏7　二四二
ホテイソウ（布袋草《さう》）　夏7　二四二
ホトトギス（時鳥）　夏[6]　一八五
ホトトギス（子規）　夏6　一八五
ホトトギス（不如帰）　夏6　一八五
ホトトギス（杜宇）　夏6　一八五
ホトトギス（杜鵑）　夏6　一八五
ホトトギス（蜀魂）　夏6　一八五
ホトトギス（杜鵑草）　秋9　二九〇
ホトトギスソウ（時鳥草《さう》）　秋9　二九〇
ホナガ（穂長）　冬1　一六
ポピー（ポピー）　夏5　一四五
ホムギ（穂麦）　夏5　一五〇
ボヤ（小火）　冬12　三八四
ホロガヤ（母衣蚊帳）　夏6　一八二
ボン（盆）　秋8　二五七
ボンエ（盆会《ゑ》）　秋8　二五七
ボンオドリ（盆踊《をどり》）　秋8　二五九
ボンキョウゲン（盆狂《きやう》言）　秋8　二五九
ホンダワラ（ほんだはら）　冬1　一六
ボンヂョウチン（盆提《ぢやう》灯）　秋8　二五八
ボンテン（梵天）　春2　五〇
ボンドウロウ（盆灯籠）　秋8　二五八
ボンノイチ（盆の市）　秋8　二五七
ボンノツキ（盆の月）　秋8　二五九
ボンバイ（盆梅）　春2　五七
ボンマツリ（盆祭）　秋8　二五八
ボンレイ（盆礼）　秋8　二五六

ま・マ

マーガレット（マーガレット）　夏5　一四五
マイゾメ（舞《まひ》初）　冬1　一三
マイマイ（まひ〳〵）　夏[6]　一七二

マイマイ(豉虫《まひまひ》) 夏6 一七三
マイワシ(真鰯) 秋9 二八六
マオ(真苧《を》) 夏7 二四一
マクズ(真葛) 秋9 二七四
マクズハラ(真葛原) 秋9 二七四
マクナギ(蠛蠓) 夏6 一八一
マクナギ(蠓) 夏6 一八一
マクラガヤ(枕蚊帳) 夏6 一八二
マグロ(鮪) 冬12 三六五
マグロブネ(鮪船) 冬12 三六五
マクワ(真瓜《まくは》) 夏7 二一七
マクワウリ(甜瓜《まくは》) 夏7 二一七
マケウマ(負馬) 夏6 一五四
マケドリ(負鶏) 春3 六一
マコモ(真菰) 夏6 一七八
マコモガリ(真菰刈) 夏6 一七八
マコモノウマ(真菰の馬) 秋8 二五七
マコモノハナ(真菰の花) 秋9 二九〇
マサキノミ(柾の実) 秋10 三三二
マス(鱒) 春3 七八
マスク(マスク) 冬12 三七七
マスホノススキ(ますほの芒) 秋9 二七三
マタタビ(木天蓼) 夏6 一六七
マタタビノハナ(天蓼の花) 夏6 一六七
マツイカ(まついか) 春4 九七
マツオサメ(松納《をさめ》) 冬1 三一
マツオチバ(松落葉) 夏5 一四一
マツカザリ(松飾) 冬1 一五
マツクグリ(まつくぐり) 春4 一二五
マツスギ(松過) 冬1 三三
マツゼミ(松蟬) 夏5 一三五
マツタケ(松茸) 秋10 二九八
マツタケメシ(松茸飯) 秋10 二九八
マツテイレ(松手入) 秋10 三一〇
マツトル(松取る) 冬1 三一
マツノウチ(松の内) 冬1 三一
マツノシン(松の芯) 春4 一二五
マツノズイ(松の蘂) 春4 一二五
マツノハナ(松の花) 春4 一二五
マツノミドリ(松の緑) 春4 一二五
マツバウド(松葉独活) 春3 七九
マツバガニ(松葉蟹) 冬12 三六五
マツバギク(松葉菊) 夏7 二二六
マツパダカ(真裸) 夏7 二三一
マツバボタン(松葉牡丹) 夏7 二二六
マツバヤシ(松囃子) 冬1 二三
マツムシ(松虫) 秋9 二七五
マツムシソウ(松虫草《さう》) 秋9 二八九
マツムシリ(松毟鳥) 春4 一二五
マツモ(松藻) 夏7 二三五
マツヨイ(待宵《よひ》) 秋9 二七九
マツヨイグサ(待宵《よひ》草) 夏7 二〇〇
マツリ(祭) 夏5 一三八
マツリアト(祭あと) 夏5 一三八
マツリカ(茉莉花《くわ》) 夏7 二五〇
マツリガサ(祭笠) 夏5 一三八
マツリガミ(祭髪) 夏5 一三八
マツリキャク(祭客) 夏5 一三八
マツリゴロモ(祭衣) 夏5 一三八
マツリジシ(祭獅子) 夏5 一三八
マツリダイコ(祭太鼓) 夏5 一三八

マツリヂョウチン（祭提灯《ぢやう》） 夏5 一三八
マツリバヤシ（祭囃子） 夏5 一三八
マツリブエ（祭笛） 夏5 一三八
マツリブネ（祭舟） 夏5 一三八
マツリマエ（祭前《まへ》） 夏5 一三八
マツリマチ（祭町） 夏5 一三八
マツリミ（祭見） 夏5 一三八
マツリヤド（祭宿） 夏5 一三八
マテ（馬刀） 春④ 九八
マテガシ（まてがし） 秋10 三一一
マテツキ（馬刀突） 春4 九八
マテバシイ（まてばしひ） 秋10 三一一
マテホリ（馬刀掘） 春4 九八
マドノアキ（窓の秋） 秋8 二五四
マトハジメ（的始） 冬1 二四
マナヅル（真鶴） 冬12 三五二
マハギ（真萩） 秋9 二七四
マビキナ（間引菜） 秋9 二九二
マヒワ（まひは） 秋10 三〇四
マフ（マフ） 冬⑫ 三七八
マフラー（マフラー） 冬12 三七七
マムシ（蝮蛇） 夏⑥ 一九〇
マムシザケ（蝮酒） 夏6 一九〇
マメウウ（豆植う） 夏6 一六五
マメウウ（菽植う） 夏6 一六五
マメガキ（豆柿） 秋10 三〇六
マメノハナ（豆の花） 春4 一〇九
マメマキ（豆撒） 冬1 四六
マメマク（豆蒔く） 夏6 一六五
マメメイゲツ（豆名月） 秋10 三一二
マメメシ（豆飯） 夏5 一四三
マヤダシ（まやだし） 春3 八一
マユ（繭） 夏⑤ 一三五
マユウル（繭売る） 夏5 一三五
マユカイ（繭買《かひ》） 夏5 一三五
マユカク（繭掻く） 夏5 一三五
マユカゴ（繭籠） 夏5 一三五
マユダマ（繭玉） 冬1 三〇
マユニル（繭煮る） 夏5 一三五
マユホス（繭干す） 夏5 一三五
マユミノミ（檀の実） 秋10 三一二
マユミノミ（真弓の実） 秋10 三一二
マラリア（マラリア） 夏7 二三九
マルニジ（円虹） 夏7 二〇七
マルハダカ（丸裸） 夏7 二三一
マワリドウロウ（廻《まは》り灯籠） 秋8 二五九
マンゲツ（満月） 秋9 二七九
マンゴー（マンゴー） 夏7 二一七
マンザイ（万歳） 冬1 一八
マンサク（金縷梅） 春2 五四
マンサク（満作） 春2 五四
マンジュウガサ（饅頭《ぢゆう》笠） 夏7 二〇四
マンジュサゲ（曼珠沙華） 秋9 二八五
マンジュシャゲ（曼珠沙華） 秋9 二八五
マンドウ（万灯） 秋10 三一二
マンリョウ（万両《りやう》） 冬1 四一

み・ミ

ミウメ（実梅） 夏6 一六六
ミエイク（御影供） 春4 一一三

ミエク(御影供) 春4 一一三
ミオサメ(箕納《をさめ》) 冬11 三三八
ミカヅキ(三日月) 秋9 二七〇
ミカン(蜜柑) 秋10 三〇七
ミカンノハナ(蜜柑の花) 夏6 一五五
ミカンマキ(蜜柑撒) 冬11 三三九
ミカンヤマ(蜜柑山) 秋10 三〇七
ミクサオウ(みくさ生ふ) 春3 六四
ミコシ(神輿) 夏5 一三八
ミコシアライ(神輿洗《あらひ》) 夏7 二二八
ミコシカキ(御輿舁) 夏5 一三八
ミコシグサ(みこしぐさ) 夏5 一四四
ミザクロ(みざくろ) 秋10 三〇六
ミジカヨ(短夜) 夏[6] 一五四
ミズアオイ(水《みづ》葵《あふひ》) 夏7 二四二
ミズアソビ(水《みづ》遊) 夏[7] 二三六
ミズアタリ(水《みづ》中り) 夏[7] 二三九
ミズアラソイ(水争《みづあらそひ》) 夏7 二三〇
ミズイクサ(水《みづ》戦) 夏7 二二六
ミズウチワ(水団扇《みづうちは》) 夏7 二〇三
ミズガイ(水貝《みづがひ》) 夏[7] 二二三
ミズカケアイ(水《みづ》掛合《あひ》) 夏7 二二六
ミズカラクリ(水《みづ》からくり) 夏[7] 二二六
ミズカル(水《みづ》涸る) 冬[12] 三八三
ミズギ(水著) 夏7 二二三
ミズキョウゲン(水狂言《みづきやう》) 夏7 二二五
ミズクサオウ(水《みづ》草生ふ) 春3 六四
ミズクサノハナ(水《みづ》草の花) 夏[6] 一七三
ミズクサモミジ(水《みづ》草紅葉《もみぢ》) 秋10 三三一
ミズゲンカ(水《みづ》喧嘩《くわ》) 夏7 二三〇
ミズシアイ(水《みづ》試合《あひ》) 夏7 二二六
ミズシモ(水《みづ》霜) 秋10 三三五
ミズスマシ(水《みづ》馬) 夏6 一七二
ミズスマシ(水《みづ》澄) 夏6 一七二
ミズスム(水《みづ》澄む) 秋[9] 二九四
ミズセッタイ(水《みづ》接待) 夏7 二一八
ミズヅケ(水《みづ》漬) 夏7 二二三
ミズデッポウ(水《みづ》鉄砲《ぱう》) 夏[7] 二二六
ミズトリ(水《みづ》鳥) 冬[12] 三五一
ミズトリ(水《みづ》取) 春3 六六
ミズトリノス(水《みづ》鳥の巣) 夏6 一七一
ミズナ(水《みづ》菜) 春2 五六
ミズナ(みづ菜) 春4 一一七
ミズヌスム(水《みづ》盗む) 夏7 二三〇
ミズヌルム(水《みづ》温む) 春3 六三
ミズノハル(水《みづ》の春) 春3 六三
ミズバショウ(水《みづ》芭蕉《せう》) 春4 一二四
ミズバナ(水《みづ》洟) 冬[12] 三七三
ミズハモ(水《みづ》鱧) 夏7 二二三
ミズバン(水《みづ》番) 夏7 二三〇
ミズバンゴヤ(水《みづ》番小屋) 夏7 二三〇
ミズヒキノハナ(水《みづ》引の花) 秋8 二六七
ミズフルマイ(水《みづ》振舞《まひ》) 夏7 二一八
ミズマキ(水《みづ》撒き) 夏7 二二三
ミスミソウ(三角草《さう》) 春2 五五
ミズミマイ(水《みづ》見舞《まひ》) 夏6 一六一
ミズムシ(水《みづ》虫) 夏[7] 二三八
ミズモチ(水《みづ》餅) 冬1 三九
ミズモル(水《みづ》守る) 夏7 二三〇
ミズヨウカン(水羊羹《みづやう》) 夏[7] 二三〇
ミズヲウツ(水《みづ》を打つ) 夏7 二二三
ミセバヤ(みせばや) 秋8 二六三

ミソカソバ（晦日蕎麦） 冬12 三九一
ミソギ（御祓） 夏6 一九八
ミソギガワ（御祓川《がは》） 夏6 一九八
ミソサザイ（鷦鷯） 冬⑫ 三六四
ミソサザイ（三十三才） 冬12 三六四
ミゾサラエ（溝浚へ） 夏6 一六〇
ミゾソバ（溝蕎麦） 秋8 二六六
ミソツキ（味噌搗） 冬12 三六八
ミソツクル（味噌作る） 冬12 三六八
ミゾハギ（千屈菜） 秋8 二五七
ミゾハギ（溝萩） 秋8 二五七
ミゾレ（霙） 冬⑫ 三八二
ミダレハギ（乱れ萩） 秋9 二七四
ミチオシエ（道をしへ） 夏⑦ 二〇四
ミッカ（三日） 冬1 三
ミツバ（みつば） 春3 八四
ミツバゼリ（三葉芹） 春③ 八四
ミツバチ（蜜蜂） 春4 一一二
ミツマタノハナ（三椏の花） 春4 九二
ミツマメ（蜜豆） 夏⑦ 二三一
ミドリ（緑） 夏6 一八六
ミドリタツ（緑立つ） 春4 一一五
ミドリツム（緑摘む） 春4 一一五
ミドリノヒ（みどりの日） 春4 一二七
ミナ（みな） 春3 六四
ミナクチマツリ（水口祭） 春4 一三〇
ミナヅキ（水無月） 夏7 一九九
ミナヅキノハラエ（六月の祓《はらへ》） 夏6 一九八
ミナミ（南風） 夏⑥ 一八三
ミナミフク（南吹く） 夏6 一八三
ミナミマツリ（南祭） 秋9 二七八
ミナンテン（実南天） 秋10 三一六
ミニシム（身に入む） 秋10 三一四
ミネイリ（峰入） 夏⑦ 二〇六
ミノムシ（蓑虫） 秋⑨ 二七七
ミノムシナク（蓑虫鳴く） 秋9 二七七
ミブオドリ（壬生踊《をどり》） 春4 一一四
ミブキョウゲン（壬生狂《きやう》言） 春4 一一四
ミブクワイ（壬生慈姑《くわゐ》） 春3 七九
ミフネマツリ（三船祭） 夏5 一三九
ミブネンブツ（壬生念仏） 春4 一一四
ミマツリ（箕祭） 冬11 三三八
ミミカケ（耳掛） 冬12 三七七
ミミズ（蚯蚓） 夏⑥ 一六四
ミミズク（木兎《みみづく》） 冬⑫ 三五一
ミミズク（木菟《みみづく》） 冬12 三五一
ミミズナク（蚯蚓鳴く） 秋⑨ 二七七
ミミブクロ（耳袋） 冬⑫ 三七七
ミムラサキ（実むらさき） 秋10 三〇九
ミモザ（ミモザ） 春3 八五
ミモザノハナ（ミモザの花） 春3 八五
ミヤコオドリ（都踊《をどり》） 春4 九〇
ミヤコグサ（都草） 夏5 一四三
ミヤコドリ（都鳥） 冬⑫ 三六四
ミヤコワスレ（都忘れ） 春4 一一八
ミヤズモウ（宮相撲《ずまふ》） 秋8 二六〇
ミユキ（深雪） 冬1 三四
ミョウガジル（茗荷《めう》汁） 夏7 二四三
ミョウガタケ（茗荷《めう》竹） 春4 一一七
ミョウガノコ（茗荷《めう》の子） 夏7 二四三

ミョウガノハナ(茗荷《めう》の花) 秋8 二六六
ミヨノハル(御代の春) 冬1 八
ミル(海松) 夏[7] 二三四
ミル(水松) 夏7 二三四
ミルフサ(みるふさ) 夏7 二三四
ミンミン(みんみん) 夏7 二三一

む・ム

ムカエガネ(迎《むかへ》鐘) 秋8 二五六
ムカエビ(迎《むかへ》火) 秋8 二五七
ムカゴ(むかご) 秋10 三一六
ムカゴメシ(むかご飯) 秋10 三一六
ムカデ(百足虫) 夏[6] 一九一
ムカデ(蜈蚣) 夏6 一九一
ムギ(麦) 夏5 一五〇
ムギアオム(麦青《あを》む) 春4 一〇八
ムギアキ(麦秋) 夏5 一五一
ムギイリコ(麦炒粉) 夏7 二三一
ムギウズラ(麦鶉《うづら》) 春4 一〇八
ムギウチ(麦打) 夏5 一五一
ムギカリ(麦刈) 夏5 一五一
ムギコウセン(麦香《かう》煎) 夏7 二三一
ムギコガシ(むぎこがし) 夏7 二三一
ムギコキ(麦扱) 夏5 一五一
ムギコキキ(麦扱機) 夏5 一五一
ムギチャ(麦茶) 夏[7] 二一八
ムギノアキ(麦の秋) 夏5 一五一
ムギノクロンボ
(麦の黒んぼ) 夏5 一五〇
ムギノホ(麦の穂) 夏5 一五〇
ムギノメ(麦の芽) 冬1 四二
ムギブエ(麦笛) 夏5 一五〇
ムギフミ(麦踏) 春2 五四
ムギボコリ(麦埃) 夏5 一五一
ムギマキ(麦蒔) 冬11 三四一
ムギメシ(麦飯) 夏5 一五一
ムギユ(麦湯) 夏7 二一八
ムギワラ(麦藁) 夏5 一五一
ムギワラカゴ(麦藁籠) 夏5 一五一
ムギワラボウ(麦稈帽《ばう》) 夏6 一九五
ムギヲフム(麦を踏む) 春2 五四
ムク(むく) 秋10 三〇四
ムクゲ(木槿) 秋8 二六二
ムクゲガキ(木槿垣) 秋8 二六二
ムクドリ(椋鳥) 秋[10] 三〇四
ムクノミ(椋の実) 秋10 三〇七
ムグラワカバ(葎若葉) 春4 一一三
ムクロ(むくろ) 秋10 三一二
ムクロジ(無患子) 秋10 三一二
ムゲツ(無月) 秋9 二七九
ムゴンモウデ(無言詣《まうで》) 夏7 二一八
ムシ(虫) 秋[9] 二七五
ムシアワセ(虫合《あは》せ) 秋9 二七五
ムシウリ(虫売) 秋[9] 二七五
ムシオクリ(虫送) 秋10 三〇一
ムシカガリ(虫篝) 夏6 一六九
ムシカゴ(虫籠) 秋9 二七五
ムシシグレ(虫時雨) 秋9 二七五
ムシダシ(虫出) 春3 六二
ムジナ(貉) 冬12 三六三
ムシノアキ(虫の秋) 秋9 二七五

ムシノコエ(虫の声《こゑ》) 秋9 二七五
ムシノネ(虫の音) 秋9 二七五
ムシノヤド(虫の宿) 秋9 二七五
ムシハライ(虫払《はらひ》) 夏7 二三六
ムシホオズキ(虫鬼灯《ほほづき》) 秋9 二九一
ムシボシ(虫干) 夏7 二三六
ムシャニンギョウ
(武者人形《ぎやう》) 夏5 一三三
ムツ(むつ) 春4 一一三
ムツキ(睦月) 春2 四九
ムツゴロウ(鯥五郎《らう》) 春4 一一三
ムツノハナ(六花) 冬1 三四
ムヒョウ(霧氷) 冬12 三八二
ムベ(郁子) 秋10 三〇七
ムベノハナ(郁子の花) 春4 一一六
ムラサキシキブ(紫式部) 秋10 三〇九
ムラサキシキブノミ
(紫式部の実) 秋10 三〇九
ムラシグレ(村時雨) 冬11 三四六
ムラチドリ(群千鳥) 冬12 三六四
ムラノハル(村の春) 春2 四八
ムラマツリ(村祭) 秋10 三一〇
ムラモミジ(むら紅葉《もみぢ》) 秋10 三一九
ムロザキ(室咲) 冬1 四五
ムロノウメ(室の梅) 冬1 四五
ムロノハナ(室の花) 冬1 四五

め・メ

メイゲツ(名月) 秋9 二七九
メイゲツ(明月) 秋9 二七九
メイシウケ(名刺受) 冬1 一二
メイセツキ(鳴雪忌) 春2 五七
メウド(芽独活) 春3 七八
メーデー(メーデー) 春4 一二七
メオトボシ(夫婦《めをと》星) 秋8 二五五
メカリオケ(和布刈桶《をけ》) 冬1 四六
メカリザオ(若布刈竿《ざを》) 春2 五九
メカリシンジ(和布刈神事) 冬1 四六
メカリネギ(和布刈禰宜) 冬1 四六
メカリブネ(若布刈舟) 春2 五九
メガルカヤ(めがるかや) 秋9 二七三
メザシ(目刺) 春[3] 七七
メシザル(飯笊) 夏[7] 二三二
メシスエル(飯饐る) 夏[7] 二三二
メシャクヤク(芽芍薬) 春3 七二
メショウガツ(女正月《しやうぐわつ》) 冬1 三三
メジロ(眼白) 秋[10] 三〇四
メジロオシ(眼白押) 秋10 三〇四
メジロトリ(眼白とり) 秋10 三〇四
メダカ(目高) 夏[6] 一七二
メダチ(芽立ち) 春3 七五
メハジキ(めはじき) 秋8 二六三
メバリ(目貼) 冬11 三四七
メバリハグ(目貼剝ぐ) 春3 六九
メバリヤナギ(芽ばり柳) 春3 七五
メバルカツミ
(芽張るかつみ) 春3 七二
メマトイ(めまとひ) 夏6 一八一
メヤナギ(芽柳) 春3 七五
メロン(メロン) 夏7 二一七

も・モ

モウフ(毛《まう》布)	冬	[12]	三七四
モカリ(藻刈)	夏	[6]	一七四
モカリザオ(藻刈棹《ざを》)	夏	6	一七四
モガリブエ(虎落笛)	冬	[12]	三八〇
モカリブネ(藻刈舟)	夏	6	一七四
モグサ(艾草)	春	3	八三
モクセイ(木犀)	秋	9	二九三
モクタン(木炭)	冬	12	三六九
モクボジダイネンブツ(木母寺大念仏)	春	4	一〇八
モグラウチ(土竜打)	冬	1	三〇
モクレン(木蓮)	春	4	九二
モクレン(木蘭)	春	4	九二
モジズリ(もじずり)	夏	5	一四四
モジズリソウ(文字摺草《さう》)	夏	5	一四四
モズ(鵙)	秋	[10]	三〇三
モズ(百舌鳥)	秋	10	三〇三
モズク(海雲《もづく》)	春	[4]	一〇〇
モズク(水雲《もづく》)	春	4	一〇〇
モズク(海蘊《もづく》)	春	4	一〇〇
モズノコエ(鵙の声《こゑ》)	秋	10	三〇三
モズノニエ(鵙の贄《にへ》)	秋	10	三〇三
モチ(餅)	冬	12	三九〇
モチグサ(餅草)	春	3	八三
モチクバリ(餅配)	冬	12	三九〇
モチゴメアラウ(餅米洗ふ)	冬	12	三八九
モチツキ(餅搗)	冬	12	三八九
モチヅキ(望月)	秋	9	二七九
モチノハナ(黐の花)	夏	6	一六七
モチバナ(餅花)	冬	1	三〇
モチムシロ(餅筵)	冬	12	三八九
モッコクノハナ(木《もく》斛の花)	夏	6	一九一
モノダネ(物種)	春	3	七三
モノダネマク(物種蒔く)	春	4	一一九
モノノメ(ものの芽)	春	3	七一
モノハナ(藻の花)	夏	6	一七四
モミ(籾)	秋	10	三一四
モミウス(籾臼)	秋	10	三一四
モミウリ(揉瓜)	夏	7	二一八
モミガラヤキ(籾殻焼)	秋	10	三一四
モミジ(紅葉《もみぢ》)	秋	10	三一九
モミジ(黄葉《もみぢ》)	秋	10	三二〇
モミジアオイ(もみぢあふひ)	夏	7	二四五
モミジカツチル(紅葉《もみぢ》且散る)	秋	10	三二二
モミジガリ(紅葉《もみぢ》狩)	秋	10	三二〇
モミジガワ(紅葉川《もみぢがは》)	秋	10	三一九
モミジチル(紅葉《もみぢ》散る)	冬	11	三四五
モミジブナ(紅葉《もみぢ》鮒)	秋	10	三二〇
モミジミ(紅葉《もみぢ》見)	秋	10	三二〇
モミジヤマ(紅葉山)	秋	10	三一九
モミスリ(籾磨)	秋	10	三一四
モミスリ(籾摺)	秋	10	三一四
モミスリウス(籾摺臼)	秋	10	三一四
モミスリウタ(籾摺唄)	秋	10	三一四
モミホシ(籾干)	秋	10	三一四
モミマク(籾蒔く)	春	4	一一九
モミムシロ(籾筵)	秋	10	三一四

モモ(桃) 秋[9] 二九三
モモチドリ(百千鳥) 春[4] 一〇四
モモノサケ(桃の酒) 春3 六〇
モモノセック(桃の節句) 春3 六〇
モモノハナ(桃の花) 春4 九一
モモノヒ(桃の日) 春3 六〇
モモノムラ(桃の村) 春4 九一
モモバタケ(桃畑) 春4 九一
モモヒキ(股引) 冬[12] 三七八
モモフク(桃吹く) 秋10 三一七
モリタケキ(守武忌) 秋9 二七二
モロカズラ(諸鬘《かづら》) 夏5 一三八
モロコ(諸子) 春[3] 六五
モロコシ(もろこし) 秋9 二九二
モロミ(醪酒) 秋10 二九九
モロムキ(諸向) 冬1 一六
モヲカル(藻を刈る) 夏6 一七四
モンキチョウ(紋黄蝶《てふ》) 春4 一〇九
モンシロチョウ(紋白蝶《てふ》) 春4 一〇九
モンペ(もんぺ) 冬12 三七八

や・ヤ

ヤイトバナ(灸花) 夏7 二四八
ヤエギク(八重《へ》菊) 秋10 三一〇
ヤエザクラ(八重《へ》桜) 春4 九六
ヤエツバキ(八重《へ》椿) 春3 七八
ヤオトメノタマイ(八乙女《をと》の田舞《まひ》) 夏6 一六八
ヤガク(夜学) 秋[9] 二七一
ヤガクシ(夜学子) 秋9 二七一
ヤキイモ(焼藷) 冬[12] 三五九
ヤキグリ(焼栗) 秋10 三一一
ヤキゴメ(焼米) 秋10 二九八
ヤキサザエ(焼栄螺) 春4 九九
ヤキハマグリ(焼蛤) 春4 九八
ヤギョウ(夜業《げふ》) 秋[9] 二七一
ヤクオトシ(厄落) 冬1 四六
ヤクシャスゴロク(役者双六) 冬1 一八
ヤクソウツミ(薬草《さう》摘) 夏5 一三四
ヤクソウトリ(薬草《さう》採) 秋10 三一六
ヤクヅカ(厄塚) 冬1 四六
ヤクハライ(厄払《はらひ》) 冬1 四六
ヤクビ(厄日) 秋9 二七〇
ヤクモソウ(益母草《さう》) 秋8 二六三
ヤグルマ(矢車) 夏5 一三三
ヤグルマギク(矢車菊) 夏6 一五八
ヤグルマソウ(矢車草《さう》) 夏6 一五八
ヤケイ(夜警) 冬12 三八四
ヤケノ(焼野) 春2 五四
ヤケノノススキ(焼野の芒) 春2 五四
ヤケヤマ(焼山) 春2 五四
ヤコウチュウ(夜光《くわう》虫) 夏[7] 二三三
ヤショク(夜食) 秋[9] 二七二
ヤスクニマツリ(靖国祭) 春4 一一四
ヤスライマツリ(安良居《ゐ》祭) 春4 一〇四
ヤチョ(野猪) 秋10 三三二
ヤツガシラ(八頭) 秋9 二八〇
ヤッコダコ(奴凧) 春4 一一〇
ヤツデノハナ(八手の花) 冬11 三三九
ヤドカリ(寄居虫) 春[4] 九九

ヤドサガリ（宿下り）　冬1　三三
ヤドノツキ（宿の月）　秋9　二七九
ヤナ（魚簗）　夏[6]　一六三
ヤナウチ（簗打）　夏6　一六三
ヤナガワナベ（柳川《がは》鍋）　夏7　二三三
ヤナギ（柳）　春4　九五
ヤナギチル（柳散る）　秋10　三三三
ヤナギノメ（柳の芽）　春3　七五
ヤナギバシ（柳箸）　冬1　一四
ヤナギハエ（柳鮠）　春[3]　六五
ヤナバン（簗番）　夏6　一六三
ヤナモリ（簗守）　夏6　一六三
ヤネガエ（屋根替《がへ》）　春3　八一
ヤバイ（野梅）　春2　五七
ヤブイリ（藪入）　冬1　三三
ヤブイリ（養父入）　冬1　三三
ヤブコウジ（藪柑《かう》子）　冬1　四一
ヤブジラミ（藪虱）　秋10　三三三
ヤブツバキ（藪椿）　春3　七八
ヤブマキ（藪巻）　冬[12]　三八二
ヤブレガサ（破れ傘）　夏7　二四六
ヤマイモ（やまいも）　秋10　三一六
ヤマウツギ（山うつぎ）　夏5　一四八
ヤマウド（山独活）　春3　七八
ヤマガサ（山笠）　夏7　二一八
ヤマガニ（山蟹）　夏6　一六四
ヤマガラ（山雀）　秋[10]　三〇四
ヤマガラシバイ（山雀芝居《ゐ》）　秋10　三〇四
ヤマクサ（山草）　冬1　一六
ヤマクジ（山鬮）　夏7　二一八
ヤマクジラ（山鯨《くぢら》）　冬12　三六三
ヤマグリ（山栗）　秋10　三二一
ヤマゴボウノハナ（山牛蒡《ばう》の花）　夏6　一八九
ヤマザクラ（山桜）　春4　九六
ヤマシミズ（山清水《みづ》）　夏7　二〇八
ヤマセ（やませ）　夏[6]　一八四
ヤマセ（山背風）　夏6　一八四
ヤマセ（山瀬風）　夏6　一八四
ヤマダノオタウエ（山田の御田植《うゑ》）　夏6　一六八
ヤマチサノハナ（山苣の花）　夏6　一五六
ヤマツツジ（やまつつじ）　春4　一二五
ヤマツバキ（山椿）　春3　七八
ヤマトナデシコ（やまとなでしこ）　秋9　二七三
ヤマネムル（山眠る）　冬[12]　三六一
ヤマノイモ（自然薯）　秋[10]　三一六
ヤマノボリ（山登）　夏7　二〇六
ヤマハギ（山萩）　秋9　二七四
ヤマハジメ（山始）　冬1　二〇
ヤマビ（山火）　春2　五四
ヤマビラキ（山開）　夏7　一九九
ヤマビル（山蛭）　夏6　一七二
ヤマブキ（山吹）　春4　一一四
ヤマブキナマス（山吹膾）　春4　一一四
ヤマブドウ（山葡萄《だう》）　秋10　三〇七
ヤマフジ（山藤《ふぢ》）　春4　一二六
ヤマベ（やまべ）　夏5　一五〇
ヤマボウシ（山法師《ぼふ》）　夏5　一四七
ヤマボウシ（山帽子《ばう》）　夏5　一四七
ヤマボウシノハナ

（山法《ぼふ》師の花） 夏5 一四七
ヤマホコ（山鉾） 夏7 二二八
ヤマホトトギス（山時鳥） 夏6 一八五
ヤマママユ（山繭） 春4 一二三
ヤマメ（山女） 夏[5] 一五〇
ヤマモモ（楊梅） 夏6 一六七
ヤマヤク（山焼く） 春2 五四
ヤマユリ（山百合） 夏7 二〇〇
ヤマヨソウ（山粧ふ） 秋10 二九六
ヤマワラウ（山笑ふ） 春[3] 六三
ヤミジル（闇汁） 冬[12] 三五八
ヤモリ（守宮） 夏[6] 一八一
ヤヤサム（やや寒） 秋10 三一三
ヤヨイ（弥生《やよひ》） 春4 八七
ヤリハネ（遣羽子） 冬1 一七
ヤリョウ（夜涼《りやう》） 夏7 二〇九
ヤレバショウ（破芭蕉《せう》） 秋10 三一九
ヤレハス（敗荷） 秋10 三二〇
ヤレハチス（破れ蓮） 秋10 三二〇
ヤワタホウジョウエ（八幡放生会《はたはうじやうゑ》） 秋9 二七八
ヤワタマツリ（八幡《はた》祭） 秋9 二七八
ヤンマ（やんま） 秋9 二八二

ゆ・ユ

ユイゾメ（結ひ初） 冬1 一二
ユウアジ（夕鯵《ゆふあぢ》） 夏6 一七六
ユウエイ（遊《いう》泳） 夏7 二三三
ユウガオ（夕顔《ゆふがほ》） 夏7 二四一
ユウガオマク（夕顔《ゆふがほ》蒔く） 春3 七三
ユウガオムク（夕顔《ゆふがほ》剝く） 夏7 二四三
ユウガシ（夕《ゆふ》河岸） 夏[6] 一七六
ユウガスミ（夕《ゆふ》霞） 春3 八二
ユウガトウ（誘《いう》蛾灯） 夏6 一六九
ユウギヌタ（夕《ゆふ》砧） 秋10 三一三
ユウギリ（夕《ゆふ》霧） 秋9 二八二
ユウゴチ（夕《ゆふ》東風） 春3 六二
ユウザクラ（夕《ゆふ》桜） 春4 九六
ユウシグレ（夕《ゆふ》時雨） 冬11 三四六
ユウスゲ（夕《ゆふ》菅） 夏[7] 二〇〇
ユウスズ（夕《ゆふ》涼） 夏7 二〇九
ユウスズミ（夕《ゆふ》涼み） 夏7 二一三
ユウセン（遊《いう》船） 夏7 二一三
ユウダチ（夕《ゆふ》立） 夏[7] 二〇一
ユウダチ（白雨《ゆふだち》） 夏7 二〇一
ユウダチカゼ（夕《ゆふ》立風） 夏7 二〇一
ユウダチグモ（夕《ゆふ》立雲） 夏7 二〇一
ユウダチバレ（夕《ゆふ》立晴） 夏7 二〇一
ユウチドリ（夕《ゆふ》千鳥） 冬12 三六四
ユウヅキ（夕《ゆふ》月） 秋9 二七〇
ユウヅキヨ（夕《ゆふ》月夜） 秋[9] 二七〇
ユウツユ（夕《ゆふ》露） 秋9 二七四
ユウナギ（夕《ゆふ》凪） 夏7 二二九
ユウニジ（夕《ゆふ》虹） 夏7 二〇二
ユウバラエ（夕祓《ゆふばらへ》） 夏6 一九八
ユウヒバリ（夕《ゆふ》雲雀） 春3 七一
ユウモミジ（夕紅葉《ゆふもみぢ》） 秋10 三一九
ユウヤケ（夕《ゆふ》焼） 夏7 二三九
ユカ（川床） 夏7 二一三
ユカスズミ（床涼み） 夏7 二一三
ユカタ（浴衣） 夏[7] 二一〇

ユガマ(柚釜) 秋10 三八
ユキ(雪) 冬[1] 二四
ユキアカリ(雪明り) 冬1 二四
ユキアソビ(雪遊) 冬1 三五
ユキウサギ(雪兎) 冬1 三五
ユキオコシ(雪起し) 冬[1] 二四
ユキオレ(雪折《をれ》) 冬[1] 三七
ユキオロシ(雪卸) 冬[1] 二四
ユキオンナ(雪女《をんな》) 冬1 三七
ユキカキ(雪搔) 冬[1] 二四
ユキガキ(雪垣) 冬12 三八一
ユキガコイ(雪囲《がこひ》) 冬[12] 三八一
ユキガッセン(雪合戦) 冬[1] 三五
ユキガマエ(雪構《がまへ》) 冬12 三八一
ユキグツ(雪沓) 冬[1] 三六
ユキゲ(雪解) 春2 五〇
ユキゲカゼ(雪解風) 春2 五〇
ユキゲガワ(雪解川《がは》) 春2 五〇
ユキゲシズク(雪解雫《しづく》) 春2 五〇
ユキゲミズ(雪解水《みづ》) 春2 五〇
ユキゲムリ(雪煙) 冬1 二四
ユキシマキ(雪しまき) 冬1 三六
ユキジョロウ(雪女郎《ぢよらう》) 冬[1] 三七
ユキジル(雪汁) 春2 五〇
ユキシロ(雪しろ) 春2 五一
ユキゾラ(雪空) 冬1 二四
ユキダルマ(雪達磨) 冬[1] 三五
ユキツブテ(雪礫) 冬[1] 三五
ユキツリ(雪吊) 冬[12] 三八二
ユキドケ(雪解) 春2 五〇
ユキナダレ(雪なだれ) 春2 五一
ユキニゴリ(雪濁) 春2 五一
ユキノコル(雪残る) 春2 五一
ユキノシタ(雪の下) 夏6 一九二
ユキノシタ(鴨足草) 夏6 一九二
ユキノハテ(雪の果) 春3 六七
ユキノヒマ(雪のひま) 春2 五一
ユキノワカレ(雪の別れ) 春3 六七
ユキバレ(雪晴) 冬[1] 三七
ユキフミ(雪踏) 冬[1] 三五
ユキボトケ(雪仏) 冬1 三五
ユキマ(雪間) 春2 五一
ユキマツリ(雪祭) 冬1 三七
ユキマロゲ(雪まろげ) 冬[1] 三五
ユキミ(雪見) 冬[1] 二四
ユキメ(雪眼) 冬[1] 三六
ユキメガネ(雪眼鏡) 冬1 三六
ユキヤケ(雪焼) 冬[1] 三六
ユキヤナギ(雪柳) 春4 一一五
ユキヨケ(雪除) 冬12 三八一
ユキワリソウ(雪割草《さう》) 春2 五五
ユクアキ(行秋) 秋10 三三四
ユクカモ(行く鴨) 春3 六七
ユクカリ(行く雁) 春3 六七
ユクトシ(行年) 冬12 三九〇
ユクハル(行春) 春4 一二六
ユゲタテ(湯気立) 冬[12] 三七三
ユザメ(湯ざめ) 冬[12] 三七三
ユズ(柚子) 秋10 三二八
ユズノハナ(柚子の花) 夏6 一五五
ユズミソ(ゆずみそ) 秋10 三二八
ユズユ(柚湯) 冬12 三八四

ユスラウメ(ゆすらうめ) 夏6 一六六
ユスラウメ(山桜桃) 夏6 一六六
ユスラウメ(梅桃) 夏6 一六六
ユスラウメノハナ
(梅桃の花) 春4 九一
ユスラノハナ(山桜桃の花) 春4 九一
ユズリハ(楪《ゆづりは》) 冬1 一六
ユダチ(ゆだち) 夏7 二〇一
ユタンポ(ゆたんぽ) 冬12 三七二
ユッカ(ユッカ) 夏7 二四四
ユデアズキ(茹小豆《あづき》) 夏⑦ 二三一
ユデビシ(茹菱) 秋9 二八八
ユテンソウ(油点草《さう》) 秋9 二九〇
ユドウフ(湯豆腐) 冬⑫ 三六〇
ユトン(油団) 夏⑦ 二二一
ユノハナ(柚の花) 夏6 一五五
ユブロ(柚風呂) 冬12 三八四
ユミソ(柚味噌) 秋10 三一八
ユミハジメ(弓始) 冬1 二四
ユミハリヅキ(弓張月) 秋9 二七九
ユミヤハジメ(弓矢始) 冬1 二四
ユリ(百合) 夏7 二〇〇
ユリノハナ(百合の花) 夏7 二〇〇

よ・ヨ

ヨイエビス(宵《よひ》戎) 冬1 三〇
ヨイカザリ(宵《よひ》飾) 夏7 二二八
ヨイスズミ(宵《よひ》涼み) 夏7 二一三
ヨイヅキ(宵《よひ》月) 秋9 二七〇
ヨイノハル(宵《よひ》の春) 春4 九四
ヨイマツリ(宵《よひ》祭) 夏5 一三八
ヨイミヤ(宵《よひ》宮) 夏5 一三八
ヨイミヤモウデ(宵《よひ》宮詣《まうで》) 夏7 二二八
ヨイヤマ(宵《よひ》山) 夏7 二二八
ヨイヤミ(宵闇) 秋⑨ 二八一
ヨカ(余花《くわ》) 夏5 一三三
ヨカン(余寒) 春2 五二
ヨギ(夜着) 冬⑫ 三七四
ヨギリ(夜霧) 秋9 二八二
ヨザクラ(夜桜) 春4 九六
ヨサム(夜寒) 秋10 三一四
ヨシ(よし) 秋10 三一八
ヨシキリ(葭切) 夏⑥ 一七八
ヨシゴト(夜仕事) 秋9 二七一
ヨシショウジ(葭障《しやう》子) 夏6 一九六
ヨシズ(葭簀) 夏⑥ 一九六
ヨシスズメ(葭雀) 夏6 一七八
ヨシスダレ(葭簾) 夏6 一九六
ヨシズヂャヤ(葭簀茶屋) 夏6 一九六
ヨシダノヒマツリ
(吉田の火祭) 秋8 二六五
ヨシチマキ(葦粽) 夏5 一三三
ヨシド(葭戸) 夏⑥ 一九六
ヨシナカキ(義仲忌) 春2 五七
ヨシノハナ(葭の花) 秋10 三一八
ヨシビョウブ(葭屏《びやう》風) 夏6 一九六
ヨシワラスズメ(葭原《はら》雀) 夏6 一七八
ヨススギ(夜濯) 夏⑦ 二一六
ヨスズミ(夜涼み) 夏7 二一三
ヨセナベ(寄鍋) 冬⑫ 三五九
ヨタカソバ(夜鷹蕎麦) 冬⑫ 三六〇

ヨタキ(夜焚) 夏[6] 一七六
ヨット(ヨット) 夏[7] 二三三
ヨツユ(夜露) 秋9 二七四
ヨヅリ(夜釣) 夏[6] 一七五
ヨナガ(夜長) 秋[9] 二七一
ヨナキウドン(夜鳴饂飩) 冬12 三六〇
ヨナベ(夜なべ) 秋[9] 二七一
ヨバイボシ(夜這《ばひ》星) 秋8 二六二
ヨバン(夜番) 冬12 三八四
ヨバンゴヤ(夜番小屋) 冬12 三八四
ヨヒラ(四葩) 夏6 一五七
ヨブリ(夜振) 夏[6] 一七五
ヨブリビ(夜振火) 夏6 一七五
ヨマワリ(夜廻《まは》り) 冬12 三八四
ヨミズバン(夜水《みづ》番) 夏7 二三〇
ヨミセ(夜店) 夏[7] 二一四
ヨミゾメ(読初) 冬1 一〇
ヨミヤ(夜宮) 夏5 一三八
ヨメガキミ(嫁が君) 冬1 一九
ヨメナツム(嫁菜摘む) 春3 八三
ヨメナノハナ(嫁菜の花) 秋10 三一一
ヨモギ(蓬) 春[3] 八三
ヨモギツミ(蓬摘) 春3 八三
ヨモギツム(蓬摘む) 春3 八三
ヨモギフク(蓬葺く) 夏5 一三三
ヨモギモチ(蓬餅) 春4 八九
ヨヨノツキ(夜夜の月) 秋9 二七九
ヨルノアキ(夜の秋) 夏7 二五一
ヨルノシモ(夜の霜) 冬12 三八一
ヨルノユキ(夜の雪) 冬1 一四
ヨワノナツ(夜半《は》の夏) 夏7 二一四
ヨワノハル(夜半《は》の春) 春4 九四
ヨワノフユ(夜半《は》の冬) 冬12 三八四

ら・ラ

ライ(雷) 夏7 二〇一
ライウ(雷雨) 夏7 二〇一
ライゴウエ(来迎《がう》会《ゑ》) 夏5 一三八
ライジン(雷神) 夏7 二〇一
ライチョウ(雷鳥《てう》) 夏7 二〇七
ライメイ(雷鳴) 夏7 二〇一
ライラック(ライラック) 春4 一一五
ラクガン(落雁) 秋9 二八五
ラクダイ(落第) 春3 八一
ラグビー(ラグビー) 冬[1] 三八
ラクライ(落雷) 夏7 二〇一
ラッカ(落花《らくくわ》) 春4 九六
ラッカセイ(落花《らくくわ》生) 秋10 三一五
ラッキョ(らっきよ) 夏6 一六六
ラッキョウ(辣韮《きやう》) 夏[6] 一六六
ラッキョウ(薤《らつきやう》) 夏6 一六六
ラッキョツケル(薤漬る) 夏6 一六六
ラッキョホル(薤掘る) 夏6 一六六
ラッセルシャ(ラッセル車) 冬1 三四
ラベンダー(ラベンダー) 夏5 一四五
ラムネ(ラムネ) 夏[7] 二一九
ラン(蘭) 秋9 二八九
ランオウ(乱鶯《あう》) 夏6 一八五
ランセツキ(嵐雪忌) 冬11 三四〇
ランソウ(蘭草《さう》) 秋9 二七四
ランノアキ(蘭の秋) 秋9 二八九

ランノカ（蘭の香）　秋9　二八九
ランノハナ（蘭の花）　秋9　二八九

り・リ

リキュウキ（利休《きう》忌）　春3　八六
リッカ（立夏）　夏5　一三〇
リッシュウ（立秋《しう》）　秋8　二五四
リッシュン（立春）　春2　四八
リットウ（立冬）　冬11　三三六
リュウキュウイモ（りうきういも）　秋10　三一六
リュウジョ（柳《りう》絮）　春4　一二五
リュウショウ（流觴《りうしやう》）　春3　六一
リュウセイ（流《りう》星）　秋[8]　二六三
リュウトウ（流《りう》灯）　秋8　二六〇
リュウノタマ（竜の玉）　冬[1]　四二
リュウノヒゲノミ（竜の髯の実）　冬1　四二
リュウヒョウ（流《りう》氷）　春3　八〇
リョウケン（獵《れふ》犬）　冬12　三六二
リョウゴクノハナビ（両《りやう》国の花火）　夏7　二四〇
リョウナゴリ（獵《れふ》名残）　春2　五三
リョウハジメ（漁《れふ》始）　冬1　二〇
リョウフウ（涼《りやう》風）　夏7　二〇九
リョウヤ（良《りやう》夜）　秋9　二七九
リョクイン（緑蔭）　夏[6]　一八六
リラノハナ（リラの花）　春4　一一五
リンカンガッコウ（林間学校《がくかう》）　夏7　二三五
リンゴ（林檎）　秋10　三〇六
リンゴノハナ（林檎の花）　春4　九一
リンドウ（竜胆《だう》）　秋9　二八九

る・ル

ルイショウ（類焼《せう》）　冬12　三八四
ルコウ（るこう）　夏7　二四五
ルコウソウ（縷紅草《さう》）　夏7　二四五
ルリ（瑠璃鳥）　夏[6]　一八六

れ・レ

レイウケ（礼受）　冬1　一三
レイシ（茘枝）　秋10　三〇八
レイジャ（礼者）　冬1　一三
レイシュ（冷酒）　夏7　二二〇
レイゾウコ（冷蔵《ざう》庫）　夏[7]　二一七
レイチョウ（礼帳《ちやう》）　冬1　一三
レイボウ（冷房《ばう》）　夏[7]　二二四
レモン（檸檬）　秋10　三一七
レモン（レモン）　秋10　三一七
レンギョウ（連翹《げう》）　春4　九二
レンゲ（蓮華）　夏7　二四三
レンゲソウ（蓮華草《さう》）　春3　八四
レンジャク（連雀）　秋[10]　三〇五
レンタン（煉炭）　冬12　三六九
レンニョキ（蓮如忌）　春3　八一

ろ・ロ

ロ(炉) 冬[12] 三七一
ロアカリ(炉明り) 冬12 三七一
ロウオウ(老鶯《らうあう》) 夏6 一八五
ロウバイ(臘《らふ》梅) 冬1 四四
ロウバイキ(老《らう》梅忌) 春2 五七
ロウハチエ(臘《らふ》八会《ゑ》) 冬12 三五六
ロクウリ(鹿売) 冬12 三六二
ロクガツ(六月《ぐわつ》) 夏6 一五三
ロクサイネンブツ (六斎念仏) 秋8 二六五
ロクジゾウマイリ (六地蔵《ぢざう》詣《まゐり》) 秋8 二六五
ロクドウマイリ(六道《だう》詣《まゐり》) 秋8 二五六
ロダイ(露台) 夏[7] 二一三
ロノナゴリ(炉の名残) 春3 六九
ロバオリ(絽羽織) 夏6 一九五
ロバカマ(絽袴) 夏6 一九五
ロバナシ(炉話) 冬12 三七一
ロビラキ(炉開) 冬11 三三七
ロフサギ(炉塞) 春3 六九

わ・ワ

ワカアシ(若蘆) 春4 一一三
ワカアユ(若鮎) 春3 六五
ワカイ(若井《ゐ》) 冬1 一〇
ワカカエデ(若楓《かへで》) 夏5 一四〇
ワカクサ(若草) 春4 一〇六
ワカクサ(嫩草) 春4 一〇六
ワカゴボウ(若牛蒡《ばう》) 夏7 二四三
ワカゴモ(若菰) 春4 一二四
ワカサギ(公魚) 春[2] 五三
ワカサギ(鮊) 春2 五三
ワカサギ(鰙) 春2 五三
ワカザリ(輪飾) 冬1 一五
ワカシバ(若芝) 春4 一〇七
ワカタケ(若竹) 夏6 一九三
ワカタバコ(若煙草) 秋8 二六七
ワカナ(若菜) 冬1 一八
ワカナツミ(若菜摘) 冬1 一八
ワカバ(若葉) 夏5 一四〇
ワカバアメ(若葉雨) 夏5 一四〇
ワカバカゼ(若葉風) 夏5 一四〇
ワカマツ(若松) 春4 一二五
ワカミズ(若水《みづ》) 冬1 一〇
ワカミドリ(若緑) 春4 一二五
ワカメ(若布) 春[2] 五九
ワカメウリ(若布売) 春2 五九
ワカメヒロイ(若布拾《ひろひ》) 春2 五九
ワカメホス(若布干す) 春2 五九
ワカレジモ(別れ霜) 春4 一二一
ワクラバ(病葉) 夏[7] 二二一
ワケギ(わけ葱) 夏6 一六七
ワサビ(山葵) 春4 八八
ワサビヅケ(山葵漬) 春4 八八
ワシ(鷲) 冬[11] 三四三
ワシノス(鷲の巣) 春4 一〇四
ワスレオウギ(忘れ扇《あふぎ》) 秋9 二八三
ワスレグサ(忘草) 夏6 一五九

ワスレグサ(忘憂草)　夏6　一五九
ワスレザキ(忘れ咲)　冬11　三四四
ワスレジモ(忘れ霜)　春4　一二一
ワスレナグサ(勿忘草)　春4　一一九
ワスレユキ(忘れ雪)　春3　六七
ワセ(早稲)　秋9　二八六
ワセカル(早稲刈る)　秋9　二八六
ワセダ(早稲田)　秋9　二八六
ワタ(草棉)　秋10　三一七
ワタ(綿)　冬[12]　三七四
ワタイレ(綿入)　冬[12]　三七五
ワタウチ(綿打)　冬12　三七四
ワタコ(綿子)　冬12　三七五
ワタツミ(綿摘)　秋10　三一七
ワタトリ(綿取)　秋10　三一七
ワタノハナ(棉の花)　夏7　二四一
ワタボウシ(綿帽《ぼう》子)　冬[12]　三七七
ワタマキ(棉蒔)　夏5　一五〇
ワタマク(棉蒔く)　夏5　一五〇
ワタムシ(綿虫)　冬11　三四四
ワタユキ(綿雪)　冬1　二四
ワタリドリ(渡り鳥)　秋[10]　三〇二
ワビスケ(侘助)　冬1　四四
ワライゾメ(笑《わらひ》初)　冬1　一九
ワラギヌタ(藁砧)　秋10　三一三
ワラグツ(藁沓)　冬1　三六
ワラシゴト(藁仕事)　冬[12]　三七九
ワラヅカ(藁塚)　秋10　三一四
ワラビ(蕨)　春3　八三
ワラビガリ(蕨狩)　春3　八三
ワラビモチ(蕨餅)　春[4]　八九
ワラワヤミ(わらはやみ)　夏7　二三九
ワレモコウ(吾亦《も》紅《かう》)　秋9　二九〇
ワレモコウ(吾木《も》香《かう》)　秋9　二九〇

ホトトギス季寄せ　第三版

一九八七年（昭和六二年）八月三〇日　初版発行
一九九七年（平成九年）二月二五日　改訂版発行
二〇一一年（平成二三年）四月一日　第三版発行

編者　稲畑汀子
発行者　株式会社　三省堂
代表者　北口克彦
印刷者　三省堂印刷株式会社
発行所　株式会社　三省堂
〒一〇一-八三七一
東京都千代田区三崎町二丁目二十二番十四号
電話　編集（〇三）三二三〇-九四一一
営業（〇三）三二三〇-九四一二
振替口座　〇〇一六〇-五-五四三〇〇
http://www.sanseido.co.jp/

（3版ホトトギス季寄せ・四九六頁）

装幀　菊地信義

ISBN978-4-385-30901-9